▲ 科特迪瓦分公司管理团队参加 12 城市供水项目开工典礼

▼ 科特迪瓦分公司钻机照片

人民日报

RENMIN RIBAO
今日 12 版（华东地区16版）
国内统一刊号:CN11—0065
第17482期 （代号 1 — 1）

异国土地下的奇迹

——中国地质工程公司在巴改造盐碱地纪实

本报记者 吴迎春

4月23日，在巴基斯坦卡拉奇东北200多公里的工地上，中国地质工程公司的建设者经历了一个激动人心的时刻：当巨型铺管机的链刀在地面上开凿出最后一段管沟，将直径15厘米的集水管安放在地下两米多深处，并覆盖上土壤后，它标志着历时1半年、改造12万亩盐碱地的工程画上一个圆满的句号。“简直是个奇迹，工期提前半年，质量令人满意！”巴业主一再向中方致贺。

这项巨大的盐碱地改造工程在地下面，土地掩盖了它的雄姿，但掩盖不了它的辉煌。巴水电发展局工程师安萨里先生作了高度评价，他说，工程竣工并发挥作用，初步遏制了土地盐碱化，当地农民已开始在某些改造地段播种粮食，打破了近40年来废耕的局面，工程完全投入使用后，将增产粮食180％，这是造福巴基斯坦世代人民的伟大工程，是巴中友谊工程。

一年半前，中标后的中地公司项目组开赴施工现场，映入眼帘的是一片开阔无垠的盐碱沼泽地。据专家估计，这里土壤含盐量高达5％至6％，比我国盐碱化严重的新疆地区高出6倍多。因为这里地势低洼，位于著名的印度河岸东南端。

项目组采用了世界上最新治理盐碱地的办法——暗排法，即将有孔的管道埋在地下深处，收集水井排水，控制地下水位上升。据统计，改造这12万亩盐碱地需要铺设大口径集水管和小口径的田间管共700多公里，修建21座排水泵站，86个检查井等等。而工程主体是铺设地下排水管道。

“干就要干好，早完工早造福巴基斯坦人民。”中国建设者朴素的语言包含一颗金子般的心。各种机器设备比预计提前5个月进入工地。开工后，他们吃在工地，干在工地，早去晚归，没有休息天。主管生产的沈崎副经理累病了，还坚持让司机开着车拉他上工地；操作手陈继平，每天在轰鸣的铺管机上工作，因吸进的泥灰太多，口腔胸部发炎、高烧。经理命令他休息，他说，只要不倒下，就要坚持干。

工地地处热带，靠近塔尔大沙漠边缘，夏天气温超过50摄氏度，经常是风沙满天，条件艰苦自不待言。中国建设者哪个不是脱了几层皮，他们硬是凭着一股精神，苦干加巧干，使工程突飞猛进，开始1天单机铺设集水管200多米，田间管300多米，后来分别增加到2700多米和4000多米，创造了全巴基斯坦最高纪录。现场质量检查合格。业主和英国专家对这一速度惊讶不已，连称“奇迹。”

在工地上，记者向项目经理宗国英探询奥秘，他说了几个字：“科学管理，管理出效益。”这个毕业于南开大学经济系的研究生在巴工作了6年多，参加了10多个工程。他在调查研究的基础上，作出自营承包这项工程的大胆决策。他从全国各地招聘精兵强将，组织了一个强有力的施工班子，中方人员和巴方人员及机械设备定岗定位定额，责权利结合。施工一环套一环，高效有序。英国专家曾到工地上参观，称赞现场组织非常好，其工效是他曾见过的有的国家的10倍。

中地公司的建设者打了一个漂亮仗，圆了巴基斯坦人改造盐碱地的梦，谱写了中巴友好的新篇章。由于该项目的成功，新业务接连而来，他们即将开赴另一地区，开始新的盐碱地改造工程。

◀ 1996 年 5 月 21 日《人民日报》报道中国地质在巴基斯坦改造盐碱地纪实

光明日报

GUANGMING DAILY 1996 年 9 月 28 日 星期六 国内统一刊号 CN 11—0026
农历丙子年八月十六 今日 8 版 第 17101 号 （代号 1—16）

中国工程队铺设暗管名扬巴基斯坦

本报讯 前不久巴基斯坦印度河畔传来喜讯：中国地质工程公司承建的造价逾亿元人民币的米普哈斯暗管工程提前1/4工期完工，被国际专家称为“奇迹”。

目前世界上改造盐碱地的最新方法是在地表以下铺设管道进行暗排。此种方法在我国尚属起步阶段。而米普哈斯暗管工程要铺设的采水管和田间管长度分别为195公里和502公里，且埋深要在2米以下，难度很大。项目组施工初期，某些外国公司就进行无中生有的中伤：中地公司没有能力干这个项目。英国一家监理公司甚至对年仅32岁的项目经理宗国英说：“几个月干不下来，我就不用你们了。”

中地公司项目组面对重重压力，决心干出个样子。他们在设备造型、订货进场、材料购价等方面仅用了5个半月，比其它公司提前了8个月。测量不给坐标点，中国小伙子就从十几公里以外的地区去引，几千条线，上千个坐标高程，使他们常出没于比人还高的荆棘草丛，穿越沼泽和蚊虫滋生的地方，结果仅用了3个月便布放完所有点线，又比其它公司提前4个月。

工地靠近塔尔大沙漠边缘，夏天气温超过50摄氏度，常常是风沙满天，但项目组苦干加巧干，使工程突飞猛进，开始一天单机铺设水管200米、田间管300多米，后来分别增加到2700米和4000米，创造了全巴基斯坦最高纪录，现场质量检查合格。世行、亚行代表团视察后赞不绝口。（宋天祥）

▶ 1996 年 9 月 28 日《光明日报》报道中国地质铺设暗管名扬巴基斯坦的事迹

◀ 1991 年在巴基斯坦恰斯玛 CRBC-63 号灌溉工程项目组宿舍。（从左到右为项目组外事翻译王愉吾、乌尔都语翻译陆水林、英语翻译田义琪、物资管理员沈琦）

◀ 1995 年在英国验收暗管排水项目大型铺管机（左二为项目组副经理沈琦，左三为工厂主、机械设计师杰克先生，右三为项目组副经理孙锦红，右一为项目组机械工程师武耀泽）

▶ 1992 年 6 月在巴基斯坦恰斯玛 CRBC-63 号灌溉工程项目现场（左为项目经理孙金龙、右为项目组物资管理员沈琦）

◀ 2001 年在孟加拉国 2B 公路工程施工现场（从右到左为驻孟加拉国办事处主任关霖、中地集团副总经理宗国英、2B 项目组项目经理曹小威、中地集团副总经理郝静野、巴基斯坦经理部总经理沈琦）

▶ 巴基斯坦暗管排水工程项目组全体人员在新建成营地前合影。（前排中为项目组副经理沈琦，二排左一为项目组副经理孙锦红、右一为项目组总工程师刘子义、右二为项目组经理宗国英）

▶ 1993 年张明辉在尼日利亚卡吉纳州打井项目，与加拿大监理一起工作

▲ 1988 年 6 月张明辉和顾倾一同志在尼日利亚打井钻机上

▲ 2013 年张明辉在科特迪瓦阿比让供水一期项目工地与员工一起研究工作

▼ 2015 年国资委监事会主席视察阿比让供水一期项目

▲ 朝阳下的马里经理部办公楼、车间和库房

▼ 2006 年春节中巴尼大坝项目全体中方员工合影（第一排左一范利群、左五赵刚，后排左一杨昭和、左三杨银生、右一王大宽）

▶ 2012 年顾钦一机长（左二）在马里杰内大坝项目做水井安装测试

◀ 几内亚垫资 200 眼井项目——“踩”集幸福的人们

▶ 马里 ATT 总统亲自操作挖掘机，宣布地垒 400 公顷农田整治项目正式动工

▲ 加纳最佳学府——库马西理工大学的师生到访索芙兰立交桥项目参观学习

▼ 中国援建加纳阿克拉市莱克玛综合医院（中加友好医院）

▲ 索芙兰立交桥项目，是加纳乃至整个西非首座根据中国标准设计、采用现代预应力技术的大型立体交通工程，也是加纳及西非最大的全苜蓿叶式立交桥

▼ 卢旺达北方省鲁林多县穆阳扎 26 米高灌溉大坝项目

◀ 朱兴辉的朋友——
总监米歇尔先生
（右二）

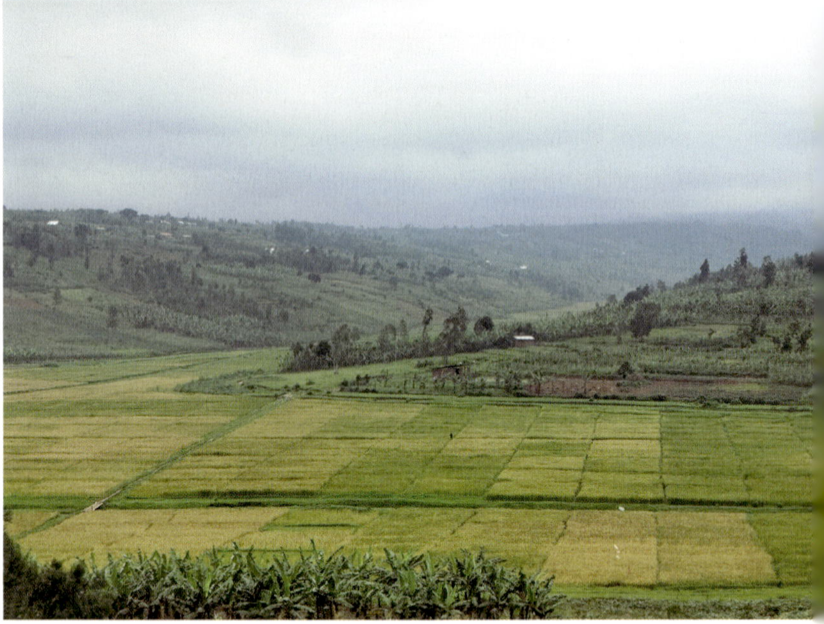

▶ 建成运行中的
KANYONYOMBA
农田项目

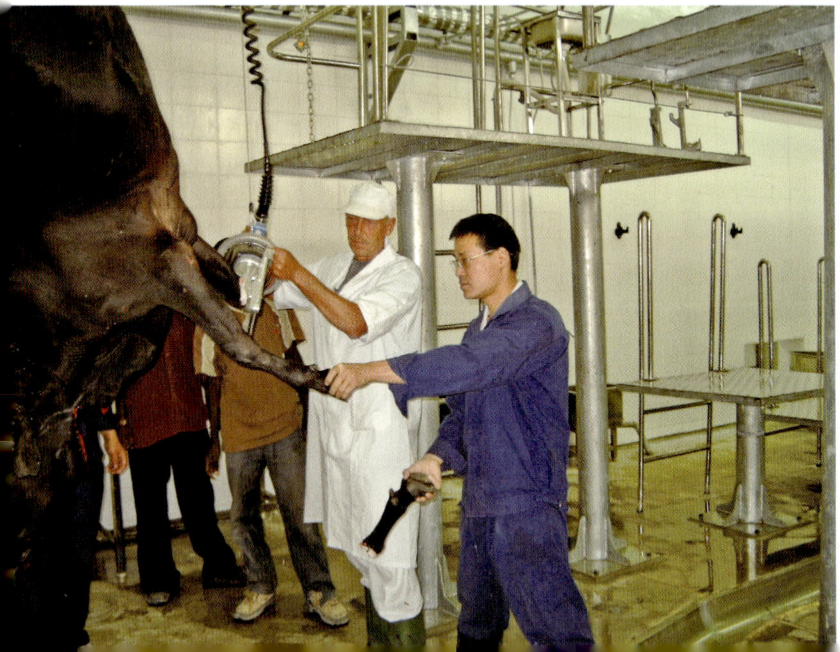

◀ 朱兴辉在多多玛屠
宰场试宰

▶ 孟加拉国交通部部长、亚行官员、我驻孟商务参赞参加1# 标公路项目竣工典礼

基斯坦Mirpurkhas暗管项目-PVC管
设现场
onstruction of the Mirpurkhas Sub-
urface Drains-Left Bank Outfall Drain
roject in Pakistan -PVC Pipe Laying

▲ 巴基斯坦米普哈斯暗管项目 PVC 管铺设现场

▲ 2016 年 3 月孟加拉库尔纳取水口设施及原水管线项目签约中方员工合影

▶ 为孟加拉库尔纳取水口设施及原水管线项目途经村庄学校的小学生发放学习用品

◀ 坦桑尼亚 – 莫桑比克联合大桥项目

▶ 田进与时任莫桑比克总统格布扎（前排右一）、时任坦桑尼亚总统基奎特（前排左一）

◀ 2005 年 6 月 21 日，时任坦桑尼亚总统 Mkapa 为 120 公里公路项目的开工揭幕

◀ 2010 年 1 月 18 日，苏丹 175 公路项目，项目总工高峰和土方处处长黄俊进在项目土方施工现场

▶ 2013 年 1 月 15 日，苏丹 175 公路项目朱乃纳营地全体人员合影（前排左三起：结构负责人范英江、合约负责人蔡新滨、项目经理梁庆元、总工程师李向义、生产经理陈兵）

◀ 2017 年 9 月 19 日，时任总统巴希尔参加西达尔富尔州朱乃纳市三座桥落成典礼，中国地质作为朱乃纳市三座桥总承包商参与欢迎仪式准备工作

▶ 2013 年 12 月 2 日，苏丹 175 公路项目，沥青拌合站站长马裕凤和项目会计黄清通在沥青拌合站维修保养后下班回营地

▲ 中亚－蒙古分公司马尔内乌利排水系统建设项目管线施工现场

► 格鲁吉亚特拉维城市供水系统升级项目签约

◄ 时任菲律宾总统阿罗约和菲律宾分公司副总经理兼阿里桃项目经理陶应学握手道别

▲ 菲律宾西民都洛岛四标

◀ 菲律宾分公司承建的新怡诗夏省莫纽斯市多功能灌溉项目 A 渠开闸通水仪式现场

▶ 郝静野、孙锦红一行视察菲律宾分公司

◀ 2002 年 11 月 1 日，阿尔及利亚 SIDI BEL ABBES 供水项目开工典礼

▶ 阿尔及利亚民航局局长视察大马航管楼项目

◀ 盖尔达耶机场航管楼——沙漠衬托下的塔体

▶ 2002 年 5 月 6 日，阿尔及利亚总统视察 SIDI BEL ABBES 供水项目

◀ 沙漠玫瑰

▶ 塔曼拉塞特机场航管楼——待完工的正立面

▲ 1997 年中国驻斯使馆组织的中资企业交流会上，胡建新向时任斯里兰卡总统班达拉奈克汇报我司在斯项目情况

▲ 2009 年吴志勇在贾亚拉系统污水处理项目施工现场

▲ 2009 年在刘来福的陪同下，郝静野、孙锦红和胡建新视察卡拉尼亚水处理（水厂）项目施工现场

▼ 马尔代夫 2.5MW 太阳能发电设备光伏和柴油混合能源互补并网发电项目

▲ 斯里兰卡 Thambuttegama 供水项目 – 施工现场 – 水塔

▶ 2017 年 11 月 2 日科摩罗昂岛公路项目开工仪式

▲ 1999 年尼日利亚道拉 SABKE 水坝项目（张付详和当地银行经理，周边是大堆的当地币奈拉）

▲ 张付详和时任科特迪瓦总统巴博

▼ 2017 年 10 月 26 日阿扎利总统出席科摩罗大科岛公路改造项目开工仪式

◀ 时任赞比亚总统利维·帕特里克·姆瓦纳瓦萨（左一）参加 SOLWEZI 与西北省供水项目竣工典礼

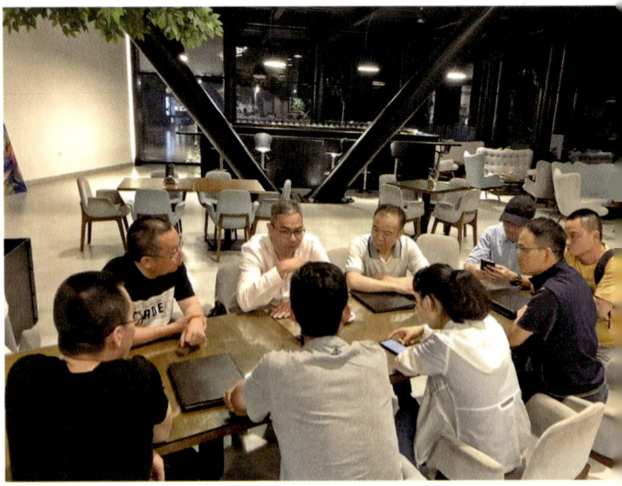

▶ 医疗队专家跟医院主治医生连夜讨论张箭治疗方案

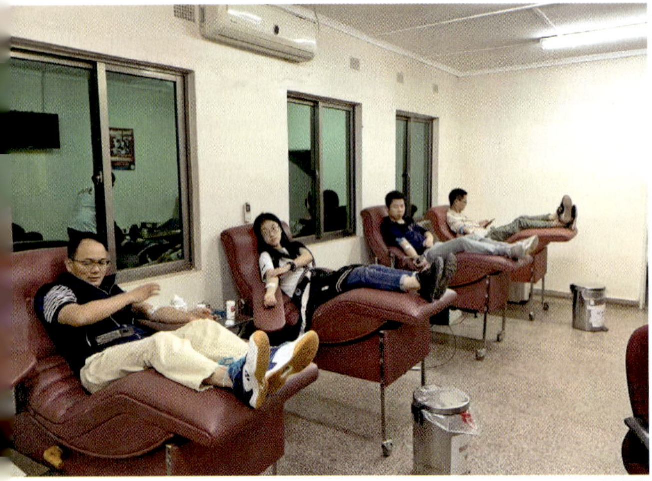

◀ 南部非洲分公司组织员工给张箭献血

▶ 建成十年后 Livingstone 公路路况

◀ 援多哥体育场维修项目

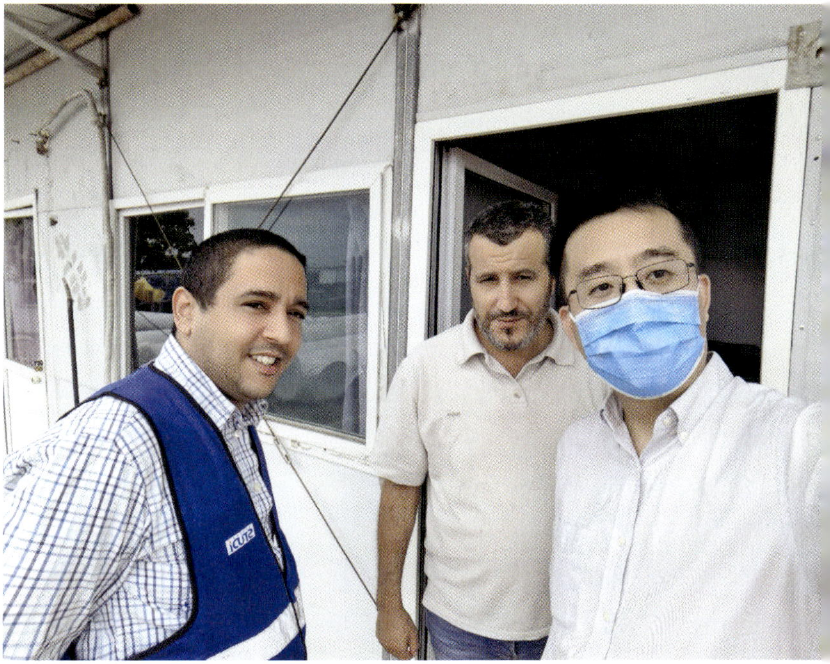

▶ 齐晓丁（左一）与贝宁三城市供水项目监理在项目现场

◀ 多哥－贝宁分公司承建的西非开发银行办公大楼扩建工程

▲ 中东分公司通过大使馆向沙特政府捐赠防疫物资

▲ 沙特阿拉伯 082–C07 至区域 A 和港口道路项目

▲ “致谢，中国地质，感谢您响应我们的号召，支持慈善事业，感谢您在这方面的慷慨捐款，祝您一切顺利”

▼ 沙特阿拉伯拉斯海尔工业城皇家委员会工业安全设施采购和施工项目

▲ 2019 年中国地质领导班子与香港分公司港籍高管访京团进行座谈

▲ 2022 年观塘污水泵房项目

▲ 屯门隔音屏项目

▼ GE200539 斜坡治理项目——红磡乐民新村斜坡

▼ GE200539 斜坡治理项目——清水湾大坳门斜坡

▲ ▶ 上海公司舟山岛项目

▼ 抗疫合影照

◀ 罗湖二线插花地展示中心

▶ 一深圳分公司承建的浙江兰溪－马公滩滩涂治理

▼ 河北省唐山市丰润区压库山片区废弃采石场矿山环境综合治理工程治理前后

▲► 宁夏银川市主佛沟及大口子沟原硅石矿区生态环境保护与恢复治理工程项目勘察、设计、采购、施工总承包（EPC）修复前后

▲ 山东东平九女泉关停矿山生态修复总承包（EPC）项目修复前后

▲ 云南省昭通市威信县扎西河源头区域废弃矿山系统治理及其生态产品价值实现 EPC 项目修复前后

▲ 江苏分公司承建的南京儒商科技大厦项目

◀ 顾小军一行赴南京儒商科技大厦项目视察

▶ 江苏分公司安全月启动仪式

◀ 窦旭东在兰冶院建院60周年总结表彰大会上

▶ 窦旭东在扶贫点慰问贫困户

◀ 窦旭东与公司帮扶的贫困学校的孩子们在一起

▲ 中国地矿化探项目与沙特工矿部部长合影

▲ 中国地矿科锰员工合影

◀ 沙特化探项目中标

▼ 安徽定远生态修复项目施工现场

▼ 中国驻厄特大使馆水井工程

◀ 2003 年，刘大军、韩忠民、郭少维、张汇川等领导在南邓项目的合影

▶ 2020 年 7 月 31 日，刘大军、孙锦红、顾小军、侯辉、韩忠民参加共抓长江大保护创新治理模式研讨会（新余）暨黑臭水体治理非开挖修复技术论证推广会

◀ 华泽林同业主、澳大利亚总监合影

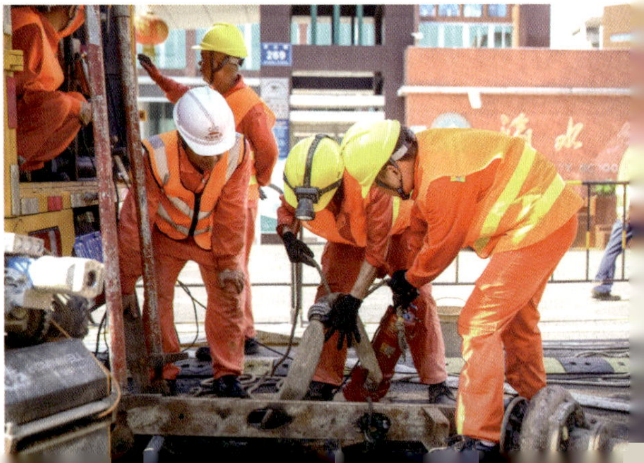

▶ 新余两江黑臭水体整治项目作业人员正在进行现场施工

◀ 贵州武陵山区项目，郭春颖接受中央电视台采访

▶ 新疆塔里木河重要源流区（阿克苏河流域）山水林田湖草沙一体化保护和修复工程集中开工仪式

▼ 青海省木里矿区江仓四号井、五号井采坑、渣山一体化治理工程项目（治理后）

▲ 安徽庐南项目效果对比图

青松成林

——中国地质四十年

李青松 刘慧娟 著

作家出版社

作者简介

李青松，生态文学作家。毕业于中国政法大学法律系，长期从事生态文学研究与创作。出版有专著十余部，主要代表作品有《开国林垦部长》《北京的山》《相信自然》《塞罕坝时间》《穿山甲》《贡貂》《万物笔记》《粒粒饱满》《一种精神》《茶油时代》《大地伦理》《薇甘菊：外来物种入侵中国》等。曾获新中国六十年全国优秀中短篇报告文学奖、徐迟报告文学奖、北京文学奖、百花文学奖、呀诺达生态文学奖。系中国报告文学学会副会长，第六届、第八届鲁迅文学奖评委。

刘慧娟，诗人，作家。中国作家协会会员，中国戏剧文学协会会员。代表作《宋都的梅》《雁门关》《在新的崛起面前》《天使的翅膀》《一个与风结缘的人》《追赶太阳的人》《在风的记忆里》《新能源瞭望者》《阿尔山倒影》《云上森林》等，出版个人专著《无弦琴》《白云的那一边》《绕过手指的风》。部分诗文入选中小学朗读教材、思品教材及高中《语文主题学习》系列丛书。

目录

四十芳华正少年　接续奋斗新时代　/ 001

第一章　远方的故事　/ 001
第二章　时光中的巴基斯坦　/ 033
第三章　重回印度河　/ 074
第四章　尼日利亚的记忆　/ 090
第五章　神秘的黑人之地　/ 115
第六章　坚守黄金之国　/ 154
第七章　进军卢旺达　/ 179
第八章　帕德玛河　我有话要说　/ 208
第九章　乞力马扎罗的梦　/ 224
第十章　沉默是为了出发　/ 262
第十一章　风起西伯利亚　/ 277
第十二章　马尼拉的忠诚　/ 291

第十三章　北非号角　/ 308
第十四章　斯里兰卡的奋斗　/ 336
第十五章　神奇的马达加斯加　/ 357
第十六章　永远的南部非洲　/ 390
第十七章　蓝色的起跑线　/ 417
第十八章　阿拉伯半岛的阳光　/ 431
第十九章　猎猎飘扬的旗帜　/ 442
第二十章　沉默的情怀　/ 462
第二十一章　踏歌而行　/ 483
第二十二章　浓浓山海情　/ 499
第二十三章　在热爱中奋斗与坚守　/ 515
第二十四章　岁月里的春华秋实　/ 527
第二十五章　由近及远的奋斗　/ 543
第二十六章　建设之光　/ 556
第二十七章　我的山水我的国　/ 572
第二十八章　阳光下的方阵　/ 593

后　记　/ 618
中国地质工程集团有限公司历任领导班子信息　/ 623

四十芳华正少年　接续奋斗新时代

谨以此书献给为中国地质的历史和前途命运不懈奋斗的中国地质人。

公司即将迎来建司四十周年，回首四十年峥嵘岁月，一代代中国地质人走出国门，《走遍印度河》，逐梦《大洋彼岸》，筚路蓝缕启山林、栉风沐雨铸《铁军》，书写了《在海外，我们不是传说》的奋斗篇章。时至今日，当年的“18棵青松”已成林。

岁月的长河里，一段段难以忘怀的记忆，因为记录、讲述而具有穿越时空的生命力。那些人、那些事叠加在一起，浓缩成一部中国地质的发展史。

事非经过不知难。四十年来，一代代中国地质人坚守“上为国家做贡献，下为员工谋福利；无愧于国，无愧于民，无愧于团队”的企业宗旨；培育“爱国主义、集体主义、开拓进取、无私奉献、精益求精”的企业精神；形成“以客户为中心，持续健康、诚信守约、简单高效、求实创新、有为有位、合作共赢”的核心价值观；探索坚持“自营为主、可控分包、杜绝挂靠”的经营方式；孕育“胜则举杯相庆，败则拼死相救”的团队基因；构建“四轮驱动”发展格局；坚持“干一项工程、树一座丰碑”，努力做“一带一路”的践行者、生态文明的建设者，践行着“做强、做优、做大”国有资本奋斗者的企业使命。四十年的不朽征战，中国地质的奋斗道路、奋斗机制、奋斗文化，给中国地质人烙印下不懈奋斗的精神印记，这支奋斗的员工队伍，是我们最宝贵的财富。他们爱党、爱国、爱企、爱家，他们是历史的英雄，是今天的脊梁，是未来的希望。

此时此刻，重温四十年奋斗历程，不是标榜功绩，而是去思考：我们为什么能走到今天？正如钱穆在《国史大纲》序言中所述“温情与敬意”，我们想让更多新时代的中国地质人，带着“温情与敬意”了解公司历史，既不狂妄自大，也不妄自菲薄，公司当“再有向前发展之希望”。

历史和时代孕育了中国地质的发展。中国地质是伴随着改革开放，从借款 500 万元起家的。中国地质“18 棵青松”，仿佛小岗村的“18 个红手印儿”，标志着解放思想、改革开放的精神基因。四十年来，中国地质人靠着“善于闯、勇于试、敢于冒”的精神，在一个个能打出井水的地方找生意、站住脚、谋发展，亲带亲、邻带邻、同学带同学、朋友带朋友，为自己打造“饭碗”，一代又一代中国地质人接续奋斗的芳华，成就了我们今天的样子。

历史规律和时代问题同样挑战着中国地质。常言道，“创业难、守业更难”，基业长青难上加难。对个人而言，四十不惑，站上新的起跑线，人生下半场才刚刚开始；对企业而言，四十芳华，“18 棵青松”业已成林，基业长青任重而道远。中国地质在过去通过自我革新、艰苦奋斗经历了一个又一个挑战，闯过了一个又一个难关，在爬坡过坎的奋斗中艰难壮大。此时此刻，更应该问一问，如何承前启后，继往开来？

创业时期，中国地质探索坚持“资产经营责任制”，很多创业者“白天当老板，晚上睡地板”，孕育出了艰苦奋斗的机制和文化。随着部分老员工的富有、大量新员工的加入，中国地质在新时代国企改革的浪潮中，如何传承在艰苦奋斗中孕育出的强者文化？如何保持自我批判的精神？如何让制度与时俱进，更加适应新时代新征程高质量发展的新要求？

创业时期，海外一线享有充分的决策权，中国地质是机动灵活的。随着市场竞争进一步加大，如何在务实高效和管理风控之间优化契合“前线”实际的方式？如何让听得见炮声的前线“部队”机动科学召唤总部“炮火”？总部又如何积极科学地履行监管、服务和支持？如何协调资金、人才、物资等战略资源，进而进一步提高公司价值创造能力？

创业时期，中国地质始终坚持“有为才有位、有位更有为”，坚持拿“阳光下的收入”，通过为集体创造效益来赢得个人收入。当企业逐步做大，在专业细分、垂直管理等客观条件下，如何对掌握资源的人加强监管又防止损公肥私？工资、职位、奖金、评优等员工切身利益如何坚持价值导向？如何让“有为才有位、有位更有为”始终是公司不变的价值导向……

历史的大潮汹涌澎湃，时代的洪流滚滚向前。建司四十周年，这些时代的挑战虽不是本书着墨最多的部分，但时间是一位伟大的魔术师，从不驻足为犹豫者、懈怠者、畏难者等待，也从不辜负对坚定者、奋进者、搏击者的许诺。他启示今天，告诉未来——征途漫漫，唯有奋斗。如果每一次的自我忧患和批判，都能变成中国地质勇毅前行路上的一次提升或者对于时代问题的一次超越，那么这种批判就极其有意义。

“青松寒不落，碧海阔逾澄。”此时此刻，谨以此书回望历史、观照未来，四十年砥砺初心，走过一程又一程，再出发仍是少年；四十年接续奋斗，关关难过关关过，前路漫漫亦灿灿。期待新时代的中国地质人，从公司历史中真实地触摸到“深爱的中国地质”，勿忘昨日苦难辉煌，无愧今天使命担当，朝着迈向世界一流企业的梦想永久奋斗，一起向未来！

中国地质党委书记、董事长：

中国地质党委副书记、总经理：

第一章　远方的故事

你看那些苍鹰，神情坚定
从东方龙的传说里起飞
向着茫茫天宇，振翅翱翔
千里万里，不惧风雨，奋勇搏击
蓝天下，白云端，星河上
在异域的山川河谷和人们的心里
播种，播种那个神圣而又温暖的名字
——中国

雨季已经结束，科特迪瓦经济首都阿比让空气里翻涌着的一股股热浪，阵阵扑向车马喧嚣的街道和行人。大西洋湿热的海风，掠过几内亚湾水面，委婉地向人们传递亦喜亦忧的信息。眼下，新冠肺炎疫情肆无忌惮地侵袭全球。在科特迪瓦的外资企业，走的走，撤的撤，即便是留下的，也大多处于低迷观望的状态。病毒的狰狞面目，又一次让人类认识了自然的残酷。世界，悄然变化着。

阿比让道路两旁高大的棕榈树照样随风摇曳，椰子、杧果和芭蕉在旭日中安静地呈现着果实的光芒。远处，法式奢华的象牙索菲特酒店静静地矗立在潟湖岸边，彰显出阿比让地标性建筑的气派。

2020 年 9 月 25 日这天，城市氛围一如往常。这时，一行 4 辆车迎着晨曦驶来，“一”字形排开，稳健前行。车前方的中国国旗在晨风中鲜艳地招展，像是对行人致意。这是中国驻科特迪瓦大使万黎，陪同科特迪瓦总统瓦塔拉及总理兼国防部部长巴卡约科，出席中国“一带一路”绿色基础设施建设大型项目——中国地质科特迪瓦12城市供水项目的开工典礼的车队。

开工典礼上，锣鼓齐鸣，人们载歌载舞欢庆12城市供水项目隆重开工。中国驻科特迪瓦大使、科特迪瓦总统瓦塔拉带领总理和全体内阁成员出席。12城市供水项目是科特迪瓦总统瓦塔拉第三个任期内规模最大、最优先和最紧急的民生项目。总统不断称赞这是一个好项目，并向中国驻科特迪瓦大使表示感谢，感谢中国政府提供的友好帮助。

第1节　紧急开工

中国地质科特迪瓦分公司总经理侯柱林和常务副总经理郭义军与中国驻科特迪瓦大使万黎一行，从阿比让向12城市供水项目开工仪式所在地布瓦夫莱驶去。

12城市供水项目是科特迪瓦重要的民生项目。供水问题关系重大，为解决12省首府城市达洛亚、布瓦夫莱、图巴、奥迭内、本贾利、塞盖拉、芒科诺、萨桑德拉、大拉乌、迪沃、卡蒂奥拉、丹达的饮用水问题，科特迪瓦政府决定项目马上开工。于是，业主紧急通知国际承包商——中国地质工程集团有限公司科特迪瓦分公司，尽快组织人力物力准备开工事宜。定于9月25日在科特迪瓦中部城市布瓦夫莱，举行开工典礼。

12座城市供水项目的总承包商是中国地质工程集团有限公司（简称中国地质，英文缩写CHINA GEO）。此项目是中国地质科特迪瓦分公司在众多国际工程承包商的激烈角逐中，脱颖而出中标的项目，也是继出色完成经济首都阿比让一期、二期供水项目之后，中国地质承包的又一个科特迪瓦大型民生项目。

中国地质工程集团有限公司成立于1983年，主要从事国内外工程承包、矿业开发及矿产品贸易、国土环境整治等业务，是中国最早进军国际工程承包市场的中央企业之一。2010年，中国地质响应上级号召，并入中国节能环保集团有限公司，成为中国节能实施走出去战略的重要平台和工程建设服务的主力军，拥有房建、市政、公路、信息技术等多项总承包资质，以及地震灾害防治工程勘察、环保等专业资质。近四十年来，中国地质凭借丰富的施工管理经验和先进的施工技术，在国内外承揽了众多大型项目，以“守约、优质、高效”著称，赢得国内外政府和社会各界的广泛赞誉。

在海外，中国地质业务遍布世界 70 多个国家和地区，参与共建“一带一路”成果工作，国际化经营能力和水平一路攀升。2020 年，位列 ENR 全球承包商 250 强第 96 位，进入国际最大承包商前 100 强。中国地质始终秉持互利共赢的企业理念，积极践行央企社会责任，荣获中国对外承包工程商会的“社会责任卓越奖”，连续十四年被对外承包工程商会评为对外承包工程信用等级 AAA 级企业（最高级别）；被对外承包工程商会列入对外承包工程企业分级 A 类企业（最高级别），为项目所在国的社会文明和经济发展做出了卓越的贡献。

近年来，中国地质立足于国内大循环，促进国内国际双循环。在巩固海外市场具有优势的前提下，抢抓国内超大规模市场机遇，更好利用国内国际两个市场、两种资源；在服务构建新发展格局的过程中，育新机，开新局；随着“绿水青山就是金山银山”的理念深入人心，大力发展国土环境整治业务，并在行业内崭露头角。

在科特迪瓦乃至整个非洲，水，总是一个悠长而低沉的话题。水的问题，是重要的民生问题。

科特迪瓦，在法语中的意思是“象牙海岸”，全称是科特迪瓦共和国。冷战时期，科特迪瓦曾是西非最繁荣的热带国家。20 世纪 80 年代后期，由于种种原因，国内长期处于动荡不安的状态，2002 年至 2011 年的十年内战，使国民经济一蹶不振。

科特迪瓦自内战结束后，国家开始走上战后修复及解决民生问题为主的道路。2011 年 4 月，瓦塔拉当选国家总统。瓦塔拉执政期间，政局稳定，百废待兴，政府开始着力发展国民经济。解决人民的饮水问题，是民生经济的重中之重，特别是在新冠肺炎疫情冲击全球的特殊时刻，缺水已经是科特迪瓦政府刻不容缓需要解决的首要问题。

中国地质凭借在科特迪瓦经营二十多年工程的资历，尤其在市政供水领域积累的丰富施工经验和品牌优势，得到科方政府的高度评价。能够获得承建 12 省首府城市的供水项目，与之前中国地质出色完成了阿比让一期、二期大型供水项目赢得的良好声誉有很大关系。阿比让供水项目成为中科友好合作典范和标杆工程，中国地质也因此树立了优秀的中国央企形象。

阿比让是科特迪瓦政治、经济、文化中心和交通枢纽，是西非第一大港和非洲第二大港，是西非的金融、贸易、航运中心，也是布基纳法索、马里和尼日尔等西非内陆国家的重要出海口，战略地位和经济地位十分重要。阿比让一直被缺水的问题困扰着。居民们习惯了储水的生活，每当来水的时候，人们像欢度节日一般兴奋，家家户户将盆盆罐罐接满水收藏起来，不舍得洗衣服，更不舍得洗澡，只留着做饭和饮用。直到与中国地质相遇，阿比让的城市生活用水才不再是奢侈的事。

阿比让供水项目一期、二期工程，由中国进出口银行提供优惠贷款，日生产可饮用水 16 万立方米。工程包括 36 眼大口径水井，每眼水井平均水量 250 立方米 / 小时；2 座 4000 立方米 / 小时现代化水处理厂；4 座 4000 立方米 / 小时加压站；7 座 5000 立方米地表水池；提供和安装大约 200 公里 DN300–DN900 铸铁管道；安装机电和自动化控制系统……

随着阿比让供水一期、二期工程投入运营，由中国出资建设的饮用水系统供水量达到阿比让地区供水量的 1/3。阿比让南部地区供水短缺问题得到彻底解决，老百姓的饮水安全也得到保障。阿比让供水项目被科方列为中科两国合作的标杆工程。中科两国媒体也对该项目给予了特别关注。科官方报纸和电视台在施工期间多次进行宣传和报道。2018 年，中国中央电视台《远方的家》“一带一路”特别节目，和中国国际电视台中非合作论坛北京峰会特别节目，均将阿比让供水项目作为“一带一路”和中非合作样板工程进行了专题报道。从此，中国地质的名字深入人心。

阿比让供水短缺问题解决后，科特迪瓦政府又开始致力于解决内陆主要中心城市供水短缺的问题，提出“人人享有饮用水”的口号。鉴于中国地质的业务实力和优质服务，科特迪瓦政府顺理成章地托付中国地质再次挑起解决长期困扰 12 个内陆城市供水的重担，于 2018 年 5 月，与中国地质正式签署商务合同。

中国地质作为科特迪瓦政府信赖的中国企业，协助科方对项目进行融资，负责项目设计和施工全部工程。项目由中国进出口银行继续提供“优惠贷款”。工程内容包括：新修取水站，其中，1 座城市为 6 眼 Φ400 大口径深水井，采用地下水，其余 11 座城市采用地表水；新建水处理厂、加压站、地表蓄水池、高位水塔、水厂至高位水塔间主输水铸铁管道、PVC 配水管网、机电安装、自动控制系统等附属工程；翻修部分原有水厂。合同期三十六个月，日供水能力 9.5 万立方米，项目供水需求要满足到 2035 年。

项目从立项开始就引起高度关注，因为这项大型的供水项目完成后，将使 230 多万人受益，能够从根本上解决 12 座中心城市供水困难的问题。这项供水工程是改善人民生活条件的项目，影响深远，对科特迪瓦共和国而言，具有划时代的里程碑意义。这个项目是中国地质在科特迪瓦所有工程中合同额度最高的，也是中国地质单个合同额最高的项目（合同总价 19.7 亿人民币）。同时，又是总统瓦塔拉执政以来，中国地质拿到的最大的项目。这对中国地质来说，具有重大意义。

12 座城市全是内陆城市，缺水程度比阿比让有过之而无不及。阿比让是大西洋边上的海滨城市，取的是地下水。而这 12 座城市只有一个城市有地下水，其余都是地表水。中国地质将先天条件和后天修炼紧密结合，忍人所不忍，能人所不能，一步步地将老一辈中国地质人的精神，演绎成奋勇向前的张力和干劲；将中国地质精神，不断地推向博大和精深，使之在国际市场中崭露锋芒，也赢得科特迪瓦越来越好的投资环境。随着 12 座城市供水项目的成功落地，中国地质在整个科特迪瓦的影响越来越大。

这些年，中国地质凭借深厚的企业文化和“爱国主义、集体主义、开拓进取、无私奉献、精益求精”的五种精神，在科特迪瓦乃至整个国际承包商阵营中，树立了“中国标准”“中国品牌”“中国技术”的央企形象。

在新冠肺炎疫情严重冲击的情况下，承包科特迪瓦 12 座城市供水项目工程是令人振奋的，这让中国地质有被国际业主信赖的自豪感和荣誉感。这项工程是科特迪瓦的重大项目，是防疫需要的关键项目，也是科特迪瓦提出的“人人享有饮用水计划”框架内最重要的民生工程之一。全国上下都对项目给予重点关注和热切期望。

这对中国地质科特迪瓦分公司的领导班子和全体员工来说无疑是一次严峻考验。疫情暴发以后，他们在医疗条件比较落后的非洲国家留下来，既要防止疫情蔓延，还要一刻不停地帮助科特迪瓦建设供水体系，解决民生问题，这不能不说是巨大的挑战。

时任中国地质科特迪瓦分公司总经理的侯柱林压力巨大。公司已经将属地员工安排回家，只有中国员工还在坚守，员工队伍会有波动吗？员工的情绪能稳定吗？幸而长期以来，中国地质拼搏奋斗的精神已经浸润到每个员工的灵魂中。中国地质在科特迪瓦需要伸手支援的时候，绝不做逃兵。“必须留下来，和科特迪瓦同甘共苦，必须精心组织施工，履行中国央企担当的社会责任，按时保质保量完工，为中科友谊不断添砖加瓦。”侯柱林说。

侯柱林沉稳安静，性格和蔼，骨子里有一种韧劲，含笑的眉眼下深藏着睿智与悠远的情怀。他来科特迪瓦工作已经二十年了，这二十年既是青春奉献的二十年，也是不断成长收获人生经验的二十年。现在，侯柱林是中国地质的一员老将，也是一员猛将。这么多年来，他凭着自己出色的法语专业水平和业务管理能力，凭借工程承包招投标中敏锐的观察力以及驾轻就熟的项目回款技巧，得到公司和员工们的认可与好评。张明辉回国之后，侯柱林被任命为中国地质科特迪瓦分公司总经理。

12 座城市战线长，覆盖面广。侯柱林需要不停地思考人员组织、队伍建设、各种关系协调对接等问题。12 城市供水项目开工典礼的场地平整，管理人员分工，接待人员工作范围划分，各种工具物品的准备，各种计划、程序以及应急预案，特别是疫情防控方面，消毒、测温、巡察，准备必需的手套、口罩……

侯柱林首先在公司统一思想，做好每个员工及其家庭的思想工作，全面统筹。依照国内防疫标准，严格落实各项防疫措施。人员方面，安排属地员工全部放假，在家防疫。中方人员外出工作，一律穿防护服，戴护目镜，说话要求保持 3 米距离。考虑科特迪瓦常用药品短缺，国内采购时间周转较长，为保证员工的健康和安全，分公司想方设法筹集购买，持续保障防疫物资至少保持六个月的用量。

春节期间，科特迪瓦分公司的员工们坚守海外加班加点，不仅在建项目保质保量按期履约，还在 2 月 24 日接到了中国进出口银行正式发出的“科特迪瓦12城市供水项目”贷款协议的生效通知函。中国地质迄今为止合同额最大的优惠贷款项目，犹如一束光，照亮了那个令人难忘的夜晚。

分公司的全体员工身在海外，心系祖国，仅用两天时间，在物资匮乏的非洲国家采购到6600个N95口罩、300个护目镜、100套防护服等防护用品，日夜兼程空运回国，助力国内疫情防控。时任总经理助理杨伟等人取消休假，始终坚守海外一线。那段时间，涌现很多感人的事例。

分公司在做好常态化防控工作的前提下，齐心协力推进项目工作，全力以赴确保生产安全，全力做到疫情防控和生产建设“双战双赢”。4月16日和5月8日，国务院国资委境外疫情防控指导组先后两次对中国地质科特迪瓦分公司巡检和督察，对分公司做的各项工作给予了充分的肯定。

2020年9月25日早上，为了陪伴中国大使参加开工典礼，侯柱林和副总经理郭义军早早来到了中国大使馆驻地。郭义军一直是侯柱林的好兄弟好战友，比侯柱林早一年半来到科特迪瓦。二十多年的朝夕相处，两人在工作中相互支持、相互理解、互相成就，建立了独有的默契。

盛大的开工典礼现场，侯柱林和郭义军彼此无言，他们仰望着空中飘扬的五星红旗，思绪万千。连日来的操劳和压力一下子得到了缓解，激动与顾虑并存的复杂心情，好像也得到了抚慰。看到国旗，就看到了祖国，看到了亲人。中国地质每一位员工的血液里都流淌着中国地质的精神，那是中国地质几十年薪火传承、日积月累的文化精髓。

第2节　逆行之光

2019年10月17日，中国大使万黎在科特迪瓦外交部关于12城市供水项目政府框架协议和加尼瓦医院第三期技术合作项目协议签署换文仪式上表示，12城市供水项目和加尼瓦医院第三期技术合作项目是中科在民生领域的两个重要合作项目，将为改善科特迪瓦的民众饮水、医疗等基本生活条件做出积极贡献。中科两国各领域合作硕果累累，合作方式日益多样。中方愿与科方一道，进一步落实好中非合作论坛北京峰会和瓦塔拉总统访华成果，抓住两国共建“一带一路”历史机遇，继续深挖两国各领域合作潜力，提升合作水平，创新合作方式，让中科合作更多更好惠及两国人民。

仪式上，阿蒙–塔诺外长祝贺中华人民共和国成立七十周年，高度赞赏中国在过去七十年里取得的辉煌成就。强调两份协议的签署，深层次体现科中关系的活力和紧密性，称赞科中合作堪称南南合作的典范。

数十年来，中国和科特迪瓦之间的经济技术合作项目众多，中国地质在促进科特迪瓦经济和技术发展方面，竭尽全力，做出了重要贡献。

12 城市供水项目开工仪式异常隆重。科特迪瓦总统瓦塔拉率总理兼国防部部长巴卡约科和全体内阁成员出席。中国驻科大使万黎、经商参赞鲁军，科特迪瓦国务部长兼总统府秘书长阿希、水利部部长查巴、财政部部长库利巴利、预算与国有资产管理部部长萨诺戈以及当地政府要员等上千人参加了开工仪式。

瓦塔拉总统在讲话中多次称赞这个好项目，强调项目的重大意义，并真诚地向中国驻科特迪瓦大使表示感谢，感谢中国政府提供的帮助。中国大使万黎也赞扬科特迪瓦在瓦塔拉总统的领导下，国家经济领域尤其民生领域取得的显著成果，强调科特迪瓦是中国的好朋友、好伙伴和好兄弟。

12 城市供水项目再次体现中科友好和两国人民的深厚友谊。万黎表示中国政府将继续力所能及地为科特迪瓦经济发展提供支持和帮助。中国地质表示将一如既往地精心组织施工，继续履行中国央企的责任和担当，为中科友谊增光添彩。

2020 年 10 月 14 日，12 城市供水项目在大拉乌市举行了隆重的奠基仪式。科特迪瓦水利部部长查巴、总统府副秘书长兼重大项目协调部部长伊萨克等政府要员以及当地官员，中国地质科特迪瓦分公司总经理侯柱林、副总经理郭义军出席了奠基仪式。

查巴部长代表业主单位，详细介绍了项目的规模、具体工程内容以及项目的影响和意义。伊萨克部长在致辞中表示大拉乌市供水项目的建成将完善大拉乌市的饮用水供应系统，彻底解决大拉乌市及周边地区缺水问题，对改善当地民生条件和促进当地经济发展起着重要作用，感谢中国的大力支持和良好合作。

大拉乌供水项目是12城市供水项目的重要组成部分，日供水能力8000立方米，主要工程包括：为大拉乌市及其周边地区修建完整的供水系统，实施和装配6眼水源井，修建和装配水处理站、蓄水池、加压泵站、高位水塔，提供和安装输水管道、机电安装、自动控制系统等。

2020年10月21日至10月23日，芒科诺、塞盖拉、本贾利3个城市供水项目先后举行了奠基暨开工仪式。

2021年1月21日，奥迭内市供水项目举行了奠基暨开工仪式。

2021年2月18日，丹达市供水项目举行了奠基暨开工仪式。

2021年5月7日，迪沃市供水项目举行了奠基暨开工仪式。

12城市供水项目顺利开工，得到当地政府和居民的热烈欢迎和一致称赞。

12城市供水项目像花朵般次第开放了。

中国地质认真履行大国央企的担当和使命，精心组织，精细化管理，高效推进项目的施工进度，履责尽职，不辱使命。

第3节　突如其来的政变

在新冠肺炎疫情肆虐的情况下，12座城市供水项目毅然开工，中国地质科特迪瓦分公司“明知山有虎，偏向虎山行”。

水，是科特迪瓦急需解决的生活问题，也是维护社会稳定的政治问题。有了水，才能有效防止各种疾病的传播。疫情不断蔓延，中国地质勇敢地承担了这项有益于科特迪瓦的防疫项目。这种不离不弃的态度和行为，让科特迪瓦政府和当地人民深受感动，对中国地质产生更强的信赖。

生死攸关，更见精神。

无独有偶，在科特迪瓦内战时期，中国地质也没有离开。那段岁月，惊心动魄。那是中国地质科特迪瓦分公司在科特迪瓦经历的最不平凡的时期，也是分公司领导人生中最黑暗的日子。

2002年9月19日凌晨，科特迪瓦国家因选举总统出现纷争，数百名军人在阿比让哗变，军政府领导人盖伊在战乱中被杀。10月28日，反政府军宣布北方戒严，南北割据局面形成。从此，科特迪瓦国内出现政府军及反政府军两大阵营，政府军控制包括主要城市阿比让在内的南方国土，反政府军控制柏瓦海及北方等科特迪瓦2/3的国土面积。

其他各驻科公司纷纷撤离的时候，中国地质科特迪瓦分公司总经理张明辉也惊慌于科特迪瓦的暴乱。他为公司前途及业绩担忧，更为几百名员工及家属的生命安全担心。何去何从？

其间，中国地质总部考虑到人身安全是第一位的，要求张明辉等人回国。张明辉将其他人员安排妥当，自己却准备去第一线与反政府军交涉，想冒险通过封锁线将北部施工地区几百万美元的机械设备抢救出来。

当时，张明辉的爱人也在科特迪瓦，一看他要冒死去抢救设备，就劝他再等等，不要着急。张明辉对爱人说："你是知道的，尼日利亚钻机烧毁事件，一直是我的心病。我这一辈子不可能忘，现在公司这么信任我，让我在科特迪瓦做负责人，这是天大的责任，我必须保证人员安全和设备安全！"

作为妻子，她理解丈夫，她知道在他心里，责任高于生命。这个深明大义的女人，不再劝阻，而是要陪张明辉一起去。张明辉说："你不能去！子弹不长眼睛，我们孩子还小。万一我死了，还有你照顾孩子……"张明辉的儿子那时正在上高中。妻子坚定地说："我必须陪你去，要死也一起死！"

张明辉心里清楚，中国地质只是跨国企业，不牵扯所在国任何政治因素，与科特迪瓦政变任何一方都没有利害关系。所以他就想千方百计保护好公司的设备，不能因为打仗把设备打没了。

2002年暴乱开始后，中国地质科特迪瓦分公司的经理部办公区在南部阿比让城内。而北方反政府武装占领的2/3地区，正是中国地质打井项目的干旱地区，其中位于阿比让西北部的城市芒恩，是中国地质重要的生产施工基地及后勤仓库，存放着很多物资设备及大型机械机器。本来此处有一些属地员工驻守，结果，纷飞的战火让属地员工也跑光了，只留下一些大型设备、推土机、压路机、钻机、拖车等。飞机空中侦察，以为是大型军事设施，便集中炮火对准中国地质的施工基地及仓库狂轰滥炸，大火烧了一天一夜。接着，处在无政府状态下的当地居民，纷纷赶来将炸坏的机器零部件及碎铜烂铁洗劫一空。只有一些大型设备的主体，还可怜兮兮地矗立着。

张明辉和妻子千辛万苦地赶到芒恩时，中国地质基地已是一片狼藉，现场惨不忍睹。张明辉的心沉入了无底深渊，眼泪扑簌簌地往下流。这次的损失像沉重的石头，又一次重重地压在了张明辉的心头。

此后三个月，是中国地质科特迪瓦分公司最艰难的时期。因为，几乎所有常规设备都没了。

第 4 节　战火中的中国地质人

科特迪瓦战乱，科特迪瓦分公司只剩几辆小车，什么工程也干不了。中国地质总部郑起宇总经理打来电话，动员张明辉丢下所有设备回国。中国大使也敦促他抓紧回国。

张明辉接到公司总经理郑起宇的电话，心潮翻涌。他跟郑起宇说："郑总，我请求公司给我授权，在特殊的情况下，授予我决定人、财、物的权力。万一战争导致通信中断，我能够临时根据情况应急处理……"张明辉很清楚，这个时候能跟国内通上电话，已经很不容易了。万一要是炮火继续轰炸，信号中断，不能及时汇报，也不能及时接到总部的指令，那可就糟糕了。中国地质总部领导同意了张明辉的请求，同意张明辉战时全权决定一切问题。

有了中国地质的授权，张明辉要做的第一件事是抢救设备。

他召集郭义军和侯柱林开会，明确分工。郭义军负责战争期间的人员疏散，张明辉和侯柱林负责设备抢运及转移。

张明辉事后说："多亏了侯柱林，他在抢救设备方面发挥了极大的作用。他和郭义军都是顾大局识大体、仁义忠厚的小伙子，为分公司做出了重大贡献。"

侯柱林是 2002 年到科特迪瓦分公司的法语翻译，那时，他还不是班子成员。可是，在分公司最艰难的时候，他却挺身而出，深入战火前线工作，就抢救设备事宜找叛军谈判。他还找科特迪瓦各方政要及当地有权势有威望的人员疏通关系，甚至连非洲当地部落的族长或酋长等关系，也一一疏通。

侯柱林的经历颇具传奇色彩。

一天，他冒着战火去200公里之外的北方地区指挥抢运设备。他认为那里驻扎着国际组织的维和部队，应该会安全没事，一大早便叫上了当地的司机驱车出发了。车子行驶在高低不平的土道上，像迎着风浪的帆船。芭蕉林、椰子林一片片向车后闪去，乱世中的一切，连路边的石头土块都是惊慌失措的。路上见不到任何行人，只有太阳独自炙烤着这块干渴缺水的大地。

不知不觉已行驶100余公里了，当看到前面隐隐出现一个小村庄时，侯柱林一直悬着的心才稍稍放松了一点。突然，哐当一下车子停在马路的中间。还没等他反应过来什么情况，司机已经推开车门，撒腿跑进林子没踪影了。等侯柱林回过神来，才发现迎面正冲过来一辆出租车。出租车速度很快，路况又不好，眼见它七拐八扭地几乎就撞上了自己的车。出租车后一个高大魁梧的叛军正端着枪，追着出租车不停地打。子弹"嗖嗖"地从侯柱林的车子右边飞过。侯柱林脑子里一片空白，他下意识地避开子弹，快速地从左边下车，隐藏在车底下。

"快跑！快跑！"侯柱林听到几个村民对着他大喊。他一跃而起，从车底向路边的丘陵高坎跑去，然后趴在高坎后面，隐蔽起来。大概过了两三分钟的样子，枪声停了。他伸出头看情况，发现出租车被枪打得失控冲进路边的土沟里。车里出来一个满脸是血的女人，搞不清是枪打的还是车撞的。

拿枪的军人对侯柱林喊："出来，出来！你放心，我不开枪打你。"侯柱林跳下了土坎，走了出来。他自己明显感到双手在发抖。原来军人怀疑出租车里有可疑的人，所以追打，让其停下接受检查。军人让侯柱林将司机喊回来，说坏人才吓得逃跑。还说那个司机应该被开除，遇到危险自己先跑了。接着问侯柱林是干什么的。侯柱林平静下来，告诉他是来帮助支援科特迪瓦搞基础建设，给科特迪瓦人民找水吃的中国地质人。

那个军人点点头，竟然很关切地问侯柱林能不能自己开车回去，需不需要帮忙送回去。

侯柱林说：“谢谢您！刚才我听到枪声确实害怕，但我自己能开车。”军人说：“如果你能开车，你不要往前走了，把出租车上受伤的人送去看医生吧。”他让侯柱林回城里去，顺便把受伤的女人带去医院。

侯柱林说：“我不敢，她满脸是血，如果我带她去看医生，政府军会以为我是帮凶，我解释不清的。这样，我们两个都完蛋了。再说，我也不熟悉路。”因为政府军都是用袜子蒙住头只露两只眼睛的，到时候如果把自己当成叛军就坏事了。军人没有再强求，将侯柱林的车子搜了个遍，顺手摸走了车上一个中国制造的剃须刀，就让侯柱林离开了。

工地是去不成了，侯柱林只好返回分公司驻地。回驻地的路上，他无比想念万里之遥的祖国。那里安全、温暖又幸福，他为自己的国家而深感自豪，也为自己的妻女在国内平安幸福地生活而欣慰。当然，这次有惊无险的经历，他对家人只字未提。

等侯柱林开车回到驻地的时候，第一眼看到的竟然是跳车而逃的司机。侯柱林简直不敢相信自己的眼睛，他无论如何都想象不出，这个已经五十多岁的司机，是以怎样的速度“飞”回来的！他竟然比自己开车的速度还快！

一群属地员工正在埋怨蹲坐在门口的司机：“平时老板是怎么对待你的？中国人又是怎么对待你的？你怎么可以这样？”司机为自己争辩了一次：“我看到那么多的尸体，我……我就跑了。”说完，他避开别人的眼睛，神色黯淡得不知所措。

大家七嘴八舌地教训他，司机再也没有说话，只是不安地搓着手。侯柱林示意大家不要责怪他，说：“人在危险的时候，都有逃生的本能，他或许认为老板是中国人，不会受到威胁……”侯柱林的话，让司机羞愧又感动。

此后，侯柱林对这位司机反而更加关心和照顾。这位司机已经是老员工了，中国地质 1997 年入驻科特迪瓦，他 1999 年就来分公司当司机，如今已年过半百。平日他支持中国，忠于企业，尊重老板。侯柱林把这次意外，当成他有难言之隐。所以，不但不计前嫌，反而经常问寒问暖。直到 2020 年 7 月，这位司机员工在科特迪瓦分公司拿到退休金顺利退休。

每次谈判都很艰难。最艰难的一次是找北方反政府军谈判，张明辉和侯柱林要求将距离亚穆苏克罗以北 100 多公里处边境线上的设备运回来。为了避开众多的关卡和军哨所，他们事先将一些大型履带机器，一辆一辆地从偏远的农田或丘陵荒地开过封锁线，悄悄避开明枪暗炮，然后再用拖车运到南方。

就这样，他们耗时一年左右通过疏通各类关系、寻找各种途径，将分公司的设备从反政府军手里要回了一部分，又花钱赎回一部分。到 2003 年，停放在北方军控制区的大部分设备被运到了安全地方。最后一辆工程车，已经被反政府军改装之后变卖。而张明辉还是想方设法地通过中国政府派出的联合国维和部队，将那辆车追回。

每运回一辆设备，张明辉都像见到失而复得的孩子。他感慨万分地说："战乱中抢回来的这批设备发挥了大作用，分公司很长时间不需要再购买设备。"

不久之后，虽然还在内战期间，但科特迪瓦政变的双方都重视民生发展。国际社会也对广遭破坏的科特迪瓦实行紧急援助，民生工程项目增加。张明辉抓住了这一机遇，不论工程大小，只要有就干，而且确保信誉和质量。在内战期间的 2003 年至 2005 年中，中国地质科特迪瓦分公司共完成土路项目 600 多公里，乡镇供水井 200 多眼，铺设供水管道数百公里。

从 2003 年起，中国地质科特迪瓦分公司连年超额完成总部下达的营业及利润指标，2006 年分公司进入良性循环。在战乱环境中施工，风险巨大，而中国地质科特迪瓦分公司所做的项目，工程项目质量全优。他们从没收到过任何监理警告信，没有发生一起返工现象，更没有一起赔偿案件。那几年，分公司的施工区域几乎都在交战区或游击区。他们一边施工，一边听着周围的枪炮声，头上还不时有阿帕奇武装直升机飞过，地上偶尔会看到手握冲锋枪的十来岁的孩子民兵。

为了应对科特迪瓦不安定的环境，分公司成立了安全应急小组，与中国驻科使馆保持紧密联系。总经理张明辉强调项目施工灵活管理，安全第一。

联合国安理会于 2006 年 11 月 1 日通过了关于解决科特迪瓦问题的第 1721 号决议，2007 年 7 月 30 日科特迪瓦总统巴博和总理一起在布瓦凯举行的仪式上点燃了"和平之火"，巴博宣布和平已经降临，科特迪瓦局势走向和缓。

第 5 节　冷战变热战

2010 年 10 月 31 日，科特迪瓦举行总统选举。第一轮选举结果没有任何人选票过半，两个票数比较高的巴博和瓦塔拉开始进入第二轮选举。11 月 28 日第二轮选举之后，时任总统、人民阵线党主席巴博和前总理、共和人士联盟党、非盟党主席瓦塔拉同时宣布自己获胜，同时就任总统，各自开始组建自己的政府。联合国、欧洲联盟、非盟等国际组织认可瓦塔拉是总统人选，意欲并引导巴博承认败选，交出权力，而巴博拒绝失败。科特迪瓦陷入更激烈的内战。

科特迪瓦局势动荡不安，给人们心里都留下了阴影。那时，中国地质有很多项目和设备还在北部地区，反政府军抢财物，多次洗劫项目部。北部长期处于反政府武装控制状态，安全形势极其复杂。联合国派驻了维和部队，中间成立缓冲区，以免相互冲突。分公司抓住机会组织人力和车辆连夜往回运设备，最大限度地减少了国有资产损失。

2011 年的 2 月至 4 月，一场更为激烈的武装冲突爆发了。这两个月，是交火最猛、激战最烈的阶段。已经有经验的中国地质科特迪瓦分公司，有条不紊地做了周密计划。首先按照大使馆和总部的指示，将家属及女员工送回国内，其余几十个员工也相继撤离。张明辉这次成功将平时在科特迪瓦给员工及当地人看病的医生妻子劝回国内。当所有人员安排妥善之后，张明辉长舒了一口气。他立马着手安排保护设备的工作。

中国地质的 3 个工作点，都专门安排了中方人员值守。第一个工作点是阿比让城里的办公总部，张明辉和郭义军两人值守。第二个工作点是阿比让西郊重要生产基地，安排了 3 个人值守。第三个工作点是科特迪瓦中部地区，这地方是农田水利项目相对安全，留两个人值守。整个科特迪瓦，3 个地方共留 7 个中方男员工值守。

中国地质总部再次给张明辉下达指令，在保证人员安全的前提下，相机行事，该撤离就撤离。从 2002 年开始到 2011 年，整整十年，科特迪瓦内战由冷战变成热战，其他中资公司几乎都撤走了。然而，中国地质科特迪瓦分公司的人依然坚守。

地面上枪炮声骤紧时，张明辉和郭义军两人就转入地下室。夜晚，他们躺在海绵垫上睡觉，但外边的枪炮声不断，震得人很难入睡。张明辉是个军事迷，最喜欢看军事小说和军事传记，然而，当他真正面对现实中的战争的时候，他意识到跟他平日看战争题材的电影和书籍完全不是一回事。

子弹打到屋顶，炮弹落到院子里，把他们所在的地下室楼板都震塌了。他们能听到门口步兵出入的脚步声，拉枪栓的“哗啦哗啦”声，榴弹炮和冲锋枪射击的声响此起彼伏。张明辉描述当时的情景说：“我们也不知道那些军人在跑什么，也分不清楚是哪派军人，门口或院外很多军人扑通扑通、哗啦哗啦地跑。透过门缝往外看，那些军人来来回回地追，我们紧张得心都提到嗓子眼。不知道一梭子子弹打过来，会不会伤到自己。”

中国地质科特迪瓦分公司房子离阿比让军营比较近，直线距离不过两公里。双方炮弹都有打不准的时候，爆炸声把楼房上保温层震碎了，空心砖呼啦啦地塌下来。张明辉以为房盖塌了，他赶紧出来观察，所幸楼房还在，但是楼顶已经严重变形了。

4 月初，科特迪瓦战火更浓了，经理部离号称阿比让第二高地的军营德普拉多最近，张明辉和郭义军被困在驻地不能出门。这是他们最难熬的至暗日子。仅靠平时存的一些食物充饥度日。长期在打仗环境下生活，他们也积累了一些存粮食的经验，大体存够吃半个月的粮食，不敢多存。因为，中国人驻地多存的粮食和物品会被兵匪抢劫。

枪声、炮声，夹杂着人们惊恐的喊叫声和军人持枪追逐的声响，以及直升机挂着导弹，低空呼啸飞过的声音，让往日繁华的阿比让成为一座暗无天日的孤岛。

一日，郭义军刚从办公室把复印机搬出来，就听到身后有轰然倒塌的声音，他回头一看，几乎在他走出办公室大门的同时，房顶被落在附近的炮弹震塌了，转眼之间，经理部的办公室成了一堆废墟。真是生死就在一瞬之间啊！后来，郭义军每每回想这一段经历，就不无感慨地说：“差一点就命丧非洲啦！”

战争期间，街上所有的超市和店铺都关门了。张明辉和郭义军的粮食是提前预存的，蔬菜主要是洋葱和土豆。土豆已经生芽一寸长，绿绿的。院子里有一个看门的当地人门卫和一个女工，因为突发的战争走不了，张明辉就让他们留在院里住下。他俩没吃的，张明辉就给他俩一袋米，让他们自己做着吃。

艰难中得到施救的当地人，心中记着两位中国人对自己的好。有一天街上情况稍微好一点，门卫就到附近很小的市场转转，只买到两棵圆白菜。他回来就都送给了张明辉。

善良是人类的美德，不分肤色和人种。

残酷的战争中，也有温暖人心的故事。

第 6 节　信使: 意外的角色

政府军首脑巴博被抓，反政府军首领瓦塔拉上台。第二天，张明辉就跟新政府的官员取得了联系，他们说:“你们不用撤，我们保证你们安全！”就这样，张明辉心里有了底，更加坚定了不撤的决心。

一日，中国地质科特迪瓦分公司接到科特迪瓦水利部部长阿西的电话，让张明辉去指挥部见他。张明辉带上郭义军到了指挥部，阿西部长交给张明辉一封总统的信，又口头传达信上的大致内容: 新任总统瓦塔拉上台，愿意和中国建立友好关系。他请张明辉将这封信转交给中国政府，并转达总统瓦塔拉的友好态度。

张明辉和郭义军，感觉到作为信使的荣光。

科特迪瓦十年内战，几乎所有中资企业早已撤离。作为中资企业又是央企的中国地质，在新上台的瓦塔拉政府眼里，就代表着中国政府。毫无疑问，科特迪瓦政府相信中国地质，他们也知道中国政府相信中国地质，所以，他们才会将这么重要的政治重任交给中国地质。

科特迪瓦新政府希望和中国建立友好关系。张明辉赶紧将这个涉及两国关系的重要信息，汇报给大使。在这种特殊的时刻，中国地质人意外地扮演了信使角色。这是张明辉自己从未想到的。

科特迪瓦政府在讨论项目立项时，官员们纷纷提议由中国地质承揽并组织施工，他们认为，在科特迪瓦十年内战最艰难的时期，只有中国地质还在战火中坚持给居民打井，进行污水治理。中国地质没有抛弃科特迪瓦，他们为中国地质对自己国家的信赖而感动。科特迪瓦政府及当地居民记着中国地质这份珍贵的友情。

不久，中国地质总部郝静野董事长和胡建新总经理先后到科特迪瓦考察，受到科特迪瓦政府真诚而热情的接待。后来，孙锦红继任董事长，再次到科特迪瓦指导分公司工作，与科特迪瓦经济基础设施部部长会面。双方见面非常亲切，像多年的老朋友一样。这个部长就是科特迪瓦政府现任总理——阿希。

中国的外向型企业，其实就是在海外打拼的企业。把所有该经历的都经历了，该吃的苦都吃了。特别是在野外搞地质的人，什么样的苦都吃过，什么样的困难都扛过。中国地质人不怕吃苦，因为有从老一辈中国地质人的干劲里总结提炼出来的“五种精神”在支撑指引着。

在科特迪瓦，中国地质的水务品牌具有相当高的知名度和美誉度。当地人知道，只要是中国地质做的供水系统项目，无论是质量，还是管理和服务，绝对是一流的。所以即便科特迪瓦内战结束之后，形势开始渐渐稳定，大量的外资企业又铺天盖地地拥入科特迪瓦，中国地质依旧在科特迪瓦有得天独厚的优势。

当地人管中国地质人都叫“老板”。随着相互交往的频繁，他们对中国的了解也越来越深，很多中国的传统文化也跟随项目和中国地质员工传输到了科特迪瓦。

科特迪瓦的战乱，没有动摇中国地质员工的信念。中国地质人帮助当地进行战后修复，始终和当地人同甘共苦。战后去的杨伟、郭述虎、薛献强等，虽然没有经历过科特迪瓦的战火，但也脚踏实地为分公司的发展发光发热。

第 7 节　中国品牌

如果有一条路在呼唤，即使它很狭窄，也必定会通向春天。中国地质在科特迪瓦的故事，值得细细讲。

1996 年底，中国地质在科特迪瓦中标 430 打井项目。张明辉毅然应召中国地质，前往非洲履职，担任 430 打井项目经理。张明辉成为中国地质第一个借调的项目经理，他对未来充满了憧憬。

1997 年 2 月，三十七岁的张明辉和三十五岁的刘正国，以及其他 9 个年轻人，携带 1 万美元的现金和 4 台钻机，怀揣一腔热血，肩负中国地质的重托，踏上了科特迪瓦的国土。他们作为中国地质第一批踏入科特迪瓦的青春身影，揭开了科特迪瓦国际工程承包的序幕。

430 打井项目是中国地质在科特迪瓦承揽的第一个工程。标价较低，公司曾预计亏损。他们准备开工的时候，才发现带去的设备都不能用。

科特迪瓦丛林茂密，很多的小村子都隐藏在森林深处，大部分乡村道路都是树木掩映的小窄道，或者根本无路可走。他们带去的设备过大，既不适合森林山区运输通行，也不适应当地复杂地质条件下的施工。为了按期完成项目任务，必须先改造设备。

张明辉先弄懂英文说明书，结合当地的实际情况，带领大家改装机器，焊水箱，加工井管托架，改装空气压缩机……有什么困难克服什么困难。全凭自己动手动脑，人人都是设计师，他们硬是改装出了一套符合科特迪瓦国情的打井设备。接着尝试招收属地员工，像当年在尼日利亚打井一样，一点点教会他们打井技术。这样，科特迪瓦的打井队就成立了。

430 眼井项目是个大项目。战线覆盖几百公里，工期十二个月。4 台机组，每台机组一个中国机长、6 名雇员。科特迪瓦是个地广人稀的国家，稀稀落落的村子，零星地散落在茂密的森林或山野里。很远才能见到一个小村庄，一个村子一眼井，打井队要走 400 多个村子。整天被太阳烘烤，吃饭喝水都成问题。有时候来不及做饭，他们就吃当地人吃的木薯粉，也多次因为肠胃不习惯而腹泻、呕吐。

听说来了中国的打井队，村民们兴高采烈，全村男女老少都围过来看热闹。每当看到清冽的地下水从井口汩汩流出，他们便开心得手舞足蹈，大声传递喜悦的信息："哇！出水啦！出水啦！"

在酋长的带领下，他们杀鸡宰羊，招待打井队。欢声笑语充满原始落后的小村庄。临别之际，为了表达感激之情，村民纷纷拿出家里最珍贵的鸡、羊送给打井队，但都被打井队拒绝了。酋长找到机长，拉着他的手，很认真地说："你家里有妻子吗？"机长回答说："有妻子，也有孩子了。"酋长笑笑说："没有关系，我女儿长得很漂亮，也非常贤惠，你要是不嫌弃，可以娶她！"吓得机长连连摆手，一边跑一边说："使不得，万万使不得。谢谢酋长好意。"酋长望着英俊高大的中国机长，一脸失落，定定地立在村口的风中，看着远去的中国地质队员，嗫嚅半天不知道说什么才好。

之前，村子里的人习惯了喝积攒下的雨水和土沟里蓄的脏水，浑浊的泥水长满了青苔和水草，各种虫子在水中游走，很多人因长期饮用不洁的水而生病，常见的就是双腿肿胀。中国地质来了之后，给各个村庄打井找到地下的干净水，让他们过上了有品质的生活。他们对中国地质的感激无以言表。

430眼井项目在张明辉带领下，发扬中国地质精神，高度负责，精心管理，1997年6月项目工程开工，1998年9月提前完工。1998年10月，中国地质决定成立科特迪瓦经理部（即科特迪瓦分公司），任命张明辉为经理部经理（即分公司总经理）。

在2007年和2008年的内战期间，中国地质连续完成了500眼水井项目和300眼水井项目。

其中，500眼水井项目在北部军占区，北方反政府军指名中国地质打井。然而两军冲突还没有和平解决，中国地质哪里敢去。最后，北方反政府军找到了国际维和部队出面协调，希望中国地质能过去解决百姓的缺水问题，并明确承诺他们会保证中国地质打井队的安全。最后，由科特迪瓦国家水利局人员陪同，联合国维和部队护送，中国地质才同意过去。而且，中国地质不但给他们打了井，还完成了欧盟支援的13个镇子的供水项目。

刚到科特迪瓦的时候，条件十分艰苦。茫茫荒野，孤独而苍凉，喝水吃饭都成问题。每次机械设备转移都是件很费劲的事，挪动一次就等于搬一次家。疾病、干旱、烈日及异域不同的风俗习惯等，都是对中国地质员工的严峻考验，那时候，唯一可以依靠的，只有毅力。

中国人没有来之前，主要是欧洲人在非洲打井，如法国、德国、荷兰、比利时等国家的打井队。中国打井队来了之后，起先只能干两种打井工程，一种是条件特别艰苦，环境特别恶劣的；另一种是技术难度大，工程复杂且别人干不了的。好环境的打井工程，都给了法国和本地公司的打井队。中国地质为了站稳脚跟，能在国际市场竞争中赢得一席之地，忍常人所不能忍，能常人所不能，用中国地质的宝贵精神和中国人民的优秀品质，含泪饮血，坚强地与各种压力和各种险恶的环境进行抗争。

中国地质即使干自然环境恶劣的工程，也总是在三个方面优于别国的打井队：一是质量上有保证；二是工期上总要提前；三是价格上最低。中国地质不但有技术，还有中国人勤劳勇敢的品质。工程上的很多程序，中国地质人员都是事必躬亲，以劳力节省财力，打井质量好还节省材料，成本低。中国地质打一眼井，只需要 6000 ~ 7000 美元。之前，西方国家的打井价格基本在一眼井 1 万美元左右。这种凭自己技术实力和吃苦精神的干法，让中国地质在残酷的市场竞争中脱颖而出。

在张明辉的带领下，没用几年，中国地质打井队几乎占领了整个科特迪瓦的打井市场。后面的许多年，法国不得不佩服中国地质的厉害。因为，在无数次的招投标事例中，他们想尽办法，最终也竞争不过中国地质。就拿找水来说，中国地质找水的命中率几乎百分之百。法国的打井队在无数次和中国地质的比拼中，只能甘拜下风。

中国地质的实力是硬的，骨头是硬的，意志和精神，更是硬的。

对于中国地质来说，一口井就是一片风景，一口井就是风云变幻的国际市场竞争中的一席之地，一口井就是中国地质一面鲜艳的旗帜。这么多年，他们前后做了几百个项目，打了几千眼水井，中国地质的足迹遍及科特迪瓦城市和乡村的每个角落。

对中国地质来说，打井是再简单不过的工作。刚开始打的是农村 140 公分的压力井，后来，逐渐开始打大口径水井。总之，只要是打井，无论大小，中国地质绝对是人到水出，从不负众望。就这样，中国地质科特迪瓦分公司从小项目做起，慢慢做到现在拥有 200 多人的团队，业务也开始从原来的打井转向公路、水坝、土路、农田水利、水务等大型民生项目。

一路走来，中国地质作为较早进入科特迪瓦的中国央企之一，在科特迪瓦已经保质保量地做了几百个项目，以大国工匠的身姿，铸造了不朽的丰碑。中国地质科特迪瓦分公司干出了中国志气，打造了中国品牌。

第 8 节　中国信誉

2011 年 4 月，科特迪瓦十年内战落幕，北部反政府军首领瓦塔拉任总统开始执政。从 5 月份开始，国家进入恢复重建时期。中国地质经过艰难困苦的打拼，在科特迪瓦树立了良好的企业形象，通过各方面的铺垫，招投标方面已经具有相当强的竞争力。

分公司团结一致，不失时机地抓住了历史赋予的好机会，迅速赢得供水、打井、筑造水坝等几个项目。2011 年下半年开始，分公司所有在建项目及新项目都得到恢复和发展，整个局面显现出良好势头。中国进出口银行给科特迪瓦的优惠贷款项目——阿比让供水项目一期，随即也推动了起来。

此项目原是 2009 年签订的商务贷款合同，因内战政府不稳而搁置。分公司在新政府组成不久，便不失时机推动项目落地。2012 年底，阿比让供水项目一期正式签订。2013 年 3 月正式开工。科特迪瓦阿比让供水一期项目，是中国地质第一个执行的中国进出口银行在海外的优惠贷款项目。

阿比让一期供水项目 6.2 亿元人民币，算是中国地质比较大的单体项目了。中国地质第一次在科特迪瓦执行这样大的单体工程项目，总部非常重视，但对分公司执行管理能力存在一些担心。基于对分公司的爱护，曾提出让其与海外兄弟公司合作的意向。最终，张明辉给总部立下军令状，由中国地质科特迪瓦分公司独立执行。

谁也没有想到，阿比让一期项目执行过程中，出现了前所未有的问题。

自信满满的张明辉，对自己在水务方面的专业技术特长充满底气，可问题偏偏就出在专业技术上。

项目中包括 18 眼水井，其中有 11 眼水井在打完后测试中，水量都是每小时 300 ~ 400 立方米，完全满足要求。可是，在半年之后进行的抽水试验中，最大水量竟然每小时只有 80 立方米，远远低于平均每小时 250 立方米的设计要求。此种情况的出现，对于张明辉来说，无疑是当头一棒。这么多的钻井都出现水量不足的现象，使整个分公司陷入黑暗。如何是好呢？张明辉自己也不清楚，九九八十一难，他到底已经走到了第几难。

要强的张明辉，滑入天昏地暗的无底深渊。他茶不思饭不想，一边查资料一边分析，几天后，一个大胆的猜想进入他的脑海：不可能是地下水的水量不足，应该是施工中使用的原材料阻碍了正常的出水量。张明辉立即打算和副总郭义军回国，寻求此项技术支援。

动身之前，为了慎重起见，他们又通过视频找了很多国家级研究机构的专家论证，这个猜想又被推翻了。专家说那些技术都不适合非洲的情况，他们大部分提出的意见是重新打井，重新施工。可是，这对分公司来说肯定实现不了。经济成本太大不说，分公司也承担不起社会舆论压力，这是砸自己品牌的严重问题。专业的打井公司——中国地质，打出的井竟然 80% 不合格，简直太荒诞了。只要重新打，中国地质的名誉立马扫地，就连正在施工的其他供水项目，都有可能被勒令停工，甚至科特迪瓦分公司就被踢出局了。张明辉坚决不让这种情况发生。

张明辉顶着巨大的压力，绞尽脑汁地想到另一个技术问题，他想起了三十年前大学刚毕业时，曾经在辽宁锦州使用过的一些方法。于是，他连夜查资料，查到有一种叫焦磷酸钠的化学原料，发生化学作用后，能够解决钻井泥浆影响出水的问题。张明辉马上用空压机和焦磷酸钠进行试验。他在工地现场一蹲就是几天，指挥工人进行操作。

天无绝人之路，第一眼井试验成功。用焦磷酸钠洗井，水量超过每小时 300 立方米。经过七天七夜的试验，终于证明这种方式的效果非常好。

分公司将“焦磷酸钠洗井方法”普遍应用推广，准备两套设备，成立两个组，对所有打过的不出水的井，进行清洗。差不多两个月，11 眼井全部完成，所有水井的出水量超标完成。

阿比让一期供水项目工期二十四个月，分公司二十二个月左右全部竣工，而且通过验收。一期项目的成功，为获得二期工程项目创造了有利条件。中国地质的品牌不但没有受到任何影响，反而被这次意外出现的问题擦得更亮。

阿比让供水一期开工以后，由于业主水利局和监理公司是一家，突尼斯的监理公司签订的合同没有落实到位。在这种情况下，作为乙方的中国地质科特迪瓦分公司可以不闻不问，而张明辉却决定自费请第三方监理公司来监理自己的分公司，还请混凝土监理和钢筋构件两家监理，实际上就是请专业公司来进场，对自己的分公司施工进行监督。

这样的举动在施工工程领域非常少见，员工也不理解：业主都同意中国地质在没有监理的情况下施工，为什么还要自己花钱请人监督自己呢！其实，这个做法是分公司领导班子讨论之后所做出的决定。在没有监理监督的条件下进行施工，难以保证每一步和每一个环节都质量到位，要想真正树立起中国地质的品牌，必须要有“百年大计，质量为先”的胆量和气魄。

毕竟，在这方面的教训是深刻的。以往即使在有监督的情况下，当地人的施工队还会出现种种问题。如果没有监督，施工过程中的一些环节难以控制。所以，张明辉坚持要请，而且还必须得请两家。这个过程得到了科特迪瓦政府、业主和很多单位的赞赏。

科特迪瓦副总统兼总理带领多位部长到现场参观时，赞不绝口。现场施工文明、工程质量、施工管理等，让所有参观的人耳目一新。每一个环节的内部管理措施，都得到了专家们的肯定。中国地质在细节中表现出的优秀品质令科方折服。

阿比让供水一期项目施工时，曾有一段管道需要通过一条河流。中国地质考虑到二期施工的时候，一样还要通过这条河流。于是，中国地质决定利用一期施工现场，自费提前铺设管道，以免二期施工重复劳动，劳民伤财。中国地质这样的眼界和心胸，让科方业主非常感动，他们说二期还没确定给谁，你们就提前想到了二期工程的困难……张明辉说：“不管谁做，我们都给预留出来，到时候就会方便很多啦！”

另外，巴萨马过河的通道处是一个河口，分公司在一期施工结束后，发现了一处管道。如果将来工程出现需要维修的问题，一期和二期必须要分开运作，才能保证不影响正常供水。中国地质预测到了这个问题，就毫不犹豫地把过河管道的接口，安排了维修的预留口。这个维修预留口的转换接头由铸铁管接头儿，也是中国地质自费做成的。这项措施可以保证科特迪瓦这一供水项目，在二三十年维修期间不需要断水维修。

中国地质这些暖心的施工措施，让业主竖起大拇指，由衷赞叹：“中国地质真是大国风范担当，大国品质和大国的思想理念铸造的大国信誉。”

业主的赞扬，正是中国地质科特迪瓦分公司总经理张明辉的思想理念。所有这一切，在张明辉看来，都是自然而然的，从小处说，做人做事要厚道，要为别人着想，忠厚才能传家远。往大处说，中国地质树立的是品牌信誉。品牌信誉不是一朝一夕就能树立起来的，必须有长远的目标和长远的理念，做出优质工程，信誉才能深入人心。

2013 年底，在一期项目实施一半时，分公司和业主共同探讨，把二期项目从法国基金的计划中转移出来，利用中国进出口银行优惠贷款。经过努力，在一期项目还没有完工的时候，二期项目已经签订商务合同，合同额也是 6.2 亿元人民币。2014 年年底，顺利落地。

中国地质科特迪瓦分公司从 2011 年下半年开始、到 2018 年底结束，完成了 15 亿元人民币左右的营业额。这是分公司从 1997 年进入科特迪瓦市场以来营业额最高的时期，每年平均 2 亿元营业额，高的时候达到 3 亿元。科特迪瓦分公司也是当时海外分公司里经营状态最好的。

张明辉说：“在那种情况下，我们所有的设备、所有的物资都是由预付款项目资金完成，每年完成的利润额都很高。科特迪瓦分公司的净资产回报率大，因为没用公司任何资金。”

2018 年年底，张明辉最后一个任期结束，他选择分公司没有任何应收账款，银行存款、流动资金、设备物资等存货都比较丰富，市场储备也高的时机，推荐年轻有为的侯柱林接任总经理。张明辉用自己的才智和拼搏精神，赢得了公司领导和分公司全体员工的肯定；科特迪瓦分公司全体员工也赢得集团的认可和肯定。张明辉仰不负天，俯不愧地。

第 9 节　初来乍到

人们会对遥远的国度充满神往，很多人想象中的科特迪瓦应该是成群的大象在自由漫步，城市和田野一派热带雨林风光。蓝天白云映照下的大西洋，散发着梦一样的波光。其实热带雨林的自然风光虽然美丽，但是蚊虫叮咬厉害，由于缺水，传染性疾病司空见惯，尤其当地流行的疾病——疟疾让人防不胜防。

出国到非洲的人，一般前两三个月不容易感染。之后，身体像被环境腐蚀了一样，疟疾缠身是迟早的事。住在这里的人，几乎每个月要打一次摆子，得了疟疾的症状是浑身发抖，抖得不能站立。疟疾发作起来，需要立即打针吃药控制病情，否则疟原虫一旦侵入脑部，就会有生命危险。当地医疗条件有限，工地一般离城市都比较远，员工们最怕得这种疾病。

郭义军清楚地记得在科特迪瓦第一次见识疟疾的情景。刚到科特迪瓦不久，他和机长吴青松一起骑着自行车去验收刚刚完工的水井项目。他们每天天一亮就出发，马不停蹄，很晚才能回到有小旅馆的城市住宿。他们俩一个村一个村地巡察，一口井一口井地检测记录。

他们骑着自行车，走的全是红土路，狭窄的土路崎岖不平，路两旁的杂草肆无忌惮地疯长，打得自行车“砰砰”作响。又深又密的灌木和荒草覆盖了路面，行人穿行其间异常艰难，每当遇到深深的车辙，只能推着自行车走，这样就很容易被蚊虫叮咬。有一天，吴青松突然就病倒了，浑身冒汗，抖得不行，衣服全被汗水打湿了。郭义军一摸他的额头，滚烫滚烫的，这下可把郭义军吓坏了。在这天高地远、离乡背井的地方，找不到熟人也找不到医院，又没有电话联系，他不知道怎么办才好。吴青松抖动蜷缩一团，还不忘安慰郭义军：“你别怕，我这是打摆子了，我带了药，一会儿你给我打一针，让我再睡一觉，休息几天就没事了。”

“啊？我又不是大夫，怎么敢打针啊？给你打残废了怎么办？”

吴青松说：“别怕，那里没有神经，不会打残的。”之后，他还鼓励郭义军：“既然来非洲工作，学会打针是一门必修课，这是野外工程人员必备的生存技能。”

中国地质员工常年自备治疗疟疾的针剂蒿甲醚和口服抗疟药青蒿素片。在非洲长期工作的人都有经验，当感觉到身体疲惫，浑身骨头疼的时候，就是要打摆子的前兆。如果没有发烧，可以口服青蒿素片预防和缓解。如果已经发烧了，就必须打针。蒿甲醚一盒 6 支药，为一个疗程。一天打一针，一针打两支药，连打三天，再好好休息一下，保证充足的睡眠，一般就好了。

在吴青松的再三鼓励下，郭义军按照他的指导，掰开两支小玻璃瓶的药剂，把药吸到针管里，把针头朝上挤一挤，排干上部的空气，用酒精在吴青松自己划定的位置擦一擦，把针头轻轻地往那个位置扎了一下，因为第一次打针，郭义军没敢用力，结果针头没扎下去。吴青松告诉郭义军，得使大点劲，要不扎不下去，郭义军鼓起勇气，狠劲一捅，结果整个针头都扎进去了。

从此，郭义军真的多了一项技能——给同事打针。后来，郭义军竟然熟练到可以自己给自己打针。

郭义军自己第一次打摆子是他到科特迪瓦一个月的时候。那天领导安排他和会计王斌一起去离阿比让 500 公里左右的芒市。11 月份正是旱季，天气炎热，可是一路上郭义军总是觉得冷。傍晚到达公司在芒市的营地下车，大师傅刘冠星看到郭义军就说：“你的脸怎么这么红，不会是打摆子了吧？”一量体温 40℃。郭义军正是得了疟疾，人已经抖成一团。刘冠星立马安排一个房间，让他躺下给他打针。

一针下去，郭义军开始不停地冒汗，瑟瑟发抖，很快就昏睡过去了。同去的会计王斌晚上怕郭义军出事，守护了他一夜。中间喊了郭义军好几次，帮他倒水喂药。

后来郭义军打摆子次数多了，就成为治疗疟疾的内行了。当摆子快要来的时候，他能提前感觉到，及时给自己打针用药控制病情发展，并把这些经验传授给新来的同事。恶劣的环境，将中国员工逼成了治疗疟疾的行家里手。

侯柱林在科特迪瓦的情况却很例外，他身体素质好，在科特迪瓦有近十年没有过疟疾。但最终还是得上了，他说：“现在身体没有以前好了，抵挡不住啦！”

由于中国地质在科特迪瓦主要从事打井和供水项目工程施工，大部分项目都是在偏远的乡村。驱车在穷乡僻壤穿梭，颠簸几十公里土路到一个村庄去打井或者大一点的镇子去修水塔铺管线是他们的日常状态。

当地落后的村镇往往是没有水也没有电的，当地居民的家用电器只有手电筒和收音机，唯一的交通工具是自行车。他们晚上只能靠煤油灯照明。有的村庄就只有几户住着草棚子的人家。中国地质的专家们，有时候就借住在当地人的房子里；有时候就只能睡在自己随身携带的行军帐篷里面，吃饭也只能用随身携带的简易炊具自己做。

来非洲工作后，他们很快掌握了两项必备的生活技能，打针和理发。西非地区的理发店大多是做给女人编头发的生意。中国人在这里生活最大的不便，就是没法理发。如果是一个人待在某一个项目所在地，常常几个月不能理发，只好无奈地留起长发，在炎热的非洲，那是相当难受的。人多一点的项目所在地，都是在一个月难得的一天休息日里互相理发，大家也不在意好不好看，剪短就行。慢慢地总有几位心灵手巧的同事成为大家公认的理发高手，成为大家的义务理发师。

在科特迪瓦那些艰辛的日子里，孤独寂寞是中国地质员工的另一个代名词。他们不怕环境艰苦，不怕吃得不好、住得不好，最怕想家。每当一天紧张的工作结束，夜幕降临，他们就会思念自己的亲人和故乡。侯柱林说：“第一次去科特迪瓦的时候，没有网络，没有电视，就是有电视，也收不到信号。晚上没事了，劳累一天的几个人如同几只孤鸟。每当这个时候，大家就把国内带去的录像带一遍一遍地看……”侯柱林讲着这些，停了停，揉了揉眼睛，“只要是自己国家的片子，就反复看。上次我们搬家，办公室里还有好多的碟片和磁带。现在条件好了，这些也都不看了，有电视、有网络，还有手机、电脑，而且每个地方都已经装了卫星电视，条件发生了天翻地覆的变化……”

侯柱林出国的时候，他刚刚大学毕业不久，和许多海外的同事一样，思念家乡的亲人，六七十块钱一分钟的电话也打。但是他们不能常打，一是信号有时候不好，二是时区不同，要算好合适的时间打电话，才能方便接听。打电话时，几个人一起开车到很远的山顶上打电话，只有到高高的山顶上，才会有信号。一旦能顺利和家里联系上的，别提多开心了。有次一个同事充了50块钱的卡，电话接通之后，他让女儿记下自己的电话号码，结果电话号码还没有记全，电话就断了——50元话费已经打完了。

那时，他们给家里报平安主要还是靠写信，一封信要在路上七天，一来一回半个多月。等到双方都收到信，内容早已过时了。国内有对象的，只得书信两地恋。没有对象的，就借着回家探亲休假的两个月时间抓紧托人介绍，抓紧结婚，紧接着再天各一方，两地分居。中国地质身在海外的员工，人人都是这样的生活轨迹，恋爱结婚的模式也几乎一样。

收到家里的来信，拿到新项目或者项目顺利竣工，都是令他们高兴的事。每当喜事降临，分公司就组织大伙来到大西洋边上，在农民的草棚子里，吹海风，欣赏着无边无垠的大海。傍晚之时，点起篝火，一边制作烤鸡，一边载歌载舞。那一卷一卷涌过来的浪花，仿佛是撞击心房的问候和嘱托，让他们暂时忘记工作上的烦恼。这是中国地质员工们的欢乐时光。那些二十多岁的年轻人，既然选择了在这里创业，便得用意志和真情融入这片土地。在大西洋岸边守着篝火吃烤鸡，一直是中国地质科特迪瓦分公司组织的最具浪漫气息的活动。

岁月带走了一些东西，也留下了一些东西。当年一人可以吃一只科特迪瓦烤鸡的年轻人，如今青丝已变白发，他们将自己最好的年龄最好的青春，毫无保留地奉献给了非洲这片土地和这片土地上的人民。

现在的科特迪瓦分公司办公和通信条件已经大大改善。不必说用卫星电话和互联网跟国内外联系如何便捷，即便跟亲人通话和面对面视频也是分分秒秒的事。分公司建立了自己的网站，随时更新国内外新闻，分公司的人有了与世界同步的感觉。

第10节　最长的日子

侯柱林和郭义军两人都已经在科特迪瓦奋战二十多个春秋了，也习惯了非洲的生活。

郭义军说科特迪瓦是他生活时间最长的地方，甚至超过他自己故乡生活的时间。他感叹道：“来的时间长了，对这个国家和这里的人都产生感情了，非洲的兄弟特别讲义气。”

在 2020 年疫情严重的日子里，郭义军曾在日记里这样记述：

> 2000 年的今天，我第一次踏上这片土地，呼吸着空气中陌生的味道，听着“穿衣一块布，吃饭靠上树，花钱靠援助，种人不种树”的传说，开始在这修桥铺路、打井找水、参与建设饮水工程，走过很多村庄和城市。一晃二十年过去了，渐渐熟悉和习惯了这里的一切，见证了公司在这里的成长和发展，也看到了科特迪瓦人民对美好生活的向往和追求。虽常遗憾没有在父母跟前尽孝，不能陪伴妻女身旁，但也知足常乐。感谢家人的支持和理解，感恩生命中遇到的每一位贵人！这几天，科特迪瓦总统大选，暗流涌动，又因疫情防控新规，无法经第三国转机回国，相信困难只是暂时的，一切会好起来！

郭义军爱着洒下汗水的科特迪瓦，也时刻牵挂着养育自己的祖国和亲人，一颗红心两相呼应。

对科特迪瓦，总经理侯柱林亦是饱含深情。他说：“这么多年来，摸爬滚打干了那么多项目，经历了那么多的艰辛和磨难，现在各方面的条件都好了，中国地质凭自己的精神和实力，在科特迪瓦打下了一片天地。回想起来，公司取得这样好的业绩很不容易。”他说自己家是双胞胎女儿，曾想让老婆孩子都来到这个国度生活，以免长期两边牵挂。可是，孩子要读书，走不开，这种两地分居的生活还得继续。他非常感谢妻子这么多年为家庭的付出，也感谢她的理解与支持。

他们和很多的海外员工一样，一生遥迢万里深情相忘，一生无怨无悔地期待。可以说他们是现实版的牛郎和织女，不同的是牛郎织女是每年的七夕注定要见上一面的，而他们，每两年才能回家探亲一次。

从 2002 年开始，二十多年来，侯柱林跟着张明辉，足迹几乎遍及科特迪瓦大地。那些年，打井队在前面打井，侯柱林在后面验收，每个村子都要去。在非洲原始森林里，他一个人骑着自行车出入原始部落，要么烈日当头，要么树木隐天蔽日。有时瓢泼大雨，有时阴风怒号。生活单调乏味，工作氛围孤单寂寞，环境险恶离奇。那些遥远得不为人知的陌生小村落，留下他形单影只的足迹。

侯柱林顾不上害怕也想不到危险，他说："每当看到自己打出的井，就像看到自家人一样的亲切。我们中国人打的井，即使不写字，老远也能认出来。"

侯柱林从没后悔自己的人生选择，他说："无论怎么艰苦，这就是自己的工作，服从公司和组织安排，哪里需要就到哪里，工作都得这样干。"他认真又谦虚。其实，大浪才能淘沙，在非洲这么艰苦落后的环境，留下来的都是真金。在这样的环境下，除了要有一身本领，还要有坚韧不拔的毅力、战胜困难的勇气和信心。

现在，中国地质在科特迪瓦的项目越来越多，合同额也越来越大，从原来的打井业务已经成功转型升级到大型的民生项目。海外党支部发挥战斗堡垒作用，工作起来得心应手。中国地质在科特迪瓦的前景看好，他们发扬中国地质"五种精神"，队伍建设稳定，人员素质日益提高，思想上高度统一，业务上精益求精。

说起郭义军，侯柱林介绍说，他工作有猛劲也有韧劲，来到科特迪瓦分公司比自己还早近一年半，二十多岁过来，即将年过半百还没回去。"马上五十的人了，身体不像以前那样结实了。人过四十岁，总会有些小毛病，人到五十岁毛病就更多了。"他的语调里充满着爱惜。同时，他又像是在感叹自己："非洲的气候，很热，很潮湿。所以，感觉什么都快。时间过得快，工作节奏快，就连新陈代谢也快。"他笑了笑说，"明显感觉胡子也长得特别快……"接着，他转换了话题："中国对非洲影响是比较大的，随着中国'一带一路'倡议的深入，科特迪瓦政府和人民对中国的印象越来越好，两国关系也越来越紧密。"

中国地质驻科特迪瓦经理部张明辉、刘正国等人，从承包 430 眼打井工程开始，到目前已经承揽和实施完成了大大小小几百个项目。二十多年来，中国地质的足迹遍及科特迪瓦的山山水水。他们可谓是叱咤异国风云，一路披荆斩棘，凭过硬的本领和超强的能力，在异国他乡闯出了一条创新之路。他们是中国“一带一路”的实践者。

每一个心酸的故事背后，都有一段无法抹掉的记忆。

中国地质由最初打井起步，到如今已成为跻身于国际工程承包竞争市场的知名企业，这一程山水一程繁华的起伏，其间所经历的曲折和磨难，饱尝的酸甜苦辣，是考验，也是荣光。

第二章　时光中的巴基斯坦

时间之马，虽已飞奔走远
仍清晰地传来强劲的蹄音
听风说，某年某月你来过
用热血传输冷峻雄浑的主题
用青春谱写催人奋进的高歌
无数个苦楚焦虑的夜晚
不负信念而毅然选择冲刺
从机械轰鸣与驼铃咏叹声中
走来的华夏之子奋力对垒困厄
纵使哭过笑过却从未退缩
后来，完成使命便挥别了云朵
挥别那些故事里的事
泪滴浸润的岁月
叠进年轮
在青春和记忆中留下不朽的传奇

讲中国地质的故事，总要从中国地质人讲起。

每当看到孙金龙、宗国英、王愉吾、孙锦红、胡建新、沈琦、张明辉、刘中华、丰年等人的名字，仿佛就能听到来自遥远国度的水流声。

对于中国地质人来说，这些耳熟能详的名字及身影与高高的钻井塔一起，站成了中国地质的标志。一批批优秀专家的故事与他们的精神，镶嵌进中国地质发展的历史，也牢牢地刻进了人们的脑海。他们的意志催人奋进，他们的精神鼓舞后人。

中国地质生生不息的历史源远流长。其源头始于18位中国地质前辈——“十八棵青松”。“十八棵青松”犹如18颗闪闪发光的明星，高高擎起中国地质璀璨的天空。

一切偶然，都是必然。

1982年11月，中国地质18位成员带着500万元的家底，与原单位地矿部外事局告别。从此，这18名从地矿部外事局四处分离出来的中国地质成员——孙人一、张玉华、田震宇、陆华民、李速成、张利东、李发旺、张建崑、徐随健、陈富贵、陈兵、章布申、陈培生、高崇德、颜怀温、王庆山、段大任、商士林——被尊称为“十八棵青松”。孙人一担任总经理。

茫茫天地，何处是归程？摆在“十八棵青松”面前的，是创业概念的重构，是理想与现实碰撞后的结合。对于未来，谁也画不出清晰的轮廓。从组织形式到创业目标，从有限的业务范围到无限的未来时空。

恰恰在这时，一个重要的契机出现了。20世纪80年代中国政府实行对外援助政策，给新兴的中国地质提供了“天高任鸟飞，海阔凭鱼跃”的机会。它的光环深深地吸引了18双眼睛和18颗振奋的心灵。

那时，每个省都有一个对外公司，每个部委都有一个对外的窗口企业。中国地质作为地矿部对外窗口企业，承担着对外经援的任务，主要业务就是打井。所以，公司一开始，名称是“中国地质勘探和打井工程公司”。

公司开展打井承包工程的国家，主要在亚洲的巴基斯坦和非洲的尼日利亚等几个国家。只有18个人的公司，要到海外承包打井业务，困难重重。为了履行承包工程合同，公司先是依靠各个省局的力量，抽调业务骨干，一起做承包项目，即公司拿到项目以后，就分包给各个省局，或和省局合作开发。这样，初步建立了国内的合作关系。于是，一种创新的工作形式出现了。后来，公司通过打井，打通了海外途径，建立了海外关系。公司通过不断引进人才，扩大范围，增加工程量，一点一点地树立起了形象。

随着一眼井一眼井的成功钻探，在开展承包工程的国家，公司渐渐架起了友谊桥梁，积累了越来越多的海外人脉。公司开始步入国际工程承包市场，真正成为对外企业的窗口。

“却顾所来径，苍苍横翠微”。当初，仅仅往前迈出的一小步，就决定了公司后来发展的一大步，继而开辟出了一片广阔的天地。

第 1 节 时间的另一边

巴基斯坦信德省有一个偏远的小镇米普哈斯，这里除了白花花的盐碱地覆盖了人们的想象，还有盗贼猖獗，土匪泛滥。中国驻卡拉奇总领事馆发出通知，提醒驻巴中国公司尽量不要到该地办事、施工等。而此时，险象丛生的米普哈斯，正被百年不遇的洪水淹没在一片汪洋之中。在连一只鸟都没有的荒漠雨幕里，却站着 3 个中国人。

他们在巴基斯坦米普哈斯的茫茫荒野中，站成孤独苍凉的符号。他们不时地比比画画，一会儿抬眼看看远方，一会儿低头看看图；分散查看，又凑一起商谈。他们在滂沱的大雨中，举着被风刮折的雨伞，在天地间走出一个一个的问号。

移动，是一个一个的逗点。聚拢，是立地成塔的堡垒。

这 3 个人，就是承担米普哈斯地区暗管工程的中国地质项目组核心成员。站在最前面的是三十岁的项目经理宗国英，年长的是五十七岁的总工程师刘子义，年龄最小的是孙锦红，二十八岁，负责外事翻译和商务谈判。

他们一边讨论，一边测量水的深度。他们将对未来困难的预估和猜测，默默压在心里，谁也没说一个“难”字。但眼前的景象，又岂止一个“难”字能说得清楚。在这样的地方改造盐碱地，简直是在考验中国地质人的能耐和毅力。这种考验，很大程度上了落在了宗国英、刘子义和孙锦红的肩上。

位于南亚次大陆的巴基斯坦，全称是巴基斯坦伊斯兰共和国，意思是“圣洁的土地”“清真之国”，是世界上唯一用宗教命名的国家。国民大多信奉伊斯兰教，使用乌尔都语。1951 年 5 月 21 日中巴建交以来，两国共同尊重和平共处五项原则，是“两国崛起时互相鼓掌，失落时彼此激励”的好兄弟。巴基斯坦将“禁止破坏中巴关系”写进了法律。

巴基斯坦是热带气候，降水少气温高，少于 250 毫米降水量的地区占全国 3/4 以上。印度河流经地区径流变化很大，为满足灌溉农业生产需要，必须大力兴建水利工程，一是调节水量，二是改造盐碱地。在这样的背景下，中国地质在众多国际大公司参与投标的激烈角逐中，脱颖而出，和巴基斯坦水电发展署签订了承担实施米普哈斯暗管工程项目的施工合同。

那时候，改造盐碱地有两种有效的办法，一种是传统意义上的打井和在地面挖沟引水改善盐碱；另一种是采用国际上先进的管道技术方式，即在地下铺上网络状的暗管集水排出以降低地下盐碱水位。后面的技术较之传统方法速度快效率高、效果好，但施工难度大、成本高。这种技术在中国，只有新疆建设兵团农二师尝试过，还没有推广普及。而巴基斯坦米普哈斯的盐碱地，面积大盐度高，如果想彻底改变土壤性质，最好的办法就是使用暗管铺设达到根治效果。

这项耗资巨大、技术先进的项目，是巴基斯坦国家的重要项目，对中国地质来说等于押宝。它由石油输出国组织（OPEC）提供贷款，由世界银行管理。业主是巴基斯坦水电发展署（WAPDA），监理工作由英国公司负责。工程总标价 3.65 亿卢比（折合 1207 万美元）。工程包括改造米普哈斯地区 2 万英亩盐碱地，其中，铺设长度 195 千米，埋深 2.5 ~ 3.5 米的大口径集水管；另铺设长度为 502 千米，埋深 1.9 至 2.5 米的各种口径不等的田间管；修建泵井、泵房 21 座；修建检查井（又称人孔井）86 个和 96 座附属过路过桥结构。

完成好了当然最好，给中国地质甚至中国增光添彩。反之，全盘皆输。不但会深陷赔款纠纷的种种泥淖，更会有损国家与公司声誉。其实，海外的每项工程无论大小，每项工程甚至每个人，都代表着国家和民族的形象。所以，每个细节都要严谨，不能有一丝一毫的差池或疏忽。

时间紧任务重，第一步必须尽快解决地面肆虐的汪洋积水，以便安营扎寨，组织施工人员进场。合同上白纸黑字写着，工程期限从 1994 年 9 月 10 日至 1996 年 9 月 15 日。要求工程必须完全按照国际标准《土木工程施工合同条件》（FIDIC）条款执行和管理，并且明确承包商如有违约将面临极其严厉的经济处罚。

契约就是命令，没有任何温度和情感，只要双方签了字，它就受到法律的监督和制约。巴基斯坦政府和巴基斯坦水电发展署越是高度关注这个项目，英国监理公司越是疑虑重重。他们对中国地质持着将信将疑的态度——这样一个大工程，中国人行吗？

是啊，这一次中国人行不行，就要看中国地质行不行；看中国地质行不行，就要看宗国英、刘子义、孙锦红三位核心领导行不行。

此时，3 个人仿佛茫茫雨雾中三片飘浮的树叶。他们冒雨而来，不只是简单地勘察工区的地容地貌，还有为暗管工程到底是公司自主经营，还是转包经营提供参考依据。

本来，对于巴基斯坦米普哈斯暗管这一合同额巨大的工程，中国地质总部存在两种不同的意见，自营或转包是争论的焦点。这样就出现了主战和保守两派。保守派认为该项工程合同额巨大，自营难度高，没有过硬的技术和经验，怕有风险。主战派认为，转包出去同样存在风险。项目经理和财务都不是自己人，即使干工程挣了钱，万一有个闪失，后果也不堪设想。

根据 1988 年中国地质承包的 CRBC-63 号标项目工程的经验教训和巴基斯坦隧道项目的经验，中间都是转包干不下去，中国地质接管收拾残局才转危为安的经验，中国地质完全有能力自营。

到底是自营还是转包，在这个相持不下的关头，公司总部派出宗国英、孙锦红和刘子义，火速赶赴巴基斯坦暗管项目所在地实地勘察，综合分析，为公司提供可靠论据，以便公司做出决定。他们重任在肩，不敢有任何怠慢。刚刚赶到卡拉奇，就冒雨租车赶往工地现场。

二十多年之后的 2022 年，已经是中国地质党委书记、董事长的孙锦红，提起巴基斯坦米普哈斯暗管工程时，还记得当时自己的描述：“左看一片汪洋，右看汪洋一片，往前看汪汪洋洋……”

第 2 节　艰难破局

无论项目有多难，既然合同签了，已经没有任何回旋余地，至于选择什么方式经营，等汇报情况之后，公司领导再论证决定。其实，此时此刻，3

个人已经基本有谱了。困难压不住勇敢的心，总得往前走！

小伙子孙锦红，拥有地质工程和英语双重学位，不仅具备地质专业素质，还有驾驭英语谈判及翻译的能力，是对外工程项目不可或缺的人才。他原本就是成都理工学院的英语讲师，受聘负责巴基斯坦米普哈斯暗管工程项目组外事和翻译工作。此次是他第一次受命远赴巴基斯坦。

项目经理宗国英，是海外工程承包领域经多见广久经沙场的干将，他曾经为公司的海外事业先后 18 次出入巴基斯坦。

1987 年，刚刚大学毕业的宗国英受中国地质委派，第一次到巴基斯坦作为中国地质驻卡拉奇办事处的工作人员，揭开海外工作的序幕。不久，作为中国地质代表前往巴基斯坦俾路支省奎塔地区的打井队指导工作。之后，又被公司派往信德省海得拉巴地区坦图阿拉亚 485 工程项目工作。485 工程结束后，紧接着又转到海得拉巴市 11–A、11–B 污水处理厂工程，依旧担任中国地质代表。此后，他还相继参与信德省拉克拉煤田试验井项目，俾路支省穆斯林巴河铬铁矿考察项目，伊斯兰堡巴基斯坦——沙特中心 20 层大厦建筑工程等多项工程的实施工作。特别是中国地质承担的 CRBC–63 号标工程，使宗国英各个方面的能力都得到了锻炼和提高。

刘子义，是宗国英从新疆生产建设兵团农二师挖来做暗管工程的高级工程师。所有的偶然，都是必然，宗国英和刘子义的相遇，恰恰暗合了这种说辞。他们并没有传奇的相遇，也没有诗意的约定。宗国英到新疆库尔勒了解参观农二师实施暗管技术改造盐碱地现场，他一眼便相中了胆大心细敢于实施创新技术的刘子义。宗国英毫不犹豫地挖走了刘子义，并给他提供更大更广阔的施展专业才华的舞台。

宗国英有了孙锦红和刘子义两人，犹如拥有了左膀右臂。加之先前中国地质经历过惊天动地的 63 号标工程项目，已经积累了丰富的经验及攻克难关的能力，宗国英对米普哈斯暗管工程，已然拥有自营的勇气。

对于早在 1988 年上半年，中国地质承包的巴基斯坦 CRBC–63 号标水渠工程，到底都经历了些什么？为什么这个工程，会牵动每个中国地质人的心？都过去那么长时间了，为什么只要一提到巴基斯坦 CRBC–63 号标，每个人都会情绪激动，如同某种特殊的印记触及了灵魂？这个工程，究竟给中国地质带来了什么？曾经经历了哪些风风雨雨？为什么这个项目到了最后，会作为中国地质工程的里程碑，保留在所有人的记忆深处？

时光，带着一连串的问号，越过三十多年的岁月，那项承载着中国地质老一代青春记忆的巴基斯坦 CRBC-63 号标水渠工程，像画卷徐徐展开。

1988 年，中国地质中标了一项巴基斯坦国家重点工程。合同总价 1400 万美元。工程内容包括修主渠 15.7 公里，支渠 37 公里，建渡槽 8 座，虹吸构筑物 4 座，桥梁 8 座等。工区位置在巴基斯坦西北边境省迪尔汗地区，工程全称为“恰希玛右岸水渠工程”。

这项工程的内容主要是引导并利用印度河河水，改善干旱区农田灌溉条件。

这项引河灌溉的水利工程是由业主巴基斯坦水电发展署向国际公开招投标。那时中国地质还没有做海外大型工程的经历和资质。严格意义上说，中国地质只靠自己独立，完全不满足资格预审的条件。因此只能以中国外经企业的名分，联合当地有一定实力的拉姆赞公司（Ramazan），利用其他地方势力的影响力，组成联营公司——RaKGeo，联合投标（Ra 代表拉姆赞公司，K 代表昆弟，Geo 代表中地）。结果，在对手如林的激烈竞争中，联营公司 RaKGeo 中标，一举拿下 CRBC-62 号和 CRBC-63 号两个项目。

按照标前约定，中标后，两个项目均由拉姆赞公司独立实施，中国地质和地方相关势力作为项目合作方无须管理和投入，只收取一定比例的管理费。这项水利工程项目，是中国地质有史以来参与的最大的海外项目，具有里程碑意义。

中国地质在国外中标大型水利工程项目，上下一片欢腾。毕竟，中国地质已经实现产业结构转型，以崭新的身影首次亮相国际承包工程市场。然而，真正的考验正在悄然降临。拉姆赞公司按照标书要求如约启动项目，如期收到业主拨付的相当于工程总量 10% 的动员费（预付款）。拉姆赞公司利用这笔启动资金，购置了十几辆苏联遗留在阿富汗的破旧二手卡车，修建了 CRBC-62 和 CRBC-63 项目的简易营地。拉姆赞公司急于拿到支撑两个项目所需的工程款，不顾当地特殊的水文、地理、环境情况，在没有完成任何防洪设施的前提下，全线开挖长达约 40 公里的水渠。

恰希玛右岸水渠工程恰恰处于洪泛区，每年季风季节到来，雪山融化，山洪裹挟着大量的泥沙，浩浩荡荡地奔向印度河。为了安全度汛，项目在设计中包含大量的虹吸、渡槽、丁坝、防洪堤等防洪设施，引导洪水平安通过。开工当年洪水如期而至，在没有建成任何防洪设施的情况下，洪水席卷了现场的施工材料和机具，泥沙迅速填平了刚刚开挖的水渠。整个项目全线停工，施工现场一片狼藉。

拉姆赞公司紧急电告业主和中国地质卡拉奇办事处，面对如此艰难局面，他们无法继续履行施工合同和联营公司的内部约定，请求联营公司主导方中国地质立即接手项目。与此同时，亚洲开发银行的使命团、水电发展署主席、监理公司执行董事纷纷来到现场，责令作为联营公司主导方的中国地质必须承担主导方的法律责任，按照合同规定如期履约，否则将立即终止合同，没收履约保函，按照合同约定索赔损失。亚洲开发银行也同时将中国地质列入黑名单，三年内不能承揽任何该行出资的项目。

中国地质迅速组成工作组赴巴谈判，挽救危局。经多方反复磋商，巴方同意将 CRBC-62 号项目与 CRBC-63 号项目交由拉姆赞公司和中国地质分别独立实施，独立核算，自负盈亏。合同规定的权利、义务不变，工期不变，业主暂停终止合同。

中国地质虽获得了喘息之机，但真正落实到具体怎么去实施时，却一片茫然。当时，中国地质成立的时间短，没钱没设备，更缺少工程技术人员和大型工程管理人员。中国地质自我感觉实力不够强大，就尝试在国内寻找期待走出国门的合作伙伴。经多方遴选，最终确定把工程转包给了黑龙江送变电工程公司。事实上，主包和分包都是摸着石头过河，谁也没有把握稳操胜券。再度开工后，因监管不力而被撤职的中国地质卡拉奇办事处原主任姚安国，为拉姆赞公司聘请了施工经验丰富的广西国际公司负责 62 号标工程的施工、管理。他们及时紧缩战线，从国内调集资金和技术力量，各项工作开始步入正轨。而中国地质的 63 号标却仓促应战，阵脚大乱。

前期水渠开挖之后，业主已经支付过工程款。水渠被洪水填平后，必须再次开挖，但业主不能二次支付。水渠开挖就只能白付出，没有收入。再者，项目坐落地迪尔汗是巴基斯坦最热的地方，半沙漠地区气温高，地面几乎没有植被，离市区很远。那里没有水，也没电，更没有蔬菜，环境非常艰苦。第一次出国干工程的黑龙江送变电工程公司施工人员别说干活了，连日常生活都受不了，简直寸步难行。由于施工队组织不力，各种矛盾层出不穷，进度非常缓慢，半年过去了，连续出现“零”进度现象。

最后，是实在干不下去了，黑龙江送变电工程公司坚决撤出这个项目。中国电力部和地矿部两个上级部门协商后，同意黑龙江送变电工程公司撤出，他们投入的设备全部留给中国地质，另外，再补偿中国地质三四十万美元的违约损失。据说，他们回去之后开了个庆功会，庆祝终于解套胜利。

就这样，中国地质好不容易中标的 CRBC-63 号标工程，转包出去又被人家退回，工期已被浪费得所剩无几。意外的打击，让刚刚成立不久的中国地质分公司再度陷入困境，风雨飘摇。想要绝处逢生，中国地质只能组建自己的队伍。

中国地质代总经理田占鳌原本是从天津地矿局调入的，他熟悉天津引滦入津的重点工程指挥部，拥有很多搞水利的专业人才。通过沟通协商，田占鳌从该工程指挥部借调了十几位专业人员负责施工和技术。中国地质派出公司内的精兵强将负责财务和外联。财务部经理助理马进民出任项目经理，物资部副经理孟炎昌担任项目副经理，营业一部经理徐随健负责卡拉奇办事处。其他组成人员有：卡拉奇办事处的宗国英、张旺民，营业一部的宋春、沈琦，办公室的黄小林。同时又在社会上招聘了精英人才，组建成赶赴巴基斯坦 CRBC-63 号标工程项目的精英队伍。

王愉吾就是这次社会招聘的人才。

河北地质学院才华横溢的英语教师王愉吾，因英语水平功力深厚，曾在地矿部的外事活动中担任现场同声翻译，年轻潇洒的身影，给现场人员留下了深刻的印象。看到中国地质的招聘信息，已经当上外语教研室副主任的王愉吾，决定到中国地质面试，应聘去巴基斯坦项目。

据说，当时面试官是 CRBC-63 号标项目经理马进民，他见到王愉吾的第一眼，便拿出一本全英文版的标书，指着其中的一个大段，让王愉吾说出是什么意思。王愉吾瞥了一眼他递过来的标书——《菲迪克条款》。

王愉吾知道这就是考试，就一句句翻译给马进民听。刚到一半，马进民就说：“得，不用说了，过关。”接着喜出望外地说：“你要没这个水平，肯定翻译不了刚才这一段，后面就不用试了。你可以直接去巴基斯坦了。”当时王愉吾以为马进民是英语方面的专家，后来才知道，他就是上级指定的CRBC-63 号标项目经理。

1990 年 12 月 4 日，王愉吾带着自己美丽的梦想来到中国地质。当天，便和老乡——现任人力资源部经理沈琦以及天津重点指挥部的工程技术人员一起飞往巴基斯坦。王愉吾是个文绉绉的青年人，有艺术气质和明朗性格相结合的文人气，但来到巴基斯坦项目实施地后，很快变成一个大喊大叫的“野人”。他究竟是怎么被现实洗礼“野化”的，连他自己都搞不清楚。

按照原定计划，该项目工程由天津市重点指挥部 10 多个专家组织实施，接手之后重新制定施工方案，招聘当地的分包队伍和力工，租赁设备，采购机具和材料，分步、分项顺利完成任务。

可是，想象总比现实美好。天津重点指挥部在国内是甲方，负责审核、监督施工，本身并非成建制的施工队伍，缺少施工经验。他们下车伊始便与巴方监理公司发生激烈矛盾，施工过程事事受阻，举步维艰，工程迟缓的局面迟迟无法改观。他们与中国地质之间也爆发了强烈的内部矛盾。

时间的指针已经指向了 1991 年 7 月，三年的工期已经过了两年，工程却只完成 25%。这期间的每一天，对于中国地质来说，都是心悸不安的日子。大难当头之际，总部被迫再次提出临阵换帅和更换施工队伍的动议，由时任总部办公室主任的田潮替换马进民，由水利水电二局替换天津重点指挥部。

CRBC-63 号标不是一般的工程，它是中巴友好合作的形象工程，是一项具有政治任务的工程，也是一个具有外交性质的工程。中国地质可谓面临着生死攸关的严峻考验。因为这种分崩离析不可收拾的工程局面，已经促使巴基斯坦政府照会中国政府，要求中国地质必须迅速扭转危局，恪守信誉以维护巴中友好合作关系。照会惊动了国务院，国务院又批转地矿部和中国地质，责令立即采取果断有效的工作措施，避免造成不良后果，影响中国国际声誉。

不管是国际还是国内形势，都迫使中国地质只能胜不能败，没有任何退路，没有任何选择。不但不能就此趴下，而且必须坚强地站起来，重塑中国地质的光辉形象，为国家争光，为民族争气。

但是，怎么破局？让谁来破局？

在这最为艰难也最为严峻的时刻，地矿部部长朱训下决心在地矿系统全面筛选。他不信就找不到领兵挂帅的能人。拿破仑有一句颇为经典的名言：“一头狮子带领的一群羊，可以打败一只羊带领的一群狮子。”现在，中国地质就是要找到这么一头狮子，来担任巴基斯坦 CRBC-63 号标工程的项目带头人。

第 3 节　生死之间

孙金龙来了。

1991 年 8 月 16 日，地矿部领导慧眼识英才，点将当时还在辽宁地勘队第四地质大队担任队长、总工和书记的孙金龙，出任中国地质副总经理兼巴基斯坦 CRBC-63 号标项目经理。同时，任命宗国英为项目副经理，并负责商务外事。由中国地质的新任领导班子负责接管 CRBC-63 号标项目的所有工作。

孙金龙只有二十九岁，但已指挥过多项大型工程的施工，有着丰富的施工管理经验，荣获过多项省、部、国家级荣誉称号。孙金龙的到来，使 CRBC-63 号标项目出现了重大转折点。孙金龙跟王愉吾说：“从这个月起，咱得准备大干了。现场施工材料严重不足，必须得搞市场调研，抓紧买断 D.I.Khan 市场的砂石料……”

此间，一批重要的人物前来报到了：北京城建助理工程师、清华大学高才生胡建新，担任项目的副经理、负责现场调度的辽宁勘探大队第一分队队长鲁良民，从水电二局引入的测量人员、土方工程师、结构工程师等，新增的会计、医生、修理工，原天津重点指挥部的 10 多位技术人员中负责钢筋的孙云禄。还有第二批人和第三批的人员在北京集结待命。

孙金龙到达现场后经过通盘考虑，认为此时项目各方面的人员配置完备，便遣散了第二批和第三批的人员。从集结的队伍阵仗，可以看出地矿部及中国地质对项目的重视程度和干好项目的决心。这支具有战斗力的队伍中孙金龙是当之无愧的灵魂。

孙金龙从管理形式上入手改进，对项目人员、激励机制、对外商务等方面进行调整改革。会上，他说："石料厂石子肯定满足不了项目需要，按照这个生产量，咱们十年二十年也干不出来。我们要定计划，不拿死工资了，要让大家拿奖励。"会后，他按照计划的步骤采取相应的激励措施。第一，上够料。第二，项目开始整个铺开。第三，调动大家积极性，只要完成预定的计划就有奖金。

不像以前耗时间挣死工资，分配机制开始产生变化，这是一个突破性措施。孙金龙计算过，中国地质项目的结束日期一定要定在合同上签订的竣工日期之前。他将工作量和时间对应安排做计划，多劳多得，大家都不愿意回家了。每个月定的指标比以前高不止一倍。就连分包商的积极性也被调动起来了。项目上下所有人干劲十足。

年轻的领导班子身先士卒，发挥"狮子"的带头作用，增加团队凝聚力和向心力，调动每个员工的责任感、荣誉感和爱国心，很快得到全体员工的一致拥护。大家心往一处想，劲往一处使，没日没夜地在赶进度。他们的目标就是干好工程，重塑中国地质的形象。在工程建设中，重点突出，难点突破。短短几个月的时间，CRBC-63 号标项目的形势得到改变，从人员的精神面貌到工地的施工情形，全部焕然一新。

接管时，工程每个月的生产总值在 200 万至 300 万卢比之间徘徊，一个月后是 800 万卢比，接着是 1500 万卢比，2200 万卢比……不断地往上攀升。这时，监理公司总监感叹道："你们像魔术师，创造了令人难以置信的奇迹。"

CRBC-63 号标项目工程最终得以保质保量如期交付。中国地质经过不懈努力，仅用一年的时间，就彻底扭转了被动局面。最后不但没亏损，还盈利了将近 100 多万美元。CRBC-63 号标项目工程以中国地质取得全面胜利告终。宗国英代表项目部受到巴基斯坦总理谢里夫的接见。整个项目组荣获中华全国总工会颁发的"五一劳动奖"。

这时，不仅 CRBC-63 号工程项目大获全胜，还因之追加了 63 号标后续工程项目。这样一来，中国地质不仅通过自己的努力挽回了损失，挽回了声誉，还赢得了尊重与信任。CRBC-63 号标项目工程成功地树立了中国地质自营工程的典范。

中国地质上没有辜负国家，下没有辜负员工，在哪里跌倒，又从哪里站了起来！

CRBC-63 号标项目难度大，成功道路曲折，成了中国地质在亚洲领域锤炼人才的大熔炉、好阵地，为中国地质聚集并锻炼培养了一大批有作为的技术人才和企业管理骨干。孙金龙、宗国英、胡建新、沈琦、张旺民等一批业务管理骨干脱颖而出。

“孙金龙过来以后，大干快上的速度惊人。”王愉吾现在回忆起当时的情景激动不已。他说：“我们中国地质人为什么感情那么真，那么深，因为我们都是经过艰难困苦考验、生死与共的战友和兄弟。大家齐心协力攻坚克难的场面，令人难忘。”

当时孙金龙有一句话：“这个项目做完以后，你们将来每个人，无论走到哪里，都是一条好汉。”这句慷慨激昂的豪迈之言鼓舞人心，使在场的每个人都热血沸腾。

这个项目不但为中国地质培养锻炼出了一批独当一面的领导干部，还为中国地质的发展奠定了坚实的人才队伍基础。此后，沈琦担任菲律宾经理部经理，张旺民担任东非经理部经理，黄小林担任尼日利亚经理部经理，宋春担任中地香港公司经理，胡建新担任斯里兰卡经理部经理，鲁良民担任蒙古项目部经理，包玉山担任总部财务部经理，王愉吾担任营业一部经理。

王愉吾感叹道：“我特别喜欢和欣赏沈琦，因为他人好，在 63 号标干过；63 号后续干过；在暗管干过；在孟加拉国 2B 公路也干过；以后又回到巴基斯坦经理部去当总经理。然后，又去菲律宾分公司当总经理，他这一生，真的是很了不起。”

王愉吾说：“胡建新确实厉害，他来的时候是外聘的助理工程师，后来孙金龙独具慧眼，让二十六岁的胡建新担任了项目的总工程师。”孙金龙主要看他安排大渡槽的工作很独特，关键线路方法和施工工序、工法等，一切都安排得非常紧密。他采用的施工计划和方法流程等每个环节之间都符合逻辑。利用图表节点先后顺序丝丝入扣。特别难的一个项目，被他安排得井井有条，从容自如。

项目结束之后，胡建新正式调到了中国地质。多少年后，人们都还记得在做 63 号标的项目过程中，他出色地履行了孙金龙赋予的总工职责，并独立指挥完成了项目最大的结构物——大渡槽。

包玉山是前期保留下来的会计，鲁良民是施工经验丰富的一线指挥。这些人都为中国地质 63 号标项目做出了突出的贡献。

由于战争，巴基斯坦很多物资紧缺，在整个建筑材料都很紧张的情况下，谁有本事谁就能够拿到这些东西。关键节点上，王愉吾起了不可替代的作用。他与巴基斯坦各界人士建立了良好的关系，工作中受到了方方面面的关照。每到国家年度预算公布前夕，大宗材料面临涨价，油库停止供油，但是，中国地质的所有车辆从来没缺过油；别人都没有水泥，中国地质的水泥就没缺过。后来，王愉吾又经历过各种危机，甚至一些项目面临终止合同了，他也不惊慌失措。因为，他经历过的困难和坎坷成了他从容不迫的底气。

包出去的 63 号标项目，中国地质又收回来自己干，从此中国地质出现了一个新名词——“自营”，即自己的工程自己干。这也算是一个机制创新。用王愉吾的话讲就是“中国地质从此不再依赖外包，从此在巴基斯坦站稳脚跟了”。

63 号标项目的完成，不但建立了新的分配制度，还实现了自营机制的创新；不但为中国地质开辟了巴基斯坦市场，还打开了新的局面。63 号标后续项目直接就交给了中国地质。

王愉吾说，中国地质的发展之路，不是一帆风顺的，但遇到坎坷，甚至在生死关头，中国地质每次总能化险为夷。中国地质前期的历史之光，照耀着今天正在走的路。

在 63 号标项目之后，孙金龙回到中国地质总部担任副总经理、总经理，宗国英到米普哈斯暗管项目当项目经理，与孙锦红、刘子义一起从事暗管项目管理和组织施工。

1994 年 2 月份，巴基斯坦米普哈斯暗管工程项目授标成功。与暗管项目几乎同时授标的还有一个隧道项目，主要是王愉吾带队伍实施，也因艰难曲折而让中国地质人铭记于心。

第 4 节　勇敢抉择

艰难困苦，玉汝于成。中国地质在不断总结成功的经验中成长，也在不断吸取失败的教训中壮大；中国地质由弱变强，从过去到未来，越战越勇。

从 1994 年 7 月 20 日，中国地质正式授权宗国英和巴基斯坦的水电发展署签署关于巴米普哈斯地区暗管工程项目施工合同开始，到 8 月 4 日，英国监理公司总监正式向中国地质下达开工令，工区依然是一片汪洋。但水患不是拖延工期的理由，开工令下达一个月，承包商必须开始施工，这是明文规定。

宗国英、孙锦红和刘子义认真研判自营的可行性和必要性，整理好项目的第一手材料，协助公司总部做好抉择。8 月 5 日，宗国英给公司总部发出传真，表达了希望巴基斯坦暗管工程自营的愿望。

流逝的每秒时间都像战锤，敲着项目组成员的心。更令人着急的是公司到底采用什么方式经营，还迟迟没有决定。其实，在等待公司决定的日子里，宗国英他们也没有放松任何组织施工的前期准备工作。

为慎重起见，中国地质总经理孙金龙 8 月 12 日专程抵达巴基斯坦卡拉奇，实地考察米普哈斯暗管工程的实际难度和各方面准备工作，并认真听取项目经理及核心团队的汇报和意见。

孙金龙和宗国英对待这项工程非常谨慎，经过几次彻夜长谈，他们真诚地交换意见，确保决策上没有丝毫的失误。宗国英态度鲜明果断，坚决选择自营。他说，这样可以掌握主动权，不管遇到多大困难，项目组绝不后悔。如果公司同意自营，他愿意立下军令状。天下的路是一步一步地走出来的，公司只有自营才能得到有效的自我救赎，依靠别人终究不是好出路。

尽管英雄所见略同，但孙金龙却没做任何表态，表面上风平浪静。其实，他内心的火焰已经被宗国英的决心点燃。他欣赏眼前这个比自己小一岁的战友的勇气和果敢。但是，作为中国地质的一把手，他必须沉着，因为国际工程绝不仅仅是经济效益的事情，也不是能用金钱去衡量得失的，它关系到公司的声誉，关系到国家和民族的声望。所以，他必须严谨代表中国地质把好关键的一步。

孙金龙问宗国英："如果公司同意自营的方式，你敢不敢签订带有利润指标的项目承包责任书？"

"敢！"

"好！那就定了。全部自营。"

这段闪着智慧与胆略光辉的对话，像耀眼的闪电，划亮了巴基斯坦米普哈斯的上空，也永远载入中国地质的历史。这是中国地质走上自营道路的开端，也是中国地质自营道路的里程碑。

既然经营方式已定，一切将进入紧张有序的工程施工程序。

8 月 15 日，后续人员陆续抵达工区。二十九岁的副经理沈琦奉命从巴基斯坦北部迪尔汗地区 CRBC–63 号后续工程项目前来报到。测量工程师刘杰、工程师蒋啸峰、厨师许耀陆、会计马惠玲、机械师武跃则，还有各路工程技术人员马岚、柴尔慧、王德先等也陆续来到了现场。

中国地质总部决定全部自营的主张，极大地鼓舞了项目的全体员工，大家一致表态，一定给公司和国家争光。

那时，世界上能够采用暗管技术改造盐碱地的只有英国、法国、印度、土耳其、叙利亚等寥寥几个国家，米普哈斯项目是巴基斯坦第三项需要实施暗管技术的项目。中国地质决定自营米普哈斯项目，其实，风险和冒险兼而有之。但是，既然选择这条路，就得有甘愿承担风险的勇气和敢于冒险的决心。

1994 年 9 月 20 日，开工典礼上，巴基斯坦警察连续鸣枪六声，庆贺中国地质巴基斯坦米普哈斯暗管工程正式开工。

连续多日的阴雨连绵天气也开始放晴，只是工区的积水丝毫未减。接近 2 米深的水，如果等自然耗干还不知要到何时。"赶早不赶晚，早干早主动"，为了赶工期，项目组决定回填土方建设营地。

三十一岁的项目经理宗国英，对改造这片盐碱地项目的艰难早有心理准备，他交给沈琦的填土任务就是："时间要紧，速度要快，质量要好。只准成功，不准失败！”

为了营地建设，项目组的每一个人都付出了自己的血汗。其中有两位非常了不起的女性员工——马惠玲和马岚，她俩按照当地不允许女人抛头露面的风俗戴起面纱，整日在营地收料验方。40℃高温的工地，四周连一棵树的影子都没有，在现场沙土蔽日的闷热里，为了减少去厕所的麻烦，她俩宁愿少喝水。

在一大片水域填土，项目组填了两米多高，终于将营地建起来了。

开工十天左右，米普哈斯暗管基建工程量已经完成 30%。单单营地建设，就用超常水平和非常规建设速度垒砌起一座崭新的象征中国地质毅力的堡垒。项目组用实际行动解答了业主公司和英国监理公司的怀疑。

刚开始英国监理对这位中国地质最优秀的年轻项目经理宗国英不屑一顾，不同意让他当项目经理。经过反复沟通协调，英国人才将信将疑地答应，同时限定了一个条件，只给三个月的时间，如果三个月干不好，就出局。

业主及英国监理哪里知道宗国英的胆略和能量，他们只盯住了他的年龄，质疑他二十九岁就担任项目经理并负责这么庞大的暗管工程。岂知他作为中国地质年轻的老将，对整个工程的建设早已胸有成竹。

宗国英和刘子义负责整个工程的施工方案及铺管作业的组织和计划工作；主力干将孙锦红，主管外事工作，负责承担整个项目的设备订货、审批、报关等商务工作；测量工程师刘杰负责整个工区的测量放线工作；会计师马惠玲开始着手建账做表……项目布局井井有条。

每天，中国地质人的身影和车辆穿梭在尘土飞扬的米普哈斯 40 多公里战线上。不分昼夜，不论阴晴，人人都带有闪电的力量。据说房屋建造开始上梁的那一天，员工柴尔慧抱着梁柱哭了，汗水和泪水凝聚成了千言万语的无尽诉说。

柴尔慧和沈琦为了节约项目开支，自己召集属地员工组建施工队。他们修水池，建警察住房，完成一半多仓库和绝大部分围墙的建设，还为巴基斯坦的属地员工修建了一座清真寺。

巴基斯坦的核心文化是伊斯兰文化。历届政府都强调以伊斯兰教义为行为准则，保护和发展本国语言和民族文化遗产，坚决抵制任何违背伊斯兰教规的信条和不符合本国国情的外来文化。在中国地质暗管项目施工期间，巴方多为穆斯林，一日五礼、主麻日休息雷打不动。为了中巴珍贵的友谊，项目组不管工作如何紧张，都坚决尊重巴基斯坦穆斯林的信仰和习惯。

正当工程进展如火如荼的时候，巴基斯坦的反对党又发动了“与现政府全面对抗”的运动，一时间，巴基斯坦各省市，尤其是卡拉奇和米普哈斯所在的信德省的安全秩序被打乱，治安动荡不安。巴基斯坦的一场政治风波不可避免地袭来。在卡拉奇的大清真寺，蒙面持枪的歹徒冲进来乱枪扫射；北部白沙瓦市中心炸弹爆炸；卡拉奇省议会大楼被炸……

第 5 节　立地成塔

米普哈斯工程项目组刚开始是要战胜百年不遇的洪涝灾害。然后，要应对工作中的艰苦环境及忍受英国监理的轻视和挑剔。现在，要适应巴基斯坦错综复杂的社会关系、每况愈下的治安状况和步步险情的工作环境。真是一波未平一波又起，米普哈斯暗管工程真可谓多灾多难。

为确保中方工程人员的生命安全和国家重点工程项目顺利实施，海得拉巴和米普哈斯的地方政府特意派出一批武装警察保护并配合暗管施工组工作。由治安警察和边防警察共同组成一支 21 人的警卫队，负责保护暗管项目的人员和设备安全。项目组也明确规定，凡中方人员离开驻地必须有持枪警察保卫随行，不带警察或保镖的员工，一律禁止出行。可是，干好项目的使命让每个项目组的人把工作看得比自己的生命都重要，工作千头万绪，不出门能行吗？订各种设备、材料，联系协调各方人员，组织解决各种事务。有时候一天都不只去一个地方，海得拉巴、卡拉奇、拉合尔、伊斯兰堡等，有的事情延误一天就有经济损失或信誉损失，即使是冒着生命危险，他们也不会让工程停滞不前。

1994 年 10 月 30 日，项目营地主体落成。生活区、监理区、办公区等一应俱全，特别是清真寺的建筑规格、式样等是邀请穆斯林长者拿主意确定的，施工也是当地员工亲自修建，中国地质的做法，让当地员工非常感动。

英国监理公司现场总监理鲍优先生前来检查验收时，将每个房间每样设备都仔仔细细地检查了一遍，认认真真地推敲来推敲去，说："用了四十天的时间，完成了同类公司八个月才能完成的工作量，这样的效率简直创造了奇迹。"监理的情绪明显有些激动，他说："当初，很多人对中国地质持怀疑态度，现在，你们用事实回答了所有的担心，中国地质很出色！"

对于中国地质米普哈斯暗管工程项目组来说，这只是开始取得的一点成绩，后面还有很多困难等着他们呢！

10 月 31 日，米普哈斯暗管排水工程施工计划审定完稿。前言写着："首先确定了自营为主的方针，在此前提下制定了本施工计划。"计划内容针对施工组织、岗位职责、施工方法、施工程序、施工进度、质量要求以及各项指标，都做了详细周密的安排。最后一栏还列出了成本与效益测算的对应数据，这一栏就是项目经理宗国英常说的两个"口袋理论"，即一个是出钱口袋，一个是进钱口袋。出出进进，进进出出，账目要明白清楚，知己知彼才能百战不殆。

时间在项目组一环紧扣一环的工作中，转眼就到了 1995 年，经过三个月的调研勘探、分析论证，在经理宗国英、外事负责人孙锦红、总工程师刘子义等核心领导的策划下，一份崭新的施工蓝图绘制了出来。下一步便是开始进入主体施工的重要阶段了。

1995 年 2 月，巴基斯坦冬季的最后一个月份，来自阿拉伯半岛和伊朗高原一带的西南季风吹打着米普哈斯一望无际的盐碱地。冬天马上过去，已经可以听到春天的脚步声了。检查井预制已经接近尾声，泵井开工 6 个，工地测量任务过半，铺管施工的人员正在加紧培训，只等机械设备的到来，便可以投入紧张的"战斗"。

2 月 7 日，项目组便接到海关通知，两台英国制造的超大型铺管机以及大批机械设备等已经到达卡拉奇。通知要求七天内清关提货，超过一天要 20 万卢比滞港费。英国监理积习难改，总是小瞧中国人的办事能力和办事效率。几位监理不无揶揄地说："这么大型的主机和配套设备，没有两个月的时间，估计中国人清关手续都办不下。"有的监理轻蔑态度更甚，幸灾乐祸地说：“就让中国地质花去大把卢比吧！那可是非常可观的数字。”

项目组员工很气愤，宗国英和孙锦红虽然一笑置之，却暗自把这些话当成了动力。几个领导碰头商量了一下，准备最长用半个月的时间办好清关事务。大家分头行动，尽量争取时间。

王愉吾和外事负责人孙锦红主要办理清关事务。巴基斯坦是英联邦国家，法律完备，规定大宗机械设备进入国境需要商检、质检、海关、税务、金融、卫生、律师等官员一一签署后，承包商才可以将设备提出港口。诸多部门、诸多官员，任何一环拖延都会造成货物滞留。孙锦红和王愉吾“泡”在港口，马不停蹄地跑。他们什么也不顾，唯一的念头就是跑手续——清关。他们每到一个部门，就给官员们陈述：“我们是为巴基斯坦造福，为中巴友好而来。”巴基斯坦的官员们被他们俩真诚友好的态度和真挚诚恳的语言所感动，竟然一路绿灯。连聘请的巴基斯坦清关代理也不得不钦佩他俩的办事速度，不住地啧啧称赞。

孙锦红和王愉吾连续几天像上紧了发条的闹钟，一刻不停连轴转，苦战七天办好全部清关手续，所有设备出港并装上运输车。

看着装满设备的运输车从卡拉奇港缓缓驶出的那一刻，孙锦红和王愉吾两人相视一笑，击掌相庆。

中国驻卡拉奇总领事馆总领事王修才在知道中国地质暗管项目组顺利清关的经过之后，非常赞赏。他说，中国地质暗管项目的清关经验，值得所有在巴的中国企业学习和借鉴。孙锦红和王愉吾不声不响，以实际行动，默契地打破了英监理的论断。

2月17日，是一个令人难忘的日子，一长列大型平板拖车驶入米普哈斯营地，这个往日里只闻其名的大型铺管机器，是项目组说得最多的名字。大家都稀罕，跑来一看，原来是这么一个庞然大物。难怪说它是世界上独一无二的产品呢！铁臂高耸，机身宽大，威武雄壮，机身的宽度即使是大平板拖车都容不下，还有一半的身躯搭在拖车的外面。运来的集水管机和田间管机，都是英国厂商专门为米普哈斯暗管项目量身制造的。如果用50吨位的吊车将铺管机吊下来，根本不可能。唯一的办法就是派人将这个大家伙发动开下来。

几位机械师激动地拿着英文说明书反复阅读琢磨，集水机520个马力，田间机 375 个马力。机器采用电脑控制全液压传动系统，马达压力每平方厘米 400 公斤，泵压每平方厘米 450 公斤，全是超高压。机器带有自动报警、自动灭火设备……虽然应该很安全，可是，都是第一次见识这样的机器，谁敢开呢?

项目组共有三位机械师，年龄稍长的是四十岁的王德先，曾在 CRBC-63 号标项目干过，被称为“万能操作手”，因为推土机、挖掘机、装载机、铲车等他都开过，而且还能玩转各种类似的机器。这时候，他瞅瞅平板车上的两个大家伙，说:“照说明书上的操作，我们肯定能把它俩发动起来。”又说，“把螺丝再挨个拧紧，一个个再检查一遍。”

第二位机械师武跃则说:“下车垫板必须垫结实。”他承认这么先进的全自动机械，自己从来没有见过，心理压力确实很大。

第三位是年轻的共产党员陈继平，这个小伙子操作过荷兰产的开沟埋管机，那属于早期的产品，与项目这两台英制的机械相比不可同日而语。但也算是唯一见过类似机械的人了。大家这时不约而同地把目光都投向了他。陈继平说:“让我试试吧！”

宗国英和孙锦红现场翻译说明书，一边翻译，一边理解吃透，加口头指导，转述给陈继平实地操作。不一会儿，工地附近的巴基斯坦老乡们都来看热闹，英国监理的一排房间的人也倾巢而出观望，估计又是在等着看中国人的笑话吧!

场地上站满了人，中国的、巴基斯坦的、英国的，所有的眼睛盯着陈继平的一举一动。陈继平目不旁视，听着宗国英和孙锦红一句一句的翻译和讲解，大概过了二十分钟的样子，机器终于发出“轰隆隆——”的声响。“发动了，发动了——”人群欢呼雀跃起来。随着机械马达的轰鸣声，小山一样的铺管机慢慢地从平板拖车上一寸一寸挪下来……

营地里一片沸腾，所有人都为此欢欣鼓舞。

4 月 1 日，营地周围彩旗招展。水电发展署的各级官员从卡拉奇、海得拉巴、米普哈斯等地赶来，英国监理公司的大小监理也全部出动，警察鸣枪祝贺——米普哈斯暗管工程开工了。

第 6 节　出师不利

然而，出师不利。

铺管工作开始不久，便出现了意外情况。泵井和集水管头相连的“套袖”因为连接不牢固而脱落，导致整条管子也随之脱离泵井。集水管机只好开了停，套袖接上再开。就这样开了又掉，掉了再停下套，反反复复。问题如果不能彻底解决，根本没有办法工作。

中方人员一时尴尬，不知道如何是好，机械师也手足无措。观望的人群中不时发出一阵阵的哄笑。现场监理不一会儿就失去了耐心，不耐烦地走向前勒令停工：“停车，停车！你们开工准备不充分，现场施工马上停止！”

施工难题和技术问题层出不穷，开工这一天，全体员工从早晨忙到天黑，集水管只从泵井位置铺到第一个检查井那里，满打满算只铺了 600 英尺。每个人都已经筋疲力尽，但心里仍然热情似火，毕竟施工工作已经开始，万事开头难，后边的工作就会好做些。

天，已经黑透了，满天的繁星在夜空闪烁，喧嚣一天的工地恢复了平静。工地检查井那里，还有两个打着手电筒的人在接管头，他们是机械师陈继平和科研人员冯朝山。

4 月，铺管工作拉开大幕。

6 月，暗管铺到了 SD-19 工区。田间管机越干越顺利，日进度已经突破 3000 英尺，所有工作都在热火朝天地推进，工地上一片繁荣景象。就在这时，新的问题又出现了。有一天，工地上突然来了一位不常见到的英国监理，他到工地上转了一圈子之后，就招手将几十个巴方雇员召集到一起，命令他们停工清除 PVC 管子上的毛刺。机械师兼现场工程师王德先有些不解，他从机台上跳下来解释说：“管子是经过验收合格才采购来的，又不是我们造的管子，为什么要我们员工清理，这么安排一是耽误我们工作时间，再者，怪我们是不合理的。”监理固执地说：“必须按我说的做。”

王德先心里窝火，对着巴方的雇员一挥手：“回去！”大家“呼啦”一下各自返回了岗位。监理记下了王德先的名字，走了。

接着，SD-19 工区完工验收遭到现场监理的严词拒绝。王德先丈二和尚摸不着头脑，就跟着监理追问原因。从工地追到监理办公室，又从监理办公室追到总监办公室。这时候，王德先才知道那天在工地顶撞的监理不是一般的监理，他得罪的是工程现场的最高领导——鲍优先生。鲍优见到王德先进来不理不睬的，态度非常冷淡，对验收的事只字不提，他很明白王德先为什么而来。王德先情绪有点激动：“总监先生，我是来谈验收的事……”还没等王德先说完，鲍优指着门，对王德先厉声说：“出去，不要在这里胡闹，有事情让你们经理来。”

第二天，一份信函送到项目组，内容是“开除现场工程师王德先”。王德先委屈得要命：“我们中国的事情，为什么英国人做主，总监有权力开除我吗？”宗国英和几个领导一边安慰他，一边解释说标书明确规定，现场总监有权开除现场工程师，不论国籍。

其实中方的员工都有一件愤愤不平的事：在海外，中国承包工程为什么总是受外国监理公司的限制。宗国英理解并安慰王德先：“你先别着急，我想办法。”

经过宗国英反复找鲍优沟通，结果是王德先继续留在项目，因为项目上反映王德先工作认真，成绩突出，只是因为语言上的误会而惹怒了总监，鲍优答应“原谅他一次”且收回了“开除”的成命。

每当遇到委屈的时候，人们总会想家，想亲人，想远方的祖国。那些乡村的小路是多么亲切，袅袅的炊烟和田间的庄稼散发着的恬淡之美，多么让人向往。而这些在中国受到良好教育的有知识、有文化的专家和技术人员，却因为造福巴基斯坦而与家人长期分离，况且还要忍受各种各样的洋气，所有种种，都像是一种刻痕，划得心生疼，划得人思绪不宁。

安生日子还没过几天，施工又出现了严重问题。

刚开始铺管遇到流沙层，难题好不容易得到解决了，又出现重型机械沉陷的现象。施工区本就无路，遑论要保证各种大型机器顺利通过。施工组织修建的施工路段也只限于主干道。机械设备遇到沼泽的时候行动就更困难了。遇到常年积水地段，被水浸泡透的泥土异常松软，盐碱土又带有很大的黏性，俗称“橡皮泥地”，双脚陷下去拔出来都费劲，重型机械走上去如果陷下去后果不堪设想。埋管机重 50 吨，英国制造商根据项目的要求已经加宽了履带，但仍然连连发生沉陷事故。

3L-15 工区有一部分是沼泽，积水很深，地表的状况无法看清。开始是集水管行走其中开始下沉，发动马达越是挣扎，陷得越是厉害。一会儿工夫，小山似的钢铁集水管机被泥沼吞没一半，只能斜着前半身在泥水中奋力挣扎。机手陈继平只能停机，眼睁睁看着心爱的“坐骑”往下陷，心急如焚。机组组织两台推土机系上缆绳往外拽，结果推土机也陷落了。赶紧调两台马达更大的挖土机来，结果照样又陷了下去。这可怎么办？这样下去，机组的所有机器都会全军覆没。必须想方设法搭救设备，否则，影响生产不说，后果会非常严重。这时，经理号召所有人到 3L-15 工区，集思广益，营救机器。

折腾了一天，最后大家将钢模板捆绑到集水管机履带上，加宽受压面，再在机器的前面铺上大量钢板和木板，临时铺就一条机械的逃生之路，再用数十台拖拉机停在干燥的路面，使用长长的缆绳长距离地拖拽，最终救出集水管机。

铺地面涵洞又经历过一次生死攸关的考验。

铺管线路要通过一条公路，管子必须从路面底下穿过去，再继续向对面的原野铺设。这个过路洞在路面以下 5 米深处，通过洞的长度是 30 多米。在公路两侧各挖下一个深坑，中间用一条长 30 米、直径为 20 英尺的贯穿公路地下的横向长洞接通，再将一根直径为 18 英寸的水泥管从洞里穿过去，最后把直径 15 英尺的大 PVC 管透过水泥管伸到公路那一边即告成。水泥管穿进一半的时候，无论怎样用力却再也推不动了，管径很窄，里面情况黑漆漆的无法看清。

估计是造成了堵塞，那时候要排除这种堵塞，没别的办法，只能靠人钻进去查明情况后予以清除。水泥管直径小，人钻进去后行动困难，只能一点点地蠕动，同时，还要想办法清除石渣或水泥，头顶上的公路不断有卡车经过，“轰隆隆”地震耳欲聋，水泥管都被震得乱颤，这种环境下钻进 30 多米黑洞，困难可想而知。连喊几个巴方雇员，谁都不愿去，项目经理宗国英说："我去。"

陈继平、冯朝山同时说："不行，要去我去。"陈继平动作快，说话间就脱掉外衣往水泥管里爬。外边的人叮嘱要小心的时候，陈继平已经消失在管子的黑暗中。外边的人一会儿就喊一声陈继平，后来陈继平的应答声越来越小，最后听不见他的应答了。30 多米，地面上不过几十步，而地下 5 米深的狭窄管内却是一段漫长而艰难的历程。是洞里缺氧吗？是洞中进水了吗？是突然堵住洞口了吗？外面的人有各种各样的担心。

宗国英飞快起身跑到公路的另一边，跳下另一侧深坑内，对着洞内大喊。这次可以听到陈继平发出的微小的声音。恰在这时驶过一辆卡车，将路面震得不停抖动。洞口纷纷落下一层沙土，把陈继平微小的声音也掩盖了。

宗国英再也等不了了，"唰唰"几下脱掉衣裤，向洞口爬去，现场监理看到此情此景，简直是惊呆了。

外面人的等待是揪心的。艰难的等待持续了半小时，陈继平和宗国英在清理完管内淤堵之后，相继钻了出来。两个人身上沾满了污泥，脸上都是一道道泥沙，腿上、胳膊上还有了几条擦破的伤痕。

看到他们安全出来，现场一片欢呼声。现场监理阿普杜拉激动地上前握住了他们俩的手，说："你们的做法太令人震惊了。只有中国官员和中国技术人员才会冒着生命危险这样干。我们巴基斯坦官员及工程师绝不可能钻这种洞，我真是非常佩服这种精神，愿安拉保佑你们！"

第 7 节　忠诚意味着什么

抓进度，保质量，哪种要求和标准都不能忽视，米普哈斯暗管工程项目组工作状态渐进忘我的境地。先前由于机械老是出故障，那些不断出现的故障锻炼了机手和机械师的应变维修能力。人和机器相处时间长了，彼此充分磨合，在没有厂家技术人员在场的情况下，项目组的机械师也可以维修了。

随着时间的飞逝，紧张的工程让项目组人员的身体开始出现状况。

营地建设刚开始时，沈琦的声音就有些嘶哑，他以为自己是忙得上火，也没当回事。8 月份，他开始不断地咳嗽，而且越咳越严重，喉咙也嘶哑得更厉害了，最后连说话都很困难。到医院检查，医生只说是咽炎，但服药却不见效。那时工地上正好遇上 PVC 管供应不足等各种尖锐的问题。项目经理宗国英和副经理孙锦红正为此忙得焦头烂额，沈琦在生产一线，一刻也离不开。

整个铺管工作，沈琦领着一群巴方员工做征地、清线工作，他们不断与地主、农民进行交涉，苦口婆心地处理各种土地纠纷。沈琦耐心地解决一件又一件麻烦事。他分别与地主和农民谈判，交代政策规定，说明施工意义，讲解适当赔偿的原则。有位巴基斯坦大汉，一副不可一世的姿态，似乎要和中方员工拼个你死我活，他双手举着枪，威风凛凛的样子煞是吓人。但是，沈琦很平静地走过去，对他说："我们是来帮巴基斯坦朋友谋幸福的。我们做工程不是我们用，而是给你们用的。我们不要任何东西，只是为你们能生活得更美好……"沈琦的话还没有说完，那个大汉就乖乖地把枪放下来了。

每一次征地清线，沈琦都要把最精彩的外交方法拿出来。他要用尽所有的真诚和感情，反复地陈述工程的意义；而谈判对方，大部分是巴基斯坦地主或农民，绝大多数的人不但是文盲，更是法盲。有时候，好不容易谈通了，他们一会儿又带着疑惑返回了，再次摆开剑拔弩张的架势。所以，问题一旦谈妥，就要马上组织人帮他们砍甘蔗，收棉花和洋葱……要抓紧用机器推出一条线，免得出现反复。

10 月，沈琦咳嗽加剧，有时半天喘不上一口气来，身体也越发虚弱。坐下站起都吃力，简直不像三十岁的人，走路的时候总是用手捂着胸口。他已经没有精力再像过去那样风风火火地奔走，更爬不上推土机了。但是他仍然坚持带队伍向前冲，拖着极度无力的身体到现场。大概他只有看着现场，心里才踏实。

他真的是太累了。每天早晨最先起床，在营地里布置安排各组的具体任务，然后就是不停奔忙，每天又很晚才睡，因为生产例会之后，他还得和总工刘子义研究一项项工作，还要一组一组地检查生产准备情况。所有的事情安排妥当，他才会躺到床上。重压之下，超过极限的操劳加重了他的病情。

11 月 28 日，项目组领导集体做出决定，勒令沈琦立即停止工作回国治疗。沈琦离开工地去卡拉奇之前，对送他的同志说：“奋斗了这么久，对这里的一草一木什么都有了感情，开车带我去看看工地吧……”送他的同志强忍着泪，开车带沈琦去工地转了一大圈。沈琦才安心地踏上回国的路。

沈琦才刚回国，陈继平的身体和家庭又出现了问题。

集水管机总是出毛病，从铺管开工以来，电池阀、马达、主机马达活塞坏过，液压管崩过，松土器刮板磨坏过，挖土刀具的螺丝断过，挖掘两马达轴承漏油……每一次集水管机出毛病，项目组机械师们都忙得头晕眼花。每一次集水管机出故障都会严重影响施工进度。机器是英国厂商，可是世界一流的产品在米普哈斯施工现场却会出现各种各样的毛病。

机器频频出故障，压力最大的人是操作者陈继平。这台集水管铺管机价值上百万美元，项目组把它交到陈继平手里，是信任也是压力。当机器三天两头出故障时，业主和监理都怀疑陈继平的操作技术，甚至连英国厂商派来的技术人员都怀疑陈继平。当初电闸和马达坏的时候，就有人说可能是陈继平操作失误造成的；后来液压管崩裂，又有人判断是陈继平调压不合适，掌握不稳定所致；大梁出现断裂后，英国厂商感到非常吃惊，他们断定这样的事故不可能出现。

集水管机最大一次故障发生在 1995 年 11 月 7 日下午 5 点。施工的机体平衡大梁突然断裂，机器陷于瘫痪。这项重大机械故障使生产被迫停止。工地停工一天，项目组损失数万美元。为了修复这根主梁，机械师爬到机器底下反复观察研究，费尽周折，决定立即拆下主机大梁。孙锦红和武跃则连夜押运它们到卡拉奇。他们联系的是巴基斯坦最大的机械厂，并协调组织巴方技术人员和工人二十四小时不停地抢修。大梁修好，装车的时候已经是第二天深夜了。孙锦红和武跃则没有片刻休息，押上车就钻进了茫茫的夜色中，直奔米普哈斯荒原中的营地。等到事后英国厂家技术员过来的时候，十分惊诧于中方人员的技术水平。中国工程师改进措施的技术，引起了厂家的重视，并作为厂家生产此类产品时的借鉴。

开工一年后，英国的制造厂商为机手陈继平、王德先以及机械师武跃则三人发了大型挖沟埋管机械操作合格证书，此证是一种国际通用的证件。持有这样证件的人员，可以在任何国家操作大型埋管机。

故障频繁出现，议论推测随之而起。这种议论对于陈继平来说，就是一片阴影尾随不掉。谁也拿不出正确的答案，就连陈继平，也开始自我怀疑。

铺管开始，季风一日猛似一日，每日黄沙漫天。整个机器上落满一层厚厚的尘土，操作手是开沟铺管的直接实施者，坐在操作台上，随时要观察机器走向和埋管。在高高的操作台上不可能躲避风沙，反而经常要逆风而行，现场工作非常辛苦。项目组给陈继平买了耳罩和大口罩。可是没办法戴，40℃以上的高温喘气都困难，根本没法再戴口罩。

噪音听久了，陈继平说话嗓门儿越来越大；灰尘吸多了，他的咳嗽越来越厉害。1995 年 11 月，有人发现陈继平站在操作台上经常用手捂着胸口。宗国英担心他的身体，让他培养一个雇员做机手，要求他无论如何也要休息几天，去卡拉奇彻底检查下身体。好说歹说，陈继平总算同意去看病。趁工地停机检修期间，孙锦红陪陈继平去了卡拉奇医院检查。医院诊断他患上的是呼吸道长期慢性炎症引发的肺炎。

其实，陈继平最大的痛苦不是身体上的病痛，而是别人对他操作技术的怀疑，以及业主和监理的无理指责。然而，一贯颐指气使的业主和监理方不但没有打消顾虑，反而对他的怀疑越来越深。在连续出现机械故障后，各方竟直接要求项目组更换操作手，把陈继平撤下来，改由当地技术人员操作。陈继平知道这个消息，又气又难过。他找到宗国英说：“宗经理，我实在受不了这种气了，我就想知道，到底有没有可以讲理的地方？”宗国英安慰他说：“你先别急，事实总会搞清楚的，你先休息几天。”陈继平无法压住自己激动的情绪，说：“我从一开始就从没有离开过这台机器。我日日夜夜的，整颗心都放机器上了……我只要还有一口气，我就不会从机器上下来。”

陈继平依旧每天按时出现在施工现场，他的慢性肺炎不断地折磨着他，还是不停地咳嗽，可他顾不上身体上的病痛，他只想找个有技术的权威人士，来施工现场验证他的操作程序是不是合格。如果确实是操作失误，他愿意引咎辞职。事实上不光是陈继平想找人验证，项目组及多方人士也想找人验证。

“我绝对不相信发生故障是因为你操作失误。”宗国英说，“你尽管放心，不要在意那些闲言碎语，有责任由我来承担。”话虽这么说，陈继平心里还是有解不开的疙瘩，他一定要找人现场验证。

应项目组和陈继平的要求，英国厂家设计师终于来了，在米普哈斯暗管工地现场，专门用了半天时间看陈继平操作集水管机。从发动，到每个挡位，每一步程序，设计师都看得十分仔细。设计师提出各种要求，转回离合上下左右，每个动作都操作好几遍，能考查的动作都考了。围观的人们心都提到嗓子眼上了。最后，这位设计师回转身来，对着身边的各单位官员、技术员说："中国人的操作技术没有任何问题，操作手的熟练程度一流。"

尽管评价来得迟了一些，但毕竟还是来了。

人群中出现了一阵骚动，继而报以热烈的掌声。陈继平已经不在意掌声了，他走向工地的一边，望着祖国的方向，流下泪雨两行——他想家了。

1996 年 1 月，陈继平接到一封让人心碎的家信，妻子要求离婚，并寄来一份离婚协议书，这时，他才意识到自己已经半年没有给家里写信了。

集水管机出现故障，身体出现故障，万万没有想到婚姻也出现了问题。这让项目组和项目经理都为陈继平捏了一把汗。别人劝他不要急，但是，陈继平表面上不急，内心却火烧火燎的，他一时也不知道如何应对这样的情况，只好找到宗国英倾诉。

宗国英一听陈继平家里出现这样的情况，便请公司总部先和陈继平家属联系，把思想工作做好做透。然后，安排陈继平和妻子通话，这样，局面不至于尴尬，沟通也顺畅多了。

陈继平首先给妻子道歉，讲清楚所有的推测都是误会，他的工作是项目组的领导和同事有目共睹的……妻子的态度终于缓和了一些。那段时间，各种问题搅得陈继平心情不能平静。于是，他就憋住了劲头狠命地干活。机器一停，他就拿起《机械原理》啃。宗国英几次找他谈心，宽慰他要相信妻子，叮嘱他要多给家里写信，并让他提前回国。他跟宗国英说："回国可以，一定要把活儿干完再回。"

陈继平的集水管机组进度一天比一天快，工作劲头也一天比一天猛。3 月 30 日，陈继平创出了集水管机组进度 7900 英尺的好成绩。现场监理非常振奋，逢人便说，这是目前巴基斯坦集水管机日进度全国最快的纪录。到了 4 月初，集水管机的进度已完成了全部工程量的 95%。

如果不是 PVC 管再度短缺，工地停工待料，陈继平肯定是干完活回国。

但是，PVC 管需要等几天才能到货，正好有点喘息的机会。领导和同事们都劝陈继平赶快回家看看。陈继平一心只想把管铺完，对自己也是一个交代。但是，由不得他了，项目组已经决定聚餐给陈继平饯行，欢送他回国。

酒桌上，陈继平端起酒杯未曾开口就哽住了，顿了一顿，掩饰着内心的感伤说："我真的不愿意在这个时候离开项目组，说心里话，最大的遗憾就是没有 100% 完成答卷。"他终于控制不住自己的情绪，泪水直流。千言万语难以表达他复杂的心情，他接着说："这个时候离开大家，心里真不是滋味儿，相处这么长时间，如果有哪里没有做好的，请大家一定包涵……"大家都被他的一段话说得心里酸酸的。

项目组有目共睹，这位年轻的共产党员多么热爱中国地质，热爱自己的事业。如果不是因为身体和家庭出现了状况，他绝对不可能离开大家。

宗国英从白沙瓦连夜赶到伊斯兰堡为陈继平送行，孙锦红也专程从米普哈斯陪同陈继平来到伊斯兰堡。两位经理同时赶来相送，虽然彼此都心有不舍，但又不得不强迫陈继平回家。

在伊斯兰堡国际机场告别时，宗国英和孙锦红都安慰他："你在工作中的表现，无论是对公司还是党组织，都是满分。在领导和同事的心中，你的答卷，更是满分。"

第 8 节　再往前就开枪了

1995 年 12 月，正是集水管和田间管同时抢进度的时候，米普哈斯暗管工程的所有任务都在加重。清线及征地工作都干得驾轻就熟的沈琦因病回国，此项棘手的工作落到了新来巴基斯坦不久的测量硕士汤伏全肩上。汤伏全也暗下决心恪尽职守，把同事们的信任当成动力。他认为只要勤奋敬业、任劳任怨就可以把这项工作干好，却不承想这项工作竟暗含险情。

这天，推土机正在预先放好线的地方往前推。几天前就说好的，地主提前将田里的辣椒、洋葱、甘蔗收回家。可是，眼前所有的蔬菜和甘蔗纹丝没动。正在大家犹豫的当口，一群人吵吵嚷嚷地冲过来了。领头的巴基斯坦大汉凶神恶煞地拔掉了工作人员插下的测量标志杆。人群里有的拿着刀，有的举着枪，他们对着推土机和工作人员一阵大喊大叫，有几个竟跳到推土机的前面狂喊着：“再往前，就开枪了！”一边愤怒地喊着，一边“咔咔”拉开了枪栓，情况万分危急。

这时，负责保卫施工的警察闻讯赶到现场，挡在推土机的前面，对面的地主武装也拉开了枪栓，两相对峙，场面进入白热化。

现场就有人想到沈琦曾经的成功经验，并提议试着向地主们阐述暗管工程的重要意义。推土机手从机器上跳下来，汤伏全也走到地主的面前，态度和蔼地对他们解释：“先生们，你们先平静下来，听我解释一下。”他说着，又往前走了两步，一副凛然不可侵犯的神态，“铺下暗管之后，你们的土地会更加肥沃，还会生长更多的粮食和蔬菜，这样无偿地给你们做好事，你们不愿意吗？况且，你们的损失还能加倍补回来……”

以往地主和农民们算的只是眼前账，经过大家这么一劝说，情绪逐步缓解，火药味也渐渐地淡了。中方人员愿意出工替他们将田里的蔬菜瓜果收好之后，推土机再开始工作，这件事最终总算得到妥善的解决。

这次事件之后，负责征地和清线工作的汤伏全就开始不断总结经验，一方面学习沈琦的做法，一方面加以创新，及时调整工作方式，不打无准备之仗。此后在征地、放线之前，他先进村子，走访村民，深入调查了解，每走访一个巴基斯坦地主或农民的家庭，除了注重礼节礼貌、态度友好外，还不忘带些中国的小礼品。友善是文明的标志，而文明又是高素质的见证，在世界的任何地方，这都是打开双方心灵的钥匙。

汤伏全借鉴沈琦的做法——工地上如有零碎小活，他会让熟悉的农民们去干，让他们挣些零钱。若有地主或农民家儿子结婚，也会前去祝贺，这样的做法让他们很感动，顺便将工作中存在的问题解决了。沟通多了，接触时间长了，双方增进了感情，彼此成了朋友。巴方村民还会主动帮助汤伏全了解当地人情世故，为他解决工作上的难题创造了条件。同伴们都夸汤伏全脑子灵，还开玩笑说他培养了“卧底”。

因前面有沈琦负责征地清线的样板，汤伏全干工作不但有一股闯劲和韧劲，还采取灵活机动、沟通谈心的方法，使得他和沈琦一样，都被项目组称为征地、清线工作的闯将和名将。他们将征地清线这项让人最头疼的工作变得不再困扰人心，无异于攻破一座坚固的堡垒。铺管工作进度更加快了。

1996年1月到4月，项目组完成铺管总量180多万英尺，占全部铺管工作量约70%，无论项目组出现什么困难，再也没有因为测量、征地、清线的事影响铺管推进。

1996年1月，项目组将采购的第二台田间铺管机投入现场使用，铺管进度成倍增长。铺管高潮是1995年11月到1996年2月，这四个月共完成货币工作量近1.2亿卢比，平均每月完成总工作量的15%。到了1996年3月初，集水管21个工区已经完成了17个，田间管完成总量的60%左右。

这个成绩让米普哈斯暗管工程的全体员工精神抖擞，干劲冲天。大家多么希望早日圆满完工回国与亲人们团圆啊！可是，领导和员工们心里都清楚，现在工地上的最大问题是管子供应问题。如果管子能够及时到位，按时完工没有任何问题；如果管子供应不上，一切计划都将落空。所以，即使大家归心似箭，而那颗心，却总是悬着的。

巴基斯坦的雨季来得特别的早，连日的大雨让施工几乎无法进行。大家心里的那份焦躁与担心，都好像陷入阴雨连绵的潮湿里。偏偏这个时候，项目组领导提出，暗管工作在1996年5月30日完成。虽然只是个大胆的设想，领导们肯定是综合分析了各方面的因素，是有成功依据的。这个设想如果能够实现，意味着工期不仅能按时完成，还能提前整整四个月。不管雨季还是旱季，目标只要定出来，就是胜利的日期，任何困难都将无法阻挡。

暗管工程主要就是铺管子，没有管子，什么都是空谈。为什么巴基斯坦的PVC管会那么紧张？

巴基斯坦PVC管制造厂家诺西拉管厂曾停产三年，正经历国营转为私有的改制当中，生产受到影响。加之巴基斯坦国内又有几个同类暗管工程项目，同样急需PVC管材料，大家都在拼命争夺设备和货源。中国地质一方面在此厂家排队等候，同时又另辟蹊径从拉合尔管厂订购约占工程所需量的20%的PVC管，力图从两个途径来确保米普哈斯暗管工程工地的需要。

保证PVC管供应不是简单的数量问题，还必须与施工进度、集水管与田间管配比、不同口径管材数量及供货时间等多种因素相吻合。提供PVC

管是个相当复杂的过程，要考虑运送时间、运送安全措施等一系列的现实问题。无论是地处白沙瓦的厂家还是地处拉合尔的厂家，都在巴基斯坦的北部地区，与南部沿海米普哈斯暗管工地相隔千里。生产、验货、提货、发货等细节，必须有人亲临现场督办。筹备 PVC 管材料，无异于陷入长期的征战。

向厂家催要管子简直是一场无休无止的鏖战，为了能早日拿到管子，业主和监理公司都派代表进驻厂方，严格检验 PVC 管质量，只有在管子的强度、耐温度、弯曲度、拉伸度和管形、管径、打孔密度等各项技术指标符合标准时，他们才会验收放行，困难程度可见一斑。

项目组不断派人进驻巴基斯坦北方厂家蹲守、催促。在驻厂的客户中，竟然还有军方的代表，因为军方企业正好也在实施一项暗管工程，他们也是来催要管子的。他们凭着自己的优势，没有交预付款，只仗着有荷枪实弹的武装人员，就可以优先拿到产品。

为了 PVC 管，各个国家各个工程项目的驻厂代表你争我夺，用尽手段，绞尽脑汁。哪里是催货，简直是逼魂，是催命。

第 9 节 “运管子可以，但要先取下我人头！”

米普哈斯暗管工程的工地上，各个铺管小组正干得热火朝天，一台集水管机、两台田间管机一齐上阵，每日铺管总量可以达到 2 万英尺以上，大家争先恐后地往前赶，争分夺秒，连吃饭都是狼吞虎咽以节省时间，铺管机组越干越起劲。

为了继续加快进度，在每一个工区施工之前，刘子义都会先绘出两张施工详图。集水管机一张，田间管机一张，两张图中的管线位置、长度、高度，包括材料用量和堆积地点，检查井位置、数量、层高，还有管子的长度和口径等详细备注。这两张图上施工路线、工程量等一目了然，给各个机组施工提供了极大的便利。

其实，项目组领导班子也多次进行效率与成本的再核算，对工期、效益比进行反复计算，根据规划和抽查完成的施工情况，认为工程完全有可能提前完工。所以，无论如何都要保证现场施工的科学性，做好统筹安排，不能走弯路，更要确保PVC管的供应，绝对不能因为PVC管短缺影响施工进度。

宗国英和孙锦红两个人轮流往巴基斯坦北部白沙瓦诺西拉郊区的厂家跑。在这场争夺PVC管的战役中，他们使尽浑身解数。在那时候，人们都难以置信，一个千万美元大工程的项目经理，需要长期蹲在北方城市郊区的一个小工厂跑材料。

当时各个施工方都想抢在雨季到来前抓紧生产，军方也急需管子追赶工期，他们全副武装而来，准备用强硬的方法抢先押运货物。宗国英、孙锦红等人虽然赤手空拳，却毫不退缩，双方进入激烈对垒。军方驻厂代表耀武扬威地通知厂方，不准给中国地质项目组发货。中国地质项目组驻厂人员同样也是态度强硬地通知厂方，不准给军方代表发货。

厂方一时陷入进退两难的境地。军方人多势众，他们不讲任何理由就开始动手强行装车，中国地质人员眼看着厂家生产出的管子要被军方运走，又急又气，却没有任何办法阻拦。宗国英和孙锦红一看军方马上就要把属于中国地质的管子运走，心急如焚。他们小声商量了一下，不喊也不吵，拿起一把大锁将厂家的大门锁上了。宗国英还搬上一把椅子，堵着大门，坐在那里，俨然如山岿然不动。这种把自己的生死置之度外的举动，不仅让所有驻厂的代表佩服，就连军方的人也被震慑住了，他们只好停下车，向上级请示。

宗国英、孙锦红可不是莽夫，他们是有知识有文化的高级知识分子，在争夺管子的过程中，他们已经预先考虑过可能会出现的棘手情况，所以，他们事先拜访过白沙瓦警察总监，说如果在催管子过程中，一旦发生争执，希望他们及时出面协调，以确保我方人身安全。至于争端的结果怎么样或过程中会发生什么意外状况，都是难以预测的。总之，他们依靠自己的智慧，先在警察署扎了根。

工厂大门就这样被宗国英锁了七天。在这不同寻常的七天时间里，宗国英每天凌晨早早赶到厂门口看守，直到黄昏降临，工厂工人全部下班他才离开。工厂照旧在不停地生产，但却没有运出过一根PVC管，也没有任何人过来干涉和过问，时间就好像暂停了一样。

一切都是暴风雨来临前的平静。

第七天的傍晚，一辆黑色的轿车停在了宗国英的面前。车上下来一位仪表堂堂颇有威严的将军。他接到驻厂的军方代表汇报之后，对汇报中的中国人感到既生气又钦佩，但更多的是好奇。他要亲自来诺西拉管厂门口，见一见这个中国人。将军看着宗国英，开门见山地说："现在，我们来谈谈管子的事情。"面对这位不请自到的将军，宗国英不卑不亢地阐述着自己锁门的理由，说："尊敬的将军阁下，因为我方项目组早已经给厂家交付了80万美金的定金，目前厂方生产使用的全部原材料，都是由中国地质预付款所购进的，按理现在生产出的管子就应该先供给我们。事实上，厂方未能按照合同约定供货，已经延误工期。万不得已，我们只能出此下策，希望得到将军阁下的理解和支持。"

将军把头往一边偏了一下，定定地瞅着宗国英的眼睛问："那么，我们的需要呢？"

宗国英回答："你们？你们应该遵守规定，先给厂家交预付款排队等候，或者等我方发运40车之后，你们再运……"

将军步步紧逼："如果我们不答应呢？"

宗国英凛然正气地说："如果这样，你们只有先把我的头取下来，才有可能把管子运出去！"

将军听到这里，突然朗声大笑起来："怎么会这样呢！我们巴中两国有着深厚的友谊，你们来巴基斯坦帮助建设，我们应该感谢中国。"

"正因为我们非常珍惜中巴友好关系，我们十分尊重巴方，所以，我们才要求工厂恪守合同，保证信誉，我想将军也一定会支持我们的吧！"

将军听了这一番话，脸上的表情柔和多了，他对眼前这位年轻的中国项目经理由好奇变成好感，甚至开始欣赏这位年轻人据理力争的勇气和胆略。作为一位将军，最吸引他的应该是一个人骨子里宁折不弯的正气。这股劲不仅仅是为项目争管子，而是为国家争尊严。

将军讲话的语气和态度逐步缓和，双方终于进入心平气和的协商状态，这样的结果，实在是来之不易。没有冒险的精神，是不会收获胜利的果实的。

刚到巴基斯坦的时候，宗国英、刘子义、孙锦红三个人，不要说做项目，就是每日的吃住行，都面临着诸多困难。租来的房子又脏又潮湿，夜晚蚊虫满屋飞，出门来回都必须蹚过一条垃圾漂浮的臭水沟。那时的生活环境比想象的艰难好多倍。

在项目决定自营之后，中国地质总部派沈琦随身携带7万美元，从CRBC-63号后续项目营地出发，转道君士坦丁堡继而又飞抵卡拉奇，又乘车到达米普哈斯市项目临时驻地，当他们在机场见面张开双臂拥抱的时候，三个人开心激动得只想流泪，异口同声地说："你可来了！"

那一刻，他们是这个世界上最亲的亲人。

接下来的日子，项目上主要外事负责人孙锦红的工作就是重头戏了。他需要考察集水管机、田间管机以及各种辅助设备，要考察荷兰和英国厂家生产机器的价格，为适应米普哈斯因地制宜所用的机器，还必须联系各个生产厂家亲临巴基斯坦现场，制造出符合现场工地工作的机器。所有一系列的工作，说起来很简单，但是，真正干起来，困难重重。总之，所有的工作对中国地质来说，都是头一次。对于大学教师出身的孙锦红来说，更是"第一次吃螃蟹"。

孙锦红天生就是个不服输的人，在所有第一次经历的工作中，他依靠自己肯钻研的韧劲儿，扛住了大大小小的挫折和委屈。正如今天人们评价他的那句话："他是一位想干事，能干事，也能干成事的人。"

在项目上马不久，曾因为催要工程预付款，孙锦红和英国总监瑞文斯有过一次正面交锋。

万事开头难。项目刚开工时，预订机械设备要投入很大资金，铺管机、挖掘机、装载机、推土机、降水设备及各种车辆，需要分别向英国、日本、荷兰、奥地利、中国等各国厂商交付几百万美元预付款，中国地质总部为了支持巴基斯坦暗管这个自营工程项目顺利上马，在几十个国家都有工程开工的情况下，优先满足暗管工程项目资金200万美元。即使这样，项目组资金短缺的情况依然严峻。解决这个问题的途径就是必须向业主和监理催要工程预付款。要钱的事情，是最难干的活，这项艰巨的任务就自然落在负责商务外事工作的孙锦红身上。

按照标书规定，业主方要在开工令下达之后一个月内将合同总额15%的工程预付款支付给承包商，为了拿到这笔预付款，孙锦红开始了鏖战。首先要经过监理公司审批，承包商要提供符合要求的保函等材料。中国地质承担的米普哈斯暗管工程是中国银行担保的项目，中国银行在金融信誉上没有任何问题，但是由于各种技术上的缘故，预付款保函先后被拒绝两次，修改三次，在北京至卡拉奇的快件邮路上，辗转颠簸。

孙锦红受够了这样的折磨，但是，还必须得耐着性子继续忍。为得到合格保函，孙锦红打电话、发传真，一次又一次在工地和卡拉奇间往返，每次往返就是 500 多公里。烈日炙烤着他年轻率真的脸庞，一双干裂的嘴唇是因内心焦躁上火而致。他几乎都不知道每天的天空是阴的还是晴的，更没有时间去想老婆孩子和已经衰老的父母。他唯一所想的就是，即使吃尽苦头，也得尽快将工程预付款要来。

保函终于合格了，监理公司也批了。孙锦红脸上终于出现了一丝微笑，他暗暗地想，这一下，预付款总该可以拿到了吧！然而，他万万没有想到这才仅仅是开了一个头，离拿到预付款还差十万八千里。

从 1994 年 9 月开始，直到 10 月，从米普哈斯到海得拉巴水电发展署南部总部这条路总有孙锦红的身影。他天不亮上路，深夜而归。水电发展署南部总部的职员们开玩笑说他："孙先生，你比我们机关职员上班还准时啊，像你这样勤奋的员工，中国地质一定会给予特别奖励吧！"孙锦红回头笑笑，"嗯嗯"地点头。

二十八岁的他铆足了劲儿，在有关付款的各个场所，赔笑脸、说好话、解释原因、重申预付款对于项目的意义……顶着莫大的压力，硬着头皮一步一步地往前赶。

因为项目组各项开支一天天增大，订购设备合同规定的预付款期限也一天天迫近。孙锦红决定直接去到海得拉巴求见主管审批工程项目付款的最高领导——英国监理公司总监瑞文斯先生。

一个多月内，孙锦红竟然找了瑞文斯十几次，每一次见面，他都据理力争，条理分明地阐述要款理由。瑞文斯从来没有见过哪个项目的人，胆敢当面挑战总监的威严，他对孙锦红气恼中又夹杂着佩服。因为，他之前从未见过中国人敢闯进他的办公室当面催款。被一位血气方刚的中国年轻人催促，即使有理有据，他也是百般不愿。

终于有一天，瑞文斯忍不住发火了："孙先生，你是否有些过分？ 40 多家承包商，如果每家都像你一样，天天跑到我的办公室发问，你让我怎么工作？”

孙锦红没有被他吓到，说：“总监先生，实在抱歉，我们也是迫不得已。开工令下达后，工程开工已一个多月，这么大型的农田改造项目开工急需资金……”

“出去，我再也不想见到你！”瑞文斯勃然大怒，还没等孙锦红把话说完，他就被孙锦红的陈述激怒了。他右手指着办公室的门说：“再也不想见到你。”

面对瑞文斯的野蛮粗暴，孙锦红怒火中烧，但是他很快就调整了心态。孙锦红压低了自己的声音：“要款是我的权利，付款是您的义务。您凭什么叫我出去？您又有什么理由不付款？作为一位总监，您没有感觉您严重失态了吗？”孙锦红愤愤地离开了瑞文斯的办公室。但他留下的反问句，却在一点一点地折磨着这位本具有绅士风度的瑞文斯先生。孙锦红沉着智慧的眼神，不卑不亢的言辞，利刃一样，在瑞文斯的心里回旋。

就在孙锦红走出总监瑞文斯先生办公室第三天，瑞文斯郑重地在中国地质米普哈斯暗管工程预付款审批单上签了字。瑞文斯先生虽然赶走了孙锦红，但是没有因为与孙锦红之间发生的不快拖延审批程序，相反，他对此事更加重视。

1994 年 10 月 17 日，项目组收到了业主发放的一号账单工程预付款 135.7 万美元和二号账单 33.8 万美元，两项共折合巴基斯坦币 6871 万卢比。暗管工程注入巨额资金，为保证工程胜利打下了牢固的基础。款到账的这一天，正好是孙锦红二十九岁生日。

第 10 节　暗管铺出了“中国地质精神”

暗管项目组施工进度神速，被业主和监理公司称赞为奇迹，声誉和影响越来越大，引起了海内外各界的赞叹和关注。

1995 年 4 月 21 日，中国驻卡拉奇总领事馆王修才偕夫人及领事馆官员一行亲临米普哈斯工地考察。王修才说：“来到这里最突出的感受是项目组人员普遍年轻而且素质高，能吃苦，能拼搏，国际承包工程业务精湛。你们的精神，值得我们总领事馆的同志们学习，也值得其他海外工程项目组学习。”

1995 年 11 月，中纪委驻地矿部纪检组组长、地矿部党组成员董道华率工作组来到巴基斯坦米普哈斯暗管项目组检查工作。经过三天的调研，他总结出四句话：“一流的精神，一流的工作，一流的经验，一流的业绩。”

同月，中国地质总经理叶冬松、副总经理兼总工程师汪仲英亲临米普哈斯现场指导工作，他们说，暗管工程是中巴两国的友好工程，也是中国地质一项合同额巨大的海外项目工程，项目组克服了重重困难，树立了中国地质的形象，为中国地质在国际工程承包竞争市场开了个好头，也弘扬了中国地质的企业精神，值得公司海外各项目部学习。

1996 年 1 月，地矿部副部长张宏仁到巴基斯坦访问，他在巴基斯坦听取了暗管项目组工作汇报后指出，地矿部非常重视国际承包工程的情况。暗管项目组不但树立了中国地质的形象，也培养了一批优秀的管理人才。

1995 年和 1996 年 1 月，水电发展署南部总部总经理穆罕默德·穆尼尔先生两次到米普哈斯暗管工程工地考察。他赞叹道：“各方面的进度都是最快的，你们创出了巴基斯坦暗管工程有史以来的最高纪录，作为业主我对你们的施工表现非常满意。”

1996 年 1 月，世界银行亚洲部经理率领的代表团从华盛顿总部到巴基斯坦市场，专程来到米普哈斯工地，在全面检查工程施工情况后，团长称赞中含有歉意地说：“……我们曾经不信任你们，现在我们却亲眼看到了你们的施工达到了同类工程的最高水平，……我们十分惊讶，更要热烈地祝贺。”

1996 年 4 月 23 日，集水管全部完工。

1996 年 5 月 30 日，铺管工程主体完工。上午 11 时，王德先怀着无比激动的心情，在所有人的注视下，动作娴熟地操作田间管机，郑重地埋下了米普哈斯暗管工程的最后一根 PVC 管，给这个为期两年的国际暗管工程，完美地画上了句号。

这个不同凡响的日期，比合同规定的日期提前了整整六个月，创下了国际承包工程的神话。

那一刻，在巴基斯坦湛蓝的天空下，在场的所有人，爆发出一阵阵雷鸣般的掌声及欢呼声。许多人流着泪欢笑，许多人欢笑着流泪……

大家争相和高大威武的铺管机、集水管机合影，视它们为自己朝夕相处的伙伴，一起留下最后一张珍贵的现场照片。

随后，这支队伍，在王德先的指挥下，将工地上的全部机械及车辆，排成一条阵容庞大的长龙，像凯旋的将士，浩浩荡荡地返回海得拉巴的米普哈斯营地。

1996 年 5 月 21 日，《人民日报》发表题为《异国土地下的奇迹——中国地质工程公司在巴改造盐碱地纪实》的文章，介绍了中国地质巴基斯坦暗管工程项目组的出色业绩，“中国地质的建设者们打了一个漂亮仗，圆了巴基斯坦人改造盐碱地的梦，谱写了中巴友谊的新篇章”。

《人民日报 · 市场报》于 1996 年 5 月 21 日刊登该报驻伊斯兰堡记者发回的专稿，报道中国地质在巴基斯坦改造盐碱地的事迹，题为《造福巴基斯坦人民的伟大工程》。该报道借用中国地质赴巴基斯坦员工的话语：“要干就要干好，早完工，早造福巴基斯坦人民。”中国建设者朴素的语言里，包含一颗金子般的心，散发着中国地质的国际主义精神。

《建筑时报》1996 年 5 月 26 日刊发记者撰写的通讯，标题精彩而有气势——《十六人树起的国威——记奋战在米普哈斯的中地英杰》。通讯介绍了中国地质承包巴基斯坦米普哈斯地区暗管工程并克服种种困难夺取胜利、立起国威的壮举，“标价 1200 多万美元，工期两年的工程，在中国小伙子手里发生了提前半年的奇迹”。

巴基斯坦的国家政局一直动荡不安，工程延期是常见的现象，按期完工仅属少见，而提前半年的时间，绝无仅有。世界银行代表团成员赞不绝口，巴基斯坦的军方听闻这个消息后，主动上门邀请中国地质分包他们的工程……中国驻巴领事馆也分享了中国地质的荣耀，积极推荐其他公司来此取经。

《人民日报 · 市场报》于 1996 年 6 月 27 日，刊登“域外传真”专栏稿件，题目《用一流人才　创一流业绩》，记述中国地质暗管工程项目组在巴基斯坦勇于开拓的事迹，赞扬项目组年轻的经理们科学管理出效益，国内外密切配合出成绩，用一流的人才创造出一流的工作业绩。

《光明日报》1996 年 9 月 28 日发表了题为《中国工程队铺设暗管名扬巴基斯坦》，和所有报纸一样介绍了中国地质在巴基斯坦的业绩，并再次向全国介绍了中国地质承建的造价 1 亿元人民币的米普哈斯暗管工程提前 1/4 工期完工，被国际专家称为奇迹，为中国人赢得荣誉，意义深远……

米普哈斯暗管工程的项目组，主力是一批血气方刚的年轻人，大部分是 20 世纪 80 年代走出校门的大学生。项目组 16 个人，在巴基斯坦长达近两年的施工时间里，经受了各种各样的考验，战胜了无数不可想象的困难，用不可动摇的信念和钢铁般的意志，树立了中国地质在国际承包市场上的良好形象，也表达了对祖国的忠诚。

在世界地图上，巴基斯坦信德省海得拉巴的米普哈斯只是小小一点，只是一个不为人知的角落。但是，这块经过中国地质人改造了的盐碱地，从此便是长着绿油油蔬菜和庄稼的良田，它在华丽转身后，还会记得曾经发生的一切吗？还会回忆曾经来过这里的中国地质的十几名队员在这里洒下的青春和血汗吗？

白驹过隙，即使几十年后的今天，巴基斯坦的那片土地，还刻印在中国地质人的心里，植根在中巴两国人民的友谊中。中国地质埋下的暗管，在造福巴基斯坦人民的同时，也铺出了“中国地质精神”。

1996 年 6 月，中国地质巴基斯坦暗管项目部人员大部分告别了米普哈斯，回到日思夜想的首都北京。然而，中国地质决定，孙锦红等人要继续留下开展后期工作。

对于有些人来说，特别像宗国英、王愉吾、孙锦红、沈琦等年轻的管理者和商务外事人员来说，一项工程的结束，也意味着另一次征战的开始，他们永远奔赴在前进的路上。

第三章 重回印度河

时光啊！请你慢些走
请允许我成为大地上的一株庄稼
用心底的热忱触摸这里的泥土
那些汗水涔涔的吟咏和劳作的声响
仿佛还在芦苇丛和甘蔗林散发着芬芳
饱蘸情怀写下的日记，已经交给彩虹
日夜不曾停息的渴望和仁爱啊
也已经用良田的绿色替代曾经的荒凉
我将择日归去，回到祖国的怀抱
——那里，有我的亲人和战友
——那里，才是我可爱的家乡

当沈琦怀着激动的心情，置身一望无际的异国田野时，大片大片的庄稼，用油绿发亮的光彩，热情地迎接了他。此时，沈琦简直不敢相信眼前的场景。谁会想到这里就是那个巴基斯坦信德省海得拉巴的偏远小镇米普哈斯。谁会想到十年前的这里，除了白花花的盐碱地，就是看不见任何希望的一片泽国？谁会想到这块恬静祥和的大地，以及大地上植物与动物的欢愉，是大自然短短十多年的回馈。那个两万英尺贫瘠荒凉的土地——巴基斯坦米普哈斯“暗管工程项目”所在地，如今已是绿树成荫，良田千顷。

这是当年一批年轻的中国地质专家们美梦成真的地方。沈琦面对眼前碧绿旺盛而又让他无法言尽的庄稼地，思绪万千。昔日机器轰隆人声鼎沸的热闹，地主们集体阻工的激烈争论，充满朝气忙碌飞奔的身影……犹如电影画面在脑海中不断闪现。他仿佛又看到那些熟悉的可爱可亲又可敬的身影和面容。

2001年新年伊始，沈琦再次来到巴基斯坦，接替中国地质巴基斯坦经理部总经理孙锦红的工作，任职新一任总经理。他是巴基斯坦经理部继孙金龙、王愉吾、宗国英、孙锦红四位总经理之后的第五位总经理。

沈琦先后参与了中国地质在巴基斯坦成功执行的CRBC–63号标灌溉项目、CRBC–63号标后续标灌溉项目、米普哈斯暗管工程项目。

这是他第二次到巴基斯坦任职。

第1节　再回首　往事已成云烟

2021年6月见到沈琦时，他可以脱口说出三十多年前巴基斯坦的各个项目的重要时间节点。

1990年12月4日，沈琦和后来担任中国地质副总经理的王愉吾一起来到中国地质接手的第一个项目——“63号标灌溉项目”。此项目于1988年1月30日投的标，3月30日收到中标通知，6月1日正式签署合同。以三家公司联合投标的方式参与竞标。巴基斯坦两家当地公司分别中61号标和62号标，中国地质中63号标。

说起米普哈斯暗管工程项目，沈琦动情地说：“从施工技术和施工难度上相比，暗管工程比63号标更难。关键是没人干过。”三十多年光阴飞逝，沈琦，这位饱经海外风霜的中国地质老将，回忆起往事如数家珍。CRBC–63号标和米普哈斯暗管工程，无异于两座历史丰碑，深深地镌刻进中国地质人的心里。

6月的风，带着炽热的心跳在聆听远方的故事。窗外绿树婆娑，花草含笑，只有天空偶尔飘过的白云，在传递着时光中的往昔与今朝。三十年前那些感人的事迹和身影，那些青春含笑的面容，那些矫健如飞的步履，一页页，一幕幕，被沈琦拉到了眼前。

中国地质的发展轨迹，承载着国家改革开放的步履。1983 年打开国门之后，中国地质率先走出去，以崭新的姿态参与国际承包工程竞争市场。原先从事的国家经济援助项目越来越少。CRBC–63 号标和尼日利亚 525 眼井项目，便是国际承包工程的标志性工程。

虽然两个同是国际市场的竞争产物，但两者存在本质的不同。525 眼井项目干的仍然是中国地质的老本行，而 CRBC–63 号标项目，却标志着中国地质产业结构的根本性转变。它在中国地质发展历史上，具有划时代意义。

经过改变设计重新预算报价，以及改变内部管理制度及激励办法等数次的曲折之后，CRBC–63 号标项目终于在中国地质的手中彻底完工。项目转亏为盈，盈利 100 多万美元。施工质量和进度，令亚洲开发银行及业主赞不绝口。中国地质在巴基斯坦的土地上，仅用一年时间就彻底扭转了被动局面。

中国地质接管自营 CRBC–63 号标和米普哈斯暗管项目，实现了中国地质历史性的转折，也成为亚洲项目板块锤炼人才的大熔炉。孙金龙、宗国英、王愉吾、孙锦红、沈琦、王百斌、黄小林、宋春、胡建新、包玉山等一批业务管理骨干，后来成为中国地质总部选拔总经理、副总经理、项目经理等各级领导的后备力量。

说起当年，沈琦谈得最多的是自己的团队和团队创业的往事。

沈琦是在 1995 年 7 月——巴基斯坦暗管工程即将结束的时候回国，此后就在公司本部亚洲部工作。2001 年再次赴任巴基斯坦，六年后回国。他清楚记得几个关键的阶段。这些关键的阶段，正是产生公司机制的原始土壤。

1993 年，国家工业形势是强调政企分开，企业有宽松的创业机会和创业环境。属于地质矿产部的中国地质，与所有国有企业一样，开始探索适合自己的管理办法，为经济承包责任制的出现做了铺垫。

那时海外项目较小，总部也在积极探索海外项目的管理模式。海外办事处还没有“经济”概念，只负责管理和保护车辆、设备等国有资产。

20 世纪 90 年代，公司的主要业务在海外市场。沈琦举了一个例子：工作人员上午基本没事，下午两三点钟以后开始繁忙起来。大家排着队给国外打电话。有时候电话打一两个小时都打不通。通信网络差，发传真有时候都发不过去。

现实让公司意识到这样沟通信息和管理非常麻烦，容易贻误时机，不适应国外业务的发展。那时，中国地质已经具备了做国际市场大项目内部承包责任制方面的经验。像安保项目，CRBC–63号标项目，包括525项目——第一次国际承包也是中国地质最大的一个项目，那时生产责任制已经萌芽，只是没有具体落实到责任人。

通过这些项目，大家从思想上有了统一认识：一定要有一种内部承包责任制，来促进国内外的发展，这样才能顺应公司的管理需求，也才能够解决经济效益问题。于是，新的管理模式出现了。

孙金龙创造性地提出资产承包。公司给你投入，以后你得保值增值。不限制怎么干。这样，“国有资产承包制”就出现了，进而“国有资产保值增值”这个新概念也形成了。

国有资产保值增值，是中国地质历史上颇有意义的制度改革。宏观上抓住，微观上放开，搞活企业经济建立内部激励机制。在当时，领导除了敢于承担风险外，还要竭力推动这套制度的实施。国有资产的保值增值率怎么定，内部分配问题怎么核算，没有可以参照的依据，全是摸着石头过河。

沈琦说到这里，露出了欣慰的笑容：“从那时开始，一直到现在，这套激励机制一直使用。”在国家的大政策大背景之下，中国地质领导敢于迈出这一步，魄力十足。孙金龙以其独特战略眼光，为后来中国地质的蓬勃发展奠定了坚实基础，经济制度在众多央企中独树一帜。

从1993年开始，中国地质的国有资产保值增值管理模式，经过开创性的发展，到枝繁叶茂的今天，是因为前有优秀的开创者，后有优秀的坚持者。在“上为国家做贡献，下为员工谋福利”方面，中国地质走出一条适合自己发展的路子。

第2节　不同时代的转型升级

“以史为鉴，可以知兴衰”。沈琦通过描述将中国地质发展脉络清晰地呈现出来。了解一个企业的发展历史，才能把握方向，朝向更高的目标迈进。中国地质是具有独特文化气质的企业：公司的各个转折点，公司未来战略规划及可持续性报告，都规划得详细备至；中国地质汲取老一代中国地质人身上的优秀精神，总结并发扬光大，激励着新一代年轻人不忘历史，砥砺前行。

四十年来，他们始终坚持制度自信、文化自信。以“爱国主义、集体主义、开拓进取、无私奉献、精益求精”的中国地质精神，在全世界70多个国家和地区承揽了数千项各类大中型工程，赢得海内外广泛赞誉。

沈琦总结道：“第一个标志是CRBC-63号标项目，中国地质突破业务范围。第二个标志性是经济管理制度上勇敢地迈出一大步——实现国有资产的保值增值。第三个标志性的事件，是从2018年开始拓展国内市场，并且越拓展天地越宽广。”多少战马奔腾的场面，多少运筹帷幄的昼夜，才淬炼出中国地质的企业文化和企业精神。

有外国朋友把中国地质戏称为“做项目的狂魔”。

2016年在亚洲开发银行上海年会上，会议主席点名中国地质发言。据统计，亚洲开发银行的项目，截至开会的时候，中国地质是历年来干得最多的企业。拿到的合同额也是第一位的。沈琦笑着说：“这不是狂魔是什么？显然是大狂魔了。”说者开心，听者也兴奋。

沈琦最后说：“不调转方向及时转型，可能就会趴下了。”是啊，无论是一个人还是企业，只要向前，就会有沟沟坎坎，也会遇到各种各样的契机，既要抓住机遇，也要以变应变。必要的转型，是智者的选择，也是时代的要求。

第3节　一条救命公路

孙锦红，现任中国地质党委书记、董事长。

当年，在米普哈斯暗管工程实施过程中，孙锦红凭其出色的管理能力及商务外交能力脱颖而出。他作为运维人员继续留在巴基斯坦时，就被公司提拔为项目经理。其间，他一边负责暗管项目维护，一边负责投标招标，在巴基斯坦及周边国家继续拓展国际工程业务，继而被公司提拔为巴基斯坦经理部总经理。2000 年底，孙锦红回国，继任者沈琦开始负责巴基斯坦经理部工作。

巴基斯坦经理部总部在巴基斯坦最大城市卡拉奇，管辖巴基斯坦、孟加拉国、尼泊尔、阿富汗等几个国家的项目。孙锦红在巴基斯坦和孟加拉国已经拿到了一些项目，其中有巴基斯坦的一个打井项目、66 号标灌溉项目和孟加拉国 2B 公路项目等。那时，66 号标灌溉项目主体已经竣工，剩下的工作是做附属设施和项目的其他扫尾工作及验收。其次，继续做 66 号标的后续项目，直到完全移交给业主。

孟加拉国受季风影响，每年 6 月至 9 月的雨季，降水量很大，几乎历年这个时候都会发洪水。2004 年是孟加拉国非常特殊的一年，特大的洪水冲垮了水库堤坝，形势非常危险。中国地质巴基斯坦经理部修建的 2B 公路成了当地老百姓救命的“诺亚方舟”。

2B 公路项目是世界银行出资的项目，项目造价 2200 余万美元，全长 31.5 公里，工期三年，是当时中国地质国内外最大的公路项目。项目经理是年仅二十九岁的曹小威，他也是当时此类项目最年轻的项目经理。项目成员有关霖、秦勇、何成洲等人。

2B 公路是连接孟加拉国首都达卡和孟加拉第四大城市锡莱特市的一条国道，地理位置处于整个国家的东北部，一眼望去，全是地势低平的平原。遇到洪涝灾害，找不到安全可靠的逃生去处。

2004 年 7 月中旬开始，孟加拉国整个国家都受到洪水的威胁，东北部锡莱特地区赶上百年不遇的洪水，灾害最严重。孟加拉国北部、东北部、东南部地区 15 个县发生洪灾，数百万人无家可归。附近的各个村庄的难民，拖儿带女纷纷逃向高出地平面的 2B 公路。截至 7 月 28 日，孟加拉国，包括首都达卡在内的 2/3 的国土已被淹，受灾人口超过 2500 万，其中有 130 万难民不得不躲在 4000 处洪水避难所。

难民们忍饥挨饿，更可怕的是泛滥的洪水里含有大量剧毒成分，根本不能饮用。于是，项目部在抢工期的重要施工阶段，还要将处理过的安全饮用水提供给难民。一批安置好之后，又要负责接待和安置不断拥来的下一批难民。

另外，中国地质接到通知，孟加拉国女总理卡拉达・齐亚将亲临东北部视察灾情，她的直升专机将要降落在 2B 公路。这是一个重要的政治任务，总经理沈琦和项目经理曹小威连夜紧急协商接待程序及各种安全措施预案，并周密妥善地安排各项工作。项目部人员在 2B 公路上点上火把，路中心画下很大一个大圆圈，圆圈的中间又画上大大的“H”图案给飞机明确的指示标识。

整个接待过程圆满顺利，中国地质得到孟加拉国政府的表扬。中国地质在洪灾时对难民的帮助，也得到难民的一致称赞。中国地质树立了中国形象，体现了中国气派和中国风采，也加深了中孟两国的友谊。2B 公路成为中孟友谊的象征，也以“救命路”的形象，深深刻在孟加拉人民的心中。

此后，沈琦一边延续并完善孙锦红前期的各项工作，一边拓展业务。可是，不久之后“9・11”恐怖袭击事件发生。中东地区变成了动荡不安的危险地区，整个市场人心惶惶。

这时，沈琦的首要任务是保障队伍的安全及思想稳定，其次是组织干好各个项目，同时准备开辟阿富汗和阿曼等中东地区的市场。由于巴基斯坦社会出现不稳定现象，慢慢地，中国地质的巴基斯坦总部也由卡拉奇转移到了孟加拉国。其实，那时候，沈琦最想拓展的是海湾地区的阿曼市场，当时已经给公司打过报告。只是时局突变，考察只到了阿富汗，后续工作无法深入，向周边国家拓展的计划暂时搁浅。

但是，巴基斯坦各个项目的运维也非常繁杂，沈琦每天各种琐事缠身。查看现场，到工地维修，更多是进行一些商务活动，处理分包商提供项目组的后勤支持，材料采购或跟业主进行沟通等。每当回忆起这段历史，他总是轻描淡写地说:“项目经理是曹小威，我去工地很少，小威和孟加拉国办事处的关霖主任干得辛苦！”

事实上，无论是在国内还是国外，沈琦在公司都是一位功不可没的老将。2006 年，他从巴基斯坦回国，中国地质巴基斯坦经理部总经理职务由孟加拉国 2B 公路原项目经理曹小威接任。沈琦一直在总部人力资源部担任经理职务，仍然默默为中国地质的发展倾注自己的心血。

这个勤勤恳恳认认真真将一生奉献给中国地质事业的人，是那么质朴和平和。从他一半海外一半国内的履历可以看出，他一路实心实行地走来，留在身后的是一条踏踏实实的人生之路。

第 4 节　春华与秋实

时间翻开新的一页。被称为人才摇篮之一的巴基斯坦经理部，也在不同阶段迎来一批又一批新面孔。

曹小威，1995 年毕业于中国地质大学探矿工程系，最早在江苏省地质矿产局工程勘察处（后来与江苏省中成总公司合署办公）任职。1997 年 9 月被选派到由原地质矿产部主办、中国地质协办的第一届国际项目经理培训班学习。1998 年 2 月被选派到中国地质总部亚洲部实习。

1998 年 12 月，曹小威被派到中国地质巴基斯坦经理部工作，和他同去的还有董继柏。他接触的第一个项目是 66 号标灌溉项目，那时候的巴基斯坦经理部总经理孙锦红、项目经理杨建民、项目副经理关霖，堪称中国地质最优秀的团队。

66 号标灌溉项目于 1996 年参加投标，1998 年 11 月授标，造价约 1000 万美元，是中国地质在巴基斯坦成功执行了 CRBC-63 号标、CRBC-63 号后续标灌溉项目、斯瓦特隧道灌溉项目等后的另一水利项目。项目在离卡拉奇大约 1000 多公里的迪尔汗，紧邻印度河。

印度河进入巴基斯坦境内后，在布恩吉附近与吉尔吉特河相汇，然后转向西南流，贯穿巴基斯坦全境，在卡拉奇附近注入阿拉伯海。左侧支流的上游大部分在印度境内，少部分在中国境内，右侧的一些支流源于阿富汗。印度河是巴基斯坦主要河流，也是巴基斯坦重要的农业灌溉水源。1947 年印巴分治，河水归两国共同使用。为了避免纠纷，两国在 1960 年签订了《印度河用水条约》，规定印度使用河水系总水量的 1/5，其余归巴基斯坦使用。而且顺着这条河，巴基斯坦修了一条高速公路，巴基斯坦通常称为“印度河高速”或“印度高速”，是中国人帮助他们修建的。

66 号标灌溉项目的目的是从印度河引水灌溉迪尔汗大片已经沙漠化的

土地，将半沙漠半戈壁的荒凉变成可以耕种的农田。项目工地上除了偶尔看到几丛骆驼刺和红柳，其他什么植物都没有。一片光秃秃的荒漠，没有任何可以遮阳的地方，60℃的高温炙烤得人焦躁窒息。

酷暑时在缺水干旱的戈壁滩施工，身体素质必须得过硬才行。因为太阳直射的时候，一动不动都是满身的汗水，或因为出汗脱水。总之，那些国家培养出的二十多岁的精英人才，在巴基斯坦异常艰苦的条件下工作，没有人抱怨，没有人说苦。

当时他们每天早上，每人背着装有 5 升水的塑料桶来到工地，工作就开始了；中午厨师送饭到工地，工地到营地 40 公里左右，为了不耽误工作时间，大家就凑合在太阳下吃饭；晚上下班，回营地吃饭休息。习惯了这样的生活，他们便能苦中作乐。

曹小威初到 66 号灌溉项目，担任采购员。当地只有一些生活日用的小商品，项目所需的大型设备配件市场都没有，维修就更不用说了，根本就不具备那样的技术。所需设备方面的配件及维修，只能送到离项目组约 600 公里外的巴基斯坦第二大城市拉合尔。为了不耽误项目施工的需要，曹小威一般都是在当晚 11 点左右发车，天亮到拉合尔，先将需要维修的配件送到修理铺，再抓紧去购买物品，然后取修好的配件，晚上 12 点或第三天凌晨两三点回到项目组。

这么折腾，节省时间也节约开支，可就是苦了曹小威。幸亏年轻人身体结实，否则，后果可想而知。说来也怪，那时候，条件那么差，工作又那样辛苦，可是，从来就没有人喊一个“苦”字，反而非常乐观开心。曹小威更是个乐天派，他脸上挂着笑，跑腿跑得贼溜，只要能满足施工所需，别耽误了现场施工，让他怎么跑他都没有怨言。

有一次在采购路途中，他的车和对面开来的卡车差点撞上了，幸亏驾驶员眼疾手快，将方向盘火速一闪，躲过了一场可怕的事故，但他车辆的右侧反光镜和驾驶室的玻璃被撞坏了，曹小威正好坐在驾驶员后排左侧，这个玻璃碎片直接穿透了曹小威的右侧镜片。万幸的是，他的眼镜被打破了一个洞，眼睛无碍。回到项目组，他都没提这件与死神擦肩而过的事，他还为没耽误项目上的工作，自己也没受伤偷着乐呢！

曹小威每天精神抖擞，哪里有困难就往哪里跑，哪里有需要就出现在哪里。干了一段时间采购工作后，他的沟通和协调能力都得到了锻炼，抗压能力也越来越强。遇到问题，他能够耐心和对方反复沟通，应对和处理问题的能力更加游刃有余。于是，他开始担任项目现场工程师。工作由原来单一的采购变为每天和监理们不厌其烦地交涉工作。

迪尔汗的高温气候和施工自然环境的恶劣，大家已经习以为常了，小伙们个个练就了耐高温的筋骨。然而，比环境和高温更为难受的是监理不配合，监理对项目工作的不支持对大家是一种难以形容的折磨。

监理老是强调要压实石方，可是，没有水，怎么可能将沙化严重的土压实？修的渠又是土渠，怎么压它也是土渠。如果不浇水，无论如何达不到监理要求的标准。可是，不按照监理的要求，就过不了关。

太阳那么大，要从印度河将水抽出来浇土渠，然后再压实，工作量要大出很多。而当地的监理不管这些，强迫项目组必须这么做。管理现场的高级总监是位六七十岁的美国人，对项目质量要求也是非常严格，他和几个高级监理都是美国人，不定时地到现场去，当地监理却是天天盯着大家干活。

中国地质当时在巴基斯坦做的大部分项目都是国际资金组织贷款的项目。这种组织给出的贷款，首先要从全世界选择承包商，谁来干活就可以投标。中国地质在巴基斯坦几个标的最大竞争对手是土耳其公司。而监理公司大多是西方国家的公司与当地公司组成的联营体，所以对中国地质格外苛刻。

按照监理的要求，工地上的活就更苦了，刚开工的几个月，因为对施工方法掌握不是很准确，导致施工效率低下。人受罪，监理也不满意，进度非常缓慢，基本没有产值。孙锦红急得睡不着觉，一个人从卡拉奇开车过去，要十九个小时才能到现场。平时一个月来开一次现场指导会，现在即便是 1000 多公里的路都得经常来。66 号标反复轮回的问题，把孙锦红折磨得很惨，项目上也没有一天是安生的日子。曹小威虽是现场工程师，但一岗多责，项目上的事多如牛毛。

由于监理要求加水压实水渠，项目进度滞后，为了解决这个问题只好加班加点地往前赶，项目人员由原来的长白班变成白天和黑夜两班倒。一天晚上 9 点多，作为项目现场工程师的曹小威正在管理现场的夜班施工工作，面前突然出现几个手持 AK47 的“蒙面人”，骑着高头大马挡住施工机器，坚决不让开工。曹小威赶紧上前询问理由，对方理直气壮地说，当地政府没给他征地钱。曹小威这才明白，“蒙面人”是来阻挠施工的。66 号灌溉项目是由亚行、德国银行等几家银行组成的财团出资的项目，由于项目所在地段的部分征地问题没有解决，已经多次出现当地居民阻挠施工的情况。

66 号标项目的水渠要穿过一条马路，马路两边的村子灌溉农田都需要这条水渠的水，两边水渠的出水口设计一样大小，水流量也是一样的大小。可是，两边的老百姓都不放心，都害怕自己这一边的出水口小，影响灌溉。于是，有一方就老是去堵住另一方的出水口，将对方的出水口整小，大水口留给自己。

这样争来争去，两边的村子就老是闹矛盾。一天早晨，项目部的人坐在车上正往工地去，刚到马路与水渠的交叉口，就听到打枪的声音。项目部的车正好走在中间，把大家都吓坏了，一时不知道出了什么事。当地的司机听到枪声之后，很自然地将车往回倒了一段路，说：“打枪了，不能过去了。”曹小威问司机：“那怎么办？”司机说：“往回倒，朝后撤再绕过去。”曹小威紧张地问司机：“他们这么开枪，不会打死人吗？”司机一副习以为常的样子说：“过一会儿也许就不打了，也许会打十分钟吧！”动不动就拿枪，这是巴基斯坦人司空见惯处理纠纷或者解决问题的方式。

所以，这次蒙面人持枪威吓曹小威，他虽然有点紧张，但是，他还是心平气和地跟蒙面人说，要等他向业主汇报后才能给他们一个答案。蒙面人哪里肯等，霸道地站在机器的前面不让开工。曹小威只好找来当地的工头作为现场翻译，再次耐心解释说：“我第二天一定会跟业主反映并解决这个问题。再说，你这地现在还是戈壁滩也没法种庄稼，等水渠修好就会变成良田，居民才会受益……”但这几个蒙面人粗暴打断曹小威的话。他们来的目的就是阻止开工，问题不解决，不可能让现场开工。

几个持枪蒙面人要挟持曹小威去见村长。曹小威坚决地说：“我们是中国人，你们没有权力强迫中国人。你们阻碍我们施工，后果你们要负责。”持枪蒙面人一看曹小威大义凛然，就稍微退了一步：“那你要跟我们走一趟，去见村长。”“如果你们现在让我们施工，我同意和你们一起去见村长。如果你们执意不肯，我是不会跟你们见村长的。政府给不给你们钱，我们作为承包商只有向业主反映的权利，没有决定权！”曹小威也不知道当时哪里涌来的一股子倔劲，只想，干什么都成，就是不能让现场停工。那时那刻的曹小威，真正体现出了名字中的威力。

双方通过当地翻译传达意见，几轮商谈下来，只要他们放弃阻工，曹小威答应连夜跟他们走一趟。经过一个多小时的僵持与争斗，为了不影响施工，曹小威答应和蒙面人骑马去见村长。经过三十分钟马背上的颠簸，他们在夜色中抵达一个小村庄。见了村长之后，曹小威才知道这一幕就是村长导演的。村长毫不隐瞒地说，这里的大片土地都是他的。他就是为了逼业主给征地钱。村长是个老奸巨猾的地主，扣留曹小威，说什么都不让回去，并说业主说话不算话，只能采用这样的手段。

僵持到第二天凌晨，曹小威派当地司机回项目组报信。大家担心曹小威的安全，项目组领导连夜带着巴基斯坦警察，火速前往小村来解救曹小威，曹小威才脱离虎口回到项目组营地。

在回营地途中，当地的翻译说出了实情：这个村就是土匪村，村民经常去外地抢劫。还好，知道项目是中国公司在执行，所以才没敢把曹小威怎么样。尽管这样，大家还是为曹小威捏了一把汗。

第 5 节　百炼成钢绕指柔

如果将困难比作磨刀石，能力便是锋利的刀刃。

巴基斯坦 66 号灌溉项目，让曹小威的人生开启了丰富而多彩的一页，在孙锦红总经理的带领下，他找到了适合自己前进的路径。从采购员到工程师，然后到项目副经理和项目经理，曹小威把重重困难当成他不断进步的阶梯。

二十多岁的他浑身充满能量，不过他根本没有规划自己的前途和目标。工作往哪儿推，他就往哪儿走；领导安排他干什么，他就去干什么；大家需要什么，他就去努力做什么。他不怨不悔，每天都有忙不完的事情。

巴基斯坦66号灌溉项目业主要跟中国地质谈关于项目外汇比率的问题。他们想少给中国地质一些外汇，多给一些巴基斯坦币，因为当时当地币已经开始贬值。业主坚持付给当地币的态度非常强硬，当时外汇和当地币的支付比率应该是付给中国地质65%的美元，35%的巴基斯坦币。中国地质海外项目一般都是要外汇比较多，要当地币少。所以，业主的变卦让项目组非常气愤，这件事必须得和业主谈判，而且还必须得孙锦红出面。

孙锦红非常着急，夜里一两点火急火燎地从卡拉奇飞到首都伊斯兰堡，凌晨6点从伊斯兰堡再转机飞到项目所在地迪尔汗的小机场。小飞机只能坐20个人左右，小机场非常简陋。孙锦红到达之后，顾不上休息就赶往谈判地点，跟业主谈判。

曹小威清楚地记得，1999年1月1日，为了给66号标灌溉项目争取高一点的外汇比率，孙锦红带着他几经辗转到项目所在地迪尔汗，找项目业主进行签订施工合同前的最后一次商务谈判。

谈判之前，曹小威嘴上无话，但内心一直在打鼓。商务谈判就是智慧、口才与思维等综合能力的较量，无异于激烈的比赛。况且，谈判是用英语即兴发挥的，所以，他有点紧张。

第二天的谈判桌上，双方落座，彼此问候之后谈判进入正题。因为紧张，曹小威只听懂了开头的部分，后面的谈话内容，他只能听懂零零散散的几个词汇，至于什么内容，他一点也没有听懂。越是听不懂，就越是紧张。而孙锦红泰然自若地坐在业主的对面，眉眼含笑，不卑不亢，他眼睛里散发的光芒，透着睿智与锐气，具有不可忽视与不容侵犯的威严。孙锦红首先表达了中国地质的要求，接着专心倾听对方的意见，等对方表达完意见之后，孙锦红才又条理清晰地逐一对答。谈判谈得很辛苦，曹小威虽说不大能听懂，但他从孙锦红的从容不迫中感受到了豪迈不群之风度。孙锦红坚持60%，业主坚持最多55%。

经过一天的艰苦谈判，最终谈下来是59%比41%，基本上达到中国地质的目标，争取了对公司有利的外汇支付比率。此次谈判，是曹小威第一次出国后印象最深刻的经历。多年后他对此记忆犹新，说到这次谈判，他对孙锦红出色的商务谈判能力的感佩之意溢于言表。这件事对曹小威触动非常大，从那时开始，他便将孙锦红作为学习的榜样。后来经过不懈的努力，曹小威各方面能力实现质的飞跃。

为了节约时间和成本，在谈判后的当晚，两人连夜租赁当地小车前往拉合尔，准备去完成第二个任务——与项目的大业主巴基斯坦水利发展署主席会面。

谈判成功，胜利的喜悦给两个人的身心都注入了无形的力量，所以，曹小威和孙锦红踌躇满志。他们驱车在黑夜的土道上行驶，将路两边黑魆魆的矮树林和黄土沙不停地往后甩，赶路是他俩在这个黑夜的唯一愿望。

突然，飞驰的车轮出现了故障，车子失去了平衡。“不好，车胎爆了。”孙锦红说。两个人赶紧下车，让当地司机搬出备胎和千斤顶，费了九牛二虎之力也装不上，原来备胎是不配套的！他们只能在荒无人烟的公路边缘等待救援。

那里是巴基斯坦塔利班恐怖组织活动地区，土匪很多，前不着村后不着店，曹小威又急又怕。好在有孙锦红，他的平静让曹小威有了依靠和主心骨。两个饥肠辘辘的年轻人，忍着困乏劳累与饥饿，听天由命地等待着。

天无绝人之路，两人在荒野的黑夜中不知道等了多久，终于等到了巴基斯坦巡逻公路的巡警。好心的巡警热情地找车将两个中国小伙子送到了拉合尔，让他们得以顺利地完成了第二天的会面安排。

曹小威在巴基斯坦 66 号标灌溉项目得到了充分的锻炼之后，于 2001 年 6 月赴巴基斯坦经理部孟加拉国 2B 公路项目，担任项目经理，全面负责整个项目的工作。这个公路标不管是造价还是规模，是当时中国地质所做公路业务中的第一大项目，曹小威也是最年轻的项目经理。

经历过 66 号标项目的施工过程和经验积累，曹小威对 2B 公路项目工程的完成，充满了必胜的信心。

到了项目所在地，曹小威仔细地研究了公路的图纸，解决的第一个问题，就是一座长 92 米的三跨大桥常年不断流水的问题。按照国内施工经验，这种情况一般需要架桥机，但是采用架桥机施工，会大幅度增加项目施工成本。曹小威就带领项目技术团队考察了当地施工此类桥梁的经验，多方咨询国内桥梁施工专家。最终，在他的运筹策划之下，项目组采用了安全简易的支撑方案，圆满完成了桥梁施工工作，为项目组节约了大量成本。

解决的第二个问题是沼泽地问题。2B 公路项目有约 8 公里的沼泽地，按照传统修路的施工方案肯定行不通，因为设备根本无法进入施工现场。通过多次咨询和细致分析相关施工案例，最终采用了经济可行的新施工方案，说服并取得了项目监理（英国公司与当地监理公司组成的联营体）和业主（孟加拉国公路局）的同意。这项变更，为公司创造了较好的经济效益，节约 150 余万美元。

2B 公路项目在孟加拉国铺路奇缺的材料是石头。这是在孟加拉国铺路与众不同的地方。

孟加拉国有个非常突出的特点——没有石头山。有石头的山在与印度接壤的交界地区，山的所属权归印度。然而，大自然发挥了公正公平的神奇特性，让没有石头山的孟加拉国能用上石头。

孟加拉国在南亚次大陆东北部的恒河和布拉马普特拉河冲积成的三角洲上。境内河流众多，景色壮观。孟加拉国是以平原和低平原为主的国家，海拔很低。每年的 6 月到 10 月是雨季，雨季充足的雨水，从山上将石头不断地冲刷下来，并顺河流入到孟加拉国这一侧。每当这时，缺少石头的孟加拉国民众就纷纷乘船到河里捞取山上冲下来的石料。这些雨水冲下的石头，一路跌跌撞撞翻滚，最后形成了鹅卵石。这些石头，是修公路的必需材料。

而修建 2B 公路，恰恰就缺少铺路的石头。根据业主的要求，道路的高度必须要高出地平面 2 米以上，不然每年夏天雨季，路会被积水淹没。修建这么高的路面，不用石头用什么？直接用水泥倒出来，那也得有混凝土才成，然而混凝土也需要石头。所以，石头成为修建 2B 公路的关键。要想有足够的石头，有两个方案：第一个是要寻找替代品，但根本就找不到什么替代品。第二个就是进口，然而进口石头造价高，运费也贵。

这样，项目部就只有等到孟加拉国的雨季，水将石头从山上冲下来，才可以去购买石头。

为了买到足够的石料，曹小威和项目采购员乘船去了孟加拉国西北边境重镇锡莱特附近的石料供应地。他们一边跋山涉水，一边还庆幸项目地理位置不错，离卖石头的孟印边界不过 300 里。其实，几百里的长距离运输，运费已远远超过石头本身的价值。

到了目的地，才发现供应地人山人海，买石头的人熙熙攘攘。曹小威和采购员只好搭上帐篷，吃住都在河边，这样等了五天五夜，才买到石头。

这种鹅卵石很硬，铺路强度足够了，但也得经过碎石机破碎后变成几厘米大小的颗粒做路基，再小些的搅拌钢筋混凝土和生产沥青混凝土的时候用。他们后来才知道，孟加拉国还有一种攫取材料的好办法：将每年洪水冲积后土地上一层的淤泥，挖出来烧砖。然后再把砖头破碎，当作石子来用，可以盖楼，也能修路，可以解决没有石头的问题，也就找到了石头的替代品。真是物尽其才，不同国家不同的自然环境，人们会有不同的活法。

曹小威万万没有想到，他担任项目经理的 2B 公路，会成为孟加拉国的一条救命公路，更没有想到孟加拉国的女总理会在这条公路上降落。他说他们修建的这条公路，也算是中国地质造福孟加拉国家和人民的一条幸福路了。曹小威因为这条路有了故事而感到自豪和欣慰，也因自己没有虚度青春年华而深感幸福。

巴基斯坦经理部的前世今生及来龙去脉，已经成为中国地质所有员工的励志故事。当年中国地质组织选派了优秀项目管理团队入驻巴基斯坦，在孙金龙和宗国英两位领导率领下打了一个又一个胜仗。接着，又在孙锦红的领导下，如期交工米普哈斯暗管项目；66 号标灌溉项目克服了巴基斯坦迪尔汗气候炎热、缺水、治安状况较差等恶劣环境，在施工期间现场太阳下温度高达六七十度的情况下，比合同约定工期提前一年完工，为公司创造了较好的经济效益的同时，也为中国地质培养和锻炼了关霖、董继柏、秦勇、何成洲等一批优秀骨干人才，此后他们分别走上了领导岗位。

中国地质巴基斯坦经理部经过岁月的不断洗礼、铸造和发展，任职的总经理先后有孙金龙、王愉吾、宗国英、孙锦红、沈琦、曹小威等六任，现在已是第七任总经理——秦勇，分公司名称也由原来的“中国地质巴基斯坦经理部”更名为“中国地质南亚一公司”。

巴基斯坦经理部，从最初 CRBC-63 号标项目的孙金龙时代到如今的秦勇时代，经历了艰苦创业的历程，谱写出了一曲曲感天动地的雄壮乐章。

第四章　尼日利亚的记忆

青春朦胧月光，热血染红残阳
山河不远，梦，从没有离开
撒哈拉沙漠狂笑你是过客
那些无名的村子却把你当作亲人
土路上，流下眼泪也留下足迹
笑容还在，身影却斑驳依稀
将苦酿成酒的人，将累化作爱的人
岁月掳走葱茏，即使鲜衣怒马也追不回
可在尼日尔河深刻的记忆里
却清晰地珍藏着你的坚韧和无畏

撒哈拉沙漠的南缘，一群满身沙尘的人，在烈日下艰难前行。沙漠的火舌舔舐着他们，焦炙的空气令人窒息。他们古铜色的面颊上，干裂的双唇因缺水而隆起了一排排水泡。

这是一群来自中国的年轻人。

1983 年，这群年轻人，满怀青春热血，离开亲人和故土。他们背负着祖国的重托，携带着各式专业的钻井工程设备，千辛万苦，来到大西洋东岸的尼日利亚联邦共和国。

他们的到来，让这个国家多了一份惊喜，也多了一份期待。因为他们，尼日利亚的建设将翻开新的一页。

20 世纪 90 年代，踏上非洲土地的中国人共有两支队伍：一支是中国的医疗队；另一支是中国的打井队——中国地质。无论是医疗队还是打井队，都是响应中国政府号召支援非洲的使者，他们肩负祖国和人民的重托，怀揣友谊之心，来到大洋彼岸的陌生国度。

这群行走在撒哈拉沙漠中的青年，就是中国地质的员工们。他们要帮助尼日利亚寻找生命之源，打出井水。他们用青春和热血，执行中国对非洲国家的经济援助。

蓝天白云，映现着这群血气方刚的中国青年人的身影，他们自身绽放的光芒也辉映着这片陌生大地上的山山水水。此后的岁月，是悲是喜，工作生活是丰富还是单调，不得而知。

中国地质作为第一家踏上尼日利亚国土的中国企业，组建援助尼日利亚的打井钻探队的到来，不仅仅掀开了中国支援非洲友好的历史篇章，更是中国在早期用行动诠释“人类命运共同体”的真实写照。

在狂沙漫卷的异域，在苍茫的撒哈拉沙漠里，在古老的非洲大地上，中国地质开始了艰苦卓绝的创业史。

第 1 节　永远的尼日利亚

一只苍鹰在日夜川流不息的尼日尔河上空中盘旋。

曲折蜿蜒的尼日尔河以 1400 公里的行程，由北向南奔腾在尼日利亚境内，并与主要支流贝努埃河一起，构成了尼日利亚丰富的地上水源。尼日尔河的存在，既哺育了生命创造了历史，又映现了时光中的过往和风景。

沿海大约 80 公里的平原，是大西洋和山地之间的一道绿色屏障。北部的豪萨兰地区，集中了全国 3/4 的高地。东北和西北分别是乍得湖湖西盆地和索科托盆地。东部边境的山地高低起伏，宛若波动的游龙。中部的尼日尔—贝努埃河谷地，给属于热带草原气候的尼日利亚增添了诗情画意。

尼日利亚是非洲人口最多的古老国家，蛮荒、贫困、原始而充满野性。首都阿布贾坐落于尼日尔河支流古拉河河畔，像个腰身健壮的年轻人，双脚交叉，立于尼日尔、卡杜纳、高原和夸拉四州的交界处。尼日利亚虽然河流众多，但因为植被茂盛等原因，地面水细菌严重超标，无法直接饮用。通过自来水公司的管网供给，对地面水进行处理，能保障城市居民用水，但对地广人稀的乡村来说是不切合实际的幻想。

水处理系统不仅过程复杂，时间漫长，而且长距离输送管道工程的价格也异常昂贵。因此，乡村饮水最便捷安全的方式，就是打井汲取地下水。地下水是经过天然过滤的水源，水质干净卫生可以直接饮用，而且打井成本低。打井是尼日利亚乃至整个非洲获取饮用水最好的办法。

早期，中国地质做的项目都是中国支援尼日利亚的经济援助打井项目。在完成国家指定打井项目的同时，中国地质敏锐地捕捉到中非合作广阔的前景，为了能更好更方便地执行中国政府后续的援助工程，公司决定在援外项目的基础上，成立中国地质尼日利亚分公司（CGCNIGLTD）。

1988 年 5 月，中国地质在非洲承建的第一个承包打井项目——尼日利亚 525 眼井项目，夺标成功。这是中国地质参与国际竞标的第一个项目，也是中国地质在非洲成功夺标的第一个项目。从此，中国地质开始走向世界建筑市场，成功转型为国际承包商。这个项目，对于中国地质的发展，有着划时代的意义和深远的影响。

525 眼井项目是尼日利亚 1500 眼水井工程的一部分。

尼日利亚 1500 眼水井工程是世界银行向尼日利亚索科托州农业与农村发展署（SARDA）提供的多种货币贷款项目。1987 年 10 月，业主发出招投标通知的时候，有 30 多家国际承包大公司参与竞标。经过激烈的角逐，日本利根、加拿大特种钻探服务公司和中国地质三家中标，每个公司各承做一部分。

中国地质承包的 525 眼井项目工期两年，时间期限是 1988 年 5 月至 1990 年 5 月，于 1988 年 6 月开钻。这是中国地质有史以来第一次跻身于世界承包商之林，也是中国地质在国外施工历史上迈出的关键一步。

施工项目经理、高级工程师刘振铎和刘钧亨等十几个人组成的援尼队，带着 4 台钻机，踏上了非洲大地。

项目施工区域处于撒哈拉沙漠的边缘。一阵风吹来，沙尘漫天，细细的黄沙直往人的衣领里、嘴里、眼睛里和鼻孔里钻，整个人瞬间就变成了泥人。在陌生的异国他乡，大家踌躇满志，豪情满怀，因为公司拿到的第一个项目已经隆重开工。他们走在空旷的野外，看月，月也亮；看星，星也明。他们互助、关爱、彼此信任，团队和谐。项目组的人喊刘振铎和刘钧亨为“大刘工”和“小刘工”，整个项目组洋溢着青春的气息。

525眼井项目施工的区域分布在索科托州西南地区506个村庄，施工战线长达650公里，井位大部分分布在农田。土地的覆盖层是亚砂、亚黏及含砾黄黏土层，厚度平均10米，有的地方厚度达到30米左右，也有岩石露头。基岩为页岩、片岩、片麻岩、花岗岩和闪长岩等，可钻性5~10级，取水位主要是风化壳裂隙、断裂和接触带，静水位10~20米。

尼日利亚常年高温，7月到9月是雨季，雨季施工非常困难。

标书要求承包商的钻机应具有钻进直径150毫米、钻孔深度达到350毫米的能力。钻机的最小指标要达到提升能力108kN，沁心压能力113kN1井配备泥浆泵。为此，项目组选择了SPCB00T-I型水纹水井钻机，整体性“II”型钻塔，有效高度11米。开孔直径500毫米，使用114毫米钻杆、钻深300米。1台BW600/30-1泥浆泵，3台卷扬机，钢绳双油缸加压系统，大钩荷250kN。钻机安装在T ATRA 815型越野汽车底盘上。空压机配3306T ACAT柴油机。空压机去掉拖行机后安装在东风汽车上。

时间紧，任务重。开工以来，项目组所有人员没日没夜地工作。为提高工作效率，他们合理安排工作时间，利用早晚开孔或搬迁空位。

中方的机长大都是大学毕业生，而且通晓英语或法语，或者英法双语兼通。他们通过读说明书、看资料和实际操作相结合的方式，很快熟练掌握了钻机的使用操作技术，并快速熟悉适应了施工区地理、地形概况。

一个中国机长带10位左右的属地员工，每个机长负责教会自己的属地员工怎么打井。经理刘振铎召开项目会议，要求各位机长加强对尼方员工的培训，要耐心细致地对属地员工进行讲解、演示，手把手地传授实践操作技能，最终达到属地员工能够熟练掌握组织工作和搬迁、安装设备及开孔等技术的标准。

“打井”是一个复杂的过程。使用者不仅要熟悉各种设备，了解它们的性能及运输材料，还要学会操作钻机、空压机、水泵、泥浆泵等设备。钻头怎么连，钻杆怎么放，钳子、扳手用来干什么……这些专业工具，属地员工根本没有见过，就更不要说使用了。他们围着各式各样的设备和工具，羡慕和崇拜之情溢于言表。机长详细地给属地员工讲解完操作知识之后，一样样地给他们演示，然后，再监督属地员工亲自动手操作，直至他们完全掌握。

第 2 节　踌躇满志的青春

开工以后，工作进展得非常顺利，中方员工和尼方员工合作非常愉快，大家抓紧作业时间循环，慢慢地减少辅助作业时间。每台钻机每天平均可以完成 2 个钻孔，进尺 80 到 100 米。最多的时候，一天可以完成打孔 3 个。整个项目组情绪高涨，工程进度飞快。

然而好景不长，钻探过程中遇到了潮湿岩层，工作进展遇挫。一时间，大家心情都有些沉重。

刘振铎找来工程师张明辉探讨商量，凭项目组目前的能力能否解决这个问题。两个人一起苦思冥想，互相启发交流。张明辉翻遍专业书籍，对照实际情况，思索良策，有时竟彻夜不眠。经过苦思冥想，他终于想出了改进钻层的办法。刘振铎立刻召集大家，听张明辉现场进行讲解并演示操作。

针对岩屑排不净、受潮形成团块附在井壁和钻杆壁上，对钻具产生卡挤等问题，张明辉采取使用潜孔锤，在微含水的片麻岩中钻进的办法。钻进时须经常上下提动钻具，每次提动距离超过 3 米，停风等待几分钟再送风吹孔，然后钻进。他一边给各位机长描述着改进的方法和意义，一边现场进行指挥："钻进时进尺不能太快，以免打过含水层。穿过潮湿岩层认为无水后继续钻进时，要加快速度让干岩屑附在潮湿段井壁上起防渗作用，使干空气流上返，提高盖层坍落向孔内流泥。安装表层套管时用钻机下压至不动为止，并上紧夹板，松软表层时夹板下应垫木棒或钢管以防止上水后孔口下陷，使套管下陷。如果表层套管安装后又钻遇松散坍塌层而不能成井时，最有效的办法是拔出孔口管，扩孔加深套管后再继续钻进……"张明辉边讲解边示范，"这类岩层终孔若为无水干孔，上提钻杆时会遇到阻力，不能强力提拉，应在遇阻处接机上钻杆送风并转动提升。如果卡死钻杆，则应向孔内注水送风吹孔解卡，强力起拔会拉断钻柱或出其他事故。”

张明辉的讲解深入浅出，机长们和属地员工边聆听边消化着新的钻探办法，对他佩服得五体投地。

年轻帅气的工程师张明辉，来自中国辽宁。他大学毕业后，分配在辽宁省铁岭地质局第九地质大队，隶属辽宁省地矿局。远在尼日利亚的 525 眼井项目需要具有专业技术的人员，张明辉的专业就是钻井，在原单位也是德才兼备成绩突出的人才，因而被选拔到中国地质的尼日利亚项目组。

1988 年 5 月 2 日，他离开了妻儿，心怀对未来的期待，来到遥远的尼日利亚。一路上，他设想着 525 眼井项目所处的环境，设想着尼日利亚施工的种种画面和场景。他没想到的是，这次的尼日利亚之行，竟然有四年之久。

四年中，钻探施工还遇到了更大的技术困难，就是如何在较强风化片岩和片麻岩中钻进和成井等问题。这类岩石含大量云母，遇水后立即膨胀软化形成黏稠状稀泥，钻孔大段坍塌。岩层中有石英条带，软硬不均，牙轮钻头钻进效率很低，而且最易损坏牙轮轴承。

试用泥浆护孔，效果很差。一个孔深 30 米的钻孔中试用泥浆时，泥浆上返高度不到 0.6 米。这类地层下部有大裂隙，含水丰富。钻孔揭露水层后就导致上部孔段被水冲刷坍塌。在没有合适级别工作套管情况下，几乎不可能下直径 244 毫米套管护壁，而且用直径 169 毫米套管护壁就不能再用直径 165 毫米潜孔锤钻进。开始施工时每个“吹泥”井需处理几天甚至一星期才能结束。后来，逐渐掌握这种地层规律后，预估可能会“吹泥”就立即采取措施，争取尽量把表层套管下深，用直径 165 毫米潜孔锤钻进达到成井深度或更深一点，终孔后不吹孔立即提出钻杆，换用直径 190.5 毫米三牙轮钻头扩孔到含水层（较完整不坍塌），之后下直径 168 毫米套管至含水层上。下工作套管如遇阻力时，从套管内下钻杆吹孔再压下，可以顺利下到预计位置。整个过程都必须尽快完成，裸孔不能过夜，否则处理更加困难。

“吹泥”孔潜孔锤和牙轮钻头钻进都必须注意钻进与空压机送风、停风操作顺序正确，先送风，后开机钻进，钻进结束时，主动钻杆先全部提出孔口后再停止送风，否则潜孔冲击器内部因孔内环隙压力影响进入大岩屑，堵死气道。操作中一旦发现空气压力升至额定压力不动，立即停止送风，尽快提出潜孔锤检查，更换备用潜孔锤工作。

成井时在直径168毫米工作套管内成井，先用钻杆吹洗钻孔直至无泥。下完PVC滤水管及井管后马上投砾料，投砾速度不能太快，边投边提升套管，以免砾料中途架桥和挤夹井管，而造成套管起拔时连带井管上来。洗井前拔出全部套管，避免洗井后地层坍塌和岩屑下沉固结套管不易起拔。经过打好的几十眼井的实践证明，这种方法成功率大，节省时间。

这种方法被张明辉提炼成“水敏性吹泥岩层的钻进和成井措施”。张明辉将自己在525眼井项目工作中遇到的技术难题和解决办法都做了详细笔记。他像写日记一样，记下每天工作中遇到的问题以及解决问题的办法。

后来，有一次张明辉在北京开会，遇到地矿部的领导——高级工程师刘广志教授。刘教授跟张明辉说：“你把在国外打井的技术和经验，写成一篇文章，让国内同行们学习讨论一下。我们中国之前在海外还没有打过井，缺少这方面的经验。你们是第一次在国外带属地员工打井，这个实例非常典型，也非常好，你要抓紧写下来，用最快的速度，在全国进行宣传推广。”

于是，张明辉把在尼日利亚工程施工中亲身经历的难题和破解方法，进行了总结和提炼，写成了题为《尼日利亚基岩潜孔锤钻进及成井方法》的论文，在全国推广。

他在论文中这样写道：“就整个工作的施工组织、生产效率和经济效益而言，比国内同类生产大幅度提高，特别是人均年进尺是国内的几十甚至上百倍。但与发达国家钻探公司相比还有一定差距，不仅设备、工具、通信设施等存在明显差距，而且在生产和技术管理水平上也存在一定距离。我们应不断地更新、发展钻探技术设备，缩短差距。同时，也应该加强培训既是生产者又是管理者的全面型钻探人员。”

张明辉1990年完成并发表的这篇论文，受到国内学术界、专家和业内人士的普遍好评，给打井专业增添了一笔无价的财富和不可多得的宝贵经验。

1991年3月22日，中国地质大学召开现代高效水井钻探技术学术报告会，由地质、冶金、有色、建材、煤炭、化工等部委专家、教授、学者及相关技术人员共130人参加会议。中国地质学会探矿工程专业委员会副主任委员兼秘书长耿瑞伦教授主持会议，专业委员会主任委员、高级工程师刘广志教授致辞。

会上，刘广志教授全面介绍了世界各大公司的先进钻探技术，尤其是具有一百二十年历史的美国著名公司——英格索兰公司的概况。当时，众多地勘单位对英格索兰公司生产的潜孔锤、冲击器的优良性还不是十分了解，刘广志教授以张明辉撰写的中国地质海外打井经验作为优秀范例，重点推广张明辉论文中介绍的一整套使用潜孔锤打井的方法及措施。他说，发展潜孔锤是地矿部“八五”技术进步计划的一个重要项目。这次会议就是要通过介绍、宣传、推广中国地质在海外打井的各种经验、事例及设备的应用情况，以期在国内生产中迅速推广使用开来。

事实上，张明辉很早就开始钻研潜孔锤的用法、钻进效果及注意事项了。他敏锐地发现，在正常施工中，潜孔锤要经常进行检查、拆卸，才能避免出现丝扣过紧、新钻头扩孔钻进、在旧钻头之后用同一直径的新钻头进同一孔眼等问题。同时，还要注意下钻时尽量不要碰到孔壁，孔底有残留硬合金块时应打捞或吹出后才能钻进等事项。

张明辉的国外打井论文，都是在实践基础上进行的总结和提炼，对推动和促进525眼井项目的发展起到了不可替代的作用，也给中国20世纪八九十年代的地质事业，留下了可贵的资料。

第3节　突然降临的黑暗

明天和未来，真的不知道哪一个会先来。

项目组打井工作进入白热化，十几个人起早贪黑地抢工期，经过连日奋战，再加上钻探的技术问题、施工环境恶劣、安全等问题接踵而至，有的人开始感到体力不支，有的人则产生了巨大的心理压力。

说实话，在这之前谁也没有真正地干过打井这行当。来到尼日利亚之后，大家都是一边摸索一边干。每个人都小心翼翼，每个人都想精益求精。

中国员工的责任心和民族自尊心很强，大家自觉维护集体利益和集体荣誉。他们在工作中，即使再难再累，也不会做偷工减料、华而不实的事情，在各个方面都体现着中国人朴实真诚的本色。

在国内，中国地质是官派单位，中国人管理中国人，大家都争做劳动模范或先进个人或先进集体，根本不需要别人的监督或监视；在海外，情况就完全不同了：每个工程都有监理公司监督管理，大多数的监理都是白人。这让工作高度自觉的中国员工很不适应，心理上也很不舒服。但这种规定又是国际承包商的规定，还必须服从和执行。

525 眼井项目的监理是加拿大人，他每天盯在工地上。大家在他的严格监督下工作。他动不动就对着员工大吼大叫，属地员工似乎已经习惯了被人吼的生活，他们总是默不作声地顺从。大概是因为非洲大部分地方是殖民地，长期的殖民生活造就他们逆来顺受的性格。但是，中国员工的感受却是不同的。从工作角度来说，监理来与不来，中国员工工作都一样认真，他们的工作动力也是无穷无尽的。可是，每天面对监理的喊叫甚至辱骂，中国员工如鲠在喉，心中有不可言说的愤懑。

很长的一段时间里，工地上的主要矛盾不是工作难度和技术堡垒，而是中国员工和监理的矛盾冲突。那时候，监理公司就已经有了监督员工工作的打卡技术。打卡要求非常严格，每个工作日的内容，必须用英文做台账，每一分钟干什么都能得到真实的反映，监理在场或不在场，都得反映得明明白白。另外，还配有一个记录仪器记录曲线。这个记录工作日记的电子仪器，既不能蒙混过关也不能造假。每天上班时间一到，就必须打开，钻机一开，曲线就开始移动。钻机震动快，仪器画线也快，曲线便长直且稀疏。钻机震动慢，仪器画线就慢，而且曲线密集。这种仪器是美国厂家制造的，专门用来监督打井工作。钻机工作的时候，仪器就会发生上下联动，会一直记录到下班的时间。这个打井监督器其实就是今天的“打卡”。

即使这种先进的监督仪器，也有不好使的时候。有时候，大家的工作做了，台账也记录了，但是仪器却没有反应，遇到这样的情况该怎么办呢？这就必须得拿出手动记录的台账，然后再实际测量。井口小，人是进不去的，但是监理有办法。监理有非常厉害的工具，就是专门用来测量井深的电测，是一种先进的电子仪器，具有尺子的功能。监理还有测量水位的仪器。

白人监督中国员工，中国员工是自觉的。中国人监督属地员工，他们却是不自觉的。机长们首先要培训和监督的就是属地员工自觉工作的纪律性，不然，工作就会出岔子。有人搬运东西，到地方后，可能某种工具或者材料就没有了，问他们，却说不知道；有人半路上就去摘果子或者休息玩耍了。机长们想尽各种办法，打比方、讲道理，一点点给他们强调时间观念和信守信用的重要性。所以，虽然每个中国机长只带着 10 个或 8 个属地员工工作，但是因为在各方面都需要操心，再加上工作本身带来的压力，每个机长都身心俱疲。甚至有一位机长因为长期精神紧张，不得不调换岗位。

刘振铎经过认真考虑，决定让张明辉顶替这个空缺的机长岗位。他知道张明辉是专业出身，有实际打井经验，再加上他一直都是项目工程师，代替机长绰绰有余。这样，项目组 18 个人，共有 5 个机长。张明辉、顾倾一、沈燕、赵树军和付德林。每个机长都是大学毕业，每个机长都精通一到两门外语。

工程师兼做后勤主管的张明辉，全心全意投入到现场施工中。他悉心指导属地员工，从操作钻机到使用各种设备，再到搬运设备等都亲力亲为。张明辉为了更好地开展工作，更是全面加强对非洲当地风土人情的了解。

撒哈拉沙漠边缘的地方，很多村庄其实就只有两三户居民。这样的村子，在地图上根本找不到。茂密的森林，阻隔着几户人家和外界的联系，也阻隔了他们对外边生活的想象和向往。他们唯一的愿望就是有水吃，这是当地居民对上苍和大自然最大的祈愿，也是整个非洲的愿望。

中国打井队没来之前，当地村民取水非常困难。一口早年挖掘的土井，井底和四壁长满青苔，打上来的水，颜色泛黄，水质浑浊，乍一看上去像是废旧的水坑。每逢旱季，土井里的水源干涸，村民只好到河床上挖沙坑取水，土井和沙坑里的水均布满了多种细菌及蚊虫。这样的水严重威胁着村民们的健康，导致各种流行病和传染疾病的泛滥。如果看见有的人双腿上下一样粗，行动困难，并有溃烂迹象，那就是长期喝土井里的水造成的。在尼日利亚，最常见的就是这种被称为“大象腿”的疾病，至于疟疾、伤寒病等疾病更是司空见惯了。

为了解决这些小村庄的吃水问题，中国地质打井队做出了惊世之举，创造了一个又一个感天动地的故事。

打井战线极其漫长。从一个村庄到另一个村庄，从一个打井工地到另外一个打井工地，不仅没有可以通达的道路，即使千辛万苦找到了指定的村子，也无路可走。鲁迅先生有句名言：“地上本无路，走的人多了，也就成了路。”这句话在这里却没有用，因为人烟稀少，这里根本踩不出像样的土路，更没有资金去修路。打井队的搬运车，一般都是 30 吨的重型车，几乎所有的村庄都因为林子密、环境恶劣而无法通行。打井队在各工地之间前行转战，其间的搬运腾挪各种事务，困难重重，费尽周折。

张明辉的打井小组在一次搬迁中，不幸遇到了雨天，情况非常糟糕，荒村野岭中是指望不上任何外援的。天生乐观的张明辉，第一个跳下车，鼓励员工们一起用手拽，用肩扛，共同抬。他们像蚂蚁搬家一般，将车上所有设备运到了工地。然后，再将陷进泥泞的车辆用人力拖出来。那个细雨绵绵的夜晚，张明辉使出了“铁人王进喜”的劲头，用尽浑身解数，喊口号、拉号子，不停鼓动大家。直到天快亮的时候，他们才把设备运完。

张明辉性格开朗、幽默诙谐。属地员工都非常喜欢和他一起工作，他们亲切地喊他“老板”“师父”。属地员工的每一点进步，也都得到张明辉的鼓励，他们的自信心和工作热情在不断地增强。

时间过得好快，转眼圣诞节就快到了。那些日子里，大家明显感觉到空气中飘动着喜庆的气息，甚至都可以看见属地员工们眼睛里流露出的期待和激动。人们都在兴致勃勃地等待圣诞节的到来。而张明辉却等来了一个晴天霹雳——工地上出事故了。

在中国地质创业史上，人们都记得张明辉班组“烧毁”一台钻机的事件。这件事对张明辉来说，是一生中的黑暗，对中国地质来说，也是少有的个案。

张明辉清晰地记得 1989 年 12 月的那个晚上。

正在驻地安静查看资料的张明辉，接到气喘吁吁的员工的报告：“不得了，钻机烧了。”这个消息不啻一声惊雷，瞬间就让张明辉蒙了。他拔腿就往工地方向跑。

平日，中国人都不住在工地，为了安全，他们统一居住在自己的营地。工地和营地相距几十公里，上下班统一乘坐交通车，只有属地员工住在工地所在的村子里。

留在工地上的属地员工出于对工作的热情，夜晚还积极主动地加班赶工作进度。他们认为即使师父不在，徒弟也照样可以干，第二天还能给师父一个惊喜，师父肯定会很高兴。于是，他们开始自行操作。刚开始的时候，他们就发现机器有些毛病，他们自信能修好，因为之前他们也自己动手修过。

然而，一切都超出他们的预料。因为修理结果不彻底，导致高压冷却油的管路绷断。油，一点点地喷在具有 300 马力的发动机上，热度不亚于一辆小坦克。后果可想而知——高温导致钻机发生了大爆炸。

赶到现场的张明辉，看着眼前的一切，陷入了深深的绝望。广阔的天空，厚实的大地，就在这个没有任何预兆的夜晚——天塌地陷了。

很久之后，张明辉都无法从这种打击中走出来，他实在不能原谅自己。他想着烧毁的价值 6 万美元的机器，影响太坏了。如果他有能力赔偿，他会毫不犹豫地赔偿。没有什么能比挽回公司损失更重要的事了。他多么希望自己有能力买一台空压机换上！可惜他每月只有几十元的工资，怎么能和天价的机器相比？他注定不能弥补这个过失了。即使换上了，也耽误工程进度了啊！真是不可饶恕的罪过！这下让公司蒙受这么巨大的损失，真是太糟糕了。他还有何脸面见领导、面对同事？甚至他还想到不如死了算了……想到死这个字眼，张明辉突然浑身冒汗，悲伤的泪水一滴滴砸在衣襟上，也砸在自己狂跳的心上。他不敢再想下去，他觉得已经喘不过气来了。

过后的事故原因分析，钻机爆炸并不是属地员工操作失误，而是美国厂家制造的时候，本身就有缺陷。

尽管知道了事故的真正原因，张明辉对自己的自责丝毫没有减轻。他认为，如果自己当时在现场，他会因为经验丰富而停止工作，让机器渐渐冷却。这样，就会避免事故的发生。自己既然是这个班组的负责人，所有的责任就应该由自己承担。

“我觉得自己对不起国家，对不起公司，也对不起天天盼望自己回家的妻儿……当时一心一意想要自杀，以死谢罪，一了百了。”多年后，当张明辉接受采访时，他依旧不能释怀，流着眼泪说出了这段话。

第 4 节　团队焐热的生命

项目总经理刘振铎一边向中国地质总部报告，一边联系厂家和有关方面赴现场进行事故调查。同时，他还派人去做张明辉的思想工作，以防发生意外。

张明辉认定自己负有设备管理责任，是个罪人，一蹶不振，只想一下子就从这个世界上消失。一起战斗的同事刘钧亨、周春才、段志林、黄泽全、宋兴、沈燕、赵树军、付德林，厨师李强、修理工李康力、后勤管理的张绍民、接替张明辉的工程师赖清恩、大夫胡绍恒、英语翻译孙凯和毕德启……孙凯年龄最小，却很会劝人，他说这种事情即使是张明辉在场也是难免的，就是今天不发生，明天也会发生，既然发生就当是一次经验教训了。

刘振铎几乎天天劝张明辉，让他想开、看远，不要有负担。同事们真诚的关心，感动着张明辉。尽管在和同事们的谈话中，每每提到烧毁的空压机，他依旧会感到有针扎、刀刺的疼痛，但是，想要自杀的心情还是减轻了许多。

张明辉不再封闭自己，他走出去，打量着这个世界。美丽的树木在风中轻轻地摇头晃脑，鸟儿边飞边唱着好听的曲子。不远处的土路上，一个孩子牵着妈妈的手，快乐地去汲水。

看着那个男孩，张明辉想到了自己的儿子，眼前这个小男孩和自己儿子年龄相仿。妻子在信里说，每天儿子都会缠着她问："爸爸为什么去非洲？非洲有多远？那个叫尼日利亚的国家，小朋友也上学吗？爸爸回家会买什么玩具啊？非洲也有星星、月亮和太阳吗……"面对儿子每天的"十万个为什么"，妻子都会认真地回答："非洲在很远很远的地方，爸爸去给非洲人打井，让非洲的小朋友有水喝，他们能健康去上学。非洲有好多的动物，爸爸过年的时候会带来好玩的玩具……"

儿子对自己远在尼日利亚的爸爸，充满了好奇和期待。他还那么小，那么单纯……张明辉想到如果自己死了，妻子和儿子在家天天等、天天盼，等来的、盼来的却是自己的噩耗，他们怎么能够承受呢？对他们来说，那该是多么的残忍？况且，这还是在国外，如果死了，不光是给家庭添悲伤，也给公司添麻烦……

张明辉决定要好好活着，要加倍努力工作，将自己的过失变为工作的动力，他要以自己的实际行动和整个生命回报公司和家庭。

人生在关键的时候，生死就是一念之差。一起一念，天地就换了人间。张明辉感觉到自己从另外一个世界回来了。

他沿着树木，慢慢向远处走着。沙漠边缘小村里的工地现场，各种高大的设备在阳光下发出耀眼的光芒，和周围的房屋、树林、荒漠等原始生态环境相比，打井队的设施是唯一现代化的标志，远远看上去突出、抢眼。工地上“突突”作响的钻机，在干净的蓝天白云下，迎着火热夺目的太阳高高矗立，那股劲头似乎有刺破高天的勇气。它们是那么高贵，那么威武，让张明辉的心里不由得生出了一些骄傲和自豪。

国家、公司、团队和家庭唤醒了张明辉，让他重新焕发生命的荣光。

经过严格调查，认定此次事故不是操作失误，而是机器本身存在弱点。公司未追责，因为设备从美国进口运到工地时，买了保险，公司也没有受到经济上的损失，但是，张明辉依旧不肯原谅自己。毕竟工地上的 4 台钻机现在只剩 3 台，再从国外进口机器已经来不及了。目前的 3 台机器，必须在合同工期内完成 4 台机器的作业量。项目组的压力可想而知。

525 眼井项目是公司在海外的第一个项目，况且监理还是心高气傲的加拿大人，它的成败，直接影响到中国地质甚至国家在国际市场上的声誉。整个项目组的人都担心这个项目会失败。想到这些，张明辉心里一片黯淡，恨不得时间能够重新回来，只要能够保护钻机安全，他宁愿不回营地，天天和属地员工一起吃住在村里。可是，天下哪有后悔药，谁又会有趋福避祸的先知先觉呢！

项目组的所有人员，都忧心忡忡。刘振铎经理把项目组人员的情绪和反应全看在眼里，可他每天照样笃定平和地全面操持工作。其实，刘振铎只是表面看上去很平静，他同样也会焦虑。对于能不能按时完成工期，他内心根本没底。但他清楚这个项目的分量和意义。开弓没有回头箭，公司的第一个海外工程，只能胜不能败。过了一段时间，刘振铎感到火候差不多了，便召开了全体员工会议。

这次员工会议其实也是事故之后的总结和动员会。刘振铎说：“这一段时间，大家的思想因为钻机事故而出现波动，我知道大家都是在担心能不能按时完工，我也担心。但我更坚信我们团队的力量！不管遇到什么困难，只要天不塌下来，我们就一定能把工作干好，干成功！”刘振铎的一番话，给了员工重整旗鼓的勇气和信心。刘振铎鼓励大家：“就算只有 3 台钻机，工作也一定会按时完成任务。从现在开始，每个机组，在确保人身安全及设备安全的情况下，有困难克服困难，有难题解决难题，不要让监理看我们笑话，更不能让业主对我们失望。我们不仅要保质保量地完成工程量，还要为中国地质争光，为国争光……”刘经理话还没有说完，大家就已经信心倍增，承诺会保质保量地完成 525 眼井工程。

此时，坐在最后一排的张明辉，流下了百感交集的泪水，他为自己在这样温暖的团队工作而庆幸。

第 5 节　孤独的大篷车

光阴荏苒，一年马上就快过去了。

这段时间里，每个人都像开足马力的机器。在 525 眼井工程完成到 3/4 的时候，也意味着 525 工程基本胜券在握，总经理刘振铎及全体中方员工心中都松了一口气，大家已经看到了胜利的曙光。

不过这时候，他们才想起来，已经打好的 400 眼水井的井台还都没有做。前期只忙着赶进度，做井台这项工作就搁置下来了。此时，中国地质也提示项目部，应该做井台了。做井台，就是要给每一眼打好的水井垒上水泥檐口，安装上打水的井泵。

一开始没有重视做井台工作，现在突然一下子要搞起来，非常困难。这项工作需要一个中方员工离开营地，离开集体，独自去索科托州西南地区的 506 个村庄单独工作。这项工作不仅工作量很大，过程艰苦，还要承受离群索居的孤独。谁愿意孤身纵马，独往506个村子垒砌井台？

刘振铎也犯难派谁去。

“刘经理，我去吧！我愿意去做井台。”张明辉找到刘振铎，非常诚恳地要求去干这项艰苦的工作。刘振铎定定地打量着他，半天说出一句话：“那么大的工作量，很辛苦。”张明辉只说：“我知道，我能干好。”

其实，张明辉自告奋勇前去承担这项大体量工程的工作，是带着赎罪的心理的。为了减轻自己的负罪感，他一心只想干项目上最苦、最难、最累的工作。这样，他心里会舒服一些。反正，经历过生死考验的他还怕困难吗？刘振铎也知道张明辉的心思，嘱咐道：“独自去那么远工作，注意安全。”

不到三十岁的张明辉开着一辆当地人手动改装的二手“大篷车”出发了。一个悲怆孤单的身影，独自走向苍茫。

环境就像一把岁月的雕刻刀，会对一个人进行持续的雕塑。随着时间的推移，天长日久的侵蚀，环境必定会在人的身体上和心理上留下不可磨灭的印记，并且深刻地影响到一个人的生活习性。独自做井台那段无比孤独和寂寞的时光，可以称之为张明辉的“峥嵘岁月”。

张明辉每天过着一井、一人、一车的生活，单调、孤独、乏味。他摒弃了外界的一切，努力把每一个井台认真迅速地做完做好。正因为张明辉专注地沉浸在工作中，他的心获得了平静和安宁。

那段时间，他就凑合着住在大篷车里。车里挤挤挨挨地装张狭窄的小床，床头放着煤气罐，有个小煤气灶，弄点水来，就可以做点简单的饭菜维持生活了。缺少什么工具，他就开着大篷车回到营地去取。

当地居民十分淳朴，把来自中国支援非洲打井的中国地质人，看得非常神圣。他们知道中国人来，是帮他们寻找生命之源的，是来救命的。他们敬重并爱戴甚至崇拜中国人。每当村民看见井水从压水泵里出来，他们会纷纷跪在地上，一边大声地高兴叫喊，一边激动得泪如雨下。

为了表示他们的感激，村民们拿出了鸡、鸭、鹅、牛、羊等送给张明辉。为了让村民们心安，张明辉就让属地员工象征性地拿一些，以表示接受了他们的心意。

让张明辉意想不到的是，有一个村长，竟然将自己漂亮的女儿领来了，他非常诚恳地对张明辉说：“如果你不嫌弃，让她做你的老婆吧……”一边说，一边将女儿往前推。张明辉连连摆手："谢谢，谢谢，万万使不得，我在国内有老婆。"对于一直接受传统文化熏陶的中国人来说，村长表达感激之情的举动，实在让人觉得匪夷所思。村长说："有老婆没有关系的，我们这里可以有四个老婆。"张明辉已经走远了，村长还带着女儿站在村口，若有所思……

每天收工后，张明辉回到大篷车，开始生火做饭。车是他的办公室，更是他灵魂的安身之所。

非洲大地的晚上，深蓝的夜幕挂着数不清的星星，远处不时传来野鸟和虫子的鸣叫，显得夜越发安静。那份寂寥的安静，静得让人想哭。张明辉躺在狭小的床铺上，没有电话、网络、电视，甚至连灯都没有。他在浓浓的思乡之情中品味着孤独。

这段远离祖国、远离驻尼营地同事的生活，张明辉像陷进了一个孤岛。但也正是在这里，在无数个孤独的夜晚，他像一个虔诚的修行者，思考了许多人生问题。

第 6 节　唯一不孤独的夜

有人说，所有的相遇都是命中注定的安排，所有安排都是最好的安排。

一天，张明辉工作完成后，正在做饭，一抬头，看到神采奕奕的同事孙凯来了。

孙凯来自北京，中国地质大学英语系毕业。二十岁出头，正值青春年华，一米八的个头，国家二级运动健将，长得帅气潇洒。因为心中有梦想，来到尼日利亚做项目的英语翻译。

项目上有两个英语翻译，一个是主译，就是首席翻译；一个是副译。孙凯是副译。他聪明伶俐，智商情商都很高，领导或者同事交代的工作，哪怕三更三点翻十八个跟头，他也会想法子完成。而且，孙凯对人真诚热情，周身散发着阳光灿烂的青春气息，所到之处，总能给别人带来开心快乐，大家都非常喜欢他。孙凯不仅热爱生活热爱工作，还是一个特别爱干净的人，他工作用的皮卡车座位，都会用崭新的浴巾铺上，一辆车被他整理得像间移动小书房。

张明辉一个人在外做井台这段时间，孙凯时常会来给张明辉送泵座。井台的泵座需要涂上一层电镀工艺。这项外加工的工作是孙凯联系的，他的英语对话表达流利，和当地人沟通起来方便顺畅。做电镀工艺要到很远的一个小城里，正好也需要经过张明辉所在的居住地，为此，孙凯经常往返于张明辉居住地。有时，就顺便给张明辉送些东西和井泵过来。

他来将张明辉做好的泵座，拉到城里电镀。这些泵座，是张明辉带着属地员工针对每一眼井的尺寸量身定做的。过段时间，孙凯再去城里将电镀好的明晃晃的泵座，拉回来给张明辉。

他们工作上配合默契，关系也越来越密切。孙凯每次到来，都是张明辉最开心快乐的时刻。张明辉比孙凯年纪稍长，他总像兄长一样对待孙凯。

这次，孙凯同样是来取货的。

张明辉带领属地员工刚刚赶做完一批钢件放在仓库，就等着孙凯来拿去加工。孙凯平时在项目上做翻译，事情也多，工作也忙，只能每隔一段时间来一趟。以前孙凯来，总是风风火火动作麻利地将东西装上车就走，留给张明辉的总是一个英俊潇洒高大的背影。可是今天，孙凯非常开心地说："今晚来不及去城里了，天又下雨，我今晚就住大哥这里，明天再去城里的加工厂。"张明辉听说他今晚可以不走，能陪自己在大篷车上住一宿，别提有多高兴啦！张明辉一边开心地跟张凯聊着，一边准备炖土豆、炒鸡蛋，给自己的好兄弟加两个菜。

这个夜晚，是张明辉离开项目组之后，最美好的一个夜晚，也是唯一一个没有感觉到寂寞孤独的夜晚。流泻到大地上的银白色的月光充当了美丽的帷幕，林子里的各种声响都像美丽的小夜曲。

两个在尼日利亚一起打拼的年轻人，头挨着头，肩靠肩，聆听彼此的心声。他们聊工作、家庭、未来及梦想。交谈中，张明辉才知道孙凯还没有结婚，是独子，父母都是高级工程师，家庭条件特别好。当然，他们谈得最多的还是项目上的工作。张明辉询问打井进度，他的担心和压力超过任何人。

只要项目工作能完成，就是项目组的胜利，就是中国的胜利，哪怕丢掉自己半个生命也在所不惜。

年轻的人，心灵是相通的，所以，他们有说不完的知心话。相比之前的每一个夜晚，张明辉觉得这一个夜晚时间非常的短，短到他俩觉得只聊了一会儿，夜就被分享完了。

第二天吃完早饭，张明辉带着孙凯去库房装车。临行的时候，张明辉问孙凯："你晚上还走这里不？如果来，我买菜做晚饭等你，如果你回营地，我就不买菜了。"

张明辉问的时候，脑子里还想着，晚上除了可以做西红柿炒鸡蛋、土豆丝，还可以买村民的一只鸡，做个大菜。他一个人孤身在外，多希望孙凯晚上还能来他这里再住一夜。

可是孙凯说："晚上我要直接回营地了，回去要寄信回国，等下次再来。"张明辉有些失望，但是他明白寄信对每个身在海外的人是多么重要。

那时候，通信设施极不发达，项目组每个月要往国内寄信。如果自己单独通过邮局寄，一封信从非洲寄往国内，起码要在路上颠沛流离两个月，才能到达中国，有时候还会出现丢失的现象。所以，项目组都是使用大使馆的邮包，邮包很快，几天就能到达国内。每到中国大使馆要寄邮包的时候，项目组的所有人都开始忙着给家里写信，写好了放在一起，集中起来装进一个大袋子，再送到大使馆。这样半个月左右，家里就可以收到了。寄信的事，每个人都特别重视。所以，孙凯一说要回营地寄信，张明辉就不说什么了，他叮嘱孙凯路上开车要慢点，一定要注意安全。

孙凯走的时候，上了车又特地下车来问张明辉："张哥你要寄信不？如果你要是给家里写信，我等你一会儿，你写好信，我再出发。"

张明辉连忙说："不用，不用，我也没什么事给家里说，你赶紧赶路吧！我下回再寄。"说完，张明辉深深叹了一口气。其实，那时候张明辉情绪特别低落，根本不愿意给家里人写信。

若干年后，张明辉妻子还保留着丈夫从尼日利亚寄回来的信笺。每每看到那些信，妻子总是很难受，像触到了某种令人疼痛的东西。

她一边叹气感慨，一边揶揄张明辉："你那时候给家里的信，每次我都不敢看，都是让人揪心的话。全是晦气的事，灰色的心……"她说："那时候的你，差点就死了。那日子过得让人提心吊胆的，真可怕，也不知道最后你是怎么熬过来的。”

第7节　不会再返回的身影

孙凯驾车运送泵座出发后，张明辉还一直沉浸在和他相见的兴奋中。彻夜长谈，排解了张明辉内心的沉郁。他感觉轻松了许多，忙了整整一上午，他竟一点也没感觉劳累。

每次孙凯用车将泵座拉走，张明辉就感觉自己的工作又往前迈进了一步。他知道不需要刻意等待，过几天孙凯就会把货送回来。那时，他们又能见面。

下午四五点钟的光景，太阳已经偏西了，张明辉正在井台工作。农田里的庄稼绿绿的，泛着光亮，仿佛在述说远古的故事。几十米之外的泥土马路上，偶尔会有零星的出租车或卡车经过，卷起一阵阵尘土，少顷，那些尘土就在蓝天白云下慢慢消散了。

突然，一个当地人跑过来，他冲着张明辉喊：“老板，老板，你兄弟出事了！”他指着往城里去的方向，“你兄弟出交通事故了，在那边……”他对着张明辉说出一个地名。张明辉的心惊慌得狂跳起来。

“什么？我……我兄弟？你怎么断定是我兄弟？”

“我知道是你兄弟，他是中国人，年轻的中国人，开一辆彼特芙。车上装的是那个亮亮的井上使用的东西。”那人指指水井的泵座。

“天啊！千万别是孙凯……”张明辉这样想的时候，整个人方寸大乱，脑子一片空白。张明辉知道当地人说的那个地名。那是一个岔路口，既没有红绿灯，也没有任何标志，道路两旁密树掩映，非常容易发生交通事故。

“彼特芙”是一种车的名字，是英国产的车，相当于国内的皮卡车。孙凯开的正是“彼特芙”。当时索科托州整个地区，也只有中国地质才有这种比较高档的车辆。根据当地人的描述，张明辉几乎可以断定出事的就是孙凯了……

“人怎么样？”

“他……还在路边。”那人不确定孙凯的具体情况。

张明辉想开车就走，这时他才想起来身边根本没有车。大篷车让属地员工开着去工地干活了。张明辉慌乱地往马路上跑，准备去打出租车。正当他在路边焦灼万分的时候，同事金青山竟然开着东风车过来了。

张明辉以为金青山是为孙凯的事故来的，迎上去问：“孙凯怎么样？”金青山被问得一头雾水。他诧异地问张明辉：“什么？你说什么？孙凯？”他只是偶然路过这里，顺便来看看张明辉。

张明辉着急地说：“快快，咱俩赶快去救孙凯。上车再说！”两人往出事地点急速赶去。

大车怎么开，都觉得速度太慢了。两人脑门上冒着大汗。差不多行驶了半个小时的时间，他们到了事故现场。张明辉一看就知道一切都晚了……

他们一边哭一边手忙脚乱地抱起孙凯。刚刚才分开，昨夜聊天的声音还在耳畔，孙凯还说要给家人寄信……转眼，孙凯就这么离开了……

傍晚的尼日利亚大地，热气依然蒸腾，可是，一切却又显得格外冰冷，格外漠然。树木林立，野花肃穆，不知名的鸟儿传来几声鸣叫，像安慰又像同情。风儿还在轻轻地吹，草叶还在轻轻地摇，泥土飞扬的马路上，照样车来车往，可是，从此世上，再没有孙凯的身影。

天色暗了下来，黑夜已经降临。

金青山拽起悲痛万分的张明辉，两人决定，还是得把孙凯送医院，然后再给刘总汇报并决定后面的事情。他们找了一个当地兄弟帮忙，用孙凯平时垫在车座上的浴巾，将他包起来，放在东风车上送往医院。这个爱干净的小伙子，不会知道自己那块干干净净的浴巾，最后却用来裹住了失血的身体。

一路上，两人悲伤沉痛至极。张明辉看着裹在浴巾里的孙凯，泣不成声。

中国地质在海外因公牺牲了不少员工，大部分都是因为属地司机开车开得太猛而导致的交通事故。此外，属地大部分黑人司机因为缺乏营养有夜盲症或色盲症。特别是晚上开车，视力更差，情况更糟糕。所以，属地司机容易出现交通事故。孙凯事故也不例外，对方就是个开车很猛的当地司机。

孙凯出的这次事故，对张明辉打击很大，也给他留下了深刻的教训。后来，1997 年，他到非洲的科特迪瓦当分公司总经理，一开始就明确规定：“所有的黑人司机，夜晚不允许开车，如果路上天黑了，必须要到附近找酒店住下，绝对不能走夜路，这是铁的纪律。”还有第二条纪律：“绝对不允许中国人开车。”这两条纪律，谁违规谁负责。

直到 2018 年 12 月，张明辉离开科特迪瓦回北京，二十多年间，中国地质驻科特迪瓦分公司，没有发生一起交通事故，也没有出现过人员伤亡事故。这成为中国地质在海外交通风险控制最成功的范例，也是张明辉对中国地质的贡献之一。

第 8 节 “525”的胜利

孙凯事故发生在 1989 年 7 月。大家都因为失去了一个好同事、好兄弟而难过，长时间沉浸在悲痛中。可是面对艰巨的工作任务，大家只能化悲痛为力量，更勤谨地工作，告慰亡灵。

525 眼井项目的工作区域，遍及近 700 公里、500 多个村庄，面积大，战线长。项目上的工作越来越难，大雨季的雨水特别多，道路大面积积水，设备通行非常困难，加上钻机被烧毁、孙凯出事故这两件大事，像两座大山，沉甸甸地压在了刘振铎的身上。不晓得他得有多么强大的毅力和耐力才顶住那无形的重压。

刘振铎不愧为中国地质人，他承受着精神和工程上的双重压力，带领大家没日没夜地拼搏，以自己顽强的精神和钢铁般的意志，撑起了 525 眼井项目的天空。

工地区域没有路，也没有可以铺路的石头、土、沙子，想修路都没有办法修。一到下雨，道路就积水，泥泞不堪。日本和加拿大公司条件好，他们买来军队内部的防滑钢板铺路，不声不响就把路铺好了。中国地质怎么能买得起部队用的昂贵的防滑钢板来铺路呢？但是，中国地质具备有钱也买不到的精神和智慧，中国人有吃苦耐劳的传统美德。

有钱铺路，没钱也得铺路，无论如何也得有能够连接到工地的道路。经理刘振铎发动大家到附近的农田里打玉米秆铺路，一层不行，就铺两层、三层……直到能通行为止。刘振铎说：“不管我们用什么材料铺路，也不管别人会怎么笑话我们，到最后，我们比的是能否保证工程质量，能否按时完成工程。我们只要把工作干好，什么都不怕。”

他是525眼井项目的领导、带头人，更是中国地质的优秀代表。刘振铎的责任和压力比谁都大都多，他把所有的压力扛下来，让整个团队轻松上阵。他必须要鼓舞起所有人的斗志。

张明辉继续到各村庄去做井台。

一天，张明辉的大篷车来了一位不速之客。这个人叫田潮，是中国地质派到尼日利亚考察项目的第二拨代表。他见到张明辉，并了解他的工作和生活之后，感慨万千。他无法想象，一个中国大学毕业生，能在海外承担着这么繁重的工作，吃这样的苦。这里所有的一切，都让田潮记住了张明辉这个名字。

转眼到了1990年，打井工作已经接近尾声。张明辉的井台工作也已经追赶上了打井的速度，两边工作都推进得迅速且完美，中国地质总部的人觉得难以置信。

刘振铎最清楚这一切的得来何其不易。

即使沙漠上出现沙尘暴，工作也不会停止。风卷起几丈高的细黄沙，铺天盖地地横扫过来，狂沙漫舞，天地昏暗，大家便慌忙跑进运输车的驾驶室躲避沙暴，等风沙过后再出来工作。

就这样硬抢时间，一个班组一两天就要打一眼井；就这样地硬拼硬干，525眼井项目顺利通过了监理公司的严格监理验收，时间节点比合同上的交付期整整提前了三个月。

525眼井项目结束之后，张明辉回到了国内。1991年他撰写了在尼日利亚工作的相关论文。刊物的扉页，编者按里对项目经理刘振铎和525眼井项目进行了高度评价：“刘振铎高级工程师率领的援尼钻井队，在尼施工五年中，打出了成绩，树立了信誉，并为国家创收大量外汇。他们采用全套国产设备和一名中国机长带三名尼籍工人的组织形式，在强手众多的情况下，为祖国争得了荣誉。”

参与这个项目的所有人都值得被记录下来。他们是刘振铎率领的团队——刘钧亨、毕德启、孙凯、赖清恩、周春才、胡绍恒、黄泽全、肖亚云、李康力、张绍民、李强、宋兴、金青山、段志林、顾钦一、沈燕、付德林、赵树军、张明辉。

这支中国地质打井队，提前一百天优质、高效地完成了全部工作，得到业主和监理公司的高度赞誉，也赢得了很高的国际声誉。这支队伍使得中国地质在有日本、加拿大、德国等强手如林的国际竞争中，不仅成功打进国际市场，而且以施工质量好、工期快等诸多优势，雄踞世界建筑领域之林。

胜利了！中国地质工程公司胜利了！中国胜利了！

张明辉也因525眼井项目中工作努力、表现突出、业绩显著而得到公司重奖，并给予表彰。

525眼井项目胜利之后，中国地质的新代表田潮接替原来尼日利亚的负责人刘振铎。田潮来到尼日利亚接替刘振铎的时候，他特别点将要来已经回国的张明辉。

1992年10月，张明辉再次远赴尼日利亚。这次，他被提拔为尼日利亚分公司的项目经理，负责一个项目的打井工作。

1992年，中国地质在尼日利亚的项目渐渐多了起来，工作条件与之前相比也好了许多，中国地质人的工作经验也更丰富。但是，这个时期的尼日利亚社会治安却没有20世纪80年代稳定。

时间是历史最好的证人。

在中国地质承包尼日利亚525眼井项目的时候，国有资产经营承包责任制还未实施，在海外打拼的中国员工一直是拿着国家按月发放的工资，执行和遵守着中国地质的奖惩制度。随着国家政策的不断出台，政企分开制度初步形成。田潮负责尼日利亚分公司的时候，中国地质大胆提出对海外工程项目管理进行试点改革。

他们在公司所属尼日利亚项目组实行前所未有的“国有资产经营承包责任制”，即公司不再实行将已经中标的工程交给个人承包施工，而是将中国地质在尼日利亚的所有国有资产，承包给个人自主开拓市场，自主招投标，自主管理施工。在工期完成后，除保证国有资产保值增值外，必须向企业缴纳规定的利润。

中国地质率先开始企业制度改革，并将改革成果落实到按劳分配的制度上，惠及每一位员工，这不能不说是一个创举。中国地质的总经理孙金龙和领导班子，在没有任何经验可做参照的情况下，敢为人先地走出了第一步。

这种担当和勇敢的精神，值得铭记。

这段改革历史中，田潮成为中国地质分享并执行改革措施试点的第一人。他在接替刘振铎之后的尼日利亚项目开拓中，另有一番生动的故事，在中国地质作家陈宏光先生的《大洋彼岸》中有所体现。

1996 年，张明辉在国内开始筹备去西非科特迪瓦。

1997 年，张明辉和同事刘正国一起，带上设备和 1 万美元，从北京转道法国戴高乐机场，飞往科特迪瓦共和国，走马上任中国地质驻科特迪瓦分公司经理。从那一天开始，前后历时二十二年，张明辉在非洲打出了一片新天地，为中国地质增辟了新的国际市场。

日月轮转，沧海桑田。长达二十六载的非洲生活，让张明辉成为中国地质在非洲开疆拓土的见证者和参与者。每当想起死于车祸的同事孙凯、邓海和被害死的大学同学王辉，他万分伤感的同时，也感慨万千。他觉得自己很幸运，历三次翻车事故、持枪劫匪抢劫、空压机燃烧事故、油站起火、钻井高压胶管爆裂——十几公斤重铁件擦肩飞过等多次险情，包括工作中遇到无数次遭遇艰难、深陷困境的时刻，都幸运地一次次躲过，一次次克服险境。直到 2018 年回国任中国地质副总经济师。

那些最早踏上非洲，远赴尼日利亚打井的中国地质青年，从不计较个人得失和报酬，都以执行祖国援助非洲政策为荣。他们不会想到，此去不是一年半载，而是几十年甚至一生。走的时候，还是朝气蓬勃的青葱少年；归来时，已经是两鬓染霜的山河故人。

中国地质在非洲的“千里之行”，正是始于尼日利亚这个“足下”。在现今日益全球化的世界，寻找中国地质人艰难跋涉的渊源，必须顺着历史阡陌，穿越时空，才能触摸到非洲创业故事的恢宏与博大。

第五章　神秘的黑人之地

不要问我何日是归期
雪染双鬓，一梦犹千年
魂归处，那声长叹不是苍茫
双翅收拢之处，我呵气成兰
千难万险能跨越，世间有容乃大
把酒对苍穹，让爱留下
孤身纵马，血染万里黄沙
来，我把携带的赤诚和光辉给你
左边是华夏五千年塑造的刚毅
右边是祖先钻木取火的精神
跟我走吧，目光的尽头
生命之刃，凿出汩汩流水

岁月的变迁总是有迹可循。在大地的记忆深处，在时光的某个角落，在大西洋的彼岸，中国地质这个独特且有个性的央企名字闪闪发光，与非洲各国的发展相互缠绕，谱写了一个又一个深刻而又源远流长的故事。

几内亚共和国，与马里、科特迪瓦、利比里亚和几内亚比绍接壤，简称几内亚，官方语言是法语。

在几内亚首都科纳克里，首都机场背面的大西洋岸边，有一个占地近20亩的大院。院门是双扇黑漆大铁门，铁门外侧，按照中国趋吉避灾、祥瑞镇宅的传统风俗，摆放着一对石狮，栩栩如生，威震四方。院内正对大门的是一座石造假山，“中地”两个醒目的大字镶嵌在竖石中央，对来者张开怀抱，向外界彰显气度。

院子里，有三幢三层的现代化大楼，分别是办公楼、宿舍楼、生活楼，配套有游泳池、篮球场等各种健身娱乐设施。还有各种热带树木郁郁葱葱，一群群灰白相间的珍珠鸡、鸽子，在自由踱步，悠闲觅食，样子憨态可掬。各色鸟雀在树枝上争相鸣唱，热烈却不喧闹。

这样华贵气派的中式大院，呈现着中国地质的历史积淀和企业文化，展示着企业丰厚的人文底蕴。

这就是中国地质几内亚—马里分公司几内亚总部基地，又称中国地质几内亚—马里分公司几内亚经理部。几内亚—马里分公司负责开展几内亚、马里、塞拉利昂、利比里亚等国的业务。

分公司在离首都科纳克里 70 公里的玛福利亚市，还有一片占地 124 公顷的农场，分公司内部习惯把这里称为“124 基地”。

辽阔宽敞的农场内，600 亩棕榈林散发着无限生机。整齐列阵的各色自卸机一字形排开，像等待出征的战马和将士，旁边还有推土机、压路机、挖掘机等各式各样的大型机械设备。

这是中国地质几内亚—马里分公司在几内亚共和国置办的土地，是中国地质拥有永久使用权的土地。

这里并不是简单的几处建筑，而是几内亚—马里分公司的时代缩影。这些建筑铭刻着 200 多名中国地质人一步一步艰难跋涉的足迹，记载着他们无怨无悔的青春历程。

几内亚—马里分公司的中国地质人，即便是因为新冠肺炎疫情已经连续两年甚至三年没能回家，都毫无怨言，更无懈怠消极情绪。马里首都巴马科 6000 立方米水池项目经理易朝辉的事迹，让同事们非常感动。他在一次施工当中摔断了腰，大家都劝他回国疗养，可是，他仍然坚守岗位，边治疗边工作。

这些人中，有很大一部分人一干就是十几年，甚至二十几年。到底是什么力量在支撑着他们？不难猜测，一定是他们一起摸爬滚打、征战南北建立起来的深厚感情，对公司、对集体的责任感以及公司带给他们的安全感、荣誉感和归属感使然。

第 1 节　芒加纳记忆

站在几内亚芒加纳工地上的小伙子，叫刘中华，他面容清秀，双目炯炯有神。不久前，他还在东欧波兰的商海里驰骋，转眼间，已来到几内亚最炎热的地方，开启了连他自己都没有想到的另一种人生。

三十来岁的刘中华，是几内亚芒加纳项目新聘的商务经理。芒加纳项目是中国地质几内亚—马里分公司（当时名称为几马经理部）在几内亚的第一个项目——360 眼井项目。

刘中华第一次站在火球烘烤的工地上，强烈的太阳光线照得他睁不开眼睛。他一手遮着阳光，一手拍打着叮咬自己的蚊虫。

时任公司非洲部总经理、后任几内亚—马里经理部总经理的刘国平告诉过他，这里工作条件很艰苦，让他有充分的思想准备。但是，刘中华远远没有想到，这里的条件，会这么艰苦。

他仔细地打量钻井现场的各种设备，又抬眼望了望周围的环境。最后，他的目光回到工地现场，他看到每个员工头部都盘旋着大大小小的蚊虫，这些讨厌的家伙拼命地想钻进人的嘴巴、眼睛和耳朵。他自己也深受其害，甚至在不经意间吞下了这些家伙。后来，为了防范这些讨厌鬼，刘中华巧用了“广东十八怪之裙子头上戴”这一句俚语，将蚊帐布改装缝织在草帽边缘，用以抵挡各种虫类的侵袭。

艰苦的生存和工作环境，会让人感到压力和畏惧。而刘中华不一样，他会透过现象看本质。他认为中国地质人之所以能承受这样艰苦的工作环境，其间一定有降服这种艰苦条件的精神利器，有与艰苦的工作环境相容相系所具备的潜在特质。或许就是这一点，吸引了这位年轻人。

有心悟道，便在当下。

刘中华虽年纪轻，但深藏浩荡之心。他的眉梢和眼角，都跳动着看不见的智慧火焰。

刘中华出生于四川农村，那时的农家子弟，只能把未来寄托在学业上。家境贫寒的他，为了给家里减负，十八岁那年，以优异成绩报考了能解决衣食住行的西安军事工程学院，可惜未能如愿。最后，刘中华被录取到武汉大学法国语言文学系法语专业。其实，他最想就读的专业是法律。同样是“法”，一字之差，差之万里，就此定下了他的人生轨迹。

1987 年 7 月大学毕业后，刘中华被分配到深圳市医药总公司工作。再后来他调入深圳国际公司，并于 1990 年作为公司总代表派驻波兰，当时年仅二十五岁。由于有俄语底子，他很快就学会用波兰语沟通，在波兰工作得如鱼得水，办事麻利，工作泼辣，敢想敢干。他将中国纺织品、电子产品等商品运至波兰，换回波兰产 POLONEZ 和 SKODA 汽车在中国市场销售，易货贸易卓有成效，曾轰动一时。离任前，他还为公司置下别墅一套，公寓两套、中餐厅两间、食品厂一家。刘中华的事迹曾在 20 世纪 90 年代初被《深圳特区报》多次报道。除了公司业务，刘中华还帮助政府完成了波兰第二大城市波兹南市与深圳市结成姊妹城市，成功接待和安排了深圳市重要领导对波兰的访问。

商海亦如大海，既有波涛汹涌的冲击，也有暗流涌动的漩涡。几年跨国商海沉浮，让他迅速成长。高起点的平台，给了他得天独厚的锻炼机会，让他拥有比同龄人更高的目标和更加广阔的视野。

1997 年 6 月，怀揣忐忑和希望，刘中华陪同深圳某外贸公司领导奔赴几内亚考察。几内亚是当时中国政府在非洲拟建“十个贸易分拨中心”的第一个，冲着这个目标，他第一次踏上了非洲这片深色的土地。命运也让他结识了时任中国地质非洲部总经理刘国平。在中国大院（当地人称 Carrefour Chinois），刘国平一句“怎么样，一起合作一把”的话将两个人拽到了一起。意外的相识，让刘中华从此与非洲结下了不解情缘，更与中国地质结下了一生一世的缘分。

1997 年底，几内亚第一个中标项目——芒加纳 360 眼打井项目上马，正需要法语翻译，刘中华所在单位受国家宏观政策调控影响也收紧了外贸开拓政策。正所谓“踏破铁鞋无觅处，得来全不费工夫”“山重水复疑无路，柳暗花明又一村”，这一切似乎是两个刘氏后裔的命中注定。

1998 年 2 月 20 日，刘中华办好停薪留职手续，做出一生中最为重要的选择，离开亲人，只身飞往几内亚。抵达几内亚后的第二天，刘中华独自过了三十三岁生日，并许下不做出成绩绝不回头的心愿。

几十套打井设备在刘国平和刘中华两人带队下，费时三天两夜，辗转上千公里，安全转运至项目所在地——芒加纳市。芒加纳说为市，其实还不如国内一个村的规模，无电，无水，无路，无楼堂馆舍，就像是地球某处被遗忘的原始村落。中国地质人的到来，为这个省级市带来了欢乐、光明和生命源泉。

时代卷起片片风云，人海波涛层层翻涌，大浪淘沙，烈火金钢。360 眼井项目部几经人事调整，刘中华从商务经理升任项目副经理，挑起了项目管理的重担，由一个打井门外汉练成了与业主、监理斗智斗勇的行家。

第 2 节　苦和甜没有界限

1998 年，项目组到芒加纳工地安顿没多久，枪声突然响起，子弹打在 PVC 管上嘭嘭作响。有人喊：“打枪了！”情况紧急，大家惊慌失措，各处藏身。

过后才知道这是几内亚一次未遂的军事政变。

所有人都没有经历过这种真刀真枪的惊险场面。这哪里是工作啊，这简直是在拍电影！意外随时随地会降临，生命价值成为无稽之谈。

这次事件让刘中华有些心神不宁。刘中华早就听说非洲比较乱，身临其境才知道所言不虚。之前，他五年的东欧生活，环境风平浪静，社会治安也没有问题。相比非洲，工作条件和生活环境悬殊太大了。

刘中华一直向往神秘的非洲，向往这里古老神奇的文化习俗闪烁出的原始朴拙的魅力。他认为非洲既有古朴纯净的生命美，也有挣扎抗争的野性美。他曾多次和人说自己的非洲情结。这种情缘有一个重要因素——赖翠玲的小说《嫁到黑非洲》。他通过书中主人翁中国姑娘王玉萍和非洲小伙玛利克的爱情故事，了解到中国政府对非洲的大力支援和中非人民之间的友好感情，了解到几内亚也是真诚质朴知恩图报的民族，和中华民族一样有着深厚的传统文化和民族美德。

《嫁到黑非洲》是赖翠玲女士根据自己的真实生活经历所写的自传体小说。赖翠玲是广东珠海人，1986 年毕业于广州中山医科大学口腔系，在中山医院附属一院实习时认识了在中国进修的几内亚留学生卡马拉。她毕业后在珠海秦都口腔中心工作两年，于 1988 年赴几内亚与卡马拉先生结婚。在几内亚首都科纳克里巴德诊所工作四年后，赖翠玲被科纳克里大学口腔中心聘请为口腔专家，成为中几建交以来第一位进入几内亚综合大学工作的中国人。她以精益求精的医术、诚实博爱的品德赢得了几内亚人的热爱。

但是，书中却没有从负面表达过几内亚的政治生态。意外的枪声给刘中华向往的非洲梦增添了一些担忧。但是，他毕竟是经历过风雨、见过世面的人，有很强的情绪调节能力。他从刘国平及中国地质在几内亚所有员工的身上，读到中国地质骨子里透出的那股镇定平静的特殊精神。所以，他内心的勇气在一点点地增长，意志也一点点地变得坚韧和刚强。

刘中华还没有完全从第一次的枪声中回过神来，新的枪声又响了。此时，打井施工工地已经转移到几内亚、利比里亚和塞拉利昂边境地区的森林几内亚。森林几内亚气候潮湿炎热，员工们个个穿着“土”衣服，机长更是个泥巴人，除了眼珠子能转动，脸上基本没有什么表情。

苦，每个人都能吃，算不得什么。令人担忧的是，施工所在地的几内亚、利比里亚和塞拉利昂边境地区，正是几内亚政府军打击非正规武装入侵区域。定井位的时候，交战双方都过来和地质队员打招呼，并说我们打我们的，你们干你们的，互不干涉，让施工人员不要害怕，他们都明白中国人是在做好事，他们不会伤害中国人。所以负责施工的机长刘旱雨（后升任项目经理），得以带领机台在交火处 200 米开外的地方泰然自若地组织施工。

2000 年 12 月 21 日举行的第 4252 次会议上，联合国安理会将“在几内亚与利比里亚和塞拉利昂边界最近发生袭击事件后几内亚的局势”的题目列入会议议程。公报强调，必须解除几内亚、利比里亚和塞拉利昂非正规武装团体的武装并恢复和平，并要求立即沿这几个国家的边界部署干预部队。会议特别谴责来自利比里亚和塞拉利昂的叛乱集团对几内亚发动的入侵，还谴责抢劫联合国难民专员办事处和其他人道主义组织设施的行为，重申对几内亚主权、政治独立和领土完整的承诺，以确保几内亚边界的安全。

就是在这种背景和政治生态下，打井队一直坚持工作。打井队天天穿梭在非洲最艰苦、最落后的地方，他们最能体会非洲人缺水之苦。几内亚气候每年分雨、旱两季，各占半年时间。雨季，村民大部分靠收集雨水生活。旱季滴雨不下，只能靠水塘里的雨季积水生存，根本顾不了卫生情况。即使这样，全村老少洗衣、洗澡、洗菜并用的水塘也满足不了日常所需。那些曾经在画册或影视上看到的四肢细弱、头大肚大的黑孩随处可见，不健康不卫生的饮水在不断蚕食着他们的生命。

若干年之后，刘中华回忆起那时候的打井生活时说："不到那里，你根本体会不到我们国家的人民有多么幸福！物质生活和精神生活都是那里人无法想象的富足。我们打井队的工作是辛苦，但是，和当地人相比就算不上苦了……"苦和甜没有界限，只是感觉。在没有对比的情况下，人心只有无限放大的向往和期待。

几内亚村民的生活深深触动了刘中华和其他中国员工的心。他们在最艰苦的地方谱写着一个又一个感人肺腑的故事。打井虽然是工程施工，可在他们眼里，这项工程的意义早已超越了打井本身。

上几内亚某山区有一个 1000 多名村民的村庄。这个规模在当地算大村了，据说村庄还很有些名气。因为连年干旱缺水，如果这次打不出水，整个村庄就不得不迁移。可老人们怎么也不愿意离开生活了一辈子的地方和长眠于此的祖先。

刘中华和机长陆军费力将设备运到现场后一看，发现这眼井要打在山上，刘中华当时头就大了。虽说山高水高，但是，这样的地势找到水的可能性极小。因为，按照合同规定，井深最多不超过 120 米，机组分配携带的钻杆也是标配 120 米。

施工在村民的围观中有序推进着。

穿过覆盖层进入基岩后，整个机台被岩灰笼罩，村民们也个个变成花脸。随着 120 米进尺的临近，写在村民们脸上的兴奋也渐渐暗淡。当刘中华宣布钻进停止、无水干孔的时候，哀号声传遍山坡，那绝望的声音催人泪下。

在悲戚、哀怨、失望和祈求的眼神包围下，刘中华和陆机长决定把携带的长短不一的锁接头也用上，硬是将钻杆长度加到了 125 米，并告诉村民再钻深5米。听到这个消息，村民们的神情瞬间变得喜悦起来，每一张脸都充满了感激和期盼。可是125米见底了，井口冒出的仍然是白烟。笑脸又变成了哭声和叹气声，还有一部分人失望地离去。场面落寞凄惨，钻井工人们的心里也非常难过。

不忍心也不服输的刘中华和陆机长决心再尝试一下，做最后的努力，让钻杆自重冲击井底。神说，要有光，光有了，奇迹出现了。在几次撞击之下，一股清泉如飞龙一般冲向天空，洒落在围观者的脸上，那清凉的生命之水啊。成功了！10立方米的大水量！绝望的哀号声变成欢天喜地的笑声。村民们借助歌声、鼓声和舞蹈，抒发着终于拥有生命之水的欢欣和对中国打井队的感恩。

加纳当代诗人乔治·阿翁纳尔·威廉斯说，非洲人的鼓声是神秘的，只要你懂得了他们的鼓声，你就懂了他们的喜怒哀乐。他们的悲欢都毫无保留地藏在鼓声里，那是非洲人发自灵魂深处的声音。打井队听到了村民鼓声中的喜悦和发自肺腑的感恩之情。

刘中华和陆机长一如既往地谢绝了村民对最尊贵客人的答谢，他们通过自己的努力工作在非洲人民心中留下了善良、友谊和文明的种子。

这次打井的经历，让刘中华久久难忘。他在回程的路上，沉默不语。那些喷涌而出的清水，那雨点般从灵魂中迸发出来的鼓声，似乎让他找到了内心一直想要达成的某种愿望。对他来说，工作的努力、奉献和热情，是价值的体现，是人生的挑战，更是生命的意义。

他要留在非洲，留在最需要他的才华和担当的地方。

第3节　重大的抉择

360眼井项目运行时间虽然短暂，刘中华在项目上的任职时间也不长，却经历了许多沧桑与风雨。他对中国地质有了更深刻的认识。

他每天除了日常工作，还抓紧时间钻研专业知识。除了没有亲自操作过钻机外，他俨然成了打井行家。

每天，刘中华都开着二手皮卡，快乐地驰骋在芒加纳省的泥巴路上。路旁有面包树、杧果树、红木林以及叫不上名的灌木丛，偶尔还会有猴子、野猪等动物穿梭其间，让人如同置身于3D影院。

车后高高卷起的尘土，如黄龙一般。车外尘土满天，车内尘土回旋，身上、脸上、睫毛和鼻孔里都沾满了。每次出门，回来就会变成“土人”。因此，刘中华对灰尘过敏，只要闻到尘土味，就有窒息的感觉，必须用湿毛巾堵住口鼻才能大口喘气。即使这样，他也乐此不疲，每天快乐地在荒野、工地和基地之间的土路上奔波。

快乐是相似的，难过的事儿却各种各样，并不期而至，二手皮卡车经常抛锚。这天傍晚，刘中华一个人在返回基地的路上，皮卡车赖着不走了，这时，离基地还有近百公里。那个年代，非洲通信很落后，无法联系上基地，他只能蹲在路边，等候路过的车辆帮助他给基地“递条子”。

所谓“递条子”，就是见字如面。条子上写明抛锚地点和原因，请同事想办法将车辆拖回或者来人修理。因地处偏远，泥巴路上过往的车辆极少。夜渐渐深了，却等不来一辆路过的车，漫长的泥巴路芳草萋萋，人迹寥寥。树林中夜莺不时发出瘆人的怪鸣，令人毛骨悚然；灌木丛中窸窸窣窣的响动，让人联想到野兽或毒蛇。深夜的静，静到令人窒息。独自一个人，站在四野无人的马路上，无助无奈。空洞的天空，像要把人吞噬。

饥肠辘辘的刘中华只能蜷缩在车内，避寒防蚊。那一夜他过得痛苦、艰辛，是刘中华永生难忘的一夜。那是他一个人的旷野，一个人的黑夜。

临近天亮时，终于等来了一辆长途出租车。那是法国产标致505汽车，额载5人，当地人竟能搭载10人以上，还外带行李，硬把一辆小车当小卡车使，还麻溜地在泥巴路上飞。

刘中华真想搭这辆车回基地，也确信当地人会很热情地给他让座。可职责需要他留下来保护公司财产——那辆陪伴他的二手皮卡车。

360眼井项目越干越顺利，中国地质在当地的声誉越来越好，影响也越来越大。这时，刘中华爱人来信告知，原单位希望他能回去上任，继续负责波兰事务，去不去都让他回国一趟。1999年6月，几内亚进入雨季，项目也进入停工休整期，刘中华找到刘国平，申请回国休假顺带处理相关事务。尽管不舍，刘国平还是答应了他的请求。

刘国平身为几内亚—马里分公司总经理，除了负责几内亚和马里的市场开拓及项目管理，还要布局外部市场，他希望有朝一日能打开北非市场。要实现这一目标，需要将几内亚—马里的工作放心地托付给信得过、有能力胜任的人。这时的刘中华，已经是他中意的人选。

刘中华在临行前答复刘国平，此去返回概率为 50%。此行，他没带走行李，似乎早就心有所属。第六感告诉他自己会回来。

其实，回国后的刘中华也在做着艰难选择，一边是原单位的挽留，一边是刘国平的殷切希望。人啊，面对敌人会怒火中烧，比钢铁都强硬；面对亲人好友，却会柔肠百结，无法取舍，刘中华真感觉选择是如此之难。作为一个重情重义的人，他不看重待遇，不看重职位，却最怕人情，最怕真心。最终，刘中华还是拒绝了原单位的劝留，做通了家人的工作，带着自信和轻松，离开妻子和三岁的儿子，按期返回了几内亚。

刘中华的如期返回，在一定程度上促成了北非阿尔及利亚市场的顺利开拓，因为刘国平可以安心把几内亚—马里事务托付给他打理了。在刘国平专注开发阿尔及利亚市场期间，他被提拔为几内亚—马里分公司（当时叫经理部）常务副总经理，负责处理经理部事务。

第 4 节　“井队精神”出神入化

升任副总经理的刘中华，从 360 眼井项目提炼出打井文化（又称“井队精神”）——“召之即来，来之能战，战之必胜”。他们将这种打井精神，在实际工作中发挥到极致。

刘中华在前任各级领导奠定的基础上，不负刘国平的重托，将当时的经理部工作开展得井井有条，业务量也在逐年增加。此时，北非局面已经全面打开，刘国平事务缠身，为了几内亚—马里分公司的工作更好地开展，他向公司总部力荐刘中华接任分公司总经理。

2002 年 10 月，中国地质分管海外的郝静野副总经理在加纳召见了刘中华。他们沿着棕榈酒店沙滩散步，越聊越有聊不完的话题。刘中华的表现深得郝总欣赏。考察谈话结束后不久，刘中华被任命为中国地质几内亚—马里分公司（当时叫经理部）总经理。

这一年，刘中华三十七岁。他感动于中国地质领导对自己的信任和器重，也深感自己肩上责任的重大。他给自己定下原则：上不辜负领导信任，下不辜负员工期望。

走马上任之后，刘中华给自己立下“三不要”的规矩：不要提拔；不要北京户口；不要北京住房。2002年底，他婉拒了中国地质在北京小月苑小区给他分的一套房。他想到自己作为中国地质的新人，能得到领导和同事们的认可已经很满足了，房子应留给更应该得到的人。他认为领导的器重已足够珍贵，这也更增强了他带好队伍、发展企业的信心和决心。这件事，为他后来不计个人得失、开拓进取、知难而进、敢为人先的工作作风埋下伏笔。

刘中华最初进入中国地质，就坚信不疑地认为，中国地质在非洲的一流打井技术是公认的。中国地质在几内亚、马里能高质量完成上万眼井，解决上千万人的饮用水问题，“井队精神”是第一法宝，吃苦耐劳、无怨无悔、无私奉献的打井人是第二法宝。

几内亚—马里分公司打井队的老机长顾钦一，是中国地质派往非洲尼日利亚第一支打井队的队员，和张明辉一起同属于刘振铎队伍里的打井专家。他参与了非洲第一个打井项目——525眼井项目工程。多年打井实践的千锤百炼，让他成了打井领域的实战派、经验派，成为名副其实的“水神”——在打井领域没有他解决不了的疑难杂症。

顾钦一有几项让人佩服的绝活：在打井过程中，如果钻头脱落井底，看不见摸不着，他可以凭借自己的感觉，不用仪器不费劲地吊上来；如果塌方埋钻杆，他也能手到擒来成功处理，从来没有丢失过钻杆。当地工人尊称他“爸爸”，将他视若神明，对他崇拜至极，只求能拜其为师。这样的机长，在职的刘旱雨也算一个。无怪乎刘中华骄傲地说：“在非洲，没有我们中国地质打不了的井，也没有我们中国地质解决不了的打井难题。”

非洲是资源大陆，矿产资源极其丰富，在施工水井的同时，将业务扩展到地质勘探找矿产，工程勘察做土建，充分发挥中国地质的“地质”优势，且市场巨大。刘中华提议公司总部在非洲成立专业打井公司，整合资源，以打井、地勘、工勘作为主业，独立核算，光大中国地质品牌。

进入几内亚市场二十年来，中国地质包揽了80%以上的打井工程，以价廉质优的服务将来自欧美的打井公司击败。面对多年积攒的11台钻机和激烈竞争的市场变化，刘中华总经理感到自豪的同时，也会有忧心的地方："中国地质打跑了欧洲和其他打井公司，不久的将来，我们也面临被当地企业和印巴企业打趴下或打跑的时候。如果那一天真正到来，中国地质该怎么办？我们必须变革，在钻探技术上革新提升，在钻探领域拓宽拓深，在队伍建设上坚定不移地属地化，培养自己的本土人才。除了打水井，还要放眼其他建设领域，力争做优做强做大……时刻怀揣忧患意识，才能更长久地立于不败之地。"

刘国平和刘中华未雨绸缪，在二十年前就开始了工作理念的调整。他们带领分公司先后进入农田水利工程、道路土方工程，并在行业和区域取得较好成绩，获得业主、监理和出资机构好评。迄今完成了2万多公顷的农田土地整治，包括大型灌溉水坝4座、大型引水灌渠上百公里、道路建设上千公里、中大型桥梁10余座等。在几内亚和马里施工企业和竞争激烈的行业中占据了一席之地。

2005年，分公司在马里承接的一个大型农田水利枢纽项目——马里中巴尼农业灌溉项目，是中国地质从打井行业迈向新业务领域的里程碑项目。

第5节　时光中的马里

在马里首都巴马科南郊的塞努市东，一个高墙大院威严醒目地坐落在通往布基纳法索的7号国道旁。

院内树木郁郁葱葱，花木扶疏，曲径通幽。林木之间，有孔雀、鸵鸟、老龟等漫步。这些动物长年累月地接触中国地质人的气息，仿佛都有了中国式的灵性。

办公楼、宿舍楼、多功能厅、车间仓库排列有序，宽敞的游泳池、运动场、花园、菜园、动物园等一应俱全，各类设施齐备，置身其中，仿佛就在中国。这里就是几内亚—马里分公司马里总部基地。

基地于2006年落成入住，占地45亩，是中国地质几内亚—马里分公司置办的自有产业。在距离首都巴马科200公里的塞古市，分公司还购置了60亩地作为设备营地。

院落的恢宏大气和庄重肃穆曾让马里政变军人误认为这里隐藏了他们国家的在逃总统ATT。2012年3月2日，刘中华离开马里出差去几内亚的当天晚上，马里发生军事政变。一皮卡荷枪实弹的军人来到大院，说老百姓举报在逃总统ATT藏身于此，要求进院搜捕。

总经理助理范利群临危受命，前往交涉，双方相距仅有2米，彼此隔着大门通过小窗口对话。范利群从容不迫地与叛军交流，郑重表明中国地质是中国政府企业的身份，受中国驻马使馆领导，请对方通过中国使馆获得入院搜查许可。叛军听后嘀嘀咕咕，开始犹豫。范利群一看如此，也稍微放松了些，继续做他们的思想工作。他给叛军列举了中国地质在马里做的各类项目，包括打井、布古尼—西佳索208公里公路、中巴尼达罗水坝、森林格农田、尼办农田、太阳能示范村等工程项目等。他告诉叛军，中国和马里是友好国家，中国人背井离乡来这么远，是来帮助马里建设的，两国人民和两国政府情同手足……他足足讲了有二十分钟。最后，竟让8名政变军人在感动中转身离开了。

范利群2020年荣获中央企业优秀共产党员称号。中国地质总部是这样宣传他的事迹的："范利群，男，汉族，1965年3月生，1985年6月入党，四川成都人，中国地质工程集团有限公司几内亚—马里分公司总经理助理。践行国家'一带一路'倡议，扎根非洲十六年从事基础设施建设工程。凭借一名老共产党员的执着信念和非洲艰苦环境中磨炼出的胆识，沉稳冷静地应对了马里军事政变、埃博拉疫情和暴恐袭击。当马里和平发展的希望出现时，凭借高度的责任心和优良的专业素质，埋头苦干，连续投标，共中标十余个工程，为集团公司在马里的持续发展做出了贡献。2016年7月，荣获中国节能环保集团公司委员会优秀共产党员称号。"

达罗水坝，就是中国地质几内亚—马里分公司竞标成功的第一个大型农业水利枢纽项目。这个项目一共三个标段，都由中国地质承建。一标段建水坝，二标段挖灌渠，三标段修道路。

2004 年 8 月，刘中华通过刘国平推荐，从北非分公司（那时名称为阿尔及利亚经理部）调来水利工程专家赵刚出任项目经理，任命范利群为商务经理，杨银生为生产经理，王大宽负责工程测量，杨昭和为厨师。项目班子搭建好后，于 2005 年 2 月分头展开工作。

赵刚参加完总统出席的开工奠基仪式后，便火速回国组织项目所需的物资设备。项目所在地一片荒野，满目苍凉。人们在离工地 30 公里外的小镇洋噶所租了一套民房，总共 5 间卧室，条件极其简陋。没水没电，饮用水要雇驴车去拉，电要自己发。三标段和一标段的中国员工临时挤在一起。那时的马里物资匮乏，小到一针一线，大到机械设备，都得从中国进口。

一台 100 瓦的发电机，供电饭煲和晚上睡觉前的照明用。每天早上范利群和杨银生、王大宽吃完早饭，带上午饭，就去 30 公里外的工地了。

马里一年分雨、旱两季。旱季半年滴雨不下，路面全是粉末灰土。雨季的时候，狂风暴雨下个没完没了。前往工地的路是驴车小道。路况好的地方，皮卡车拉着人走；泥泞深的地方，人推着或拉着皮卡车走。到了巴尼河岸，人们再乘独木舟过河。

营地建在河左岸约 1 公里处。没有砖，就雇当地农民打土坯，雇驴车拉水。马里 2 月份正是旱季，达罗地区风沙特别大。每天早上，人要去工地了，风就开始刮个不停，下午 6 点以后，人回来了，风也停了，像是故意跟人作对。他们的午饭是在荒野中就着沙土吃下的。回到洋噶所驻地，第一件事是洗澡。洗澡房外架起一个大油桶，塑料水管通过墙上小洞伸进洗澡房内。第一桶水经过太阳一天暴晒，算是温水，后面就变凉水了。

到了 2 月下旬，两个标段的人员陆续到齐。在三标段人员搬走前，民房 5 个房间住了 20 多人。尽管室外气温高，但因为室内闷热空气质量差，大家都到院子里露宿。

晚饭后，在星空下，借着宿舍大门前微弱的灯光，中国员工都在自觉用心地学习法语和邦巴拉语。每个人都在积极为主体工程施工做准备。厨师杨昭和最有语言天赋，在和大家一起从巴马科到洋噶所的五小时车程中，他竟然学会了 1—100 的法语数字。在接下来的两年工作中，他成为中国员工里法语最好的，邦巴拉语水平也无人企及。

那是怎样一幅感人至深的图画啊！看到那样的场面，谁都不得不承认中国地质人都是金石般的硬汉、优秀杰出的精英。

2005 年 3 月 27 日是范利群的四十岁生日。这天，他显得格外精神，和大家忙着将物品从洋噶所搬到达罗工地的营地，这时巴尼河的水量已经很小，车辆可以涉水而过。

这一天好忙啊！既要搬家又要施工。杨银生负责建仓库，王大宽继续测量，范利群负责地勘外包。因为大家已经习惯这种露天共宿的日子，乍要分开还真有点不舍，所以他们选择再住一晚。3 月到 5 月是马里最热的时候，白天气温高达 45℃，晚上睡在屋外相对凉快。这最后一夜的露宿令范利群永生难忘，他把这个难得的经历作为生日礼物送给自己，珍藏心底。

2005 年 4 月中旬，十多台空调送达工地，从此，中方员工过上了清凉又踏实的幸福生活。后来大家都回忆说："幸福其实很简单，置身和谐温暖的团队，所有的苦都是乐。"

第 6 节　"蚂蚁搬家"的蝴蝶效应

中国地质分公司在所在国家的打井技术出类拔萃，名声在外，这是不争的事实。可是，打井项目毕竟规模不大，利润也越来越低，苦吃了，罪也受了，收获却不大。之前的几内亚—马里分公司年营收不过 500 万美元，单个最大的项目，合同额也不超过 500 万美元。2005 年起，分公司调整思路和经营策略，在公司总部的大力扶持下，开始在土方工程领域崭露头角。单说马里中巴尼农田水利灌溉项目三个标其中的达罗水坝，合同额就达 1700 万美元。几内亚—马里分公司就此完成了一次飞跃。

马里虽物资奇缺，但因地处内陆并未受到外界冲击，社会治安非常好。那里民风淳朴，夜不闭户，仿佛陶渊明笔下的世外桃源。马里再穷，中国地质不穷。赵刚自豪地说："身后有强大的祖国，一切物资都有保障。"但让赵刚犯难的是负责设计的法国咨询公司给出的只是粗略的图纸，大坝的大体轮廓、尺寸和内部设计一点都没有，不像在中国，招投标的时候，设计院给出的图纸基本就能达到施工要求。赵刚必须在短时间内找到设计院拿出详图。

总监是比利时人阿兰布瓦扎克，是一个六十二岁脾气暴躁的人。他对中国地质的能力持怀疑态度，不断地挑毛病。其实，监理的刁难和质疑对搞施工的人来说是见惯不惊的事，这正表明他们做事严谨、认真，是值得钦佩和支持的；从另一个角度来说，他们如此也能帮助施工单位把控质量。可西方人高高在上、咄咄逼人的态度却是令人难以接受的。总监阿兰布瓦扎克在非洲做了十几年的监理工作，业务精通经验丰富，要求工程各项指标都要达到完美无缺的程度。他的要求对赵刚来说是一大挑战。

经过无数次对接、谈判及磨合，做事认真要求苛刻的总监阿兰布瓦扎克先生，最后不得不佩服中国地质的专业水平，心甘情愿地接受了赵刚的施工方案。项目取得阶段性胜利。

这是马里农业部的项目，当地政府和中国使馆都非常关注。当地政府把这个大项目交给中国人做，他们也非常放心。

自古以来，中国人就有“受人之托，忠人之事”的优秀传统。中国地质既然接了这个活，就会想方设法把活干好。

第一个雨季施工，整个项目组拿出了拼命的劲头。

干工程的人，都懂左岸和右岸的关系。面向河水流逝的方向，左边是左岸，是项目营地，右边称为右岸。在湍急的河水中，必须横渡巴尼河。人、车、设备和物资必须要渡过巴尼河才能到达工地现场。旱季河水小，运输问题不大。但是2005年雨季，巴尼河河水猛涨，材料运输面临着巨大困难。

河道宽300多米，风大浪涌，水流湍急，常遇狂风暴雨。大宗材料水泥、钢筋，特别是油料一旦无法运抵工地，设备全得“趴窝”，导致停工，那问题就大了。时间和施工进度都不允许耽误。一向大度和蔼的赵刚坚定地说：“暴雨不停也得干，就是天上下刀子也得抢时间把油料送到左岸，咱们无论如何不能丢中国人的脸。”

真正干起来，才发现有多难！天气恶劣，水流凶险，再说，到哪里弄船？可是，无论如何，上天入地也得弄到船。弄不到大船，就挨家挨户敲门，求租村民的小舟破船。

由于水坝的进场道路（三标段）与水坝同时开工，所以水坝施工阶段的交通极为困难。油罐车一车装 4 万升柴油搬运到左岸，谈何容易。赵刚发动当地人找来 1600 只容量 20 升的小桶。他们倒了无数次，又装了无数次。用几只小船，采取“蚂蚁搬家”的办法，把小油桶一船一船地渡到左岸。

柳叶般的小船，在巴尼河的激流中漂泊挣扎，船上是落汤鸡一样的人影，船下是洪水滚滚的波涛。赵刚一边倒油一边打趣：“这就是卖油翁啊！倒来倒去，手都练熟了。”小舟来来回回地穿梭于巴尼河面，热火朝天整整一天，终于把柴油送达对岸。倒腾完柴油，再接着倒腾水泥、钢筋等生产物资。

整个雨季在反反复复的倒腾中忙碌地度过了。

二十个月工期，25 个中国人，一个工长带 60 名左右当地员工，边工作边磨合。按照赵刚的说法：“中国人和当地员工交流起来，不管使用什么语言，个个都溜得很。”最后，工程用了十九个月彻底完工，大家打了一场漂亮仗。项目组别提多开心了，工作中点点滴滴的收获和甜美将辛苦和艰难都化作了美好的回忆。

若干年后，范利群还无限留恋地回忆道，在建设达罗水坝的两年中，最愉快的事情是和家人通电话。工地没有手机信号，晚饭后，开车到 8 公里外的某个地方，爬上皮卡车顶，心情激动地捕捉着飘忽不定的信号，那是多么珍贵的信号啊！恰巧那时段正是国内的后半夜，即便如此，偶尔能与家人说说话，都是极大的安慰，幸福无以言表。范利群在讲述这段往事的时候，眼睛有点湿润，大概思绪又将他带回到那个紧张而欢乐的时刻。

他说：“在国外，大家相互帮助，非常团结。我一直记得和我住一间宿舍的设计工程师张忠辉，在工作中他给我很大的帮助。出国前，我从事旅游行业，对建筑工程一窍不通。张忠辉所在的北方设计院设计出的图纸、计算书、设计说明等文件，需要我翻译后提交监理。在翻译过程中，我一有困难，张忠辉就会放下手中的工作，给我讲解。给一个门外汉上课，难度是很大的，要从很多基本原理说起，要解释为什么这样设计，以便在与监理的交流中能有的放矢。他还要给我提供专业词汇的英文单词，我再通过英文查找对应的法文单词，好在专业词汇中，英文和法文很多是相似的。手机没信号，更没网络，查找资料的难度可想而知。”

两年的施工期，范利群一边学习，一边工作，经过半年时间，基本上就能应对自如。总监阿兰布瓦扎克陪马里前农业部部长来工地考察时，对部长笑着说：“范利群是我在工地最为依靠的人，没有他，我真的无法工作。”

阿兰布瓦扎克由最初什么事都要跟中国人针锋相对，到后来与中国人成为非常要好的朋友，其间酸甜苦辣的故事一大车都拉不完。

工程结束前，马里监理多迪朗和果内开玩笑地对范利群说：“赵刚、张忠辉和我们监理都把你培养成半个工程师了。”

2006 年 6 月 6 日，在监理营地开完月会后，按习惯，所有参会的业主和监理工作人员到一标段营地食堂吃饭。

开饭前，中央电视台 4 套节目正在播放北京时间下午 4 点进行的三峡大坝上游围堰爆破拆除的新闻。一起就餐的非洲、欧洲工程师们纷纷向中方员工投来羡慕的目光。都是水利水电工程师，他们为没有机会参与建设这一世界级工程而感到无比遗憾。哪怕能目睹，也是一种荣耀。后来，阿兰布瓦扎克美梦成真，有幸参观了三峡大坝工程。回马里后，他激动地给所有人讲述他参观时的情形。他说看到三峡大坝公园里陈列的地勘巨大岩芯、五级船闸上的船只、巨型水坝坝体等实物的时候，心情激动不已。他也非常遗憾无缘参观到巨型水轮发电机组和升船机（还没有完工）。

阿兰布瓦扎克一边讲述在中国的所见所闻，一边对中国赞不绝口。他对之前看低中国人的态度充满歉疚，他说中国真是强大起来了。那天，在场的所有中国员工，都有一种莫名的自豪和幸福感。那种感觉，只有身在异国才能真正体会到。只有亲耳听见外国人由衷的赞叹，才能真正地体味出那种发自内心的甜。伟大祖国啊！此时此刻，她仿佛面含微笑并伸出了温暖的双臂，将她海外的所有儿女，都紧紧地搂在了怀里。

工程于 2006 年底完工。

2007 年 1 月 17 日，最后一批工程人员撤离了工作两年的达罗水坝。他们心情复杂，两年工作中的种种悲欢，成了人生中一段难忘的旅程。他们既收获了工作中的宝贵经验，也播下了中马友谊的种子。

几内亚—马里分公司中巴尼农田水利项目一炮打响，如愿以偿取得了监理公司和马里政府及出资银行的信任。达罗水坝工程被作为政府经典示范工程，不断地接受来自各方的参观。

谁都没有想到，当年马里的三个大型水坝工程——达罗、杰内和库鲁巴水坝，无一例外地被中国地质几内亚—马里分公司中标，并成功实施。

“蚂蚁搬家”，搬出了蝴蝶效应，搬出了无价的信誉。

第 7 节 马里猎人武装

第二个水利枢纽工程杰内（DJINE）大坝位于马里共和国杰内省，在与达罗水坝相距 100 公里的巴尼河下游。世界文化遗产杰内清真寺就坐落在不远处。合同金额 3200 万美元，工程量远大于达罗水坝工程。

施工中，这个项目出现了意外。约定合同工期两年（2011 年 9 月到 2013 年 9 月），结果干到 2014 年 11 月才完工。

项目实施过程中历经诸多困难。

法国监理公司设计的图纸依旧是一样地粗犷——没有施工详图，地勘资料不全，技术要求却非常高，涉及钢板桩防渗等前所未遇的问题。经过几番沟通磨合，在不增加预算的情况下，摩洛哥监理公司总监阿普杜勒接受了中国地质优化的设计图纸。河水中钻孔取芯（由顾钦一完成）、旋喷围堰防渗、钢板桩主体工程防渗等高难度工程的施工，让他不得不竖起大拇指，由衷称赞：“中国人智慧，中国人能吃苦，肯动脑筋。”

工程没有按期交工的原因，不是因为设计公司的图纸粗略，更不是因为中国地质的施工能力，而是政治生态和治安环境一向稳定的马里，在 2012 年 3 月忽然发生了军事政变。

2012 年 3 月的一天，太阳照常升起，鸟语花香，鸡犬相闻。街上行人熙熙攘攘，各自忙着开启新的一天。项目组的人按照约定的时间来找总监交流工作。

刚一见面，阿普杜勒监理就说：“还谈什么工作，总统都跑了。”赵刚他们几个人当时都愣了——总统跑了，政府也就不存在了！

2012 年 3 月 22 日，马里发生军事政变，政变军人与总统卫队发生激烈枪战，首都巴马科一度陷入无政府状态，政变军人大肆抢劫各政府机构。北方分裂分子和恐怖分子趁机滋事，武装进攻北方各地的政府驻军，政府军抵挡无力，瞬间溃败，并向南方逃来。北方势力一度攻打到马里中部莫不提以北 40 公里处。

赵刚的项目就在莫不提以南约 100 公里的地方。中方员工 40 余人，并有大量机器设备。刘中华在几内亚听取了时任经理部副总经理兼项目经理赵刚汇报后，同意项目组规整好物资设备，就地委托看管，然后，立即组织中国员工撤离。

上百套设备来不及运走，也没有地方掩藏，怎么办呢？赵刚想起平日给地方酋长和村子帮过不少忙，免费给村民修路修房子，与当地人相处融洽，找村长看管营地和设备应该可行。于是找到了村长，村长二话没说就答应了。

村长很干脆："没问题，把这事交给我们，你就放心吧。我们家家有猎枪，我组织猎人成立保安队看守。只要我们在，不可能让恐怖分子动你们一样东西。"

之后，当地村民在村长的带领下，扛着猎枪，个个威严得像门神，威风凛凛地巡视和守卫着中国地质的设备和营地，像保卫他们自己的家园一样认真负责。看到当地猎人认真的态度和有效的组织，项目组的所有人既欣慰又感动。那时那刻，无论肤色和国度，维护安全和正义的心是相通的。

保障措施安顿好之后，赵刚经理吩咐将所有车辆编号，安排中方员工携带部分体积小、价值高的仪器设备有序撤离。每辆车由谁负责，坐哪些人，何时联络等，事无巨细。整个项目组统一规划，统一要求，像部队一样，浩浩荡荡向马里首都巴马科而去。

回到首都以后，分公司又组织马里员工组成巡视组，每月定期前往工地巡视、拍照、反馈信息。据巡视组反映，看守猎人只容许中国人和巡视组人员进入工地，连当地官员都不予放行。他们负责任的程度令人叹服。

由于马里政府请求法国出兵干预，叛军未能突破莫不提防线。但叛军在长达一年的时间里，多次向南发起进攻骚扰。一年之后，工程才得以复工，所有设备毫发未损。

杰内大坝项目在国家大乱中能够顺利实施，在调整后的工期内提前完工，并受到外界尤其是业主的好评，是值得思考的。

类似的情况同样发生在分公司另一位农水专家刘大谋身上。时任分公司总工程师兼项目经理的刘大谋同一时间在马里尼日尔办仙果村 1722 农田整治项目施工。离北方恐怖分子也很近，设备物资和营地也不得不委托村民看管。

中国地质的物资设备交付当地人看管的办法是成功的，国家财产得到保护，当地村民也获得满足感和存在感。这得益于中国地质到哪都不忘多做社会公益，不惜金钱为当地百姓做好事做实事，和当地人建立起相互信任的良好关系。这也是值得深思总结和继承发扬的。

2016 年 5 月到 2018 年 11 月实施的马里库鲁巴水利枢纽工程是分公司中标的第三个水坝工程。法国咨询公司给出的同样是粗略设计，合同工期两年半，马达加斯加的乔阿内斯代表法国公司出任总监。那时的马里社会秩序已基本稳定，项目地处南部，安全有保障。

这次，项目遇到的是棘手的技术难题。

投标考察的时候，工地还是水塘，业主提供的资料显示：钻探取样上面是沙层，下面是岩石。将水抽干后，大家傻眼了，全是沙子，没有岩石。这就牵涉出一个很大的问题：沙层不稳固，防漏是不可能的，设计变更在所难免。

为解决渗漏问题，分公司向业主和监理提出了解决方案：将整个坝体下面做水泥土防渗桩处理，代替造价高、施工难的挖沙换土做法。原理就是水泥跟沙子搅拌，配比水泥 20%、沙子 80%。然后用旋转钻机以高压旋喷的方式，在大坝轴线打一排水泥土防渗桩进行防渗。这样既解决了防渗问题，也为业主节省了造价。

这个项目还有个特殊之处——水库每扇闸门长 20 米，高 4 米，共有 4 扇，技术含量非常高，设计技术、施工技术以及闸门形状都是马里独一无二的。

几内亚—马里分公司十几年来，连续包揽了马里三个大型水利枢纽工程，并取得巨大成功，在业内享有至高荣誉。这一切都要归功于中国地质有一支忠于集体、勇于奉献、不怕艰险、吃苦耐劳的稳定团队——中国地质成功的法宝。

一位意大利记者曾经写过一篇文章，提到中国人秉承了诚信守约、克勤克俭、平等待人的传统文化，所以中国人在非洲做事效率高，质量好，且能够得到当地政府的好评。

赵刚多次说刘中华是个料事如神的人。他说："我们团队的刘总太厉害了，他总有高人一筹的思维和先知先觉的能力。从打井到转向搞水利、农田灌溉等农业项目，他都有过精准分析。这些民生项目都是政府特别重视的，这个头带得太好了！"又说，"每次遇到事，刘总都有办法解决，他总能轻松应对每件事。他心细，非常关心下属，爱护团队里的每一个人。"

刘中华自己却很谦虚："我们出去的每一个人，代表的是中国，是中华民族，干好了是国家的荣耀，是民族尊严。"

每一个身在海外的中国地质人，个个爱国，极具民族自尊心。"身在海外更爱国"，此话一点不假。

第 8 节　风雨飘摇的岁月

范利群至今仍然在马里工作，经历了无数风雨飘摇的岁月，他满怀感叹地讲起了那时在马里的施工情景。他眼里流露的真挚和沧桑，无不传达出身在海外打拼的中国地质人复杂的情感。那酸甜苦辣相互交织、喜怒哀乐互相缠绕的心情，最终都成为生命中多姿多彩的人生乐章，令人难忘，催人奋进。

2012 年至 2013 年，几内亚—马里分公司在马里中部尼日尔地区仙果村的 1722 公顷农田整治项目（简称 1722 项目）一波三折，经历了撤离、复工、再撤离、再复工多次反复。这都是北方分裂分子和恐怖分子多次进攻南方造成的。每当战事相对缓和时，业主、监理就马上要求施工，危险时又要求立即撤离。

所有中方员工随时处于紧急备战状态，一旦局势紧张，立即撤退到首都以北200公里塞古市的公司分营地。

2013年上半年的一天晚上，尼日尔以北约50公里处枪声大作，不时传来爆炸声。这一晚，大家都提心吊胆难以入睡。第二天早晨，项目经理刘大谋找工程总监——摩洛哥人穆斯达法商量撤退的事，总监一口回绝："没有业主的指令，不能撤退，继续施工。"大约三个小时后，总监又急急忙忙地打电话给刘大谋："情况危急，业主同意马上撤离。"事实上，当时尼日尔地区的马里驻军早都往南跑了。接到监理的通知，项目组的所有人员才开始携带重要设备物资有组织有秩序地撤离，将营地和留存设备交予当地村民看守。

顽强的中国地质人在极端艰难的条件下，保质保量按计划完成了1722项目，工程获得业主好评，并多次作为出资银行考察时的重点参观工程。

随着时间的不断推移，各种各样的考验蜂拥而至。无序的意外和有序的工作，让每个人的心弦绷得紧紧的。

2015年，几内亚埃博拉疫情传到马里时，分公司在加强防疫的情况下，仍然坚持工作。

与分公司合作的山西217地质队一位刘姓老同志出现头晕症状，去医疗队检查，未能查出原因。几天之后的一个晚上，他头晕症状加重，卧床不起，虚汗不止。因为是疫情期间，公司及时向使馆经商处、公司领导汇报，及时联系医疗队医生，齐心协力将他抬上汽车，物资部经理黄涛亲自送他去医疗队医治。因为医疗条件有限，仍然查不出病因，大家很着急。经过慎重考虑，最后还是决定送他回国治疗。刘先生回国后很快查明了病因，并得到及时治疗。事后，他一再感谢公司热情周到的人文关怀。

2016年6月，分公司还负责接待过中央军委派出执行任务的专机机组人员。分公司尽全力安排好机组人员的衣食住行。经过一周时间的接待和相处，分公司上下与机组人员之间建立了深厚的感情，军民鱼水情再现异国他乡。

专机回国后，机组所在单位领导专程去中国地质总部表示感谢，并送了感谢信和锦旗。

第9节　前人栽树，前人先乘凉

刘中华于2002年全面接手几内亚—马里分公司总经理工作，十年之后，他的前任领导刘国平回到几内亚—马里分公司视察的时候，无比欣慰和自豪。刘国平看看远处，再看看周围，最终打量着身边的刘中华，感慨道："中华，真是好样的。这些年，你把分公司资产起码翻了十倍！真是了不起！"

刘中华是个想干事，能干事，也能干成事的人。

建立海外分公司党支部，几内亚—马里分公司是第一个。万里之遥的异国他乡，分公司党支部和国内一样，时刻发挥战斗堡垒作用。每个岗位上的党员真正地起到了先锋模范带头作用，他们引领和凝聚着全体员工，心往一处想，劲往一处使，遇事想点子，出主意，提建议，起到桥梁和纽带作用。在几内亚和马里两次重大疫情肆虐时，党员干部冲在第一线；在遭受恐怖袭击的工地上，党员干部冲在第一线。他们不忘初心、牢记使命，践行了党员的担当。

建立分公司网站，几内亚—马里分公司也是第一个。网站及时更新内容，随时发布分公司重大新闻、重大项目节点消息；沟通国内国外信息；给有志员工提供抒发情怀的平台；宣传中国地质企业文化，在讲好中国地质故事等方面发挥了积极作用。

海外买地，几内亚—马里分公司也是第一个。对于买地这件事，同事和朋友都感叹：刘中华的想法大胆，一般人可真不敢想！刘中华敢想，也敢干。

起初，几内亚—马里分公司全靠钻探打井维持日常业务，后来转变思路，拓宽领域，将分公司业务扩展为以农田水利和路桥、打井为主的三大经营主体业务。中国员工高峰时期达到200多人，当地员工上千人。2008年一年合同总额突破1亿美元。工程质量和企业信誉得到普遍认可，公司影响力越来越大，中国地质品牌在所在区域树立起来，经营业绩在所在行业位居前茅。

刘中华没有停止脚步，新的设想一个接一个：他要在非洲置地，诠释国有资产的新形式；他要顺应国家当时的政策大方向，探索国企体制改革；他要响应集团公司转型升级的号召，为分公司可持续发展走出一条新的生路。他想要做的事有很多很多。

关于置地，他认为，国有资产不仅仅是设备物资、账面资产，还有企业名声和家园建设带出的无形资产。置地就是在建设企业自己的家园，就是在塑造有形的企业形象，是向外界证明诚意和实力；也是为了满足员工利益需要，给员工一个借以心灵慰藉的远方之家。如果想让员工爱企如家，想让员工扎根海外，就要有家园。

2004年，刘中华冒着被开除的风险，在马里巴马科机场附近的塞努市购买了45亩土地建分公司总部基地。购地的时候，他对时任分公司财务负责人魏健讲："为了买地，我已经做好思想准备，也许会受到批评，我的铺盖卷已经准备好了。"

购地行为不但没被领导批评，反而得到大家一致认可。刘中华先后在马里塞古购置60亩地修建了设备营地，在几内亚首都科纳克里购买20亩地修建了分公司几内亚经理部办事处，在马佛利亚购买了1860亩地的农场，其中100亩地修建了设备基地，剩余土地留待开发。

迄今，刘中华主导为中国地质在几内亚、马里置地1985亩，这些土地成为分公司固定资产。优越的办公生活环境和种类齐全的各种设施配备，提升了企业形象，让员工有了家的感觉，为国有资产增值保值做出了最好的诠释。

2003年，刘中华率先申请几内亚—马里分公司改制，可惜没能入选集团公司改制单位。但是，他借助前人经验，灵活巧妙地把改制思想落实到分公司的管理策略上，将"目标成本责任制"成功运用到项目实施中，以此调动每个管理人员和员工的工作积极性，增强团队的凝聚力和企业的向心力。责任制的签订层次分明，层层落实，分公司和总公司签订责任书，将任务通过"项目目标成本责任制"分解到各个项目，承上启下，责任明确，每个人都是主人，每个人都能发挥主人翁精神。

刘中华始终围绕以工程主业为中心展开探索转型升级之路。结合全球对铝土矿需求逐年增加的实际情况，以及几内亚作为世界优质铝土矿探明储量最大国家的事实，2015 年，刘中华联合中国新时代集团策划拿下英非矿业公司旗下几内亚 FAR 铝土矿项目。经过多轮谈判，三方于 2016 年 9 月 20 日在北京中国地质总部举行了“几内亚 FAR 铝土矿及配套基础设施综合运营项目合资协议签约”仪式。

项目因外方无法按期满足合资协议要求的生效先决条件于 2018 年搁置，但是，通过这些年对行业的深入了解和亲力亲为，分公司获得了矿业开发方面的宝贵经验。矿产工程的本质并未脱离土石方工程性质本身，矿业工程业务仍将是分公司值得深思和探讨的转型升级方向，换句话说，FAR 项目，或者类似 FAR 项目的故事远未结束，或许仅仅才是开始。

第 10 节　无言对白的神龟

一天早晨，马里总部的老院子里，出现了令人难以置信的一幕。

出门办事的汽车已经发动，司机放开脚刹和手刹，加大油门准备驶出车库，车身却纹丝不动。司机感到奇怪，下车检查，发现院里的老乌龟在车底休息，汽车启动惊醒了它，它起身时把车卡住了。

大家想尽办法，老龟也没法出来，最后不得不动用千斤顶把汽车顶起来垫上木墩，给老龟腾出空间。老龟爬出车底的时候，神情复杂，像是埋怨汽车搅了它的美梦，又像是羞愧耽误了主人正事，还像是摆明了要申诉自己不容忽视的存在……老龟已经融入这个大家庭。它的到来也是充满奇幻色彩的。

听老员工讲，2000 年前后，巴马科办事处一名当地员工旷工，数天后才返回上班，可能是怕挨批，进院的时候肩上扛着一只大龟，说是送给领导的。数天后，这名员工又无故消失，再也没有出现过。

但是大龟留了下来。

这只非洲老龟学名叫盾臂龟，因前肢长得像盾牌而得名，属世界二级保护动物。入住大院的时候，这只老龟起码百岁了，走起路来气定神闲，悠然自得，甚至有些目中无人。它与中国地质人的作息时间一致，到点就到食堂外面候着，给什么吃什么，各味中餐来者不拒。它也是院里的破坏者，有时像推土机一样，能把菜地夷为平地。要是批评它，它就对人喘大气以示抗议。

乌龟在中国是吉兽，这只老龟简直就是一只神龟。它像一位资深员工，又像是无言的智者，它用眼神传递着无穷的力量。刘中华感觉与这只老龟有莫名的缘分，仿佛能读懂彼此。这个上天派来的使者，给他灵感，替他解惑，给他慰藉。

刘中华遇到难题或情绪低落的时候，总习惯找这只老龟倾诉，他会把心里的困惑和想法向老龟说出来。老龟神色安详地看着他，眼神中流露出的却是通达的智慧，仿佛它听懂了刘中华的话，并且通过心灵之间的交流给他深切的安抚，传递给他解惑的密码。

刘中华相信物种之间存在着神奇的沟通方式，当他跟老龟对话的时候，老龟的气息沉闷而又舒坦，像是为自己抱不平，也像替自己松口气。一人一龟，交流的时间或长或短，这只极具灵性的老龟似乎真的看透了刘中华的内心，知道他所思所想。而刘中华呢，也从老龟的眼神中得到了许多启迪和灵感，获取到破解未知难题的答案。

几内亚—马里分公司和所有的在非企业一样，经历过战火和恶劣环境的洗礼。2012 年马里政变以后，即便后来民选了凯塔总统，马里的民生问题、社会问题，以及北方安定问题也没有得到解决。

杰内地区 8842 公顷农田整治项目 (简称 8842 项目) 受到恐怖袭击，20 多台重型设备被烧毁，所幸无人员伤亡。不仅如此，项目还受到恐怖分子威胁，他们迫使中国人赶紧撤离施工现场，否则，下次来袭就不光要烧毁设备，而要绑人了……项目组不得不赶紧收拾撤离。就这样，恐怖分子还抢走了一台新皮卡。

意外的损失像一场夏天冷雨中滚落的石头，重重地砸在每个人的心上。可是，即使悲愤交加也不起任何作用，唯一的办法就是重整旗鼓，埋头再干。

几内亚 115 公路项目也接连发生事故。

一天，天快黑的时候，一名中国员工外出被没开灯的摩托车撞倒，造成重伤抢救无效身亡；另一名市政项目中国员工在去马里取备件返回几内亚的途中遭遇车祸身亡；还有本土员工也发生了一些事故……

接二连三的打击，让分公司的人们一时喘不过气来。刘中华也陷入深深的忧思。二十多年非洲生活的沧桑岁月，他经历了无数次的国家军事政变和安全威胁，经历了令人闻风丧胆的埃博拉病毒和正在经历的新冠肺炎疫情，经历了数不清的彻夜不眠、心力交瘁，甚至中伤误解、孤独恐慌……林林总总、大大小小的问题，他每回都用“不容易”三个字轻易替代，自己把自己的焦虑抚平。

但这一次，他有些怀疑自己当初的选择了：选择回到非洲工作而放弃欧洲，选择留在海外而拒绝晋升。

但是，他又非常了解自己，近三十年的海外工作与生活造就了他独有的个性与人格，他就是一个想实实在在干点实事的简单的人。他经过这么多年的奋斗和拼搏，悉心营造的工作环境和搭建的人脉平台，不该轻易丢弃。在这里他能找到生命的感觉、荣誉的自豪、能够创造更大价值的希望。他不能丢下追随他多年的战友，不能舍弃淳朴善良的非洲朋友，不能放下为国为民族争光的理想。

刘中华的梦想和思路，不是所有人都能明白的。他改制的目标就是想通过体制的转变，实现因地制宜的灵活经营，无论是工程、商业还是实业。他想通过矿业工程将企业锁定在长久、稳定、可持续发展之中，实现实质意义上的转型升级。他想鼓励员工长期扎根，淡化距离感，将地球看作一个村庄，所以在这个大村庄购地建房，建设温馨优雅舒适的家园。

刘中华不无遗憾地说过：如果当初早些下手抢占资源，比如几内亚的铝土矿，那么，今天的几内亚—马里分公司可以直接“躺赢”。

说这些话时，刘中华看着公园的一角，那里有枝叶茂盛的香樟树和槐树，树下有丛丛争艳的花卉，几只不知名字的鸟儿上下翻飞跳跃，在无风的夏日里，这里像一幅质感强烈、层次分明的油画。刘中华看着这景象陷入了沉思，不知是什么突然触动了他。

他这次是回国开会，加之身体原因在北京看病，才多住了些时日。不过他眼里是北京的风景，心里却回到了非洲。他的心思，仍然沉浸在那些久远的故事里。在那些有点失落也有点怅然的日子里，是老龟，陪伴刘中华度过无数个寂寞无助的时光，也带给刘中华无数次面对未来和战胜困厄的勇气和力量。

非洲的生活，像一束圣洁的光，带给他生命的追求和力量，在那些纯真目光的注视下，他觉得自己的生命，一片一片地渐次充满光辉，闪耀在那片多姿多彩的天空下！

第 11 节　平静生活的涟漪

魏健清楚地记得两个日子，一个是 1998 年 2 月 20 日，刘中华飞往几内亚。另一个是 1998 年 2 月 21 日，他自己飞往几内亚。没有任何相约，在人生这么长的时间和这么大的空间里，两人只相差一天，来到一个相同的地方。

2000 年 9 月，二十四岁的魏健刚从国内休完假回到几内亚，还没有完全从北京情结中走出来，就一头扎进了分公司紧张的财务工作。他一个人，身兼马里和几内亚两边的会计，只能两边跑，时间对他来说非常珍贵。他每天都要加班加点，有时候，一个人一干就是一个通宵。

因为第二天要去马里，这一晚，魏健又加班到凌晨 3 点。整理好行装之后，他直起腰松了一口气，准备上楼回屋休息。刚打开门，就见黑咕隆咚的夜色中闪出两条黑影。魏健立刻意识到楼里进贼了，他下意识地大声质问："谁？你们要干吗？"

魏健意识到黑影是冲着财务室来的，白天财务刚刚从银行取了一大笔现金，准备留作几内亚日常开销用，肯定是有人走漏了风声。

在非洲，偷盗抢劫都是司空见惯的事情，只要窃贼没拿枪，多半图财不害命。按照习惯，他要什么你给什么，就不会受到生命威胁。财务室正好在楼梯口，两个黑影直接把魏健从楼梯口推回室内。魏健盘算着，两个黑人虽然个子很高，但比较瘦弱，自己应该可以对付。再者，魏健明显感觉抵在他背后的那只拿刀的手在不停地发抖，说明小偷也是害怕的……魏健一边分析，一边攥紧了拳头伺机以战。

"你们干什么？你们到底想干什么？"魏健动手之前，故意把声音弄得很大。他想让楼里的几个同事听见。况且门口还有保安，大家只要都能起来，或许就能把他们吓跑，甚至抓住。

魏健一边大喊，一边攥紧了拳头。正在这紧急时刻，门外又进来一个人，但不是魏健希望看到的援兵。这时，魏健才明白对方原来是3个人，他只好放弃对抗的想法，安静地等待时机。

3个黑人一起把魏健扳靠在墙边。魏健一边打量着3个人一边分析，他一人收拾一个，剩下2个让6位同事来对付应该没有问题。可是除了财务室特别热闹外，外面一点动静也没有。

分公司租住的是一套别墅，晚上前门是紧锁的。后门是厨房的一个小门，也上了锁。可门是镂空的，从外边可以把手伸进来将挂锁撬开，这3个人手里的凶器是撬门时使用的钢筋棒，还有顺手从院子里拿的铁锹和厨房里的砍骨刀。那把砍骨刀已经很钝，本来要扔掉的，魏健建议厨师胡习兵第二天再扔，所以厨师就顺手放在门边的窗台上了。无巧不成书，没想到小偷一溜进来就看见了那把砍骨刀。此时此刻，这把砍骨刀正冷冰冰地抵在魏健后背。

两个小偷看守魏健，第三个搜索着屋里的东西。财务室条件简陋，为了资金安全，魏健将所有的现金和保险箱搬到楼上的房间了，只有一部分小钱放进了财务室的保险柜里。财务人员存放现金总有自己的法子——声东击西。

拿砍骨刀的劫匪抵着魏健的脖子不让他动。另外两个人去拆保险箱。可是，保险箱太大，他们无从下手，就向魏健索要钥匙。魏健理直气壮地说："没带。"他们便搜身，结果一无所获。两个人又将目光聚集到两个铁皮柜上。两个铁皮柜被撬开后，一袋子钱暴露在他们面前。他们抓起一把色彩斑斓的钞票，欣喜若狂。只有魏健心里清楚，那里面是他有意放置的小面额的几内亚法郎，加在一起不过100美元。但是这对于当地人来说也不少了，更重要的是起到分散他们注意力的作用。

因为找到了钱，还有一些物品，他们需要袋子装，就瞅准了魏健时髦的中国马桶包。他们将包里的衣物掏出来，顺手带出包底的两册账本，还拿走了手机和笔记本电脑，其中一个人还得意地说了一句英文。魏健看到自己干活的笔记本被小偷拿走，怒火冲天，顾不上自己的安危，上去就抢。他们似乎被魏健的凶猛举动和激烈的反应震住了，放开了笔记本电脑。可是，他们还不死心，继续翻找，把魏健辛辛苦苦做好的账本扔了一地。

从说话中，魏健判断他们应该是邻国的塞拉利昂难民，如果是几内亚人要么讲土语要么讲法语，但他们讲的是英语。这个判断增强了魏健反抗的决心和勇气。看着一地账本被他们践踏，魏健愤怒地大喊："不要弄坏我的账本！抓贼啦！"魏健这一喊，小偷也慌了，背上抢到的东西逃之夭夭了。在与小偷的争斗中，魏健的手背被砍骨刀划了一道口子。

唉！年轻的魏健好伤心啊！非洲生活很艰苦，回国一趟也不容易，在国内采购的东西——包、手表、球鞋、随身听、手机等，一会儿工夫都被划拉走了。坐在台阶上，他用手捂着出血的伤口，使劲往回憋已经在眼眶打转的泪水。

后来，魏健用了差不多一年时间，才补齐被损坏的账目，那也是他在非洲最痛苦的一段时间。在没有实现会计电算化的当时，手工做账的辛苦难以想象。

二十年后，魏健回忆那段时间，觉得自己像做了一场噩梦。毕竟年轻，想尽快从噩梦中解脱，不能因为这点事情影响工作。因此他及时向公司写报告，汇报了事情经过以及造成的损失。虽然个人损失比公司的大，但他出于责任心还自掏腰包把公司的经济损失补上了。

他说当时因为这件事，担心给公司添麻烦，但没想到分公司和总部领导不但没有批评，还多次安慰和鼓励他。

2005 年，魏健被任命为中国地质几内亚—马里分公司财务部经理。2008 年，他又荣获中国地质总部颁发的海外十年金质奖牌，是当时中国地质获此殊荣年纪最小的一位。

非洲的工作经历是魏健生命中一段多彩的华章，值得自豪和珍惜。魏健见证了几内亚—马里分公司日新月异突飞猛进的变化，作为几内亚—马里分公司的一员，他感到无比的自豪。

提起当年，魏健万般感慨。他认为自己的成长得益于优秀卓越的领导、抱团作战的同事，以及经历过的那些事情。他说自己的成长轨迹、取得的成绩和为人处世的方式，都受到刘国平和刘中华两位领导的深刻影响。他和刘中华搭班十一年，虽然嘴上“中华总”这么喊着，但在其内心是把刘中华当老大哥一样看待的。当时刘中华用发展的眼光来看待和培养年轻人。即便年轻人工作上、思想上还不十分成熟，他也大胆起用，并充分信任。

魏健说到自己的团队，也是自豪满满，他说分公司的“井队精神”和中国地质的“五种精神”一代传一代，深入人心，是企业发展壮大的精神法宝。

魏健的回忆，一下将人带回到二十年前的岁月。他说，那时候在国外和国内一样，在哪里都是工作，不一样的就是非洲国家贫穷落后，生活比较艰苦，工作环境差。但是，中国地质的条件还是非常好的，比非洲本地不知道要好多少倍，所以，当时感觉不到有什么特别。但是，现在回忆起来，其实每一天都是故事，而且每个人身上都有讲不完的故事。或许那时候就是“不识庐山真面目，只缘身在此山中”吧。

魏健还深情地讲到顾钦一、刘旱雨、罗晓明、吴玉明等人，说他们是分公司的财富，为分公司的发展付出了很多，都是令人钦佩的人。

魏健现在已经是公司审计部的副经理，他的直接领导就是吴玉明。说到吴玉明，魏健说：“吴玉明是一个老海外，在几内亚—马里分公司的时候，他是我的领导，一直指导我的财务工作；回国之后，他在财务部做我的领导，现在一起到了审计部，他还是我的领导。跟他共事受益匪浅，学到很多东西……”

2004 年，一次偶然的机会，刚上任一年多的几内亚—马里分公司总经理刘中华，在深圳见到了财会业务能力响当当的吴玉明。吴玉明当时在香港分公司任职，因为香港暂住证问题，常住深圳，每天往返于深圳和香港。两人见面就交流讨论起关于公司绩效考核等财务问题。吴玉明是老财务，曾经奔波于很多海外项目，业务能力强，工作经验丰富。于是，刘中华非常真诚地邀请吴玉明去几内亚—马里分公司，帮助梳理财务工作。2004 年 11 月，吴玉明真的去了几内亚—马里分公司，担任财务经理。他指导和帮助分公司财务建章立制，将国有资产承包责任制与财务预决算有机结合，使分公司和各个项目部的账目都符合公司的绩效考核指标要求，为几内亚—马里分公司的规范管理做出了积极贡献。

2005年，几内亚—马里分公司开始酝酿买地建营地，员工们都非常振奋。吴玉明回国之前，见到了那片属于中国地质的土地。他记忆里最深刻的一幕，就是厨师耿晓辉每天做好饭之后，就带领当地员工用砖头或树枝将地界圈起来。这一幕让吴玉明心里暖暖的，中国地质的每个人，爱团队如爱家。

回想起过去，总是让人心潮起伏，不能平静。每个人的经历平凡而又多姿多彩。

吴玉明讲起刘中华也是赞叹有加。他说刘中华为保证完成公司下达的任务，将集团分配的指标提高标准制定政策，将责任层层分解，奖惩分明；刘中华将“前人栽树，后人乘凉”改为“前人栽树，前人先乘凉”，他让大家有获得感，也让大家过上有品质有尊严的生活；刘中华在保证大家经济收入的同时，更注重团队的工作理念和实干精神的培养，他宣扬“多干点活累不死人，没活干才愁死人”；刘中华总是鼓励大家，特别是鼓励年轻人要主动作为，先苦后甜；他还严肃地鞭策每个人，“离了谁，地球照转”，不要居功自傲，不要待价而沽，骄傲自大只会葬送自己的前程。

有这样的团队，这样的领导，分公司的每个人都充满了昂扬的斗志，他们奋发向上，渴望建功立业。

中国地质人在非洲开创事业不容易，每个人都有自己讲不完的故事。好传统必须传承下去，这就更需要每一位中国地质年轻人，牢牢吸收并消化前辈传承下来的伟大精神和优秀传统，不忘根本，薪火相传，将中国地质事业向前无限推进。

第12节　日新月异的“小西非”

刚参加工作，大家可能更看重平台和待遇，十年、二十年时间的历练后，靠的就是感情了。“感情”这个词涵盖着很多无形的东西。情到深处，定会超越物质。兄弟之间，同事之间，上下级之间，国家和民族之间……在危难时刻，特别是在2014年几内亚埃博拉疫情暴发、2020年新冠病毒肆虐全球的时候，感情更显其珍贵，且历久弥坚。

刘中华1998年2月到几内亚，2002年10月接过几内亚—马里分公司总经理的重任，2003年3月奔赴马里开拓市场。

在马里，最刺痛刘中华的一件事就是乔伊拉—马斯基177公里土路项目（简称177公里土路项目）的施工。

2003年雨季，项目停工，中国员工按惯例利用这个无法施工的季节回国休假。然而雨季结束后，项目组绝大部分中国员工未如期返回。经过调查，是原项目负责人带领“中原乡党”集体跳槽，去了中非某国另外一家企业。公司总部领导非常重视这件事，亲自前往工地现场探查。

工地的景象惨不忍睹，设备横七竖八地散落在道路两旁，漆黑一片的乌鸦在上面筑巢。灰暗的天空死寂一般压得人喘不过气来，一派凄凉没落的惨象。这一幕，让刘中华痛心。但177公里土路项目的变故，并没有难倒他。

经过调研分析，他从返回人员中大胆起用机修负责人张南清为项目经理，火速调遣、充实队伍。他亲自应对突尼斯监理亚梅尔特雷基和业主。最终，在总部领导的大力支持下，在全体中国地质人同心同德的辛勤奋战下，177公里土路项目按期保质保量完成，赢得业主好评。

从此次事件中，刘中华总结出了“离了谁，地球照转”这句通俗浅显而又深意非凡的人生箴言。在项目上，这句箴言警醒了许多人，也挽救了很多人，表面无情，却情意至深。

这点变故当然难不住中国地质。公司不缺人，会定期输送大学生到分公司锻炼，不断充实队伍。

刚毕业的大学生吴庆清，曾在2001年1月被派往马里杰内—穆尼赛伊土路项目，这是分公司转型进入土方工程领域的第一个道路项目。那时候几内亚—马里分公司还是刘国平挂帅。吴庆清2000年毕业于西安大学经济管理系，老家在湖南娄底。他因为不习惯北方的干燥，一直想回南方，却未承想，最后去了马里。在土路项目上，他什么活都干，调侃自己像万金油。

其实分公司的每个人都一样，都是“一岗多责”。

吴庆清的回忆里一直笼罩着马里撒哈拉沙漠无边无际的苍茫。国家贫穷，物资匮乏，条件艰苦，困难重重，租用的两间办公室，没水没电，更别谈空调了。吴庆清说：“修土路，气候干燥，总是尘土漫天。因为要晚上洒水，所以自己就白天睡觉。有时候白天加班，晚上也加班。气温高达50℃，困了累了就能睡着，反正到哪里都是热。”又说，“只有做饭的时候，我们才能发两个小时的电。房子不密封，开空调也没用。习惯了也不觉得热。对于年轻人来说，那点苦不算苦，比起当地人来讲，吃的喝的住的优越多了。”

就像刘中华所说，身体的苦，只是一种感觉。只有身体力行，对工作充满热情，才会乐此不疲。重在参与，享受过程。受点苦根本算不上什么，有挑战自我的机会，才是最难得也难能可贵的。

不管多晚睡，吴庆清都是早晨6点钟起床。中午饭和大家一起在工地解决，一阵风吹过，碗里就会有细沙，因为干活累，胃口好，细沙顺着米粒就一起吞下去了。

马里的自然环境非常恶劣，让吴庆清记忆犹新的就是撒哈拉沙漠的沙尘暴。项目所在地是平原，在工地上老远就能看见起风，风的边缘一线全是红色，跟在后面的是漫无边际的黄色，如一条翻涌巨大的黄龙冲过来，令人心惊胆战。整个天地被沙尘笼罩，一片漆黑，恍若末日降临，谁也无法阻挡，只有听天由命。狂风一来，大家就得立刻放下手里的活，赶紧钻到车里。当地人却见惯不惊，用衣服盖着头，随便找个地方躲躲。

这样的黑风暴，一年得经历几次。刚开始大家还觉得恐怖，时间长了倒觉得是一道稀罕的风景。中国人的勤劳智慧和艰苦卓绝的耐力，是世界上任何民族都无法比拟的。所以中国地质人每到一个地方，都会很快和当地的人文环境、民风民俗以及大自然融合共处。

吴庆清只在马里待了一年，2002年回国后，他被安排在企管部工作，到后来接替陈锋，与副经理杜丽搭班子直到现在。他在非洲的所见所闻只有短短的一年，但也足以让他回忆一生。

更多关于中国地质几内亚—马里分公司艰苦创业可歌可泣的故事，还尘封在岁月深处，等待后来人挖掘和评说。

21世纪初的马里，虽然自然环境差，但人文环境不错，ATT总统执政时期，马里一度被西方评为非洲的民主典范。ATT 总统被推翻后，一切都改变了。北部与阿尔及利亚接壤的撒哈拉沙漠走廊一带成了马里北方分裂分子、基地组织、伊斯兰恐怖分子和佣兵残余的聚集地，至今也是引起马里动荡的最大安全隐患，法国军队和国际维和部队在北方长期驻扎。马里也是中国第一次向联合国大规模派遣维和官兵的国家。

中国地质以人为本，特别重视员工的人身安全。大家不自觉地形成一种习惯，凡中国人出门都必须带点现金，万一遇险，破财免灾。

刘中华到马里不久，与造价工程师刘春风（后任中巴尼二标段灌渠项目经理）密切配合，很快就拿到马里北部地垒地区 400 公顷农田整治项目（简称 400 农田项目）。项目位于撒哈拉沙漠南部边缘、尼日尔河畔。刘春风是一个话不多但心里很有数的人，在造价方面经验丰富，跟刘中华配合特别默契。那几年马里的中标项目都出自两人之手。

400 农田项目对马里国家和对几内亚—马里分公司同等重要。马里总统 ATT 参加了开工典礼，刘中华作为乙方负责人应邀到场。当时马里经理部还拿不出一辆像样的能跑长途的车，刘中华只好从中国大使馆经参处借了一辆外交牌照的尼桑吉普车，带上自己的当地司机卡里姆就上路了。从首都巴马科到地垒 1000 多公里，两天的路程，需要在中途莫不提住一宿。莫不提往北就开始荒凉了，到地垒前还要横渡尼日尔河，河里有很多河马，体态瘆人，你不知道它们什么时候会冒头。刘中华此行与其说是工作，不如说是探险，有总统参加更惊险。

开工典礼顺利结束，刘中华马不停蹄往回赶。

下午时分，在离工地 30 公里左右的地方，车子“咔嚓、咔嚓”地响。司机停车后，两个人下车一看，原来是前保险杠掉下来了。他们知道此处荒无人烟，四处都是沙丘，不宜久留，就赶紧找绳子先绑扎一下，到了城里再修。车还没绑好，从旁边沙丘上冲下一群荷枪实弹、身着迷彩、包裹严实的人，他们身后的沙尘在灰白的天空下翻卷着。

见到这一情景，刘中华的头发一下子竖了起来，他第一感觉就是遇到恐怖分子了。司机也吓坏了，哆哆嗦嗦地说：“老板，麻烦了，麻烦大了。”

四五个大汉拿着长枪，围着他们转了一圈，还未等两个人从惊慌中回过神来，其中一个大汉问：“怎么回事，需要帮忙吗？”精通法语的刘中华立马来了精神，还没有开口，司机连忙回答：“不用，谢谢！我们自己能行。”对方接着问：“那边的仪式结束了吗？总统动身没有？我们是总统卫队。”

原来如此，真是拨云见日。刘中华摸摸胸口，回过神来，虚惊一场！

事情过去了很多年，刘中华回忆起这段往事，还是心有余悸。一个势单力薄的中国人在遥远的马里，和一名本土司机行走在前不着村后不着店的撒哈拉沙漠路上（其实连路都算不上），得有多大的勇气和毅力啊。难怪启程前司机听说要去地垒的时候脸色一变。

400 农田项目的成功实施，打响了几内亚—马里分公司在马里农田整治工程领域的头一炮，为后期开拓马里农业部农田整治项目奠定了基础。随后，分公司先后中标莫不提 470，森林格 1094 农田，尼办 1722、3900、8842 等农田整治项目。利比亚总统卡扎菲在马里租借的 10 万公顷农业项目一期渠道部分顺利完成，28 公顷杂交水稻示范项目还请到袁隆平团队参与并取得良好成绩，青先国书记亲临项目考察。分公司的事业，节节开花，硕果累累。

中国地质作为二级央企，肩负着国家和民族的期望与重托，在国家需要的时候，总能勇敢地站在最前列，是政治过硬、有责任、有担当的央企。这些年，分公司接待了全国政协副主席王正伟、王毅外长机组随行人员和无数维和部队官兵，直到现在，分公司仍是中国维和部队的定点服务单位。

在历史的大视野中，瞬间便是永恒。

几十年来，刘中华用哲学的深度思考，用历史的眼光站位，用狼性文化经营企业，取得的是立体宏观、富有深度和广度的收获。他说：“作为中国地质的一员，在任何时候、任何场合我都感到无比的自豪。在国际市场竞争中，我们要具备适当的狼性，尤其面对国际、国内巨型对手，要鼓足迎战的勇气，树立必胜的信念。中国地质跟他们比块头不行，但是区域内单打独斗，尽管放马过来。”话虽然说得有点血腥，但很能表明国际竞争的残酷。

中国地质从事的是竞争行业，资产规模也不大，但是，中国地质凭借自己的实力，闯出了一片独有的天空。几内亚—马里分公司今天的成就，离不开郑起宇、郝静野、孙锦红三代领导人倾注的心血，离不开 1000 多位中国地质人共同洒下的汗水，离不开国家“走出去”战略和公司经营理念的时势与平台。

刘中华用自己独特的领导魅力，树立了中国地质在几内亚和马里的品牌形象，搭建起了良好顺畅的商务平台，宣扬践行了中国地质的“五种精神”，继承发扬了公司的文化传统。

“却顾所来径，苍苍横翠微。”刘中华自打接过刘国平的重担，一路走来，从没有因为经历的坎坷和工作上的困难有过任何犹豫，更没有因前行道路遇到阻碍而有过丝毫懈怠。这个有胆有识、傲骨铮铮的人，工作上无论有多苦多难，都没有服输过。即使现实留给他的只是一条缝隙，他都会毫不犹豫地穿过去，打开一片天地。

顺应时势和因势利导是聪明人的行事方式，知难而进是勇敢者的气度风范。

一路走来，刘中华没有愧对自己的祖国和企业，更没有愧对自己的领导和同事。但是，他内心最柔软的地方藏着深深的愧疚。他说最为愧对的，是自己的妻儿……他说这话的时候，突然将头转向窗外，试图用远处的一片绿荫来掩盖自己意欲夺眶的泪水。显然，他将对妻儿的亏欠，将独自一人时折磨他的愧疚，深埋在了心底，独自承受。

几内亚—马里分公司是在海外拥有土地、房产最多的分公司之一，他们没有满足已经取得的成绩，在日新月异的发展中，在浩瀚的大西洋一侧，刘中华带领分公司员工，将青春的热情和生命的芬芳注入远航的风帆，前方，风景无限。

8 个在建项目，200 多名员工队伍，刘中华正着力储备年轻化复合型人才，将培养目光聚焦在年轻人身上。多少年来的实践证明，平台留人和感情留人的理念，能让人从内心体会到企业和团队的温度。那份暖，源自互帮互助的力量；那份热，源自工作的热情、激情和朝气。

二十多年来，看着战友们来了走，走了又来，刘中华有不舍，有惦念，有珍惜，每次离合，他的内心总是无法平静。先不说非洲的朋友和同事，单说中国同事，在职不在职的人，他和他们的故事一火车都拉不完。像戴占勇、郭浩明、叶颖、赵涌清、梁友谊、罗卫国、何建军、王卫忠、彭清泉、吴命先，等等。他们当中既有父子兵、兄弟连也有夫妻档，还有全家福。他们人人有传奇，个个有故事。刘中华暗下决心，将来回家，一定要去看望他们，再聚首，共忆往昔峥嵘岁月稠。

二十多年的海外打拼，纵横辗转，刘中华没有辜负公司领导及伯乐刘国平的期望，他能够将分公司引上日新月异的道路，是必然的。

正是：

好马驰千里，业精争先锋。鲲鹏展宏图，光辉满乾坤。

第六章　坚守黄金之国

展翅飞翔。折戟沉沙
如果航程中大海无舟可渡
我们登山而行，另辟蹊径
风雨涤尘后有灿烂的光辉
太阳升起的方向有召唤的旌旗
祖国啊，面对变幻的起伏跌宕
我们挺直了不屈不挠的脊梁
不论何时何地，只要听到召唤
我们随时出征，赴汤蹈火
用拼搏与奉献编织生命的桂冠
用灵魂与身心浇筑火热的青春

关于加纳王国最早的文字记载，见于古代阿拉伯和马格里布的地理学家和旅行家们笔下。773—774年，阿拉伯天文学家穆罕默德·本·易卜拉欣·法佐里在其著述《星座表册》中第一个写道：从摩洛哥南行，越过撒哈拉大沙漠，那里有一个国家叫加纳。从那时起，阿拉伯人便把紧靠撒哈拉沙漠南面那一片西非土地称为“比拉德苏丹”，本意是“黑人之国”。加纳是世界上以盛产黄金著名的国家。

美丽的沃尔特河，是加纳最大的河流，也是非洲第二大河流。这条河在加纳境内穿山破壁1100公里，时而浪花澎湃，时而宽广舒缓。沃尔特河一路奔腾，流向宽广的大西洋。

沃尔特河有三条支流，分别是红沃尔特河、白沃尔特河、黑沃尔特河。

在白沃尔特河和黑沃尔特河的交汇处有一个世界上最大的人工湖——沃尔特湖。

“富不富先看路。”加纳的交通运输 90% 依靠公路，21 世纪以来，加纳政府开始重视道路基础设施建设，道路投入资金占基础设施发展总支出的近一半。

在加纳第二大城市库马西，有一座呈苜蓿叶形状的库马西大桥，被人们称作“西非第一桥”，就是由中国地质加纳分公司承建。雄伟美丽的大型互通立交桥——库马西索芙兰大桥，凝结了中国地质加纳分公司新老管理层、上百名中国员工、几千名当地员工的努力和汗水。别出心裁的苜蓿叶形设计，是中国地质和中国中铁大桥设计院的智慧结晶。

这座美到震撼人心的大型立交桥，是加纳历史上首次采用中国标准与规范建设的桥梁范例，也是中国和加纳两国友谊的最好见证。

第 1 节　做忠诚有担当的人

李川，中国地质青年骨干中的翘楚。2005 年，他是中国地质埃塞俄比亚设备公司副总经理，那时仅二十四岁；二十七岁，成为中国地质埃塞俄比亚 KM 公路项目部 K90–K150 段项目副经理；二十九岁到加纳，成为中国地质加纳分公司 AK 公路项目 LOT1 和 LOT2 的项目经理；2014 年，被委任为中国地质加纳分公司总经理助理；2015 年，升职为中国地质加纳分公司副总经理；同年，出任中国地质喀麦隆分公司总经理。

李川说：“人的一生，如果能够专注地为自己所喜欢的事业奋斗，是无比幸运的事。我很幸运，二十三岁那年受老领导丰年影响，满怀激情出国，到马达加斯加工作。”他儒雅坚定的眼神中闪着光，让人仿佛能看到那些闪光的日子。

2021 年 5 月 14 日，正是初夏时节，午后的阳光透过玻璃落在他背上，李川像是被阳光簇拥的使者，静静地回忆在非洲工作的情景。他讲那里的历史和风土人情，讲那里的狂野和壮阔，讲那里的雨季和骄阳，讲如何跟当地人打成一片，讲曾经帮过他的业主和监理，讲项目精细化和属地化管理，讲属于海外中国地质人的自豪和归属，讲“一带一路”倡议的意义和影响……

他说话时，燥热的初夏变得日丽风和，理想的芬芳飘香满屋。采访中最深刻的是李川的一句话：“常驻非洲工作，会非常孤独，但孤独时，人最能反省自己，更能够确立目标。”

他娓娓道来自己的经历：“二十四岁在埃塞俄比亚，二十九岁到加纳，三十五岁回到总部工作，我现在四十岁，在海外工作了十二年。从第一次出国，看到丰年满怀激情地工作，满足而充实的样子，我就默默立下决心，要向他学习，成为一个忠诚、有担当、能够创造价值的海外中国地质人。中国地质使我很有归属感，这归属感源于公司富有凝聚力的文化和机制，也源于我们一起为中国地质海外工程事业的付出和收获……我希望能够沿着老一辈海外中国地质人走过的路继续前行，也时常激励自己在中国地质事业发展的浪潮中贡献一份力量。”

是的，每个人都有自己生命的目标、追求和使命，什么样的评价或得到什么荣誉，其实都不重要，重要的是自己愿意做怎样的人，走怎样的路。李川告诉自己，要做一个忠于国家忠于企业，有担当有价值的人。他是这样想的，也是这样做的。

2013 年 6 月，加纳政府突然采取大规模军警联合行动，清理在加纳的采金人员。荷枪实弹的军警突袭了众多的金矿区，展开抓捕行动。很多采金华人仓促间躲进了可可林和原始森林中，以野果充饥，形势危急。

中国驻加纳大使龚建忠紧急联络时任加纳中资企业商会会长的中国地质加纳分公司总经理丰年，拜托其协助大使馆一起营救并撤离采金华人。李川自告奋勇，向丰年申请带队到华人集中淘金的敦夸等山区协助营救被困同胞。往返敦夸地区非常危险，一路上都有加纳军警把守，现场还不时有枪声响起。李川拿着中国大使馆出具的介绍信、护照及当地的工作证，从容应对关卡的各种盘问：“我们代表中国大使馆来到这里接我们的公民回国，恳请你们理解配合，这是我们中国大使馆的介绍信……”他不顾个人安危，多次深入金矿区，协助中国驻加纳使馆撤离中国采金矿工数百人。

这次营救行动，使加纳分公司得到了中国驻加纳大使馆和中央电视台的高度赞扬。李川等人也获得了由中国驻加纳大使馆颁发的表扬信。信中表扬中国地质李川等同志在妥善应对加纳政府大规模清理非法采金行动、协助我国采金人员撤离相关工作中，克服时间紧、任务重等困难，加班加点，不辞辛劳，展现了高度的政治觉悟、崇高的奉献精神和过硬的工作能力，为我国能妥善处理危机做出了积极贡献。

2014 年，由丰年推荐，李川荣获中国节能环保集团有限公司“最美节能人”入围奖。

丰年是李川非常敬重的老领导，他在 20 世纪 90 年代曾与张明辉等人一起，作为中国地质的打井专家，转战尼日利亚索科托州和凯比州等干旱地区实施打井业务。

丰年也是中国地质不可多得的“水神”之一。他的特长是确定井位。据说不管工区内的地质情况怎样复杂，不管风化层堆积有多厚，他总能准确无误地确定井位找到水源。他把理论与实际相结合，使用国产音频大地电场仪、激电仪和 486 电脑，比拼加拿大著名的 WARDPOP 公司使用的国际上最先进的地球物理探测仪器。丰年根据自己摸索出的经验，掌握了当地整个区域内基岩地下水贮存规律和地下岩层各种形态的地球物理特征，创造出一整套适应当地情况的工作方法。不仅能较为准确地确定区域内地下水贮存位置、埋藏深度，而且可以计算出水量的大小，确定井位成井率在 90% 以上。之前，丰年一直在非洲尼日利亚。2000 年，丰年去了非洲乌干达，任乌干达项目经理。2001 年至 2004 年底，丰年到达马达加斯加开拓市场，并任中国地质马达加斯加分公司总经理。2005 年 3 月，作为中国地质的一员老将，他出任中国地质加纳分公司（经理部）总经理，直到 2016 年卸任。

丰年是一位实干家，是将工作当事业并作为课题研究的学者型领导，经他亲手雕琢的工作，能当艺术品去揣摩和欣赏。丰年有激情、有技术，他忠于职业操守的品德影响了一大批后来人。

中国地质 1997 年进驻加纳，由中国地质代表何荣文负责开拓市场。2005 年成立中国地质加纳经理部（2010 年改称分公司），丰年开始任中国地质加纳分公司总经理。此后，日月流转，中国地质加纳分公司由最初的 3 台钻机和 5 名中国人组成的生产关系，靠每年打井几十万美元的合同额，发展成拥有 100 多名中方员工、1000 多名加纳籍员工的庞大队伍。他们施工项目的范围也逐渐得到拓展，由开始的打井到水厂、房建、市政道路、高速公路、大型桥梁等多领域，累计合同额约 3 亿美元，经历了一段飞速发展、激情燃烧的岁月。

说来也巧，丰年在任中国地质加纳分公司总经理的时候，他在尼日利亚打井的黄金搭档张明辉，于 1997 年来到科特迪瓦共和国，任中国地质科特迪瓦分公司总经理。这时，两个打井专家，分别管辖西非两个相邻国家及地区，这让他们无论是在心灵上还是工作上都有种相互激励相互支持的安全感。

早年的加纳，加工黄金的工艺非常原始，主要靠筛子筛，筛子放在水中，让比重轻的沙子漂走，最后沉下沙金或金子。那里土壤含金量非常高，听说在河道里随便将泥沙挖起来用筛子一筛，就能筛到黄金。中国华侨很早就知道那边矿区有黄金，历史上，中国民间采金经验丰富，比较出名的是广西上林县。所以，在非洲加纳采金的也多是广西上林县人。也是他们，曾经被困于加纳敦夸山区，是中国地质加纳分公司参与营救了他们。

中国地质海外业务分布在 50 多个国家和地区，这些国家和地区的中国地质经理人个个都是极具政治担当的人，他们有对祖国的深厚感情，有为国家做贡献的强烈责任感，他们把自己能够为国家做事视为最大的荣誉。

第 2 节　特殊的感情

“我们的体制是国有资产经营承包责任制。这意味着，海外经营责任者一定要对国有资产负责，制度决定了经营者必须要实现国有资产的保值增值。要经过非常严格的考核，每年在保证国有资产增值 8% 的基础上，再按规定奖励。而优秀的经营责任人，既能使国有资产增值，为国家创造更多的利润，又能给员工更好的待遇和福利，这就是中国地质一以贯之的价值理念：上为国家做贡献，下为员工谋福利。”李川坚定地说道，“这种体制，形成了海外中国地质人普遍的价值观，也培养了员工对公司、对海外事业的特殊感情。”

对于海外工程行业，李川有自己的认知和想法，他分析海外市场的时候，像个熟悉兵法的将军：“在海外，有很多实力比我们强的中资企业，尤其像中铁、中交、中建、中水等，都有着很强的核心竞争力。中国地质如何在海外发展到现在的规模？除了上面提到的资产经营责任制以外，很大程度上，凭借的是那些早期远赴海外开拓市场的‘老海外’和先驱们。为什么直到现在中国地质人都有着浓厚的海外情怀？因为公司就是靠海外起家的。抢占海外工程市场，在早期靠的就是‘快’和‘胆’，可以说是虎口里夺食、狼窝里抢肉，是靠硬拼出来的，那种不屈不挠、不畏艰辛的精神，那种顶着压力、彻夜难眠的心情，海外的亲历者们都会明白……”

在海外工程市场前行的路上，中国地质脚踏实地、步步为营，靠几十年如一日的深入耕耘，稳中求进，才构建出了中国地质在全球 50 多个国家和地区管理高效、反应灵敏的经营网络。多年来，中国地质人在海外市场识别、市场研判、市场选择与切换方面有着卓越的能力，这种能力的背后有一个核心的支撑，那就是求真务实、以人为本、深入扎根、高属地化的企业战略。深入扎根和高属地化能获得早期最重要的市场优势——信息。早获得信息后，就要比别人反应快，比别人布局早，更要比别人敢于承担责任和风险。李川说：“危和机向来是并存的，我想，早期的中国地质海外经理人一定深谙‘于危机中育新机，在变局中开新局’的道理。其中还包括选人用人的机制，中国地质敢于大胆起用忠诚担当的年轻人，敢于重奖为公司创造佳绩的员工，践行‘有为才有位，有位更有为’的人才强企战略，实现集体与个人之间的高度信任。这种信任，使大家团结得像一块铁板，更有着敢于牺牲自我成就团队的精神……我认为这是中国地质真正的海外核心竞争力所在。”

李川讲述中的国有资产经营承包责任制，是在 1993 年开始实行的对海外工作管理富有建设性先锋性的改革。和丰年同时代的中国地质工作者们，都是中国地质波澜起伏的发展历史的见证者和参与者，他们对中国地质发展历程如数家珍。但是年轻一代如李川等青年才俊的认知，却是企业文化薪火相传的印证。

“以史为鉴”，只有熟悉企业的发展历史，才能反思过去和鉴别未来。

丰年曾经做过海外现场施工的大型项目经理，李川跟随他工作的过程中耳濡目染，获益良多。李川文质彬彬，性格坚韧，很能吃苦，加之善于思考，乐于实践，积极反思，主动求变，随着管理水平和综合能力的快速提高，他很快成为丰年的得力助手。

李川在埃塞俄比亚做完世界银行的公路项目之后，接着任职中国地质工程集团加纳经理部 AK（Akatsi-Aflao）公路项目经理。AK 公路项目西起小镇 Akatsi，东到多哥边境城市 Aflao，是西非国际公路的重要组成部分，是连接西非共同体重要的国际通道。AK 公路项目也是中国地质加纳经理部施工的第一条非洲发展银行出资的规模较大的高等级公路项目，总标价近 6000 万美元，分两个标段 LOT1 和 LOT2，后调价变更合同额总量增加约至 7000 万美元。

这个项目位于加纳和多哥边境，面临诸多困难：边境人员构成复杂、违法严重、偷盗猖獗；当地员工因受工会控制罢工频繁；施工区沼泽地较多、雨季期漫长；该项目设计和监理同为一家公司，设计力量薄弱，道路设计临时更改频繁，造成施工顺序相对混乱……

刚接手 AK 公路项目 LOT1 标段时，工期严重滞后，三十六个月的期限仅剩四个多月，剩余工作量却还有工程总量的 24%。虽然已经积累了几年海外公路工程管理经验，李川还是小心翼翼、谦虚谨慎，在时间紧迫任务繁重的情况下，顶着压力想办法。他针对这个项目存在的不同问题和具体情况，多方求证、主动沟通、对症下药。既要提质增效降成本，又要研判应对突发事件以提升施工速度。他明白“打仗靠士气，将军靠补给”，做工程一定要“三分干，七分算”。他狠抓土料石料场投入产出，狠抓混凝土预制件厂及沥青拌和站对现场施工的补给调度工作，按成本计划及实际产量做出奖惩激励制度。同时，他也非常注重丰富员工们的业余生活，合理施压也合理减压。此外，他主动带队与监理团队沟通设计施工工艺和技术难题，注重与监理和业主的往来书信沟通，注重信函文档管理和现场施工取证，解决问题的同时也提高彼此的信任度，尽量减少矛盾误会。他还大胆组建高属地化管理团队，特别是重点培养本地高级员工，努力实现项目管理层及高级员工的属地化，树立企业在当地的良好形象。

通过一系列行之有效的施工管理措施，整个项目部从上到下，都像鼓满风的帆船，齐心协力把工期拼命往前赶。

终于在 2011 年 11 月，AK 公路项目 LOT1 按期完工，顺利通车。

次年 2 月，AK 公路项目举行竣工剪彩仪式，加纳前总统马哈马亲自参加剪彩典礼。AK 公路项目得到了加纳路桥行业内的高度赞扬，当地各方都对整个 AK 公路项目如期高质量完工表示满意。中国地质加纳分公司 AK 项目部在最后冲刺阶段所表现出的惊人进度及规范化管理，让加纳业主及监理公司表示钦佩。后来，这条公路成为加纳的样板公路。李川也因此被中国地质加纳分公司评为优秀项目经理。

针对 LOT1 标段存在的遗留问题，李川开始了漫长的 FIDIC 索赔文件（《土木工程施工合同条件》）准备、信函取证、现场取证等，充分与监理和业主进行沟通协商，最终于 2012 年 3 月成功获得赔偿。

2012 年初，李川又接手 AK 公路 LOT2 标段，任项目经理，超额 30% 完成了年度任务指标。同年被评为中国节能 2012 年“先进工作者”。

2012 年 10 月，正在项目施工推进得热火朝天的时候，意外突然发生了。国内传来消息，李川的父亲确诊肝癌。可是现在项目正在关键的赶工阶段，李川必须稳定住情绪，不能耽误工期。夜深人静的时候，想着重病的父亲，他心如刀绞，彻夜难眠。他是独子，父母年迈，养育之恩还没有报答，父亲就病倒了，还有很久都没有见上面的妻儿……面对家乡的方向，他满心的愧疚，忍了很久的泪水还是止不住地流下来。

制定好施工计划、安排好任务，李川坚持到父亲做手术的前一天才回国。陪着父亲做完手术，李川在医院守护了父亲二十八个日夜。父亲是老党员，更是个坚强的人，每晚听着父亲由于疼痛而发出的轻声呻吟，李川知道，父亲一定是忍耐到极限了。李川的泪水抑制不住地流下来，他害怕父亲看到他的眼泪而难过，于是，背转身，擦干泪水，调整好情绪，跟父亲讲了很多非洲有趣的见闻，讲自己的成绩和理想。良好的治疗和陪伴，让父亲各方面都恢复得很好。父亲出院后，语重心长地对他说：“你在我身边伺候这一个多月，你每天照顾我，哄我开心，也是尽孝了，听到你讲海外事业和成绩我心里很知足。你心里不要再有压力了，休息休息就准备回去吧，一线更需要你。”

回到非洲，李川带领项目组的同志们继续赶工期。

2013 年 11 月，中国地质加纳分公司为改变加纳和多哥边境一直以来存在的治安环境差、秩序混乱的状况，自行设计加纳边境海关和移民局扩建项目并提交业主及非洲发展银行报批。最终为加纳分公司新增签订 660 万美元合同额作为 AK 公路项目的附加项目，资金全额由非洲发展银行出资，美元支付，新增工作量为 AK 公路项目提供了新的营收和利润增长点。

2014 年，刚好是李川在非洲的第十年，因为雨季施工难度大，白天加黑夜两班倒地抢工期，才勉强赶上进度。李川作为项目经理，神经一直紧绷着，由于长期疲劳且休息不好导致免疫力下降，最后终于熬不住了，得了疟疾。要知道在这之前，李川从没有生病过。同事们都说他是累倒的。

这次病倒之后，李川的体力和免疫力下降厉害，他在以后的两个月里接连得了好几次疟疾。疟疾引起高烧，进而意识模糊，而接连用药（奎宁、青蒿素、青蒿琥酯以及抗生素药 4 种并用）导致李川双耳失聪。后来他看着英语诊断书和药单吓了一跳，上面写着奎宁单次注射就用了 0.9 克。（奎宁的一般用量是每次 0.5 克，超过 1 克奎宁可能会导致死亡。）

李川调侃自己能扛过来是因为医生敢大胆用药，而且用量掌握得恰到好处。要知道那个时候如果不用这个量，很难短时间控制住疟原虫。医生必须用大剂量的猛药才能把疟疾压住，防止反复。

2015 年 8 月，李川被派往喀麦隆项目部接任总经理。喀麦隆项目部的北部桥项目面临巨大的施工难度和政府收欠款难度。经过近一年的努力，李川成功收回北部桥 800 多万元合同欠款。

自从得了疟疾以后，李川的身体状况一直不是很好，由于用药量大而伤到了肝肾。工程完工之后，丰年安排身体虚弱的李川回国调养。李川在家，每天坚持学习太极拳、开始长跑，希望早日将身体养回健康的状态，再回一线。

中国地质确实是“天高任鸟飞，海阔凭鱼跃”的大舞台，在这里，人生的阶梯没有上限。李川理解并深刻地体会了这一点，所以，他最大的梦想就是像那些老一代的前辈一样，在海外努力奋斗，做一个为国家为公司创造价值的人。

李川刚刚进入不惑之年时，他迷茫过，失落过，焦虑过，唯独没有后悔和退缩过。实现公司“上为国家做贡献，下为员工谋福利”的梦想就是他的最高追求。这梦想在远方，在海外，他时刻做好重返海外工作的准备——去接近和实现自己最终的梦想。

李川的儿子在学校给老师和同学们说：“我爸爸在非洲修了很长的路，架了很多坚固的桥，我爸爸参与了‘一带一路’建设……”小家伙说这些话的时候，满脸自豪，腰杆挺得直直的。

李川说：“虽然我现在在国内工作，但是我坚持认为我迟早还是要去海外工作的。我夜里时常醒来，恍恍惚惚地觉得自己就在埃塞俄比亚的工地上，又像在加纳阿卡奇的营地中，又像是在喀麦隆驻地的房间里，缓过神来，才意识到是在北京。我很想念一起在海外工作的弟兄们……”

中国地质海外分公司，以各种不同的方式与表情，影响着曾经在那里工作生活过的每一个人。

撒哈拉沙漠漫天的沙尘，吹到回忆里却变成了柔软温暖的丝丝细语，各个村庄泥路上卷起的尘土，掀到梦里就是频频的无声召唤。那些苦和累的过往，留在脑海和心里的，变成了一首永远忘不了的歌。那里的山，那里的水，那里烈日当头的白昼，星辰满天的夜空，以及散发着撒哈拉沙漠粗犷气息的往事，都深深地镌刻在所有中国建造者的心里。那是中华民族对人类的赤诚奉献。用青春和血汗铸造的工程，永远见证着中国与非洲人民的友谊。

“非洲，确实太苦了！”李川长叹一声，他说有的同事在海外一干就是几十年。他能列出一长串海外经理们的名字，他说他们是中国地质海外事业的脊梁，是力量，更是榜样。他们就是用一生把这项事业做到极致的工匠，他们的精神就是大国的工匠精神。

非洲生活是很艰苦的，但是往往那样的环境，才能结下最真的友谊，产生真正的信任。从开始闯非洲到现在业务的不断拓展，采取经营承包责任制的激励制度，都是在探索能够继续让中国地质海外事业发展下去的道路。当然，更重要的是中国地质人的情怀——对中国地质的认同感和深厚感情，这种情怀是中国地质的“软实力”。这种情怀，直接影响一代又一代中国地质人的价值观。

远方的梦，无时无刻不在向李川发出召唤。“上为国家做贡献，下为员工谋福利”犹如钟声长鸣，在李川耳畔回响，催他不断地奋进！

2021年底，李川被派往中国地质菲律宾分公司任职副总经理，在那里遇到了十年前曾经跟他在加纳AK公路LOT1项目工作过的菲律宾路桥工程师Oscar。这位年近六十的工程师，已经为中国地质服务了近二十年。

当他再次见到李川时，老工程师激动地流下了热泪。是啊，人生能有几个十年？十年前，他们一起在非洲修路架桥。十年后，竟然又重逢菲律宾，他们还是在为人类修路架桥。

从非洲到东南亚，世界虽大，却也很小。人生十年，不断辗转，李川也只不过是换个地方继续奋斗，初心不改，方向不变。

中国地质人，在异国他乡的城市、乡村、沙漠、高原、雨林，在此岸与彼岸，在山与海之间，依旧做着修路架桥、打井供水等造福人类的项目，朴素却充满力量，他们一代接着一代，砥砺前行！

第3节　有志年轻人

十年前，丰年曾说过，要寻找一批志愿扎根非洲的有志青年，将这批能够把个人理想与事业结合在一起的年轻人，组建成一支志同道合的高素质经营团队，身体力行地推动中国地质和非洲经济建设事业的发展。

丰年当年已经看到加纳国家乃至整个非洲的市场，资源丰富，前景广阔。把握这个市场，关键还是人，如果有合适的新一代有志的中国地质年轻人，将会大有作为。李川无疑就是这样一个能把个人理想和海外事业结合在一起的年轻人，当然还有王安怀、阳世坤等人。

王安怀现在已经回国任职于中国地质上海公司。这位1987年出生的年轻人在加纳分公司工作时，正好遇到加纳政府债台高筑、付款困难之时。那时，加纳政府欠中国地质加纳分公司最久的欠款，已经长达八年，其他的欠款也普遍在四年以上，况且新的欠款还在不断地增加。在公司领导的大力支持下，王安怀发挥了财务工作者的智慧和灵敏，以债务重组的方式与加纳政府不断谈判、协调、沟通，最终和加纳政府达成了协议，收回了所有欠款，大约 4000 万美元。

另一位就是现任中国地质加纳分公司的总经理阳世坤。

阳世坤 2010 年到加纳，最初是做项目协调员。他在工作中逐渐凸显出极强的管理能力和极高的技术水平，然后，陆续升成项目经理、总经理助理、副总经理。2017 年初丰年退休之后，阳世坤被中国地质任命为加纳分公司总经理。

近几年，国际社会动荡，货币通胀严重、加纳货币快速贬值。大国博弈，互有胜负，小国只能坐以待毙。而中国地质加纳分公司，因为项目部分付款是当地货币，贬值严重，油价大涨，增加了建设成本。阳世坤面对眼前的困难，调侃道："人生中只有一天是轻松容易的，就是昨天。"他能把困难当作考验能力的标尺，将工作当作艺术进行雕刻。

库马西市位于西非加纳国中部，是阿散蒂省省会，优越的自然条件和处于加纳心脏地带的极佳地理位置，使其成为加纳的花园城市、经济中心，是连接加纳东西走廊及南北通道、直往中北非的交通和贸易枢纽。加纳在 2009 年底发现了海上石油，使整个国家的经济开始走上了高速发展的轨道。于是加纳政府大力推进道路网络等国家基础建设，促进交通物流和经济发展。

阳世坤介绍，苏亚尼道路重建工程项目就位于库马西市区内，主体包括两座立交桥（索芙兰立交桥和 KATH 立交桥）、5 个下穿通道及 11 公里双向六车道配套市政道路建设，道路工程，桥梁工程，人与非机动车系统工程，排水、交通、照明及景观工程等，是综合性的大型市政工程。一期项目包含 1 座大型立交桥（索芙兰立交桥）、5 个下穿通道和 6 公里配套市政道路建设，总造价近 1.3 亿美元，已竣工；后增加的二期项目包括 1 座立交桥（KATH 立交桥）、7 公里配套市政道路、4 公里配套支线道路等，造价约 5100 万美元，目前正在执行中。

一期和二期全部由加纳政府财政出资，是加纳建国以来规模超大的政府出资土木工程项目之一。在地处偏远又不算富裕的西非加纳，承建这样一个庞大、复杂、高价的项目，难度可想而知。

加纳分公司的团队历时十五年，不但圆满漂亮地完成了一期工程，还留下了许多跌宕起伏的精彩故事。

第4节 历久弥新的库马西

加纳分公司的发展和其他中国地质分公司一样，也是一步一步发展壮大崛起的。每一个前进的步伐，都深深铭刻着艰苦创业的不易。

中国地质于1997年进入加纳市场，从老本行——地质勘查、打井供水开始起步，数年下来，在加纳各地累计打了近千口水井。当时，仅有三家中国公司进入加纳这些行业，相较主要竞争对手欧美公司，中国公司具有物美价廉的优势。加纳分公司显然是捷足先登，提前争取到广阔的发展空间。因此，分公司的业务和规模不断发展壮大。

丰年的到来，是中国地质加纳分公司事业的转折点。

丰年不仅是位敢拼敢打硬仗的汉子，也是有思想有智慧的海外老将。工作生涯中，有过在尼日利亚打井和在香港做工程的经历，也有过任乌干达项目经理和马达加斯加项目部经理的成就。

他曾经说："在海外多年，我把经手的工程都当作科研项目做，不只考虑合同额、营业额、利润等指标，更看重专家评审、科学评价的最终成果……"

2005年3月，中国地质将丰年调到加纳项目部任经理。2007年成立加纳经理部（后改称加纳分公司）后，丰年任总经理。

丰年初到加纳时，加纳项目部每年只有几十万美元的合同额，丰年到加纳后的第二年也只拿到了一个58万美元合同额的工程项目，他把这个项目定名为50项目。当时他就定好了以后项目的规划：第二个项目名称叫500项目、第三个项目名称叫5000项目，连续三年合同额每年要翻10倍——这是他的目标，也是分公司发展的方向。当时加纳项目部只有3台钻机，8个中国人，家底微薄。其他人对他提出的"50-500-5000"项目合同额目标表示怀疑，但是令人难以置信的是，这些目标竟然在接下来的三年内超额实现了。

从2007年分公司成立开始，业务范畴就开始不断扩大。由先前的打井供水、建设水厂，到后来的房建、市政道路、高速公路、大型立交桥建设……诸多项目到处开花，高峰时，中方员工近200人，加纳籍员工1000多人。分公司的办公楼，坐落在加纳首都——阿克拉繁华地段。办公大楼设施齐全配置合理，实用高效，中外员工衣着整齐，密切配合，全力以赴，无一不彰显着中国地质企业欣欣向荣的朝气与活力。

从最初的小规模合同，几十万美元的打井项目，一下发展到几千万上亿美元的大型路桥项目，其中就有最大、最重要、最有意义的项目——库马西市苏亚尼道路重建工程项目。它签约于2007年，后来贯穿了加纳分公司过去到现在十几年的发展历程，直到今天仍在做后续的二期工程。

2007年上半年，加纳政府公开招标，要在加纳第二大城市库马西市内建两座立交桥及配套的市政公路。项目规模很大，全部由政府出资。当时的加纳工程市场，主要竞争者为意大利、以色列以及英国等数家欧洲公司，中国企业则有中铁、中水、中国地质三家大公司。竞争大，挑战性也很大。不用说，这么大的国际工程，各家都翘首以盼，谁都希望自己的公司会是那个落地签字的赢家。

中国地质加纳分公司也激动起来，丰年更是情绪激荡，顾不上休息，连忙召集大家开会，研究库马西项目的丰富内涵及光辉的外延。

库马西是加纳第二大城市，拥有200多万人口，位于国境中南部，坐落在夸胡高原西南麓，地理位置构成加纳经济重心的三角形地区，铁路相互通连。库马西是加纳的重要文化城市，市内建有著名的国家文化中心，内有露天剧场和收藏各种传统的编织、雕刻、刺绣和精制陶器的手工艺品陈列室。

面对这一重大机遇和抉择，分公司经过数次会议，充分论证，权衡利弊。该项目的主要挑战在于项目规模大、难度高，以及政府付款的保障性差。另一方面，分公司刚刚做完特码市的一个小型路桥项目，积累了一定经验，在信誉质量及企业形象等方面，影响及口碑都非常好，公司发展势头有冲劲。再者，加纳经历世纪初的债务豁免后，国家经济发展进入了蒸蒸日上的黄金期。最重要的一点是，时任总统库福尔，是库马西人，他对项目的重视和推动饱含着其对家乡的一片深情，此外库马西还是前联合国秘书长科菲·安南的出生地。

综合考虑之后，丰年决定参与竞标。

令人意外的是，大部分欧洲公司因为忙于在建项目或对政府项目有顾虑而没有参与，只有少数几家公司过来投标，竞争减少了许多。最终，中国地质以最低价中标，合同额约 8000 万美元。项目主体包括两座立交桥（接四条道路的全互通立交桥索芙兰桥及 Komfo Anokye 桥）、五个下通道及周边四条配套道路建设，是当时加纳建国以来较大型的土木工程项目之一，设计及施工内容包括道路工程、桥梁工程、人和非机动车系统工程、排水工程、交通工程、照明工程及景观工程。

幸福来得太突然，分公司全体人员都开心得不得了。在中标的喜庆欢乐气氛过去后，项目部开始建立并准备开工时，突然发现这个项目中的重点工程——索芙兰立交桥的原设计单位——丹麦设计公司提供的方案存在着很大的缺陷：他们的桥梁设计是扩大基础，不需打桩，但是现场实际地质情况并不能满足施工条件，后来才了解到，丹麦公司设计时并未做详细地勘，他们在完成设计方案后也已经离开加纳。

项目刚开工就遇到这种情况，面对图纸几乎无从下手。因为工期延误，项目部和监理都很着急，互相挑毛病，一方指责图纸存在问题，另一方挑剔设备人员不足。双方矛盾尖锐。

分公司上上下下，由原来热气腾腾的场面一下子陷入冰冷的低谷。“难怪那些西方公司都不来竞标，没准他们知道底细的。”

“我说呢！西方国家是知难而退的吧？不然，这么好、这么大的工程他们能不来？”一时间，众说纷纭。

可是既然中标了，天塌下来也得撑着，说什么都没有用。关键是要找到一条出路，想办法帮助监理和业主修改方案。那段时间，丰年带领管理层天天开会到深夜，商讨解决问题的办法和对策。他面对项目建设初期就处于停滞的状态，内心比任何人都焦虑。

丰年跑遍加纳的大街小巷，也没有找到合适的设计院，加纳当地根本就没有公司具备这种设计能力。而中国地质加纳分公司本身是施工单位，也不能设计。怎么办？再去找外国设计公司？欧美设计公司愿意来非洲的不多，条件苛刻，费用高昂。面对这些情况，业主可能会纠结甚至取消合同，重新来过。

经历了一段时间的痛苦挣扎，丰年提出了一个大胆的创新方案——找中国设计公司重新设计。那时候的中国正处在“走出去”的浪潮下，不少中国公司充满激情和动力；再者，中国公司设计成本要远远低于欧美公司；最关键的是沟通方便。选择中国公司，是最好不过的方案。可是，加纳政府能同意吗？

一直以来，欧美对加纳的影响根深蒂固，包括教育体系和国家标准，加纳都是追随欧美。在业主心里，设计恐怕怎么都不会想到中国。而且由于长期接触 BBC、CNN 等西方媒体的宣传，他们心中的中国还是个保守、落后、贫穷的国度，欧美诸国才是他们崇拜和向往的开放、先进、繁荣的人间乐园。

果然，提议上报后，业主和监理都持否定态度，他们强调加纳一直都采用欧美的设计规范和标准，从来没有中国设计院在加纳设计过大型路桥项目，这样的重点工程设计任务实在难以让人放心。但是，在丰年的坚持和几次商务谈判下来，他们感到了中国地质的真诚和信心。特别是丰年提出，由中国地质出钱，邀请业主和监理到中国去走访参观一趟，了解一下中国的城市基建水平、路桥设计和建设能力究竟如何。“耳听为虚，眼见为实”，如果实地考察后他们仍然心存疑虑，那么可以放弃；如果确实可与欧美媲美，就请给中国设计院一个机会。丰年如此表态，业主和监理已无法再推辞，他们也有了兴趣去亲眼见识一下当代中国的发展风貌。

2008 年初，丰年和加纳交通部、公路局以及监理公司等相关人员飞往中国，实地考察中国桥梁设计企业。

彼时，中国正值雪灾，南方大部分地方都是白茫茫的大雪，给行程带来了诸多不便。但是丰总信心满满，这种信心来自中国改革开放后经济和现代化建设的飞速发展，来自各大城市翻天覆地的变化，来自焕然一新的都市面貌。

从首站落地广州开始，来自加纳的客人便被中国的现代城市建设和繁荣景象所打动，他们满是惊叹。他们从来没有听闻或想象过中国是如此发达，更没有想到中国城市的文明程度之高及现代化气息之浓。或许，这是他们第一次领略东方文明大国的魅力。千万人口的都市，鳞次栉比的高楼，车水马龙的路面，一辆辆车，从不同的方向汇入大型多层立交桥中，然后，秩序井然、川流不息地向远方驶去，这一切让这些外宾不停地赞叹、感慨。

广州之后，接着考察武汉、成都、北京，这一路让来自加纳的客人们大开眼界。他们说来一趟中国，像是做了一场美梦，甚至做梦都没有想到，中国是如此的发达，如此的现代和魔幻。

其实，丰年自己也不知道国内哪些桥梁设计院有实力。他凭借着自己的判断和平时掌握的信息，在网上搜索了几家国内专业大型立交桥的设计公司，记下几家设计院的地址和电话，就组织了“加纳库马西项目考察组”来实地考察参观了。

丰年一边带着团队寻找相关设计院，一边给他们介绍中国的风土人情和发展历程。中国的山清水秀、车水马龙、万家灯火……完全颠覆了加纳一行人的想象。这一路，他们走到哪里就赞叹到哪里。“了不起了，中国！”“真都没有想到，中国原来是这么繁华。”此番中国之行，令他们大开眼界，更主要的是让他们重新认识了中国，也让他们对中国人和中国公司的气度和能力有了充足的信心。

在中国目睹了大量宏伟的路桥工程后，业主和监理高度认可“中国设计”，经过对数家中国专业桥梁设计院的实地考察和座谈，他们被中国工程师们的认真、敬业及对到非洲工作的兴趣和信心深深打动。最终，加纳来宾们决定引进中国桥梁设计院来进行设计，推动项目开展。

通过单独招标，加纳交通部选定由中铁大桥勘测设计院作为索芙兰大型互通立交桥地质勘测、设计方以及与当地 ABP 公司进行项目的合作监理。加纳政府及业主同意该项目运用中国现行桥梁设计规范进行设计。这是加纳历史上首次出现立交桥采用中国标准与规范进行的勘测、设计、施工及监理的范例。

该立交桥是当地首座根据中国标准设计、依靠中国技术施工、采用现代预应力技术的大型立体交通工程，也是加纳乃至西非最大的立交桥。

此次中国标准的引入使加纳建筑业焕然一新。项目结束后，中国部分桥梁标准被写入加纳规范，这是我国在非洲开展承包工程以来非常罕见甚至绝无仅有的。谁制定规则谁掌握市场，多年来欧美标准称霸加纳市场，使中国广大承包商吃亏遇阻情况严重，这座桥建成后将成为加纳乃至“西非第一桥”，对于树立中国形象、输出中国技术和标准意义重大，为未来更多中国桥梁公司来到加纳承接工程奠定了坚实基础。

中国地质在立交桥桥梁主体建设中，充分发挥自身的商务平台和整合管理优势，引入了数家国内专业施工队伍。整个立交桥设计和建设过程中运用了中国设计标准、中国设备和施工工艺（数项属加纳首次），并大量使用中国的预应力体系等先进技术和建材，实现了设计标准、施工工艺、设备材料和管理文化的输出，这些中国高科技含量元素的输出不但提升了项目的质量，更提升了加纳政府和百姓对中国形象的认知与好感。对于加纳分公司而言，通过桥梁的新设计也实现了工程变更，增加了一些科技含量高价格也高的工作项，提高了项目利润，实现了社会效益和经济效益的双丰收。后续更是引出一系列追加变更和新增工程，成为加纳分公司历史上延续开展十余年的重要项目和收益来源。

项目的核心索芙兰立交桥采用全苜蓿叶互通形式，共有 2 条主路、8 条匝道、8 条人行通道。主体工程共计桥墩 67 个，承台 87 个，桩 254 根，钢筋混凝土箱梁 5 联，预应力钢筋混凝土箱梁 12 联，钢筋钢料 6000 余吨，混凝土近 4 万立方米。在施工过程中，桩基检测、预应力混凝土、连续箱梁等相对较先进的桥梁建造技术被首次引进到加纳，业主很感兴趣，对中方技术人员的技术水平和敬业精神给予了高度评价。

这座大型立交桥，犹如一部写满中国传说的史话。它的每一道程序，每一粒沙石，每一幅图纸，都凝聚着中国地质人的心血、汗水和智慧。难怪有人说：“到海外，你才会真正感受到什么是中国地质。”

加纳分公司圆满完成索芙兰立交桥的整个建设任务，干出了中国人的志气，体现了中国人的脊梁。

历久弥新的库马西项目，它有多曲折，就承载了中国地质人多少的艰辛努力；它有多壮美，就凝聚了中国地质人多少的心血智慧。

难怪所有加纳分公司的人都不停地说着“库马西”“库马西大桥”“库马西项目”，这真是一个百听不厌的名字，也是一个百看不厌的项目。一代代的中国地质人，将一茬又一茬的青春年华注入了项目的工程建设。

第 5 节　谁感动了谁

我第一次见到阳世坤的时候，是 2021 年 10 月份。当时他刚回国结束隔离不久，这是他自从 2020 年 2 月出国赴加纳后，第一次回国休假。他也是分公司轮换回国休假的最后一人。他说：“这两年大家都很不容易，加纳复航后，我让其他同事先回来休假、打疫苗，我负责站好最后一班岗。”他介绍了加纳的疫情和工作开展情况。

新冠肺炎疫情期间，加纳当地经济条件和医疗条件都很有限。2020 年 3 月加纳出现了第一例输入病例之后，几拨疫情发展凶猛。人口 260 万人的首都阿克拉，曾单日确诊超千人，并有数位华人因感染新冠离世。2020 至 2021 年是加纳新冠肺炎疫情最严重的时候，人心惶惶。

2020 年 5 月，加纳分公司在建项目——TP60 医院项目工地的一次员工抽查，50 人中查出 8 名当地阳性患者。其中，竟然还有几名和中方员工经常接触。疫情初期，大家对新冠病毒不了解，听到这个消息，如临大敌。

消息传到国内，中国地质的领导们也坐卧不宁。视频电话、专题会议、研究应急举措等工作密集开展。阳世坤清楚地记得，当时孙锦红董事长和胡建新总经理分别和他通话、视频，问候海外员工。大家知道公司领导正在想方设法帮助他们抗疫，很快稳定了慌乱的心绪。

后来，分公司快速采取措施，将中方员工团队撤回首都阿克拉进行隔离和检测，结果全部为阴性。阳世坤才算真正地松了一口气。为了安全起见，所有撤回来的中方员工继续留在阿克拉，对项目进行远程指挥和管理，现场施工由项目上的当地员工团队和分包商等负责执行。

阳世坤感慨道：“既有疫情的巨大威胁，又有追赶在建项目工期的压力，真是如坐针毡。”幸好有属地化工作经验积累，让当地员工团队承担起了重任，尽最大可能挪出时间让中方员工封闭或隔离。每减少一次外出就能够减少一分风险，全力响应了公司指示：“保护中方员工百分之百的安全。”

属地化管理在某些方面虽然具备一定优势，但毕竟还是中方人员更有工程管理经验。到了下半年修建道路和项目收尾期间，需要富有经验的中方员工前去监督指导。面对距离遥远、中方员工已离开数月、每月不停检测出当地新病例的项目工地，人们出现畏难情绪是正常的。

阳世坤试探性地询问王彬、莫永生、顾振辉、卡斯特（菲律宾籍）等四名道路施工相关负责人的意见，他们竟一口答应，而且积极准备，带着大包的防疫物资和自热米饭即刻出发，勇敢而顺利地完成了任务。他们没有犹豫退缩，没有讨价还价，为所有人做出了表率，为公司做出了积极贡献。他们毅然前往的精神令人敬佩，回想起当时的场景，阳世坤仍然心怀感动。

实际上，项目部的员工们在积极应对防疫和复工复产两大挑战的时候，阳世坤在首都阿克拉也肩负着几项重任——市场开拓（二期项目价格谈判和签约）、索赔谈判、应收账款追索等。这几项任务对分公司的业绩和未来发展有着重大影响，却偏偏都在2020年疫情暴发后进入最关键的阶段。国内总部对境外防疫的要求非常严格，分公司在首都总部的中方人员和当地员工都是隔离居家办公。但是由于谈判新合同、索赔和追欠款的工作需要，必须有人经常外出开展商务活动。特别是拜访业主的局长、大司长、部长等高级官员时，对方都要求面谈。

阳世坤，这个三十多岁的总经理，深感自己肩上的担子沉重。他作为负责人，不希望自己的员工发生意外。万一出去感染上新冠病毒怎么办？万一发展成重症怎么办？怎么给公司交代，怎么给员工的家属交代？

阳世坤是有多年海外经验的有志向、有信仰的年轻人。在当前疫情肆虐、前景不明、航班停飞的情况下，他心里清楚明了，这种关键的时候，要想将商务工作及时深入地开展下去，只有一人合适——他自己。身为总经理，是整个团队的带队人，面对困难就要挺身而出，先员工之忧而忧。决心已定，剩下的就是执行。

阳世坤自己开车独往各个部门进行商务会谈。每次外出，进入各部委、监理公司、银行等办公楼大门之前，他都要先做一些心理建设。因为走进那些门后，就时刻面临感染的风险。有的时候多人同处一个等待室或会议室时，当地人不戴口罩大声说笑，阳世坤因为戴口罩、面罩、手套等，还会受到别人的歧视和嘲笑。阳世坤也没有办法，他没有接种疫苗，属于“裸奔”，只能在力所能及的范围内，做好自我防护。回到住地后，他也有意进行自我隔离，尽量少和他人接触，避开当面交流，吃饭一律错峰并拿到自己房间。

定期做核酸检测的时候，等待结果的时间总是漫长又难熬，甚至不想接医生的电话，因为害怕听到不好的结果。有时候身体因为劳累而略感不适，也不敢多想，只能自我安慰祈求安然无恙。

皇天不负苦心人，最后几项工作都取得了圆满的结果。

2020 年 8 月 5100 万美元的二期项目合同顺利签约；2021 年 5 月近 700 万美元的索赔账单完成确认；2021 年 7 月收到了财政部安排的特别付款，约 1800 万美元，将加纳分公司当时的包括索赔账单在内的各个项目所有欠款全部付清。阳世坤心里终于踏实了，也万幸没有被感染，他在 2021 年 8 月回国休假。

回国后，阳世坤是这样回忆那段时光的："面对一种未知的全新病毒，又身处非洲国家这样医疗条件相对落后的环境中，心中当然害怕，但是相比于害怕疫情，更害怕的是错过机会，完不成任务，不能给公司和团队交代。"他说国内总部对他及加纳分公司寄予厚望，前几年因为欠款问题业绩不佳，公司领导和各部门仍给予他充分的信任和支持，所以，无论遇上什么困难，他都必须勇敢面对，不断突破，取得成绩。这样才不辜负领导的信任、团队的支持。

阳世坤还说："疫情下，很多国家情况都一样严峻，做项目都遇到很大的困难，相信很多同志面对的挑战更大、做得比我更好。这是中地精神的一种体现，我们讲的长期扎根就包含了在极端困难的情况下，不放弃不撤退的精神。以前一些非洲国家发生战乱，中地都没有撤，熬过苦难等来曙光，就像刚上映的电影《长津湖》里的志愿军战士一样，靠精神、韧性、坚持去完成了别人做不到的事情。"中国地质的文化内涵及"五种精神"到底有多深邃，多奇妙，只有见过中国地质的员工，看到他们的行动，听到他们朴实的语言，才能够深切地体会到其中真正的意义。

中国地质人分散在世界各地，每个人都像一粒火种，像一束光，点燃和照耀所在的岗位、所处的地方，推动企业不停地向前迈进。

这次新冠肺炎疫情也是这样，大多数中资和外资工程公司都已停工，或撤走。面对其他公司的大撤退，乐观幽默的阳世坤笑着说："我倒是要谢谢他们给我们‘创造’的机会，因为某种程度上对资源的竞争少了。中国地质没有退缩，克服困难，坚持开工并同业主监理保持密切交流，最终工作圆满顺利完成。”

这真是带泪的兴奋，别人撤走留下的空间，成了中国地质人施展武艺的大好天地，只是其中诸般滋味与多维智慧，令人感动，更让人无限感慨。

第6节 流水不争先

作为加纳分公司的第三任负责人，阳世坤继承了前任的事业基础和优良传统，但并未全盘沿袭他们的管理方式。毕竟时代在前进，他需要不断进行甄选和辨别，批判性地继承。他通过思考、总结、挖掘和利用不同类型项目的特点，做好施工工作的同时，综合政治经济形势，将潜在效益最大化，比如政府项目的各类变更、调价、利息索赔，以及充分利用合同条款，维护分公司的权益，把政府付款拖延的问题转化为合理停工索赔，弥补损失。

毫无疑问，中国地质加纳分公司的代表作——最大的路桥工程项目库马西大型立交桥，既是库马西城市的地标，也会成为历久弥新的经典之作。

当大家纷纷赞美库马西项目，赞扬中国地质时，阳世坤却很清醒：“做工程就像是遗憾的艺术，永远没有完美，但是发生错误后，要不断复盘和总结。像我们这样从事国际工程的公司，最大的浪费，不是金钱的浪费，而是经验的浪费。”

他话锋一转：“在这点上，我们中国地质做得还不错，即使存在遗憾，我们都会交流学习，修正并填补遗憾，甚至让遗憾成为今后的优势。”

前任领导丰年给分公司打下了坚实的基础，阳世坤不但继承，还在发扬光大。长期扎根非洲的丰年，当年总是不忘记节假日走访拜访一些老朋友，从没有因为哪个人退休而厚此薄彼，即使某些先前的官员已不在岗位，哪怕是属于“在野党”，他都会亲自前去问候。中国地质的文化是传播根植真诚与友谊的，不是浮光掠影的市侩文化。所以，阳世坤也用心维护和老朋友们的友谊。比如新冠肺炎疫情暴发后，他第一时间想到的，是帮助一些当地老朋友们。他优先给很多退休的老朋友们送口罩，他觉得给年纪大的退休朋友，雪中送炭更符合防疫实际和中地文化。他的举动，不光为自己，也为中国地质收获了许多的感动和赞叹。加纳也由此看到了不一样的中国承包商——一个追求长远的中国地质——厚道为人、有情有义的中国央企形象。

企业员工属地化，也是阳世坤发扬丰年工作经验的亮点。疫情后加纳分公司中国管理人员只有不到20人，而当地员工400余人，很多还担任要职。在加纳，人才选拔范围广，资源多。当地人热爱学习，有不少欧美名校的毕业生，分公司就聘用了两名英国海归硕士。

阳世坤认为中国企业要想真正实现国际化、做大做强，属地化管理是必由之路，也是衡量一个企业管理水平的标准。

加纳分公司的属地化管理虽然还不能和欧美公司比，但在中资企业同行中还算不错的。分公司也确实体会到了很多属地化管理的好处：大量外籍员工都在中国地质工作十年以上，他们长期稳定地为中国地质服务，认真忠诚，工作积极，同时具有熟悉当地风俗、沟通无障碍、管理成本低等特点，有很大一部分员工成为核心骨干。特别是新冠肺炎疫情暴发后，他们的存在将疫情带来的影响降到最小。在很多中资企业被迫停工时，中国地质还一直正常维持着项目施工和公司运转，这与属地化管理是分不开的。

加纳分公司还有两名菲律宾员工，已在当地工作了十五年，他们的语言沟通能力、专业水平和职业精神深受中加员工和业主监理的认可和喜爱。

阳世坤说："属地化保证了我们的下限，而中方管理团队则决定着我们的上限。国际化的公司就要整合各个国家的资源，也许将来有一天，中国地质能够利用中东的资金、欧洲的设计、中国的管理、菲律宾的工程师和非洲的工人，一起在加纳合作一个项目，那该多精彩！"

中国地质的运作模式是责权利相匹配的激励机制，它鼓励人心，鼓舞斗志，给有志者无限辽阔的发展空间。阳世坤是推行和打造此类工作环境的智者，随着公司考核标准越来越全面和细化，他对自己和团队的要求也越来越高。

这些年来，非洲国家持续发展，阳世坤认为要用长远的眼光去看待企业的经营和面对的抉择，市场机遇和竞争环境变化迅速，要树立短期目标和长远理想，以应对瞬息万变竞争激烈的市场；要适应非洲的发展规律，做好自己，独立思考，真正把自己视作所在国的一分子，坚持自己的初心和价值观，坚持底线思维、多线思维和长线思维，相信企业利益、国家利益是不懈努力的果实，正如“流水不争先，争的是滔滔不绝”。

阳世坤秉承中国地质的企业特色，坚持实事求是的工作态度，勇于承担社会责任，一切以事实说话。在分公司力所能及的范围内，注重为加纳当地做公益事业，免费给当地修建学校、公厕、道路、水井等，还为地方村子平整场地、修建球场等。在与当地的酋长和地主打交道时，主动为当地社区排忧解难，做造福百姓的事情，而不是单纯与权贵要员往来。中国有句老话“种什么因，结什么果”，追求真善美应该是全人类共同的主题。中国地质在天南地北为各国人民寻找水源，修桥铺路，助力和建设民生工程，可谓是福大无边，功在千秋。加纳分公司也一样，为当地修桥铺路，盖医院建学校，可谓积德行善。

当地员工为自己能有幸服务于这样的中国企业而自豪，为中国人的品质而敬佩、感动。

2013 年 9 月下旬的一个休息日，库马西路桥项目的分公司自建营地内，乌云陡暗，雷电交加，好好的大白天瞬间乌黑，外面的所有人都慌忙往屋里跑，狂风骤雨立刻袭来。

那时候的住房是自建的平房，大家在屋内避雨休息时，突然听到夹杂在暴雨中的“轰隆——咔嚓，咔嚓——”的巨响，伴随着噼里啪啦的声音，接着又听到外边传来惊呼，大家都以为哪间房屋或墙体倒塌了。等到雨声小些，大家出来一看时，原来是营地背后的一棵直径两米、高十几米、枝繁叶茂的大树被大风刮倒在地上。它倒的方向非常神奇，让大家不住地感叹“真是万幸啊！”

原来，东南西北四个方向，其中有两个方向是中国地质加纳分公司的宿舍，还有一个方向是分公司的大食堂及仓库，如此极端的天气，人员全部都躲在屋内，只要大树往这几个方向砸来，后果将不堪设想。结果这棵大树恰好倒向了院外，只砸倒一片围墙，砸扁了几辆停在墙外的汽车。

一名当地工人看到现场的情况后，跪倒在地，在胸口不断画十字，嘴里喃喃自语。作为基督教徒，他觉得这是神迹，一定是上帝的安排，上帝保佑中国人，保佑中国地质，因为大家是好人，过往没有作恶，还做了很多善事，否则的话风向稍微变一点，就必然损失惨重了。

当然，这是一名基督教徒员工自己的理解和祈祷，但是那种诚挚地为中国人逃过一劫而兴奋的真情流露，让中方员工们也受到感动。大家都为能够躲过一场飞来横祸而高兴，也为能得到当地人的认可和祝福感到欣慰。

俗话说“创业容易守业难”，从阳世坤身上，我们看到年轻一代的中国地质经理们，不但努力传承前辈事业，更是用心守护精神家园，推动中国地质事业迈上新台阶，奋力谱写中国地质故事新篇章。

二十多年来，中国地质在当地做了那么多工程，不论规模大小和价格高低，都是保质保量、信誉过硬的工程。因为在中国地质人的心中，这些项目的建设不仅仅是单纯的商业行为，更重要的是要为当地百姓和社会带来一些发展、福祉和希望。中国地质在海外每个国家都是长期经营，只有真正用心、尽力，把民生工程干成民心工程，获得当地社会各界的认可和好评，才能行稳致远、基业长青。“为民生，得民心”，这既是中国地质人的情怀，也是中国地质的使命，更是中国企业长期发展的基石。

前赴后继的中国地质人，通过努力与奉献而打下的水井、修筑的公路、盖起的医院、建成的大桥，将会越来越多，他们用智慧和心血塑造的中地品牌形象，会让中国地质的名字和那些工程项目一样，傲然矗立于亚非大陆之上，不断绽放着中国地质“五种精神”的魅力和光芒，也持续散发出所有中国地质人青春奋斗的芬芳！

第七章　进军卢旺达

赶走荒凉，对抗沙漠
铺就绿色，战胜困厄
转头再追击，万顷蹉跎
横亘在前面的千山万水，是我的
智慧与匠心装点的江山，是我的
我，我们，都怀揣同一个信念
将地球缩于行囊，勇闯海角天涯
用国旗飘扬的喜悦抒写
用国歌豪迈的旋律耕作
无论多远，无惧颠簸，涉水而过
我是中国地质人——人类美好的建设者

2020年2月29日，朱兴辉离开首都北京，飞往卢旺达。

朱兴辉回国参加中国地质年终经济工作会议之后，在世界疫情局势紧张，人心惶惶的情况下，毅然选择离开年迈的双亲和妻儿，踏上返回非洲之路。

新冠肺炎疫情席卷全球。这时的中国，虽是千里冰封、万里雪飘的隆冬，却是全世界疫情控制最好也最安全的国家。按理说因为公务回国能和亲人团圆多待几天是情理之中的事，而朱兴辉选择冒险逆行，究竟为何？

国际抗疫风起潮涌，世卫组织（WHO）2月中旬称，非洲能进行核酸测试的实验室仅两个（塞内加尔和南非各一个），尽管世卫组织和其他国际组织加大援助力度，也仅仅将实验室总数增至26个。“不确定”意味着对疫情的“不摸底”，人们将无法准确评估非洲疫情传播现状及发展趋势。国际社会难以勾勒疫情对非洲卫生、经济、社会等各方面的冲击，也难以有的放矢地加以应对。

全球蔓延的新冠肺炎疫情也已经严重影响到了地处非洲中东部的卢旺达和中国地质中东非分公司所辖市场的其他国家。

面对这样人心惶惶的局面，别人不能理解朱兴辉的举动，而公司领导和家人却知道，非洲疫情形势越是紧张，朱兴辉在国内越是如坐针毡。他必须尽快离开北京，以最快的速度回到远在非洲的卢旺达，回到团队和战友们之间，与他们共同面对可能发生的一切。

第 1 节　难忘的布卡武

非洲，这片富饶而又贫瘠、美丽而又险象丛生的土地上，充满着种种传奇。但是，这里也有着让人望而生畏的各种流行性疾病。在所有流行性疾病中，最让人害怕的当数传染性疾病——埃博拉病毒。这种病毒比新冠病毒更可怕。当然，埃博拉病毒只是存在于少数国家和地区。

中国地质中东非分公司的总经理朱兴辉，就曾遭遇过一次直面埃博拉病毒防疫的应急事件。

分公司总部设在卢旺达首都基加利，业务范围覆盖卢旺达、刚果（金）、刚果（布）和布隆迪四个原法语国家。2018 年 6 月，中国地质中东非分公司开始执行美慈基金的布卡武供水项目。布卡武供水项目的业主美慈基金是一个专门在极其贫困国家或地区进行救助的非营利性的组织。

该项目位于刚果（金）东北部的南基伍省，布卡武作为刚果（金）南基伍省的省会城市，离首都金沙萨大概 1500 公里，离卢旺达首都基加利却只有 200 多公里，金沙萨和东北部的几个省份没有陆路交通连接，基础设施落后。这片区域靠近几国边界，政府控制力较弱，多国反政府武装常年在此盘踞，导致刚果（金）东北部的小规模冲突常见，经常会发生反政府武装突然袭击村镇的情况。

特殊的地理位置，让项目在执行过程中，每天都面临着突发的安全风险压力。朱兴辉及分公司全体员工对布卡武项目的安全管理特别重视，尤其是预防传染性疾病和应对经常发生的反政府武装骚乱带来的安全隐患方面，朱兴辉亲自指导如何应对发生的具体问题，做好了各种应急预案、安全措施及常态演练。

这些预案中，有很多与别的非洲地区不一样的措施和方案：比如密切保持与联合国维和部队中国维和指挥部的联系、密切保持与刚果（金）南北基伍省省军区司令部的联系，并取得日常施工生产时的军方随队保护等措施。这些措施都得到了很好的执行和落实。为此，几任中国维和部队刚果（金）分队队员成了他们的家人，南北基伍省的省长和军区司令也成了他们的朋友。

2018 年至 2020 年，刚果（金）东北部暴发第 10 轮埃博拉疫情。2018 年 8 月，埃博拉病毒传播进入了布卡武城区，因为布卡武与卢旺达陆路接壤，且人员交流非常频繁，导致卢旺达政府短时期内封闭边关，布卡武城也因为疫情的不可控性而封城。

2019 年 7 月，就在布卡武项目刚进入紧张施工阶段，一个关于埃博拉病毒传播的消息突然传来，再次打破了项目的平静——建设项目取水结构的基伍湖上，从北基伍省省会戈马来了一艘载有一名埃博拉病毒感染病人的船只。顿时，布卡武城进入紧张的应急状态。真是“屋漏偏逢连夜雨，船迟又遇打头风”。

本来这个非洲著名的“杀人湖”——基伍湖，就是一颗“炸弹”。基伍湖在刚果（金）和卢旺达边界上，东非大裂谷之中，艾伯丁裂谷的西部。北岸是高达 3000 多米的尼拉贡戈活火山，火山的爆发引爆湖底的压力沼气，有可能引发令人难以想象的大灾难，而这样的灾难已经发生过。

基伍湖之所以称为“杀人湖”的另一个原因，是“杀人湖”的美景之中暗藏着杀机，偶尔会在山坳里出现带有刺激气味的白雾，这是湖底溢出的大量二氧化碳和甲烷气体，它多次让山坳村庄中的人和动物在睡眠中因缺氧而死。正是因为这些，基伍湖才有了“杀人湖”的名头。

布卡武供水项目就在基伍湖岸边，员工们了解“杀人湖”名称来历之后，每天都很担心基伍湖会在一个不为人知的夜晚，“嘭”地爆炸，又或者悄无声息地升起仙境一样剧毒的白雾……而这时，刚果（金）东北部的戈马过来的一条河船上，竟然又发现了埃博拉病毒疫情，船就停泊在城市边上，只是还没有得到靠岸许可。

第2节　我是党员

工作千头万绪，但朱兴辉紧紧抓住关键的两点：

第一点，朱兴辉邀请了两位美慈基金会的埃博拉防疫前线专家到分公司本部和项目部，给所有中方员工上课培训，讲授埃博拉病毒的常识和防控措施。

通过请专家们过来讲课，大家掌握了预防埃博拉病毒的知识，了解到感染上这种疾病的早期症状，怎么防治、怎么避免，如何克服恐惧心理等。项目的中方员工为埃博拉病毒防控前线专家们一丝不苟的工作作风和大无畏的精神而深深感动。

第二点，朱兴辉身先士卒带领大家通过项目业主的防控系统，自愿加入埃博拉疫苗接种计划名单。那时候中国疫苗还没有到非洲的卢旺达和刚果（金），而西方的疫苗也非常有限，只能满足防疫前线的专家和志愿者的需求。朱兴辉想方设法将布卡武项目上的中方人员都报进了预防埃博拉病毒疫苗接种计划内。可是，疫苗计划报过去之后，很多人又担心打疫苗会出现副作用。在这非常时期，朱兴辉发挥党员模范先锋带头作用，平静而又坚定地说："我是党员，五十多岁了，也有孩子了，我先打。年轻人就先等等看……"

最后疫情得到控制，报名的人员都没注射埃博拉疫苗。但在当时的情况下，中国地质人主动向业主报名加入疫苗接种名单，并保持队伍稳定是需要一定的勇气和担当的，中国地质人的大无畏精神感动了以西方人为主的美慈业主。

布卡武项目通过中国地质人的共同努力，于2020年10月完工交验。

2021年4月，朱兴辉安排运维工作快速移交给当地有能力的分包商，可用设备、机具、材料撤回卢旺达边境新开的供水项目。所有的中方员工，全部安全地撤出刚果(金)。朱兴辉说:“不能用 80% 的努力，去挣 20% 的钱。如果风险太大，有钱也不挣。”有危险的地方，中方人员可控地去冒险。大家安全度过这轮疫情，也积累了后发疫情的应对经验。

朱兴辉清癯的面容上，一双炯炯有神闪烁着智慧的眼睛，给人以“阅尽人间风霜，千难万险都不怕”的感觉。“我是党员”这句发自肺腑的箴言，不是口号也不是防弹衣，但却是关键时刻，朱兴辉行动的指针和力量。

提到 2020 年 2 月 29 日，朱兴辉因新冠肺炎疫情影响交通，数次退改机票也要逆行非洲的举动，他说:“那时候，疫情就是一场没有硝烟的战争。逆行是责任，一个人必须应该到自己应该待的地方，不然，无论在哪里，心里也不安。

“我感觉自己年龄大一些，我去了，大家的心里会感觉安全一些。疫情形势太紧张了，如果我不去，我担心年轻人心理上更有压力，会害怕，有些人会扛不住;我去了，大家就不会恐慌了，情况要好得多，而事实也正是这样!

“我经历过许多坎坷。所以好多事情，我并不太在意。我刚去非洲的时候，甚至都不知道卢旺达有过大屠杀。那时，卢旺达好多房子都是没有顶的……”

朱兴辉平静地回忆着，他看上去淳朴得像一株玉米。可是，他的内心却玲珑剔透得如水晶一样清澈。

第 3 节　命运的考验

2001 年，已经在广铁集团第四工程公司工作十一年的公司总经理助理朱兴辉，受聘于中国地质东非经理部工程师，远赴非洲坦桑尼亚。

这是一次大胆的选择。

从一个稳定的国企跳出，选择成为一名自由职业者，需要经历内心的激烈斗争和果决，虽然有校友——当时中国地质东非经理部副总经理田进的引荐，但朱兴辉的内心还是交织着梦想和忐忑。

一路上，朱兴辉做了很多的设想：森林覆盖着的旖旎群山；烘托着云海变幻的辉煌落日，在西方的天边闪着神秘的光芒；一群群的野生动物，变化着队形在热带草原上奔跑，仿佛可以闻到一股来自草原的热风气息……那些以往保存在脑海里的美丽画面，一幅幅在眼前闪现——他不由得作起诗来，“哦！非洲，此刻，我以一颗真诚的心向往着你的美——你的壮丽！”

朱兴辉是早期的建设部和铁道部一级项目经理，在国内已经做过很多大中型工程建设项目，他有着丰富的各类工程项目施工和管理经验。这次远行，从业务能力上讲，他可谓志在必得，胸有成竹。可是，刚到非洲的他，很快就被眼前的现实击得粉碎。

出现在朱兴辉面前的坦桑尼亚，是一片没有经过任何雕琢和修饰的原始之地。首都达累斯萨拉姆，用两块迎风招展的广告牌迎接了他，一块是油漆广告，一块是轮胎广告。

朱兴辉顾不上评判简陋的市容和地貌，更没有心情去了解风土人情。他遇到了来到非洲的第一个难题——语言关。

作为工程师，朱兴辉到中国地质东非分公司（那时称东非经理部）的工作是编制投标文件，简称“做标”。可是，当地做标书必须用英文做。朱兴辉在大学里学过英语，但英语是他学得最差的一门课，离做标书的水平，还差十万八千里。可想而知，他一个人做标书会面对何等的困难。一本厚厚的标书，两三个月必须做出来。没有电脑，没有手机，只能依靠计算器加减乘除手工做表……天啊！这是要把人逼到绝境吧！

但是此时的朱兴辉，已没有退路，必须破釜沉舟。他下定决心要把标书做出来。他开始努力通过查字典学英语，最先一天只能看几页，可按照这个速度，一年也做不出标书来。领导也担心地说：“我们是让你来工作的，不是让你来学英语的，靠现学现做，这项工作怎么能完成啊？”

朱兴辉是个要强的人，“别人行，我也能行的，大不了少睡几个觉”。从此，他白天黑夜连轴转，足不出户，就在房子里一边学英语一边做标书。刚开始实在有点棘手，英语阅读跟不上工作需要，三十多岁的大小伙子甚至因为压力大想家而流泪。但这些困难没能让他放弃，他艰难地坚持一个多月后，词汇量大了很多，阅读英语标书时，不仅能看懂，还能一口气看下去了！真是功夫不负苦心人，他终于承受住了考验，看到了希望！

朱兴辉说："能够坚持在非洲干那么多年，得益于这段不同寻常的日子。"后来，他做标的多多马屠宰场项目中标，公司就任命朱兴辉为此项目的项目经理。

在那个时刻，他才明了领导的良苦用心，才领教到中国地质的用人之道，也是锻造人才的方法——将成品当成人才用最终是人才，将半成品当作人才用最终也会塑造成为人才。

朱兴辉开始了历史性的转身，他带领社会招聘到的 8 位中方工程师成立了多多马屠宰场项目部。

这是非洲发展银行出资建设的一座半自动化屠宰场，属于当时东非第一条屠宰半自动生产线，交钥匙工程。项目虽然不大，却涉及八个大项技术专业，工程极其复杂。别说朱兴辉本人没干过这样的工程，就是整个中国地质也没干过。不用说，这次朱兴辉做的项目，又是挑战性的考验。

中国地质派出的工程师并没有这方面的专业。只好请国内的专业设计院按照国内的标准设计来完成。但是设计审批时，因牵扯到很多是非标产品，采用的标准、审批程序等问题又让朱兴辉难得脱了一层皮。最后在王愉吾副总经理的协调下才得以批复。

项目设计要求在六个小时内完成宰杀 100 头牛和 100 头羊的规模。需要制冷、集中空调系统、压缩空气机系统、锅炉供热系统、工厂工艺培训等，项目部的人平时都没有专门做过这些。还有屠宰工艺，皮毛与废物处理，焚烧有病动物的特殊处理、污水处理等专业设备，使用起来也特别复杂。

朱兴辉的专业是工业与民用建筑，让他做这些从未接触的行当，需要学习的不是一星半点！可是，他还就有一股子不信邪的劲头。

在设计得到审批后，考虑到项目成本，朱兴辉没请专业队伍和厂家，他边学习边摸索。他是这么评价这个项目的："多多马那个项目，是我这辈子从事的最难的项目，也是这辈子技术管理参与最深入的项目。"

朱兴辉为了能节省些开支，减少项目成本，为企业争取更大的利益，自己带队伍给制冷体系统抽真空、培训班组建造冷库、尝试调和冷库接缝发泡剂，然后把完全熟练的队伍交给其他工程师带队继续进行作业。业主带着参观者来看项目，惊奇地说："你们项目经理都是这么干的呀！"朱兴辉说："这么干不是给你们省钱了吗？不是为非洲培养了施工技术人员吗？就得这么干！"

项目上要安装两套 8 吨锅炉，没有专业设备，锅炉进不了锅炉房，朱兴辉试图租赁附近日本 Keroyike 公司的 25T 吊车，人家很"大气"地给了一句："不要钱，送给你使。"他们语气中的轻蔑伤了朱兴辉的自尊。

回到项目点，朱兴辉琢磨好方案，带着项目部工程师，把锅炉房大铁门拆下，在对面墙体开两个洞，利用墙体上的钢筋混凝土柱子，直接用钢丝绳和卷扬机，把用千斤顶支撑起来后垫上钢管的两套锅炉拉进锅炉房并平移到位。在没有专用设备的情况下，就靠中国人的传统施工智慧来解决问题，还节约成本。为业主省钱也为自己项目省钱，更挽回了脸面！

当地人看到朱兴辉采取的种种办法，不由自主地感叹："没有设备，也能想到办法把事情做好，厉害了，中国人！"朱兴辉借机表达出自己的观点："跟中国人做事，你们学的东西远远比跟一些欧美企业学到的多。我们是授人以渔，用最浅显易懂的理论和实践相结合，用最直观的办法，把做事的原理和过程展现给你们，这也是中国人对非洲的贡献。"

在没有专业技术团队帮助的情况下，朱兴辉同时承担起了项目总工的职责。他有一股子钻劲，晚上研究英文标书、设计和设备说明书，白天培训员工队伍。通过不断深入的钻研，他和项目成员先后攻克了压缩空气控制系统安装调试、冷库制冷系统安装调试、电力电气及自动控制调试、屠宰设备的安装调试、屠宰场系统生产和运营培训等一系列难题；还培养了一大批当地员工。在项目结束后，他们中的一些人被坦桑尼亚农业部畜牧业局聘为该屠宰场员工。

攻克技术难题中最典型的就是朱兴辉改装了屠宰场的一个自动发电启停系统，就是让发电机在市政电力系统送电和停电数秒之后，实现发电机的自动启停，确保厂区的正常生产。

发电机系统是英国威尔森提供，而控制柜系统来自国内的厂家，产品的安装指导是项目部的电力工程师，语言不通的项目电力工程师对此束手无策，只是建议“增加一套控制柜”。在采用工程师的意见前，朱兴辉请教了达市大学的电气教授，但几次现场安装和调试都没能搞定。然后请厂家派人来，但对方要价太高，朱兴辉索性不请了！他开始自己研究发电机英文手册，然后有了自己的想法。朱兴辉增加了一条通信电缆，断掉所有电器的电力供应，仅留发电机和控制屏供电，不断通过信号不同点的接入来观察变化，最终看到了自己预判的运转模式。窃喜中的朱兴辉逐步接入一盏灯、接入所有插座系统、接入部分设备、接入整个厂房的供电去实验，在最后确认成功解决这个难题的时候，他冲出了控制室，像个得了高分的考生一样向大家宣告：“问题解决了！”后来他打电话告知教授，教授都觉得不可思议。

还有一次，工厂试运转期间，平常正常工作的锅炉系统不能启动了，经理部又开始重复以前处理问题的流程，邀请厂家维修人员过来——要价太贵，时间也不允许。朱兴辉又开始研究琢磨了：他关闭了锅炉燃油供应，测试检查所有控制系统，发现所有情况下的控制都是正常反应，应该是锅炉的硬件问题！他人生第一次，一个人拆下一厘米多厚，几公斤重的锅炉进气口L形金属盖板。检查点火系统的零件和装置，发现点火系统就是他以前经常鼓捣的摩托车火花塞，只有半个拳头大。是不是这玩意污染了？受潮了？放电尖端距离大了？他用自己的工作服进行擦拭，然后用小锤子调校火花塞间距……可以试试看了，安装上火花塞，试着点火。不可思议的事情发生了，他摁下按钮的那一下，轰的一声，火苗冒起，进气口空气呼呼的，放在手边的进气口几公斤重的金属盖板飞起来了，所有员工惊慌失措，拼命往锅炉房外跑。只有朱兴辉开心地笑了，又搞定一件大事！

后来经理部张汪民总经理说：“朱厂长，你真牛！”其实，类似这样的事情，在这个项目上还多次发生。如压力空气系统的调试过程中让工人撞墙，让电力工程师远远地瞄着；非洲大体积蚂蚁窝的爆破没有起爆器，把汽车开过去，用汽车电瓶起爆；后来为了方便，干脆装一套交流电插座和开关在那儿，一摁就起爆……以至于当地雇员都认为朱兴辉是军人。其实，这些在朱兴辉看来都是有理论依据和以前的施工经验做支撑的。撞墙，不过是不学习者要交的学费！

第 4 节　那头牛坐了起来

与其说朱兴辉引发人们的震惊，不如说这个人的工作精神和工作能力令人赞赏。因为，他把教授们都吃不透的技术独自完成了，别人做不了的事，他做成了。不但节约了成本，还赢得了时间，解决了问题。

公司一开始就对多多马畜牧业局的项目很感兴趣。这个项目如果干成了，等于给公司积累一项新的工程经验。项目位于坦桑尼亚的政治首都多多马，在当地有很大影响力。

朱兴辉一直记得去达累斯萨拉姆的一件事。

2003 年中秋节，正是朱兴辉作为项目经理执行坦桑尼亚多多马屠宰场项目的关键阶段。这一天，他带着单排跃进工具车，去 500 多公里之外的经理部所在地——达累斯萨拉姆市，调运材料及设备。

一路风驰电掣，当到达距离达累斯萨拉姆市约 100 公里的查林之市，通过城市道路时，一名骑车的居民横穿公路，瞬间被高车头的跃进工具车撞得不见踪影。跃进车连撞加颠簸也翻了几番，冲进了公路边坡下的土沟。

等到车停下来时，朱兴辉和司机 Mashaka 惊慌失措地斜卧在半立着的驾驶室里。司机基本没伤，而朱兴辉的双膝、头部及双肘都因严重的撞击，血流不止。他坚持下车，在一米多高的茅草地里，寻找骑车人，报警将重伤的骑车人送到医院。又叫来几十个当地人将汽车推回到两三米高的公路上。安顿好之后，朱兴辉就在医院开放式水龙头下，冲洗受伤的部位，然后就随经理部派出的事故处理人员，返回经理部组织车辆维修和筹备项目部的急需物资。结果因为当时处理伤口不当，膝盖残留的玻璃碴导致伤口感染化脓，几个礼拜之后才愈合。

意外总是不期而来。这一回，如同他在多多马屠宰场示范时，出现的危险一样。

多多马项目现场，每项工作都有朱兴辉的身影，当地人干活效率低，接受事物也慢，朱兴辉事无巨细，手把手地教授，将自己从项目经理干成了“朱厂长”。现场总是这边喊：“朱厂长，来一下。”那边又喊：“朱厂长，下一步怎么弄？”项目有培训内容，他得示范演示，教会当地人使用。稀奇古怪的事情每天都会发生。他调试完发电机，就去调锅炉……什么都要亲自调试完一遍。

朱兴辉不但自己安装设备，还亲自试验杀牛、杀羊。全厂试运行前，朱兴辉和商务经理张贵民一大早就开车到附近的市场买了头牛回来。不一会儿，人们看到朱兴辉一身血渍地从厂房出来，大家惊讶地问：“朱厂长怎么了？咋会这样？”

原来，朱兴辉是亲自带人杀牛，剥皮肢解，一个工序一个工序地将要点演示给当地操作的人，牛血溅了他一身……他成功地试宰了自己买来的牛，把宰好的牛肉分给了当地工人和经理部的同事。

慢慢地，杀牛和杀羊的顺序，当地人基本就掌握了，但是，关键的时候，还是得找朱厂长操作。半自动系统有一个电子击晕枪，设置大概持续击发十秒钟，只恰到好处地保持将牛击晕的程度，不能打死。如果打死，牛就不能放血，牛肉肉质也会发生变化。所以就需要低电压强电流将牛击晕之后，套住牛的后脚踝，用启动机将牛吊起来移到放血槽上方，按照穆斯林的屠宰方式将牛头分离，这样才算安全地实行完宰杀第一步，后面的操作就安全容易多了。

可是，有一次教学培训宰牛时却出现了危险。可能是由于击晕时间不够，没有彻底将牛击晕，就在朱兴辉在最里层进行讲解和负责套牛腿的时候，那头牛突然气冲冲地坐了起来。说时迟那时快，后面一帮人包括业主、监理全部蜂拥外逃。屠宰区空间很小，进出口是只有入口，门外还有一处70厘米宽的通行轨道口。这突如其来的情况，吓得在场的人都往外面跑。朱兴辉在最里侧，又最靠近那头牛，他也想跑，但没有地方可跑了。

那头牛愣愣地瞪着朱兴辉，眼里发出冷冷的光芒，看得朱兴辉浑身发毛，脊梁骨发寒。他瞬间脑海中出现被牛攻击的种种镜头。

三十四岁的朱兴辉平时爱运动，他敏捷地跳进身边的放血槽。可是，那头牛并没有转移自己的目标，而是站立起来，对着朱兴辉面露凶光。千钧一发之际，朱兴辉“噌”的一声，把屠宰轨道当作单杠，翻到轨道上去了，闪出一条道。那头牛就从透明无栅的窗户冲出去了。

提起这段时光，朱兴辉说：“当时我们去非洲除了想干、敢干、想研究的心思和动力，其他啥都不想。我并没有什么高精尖技术能力，我其实就是一个普通的工程师，只不过是那个环境特殊一点，当然，更主要是有家人和企业的支持，我们才有这么大的动力和韧劲，所以，这么多年，我非常感谢公司和家人。”

从 2001 年 4 月到 7 月，朱兴辉作为刚参加海外工作的工程师，就单独完成多多马屠宰场总承包项目的投标工作。他的工作能力和工程技术能力通过了时间的检验，得到了中国地质的认可。

项目执行过程中克服了没有专业分包队伍、没有足够和合适的施工设备等困难，充分发挥了中国工程师主动学习和探索精神，面对一系列涉及房建、冷热水供应、污水处理、场地、设备供电、冷库空调系统、压缩空气系统、蒸汽锅炉、换热器系统、屠宰工艺系统等 8 个不同行业的交钥匙工程项目，朱兴辉身兼项目经理及总工，和 7 个工程师配合默契，协调分工，项目完美收官，于 2004 年 8 月 2 日正式将项目移交业主使用。

后期项目运营良好，项目考核毛利润超过 30%，得到中国地质各级领导的认可，也最终获得中国地质东非经理部 2002—2005 经营期优秀项目组。朱兴辉本人也荣获 2002—2005 承包经营期经理部先进生产工作者称号。

就是经过这个项目的锻炼，朱兴辉的英语水平基本满足了境外工作的需要，对菲迪克条款的理解和使用也达到了较好的程度，这为他在非洲的工作提供了最坚实的支撑。

第 5 节　初到卢旺达

朱兴辉在坦桑尼亚多多马屠宰场，一干就是两年多。

之后，他开始在坦桑尼亚周边国家的市场参与投标、开发市场。2005 年，朱兴辉正式进军卢旺达。

其实，早在2001年11月，他就到过卢旺达一次。那次是因为需要他参与卢旺达MUTRALA供水标施工，主管项目所有水池及结构漏水处理工作。

朱兴辉刚到卢旺达的时候，内心一片茫然，对当地的情况和风土人情一概不知。下车之后，只感觉有一股来自内陆的热风，毫无保留地吹向风尘仆仆的他，也掀起他内心的憧憬和好奇。朱兴辉回望身后下车的车站，又放眼自己的前方，辉煌的落日倒映在路边风景如画的山坡和植物上，明晃晃金灿灿，犹如镶了一层金色。

朱兴辉在内心感叹，这个拥有“千山之国”美誉的国家，青山连绵，风景如画。金合欢携手兰花和海棠，共同迎接这位远道而来的客人。这些美丽的景色让朱兴辉因为陌生产生的不安，全部被憧憬、激动、振奋所代替，但是，振奋之中又夹杂一些新奇和疑问。

在他眼前的是残垣断壁的村庄，土坯墙的房屋都没有顶，随处可见横七竖八的枯枝败叶，还有好多的难民营，一片寂寥落寞的残败景象。为生活穿梭忙碌的都是女人们，很少见到男人，难道这是寡妇村吗？夕阳映照的土坯墙，裸露着斑斑点点的枯草，坑坑洼洼的路面，显现着风蚀日晒的痕迹。没有顶的房子怎么能遮风挡雨？没有烟火气的村子是什么风俗？朱兴辉将脑海中的印象和现实一边对应，一边思考。

他知道这个重峦叠嶂的国家，南连布隆迪北接乌干达，西面和刚果民主共和国交界，东邻坦桑尼亚。是非洲中东部的主权国家，官方语言是法语、英语和卢旺达语，处于非洲中心位置。生物种类繁多，世界有名的珍稀野生动物遍布火山、山地、雨林和广阔的平原。境内的湖泊及河流交织，形成了著名的尼罗河的源头。

而此时的朱兴辉，正是从坦桑尼亚中国地质东非分公司来卢旺达Nyagatari供水项目，解决项目水池结构物混凝土缺陷问题和修复水池渗漏问题的。

一到工地，朱兴辉一头扎进工作中，每天和当地工人一起泡在封闭的水池中，研究问题、实施工作。他的工作严谨认真，防水处理工序一丝不苟，让卢旺达当地员工真正领教了什么是中国地质精神。

施工中，朱兴辉严格按照国内混凝土缺陷修复方法和五层防水做法的标准，依据每个工序的时间要求和工艺技巧施工，一次性成功完成了多座水池和其他结构物大面积露筋漏水等问题的处理。这段时间，他通过反复实验和数次尝试各种先进渗漏处理方法，最终选择两种方式结合在项目部推广。他将自己尝试成功的各种工艺及工具使用技巧翻译成英文资料，通过举办培训班的方式，向属地员工传授。一时间，给项目部带来了新的工作模式和气象。只要当地员工学会中国人的施工方法和工具使用技巧，就可以得到朱兴辉的奖励——一件中国工具。

卢旺达的当地员工，求学心和自尊心都非常强，他们虚心好学，心灵手巧，尊重有知识有能力的人，而且淳朴善良，乐于助人。积极上进的品德尤其让朱兴辉及中方员工们非常欣赏。朱兴辉才知道，这些员工，正是他当时初来卢旺达时看到没有顶的房子里的居民，他也了解到，这个美丽的国家，在二十多年前还经历过一次轰动世界的、惨绝人寰的种族大屠杀。

今天的卢旺达发生了翻天覆地的变化。国家经济以每年 6% 的速度在增长，这个国家在废墟上重新建设起来的不仅仅是道路、楼房和城市，还有人性与灵魂。

这一切变化，都是因为总统卡加梅。现在的卢旺达不仅经济上全面学习中国，就连军队训练都效仿中国。2019 年，在庆祝卢旺达解放二十五周年的阅兵典礼上，卢旺达士兵们走着中国特色的正步，喊着中文的“一二一”，向世人展现他们的风采。

悲惨的一页已经远去，新生的是一个自强自立的国家，充满朝气和希望，卢旺达还获得了非洲第一个“联合国人居奖”，是世界上最安全的十个国家之一。短短二十几年，卢旺达的 GDP 翻了整整 13 倍，被称作非洲最有希望的国家。卢旺达能达成今日的成就，中国做出了很大的贡献。

卡加梅邀请中国的农业专家传授最新的农业知识；他们学习中国科学的种植方法，提高粮食产量，解决温饱问题；引入先进的农业机械，扶持本国的咖啡等经济作物，帮助村民致富。

比如曾经的卢旺达人，蘑菇是酒店才有的美食，现如今有了中国专家的帮助，不少家庭开始种植蘑菇用以自食和买卖。这不仅调节了当地人的营养结构，也创造了经济效益。

卢旺达的公共设施及居民小区，也大多是中国公司建的——遍布全国的公路、大型水利设施、“凤凰城”、“远景城”等，展现着浓厚的中国味道。

基础设施建设不仅为卢旺达的发展提供了便利，还向卢旺达人民提供了大量的工作岗位。这些项目带来的财富，又被进一步投入到基础教育中去，使卢旺达成为非洲识字率位居前列的国家。

2020 年，新冠肺炎疫情蔓延到整个世界，卢旺达也没能逃过。但他们立刻反应过来，学习中国，实施了严格而不失灵活的措施。因为自身医疗经验不足，便通过视频通话，请求中国医疗人员的协助，交流抗疫经验，最终成功地阻止了疫情蔓延。

朱兴辉对卢旺达历史的了解让他在工作中对当地员工更加用心，耐心地指导他们，也更加悉心地呵护他们，尊重他们的谦卑和极强的自尊，注重肯定和鼓励他们，以便发挥他们的长处和优点。朱兴辉通过培训，培养出一大批使用中国工具和熟悉中国工艺的当地员工。很多人成长为管理队伍的骨干，也为日后其他项目的执行提供了人才保障。

2018 年，中央 4 频道《远方的家》“一带一路”栏目播出的就是中国地质中东非分公司卢旺达办事处的项目经理潘式敏的事迹。那时候的朱兴辉已经是中东非分公司的总经理。

潘式敏可以用熟练的卢旺达语和当地员工交流相处，作为项目经理，他像朱兴辉一样，培训指导当地员工，并向他们传输中国文化和中国技术。经过他培训的 200 多个徒弟，很多也成了工作中的技术骨干，走上重要的工作岗位。中国地质的每一位工作人员，所到之处，都受到当地百姓的欢迎和敬重。

朱兴辉 2001 年 11 月初次来到卢旺达的这段时间，他用工作能力证明了自己。大家都认为他是个肯钻研的技术专家，他不但有技术有能力，还乐于帮助同事，急别人之所急，想别人之所想。

2002 年元旦，天下着大雨，项目组安排全体员工休假一天，大家外出的外出，补觉的补觉，而正在看书钻研业务的朱兴辉，一大早被同宿舍的给排水工程师唐文华叫走了。

唐文华告诉朱兴辉，他负责施工的主供水管道——当地 Mvumba 河过桥处的弯头脱落漏水，导致桥墩护锥已经开始坍塌，如果不及时处理抢救，就会导致桥体垮塌的严重后果。朱兴辉听了以后，都没顾得上通知项目经理，就急匆匆地赶往离驻地约 2 公里的现场。

到了现场，检查完情况，朱兴辉立即着手设置标志，封锁道路，分流车辆，并向项目部主动请示承担这项紧急抢修工作。接着在暴雨中关闭最近的管道闸门，并召集现场所有当地员工和车辆，组织人员及材料，在暴雨中马不停蹄地抢修一整天。直到夜幕降临，才终于完成管道修复、管道弯头大体积混凝土浇筑及桥墩护锥干砌等一系列工作，确保了桥体安全，保证了道路畅通。朱兴辉因此也得到项目部和办事处的交口称赞。

这些抢险活对在国内经历过铁路既有线路基坍塌事故抢险的朱兴辉来说，可是小菜一碟。

2001 年 11 月，朱兴辉到卢旺达临时救火，2002 年 3 月就又返回坦桑尼亚，2002 年 7 月开始在多多马屠宰场的执行施工。

朱兴辉出色地完成屠宰场项目后，于 2005 年，再次进驻卢旺达，直到现在。

第 6 节 “人民战争”

2018 年 3 月，卢旺达农业和动物资源耕种、集水和山坡灌溉项目及农村支持项目负责人比林基罗，就中国地质工程集团有限公司在卢旺达承建的灌溉大坝项目，接受“新华非洲”和新华社基加利记者采访。

比林基罗非常肯定中国地质在卢旺达做出的业绩。他说该项目创下卢旺达“两个最”，一是卢旺达高度最高的农业用途水坝；二是水坝灌溉区域也将成为卢旺达受灌溉面积最大的山坡地区。水坝灌溉地区将种植价值较高的农作物，其中大部分作为出口，这将使当地农民直接受益。他赞扬中国地质帮助卢旺达政府在全国修建了多个灌溉项目，提高了卢旺达农业生产力，改善了农民生活状况。

比林基罗接受采访所说的项目是由中国地质承建的卢旺达北方省鲁林多县穆阳扎 26 米高灌溉大坝项目。该项目业主为卢旺达农业部，世界银行出资，主要施工内容为 26 米大坝填筑及相关取水结构、护坡工程、溢洪道和进场道路建设等，土方量约为 70 万立方米。

该项目于 2018 年 2 月 16 日，即中国的农历大年初一完成竣工验收。

此次竣工的穆阳扎 26 米高灌溉大坝项目，是迄今为止卢旺达高度最高、技术难度最大的农田水利大坝。在项目的执行中，中国地质克服了山区交通不便，山体滑坡极易改道变更等诸多困难，积极应对，团结奋战，成功达到预期效果，赢得业主好评。建成后的大坝水库库存量可达 224 万立方米，为 1100 公顷农田灌溉系统提供用水。对于本地区人民减除贫困、改善民生和促进农业发展，有着重要的社会、经济和政治意义。

卢旺达经济非常依赖农业，占国家 GDP 比重约 33%，有近 80% 的农业人口从事农业相关工作。卢旺达人口约 1200 万，人口密度为每平方公里 415 人，是非洲大陆人口密度最大的国家，人多地少，土地资源稀缺。科学利用水资源，开发农田水利项目，可以很大程度上扩大耕地面积。

卢旺达是一个农业国，修建水坝是卢旺达农业应对气候恶化、保障粮食产量的主要措施。根据卢旺达第四个农业改革战略计划，从 2018 年至 2023 年的五年中，卢旺达农业部计划将可灌溉农田面积从目前的 48500 公顷，扩大至 102000 公顷。

调查显示，卢旺达 2014 年的贫困率是 39.1%，如果第四个农业改革战略计划能够顺利实施，到 2023 年，贫困率可降至 15%。农业产量增加 10%，可直接或间接创造近 20 万人的就业机会。目前，卢旺达政府正在与中国政府寻求合作，致力实现农业改革目标和农业现代化。

中国地质从 1999 年进入卢旺达工程市场，是卢旺达农业部农田灌溉项目最重要的承包商和合作伙伴。在卢旺达，中国地质有着良好的信誉和业绩，共完成了 13 个农田水利项目，能满足卢旺达约 1 万公顷农田灌溉需求。

中国地质在卢旺达所做的众多农田灌溉项目中，朱兴辉印象最深的是“卡牛牛巴农田灌溉项目”。

2005 年 2 月，朱兴辉再次奉命前往卢旺达，这一次，是正式调入卢旺达办事处，主管卢旺达市场的项目生产。

再次进驻卢旺达的朱兴辉，已经是驾轻就熟的“老将”。当年第一季度，就新签下三个合同：卡牛牛巴农田、奇巴亚—穹隆基农田和阿卡比利那供水三个项目。朱兴辉于 2005 年 3 月被公司聘为以上三个项目的项目经理。

朱兴辉三个项目轮流跑，不断地解决每个项目上出现的问题，只有周六和周日才到办事处，和同事一起处理监理、业主往来的信函等事务。几个项目加在一起非常繁忙，工作忙朱兴辉不怕，困难多他也不怕，就是劳动量需求大、组织高效率生产方面具有一些挑战。

其中，卡牛牛巴农田项目包含了 600 公顷沼泽地农田整治任务。需要在项目后期的半年时间内全部整平成田块并配备二三级灌排渠系统，按照做工程的规范角度来说根本就是不可能完成的。同时，因为公司投入的合适设备不够，只能通过组织当地人工来解决。

就在项目现场经理束手无策时，朱兴辉提出两个观点：一是把这个当农活干，不能当工程干（验收标准不一样，压实度、渗水率、回填料材质等标准都不一样），由他去说服监理和业主同意这个办法；二是反算出半年内完成 600 公顷农田整治任务最低需要的日工人数量，提高力工工资，向周边县市大面积发广告招聘工人。

最后，项目组决定成立由中方人员带队的 13 个小组。每个小组由一名中国工程师带队，干同样的活，要求每个组每天完成最低限面积的田块平整，形成组与组之间的竞赛氛围。

每个组 200 ~ 400 人不等，使用同样的工具，同样的分工，同样的待遇。当天完成额定任务，当天结算支付。这可把朱兴辉团队忙坏了。

根据进度，朱兴辉每天要把每个人的工作量大概计算出来，一个人一天能挖多少，每个组每天能完成多少工作量，需要多少人，最低是多少人，每个中国人至少保证要带多少当地人……项目部需要根据这些数字不断调整计划。

他们遇到的第一个问题，是招不到人。一个县的可用劳力不够，需要到另外邻近的县招人。偏偏项目所在地的县长不让外县工人来工作，他希望将所有工作机会留给自己县的公民来做，毕竟肥水不流外人田。因为这件事，县长和农业部之间还出现了矛盾，这种爱护自己人民的方式，弄得朱兴辉哭笑不得。

朱兴辉只好找项目局长和农业部首秘（后来两位都成了两任农业部部长）协调县长之间的矛盾，“社会效益和经济效益成本都要考虑”。朱兴辉在会上说：“如果我们承诺合同工期内完工，用工条件必须按照合同约定满足，如果进行限制，我们就将完成不了这个目标，明知完不成，还坚持去做，那还不如现在停下来，我们提前终止合同并退出！”斗争的结果，是县长同意跨县招工。

协调过程经历复杂，但结果令人欣慰。朱兴辉每天用各种方式和当地人交流，解决问题，想方设法采取合理的简单快捷的方法管理施工现场。

朱兴辉简直成了领兵挂帅的首长，每天绞尽脑汁，紧张得像在打仗。朱兴辉自许自己当了一回“团长”。上应对业主方——农业部，下安顿好每个现场人员，中间还要调动好管理人员的管理积极性，维持好几千人的团队正常稳定的工作运行。

工地上，黑压压一眼望不到头也看不见边，人山人海，熙熙攘攘，整个现场简直太庞大了。如果想找中方管理人员还好，因为中国人员的着装比较整齐，比较突出抢眼。如果想找一个当地的卢旺达人，可得费些工夫！

卢旺达时任国务部长 Anges Kalibata 来到工地视察，望着那片农田和一大片人群，称赞道：“朱先生，您这是搞人民战争啊！”她又开心地肯定道，“只要您想干的事情，就没有不成功的。真是了不起！”

第 7 节　总统来到卡牛牛巴

项目还在继续。起初每个普通雇工一个多美金一天。能被中国老板招聘的人都非常自豪。毕竟每天都有工资赚，所以，他们脸上都洋溢着幸福的微笑。

卡牛牛巴项目所在地，青山绵延，很多地方取水困难。虽然气候湿润，降水量比较多，但由于海拔高存不住水，所以既缺乏农田灌溉的水也缺乏饮用水。

有一天，总统卡加梅视察现场，大家知道总统来了，群情高涨。总统走到农田里面，人们都围过来欢呼。卡加梅总统很关心老百姓，站在田间问：“你们有什么要求？”好多人说：“我们请求涨工资。”现在普通雇工的工资是一天一美元多点。总统又问:“你们要涨多少?”“要涨到八百(当地币,按当时汇率相当于不到两美元)。”

总统卡加梅说:“好!给你们加工资。”他又转头对朱兴辉说,“不要你多出钱,额外的那部分工资,我出。”朱兴辉面对这么一位非常具有魄力的总统,非常钦佩地回答道:“感谢总统先生,不管怎么样,我会先把工资涨上去。”

总统接着问大家:“还有什么要求?”

“我们需要干净的水。”因为当地水质很差,有的人渴极了,只能喝沼泽地里面的水,那样的水喝了容易生病,想喝市政供应的水,附近又没有。总统对着朱兴辉说:“他们喝水的问题,请你们无论如何要解决。”朱兴辉回答说:“好的!总统先生,我们一定想办法解决。”

关于水的问题,总统没提费用的事,只说由朱兴辉解决。朱兴辉也根本就没指望总统给钱,只是努力想办法解决工资和水的问题。

他首先让财务做表,落实给员工涨工资一事,然后,买一批水桶,每个组派几个工人到几公里之外的山里供水点和泉水点取水。道路不通无法用水车拉,就把 20 升的油桶顶在头上,扛在肩上,背在背上。项目现场每个组天天有专门负责管运水的人,成本也低。于是,水的问题顺利解决了。

在解决这两件事的过程中,朱兴辉没有计较费用问题,他想着正好利用这次机会鼓舞士气,加快施工进度。果然,自从加了工资之后,招工更加容易了,施工速度也比原来快多了。

离总统视察现场不到一个月,一位部长找到朱兴辉,让他提供资料申请这笔专项资金。朱兴辉有意推辞,部长说:“那不行,得赶快拿方案,落实总统的承诺!”于是,朱兴辉组织人员提供了详尽的资料。最终拿到了总统拨款的 8 万美元。

拿到总统这项拨款的时候,朱兴辉感慨万分:“卢旺达国家很困难,也不知道总统是从哪里挤出的这部分工资款。我在非洲干这么多年,还从来没有一个国家的总统给项目拨项目外款项的。”

不过,在卡牛牛巴农田项目执行中后期,项目遇到了成本大、工期紧、外部环境复杂、人心不稳等诸多难题。朱兴辉作为项目总负责人,每日在田间工作,详细掌握项目存在的所有问题,编制了细致的施工计划。宏观控制、微观调整，加快结束了其他几个相对较小的项目，集中卢旺达办事处90% 的人力和设备资源，开展大规模的攻坚战，硬是用半年时间（2006 年 6 月—2006 年 11 月）完成了在监理、业主看来两年才可能完成的农田平整及相关附属工程的工作。

2007 年 3 月，卡牛牛巴项目竣工交验，效益良好，考核毛利润约 30%。

朱兴辉带领项目组一举打响中国地质品牌，奠定了中国地质在卢旺达做农田项目承包商龙头的地位，为中国地质在卢旺达市场开了好头，也打下坚实的基础。这批项目的执行，直接帮助卢旺达 RSSP 原局长（后卢旺达农业部部长）获得了当年世行项目执行金奖。后来，卢旺达稍微有些规模并且难度大的项目，百分之八九十都承包给中国地质。

第 8 节　一根闪亮的羽毛

在非洲，大部分的工程监理都是西方人，他们天生的优越感使他们居高临下的态度会在任何地方不自觉地流露出来，如果想和他们在人格上达到彼此平等，相互尊重，必须有一个磨合和智斗的过程，这也是另一种充满艰辛和委屈的过程。朱兴辉总结的经验是尊重他人，且用真才实学武装自己。

卡牛牛巴项目监理米歇尔是比利时人，他父亲就是殖民入侵卢旺达时期留下的殖民者。米歇尔生在卢旺达，长在卢旺达，身上带有天生的优越感，盛气凌人，动辄训斥中国人，语气咄咄逼人到不容分辩，很多人被骂哭却无处倾诉。

对待浑身长刺的比利时监理，善良的朱兴辉需要想点办法了。天天干架也不是合作和工作的正常方式，但是怎么才能将米歇尔的毛病转化为合作伙伴的正能量，从而将力量汇成同一个方向，共同推动助力项目发展呢？

朱兴辉平时礼让人、包容人，是出于礼节而不是懦弱。朱兴辉认为个体之间的差别、文化的差别其实大于人性的差别，正所谓“性相近，习相远”。

一天，朱兴辉和米歇尔进行了一场充满火药味的辩论。辩论的焦点问题为卡牛牛巴农田水利是工程还是农活。朱兴辉删繁就简，说是农活。米歇尔严防死守，说是工程。这个根本问题解决不好，卡牛牛巴项目就执行不下去了。朱兴辉非常诚恳地说："米歇尔先生，您要求高无可挑剔，我也非常赞赏。但您强调的是理论知识，理论知识要和实践相结合，要具体问题具体分析，不能所有项目都是一个模式。过分强调理论知识就会脱离实践。"米歇尔和朱兴辉根本的区别，恰恰就是对施工现场的认知。米歇尔不屑一顾地反问："这就是工程，是天经地义的工程，怎么能不把它当工程干？"

朱兴辉说："是工程不假，我也可以把这个工程当农活干，不把它当工程干。这两个概念，一个是'农活'，一个是'工程'，要充分理解这个项目。"朱兴辉一边说，一边打着手势，"当农活，你不用要求田埂的回填密实度达到 90% 以上，不会要求田埂回填的材料不容许使用有杂草的土块。而工程，是必须要达到这些要求的。我相信欧洲的田埂不是选料夯填的，如果当农活干，第二季种完田以后，土地性质就会有所改变，再去踩一踩，就不会再漏水了。即使这块田漏水，也是漏到隔壁的田里，隔壁田也会漏水，会漏到这块田里，它们即使相互漏水，总之，水还在田里。只要田块中低处的秧苗不被淹，高处的秧苗不被旱，一样不耽误对庄稼起到的灌溉作用。而这些，是我上大学之前干了十几年的农活得到的农田灌溉事实。如果监理坚持要求达到填方的技术规范，那承包商做不到，我们可以终止合同或者按照自己的理解做，但不要求支付。"

米歇尔的观点不同，他非得要项目将田埂压实到 90% 以上的不漏水程度，才算达到技术标准。问题是田间那种含水量和材质的土，永远不可能达到那种强度，而借土填方又不是合同技术规范要求的施工方法，更没有借土填方的支付单价和预算。

因为施工方案意见不统一，加上工期紧张和项目部建议终止合同的压力，米歇尔经过和业主监理公司内部探讨，最后认为朱兴辉的观点是可以接受的，包括后面很多工作，他都接受了朱兴辉的观点或建议。朱兴辉的理论是有实践经验和事实依据的，这让米歇尔叹服。

米歇尔对会动手实干也会动脑筋思考的朱兴辉刮目相看，放下了以前的傲慢。他说，这个中国人不一般，他能够分析工程以后的使用状态，还能预测不同的时间段土地的不同状态，是个会思考的项目经理。

但是米歇尔对其他中国人还是会挑毛拣刺，这种长期不尊重中国人的做法，让大家越来越反感。

米歇尔对中国人的态度，有时已经不是工作之间合作关系的态度，而是上升到了侮辱人格的层面。朱兴辉知道，确实不能再继续容忍他了。

于是，住到项目上的朱兴辉，每到周五下午 4 点左右，就准时给米歇尔的办公室送信。送的什么信呢？送的是反映项目问题的、长长的、用词激烈的信。

比如有封信上这样写道："米歇尔先生，我们按照您的指令，工作却出现了问题。事实证明您只会纸上谈兵，只会理论上计算……如果再这样干，结果会事与愿违的，出问题您要负全责。"米歇尔拿到这封信，气得头上冒汗，吹胡子瞪眼，坐立难安。如果他给业主打电话投诉项目经理不尊重他呢，周末业主就会组织召开缓解承包商和监理矛盾的协调会，他注定没有办法轻松地过好周末了。朱兴辉连续给米歇尔写了一个多月的周末信，搞得米歇尔怕极了黑色的星期五。米歇尔实在受不了这种精神折磨了，他开始自我调整，不再对中国人吹毛求疵，更不敢再高高在上辱骂中国人了。

再后来，米歇尔不敢再针对中国人，连召集开会都很少了。他终于知道中国人也可以准确地找到和指出自己管理中存在的问题及弊端。事实证明，无论在职业操守和道德素质上，中国人是值得信任和经得住考验的，在人格尊严上，中国人更是不可侵犯的。通过这段时间的交锋，米歇尔终于明白了自己存在的问题，开始重新认识和正视中国人——中国人懂理论与实践相结合，技术水平和操作能力都强。所有中国员工终于可以和米歇尔平等地探讨解决问题的办法了。

一次，米歇尔喊上朱兴辉一起巡视现场，他们一边聊一边走。不远处的农田里有个东西，在阳光的照耀下闪烁着光芒，米歇尔走过去小心地捡起来，原来是一根闪亮的羽毛。他非常高兴地将这根羽毛夹进了随身的文件夹，说："这个挺漂亮，我带回家给我女儿，她会喜欢。"

平时那么威严富有震慑力的一个人，对家人却充满了满腹柔情，朱兴辉有些被感动了。他也由此联想到自己，这么多年，他对家人的关心多么匮乏，他不敢继续往下想……那么严格厉害的一个人，厉害到曾经有当地黑人要炸毁他家房子的程度。没想到他威严的外表下藏着一颗充满爱的心。朱兴辉对他多了好感，两人从过去的刀枪相击，慢慢地变成了你来我往的朋友。

能与米歇尔平心静气地交流后，就不难发现，他工作勤谨，学富才高，理论基础深厚。而且他无论走到哪里，身上都备着单反相机，随时记下身边的生活场景，捕捉大自然的美好。这是个艺术气质很浓的西方人，也是当地很有名望的人。

米歇尔经常邀请朱兴辉到他家里做客。朱兴辉也对他以礼相待，他曾送给米歇尔的孩子们一套奥运福娃，深得米歇尔喜欢；还在米歇尔摔伤后给他敷云南白药，教他使用中药膏……

多次的交往和较量之后，米歇尔和中国人开始建立起真正的友谊。这种友谊既有工作业务上的较量，也有个人生活上的关心。米歇尔成了中国人的好朋友、好伙伴。卡牛牛巴项目交验就是在米歇尔的坚持下，一次性通过！

项目结束并获金奖之后，后面的农田领域项目就容易多了。卢旺达一般难做的农业项目，大部分都是承包给中国地质。不论是业主方还是监理方或者咨询公司，知道只要是中国地质干的活，都可以百分之百地放心。中国地质用自己的实力和当地政府建立了相互信任的关系和友谊。

通过实践经验，朱兴辉总结说："要想得到别人的尊重，首先要自己本事硬，第二个要有原则也要有同理心。不能随便让人无理欺负，人格都不要了，那更得不到尊重！发扬中国人的优秀品质，不能靠嘴上说，要有实际行动。"经历是最宝贵的财富，不管是得意的还是失意的，也不管是成功的还是失败的，酸甜苦辣，只有自己真正体会了，才能成为自己的财富。

2006 年 12 月，朱兴辉受聘为中国地质卢旺达 MUTOBO 水标项目经理；2008 年 3 月，受聘为卢旺达 KIGALI LOT 2 供水修复和扩建项目经理。其间，朱兴辉在从事在建项目管理的同时兼顾了经理部诸多项目的投标工作，并且多个项目以合适价位中标，积累了较丰富的国外工程投标经验，能够在较短的时间内拿出比较中肯的技术投标文件，较全面地适应了海外的项目管理工作。

2008年11月，朱兴辉又受聘为中国地质东非经理部总经理助理；2009年2月起兼任东非经理部卢旺达和布隆迪国家经理；2010年3月，受聘为中国地质东非经理部副总经理。

朱兴辉在做好在建项目和市场开发方面主要抓在建项目的生产经营，尤其是协调与水电十局合作的两个项目（Kigali电力改造项目和西部省三电站改造项目）上，克服了合作单位投入不够、海外工程执行经验极少、业主对行业新进入企业的不信任因素导致的工期延迟等困难，最终顺利完成了两个项目的施工。

2009年10月，朱兴辉成功开发了布隆迪供水市场，获得公司在布隆迪的第一个项目——布琼布拉城市周边供水项目。

2010年6月到2011年6月，办事处在建项目8个，项目合同额7900万美元，新签项目合同额4200万美元，均达到了历史最高。朱兴辉还积极参与了驻卢中资机构企业商会的组建，并在商会注册后任副会长。通过这个平台，进一步展示了中国地质文化和宣传中国地质的“五种精神”。

2013年11月，中国地质中东非分公司成立，朱兴辉任分公司总经理、党支部书记。

朱兴辉在多年的工作中积累了丰富的管理经验。他认为“市场”和“人才”是分公司在海外国际工程市场生存和发展最关键的两个核心。“内耗”是企业管理的病毒，如果在日常管理中处理一件事情的成本高于这件事情本身的价值，那这件事情的发生就一定有内耗的因素存在，因此要避免内耗因素的出现。导致发生这件事情的员工就是需要督导的对象。因此他加强分公司的团队建设和人才培养，尤其是有目的地培养有语言基础的工程专业年轻人。他会给青年管理人员传授招投标标书编制的技巧，也会亲自解答《菲迪克条款》和合同管理的运用经验，给年轻人提供锻炼的机会和场所。公司也实行容错机制，打造容错环境，通过实战逐步提高分公司在非洲生存和发展的本领。与此同时，他也主动调整和改善了分公司市场开发的思路，加强了市场开发力度，这期间成功开发“刚果（金）奇卡帕56公里公路项目”等其他项目，分公司营业规模步入A级分公司行业。

第 9 节　合作共赢

朱兴辉做工程有个原则，“不能把所有的饭都吃完，也得给别人留一些；也不能把别人的路都走完，让别人无路可走。”他的意思就是不要所有的项目都争，凡事都要留有一定余地。因为，任何事物都是社会性的，做到尽心尽力就行了。别的企业尤其是当地企业也要生存。

朱兴辉的观点实质上体现了中国地质的竞争姿态——投标合理低价但不恶性竞争！

中国地质在卢旺达二十年里做的 16 个项目中，朱兴辉亲自做项目经理的就有 7 个。无论执行的项目有多难，最终和业主的关系都很融洽。中国地质不仅仅只做农田水利方面项目，还有给排水、公路建设等方面的项目。

朱兴辉说：“无论何时何地，只要职业素养高，诚实有信，总会被对方看重和敬佩。领导要有担当，才能做成一些事，做好一些事。领导不计较个人得失，严以律己，宽以待人，才可以维持整个团队的齐心协力。”

2017 年，朱兴辉从刚果（金）首都金沙萨出发，驱车前往刚果（金）西南部城市奇卡帕。因为雨季，几段很长的土路积满了水，道路错综复杂，四驱的越野车只能在水里艰难滑行，与其说是开车，倒不如说开船。项目离刚果（金）首都金沙萨 900 多公里，开车大概要十四个小时。因为没有路，朱兴辉大部分的时间是将开车当作开船。长时间在水里走，刹车片都磨没了。为防止制动不平衡，他就用牙签把两个后轮的刹车油管给塞了，放弃后轮刹车。

这是他第一次勘察这个从零开始组织投标的项目，这也是中国地质在刚果（金）的第一个公路项目——刚果（金）奇卡帕 56 公里公路项目。最终以第四标位置中标，是一个合作共赢执行项目的成功案例。

那时候中国地质在刚果（金）公路专用设备不全，专业人员也不多，为拿到优质的项目作为立足点，朱兴辉想了很多办法。他最终采用“优势互补”

的方式，和湖南路桥合作执行项目，项目于2021年底已经基本完成56公里沥青混凝土道路、一座160米开赛河钢桥、奇卡帕城市道路（9.2公里）太阳能路灯等98%的主体和补充合同部分。

这个项目是朱兴辉分管领域最大的一个项目。从参与国际投标的市场开发到项目执行组织，他全程深度参与跟踪，审核确定投标价格，编写合作协议、项目管理措施等。

朱兴辉已经在非洲打拼二十年，有过各种各样的艰难，经历过各种各样的考验。

2002年7月的抢劫，2003年10月的车祸，2015年布隆迪的未遂政变，刚果（金）的埃博拉病毒，疟疾和阿米巴以及现在正在流行的新冠病毒，等等。他还经历了救死扶伤、分公司下属集体被禁和围攻等特殊事件。所有的这一切，都没让他退缩，他直面意外降临的打击，也坦然扛起各种压力和困难。或许，朱兴辉就是一座岿然不动的高山。

朱兴辉曾经用一个比喻形容他在中国地质的工作，他说，在非洲的工作就跟淘金一样，泥沙被辛苦劳累带走，留下的是钻石和黄金。他认为将工作当作事业干，是伟大的；将工作当作艺术干，是享受的！

2011年，是朱兴辉到非洲第十年的时间节点，他挥笔写下了题为《非洲十年祭》的感慨：

> 十年，是人生漫长的历程，却是历史的弹指之间，要是在这个时刻没什么回忆和梳理，它将就如庸碌生活的每一天很快悄然淡去，毕竟这十年已经太深地刻在了我的人生之中，我不能无动于衷，即使用笨拙的文笔也需要在这里长吁短叹。
>
> 这十年，我收获了自己的生命，所幸的是，至今我还能动脑思想，动情发泄，偶尔动手记录我的喜怒哀乐。这十年我收获了一袋子金钱，老板给我的工资和奖金都在，我有时翻翻。但没多少机会去让它为我做点什么，也很少能让它为家人朋友买些开心和微笑！这十年我收获了世人的人情冷暖，非洲大地的尔虞我诈和垂死挣扎后塑造出的坚韧性格。这十年，我收获了更驼的背，结石和突出的

椎间盘，疟疾及阿米巴……当然还有一副渐瘦的躯体。

这十年，我收获了聊以自慰的于孤独中在非洲工作和生活建立的同事间的信任与配合，搀扶与鼓励，还有家人般的情谊。

……

我试图算算我的付出和收益是否成正比，无奈这不是一道能轻易算得出的数学题。如果我坚持算出答案，只怕需要在十年后的愚人节再做一个愚自己十年的决定！我想我做不到的，所以不想求这个解了，其实答案已经在心！

这是我的非洲十年祭吗？我希望不是，还是有很多美好回忆的，尽管不如我期望般的绚丽。

祭过了非洲十年，工作还得继续，非洲生活也将无奈地继续，所有的一切照旧。我又将重归 always be raped 的角色，只愿我也能获得些许快乐，我必须坚持下去！

2021 年 4 月 1 日，朱兴辉在非洲工作整整二十年。因为非洲工作和生活的打磨，现在的朱兴辉少了很多棱角，多了份淡定和睿智。回忆这漫长而又匆匆的二十年，朱兴辉感慨道：“闯非洲的目的，主观为个人和家庭，客观为了企业和社会，甚至是为了非洲的发展，践行国家‘一带一路’的倡议。是值得的，也是充实的。”

对工作、企业、国家，朱兴辉是无愧无悔的；对个人，他却将得失看得淡然。常年在非洲工作，他和其他同事一样，多次染上非洲常见的疟疾、阿米巴等疾病。阿米巴是通过消化道传播的一种疾病，它能导致常年痢疾，也能导致多器官损伤。很多中方人员都是因为这些疾病而提前终止在非洲的工作。朱兴辉感染上阿米巴时，自己不知道，由于当时网络条件差，信息量有限，无法确定病因。直到一次偶然的机会，从正在治疗阿米巴的卢旺达原经商处王勤参赞那里得知，自己身体的长期不适可能是阿米巴导致。经过专门检查机构确认是阿米巴 3+，他经过多年、多次的用药和治疗后，肠胃问题才得到了缓解。

提起这些，朱兴辉一脸的云淡风轻。他说：“海外有很多特殊的生活，虽然相较国内工作难度更大、安全风险隐患更多，但是，也有它的简单和乐趣。那里有更多的机遇和挑战，有更广的市场和空间。非洲适合喜欢有挑战性又耐得住寂寞的人。那里可以成就梦想，也可以激发智慧。”

人们常说：“院子里练不出千里马，温室里养不出参天树。”人不经过磨炼真的不知道天地有多大。二十多年来，朱兴辉在工作中给人们呈现出的就是强大的内心和勇往直前的执着。他毕业于华东交通大学，专业是工业与民用建筑。自从走上工作岗位，他业务上精益求精，不断钻研进取，实际操作触类旁通，可以说充分发挥了做工程项目的天赋。到目前为止，朱兴辉做的非洲项目都是完美收官。

提到亲人的时候，朱兴辉却沉默了。

朱兴辉兄妹五个，他是家中唯一的男丁，工作中，每当遇到生死关头，他总是说：“有妻子和姐妹们在照顾大家庭，我没有后顾之忧。”其实，他才真正肩负着家庭的重任。可他总像个军人，行使着自己的天职，他一如既往地在非洲在自己的岗位上奋斗着。

所有敢于奋斗的实践者都是英雄，他们以自身的品格和生命的力量设计未来并创造未来。

朱兴辉以文弱的身影，坚韧的性格，展现了中国地质强劲的市场角逐力，并将这股力量辐射向四面八方。在中国地质，这股韧劲，这种力量，无处不在！

第八章　帕德玛河　我有话要说

安放往事的河滩上
白鹤亮翅的青年在夕阳下劳作
汗水将他的背影与时间融合
旷野在暮色中祈祷，勤劳的人
黄沙模糊视线，谁的青春滚滚向前
你离去之后，天降一场滂沱大雨
跋涉万里的脚步，播下一路壮歌
夜幕降临时分，牵挂仍旧卷土重来
远方的萤火虫，在捕捉飘飞的雪花
它们飞舞成火焰的荣耀，洗濯回忆
战马踢踏着又将出征，奔向未来的人
在烈火金钢的锻造中，苦尽甘来

孟加拉国，世界上人口密度最大，也是世界上不发达的国家之一。

到了孟加拉国，才会觉得中国的城市根本不算堵车，地铁也根本不拥挤。与中国相比，孟加拉国是一个能让人培养耐性和提升幸福感的神奇国度。让人感觉特别奇怪的是，这个被称为“千泽之国”的国家，城市饮用水竟然成了一个大难题。

孟加拉国库尔纳高端大气的 Western Inn 酒店大堂经理，用英文向人们介绍说：“我们酒店的厨房、客房、洗衣房等，都是用这口井里的水。因为，自来水根本不够用……”库尔纳是孟加拉国第三大城市，也是孟加拉国大河港之一，在鲁普萨河西岸，离河口 80 公里。Western Inn 酒店是库尔纳城里最好的酒店之一。

最近几年，包括中国“一带一路”建设在内的各类基础设施和民生工程，给这个城市带来了新一轮旧貌变新颜的机会。

2014 年，库尔纳着手建设全新的城市供水管网，承担这项任务的是中国地质南亚一公司。公司的 30 多名中方员工中，有 90% 来自湖南国湘人力资源劳务责任有限公司。

湖南卫视《一带一路长沙人》节目，有对湖南国湘人力资源劳务公司的相关介绍。画面中，那位浓眉大眼、气宇轩昂的小伙子，名叫秦勇。他的准确身份，是中国地质工程集团有限公司副总经理兼南亚一公司总经理。

秦勇向应聘者们介绍着自己所负责的分公司：“中国地质南亚一公司，管辖巴基斯坦、孟加拉国、尼泊尔、阿富汗四个国家的市场业务。几十年来，参与完成了巴基斯坦、孟加拉国多个水利、房建、公路、桥梁、市政项目的实施。所有已经实施的项目，均产生了积极深远的社会影响。不仅改善了所在国的当地民生，还加快了所在国家的基础设施建设，同时，为国际友谊做出了巨大贡献……”

当年，秦勇就是通过这家湖南长沙的劳务公司，才得以进入中国地质巴基斯坦经理部（南亚一公司的前身）的。

2016 年 7 月 3 日，来自全国各地的 40 多名应聘者，聚集在长沙东二环旁的湖南国湘人力资源劳务责任有限公司，他们竞争的是前往孟加拉国月薪不低于 1500 美元的工作机会。主持这场面试的人，正是孟加拉国库尔纳水务项目的负责人——中国地质南亚一公司总经理秦勇。

面试者中，有些人曾经出国工作过，而有些人则从未踏出过国门。人与人的学历和经验，存在着很大差距。但是，秦勇似乎并不看重这些，他关心的是应聘者能不能吃苦，有没有恒心。

和这些应聘者一样，十四年前，秦勇也是在这里通过面试，踏上前往孟加拉国工作之路的。当时，他只是一名普通绘图员。通过自己的努力，秦勇从一名劳务派遣人员，变成了用人单位的正式员工。又从一名普通职员，变成了央企的区域总经理。

秦勇之所以到长沙招聘人才，也是思乡情结使然，毕竟他就是从这里走出去的。再者“无湘不成军”“惟楚有材”，从古至今，湖南人吃苦霸蛮的品格，也是具有历史依据的。然而，想要找到真正合适的人并不容易，这已经是秦勇今年第三次在国湘进行面试了，面对众多前来应试的人，秦勇一个个耐心地回答着他们的问题。

秦勇的真诚，在湘江河畔留下了动人的回声，也留下了让人无限遐想的空间和展望未来的召唤。

第 1 节　筑梦孟加拉国

2002 年，秦勇作为一名劳务派遣人员，怀着对海外工程项目的美好憧憬，带着新奇和兴奋走进了中国地质孟加拉国 2B 公路项目营地，开始了他在孟加拉国的追梦之旅。

在这里，秦勇从一名绘图员做起，凭着脚踏实地、兢兢业业的工作态度，凭着对海外工程事业的激情，历经十几年的风风雨雨，一路前行。他历任项目技术员、项目技术负责人、项目副经理、项目经理、孟加拉国办事处主任等岗位。经过各种工作岗位的锻炼和自我超越，他从一名劳务派遣人员成长为中国地质南亚一公司的总经理。

在这片远离祖国的异国他乡之地，他怀着一颗赤诚之心，带领着一群志同道合的属下，勇敢追逐心中海外事业的梦想，始终走在一条充满挑战的寻梦之路上。对很多人来说，孟加拉国人口众多，贫穷落后，生活不便，非常不适合工作与居住;但对秦勇来说，这些都是机会，在这里他找到了存在感，实现了自己的价值，带领孟方员工圆了致富的梦想。

孟加拉国是世界上河流稠密的国家之一，但基础设施非常落后，很多城市都没有城市供水和排污系统，家家户户靠自打井供水。一到雨季，城市内涝严重。正因为孟加拉国基础设施差，才需要中国地质及大量中资企业的支持与帮助。

2014 年，秦勇带领南亚一公司陆续承接了孟加拉国第三大城市库尔纳 KWSP 供水工程的供水主管道、供水管网、取水口设施及原水管线三个项目，第二大城市吉大港 KWSP2 供水工程 W–3–1 和 W–3–2 两个项目，业主分别为库尔纳水务局和吉大港水务局。孟加拉国并不大，但城市交通拥挤，乡村公路网不发达，从一个地方到另一个地方并不容易，必须要习惯等待和忍耐。孟加拉国政府机构人员臃肿、办事效率低，很多事情是一拖再拖。对此，秦勇总结出来的经验是“对外要能适应这个国家的慢，对内也能不忘记自己的快”，只有能灵活地在这两种节奏中切换，高质高效地完成工作，才能在这块土地上扎根下去。

随着项目逐渐增多，并一个个开工，秦勇忙碌地穿行在各个项目之间。有一次，库尔纳水务局总经理见到他，问：“秦先生，我怎么没看见你休过假啊？”秦勇说：“我必须为你们的项目负责，也得为我们的员工负责。要知道，我们公司除中方员工外，还有上千名孟方员工，他们都是各自家庭的顶梁柱。我必须要让他们知道，我们从事的是伟大的事业，通过我们辛苦的工作，能让整个库尔纳人民喝上他们盼望已久的健康饮用水。我要让所有员工为他们所从事的工作而自豪，就算我自己再苦再累也是值得的。”

2016 年 12 月，公司领导视察项目时，库尔纳水务局总经理特意表扬了中国地质孟加拉国团队的核心人员秦勇、杨振宇、王剑刚，说他们带领下的团队工作认真负责，富有激情，能有这样的合作伙伴是他的骄傲。

2017 年 7 月，孟加拉国北部发生了特大洪灾，多地出现泥石流伤亡事故，很多人无家可归，留宿街头。

秦勇在吉大港水务局洽谈项目事宜时，正好听吉大港水务局总经理提到了这件事，他当即表示，以南亚一公司的名义向灾区捐赠 10 万孟加拉塔卡，并且告诉吉大港水务局总经理：“‘一方有难，八方支援’是我们中国的传统，作为中国的跨国公司我们也会传承这样的优良传统。人的生命高于一切，我们一定要尽绵薄之力。”

吉大港水务局总经理称他为孟加拉人最尊敬高贵的朋友。正是因为秦勇胸怀坦荡、爱憎分明的性格和风风火火做事的态度、乐于助人的品德以及多年来主动融入孟加拉国社会的习惯，让他交往了大量的当地朋友，也让业主对中国地质刮目相看。在他的影响下，南亚一公司中方和孟方员工一直相处融洽，相互信任，工作默契度非常高。虽说大家文化背景不同，但都能融合到具有南亚一公司特色的企业文化之中。

库尔纳管网项目施工区域大部分在城区，原设计方案采用道路明挖施工，需要封闭交通，这给当地居民的出行带来不便，对周边环境也造成一定的影响，很多居民到库尔纳水务局总经理那里投诉。总经理找秦勇商量解决办法，秦勇大胆向业主提出：减少道路开挖面积，采用管道非开挖施工技术，提前规划施工；联系警察局做好道路交通疏导；做好民生工程宣传；及时清理施工区域；定时定点洒水等多项建议和措施。库尔纳水务局很快就采纳了他的建议，此后，很少再有居民投诉。这些建议和措施也极大地加快了项目的施工进度，提高了生产效率。

近几年来，南亚一公司通过在建水务项目的精心实施，已在孟加拉国水务领域树立了良好的品牌形象，赢得了业主的信任与支持。公司员工人数逐步增加，磨砺出了一支能打硬仗、敢担责任、勇于奉献的中孟员工队伍，不仅有力地带动了当地人口的就业，而且为分公司在驻在国长期、持续发展创造了良好的环境。

追梦前行的路上，大家齐心协力，众志成城。

第2节　记得那时年纪小

秦勇每次回乡招聘人才，都有一种说不清道不明的情绪，无限感怀之中又包含着无法诉说的喟叹。因为自身的成长经历，他太能理解前来应聘者的心情了。

一千个人就有一千个对人生及幸福的看法和理解，他们对未来充满了美好愿望和美好期许，但多多少少也存在着一些顾虑和担心。所以秦勇针对每一个面试者，除了认真、细致、慎重的问答，还会根据他们的言行举止假设一个海外工作的场景，并将眼前的应聘者置入其中，设想他的工作状态、风采、风貌以及带来的工作效果。反复推敲品评之后，再给出决定。他要尽量地判断准确，达到公平公正把握衡量人才的尺度。

路，可以重复走，但是每个走同一条路的人，心情和初衷又大相径庭。

秦勇走这条路时，走得无奈又心酸。

1999 年，大学毕业的秦勇，为了能和自己的女朋友呼吸同一座城市的空气，欢天喜地接受分配，到湖南一家房建企业。那时的房地产行业萧条，工资少之又少。而女朋友所在的路桥单位，不仅利润高效益好，家庭条件也很优越；他家中母亲务农，父亲是一家工厂的厂医，经济条件比较差。他深深地叹了一口气，说道：“当时我岳父岳母都不看好我。第一次去女友家，没人理我。那是平生第一次受到别人的冷遇。所以，我一定要为自己的尊严争一口气。”他停了停，继续说，“谁知，机会真的来了——走劳务派遣的道路，进入中国地质。”

不过秦勇也不是一次面试就成功的。那时中国地质在长沙面试的考官，是人力资源部的一位女同志，她毫不犹豫地将秦勇“斩杀”了。回到北京后，她才得知孟加拉国项目急需一名做桥涵结构的设计及绘图人员。

项目负责人曹小威与她交流后，拿到了秦勇的联系方式，并通知秦勇到北京进行第二次面试。平生第一次去首都北京，秦勇激动又憧憬。曹小威是利用回国休假的机会顺便招收人员的，在中国地质办公楼找了电脑和纸张，让秦勇按要求考了一遍，感觉眼前这个小伙子还是蛮不错的，就跟秦勇说：“行，就你了。”

2002 年 8 月 21 日，秦勇登上了去孟加拉国的飞机，那时他唯一的念头就是努力干两年，挣些钱回来买一套房过日子。

秦勇到达孟加拉国的第一个工作项目，就是孟加拉 2B 公路项目。

那时候，单位名称是巴基斯坦经理部，时任经理部总经理是沈琦，项目经理是曹小威，办事处主任是关霖。其中曹小威和秦勇之间还有一段佳话。

秦勇到孟加拉 2B 公路项目之后，天天加班到很晚。前一任绘图员走了好几个月，积压下来很多工作，秦勇没日没夜地赶。所幸他当时只有二十五岁，是项目上最年轻的，做再多的事情也不觉得累。唯一让他很难受的是英语无法应付，语言功力不到位，交流起来捉襟见肘。

项目的用人模式是一个萝卜几个坑，一岗多职万金油。语言水平的提高，只能靠自己在实际工作中不断摸索。反正自己负责的工作，自己得想方设法完成。秦勇和监理工程师等外方人员沟通时，鼓足了勇气说英语，不怕丢人也不怕被笑话，这样坚持一段时间下来竟然慢慢适应了。经过近一年半没日没夜地赶工，他终于把小山一样需要提交的图纸设计，都处理完了。他平生第一次感受到自己克服困难带来的成就感，那是真正的开心与欢畅。

此后许多年，他都非常感谢那一年半“压迫式”的工作给他语言提升的机会。监理等外方人员宽容大度，不计较他语言上的混乱，不嘲笑他语法上的错误，还会给予他耐心的指导，这使他的听说能力有了质的飞跃。

压力其实也是动力，困难的出现也许是为提高能力做准备的。

光阴荏苒，秦勇和劳务公司所签的两年合同转眼就到了。秦勇回国的时间到了。回国后的秦勇沉浸在新生活的愉快之中，将孟加拉国的这段经历珍藏在心中，他以为从今而后再也不会踏上那片异国的土地。

然而，生活的另一面却常常是出人意料的。

一天，秦勇突然接到中国地质菲律宾经理部总经理李朋的电话，说菲律宾需要像他这样有过海外工程项目工作经历的人才，听说秦勇在孟加拉国的项目中表现不错，问他是否愿意前往菲律宾工作。本来没有打算再回中国地质的秦勇，听到中国地质的召唤，还是感觉到了自己怦怦的心跳，这份激动或振奋其实是深藏在内心的，那里有着一份对中国地质的深厚情感，只是他自己从来就没有正视过。此刻，当这个意外的电话把这份深情唤醒时，它是那么的明显和深厚。这一通电话，让本来还想回原单位房建公司上班的秦勇，心中掀起了波澜。他的脑海里再一次浮现出东南亚那个陌生的国度——菲律宾的种种场景，去还是不去?

正在犹豫不决的时候，又接到孟加拉国办事处主任关霖的电话，动员他回到孟加拉国，继续发挥才能和施展才华。

来自中国地质的频频召唤，让秦勇心旌摇曳。“一石激起千层浪”，秦勇陷入思索中。

第 3 节　远方的召唤

经过多日反复的思考，秦勇的情感天平倾向了中国地质，倾向了自己工作战斗过的孟加拉国。他认为中国地质的平台是锻炼千里马的场所，一旦错过定会终生后悔。他决定不再回原先的房建单位，也不考虑远赴菲律宾，而是毅然决然地听从了孟加拉国的召唤。

在沈琦、曹小威担任巴基斯坦经理部总经理期间，秦勇从一个绘图员，到现场施工员，再到项目副经理，再从项目经理一步步升到孟加拉办事处的主任。

2008 年，秦勇成为巴基斯坦经理部的副总经理。

2010 年元旦假期，中国地质一、二把手——郑起宇、郝静野两位领导，专程从北京乘飞机来到孟加拉国。巴基斯坦经理部总经理曹小威也从巴基斯坦飞到了孟加拉国，他们一起对秦勇进行提拔之前的考察。此后从 2010 年到 2013 年的三年时间，秦勇以副总经理身份主持经理部全面工作。

就在秦勇决心干出点成就的时候，遇到了一个烫手的“山芋”。

那是亚行的一个项目——孟加拉国 1# 标公路项目的事，这个项目 2008 年授标，要求 2012 年完成。严格地说，这本来是一个不错的项目，是在曹小威担任巴基斯坦经理部总经理时投标并授标的。但是项目启动后才发现，这个项目的征地拆迁存在巨大的困难。

孟加拉国是一个私有制国家，私有财产可由子子孙孙无限制地继承下去。政府土地部门最终无法解决项目的征地拆迁问题。60 多公里的项目，其中 31 公里新路线被取消，项目道路里程减半，合同总金额减半，同时道路扩建所需砍伐的树木迟迟无法砍伐。

尽管孟加拉国是个比较贫穷落后的国家，但民主意识和环保意识非常强。如此下去，不仅项目预期的利润将无法实现，还可能出现较大亏损，而且此类工程项目的费用索赔很难实现。

2011 年项目进度严重滞后，损失惨重，很长一段时间，都没有任何迹象表明短期内项目的征地拆迁和树木砍伐等问题能顺利解决。那些比方程和函数难解的问题，搞得秦勇经常对着天空发呆，一愣就是半天。

在一次与业主、监理协商的会议上，因为工期、费用问题，争论得非常激烈。“如果你们再这么罔顾事实，置我们的正当诉求于不顾，这个项目我们就不干了！”秦勇愤然地说。

那天会议结束后，秦勇因生气辗转反侧、坐卧不宁。他忍不住给当时分管海外业务的孙锦红副总经理打电话，那是秦勇第一次给公司领导打电话，之前只是通过邮件传达业务、汇报问题。毕竟这次不同往常，这个项目到底是继续往下走，还是当机立断放弃，秦勇必须向公司总部汇报，请求公司决断。

秦勇给孙锦红汇报说，孟加拉国 1# 标公路项目到了非常艰难的时候，继续干还是不干，需要公司总部做出决定。并说如果终止合同，后面还会有很多棘手的问题。最后秦勇决定回国详细汇报，请公司决策。于是，秦勇一刻没耽误就买了周五晚上的机票，抵达北京。第二天是周六休息日，孙锦红直接来到秦勇住的酒店，听他的汇报。听完秦勇的汇报，孙锦红问秦勇："你是什么意见？"

秦勇说："这是亚行的项目，尽管存在征地拆迁、树木砍伐的问题，导致项目施工进度滞后。遗留的工作还是应该全部做完，毕竟亚行项目在付款上是有保证的。如果终止合同，会给公司的信誉带来负面影响，更有可能让公司进入孟加拉国市场黑名单，还有可能导致公司被亚行制裁，对于我们的后续业务是不利的。我本人的意见是继续干。"

孙锦红听了秦勇的一席话，坚定地点点头。两个人针对孟加拉国 1# 标公路项目，一聊就聊了五六个小时。他们对每个环节，每个方案，以及所产生的后果、影响及意义，都进行了缜密的推理及预判。孙锦红将方方面面以及所有细节，谈得透透彻彻，分析衡量得清清楚楚，最后两人意见一致，决定继续干。

秦勇心中云开雾散，同时，他暗自庆幸孙总的支持，也聆听了一堂精彩生动的工程理论课。

如果继续干，公司还需要继续投入资金，而且深不见底。秦勇说："如果要继续干的话，公司要给我支持 250 万美元，否则我没法干。"

屋内温和的空气一下又开始冷凝起来，只有短短的几秒，秦勇却感觉像是经过了几个世纪。他不知道自己的要求是不是过分，毕竟当时的孙锦红只是主管海外业务的副总经理。而此时此刻的孙锦红，表情沉静、目光邈远。过了一会儿，孙锦红拿起手机，当着秦勇的面给中国地质"一把手"打电话，说周一要召开总经理办公会，有件紧急的事需要向公司领导汇报，并请领导研究决定。

第 4 节　纯粹与坦诚

2022 年的元宵节深夜，秦勇在孟加拉国接受了我们的视频采访。他坦率地介绍自己，真诚地赞美公司。他坦诚真实，洒脱大度，又充满历练后的智慧与幽默。

他开门见山地说："因为孟加拉国 1# 标公路项目，我开始跟孙总接触交流，我的思想和观念就开始发生变化了。

"孙总是双学历，教地质专业英语。他最早是成都地院学地质专业的，后面又学了语言，在英国攻读的工商管理硕士。在巴基斯坦的宗国英时代，他是外事经理，语言方面很厉害。他对国际工程项目和业主之间复杂关系的处理、协调、索赔等问题，以及整个流程的操作与安排，都了然于心。他真是太厉害了，我真是太佩服了……

"但通过这个 1# 标公路项目，领导们应该觉得我有闯劲，也真能做点事，所以对我进行了提拔重用……"说到这里，秦勇爽朗地大笑起来。

好多人都说秦勇非常能干，为公司创造了巨大的利润，特别是沈琦、曹小威等前任领导，提起秦勇无不赞赏有加。2016—2018 年，秦勇创下了不一般的业绩：在公司领导的引领和支持下，他带领南亚一公司全体员工，团结一致，艰苦奋斗，克服种种困难，在当届资产经营责任期内，扭亏为盈，并持续三年保持盈利。而且斩获多个水务新项目，累计新签合同额高达 20932 万美元市场开拓的好成绩。

秦勇心中的蓝图，是中国"一带一路"倡议给中国地质南亚一公司所辖的孟加拉国、巴基斯坦、尼泊尔、阿富汗工程市场的发展，带来的新机遇。南亚一公司将市场开拓的重点放在孟加拉国，力争在孟加拉国水务市场通过在建项目的良好执行、新招标项目的积极竞标，充分展示公司在水务项目执行方面的实力，树立起公司良好的水务项目品牌形象，巩固已有项目城市市场，开拓进入新城市水务市场，尽可能多地占有市场份额。

采访中我们提到了“五种精神”，他认真地说：“之前我觉得公司的五种精神有什么呢，不过是留住人才的口号罢了。但是通过这个项目，通过与我们公司领导接触的这段过程，我对中国地质的五种精神、理念、价值观等一系列企业文化，有了不同的认识。也就是说，我用了好几年的时间，才收获这种新的理解。我开始转变了，这个转变，就源于孟加拉国 1# 标公路项目，更源于孙锦红对我的指导帮助。”

这时，秦勇才开始讲述使他思想和认识开始转变的重要原因及过程——孙锦红的雄才大略及鼎力相助，救活了秦勇及孟加拉国 1# 标公路项目，也才有了后来南亚一公司中标的一批又一批项目。

第 5 节　铁血之魂

话说孙锦红打电话给公司一把手，说周一总经理办公会上的急事，实际上就是秦勇来北京汇报的项目事宜，以及秦勇提出要公司支持 250 万美元资金的想法。孙锦红详细地向总经理办公会描述和论证了此项目的利与弊。当时秦勇的级别是主持工作的巴基斯坦经理部副总经理，不够参加总经理办公会或党政联席会的级别，也没有作为列席人员。他只能在酒店里焦急地等待消息。这样的等待，令他备受煎熬。

中国地质的领导们在会上做了充分的交流沟通，发言都非常中肯充分，孙锦红将秦勇的意见明确表达后，有的领导认为秦勇的主观愿望是好的，但是担心 250 万美元投进去收不回来，在这个实质性的问题上，谁也不好打包票。当然会上也有领导持反对意见，认为放弃比较省心，或免去很多麻烦。所以，关键的决策时刻会场鸦雀无声。

孙锦红身为公司海外业务的分管领导，对海外的工作了如指掌，他说：“这个项目必须要投，不投的话，会带来很多负面影响，对公司不利，甚至会被制裁。投的钱我认为还是有保障能够拿回来的。”与会领导议论纷纷，莫衷一是。孙锦红镇定地说：“我个人建议公司拿出 250 万美元给秦勇，支持这个项目。如果到时这个钱回不来，我愿意把我家的房产拿来抵上。”

秦勇当然没有辜负孙锦红的期待。孙锦红的帮助、信任和支持让秦勇有了破釜沉舟的勇气与必胜的决心。一匹桀骜不驯的千里马，是永远奔跑在旅途上的。孟加拉国 1# 标公路项目给了他驰骋的空间，孙锦红给了他奔跑的动力。

秦勇说：“孙总信任我，让我好好干。我除了尽全力，别无选择。从此，我就是铁人了，我必须具备铁人的身心和灵魂。”因为这件事，秦勇的思想发生了重大转变，他开始真正理解中国地质的“五种精神”。

其实，那时候的业主监理方，已经做好中国地质终止合同的准备了，认定中国地质不会再干这个项目了。因为这个项目施工过程中的种种困难，是有目共睹的。他们认为中国地质不会承担那么大的风险，来做这么个带有疑难杂症、费时费力费钱的项目，没想到中国地质出人意料地，不但没有放弃这个烂摊子，竟然排除千难万险，将“烫手山芋”干成了经典的作品，干得那么英明果断。

“孙总给我争取了 250 万美元，我活过来了，我的项目也活过来了，并创造了出人意料的成绩，也树立了好口碑，得到孟加拉国政府部门的支持和理解。关键是把公司的 250 万美元还掉了，我没让我们孙总抵押房子。”秦勇眼里溢满泪花，又一次哽咽着说不下去——这个富有血性的已经是中国地质副总经理兼南亚一公司总经理的硬汉子，此时却满是感动和感慨。可以肯定，这份感动就是秦勇奋斗的发力点。

直到现在，秦勇有感于孙锦红的平易近人和礼贤下士。他佩服公司领导的思想高度和人格风范，更感激中国地质领导对员工真切的关心与信任。

人总得先找到自己赖以生存的物质基础，而后才会找到激发心灵的创造动力。而秦勇已经由原来“摇摆于满足与厌倦之间”的自己，变成“必须干出点成绩，弄出点动静”的自己，这是需要有一个过程的。他再也不是原来的“即便认识到荒唐还得充满斗志干下去”的被动工作的秦勇。可以说，从那时那刻起，他变成了一个工作目标明确，思想积极清明，内心坚定不移，对工作主动进攻并敢打敢拼的秦勇。

以前中国地质在孟加拉国所做的项目，都是一些公路和中小型桥梁项目，利润相对比较低，竞争激烈。从 2013 年开始，秦勇开始业务转型，放弃这类中小型路桥项目，去做当地公司干不了的项目，以追求利润的增长。具体地说，就是项目转向水务相关的业务，包括自来水管道、自来水厂、污水处理管道、污水处理厂等。

2014 年 6 月，中国地质南亚一公司拿到了第一个水务项目——孟加拉国第三大城市库尔纳的水务项目——合同额 2800 多万美元。2014 年 10 月、2016 年 3 月又先后拿到同一座城市同一个业主的另两个水务项目。2016 年 10 月，连续拿下孟加拉国第二大城市吉大港市的两个供水管网项目。上述 5 个项目累计合同金额 2.8 亿多美元。

从 2016 年到 2018 年，秦勇领导的南亚一公司给中国地质创造的利润达到整个公司的一半以上。这几年，南亚一公司可以说是中国地质重要的利润增长点。

秦勇经常对身边的人说："这个国家很小，圈子也小。咱们一定要内强素质外树形象，有好口碑才能树立好品牌。"秦勇以及他领导的队伍，无时无刻不按照中国地质的"五种精神"去执行和实施工作。

"有为才有位，有位更有为""上为国家做贡献，下为员工谋福利"这些箴言，是现在秦勇口中说得最多的内容，他认为这些语言是世界上最简单的语言，也是最有生命力的语言。不管他本人还是他的团队，都一直学习，一直贯彻。

秦勇知道，他的内心已经有了信仰。只有触摸到信仰的力量，才会有指向激动人心的庄严，指向伟大恢宏的国度和疆场。不管这时的他是高大还是渺小，努力拼搏坚决奋斗，就是他向中国地质致敬的最好方式。

第 6 节　美好人间

南亚一公司通过转型，不仅给公司创造了效益，还凭借中国地质强大的实力及企业文化，在孟加拉国及另外几个所辖国家逐步开花结果。

当然，干项目也是有周期的。南亚一公司 2014 年拿到的项目，到了 2016 年至 2018 年利润才出来。此后，2019 年至 2020 年进入另一个间歇期，他们静待花开，稳步前进。2021 年至 2022 年初，他们又相继签了三个水务项目，总合同额达 2 亿美元，业绩更上一层楼。第四个水务项目也即将落地。南亚一公司已经进入良性循环的轨道。

秦勇说他从第一个项目艰难完成开始，就一直活在感恩里。他感恩领导，感恩中国地质，感恩孟加拉国 1# 标公路项目带给他的所有感受和人生体验。因为经过那个项目淬炼，他突破了自我，提高了认知，提升了思想，中国地质也得到了业主及各方的肯定和认可。正因为有了这份认可，才会有后面 8 个新项目，甚至是一个项目群的收获。

现在的南亚一公司在发展过程中，管理上秉承以人为本，依法纳税，诚信经营，保护环境，恪守责任，全力构建和谐企业的发展理念。业务上坚持科学发展，不断追求管理创新，奉献精品工程，不放松履行社会责任。

南亚一公司近几年业务的不断扩展，为所在国创造的税收也逐年增加。2013 年至 2021 年，南亚一公司给所在国共纳税合计折合 1.45 亿元人民币，为当地社会的发展贡献光和热。

中国政府的“绿水青山就是金山银山”的理论，时刻影响着国民的生态素质。南亚一公司通过施工技术革新，改善工程施工对于周边环境的影响，确保环境及生态可持续发展。在孟加拉国好几个供水管道（管网）项目的实施过程中，项目部凭借“不封路、不停业、不拆迁”的崭新建设理念与配套核心技术，在城市管道施工中积极主动地联系当地政府及警察部门，宣传生态施工的重要性，充分体现采用管道非开挖技术施工对于民生工程的重大意义。

提前做好道路交通疏导及应急预案，及时修复开挖路面，清理施工区域，定时定点洒水，采取各种措施从扬尘、噪声控制、节水、节能、节材、节地等方面全面落实“四节一环保”的工作要求，将因项目施工引起的周边环境影响降至最低，真正实现“绿色施工”。

南亚一公司热心社会公益事业，扶贫济困、捐资助学、援助灾区、回馈社会，从无间断。分公司积极号召广大员工，对贫困家庭和遇有突发事故的属地困难家庭员工捐款捐物，帮扶救助；分公司每年定期对一些具有特殊困难的员工家庭进行资助。

2017年初，孟加拉国库尔纳KWSP供水项目部了解到，供水主管道项目施工途经村庄的小学生缺乏学习用品。项目部马上采购了一批学习用品进行了集中发放，这一举动，获得了广大村民的赞誉，有效地提升了公司品牌形象。2017年7月，孟加拉国北部发生特大洪灾，多地发生泥石流伤亡事故，吉大港KWSP2供水项目部通过业主吉大港水务局向灾区捐赠了10万塔卡，获得了业主的高度评价。

南亚一公司注重人文关怀，关心员工职业健康和生活，助力员工全面发展。各项政策获得了广大员工的赞誉，凝聚了人心，汇聚了人气，解决了问题，融合了文化，让中方员工和属地员工获得了共同发展，为分公司的长远发展和属地化的持久战略奠定了基础。

加快实施“走出去”战略，是我国在新一轮对外开放中的一项重要战略决策。中国企业要积极参与经济全球化、不断增强综合实力，就必须顺应世界经济发展的趋势，在更大范围、更广领域、更高层次上参与国际竞争，更好地利用国内、国外两个市场，两种资源。

目前中国企业“走出去”所面临的最大困难，是如何赢得所在国人民的信任，进而获得其认可和支持，为企业在海外长期、持续发展创造良好的环境，建立中国企业的国际品牌形象。南亚一公司自进入所在国市场以来，就一直在努力实现属地化经营，加强不同国家文化的融合，带动当地就业，促进当地社会发展和经济繁荣。

现在的秦勇，早已不是那个单纯的只是想着挣点钱、过好日子的年轻人了，他现在想得更多的就是认认真真地为中国地质做些实实在在的事情。立足于孟加拉国市场的现实土壤，正是发挥冲劲的时候，他努力进行市场运作，运筹帷幄，发力准确。

他说：“分公司今后将加大力度跟踪各类水务（供水、污水处理）项目，以及相关新能源、垃圾处理类节能环保项目，力争储备尽可能多的可持续发展的项目。同时，分公司也将加大对巴基斯坦、尼泊尔、阿富汗市场的关注、开拓力度，力争有所突破。除继续加大力度跟踪上述四国国际金融机构贷款的国际招投标项目外，分公司还将加大力度跟踪、开拓中国政府‘一带一路’框架下的优买优贷项目，其中包括涉及南亚国家互联互通的交通项目以及解决重大民生问题的项目等，加强与当地政府机构和中国使馆及经商处的沟通，力争打破目前局限于现汇招投标项目的困局。”

这是南亚一公司的未来方向，也是秦勇的奋斗方向。以梦为马，不负韶华，已经成为秦勇和南亚一公司的天职。

秦勇说：“我们不仅代表中国地质，更代表中国。经过多年的摸索与实践，南亚一公司基本实现了属地化项目运作，大部分员工在当地招聘，只在项目执行的关键岗位使用一些中方人员……目前，南亚一公司的当地雇员总人数长期维持在 1300 人左右。”这是一个庞大而有战斗力的团队。更难能可贵的是，团队大部分是属地员工，而且当地雇员的绝大部分人，跟随中国地质的时间都很长，队伍一直非常稳定。他们不但熟悉并适应了中国人的工作方式和工作方法，而且对中国地质非常信任和依赖。很多工作开展起来都得心应手，彼此之间的默契程度很高。属地员工已经完全融合到中国地质企业的文化之中。

秦勇一路走来，情感和思想也在一路蜕变，经历越多，感悟也越多，最后沉淀下来的，就是对中国地质事业的忠义和真诚。他在九九八十一难中，学会了责任与担当，学会了克制与隐忍，在工作中慢慢磨掉自己的野性，代之以坚强拼搏和不息奋斗的中国地质精神。

一个人或一个企业的成长，必定是要经过烈火金钢般的淬炼，从精益求精的磨炼中锻造而来的。中国地质南亚一公司通过各项行动，努力改善当地人民的生活条件，实现企业与当地社会的协调发展，展现敢于担当国际责任的大国形象和风范，为社会创造价值，为中国地质树立了大国央企的品牌形象。

第九章　乞力马扎罗的梦

那是高山对高山的向往
铺满记忆的月光，寂寞
曾落满我们的肩头和心房
而身影和脚步是四季常绿的树
跟随出征的号角，踏响时代强音
后来，我们真的从那个高度飞过
以龙的骨骼、东方的智慧发出的力量
信仰的颜色，堪比乞力马扎罗雪的莹白
我们用体内的张力驱除巨大的黑暗
将危险与恐惧，困难及愁绪，粉碎处理
东非大裂谷是见证，乞力马扎罗是目击者
维多利亚湖借用细雨倾诉的衷肠，山重水复
继续吧，那些刻骨铭心的场景和情怀
垒砌成塔，成为追求与神谕共筑的梦

坦桑尼亚境内常年积雪的乞力马扎罗山，号称“非洲脊梁”。山顶的雪峰是赤道上的奇观。山顶的皑皑白雪，在阳光的照射下，发出神秘的光环。高高的雪线，平静而温柔，锐利而倔强，山峰伸向高处的世界，妩媚动人，又有震慑魂魄的粗犷与冷峻。

白雪覆盖了高山容颜，却覆盖不住这里曾经演绎的种种悲欢。亿万年前如此，亿万年后同样如此。时间的洪流，在经年累月的过往中奔腾不息，诉说发生于那片土地的故事。

这时间的诉说中，有中国地质的好男儿，毅然将雄心壮志筑梦乞力马扎罗的身影。

第 1 节　从嫩江到坦桑尼亚

1998 年，百年不遇的洪水来势汹汹，嫩江上游宣泄而来的洪水，犹如挣脱枷锁的猛兽，冲出嫩江西岸，吞噬着岸上的农田、民房、灌木林……洪水渐渐地逼近警戒水位线，眼看就要漫过堤坝，随时都有决堤的可能。危险笼罩着嫩江东岸的城市齐齐哈尔。

空中乌云翻滚，狂风掠过江面，一排橘黄色的灯盏，沿着江堤闪烁着，那是驻防齐齐哈尔市的部队设的应急灯，每隔 30 米一盏灯，每盏灯下伫立着一位坚强的军人。情况万分危急的关头，他们连夜加固嫩江大堤危险段，在狂风暴雨中穿梭。

这场百年一遇的洪水导致高伟生停工在家，他得以目睹解放军为家乡抗洪抢险的一幕。那些在风雨中奋战的身影，让他思索，自己能为国家、为社会做些什么呢?

高伟生毕业于黑龙江工程学院（原名为黑龙江交通专科学校），学公路工程管理专业。1990 年，他被分配到齐齐哈尔市路桥工程公司，一直从事公路工程投标报价、施工与管理工作。由于表现突出，1997 年加入了中国共产党。1998 年 9 月末，公司安排他去齐齐哈尔地质队帮忙做公路投标报价。到了齐齐哈尔地质队他才知道，原来是黑龙江省地矿局在博茨瓦纳拟投一条公路项目，该项目面向国际公开招标，相关招标资料以及做标要到中国地质总部去。

10 月初，高伟生到了中国地质总部。他第一次接触并领教到中国地质非洲部总经理李朋缜密的报价思路和严谨的工作作风；见识了中国地质丰富的国际工程商务运作和施工管理经验；聆听了中国地质集团老总们高瞻远瞩的开拓战略。真知灼见的投标策略，大开大合的投标激励举措，让高伟生深受震撼。他由此了解，国际工程市场是需要智慧和胆量博弈的。高伟生眼界大开，受益良多。

此后，在中国地质非洲部期间，高伟生利用业余时间系统地学习国际工程的招标文件、投标文件以及 FIDIC 合同范本。每当遇到不理解的词汇便向毕德启老师请教，毕老师声情并茂地给高伟生讲各个词汇的音标、发音、含义、用法。后来，高伟生只要学习英语，脑海中总会浮现出毕老师的谆谆教诲。

在李朋、毕德启及其他同事们的帮助下，经过半年历练，高伟生就能单独阅读英文版招标、投标文件了，国际报价的能力有了很大的提升，为后来二十年的海外奋斗奠定了坚实的基础。

1999 年 4 月，高伟生被中国地质派往坦桑尼亚经理部。对于高伟生来说，命运就像魔术师，时间就像指挥棒，他自己做梦都不明白，从嫩江江畔到坦桑尼亚，他为何飞越得这么神速。

时年三十一岁的高伟生，一路辗转却丝毫感觉不到旅途的劳顿，他对将要踏足的陌生国度充满了渴望、好奇，也对异域生活有隐隐的担忧。

坦桑尼亚首都达累斯萨拉姆用一场细雨和两个广告牌迎接了他。其中一个是油漆广告，另一个是轮胎广告。整个坦桑尼亚首都，连第三个广告牌都没有。高伟生不仅有些茫然，飞机没有飞错吧？这雨中的场景，显然是农村啊！扑面而来的热风，和他离开北京时的明媚四月天相比，多了一些粗犷和原始。一股看不见但却明显在冲击他的热流，在平板房群落之间游动。没有高楼大厦支撑的天空，显得低矮而又空旷。然而，这眼前看似乡村的地方，确实就是坦桑尼亚的首都达累斯萨拉姆。

就在这样一个陌生的国家，有中国地质坦桑尼亚经理部这个温暖的家庭，让高伟生暗暗感到自豪。他一直是个善于观察和思考的人，他一边熟悉身边的环境，一边感受身边的氛围，他对先他而来的同事田进及总经理张旺民充满了敬意。觉得他们了不起，能跑到这么遥远的地方开拓出属于中国地质的一片天地。同时，他也感受到当地居民的热情友好。他心情舒畅，信心百倍地投入了工作。

总经理张旺民知道新来的这个年轻人能看懂英文招标文件，又会做预算，很快就安排他上岗工作。刚开始，高伟生做了坦桑尼亚东南部林迪省沿海 165 公里土路项目和苏穆巴旺旮 237 公里两个土路标的投标方案与投标报价。其中，前一个项目，给高伟生以深刻记忆。

这个德国人希利玛做监理的土路项目，穿越坦桑尼亚的原始森林，让高伟生和他的同事们吃尽了苦头。项目营地位于一条名叫马乌吉的天然河流的下游。上游当地人洗衣服洗澡，下游的他们要从这条河里取水饮用。用明矾处理后的水洗澡让人浑身发痒；烧开饮用，一股子异味。

旱季，营地附近买不到蔬菜，要到 30 公里以外的地方去买，买来的南瓜叶上的灰尘难以洗净，吃到嘴里牙碜；项目上的厨师几乎买光了附近几十公里范围内村民的鸡。离海岸线近的村落里都是渔民，可以买到螃蟹、龙虾、石斑鱼等海产品，没有蔬菜，高伟生他们一天三顿吃海味，时间长了都想呕。

地处原始森林里，租不到房屋，只好向当地村民学习，就地取材建临时住房，从灌木丛中砍伐树，搭接屋架和围墙，上面盖上铁皮瓦，安个柴扉，挡雨难遮风差，晚上可以躺在床上数星星。后来房子四周用铁皮瓦围住可以遮风，却又不通风。一到雨季，房子白天湿热晚上阴冷，成了蚊子聚会的场所。疟疾频发，大部分人病倒。后来总经理张旺民来项目考察指导，看到大家的生活条件艰苦，决定用矿泉水作为饮用水。每周一次用公交车从 600 公里以外的达累斯萨拉姆运送蔬菜到一线项目，那时所有员工，真正体会到中国地质的强大。

有一天，疟疾竟然降临到高伟生身上。他感觉头顶像压着一个圈，一会儿冷得打寒战，一会儿热得衣服和被子都湿透了。后来，疟疾就跟项目召开例会一样来得准时而频繁。再后来习以为常了，他得了疟疾能自己服药，边治疗边工作。大家开玩笑说，得疟疾的好处是能让人迅速地减肥，得一次疟疾，体重至少减掉 3 公斤。高伟生做了一个统计，他在坦桑工作十二年，得疟疾次数累计超过 150 次，总计输液超过 1500 瓶；第一次去坦桑尼亚时，他的体重是 63 公斤，两年后返回祖国，他的体重是 58 公斤。

白天上工地忙碌，晚上偏远区域没有电，高伟生就用燃煤油的马蹄灯照亮，读英文标书。即使是查字典到深夜，他也要把施工图纸、技术规范、合同条款等标书条款搞明白，因为第二天还得与业主、监理进行沟通交流。

德国监理希利玛既严谨认真又固执傲慢，他的心情是随着天气变化而波动的。晴天，施工进展快，整个路况干净整洁，监理心情就好；雨天，土路通行泥泞不堪，监理就郁闷到大发雷霆。有任务要求他都懒得说，他会给高伟生丢下一封正式函，转身就走。来函的内容无非是要求返工重修，费用自理，还详细地注明需要重修的路段位置，里程桩号。对于监理的来函，高伟生他们都会根据合同要求及时回复。等到雨过天晴，路况恢复正常，总监就又把重修这件事忘得一干二净了。

中方员工也体现出中国人的铮铮铁骨。面对德国监理的高标准严要求，高伟生等几个三十来岁的年轻人，不甘示弱，憋着劲儿证明自己的管理能力和技术水平。

这样反复折腾之后，高伟生想了一个点子，他画了一幅漫画悄悄送给了监理希利玛。画中是两堆草之间，有两头用一根绳子拴着的驴子。为了吃草，它们分别向相反的方向狂奔，绳子绷得很紧，它们都吃不到各自想吃的那堆草。几个回合下来，驴子也都累了，坐下来休息，思考之后达成一致，共同吃完左边的一堆青草，然后再共同吃完右边的那堆青草。

监理希利玛拿到这幅漫画后，不理解其中的含义。暗示不行，就来明示。高伟生解释，这两头驴多么像监理与承包商，绳子就是这个项目，拴绳子的人就是业主，青草就是合同要求的“安全、质量、进度、成本”。只有共同合作，才能完成目标。监理听后，不但没生气，反而认为很有道理，欣然接受建议。但不喜欢漫画上的驴子形象，因为驴子是愚蠢的象征。于是，高伟生将漫画中的驴子，换成了憨态可掬的两匹马。监理希利玛珍惜地在漫画的下方写下：“CGC、LINDI, 06/01/2000”作为留念。

监理希利玛严谨细致到每天铺多少米路、用多少土石方都要报施工计划。他会亲自到现场验证计划的可行性。他在早晨四五点钟就赶到十字路口等着，数一数一共多少辆车，记下车牌号，几个班组，二十四小时不休息三班倒，记录每个班组的换班时间。七十多岁的监理希利玛，要爬到每一辆自卸车上，亲自量测车厢的长度、宽度和高度，再算出每辆车拉的方数，计算出的总和与报来的计划数字两者吻合，他才放心。甚至在哪个项目上待过多少天，自己每天抽多少根烟，花了多少钱等，他都会工工整整地记录下来。监理的细致让高伟生产生敬佩。

签了合同，就必须遵守合同。合同的本身就是甲乙双方用来履约的。大多数中国人重视结果，不重视过程。但是，监理希利玛不仅重视结果，更重视过程。他认为过程每一步做到位了，结果必然是到位的。中国年轻人不服输的劲头和勤奋上进的态度以及自强不息的作风，让监理的态度渐渐温和起来，他们的合作也融洽了许多。而监理教会他们的“严谨”一词，也深深刻在高伟生心中。

第 2 节　严谨是忠诚范畴

与国外的监理一起工作，可以学到很多国际工程管理知识、管理经验与交流智慧，特别是使用语言的严谨性。用语严谨可以让沟通顺畅，有时还能起到保护自己的作用。

108 公里公路项目的总监是德裔捷克人阿道夫·葛朗特，七十多岁了，思维敏捷，头脑灵活，工作起来认真、严谨，甚至有些固执。高伟生是 108 公里公路项目的副经理兼总工，跟葛朗特的沟通与交流可谓费尽了周折。

表面看总监葛朗特坐在办公室电脑前，通过阅读审批专业监理的报告管理国际工程，通过加减乘除，精确地计算出有利于业主的利益。其实他运用于国际工程管理的根本大法是 FIDIC 条款，他对条款理解得很透彻，他对业主和承包商之间签订的合同，尤其对特殊条款记得特别清楚；能及时准确全面地掌握现场情况，从安全、环境、质量、进度四个维度着手，重点关注变更、索赔、调价的发生，动态地控制工程成本；同时可以规避潜在的风险。

而忠厚的中国地质人，只知道埋头苦干，很少深究文字，不重视计算利益，更想不到向对方索赔。然而不管是英国的、德国的、捷克的还是日本的监理，他们都是靠现代化管理手段求生存，靠经济效益谋发展的。他们对合同条款逐字逐句地斟酌推敲，将合同理解得入木三分，将潜在的风险考虑得滴水不漏，文字表达言简意赅，最后再结合现场的实际情况，合理地规避承包商提出的变更、索赔、调价、退税等要求。

高伟生及中方人员为了学到这方面的经验，就会主动去和他们聊天。高伟生问葛朗特：“您相信天上有什么神秘的力量吗？”葛朗特说：“我小时候，我父亲把我送到教堂去，每天一来一回，加起来正好 10 公里，就是为了去吃献爱心的义工饭。我当时向上帝祈祷，我想要好的生活，我想有牛奶和面包。上帝根本没有给我。后来我稍微长大，努力学习钻研专业技术。开始工作后，我把每项合同条款装在脑子里，整天背诵。我把合同条款当作知识，增加我的智慧，提高我的技术水平。我挣到了钱，我就有了面包和牛奶，而且吃得很好。上帝没给的牛奶和面包，我自己找到了。”讲到这里，捷克监理开心地笑了，那是一位睿智的老人获得成功后，展现的欣慰开心又阳光璀璨的笑。

高伟生心里明白，老人没有直接回答他信不信有什么神秘力量，但是通过叙说这个实例，他告诉高伟生什么神秘力量都不会满足你任何愿望；能满足自己愿望的，只有自己的奋斗。

高伟生对这位监理充满敬意，从老人身上，他学到了变更、索赔和调价的技术及知识经验，并先后在 108、120、125 公里公路项目上将学到的付诸实践，为项目获得了一笔不小的收入。善于学习与总结，理论与实践结合最终就能带来经济效益的提高。

不过，高伟生因为涵洞施工工艺的问题，也跟这位监理闹过不愉快。

108 项目管涵施工，设计要求现浇钢筋混凝土，内模采用充气胶囊，一次性浇筑成型的管涵强度和整体性好。采购内膜前，需要监理审批的资料都走了审批程序。内膜进场后，验收合格，监理同意使用。浇筑完成的涵管主体强度、刚度、稳定性全都满足设计规范的要求，但是，涵洞内部表面看起来不是那么光滑平整，有细微的流线型的凸凹变形。监督该项目的桥梁监理是曾在俄国留过学的桥梁专业博士，理论水平高，实践经验少。他强烈要求采取增加压强的措施增加内模的整体刚度。结果，按照他的指令执行，导致两个内模在现场充气的过程中爆裂；后来每次浇注混凝土前对内模的验收，桥梁监理就站在离内模 5 米远的地方远观，一改从前靠近内模仔细地敲、拍、弹的检查方式。针对这个问题，捷克监理还召集监理、业主、承包商三方召开专题会议：监理建议改变施工工艺，由原来的现浇改成预制安装。中方则坚持现浇方案，因为经过业主、监理、承包商三方联合检测，浇筑成型涵洞主体的各项指标都满足甚至超过设计标准要求，只是涵洞内部表面看起来不是那么光滑平整，但不影响涵洞的排水功能。而改变施工工艺需要时间准备定型钢模板，时间来不及，耽误工期。如果监理非要改变施工工艺的话，中方会服从监理的书面变更指令要求，但是保留索赔的权利。

葛朗特做了几十年的国际工程监理，把索赔研究得十分透彻，跟承包商打交道最怕的问题就是承包商提出“索赔”，这意味着会有费用的增加、工期的延长、物价及汇率的调整等一系列问题。会议难以达成一致的意见，便暂停了管涵的施工。项目部每次上报涵洞施工申请要求，葛朗特都以各种借口拒绝，他想通过这种方式让项目部无条件地接受他所提出的修改方案。

这件事让高伟生煎熬了一周，管涵施工难有进展，他陷入了迷茫。有一天上午，监理的座驾来项目部做定期保养，强烈的日光照在车上，监理公司的标志显得格外醒目——白底蓝图，三个等边菱形托举着一个圆形。这情景让他眼前一亮，高伟生想到了葛朗特曾经和自己探讨过中国太极图里的阴阳鱼，他想到了原则性与灵活性的有机统一。他要以标志为切入点，与监理好好沟通，探讨打破目前工作僵局的办法。

高伟生与监理预约谈工作之余，顺便谈到监理公司的标志，高伟生说：“您公司的这枚标志看起来简单、悦目、有内涵，构图、色彩都很和谐。”葛朗特对这个话题很感兴趣，自豪地说：“那当然，这代表着国际监理公司文化。”高伟生顺势问道：“是哪位高级设计师设计的？”监理也不知道，便疑惑地问高伟生：“为什么要问这个问题？”高伟生说：“我从这枚标志中看到了中国的阴阳太极文化。”监理很感兴趣，连忙问：“真的？说说看。”

高伟生顺便说了自己对监理公司标志的理解：“公司的标志代表着公司的文化内涵，包含着公司的经营理念，寄托着公司的美好愿景。这枚标志总体看是三个等边菱形托着一个圆形。在中国传统文化中，方形或菱形代表原则性，圆形代表着灵活性。比如中国古钱币讲究‘内方外圆’。可见公司的奠基者想以 75% 的原则性和 25% 的灵活性的理念运营公司，也应了中国的阴阳太极图。”

葛朗特说，他自己几十年的工作感受也是这样的。就这样，两人达成了一致，在确保安全质量的前提下，加快施工进展，管涵变更事宜就此放下，还是用原设计方案。每次工程例会，甚至竣工验收时，葛朗特都会向业主解释：“管涵的质量都满足甚至超过了设计标准要求，只是外表看着不光滑，但是不影响排水功能。”

高伟生从德国监理那里学到了严谨，从英国监理那里学到了公正，从捷克监理那里学到了索赔。人生的每次不期而遇，都会给善学善思的人留下宝贵的财富。

高伟生及同事们照旧每天和时间赛跑，每个项目的开标会，他都喜欢参加，即使准备标书熬一个通宵，第二天也要亲临开标会现场，聆听业主开标人员宣读中国地质具有竞争力的报价。因为中标就代表了希望，公司就有了盼头，大家又有了奔头。

2005 年 9 月 28 日，作为 120 项目副经理兼总工的高伟生接到总部通知，坦桑尼亚—莫桑比克联合大桥（720 米）项目业主发来意向授标函，要求近期答疑。张旺民总经理要求高伟生回总部参与答疑。授标后，当项目经理组建项目班子执行该项目。他打算回中国地质东非经理部总部准备答疑工作。从 120 公里公路项目驻地坐车前往姆旺扎机场，乘飞机回东非经理部。

当地司机开车，连日劳顿的高伟生随着耳边掠过的风声，忍不住困意睡着了。可是，一场灾难就发生在这一会儿的睡意里。高伟生坐的车翻了。

就在高伟生刚眯着不久，当地司机手掌方向盘一边开车一边迷迷糊糊地睡着了。车被司机开到了路边的土沟里，司机没有大碍，可是高伟生却很惨。满身是血，第五颈椎开裂，脖子被砸伤，这场车祸导致他六个小时失忆。

这事过去之后，高伟生幽默地说：“人的生死就是瞬间的事儿，事前没有任何征兆。我想我不符合阎王的要求，就被放回来了。”说完竟开心地笑了起来。经过一次鬼门关的高伟生，对名利看得很淡，对困难和压力更是不在乎了。

高伟生将每天的工作经历当作是对自己的考验，历练的过程就是修行。高伟生经常借用网络上一句话表达自己的态度：“生活虐我千百遍，我待生活如初恋。”他感谢中国地质给他历练的机会和平台，更加热爱中国地质的海外事业，并用二十年的海外经历证明了自己的热爱。

第 3 节　七个毒牙印

2007 年 7 月，坦桑尼亚劾亚纽瓦—布滋拉荣布 120 公里公路项目发生了一件令人难过的故事。高伟生是项目经理，他最害怕半夜打来的电话，不是怕影响休息，而是担心项目出意外事故。然而，担心的事情还是来了。

这天夜里，急促的电话铃突然响起，高伟生下意识地抓起手机，睡眼蒙眬中一看时间是凌晨 2：10，电话是项目副经理张伟打来的。他说在分营地值班的项目经理助理撤学山在床上睡觉的时候，左脚脚后跟被什么咬了一口，留下了 7 个黑色的牙印，疼得打哆嗦、直冒汗，脚腕已经肿得很厉害。

高伟生赶紧联系在分营地值班的保安王兴平，安排给撤学山口服一管蛇药作为预防，并用纱布将膝盖以下的小腿扎紧，马上送回主营地。然后安排商务经理韦天幸与当地医院的值班医生联系，派车将医生接到主营地。按照安排，大家分头行动，半个小时后，医院当班的副院长和一名对野外咬伤方面经验丰富的医生来到主营地医务室，准备好了急救药品。接着，撤学山被抬进医务室。在强烈的灯光下，脚踝上的 7 个黑色牙印依稀可见。

副院长说，毒蛇咬伤的可能性比较大。当地医院没有急救药，更没有血清。只能从省会布寇巴或达累斯萨拉姆购进急需药品和血清，但就怕耽误时间，伤者会有生命危险。即使没有生命危险，也怕那条腿保不住。可是，到首都得乘飞机才行。从项目所在地去机场还有六个小时颠簸土路的距离，况且，有没有航班还不清楚。

焦急的高伟生想抓紧送撤学山去首都医院。于是，他拨通了经理部张旺民总经理的电话，汇报了来龙去脉。张总指示，立即将人送回首都的经理部所在地，做好现场的安全防护。

当时正好是早晨 5：00，驱车前往姆旺扎机场需要五个小时，如果能坐上 11：30 去达累斯萨拉姆的飞机，航行需要两个小时，最迟下午 2：00 就能到达目的地。事不宜迟，高伟生安排了项目上驾驶技术最好的司机开车，由一名当地医生携带急救解毒药物，给撒学山挂上一个吊瓶，边输液边赶路。商务经理韦天幸护送撒学山前往机场。

一路紧赶慢赶，几经波折，他们最终到达达累斯萨拉姆机场时，已经是第二天凌晨 2：00 了，距离被咬伤时刻已经过去了二十四小时，撒学山已经不能行走了，只能用手推车抬下飞机。在机场等候的张旺民总经理和其他同事，直接将撒学山送往中国援坦的医疗队专家组所在地。中国医疗队专家诊断为毒蛇咬伤，说幸亏来得及时。医生马上给撒学山用上血清，撒学山生命安全得到了保证。这时，在场的所有人，才真正地松了一口气。

撒学山晚上加班备料，凌晨 1 点才回到分营地，洗漱后就睡了。本来驻地的床都是很高的，为了安全起见，大家在普通的床腿下面又垫了 15 厘米厚的混凝土块。可撒学山嫌热，不仅没有给床加垫块，还将席梦思床垫拿掉，直接睡到床板上，床一下矮了下去。再者，他们晚上睡觉嫌屋子闷热，开门睡觉。估计是他睡梦中翻身时，脚伸出了床外，惊到了趁黑潜入屋内的眼镜蛇，脚后跟才被咬了一口。

住在分营地的郭志清、牛忠星、王兴平 3 人都不敢睡觉了，他们将屋里的东西翻了个遍也没发现蛇的踪迹，他们提心吊胆地过了三天。这天黄昏，从部队转业、在项目上任爆破工程师的郭志清，警觉地听见墙角放置的废弃消毒柜后面有动静，探头一看，一条黑色的眼镜蛇从消毒柜后面电机散热孔中伸出了脑袋，东张西望，察看室内的动静。它感知郭营长靠近后，头部瞬间变得又扁又宽，张开大嘴，两股毒液从嘴里喷向郭志清。郭志清快速躲闪，跳到附近的一张凳子上，大喊起来。大家听到喊声，赶紧围拢过来，最后，这条眼镜蛇被保安“武力”消灭。

当地人说这个项目所在地的地名为“Chato”，当地语的意思就是“蛇岛”。周围村子里，每年都有被毒蛇咬伤救治不及时致死的案例。好在被蛇咬伤的撒学山抢救及时，后来又回国做了康复治疗，恢复得很好，没留任何疤痕和后患。从此，项目驻地加强防范，绝对禁止晚上开门睡觉，将门窗加固放上安全网，保障大家的安全，再也没有发生类似的事情。

当经历过一次又一次考验后，高伟生及中国地质东非分公司的同事已经都换了一种心态生活和工作。他们将经历过的往昔和面临的环境，当作不可多得的生活阅历，反而给非洲的工作生活增加了很多乐趣。

坦桑尼亚苏穆坝旺嘎—穆盘达237公里土路工程，犹如体验森林大冒险，原始森林的壮美自然有不一样的丰富内容。不说别的，只说原始森林的野生动物，便能激发起人们亲近自然的情感。

为了找铺路基的石头，大家就沿着河岸往前，找啊找啊，他们经过一片又一片不同的丛林和植被，有人兴高采烈地高呼："石头，我们找到河里的石头啦！"大家高兴地往前跑，远远地就看见河里有一大片朱红色的石头。等到大家走近了，发现那些"石头"一个个都昂起头，警觉地望着这一群跑来的人们。"哎呀！哪是石头？原来是一群河马。"

河马群，足足有几百头。它们在河流中，享受着早晨阳光映照下的静静时光。因为发现河马，大家比看了非洲电影的心情要激动得多。

他们还发现原始森林里有个奇特的景观，乔木树干下半部分是黑色的，上半部分和树冠是墨绿色的，地面上偶尔发现烧灼木炭的残渣。据当地司机讲，当地人为了保护自我，一到旱季，就点火烧枯草和低矮的灌木丛，大大小小的野生动物都被燃势凶猛的野火吓跑了。特别是毒蛇，要么逃离了火海，要么葬身了火海。而原始森林里的树木很高大，火既不能烧着它们，也不影响它们的生长。

雨季一来，森林的春天就到了，乔木争相开枝展叶，吐故纳新，为森林装上伞盖。被旱季野火烧灭的野草和灌木丛，又恢复了原来的茂盛和丰盈。天上飞的、地上跑的动物又搬回了那片森林和草地。每当这时候，项目上的施工人员，抬头就会看到成群结队的长颈鹿，三三两两的"四不像"，那场景，绝不亚于3D电影大片。

第4节　闪过黑影的夜

坦桑尼亚纳谷如酷如—林迪（Nagurukuru–Lindi）165公里公路工程项目同样是在原始森林。为了安全，项目营地安装了非常牢固的铁丝网，以防止大象及猎豹等大型野生动物闯入伤人。

这天晚上 12 点左右，高伟生准备休息的时候，听到外边有动静，他便拿着手电筒，去看看什么情况，转了一圈没发现异常；过了一会儿，又听见有动静，高伟生再次起来，刚一推开门就发现有动物在抓鸡，他大声把那家伙轰走了；高伟生回屋躺下大概不到一小时，就听见院子里两条狗狂叫起来。高伟生知道出事了，赶紧喊保安，结果保安不见踪影了。他的喊声惊醒了其他几个人："怎么了？怎么了？""那，快看，在那里……"随着喊声，只见一团黑影敏捷地跳起来，越过院子的铁丝网，旋风一样跳了出去。

"那么厉害，铁丝网都拦不住，不是老虎就是猎豹。"大家说着，用手电筒照着，发现了铁丝网上留下的毛皮血肉。大家惊出一身冷汗，显然是猎豹无疑。这时两名当地保安出来说："Leopard。"原来，他们知道是猎豹，所以吓得爬到自卸汽车上藏起来了，难怪怎么喊也不出来。

后来，连续几次出现猎豹光顾的迹象，只因驻地加强了防备，铁丝网加密加高了，大家才免除了危险。

在 120 项目上，会一些功夫的山东泰安人——给排水工程师于洪亮，身披月光哼着小曲，走在回营地的小路上。突然一个 1 米左右高、木棒一样的黑影直直地立在了他面前，吓得他立马收住脚步。定睛一看，原来是一条眼镜蛇拦住了他的去路。于洪亮了解蛇的习性，在相隔距离 1 米左右的地方，两方僵持足足有两分钟。最后，蛇向他咬了过来，他侧身一闪，蛇扑了个空。于洪亮迅速抡起手中工具向蛇打去。等他回到营地，还能清晰地看见上衣下摆和裤子上残留着蛇喷出毒液的印痕。

中国地质的老一代人，无论战斗在世界的哪一个国家，都是靠真本事、真能力，披肝沥胆真砍实杀地干，是实实在在的拓荒者。

高伟生说："人生的不同阶段，会有不同的难题，也会有不同的收获。很多时候，束缚住自己的不是能力，而是面对困难的勇气和胆略。有时候，遇到无法回避的困难，不如坦然面对。你越是害怕，越会被困难击倒，你迎难而上，再大的困难也会被消灭。"

2000 年春节，165 项目部放假一天，高伟生和刚从国内来的道路工程师彭凯安开车跑到了60公里外的海边小城镇玛艘口（Masco），只为打一个每人不到一分钟的电话。返回营地时，负责开车的彭凯安刚给家人报完平安，疟疾就发作了。他两腿颤抖得已经不能开车了。他冷得浑身发抖牙齿打战，哆哆嗦嗦地上了副驾驶座，指着驾驶室对高伟生说：“这是油门，这是刹车，这个是离合器……高工，你……开……”

高伟生从来没有摸过车的方向盘，但是，彭凯安已经哆嗦成一团，停在这里也不是办法。如果早点回到营地，项目经理陈乐佳会给彭凯安打针青蒿素，彭凯安就可以得救了。万般无奈之下，高伟生将彭凯安抚好，给他系好安全带，按照彭凯安说的方法，硬着头皮以每小时30公里的速度将车开回了营地。高伟生感叹道：“原来开车这么简单，早知道开车可以无师自通，就不会受难为了。”

高伟生说的这个“受难为”，指的是他刚到坦桑尼亚时，连续做标三个月，总经理张旺民安排他和地质工程师张玉林分别押车送材料到姆旺扎供水项目的情景。高伟生押的是东风平板车，载着满满的一车钢筋混凝土预制涵管，张玉林押的是一台泰拖拉钻机。1600公里的道路，他们艰难地行走了七天七夜。

沥青路上还好走，土路路况极差，一路摇晃颠簸。每天只能行走50公里左右，还不停地出状况，爆胎、车轮毂压裂、漏油，受尽了磨难。吃饭难、睡觉难，没水洗澡都是次要的，难的是熬到离目的地还有120公里的地方时，当地司机要性子不干了。高伟生不会开车，只能张玉林来开。沿路颠簸致使东风车的灯全部毁坏，晚上高伟生只好用手电筒给张玉林照路边的黄线、减速带、弯道……太困了，照着照着，人就睡着了，手电筒“啪”的一声掉地上，将人从梦中惊醒……

高伟生记得120项目投标前，做现场考察，当他抢晴天战雨天顶风沙，日夜兼程到达目的地——世界著名的东非大裂谷时，凉风习习，劳累消散。回想起沿途见闻，他思绪万千，有感而发写下诗文——《悠悠》。

背靠东非大裂谷，俯瞰维多利亚湖，鬼斧神工自然成。

壁立千仞鬼见愁，暴雨、山洪、泥石流，毁所有。

恨悠悠！怨悠悠！无助悠悠！

波光粼粼嵌非洲，汇水是源头，蜿蜒千里润非洲。

喜悠悠！乐悠悠！天助悠悠！

世事沧桑辩证看，成败是常态，胜不骄败不馁。

得悠悠！失悠悠！自助悠悠！

高伟生从往事中抬起头，开心地说："早些年，海外条件非常艰苦，现在各国条件都好了，中国地质的条件就更好了。原先认为困难的，现在都不算事了。现在在海外，工程顺利往前推，能够及早收回工程款，保质保量地履行合同，是最开心的事。"

第 5 节 精益求精干工程

高伟生刚到坦桑尼亚独立管理的第一个项目是 237 土路项目上的姆潘达桥项目，这是世行援助坦桑尼亚的紧急修复项目，总监理是一位日本人。

姆潘达新建桥位于 237 项目的终点，姆潘达镇的南入口处。该桥是一座长 18 米的两跨小桥。钢筋混凝土扩大基础，下部结构为现浇钢筋混凝土桥墩、桥台，上部结构为现浇的钢筋混凝土桥面板。新建桥的上游有一座年久失修的工字钢梁桥，宽度只能过一辆货车。新建桥的下游是一座已经垮塌的浆砌片石的弃桥。合同中规定的主要施工内容是将已经垮塌的弃桥拆除，在原桥址上建立新的钢筋混凝土板式桥梁。新桥建成后，将原有的工字钢梁桥拆除。

当时，参加完业主和监理召开的例会回来的总经理张旺民，对高伟生说："高工，你也参加了今天的例会，咱们面临的形势紧张，你去主管这座小桥的施工吧。"高伟生感受到了张旺民对他的信任，便说："张总，我仔细看看施工图纸，再给您准确回答。"高伟生回去看了设计图纸，心想，不过是座小桥而已。吃午饭时他就给总经理张旺民回话，保证四个月内完成任务。张旺民说："好！一言为定。"

许下诺言的高伟生，一夜没合眼，天刚亮，就找测量工程师李玉开车送他去施工现场。一路跨土坎，穿森林，马不停蹄，区区三十几公里的土路竟然走了六个多小时。到了施工现场，只见已经坍塌的旧桥，残垣断壁横七竖八地浸在水中，荒芜破败。两人找到了桥的控制点，李玉将车上带来的一台经纬仪、一台水准仪留给了高伟生，自己就开车回主营地去了。

临行前，李玉对高伟生说："兄弟，任务不轻松啊！多保重！"荒野中，高伟生品味着李玉那句话的含义，孤独悲凉的沧桑感涌上心头。在这穷乡僻壤的遥远小镇，队伍和设备都还没有踪影，只有高伟生一个中国人。

例会上，业主和日本总监都对中国地质能否按时完成桥梁施工任务表示怀疑，他们甚至连话都不想多说。所有人的看法一致——等着延期罚款吧。到了现场，当地居民也说四个月内肯定建不好，只要雨季一来，上游来的洪水就会将建一半的桥梁冲垮。大家委婉地提醒高伟生，大概率会延期被罚款，要有心理准备。

高伟生不是刚愎自用的人，他知道大家都是对他好，他自己也预推过，如果按常规做法进行施工，肯定会延期。他明白自己现在面临的难题：第一，急需组建桥梁施工队伍。他现在身兼数职——技术员、测量员、施工员、计量员、后勤保障、翻译……独木不成林。第二，急需物资及设备供应。施工现场只有一台旧的强制式搅拌机和一台 75 千瓦的柴油发电机。他要自己想办法去找到模板、脚手架、钢筋切割机、钢筋弯曲机……目前首都市场上没有这种小型机具。只能想办法解决当地这些难题。

高伟生和旅店老板聊天，拜访火车站站长、交警队长、警察局长等，请求他们帮忙介绍一些当地的木工、瓦工、钢筋工等专业技术人员。同时，对小镇的建筑材料市场和几家五金店进行调研。除了钢筋需要由经理部集中采购外，小镇的木板、方木、原木均有销售，质量和数量也有保证，各种材料价廉物美。

三天过去了，火车站站长介绍来一个木工 Pitter，六十八岁，满头白发。站长说，年轻力壮的专业技工都去大城市奔前程去了，只有一些年老体弱的技工留在家里，干个零散活赚钱养家。Pitter 又引荐了一名钢筋工 Joge，六十六岁。年轻力壮的小工倒是很多。就这样，半个月后，桥梁施工队伍搭建完成。

高伟生跟大家讲清楚了，要在四个月内把这座桥建好。根据专业分四组，有分工也会有合作，当每一组工期吃紧，需要赶工的时候，根据每组的工作情况进行临时调整，大家都点头表示同意。

总经理张旺民时常来电询问桥梁的施工进展情况，关心桥梁能否按期完工。高伟生顶着压力，想到三招对策。一是计件工资，多劳多得，少劳少得；二是三班作业，以空间换时间；三是分工合作，按专业分工便于管理。经过短暂磨合，各方配合默契，每个人各司其职。

队伍已经齐备，下一步该是克服物质匮乏的难题了。

钢筋加工组没有钢筋切割机、钢筋弯曲机和随车吊，就用手锯和砂轮机。他们将直径从 10 毫米至 25 毫米的 80 吨钢筋按照设计要求全部切断，用方木上钉钢筋头的土办法将钢筋弯曲成型，再用人工将钢筋搬到施工现场、安装到位、绑扎成型。

土方施工组没有挖掘机、推土机、破碎锤，就人工使用大锤、铁锹、镐头将废弃的原桥基础拆除，将基坑挖到位，土石分级分段地运到坑外。

混凝土组用手推车备粗、细集料，人工用盆端送混凝土的方式将近 900 立方米混凝土分期分批地浇筑到位。

经过四个月夜以继日的奋战，他们终于用最低的成本，提前并保质保量地完成了施工任务。在这四个月的工期中，日本总监只来过桥梁施工现场两次。

他第一次到施工现场，是桥梁项目施工刚刚启动的时候。他用鄙视的目光观看了全部现场，说："设备和队伍都没有，只有一位年轻工程师，承包商要想在四个月内完成整个桥梁施工任务，是不可能的事。最终结果将是延期罚款。"说罢，扬长而去。

三个月后，当他第二次来到桥梁施工现场，他震惊了。18 米长的钢筋混凝土桥梁已经完成了 95% 的施工任务，很快就能全部完成施工任务。这次，他主动握起高伟生的手，说："祝贺您，承包商先生！亚洲人的执行力比非洲人强。"高伟生补充道："感谢您，总监先生！中国人确实是亚洲人中最勤劳、最善良、最勇敢的。"

业主代表、监理看到施工进展神速，高兴地称赞道："中国地质不仅为我们建了一座桥，还为我们培养了一批技术工人。"当地民众开心地到桥上拍照留念。工头对高伟生说：“村民们原来都想看你的笑话，没想到你们还真的把桥干完了，中国人真是太厉害了！”

正如孙锦红曾经说的，“人生就是奋斗，只有奋斗，才能成功！”

国际承包商中国地质东非分公司，用最原始的办法，最低的施工成本，保质保量地完成了在当时所有人看来都不可能完成的施工任务，这就是中国地质人发扬中国地质“五种精神”取得的胜利成果。

但是，鲜花和胜利的背后，除了攻坚克难的勇气和坚持，还有令人不忍回想的苦痛。

2000 年 8 月上旬，坦桑尼亚 237 项目经理徐辉来到桥项目施工现场，给高伟生介绍一位新来的道路工程师陈巍，负责项目边沟挖掘和维修。按照工作整体安排，边沟挖掘从项目终点姆潘达桥向主营地方向推进，工程师陈巍需要暂时住在桥梁施工组的驻地。高伟生非常高兴，终于有个中方同事做个伴了。他便与陈巍有了近一个月的短暂交集。

陈巍来自湖南岳阳，三十一岁，管理能力强，带领 100 多人挖边沟，组织得轻松自如。英语交流顺畅，他管理的员工，干起活来进度快、质量好、成本低。

10 月 8 日一早，高伟生接到项目副经理张伟从主营地的警局打来的电话，说工程师陈巍在现场出车祸去世了。高伟生听到这惊人的消息，大脑一片空白，耳朵里像有很多蝉鸣。稳稳神后，他想：“说不定陈工是重伤，一会儿醒来了呢！”

待载着陈巍的车前往姆潘达镇经过桥项目工地时，高伟生把车拦下，他想见陈巍一面。但是眼前见到的一切，让他心中最后一线希望彻底破灭。泪流满面的他轻轻地给陈工盖好毛巾被和毛毯。

总经理张旺民给高伟生的指示是派人将陈巍遗体护送至姆比亚，并在当地办理相关证明，时间已是傍晚时分。年轻翻译杨晓峰自告奋勇要送陈巍一程。杨晓峰孤身一人，连夜押车把陈巍遗体送往相距 1000 多公里外的姆比亚。此时，正在达累斯萨拉姆养病的徐辉得知消息后，不顾张旺民的劝阻，拖着受伤的胳膊连夜坐车，赶往姆比亚处理陈巍的后事。

徐辉是坦桑尼亚 237 公里土路项目的项目经理，该项目施工地需要穿过偏远无人区和原始森林，交通极不便利。他的胳膊就是半个月前在一次交通事故中骨折的。当时他强忍疼痛，乘坐在土路上一晃三摇的巴士，两天一夜才到达中国医疗队就诊。一路上，他哼都没哼一声，大家都说他是纯爷们。可当见到陈巍的遗体时，徐辉痛哭不已。在处理陈巍后事整理登记遗物时，大家发现一份还没来得及发出的家信，其中两段话是写给他孩子的："爸爸出国的时候，你还在襁褓中；等爸爸回国的时候，你已经会喊爸爸了……"观者无不默默流泪。

那夜，高伟生彻夜无眠，只要闭上眼，脑海就浮现陈工在车上的情景。从此，他晚上就不再回驻地了，以免看见陈巍睡过的地方，黯然神伤。他和晚上加班的员工在一起，待在桥梁施工现场，困了就睡在皮卡车里，这样过了两个多月，直到桥梁施工任务提前完成。

张旺民通过中国驻坦桑尼亚大使馆，在支援坦赞铁路的中国专家烈士陵园里，为陈巍争取到一个墓位，将他的一部分骨灰安葬在那里。每到清明节，中国驻坦桑尼亚大使馆都会组织在坦的中国企业代表，前往烈士陵园祭奠。中国地质东非分公司的同事们都会在陈巍的墓碑前驻足、脱帽、追思。陈巍为中国地质海外事业，献出年轻宝贵的生命，他永远地留在非洲的广袤大地上，也永远留在中国地质人心中。

第 6 节　中国地质是棵杧果树

中国地质的项目不但干得好，而且大都保质保量提前完工。任何一个项目，不管是桥梁还是公路，只要中标，两三年就把几百公里的油路或土路修出来，这种创造传奇和神话的能力，简直让人难以置信。

东非分公司那些发生在铺路过程中的故事和所见所闻，有的催人泪下，有的触目惊心，有的又感人至深。

项目上设备配件被偷，高伟生不露声色地召集所有的属地员工开会，即使不能将物品追回，也要起到亡羊补牢的作用。高伟生看看在座的人，然后指着窗外的杧果树，平和地说："你们看那棵高大茂盛的杧果树，因为它结了很多的杧果，所以会吸引来很多的猴子，树上结的杧果越多，招来的猴子越多。你们看，有黑色的猴子，黄色的猴子，棕色的猴子，白色的猴子……”员工们都不知道中国老板想说什么，面面相觑，“中国地质就是那棵杧果树，因为中国地质，大家才有聚在一起干活的机会，才有吃有穿有钱赚……但是，如果这棵杧果树，今天被砍一根树枝，明天再被砍掉一根，这棵杧果树就会被砍死，被砍死的树还能结果子吗？”大家摇摇头说：“不能，不结果子了。”

“不结果子，猴子还有果子吃吗？”

“没有果子吃了。”大家纷纷说，“老板，你说得对，我们懂了。”

高伟生用比喻感化当地员工，提高他们对公司的忠诚度。只有有了忠诚度，才能更好地工作。其实他们当中，有受教育程度很高、素质很好和能力很强的员工。

项目部对施工机械设备的运行管理都有油耗标准，但偷窃似乎成了当地人的一种习惯。在施工现场，管严了，司机、操作手没有工作积极性，甚至集体罢工；管松了，偷油厉害，屡禁不止。而且越是赶工期的时候，偷油现象越是猖獗，偷到油的司机和操作手，就会高效地执行任务，否则，就有意把车辆设备弄坏，耽误施工。

有一次，高伟生去现场检查，有司机前来告状，取土场周围的灌木丛中有几个偷油贼藏在那里，建议他去抓。高伟生知道只能斗智斗勇。

他把在场的所有司机及操作手都叫过来训话：“世界上苍蝇到处都有，不可能全部赶尽杀绝。苍蝇为什么总是围着我们转？苍蝇多的地方说明那里不干净。只要把不干净的地方打扫干净，苍蝇自然也就消失了。围着我们转的小偷就是苍蝇，不干净的地方是哪儿？”司机及操作手听到话里有话，回答说：“不干净的地方就在我们的司机和操作手队伍里。没有他们里外配合，毛贼们不敢偷。”那些偷油的司机和操作手羞愧地低下了头。高伟生有效地保护了他们的自尊心。从此，偷油现象少了很多。

后来，与当地警察局达成协议，为确保正常的施工安全，维护正常的施工秩序，项目部为警察局提供交通工具作为巡逻车，沿项目路线不定期地巡逻。施工现场的偷盗现象得到明显的遏制。

针对偷盗事件，工程例会上，高伟生将之作为一个严肃的话题提出，要求业主改善周围的社会环境。出资方、监理方都对这件事恨之入骨，痛斥业主方的不作为，但是业主代表总是轻描淡写地敷衍搪塞，说当地村民太穷了，他们也想过上好一点的生活……最后，高伟生反映的事情也总是不了了之。

在坦桑尼亚干项目，持枪抢劫事件时有发生。据高伟生回忆，他在坦桑尼亚十二年，共经历了 5 次持枪抢劫事件。108、120、125 项目上的中方人员均被持枪抢劫过，东非经理部甚至被抢劫过两次。劫匪不仅要钱，关键时候还要命。所以凡是在坦桑尼亚工作过的中国地质人都知道，出门要在身上装些零钱，关键时刻拿出来保命。吉建伟、王立刚、王士全、胡欧平、张溯源、孟勇、谢焕涛、王兴平、樊城……都是被抢劫过的人，每当提起坦桑尼亚持枪抢劫事件，大家都还心有余悸。

很多时候，身体上的劳累赶不上心理上和精神上的打击残酷。在海外中标的公路项目规模都很大，短的也有几十公里，长的达上百公里。公路项目施工时，点多、线长、面广。参建人员多，关系复杂多变，抢劫、偷盗、绑架、交通事故等突发事件防不胜防。

沿维多利亚湖而修的 120 公里环湖公路项目，附近居民多以捕鱼打猎为生，以彪悍勇猛著称。他们偷盗外国承包商材料物品已经习以为常，严重地影响了项目的施工。

项目保安、转业军人张相瑞，恪尽职守，为了减少公司的损失，常常在土方施工现场持枪巡逻。一次，遇见一对偷油的兄弟，盗贼依仗自身人高马大，妄图抢夺张相瑞手中的枪支。对于军人来说，手中的枪就是生命。面对两人的攻势，张相瑞临危不惧，两次朝天鸣枪警示但都无效。张相瑞只好对着其中一位凶悍盗贼的大腿上开了一枪，被打中后的盗贼还朝着张相瑞狂奔而来，但跑了一段后突然倒地身亡，另一位见状飞奔逃之夭夭。

后经法医鉴定，他打中盗贼的大腿动脉，因流血过多死亡。因此，张相瑞被当地警局收监九天，受尽了苦难，后来经过多方的努力，张相瑞终于获救出狱。

张相瑞在国有财产被侵犯的时候，面对凶猛野蛮的强盗，不顾个人安危，镇定自若，从容应对。虽受尽了苦难，却保护了国有资产免受损失，体现了共产党员大无畏的英雄气概。

面对恶劣的施工环境，高伟生喜欢诵读毛主席诗词，他常常被诗词中深邃的意境和磅礴的气势所感染。想一想老一辈无产阶级革命家在战火纷飞的峥嵘岁月里，乐观豁达，奋斗不止。海外遇到这点困难又算什么？人需要精神寄托，更需要精神的力量。毛主席的诗词伴随高伟生度过了二十年的非洲艰苦岁月，给了他战胜困难的信心、勇气、智慧和力量。

毛主席写的《诉衷肠》让高伟生感动不已。“当年忠贞为国酬，何曾怕断头。如今天下红遍，江山靠谁守？业未就，身躯倦，鬓已秋；你我之辈，忍将夙愿，付与东流？”高伟生想到自己已经是年过半百的中年人了，要保持中国地质海外事业这棵欣欣向荣的杧果树硕果累累，更加需要年轻人的努力、奋斗和传承。因此，无论是在东非经理部，还是在苏丹分公司工作期间，他都十分注重对年轻人的培养，给年轻人提供历练的机会，期盼他们早日成为中国地质海外事业的顶梁柱。在高伟生看来，应该“莫道桑榆晚，为霞尚满天”，能全力以赴地为中国地质的海外事业尽一份力是中国地质人的荣耀。

在教授级高工张文清退休的欢送宴会上，张工感慨万千，说自己的职业生涯已经“船到码头车到站”，但自己的事业心和责任感依旧如日中天。临别，他表达了内心的不舍与牵挂，送上了对中国地质最深情的祝福。

不管得失利弊，老一辈南征北战，他们将工程施工与工程管理，当作事业与艺术一样精益求精地干，他们“悬思——苦索——顿悟”，无论是技术、勇气，还是能力、尊严，都给中国人、给公司争气。中国地质四十年奋斗历程，他们是亲历者、参与者、见证者，真正体现了“成功不必在我，功成必定有我”的奉献精神。

海外的中国地质人，也许苦闷过，彷徨过，但却从不气馁，永不放弃。

第 7 节　尊严神圣不可侵犯

朱春华那几天虽然表面平静，可是内心还是惴惴不安的。上班或下班，即使他躺在床上，脑海里也总是闪出那天工作例会上顶撞总监葛朗特的情景。

那场较劲，虽然激烈短促，没有达到剑拔弩张的程度，但是，结果还是挺折磨人的，反正朱春华已经做好了心理准备，要么葛朗特不计较，自己就继续留在坦桑尼亚工作。要么他耿耿于怀，只有开除才解气，自己就回国去……朱春华当然知道自己是很不愿意后者变为现实的。但他毫不后悔，他认为是可忍孰不可忍，践踏中国人的尊严，这钱不挣也罢！

那天，是 108 公里项目的工作例会时间。每次例会的大部分内容都是总监葛朗特讲话，提要求，核实指标，传达业主意见等。但是，这次，葛朗特在讲话的时候，总会在讲话中间夹杂一个不文明的词汇。项目副经理朱春华听到他这样讲话就来气，往常都忍了。可是这一次，葛朗特口中的不文明词汇有些变本加厉。朱春华终于忍不住了，说："总监先生，请您讲话文明一点。"正兴致勃勃的葛朗特听到这样的话，勃然大怒，拍着桌子说："你给我出去！"两个人剑拔弩张。葛朗特咬牙切齿地说："你……你记好，你等着！"朱春华愤愤地回了一句："我记着呢！好，我等着！"

朱春华于 2002 年 4 月 26 日来到坦桑尼亚，本想好好地大干一场，没想到中间会出现这样的插曲。他想，反正是豁出去了，这是中国人的抗议。作为合作关系的监理公司总监，他应该尊重中国人，正当的抗议绝不是挑战……

可是，时间已经过去两周了，一点动静也没有。既没有看见葛朗特出现，朱春华也没有得到被炒的消息，这让他更加不安起来。说是做好了两种准备，其实，他还真的承受了很大的思想压力。

如果他只是一个普通的员工，他留在海外或回国，都没有多大的区别，在哪都是工作。可是，现在他是负责人，对项目、对公司、对中国地质的领导该怎么交代？

时间一天天地过去，总也不见总监葛朗特，朱春华反倒担心起对方的心情和身体了，这是属于文明人的心理还是善良人的心理？他搞不清楚，总之，朱春华希望他一切都是好好的。毕竟，葛朗特是个热情开朗，富有专业素养和职业素养的人，只是讲话夹带不文明的口头禅……

108 公里项目经理是徐辉，朱春华作为项目副经理，这是第一次到坦桑尼亚做国外项目。他感觉在国内和国外搞项目有很大区别，通过总监葛朗特事件，朱春华理了理自己的思路，认为可能是自己在国内外风俗习惯以及文化差异认识上有不足。

葛朗特是个很开朗的老人，工作认真严谨，业务精通。他仿佛就是为建筑而生，为建筑事业而存在的。他曾作为总监在伊拉克做过很多建筑项目，并直接参与设计及施工建造了伊拉克的一座大桥，还因此获得了萨达姆给他颁发的勋章。可惜这座大桥在 2013 年的伊拉克战争中，被炸弹炸毁。

另外，葛朗特其实挺尊重中国人，和中国工程师关系也不错。他常高兴地说自己和中国工程师都是来帮助非洲搞建设的；他说中国的糖醋里脊做得好，中国人也好。

朱春华了解了葛朗特的故事后，从专业工程师职业德行角度，对他多了几分敬重。关于先前的例会事件，朱春华理解到应该不是不尊重的问题，仅仅只是葛朗特说话的习惯。他对葛朗特竟渐渐生出一些友好。

例会事件过去了好久，葛朗特再次出现在朱春华的项目工地上时，朱春华一阵诧异和惊喜，心里仿佛有了一种安慰。但是，两人谁也没有搭理谁。此后，每次在工地上相遇，他们都是各人忙各人的，工作照样干，就是不说话。

冷了一段时间之后，在一次项目部工作检查的晚宴上，两个营地的人员都来参加，在摆好的长条桌对面，坐着总监，朱春华与葛朗特正好坐对面。他的目光越过桌子上的烧烤食物和饮料，相遇葛朗特温和而明亮的眼睛，眼神透出的是柔和平静的、不计前嫌的友好。朱春华起身拿起桌子上的一瓶啤酒走过去，给葛朗特的酒杯满上，端到他的面前，然后说：“对不起，总监先生。”葛朗特说：“我等你这句话，已经等了很长时间了。”说完，一仰头将一杯啤酒全都干了。然后，他亲切地拍拍朱春华的肩膀说："朱先生，没事啦！"葛朗特也明白，朱春华在例会上的行为是出于对自己同事、对自己国家尊严的维护。

为了大局，也为了友谊，朱春华和总监葛朗特从此冰释前嫌。他们相处得比以前更融洽，关系更好。尤其是工作例会上，再没有听到葛朗特不文明的口头禅。不知道葛朗特改掉之前的讲话习惯费了多大气力。

徐辉、高伟生、朱春华、葛朗特他们完成修建的东非第一条沥青路面的项目，在低于项目预算的情况下提前交工，这不能不说是奇迹。因此，坦桑尼亚的第三任总统姆卡帕在竣工典礼上高度赞扬了中国地质及中国地质精神。

葛朗特回国以后的好多年，他和朱春华、高伟生及中国工程师们都保持着联系，成为一生一世的朋友。

第 8 节　中国地质精神之光

朱春华是被中国地质的精神光辉和激励制度吸引，调入中国地质，真正成为中国地质一员的。在坦桑尼亚完成项目之后，2016 年，朱春华被调到中国地质几内亚—马里分公司工作；2017 年，作为项目经理，被派往利比亚执行打井项目。

利比亚在撒哈拉沙漠的东北方向，国土有 90% 以上被沙漠覆盖，是一个以产石油闻名的国家，石油是利比亚的经济命脉。地面水径流，在利比亚几乎是一片空白，他们唯一可以利用的水源，主要是地下水。利比亚人民以地下水为生的历史，悠长而久远，随着经济和城市化的发展，用水量剧增，水的问题愈益突出。

2017 年 11 月到 2018 年 8 月，朱春华带着几十个人，游走在利比亚，执行中国政府经援利比亚的打井项目。这个项目是"点对点"支援 50 个学校，每个学校援助一口井。

他们就在方圆几百公里的地方来来回回地打井，像移动的蜗牛一样，背着自己的房子和生活用品，拉着自己的钻机和设备，随着打井工地的不断变化而不停地迁徙。在无数次大风卷起的沙尘里，在被烈日炙烤的泥土上，几十个闪着中国地质精神的中国小伙子，心却静如利比亚土地的地下水，干净清纯。当撒哈拉沙漠肆虐的狂风从他们身体上像鞭子一样抽过，他们反而站得更稳。

虽然这时候在非洲打井，条件比过去不知道要好多少倍，可是，土地还是那块土地，太阳还是那时的太阳，撒哈拉沙漠的沙尘暴还是一样的威猛。这群代表中国无偿援助利比亚打井的中国小伙子，愈挫愈勇。

打一口井很不容易，整个团队 70 多人，有时候需要分组工作，每组大概 11 个人。他们每天像一首沧桑的歌谣，迎着烈日和沙漠的劲风演奏，打井——钻探，钻探——打井。他们努力地寻找着地下救赎生命的水。水质检验报告符合饮用标准，就是他们最大的满足和幸福。几十年来，中国政府通过中国地质一批一批的机组人员，历经千辛万苦将幸福传递给非洲。

机长宜童生的腿因为感染出现了溃烂，情况很严重。项目经理朱春华看在眼里，急在心里。让他立即回到利比亚首都的黎波里治疗并休养。可是，不管朱春华怎么劝，宜童生都不愿意去治疗，他不肯离开自己的工作岗位。宜童生说工期赶得这么紧，一个萝卜一个坑，不能影响大局。

宜童生考虑自己是机台的负责人，只要不发烧，应该没有什么事，总不能因为自己而耽误工作。因为要赶在雨季之前把井打完，雨季来了打井工作就会受影响，宜童生就是要坚持把井打完。

忙忙碌碌，好多天过去了，宜童生的腿不但没有见好，反而严重得路都不能走了。正好中国医疗队往打井项目的方向巡检，朱春华赶紧派人找到他们求救。

中国医疗队是中国政府最早派往非洲的支援队伍，支援非洲的医疗卫生建设。那时候，支援非洲的有两支队伍，一个是中国地质的打井队伍，一个就是中国医疗队。医疗队除了在医院工作，也会定期到偏远的地方巡检，到各个村落给当地百姓看病治疗。中国医疗队医生来了一看机长的腿，吓了一跳。那条腿已经整个烂得化脓了。好在在中国医疗队的指导和当地医院的治疗下，那条腿慢慢痊愈了，但宜童生一直坚守岗位，直到项目结束。

实际上在海外，这样的中国员工很多，他们心里装的就是工作。他们坚信能不能保质保量地如期交工，关乎公司信誉，也关乎国家和民族的荣誉。所以，中国地质，无论在非洲还是亚洲或其他国家的工程项目，基本上都是提前完成，并且保质保量到作为工程示范展示。信誉度和美誉度是通过所有人“人心齐，泰山移”的力量汇聚而成的成果。其中，就有好多自发自愿带着伤病坚持的员工，越是有这样的员工，领导就越是爱护他们，领导越是关心关怀员工，员工越是觉得有依靠有温暖，久而久之就有了“上为国家做贡献，下为员工谋福利”的领导，也就有发挥主人翁精神的员工，凝聚力和向心力犹如洪流，滔滔形成前进的合力。

朱春华每天带着打井队，像流动的风一样，穿过酷热的时光和一个个荒凉的村子，找到对点援助的学校做短期的安营扎寨，埋头做经济援助项目。没有盈利，没有福利，但却收获了学校师生们的掌声。

点对点援助，打一个井要挪几十公里甚至几百公里，但是他们乐此不疲，工作起来昼夜不息。他们“饭疏食饮水”，苦中作乐。

在利比亚，中国地质打的每一口井都不辜负使命，只要有井的学校，就会看到全校师生快乐的笑容，他们就不会担心染上各种流行性疾病，也避免从几十公里之外汲水的辛劳。有井的校园就会出现一片一片的绿荫，那片绿荫慢慢地就会将校园里的沙尘赶走，美好的梦想也会不断地蔓延，干渴焦躁的校园就会升起崭新的希望。

无论在世界的哪一个地方，只要有中国地质人在，就绝不会失掉中国人的骨气和尊严。中国地质人不负国家和人民的众望，在海外除了建工程，又在摸索一条生态文明建设的道路。十八棵青松撑起的天空下，已经是蓊蓊郁郁的一片森林。

今天，当回顾自己的生命历程时，朱春华自豪地总结：“为什么中国地质能发展到今天，能做到如此规模？很大程度上，靠的是那些早期远赴海外开拓市场的老领导和先驱们。那种不屈不挠不畏惧强敌的精神，是从灵魂里发出来的。我们就是从虎口里夺食，狼窝里抢肉，步步为营，扩大市场。老一代团结一致，年轻人同样是铁板一块，用自我牺牲，自我奋斗，成就团队的中国地质精神。”朱春华说这些话的时候，他的声音不大，却透着坚强。这些中国地质的老将，这些中国地质的专家，无论何时何地，他们都是不服输不认输的强者。在海外，每一个中国地质人，都是没有代号的民族英雄。

人到中年的朱春华，仍然志在千里。于2021年的夏季，重返坦桑尼亚，接任中国地质东非分公司总经理田进的职务，成为新一任中国地质东非分公司总经理。他将驾驶东非分公司这艘巨轮，在遥远的非洲乘风破浪地驶向远方。

第9节 开辟卢旺达

2000年，三十二岁的中国青年田进，平静地跟在一群军人后面，看他们在烈日炎炎中，将卢旺达一处荒山山坡上的地雷及炸弹，运出施工区域。他脸上的镇定和坚毅，让人觉得他对这里的一切了如指掌。此时的田进是中国地质东非分公司的副总经理。

田进虽然很年轻，却有深厚的从业资历。在国内，他担任过湖南省第一条省内铁路项目的项目经理，负责过多项铁路、车站、桥梁、涵洞等施工工程；还担任过中国广州铁路集团第四工程公司经济开发公司副经理兼工程部部长，在工程领域多次担任项目经理或指挥长。

1991年大学毕业后，田进被分配在武汉铁路设计院工作，两年后，调到广州铁路集团工程总公司，做了五年给排水专业工程。

1994年，他加入中国共产党并得到党组织重点培养，被列为“后备干部培养对象”。同年，他在参加建设部主办的项目经理培训班时，得知中国地质招聘国外有经验工作人员的消息，大学专修给排水专业的他就想到国外工作，也能学习一些管理经验。怀揣梦想的青年，总是向往远方，在得到爱人同意之后，他前去中国地质应聘。结果正如他所愿，面试成功，并于

1998 年 8 月被派往非洲的坦桑尼亚。

当年，他到坦桑尼亚做的第一个项目就旗开得胜，打出了响亮的品牌效应。那是一个污水处理工程项目，凭着国内的工作资历和经验，田进直接就任这项国际工程的项目经理。

然而，英国监理公司却不认可，因为标书对国际工程要求非常严格，要求项目经理工作经历必须满十年。田进非常真诚地找监理交谈，说："我的专业就是水领域工程，我有信心干好这个工程。请别先下定义，我先干，你们看质量再决定。"

监理被这位中国青年不卑不亢的态度打动，便同意了田进先干的要求。

一年工期，是艰苦的过程，也是被世界级水平监理认可的过程。田进及其团队凭着年轻旺盛的精力和刻苦奋斗的精神，拼出了中国人的志气，用实际行动赢得监理及业主对中国地质精神及团队技术协作的佩服和尊重。他们的成绩让具有英国博士学位的监理露出了满意的笑容。

坦桑尼亚的第一个项目，不仅收获 30% 的利润，还奠定了中国地质在非洲坦桑尼亚的地位，中国地质成立分公司的条件成熟了。1999 年，公司在坦桑尼亚成立了东非经理部（即东非分公司），田进得到中国地质领导的器重，正式调到中国地质。此后不久，他就由项目经理提拔为东非分公司的副总经理，回到坦桑尼亚总部，协助分公司总经理张旺民开展工作。

此时的田进，已经有两年的海外工作经验，在国际市场得到了锤炼，具备应对国际工程的各种能力。这次来卢旺达，是作为东非分公司副总经理兼项目经理，执行中国地质东非分公司开辟卢旺达国际市场的第一个供水项目——穆塔拉（Mutara）大区饮用水扩展与维修工程项目。

这是中国地质东非分公司首次在卢旺达中标，且是分公司在东非最大的项目，施工内容包括高山取水，修建 10 余个大、中型蓄水池，铺设 200 多公里管道及附属设备，将水送到居民点。施工自然条件极其恶劣，地处荒山区，许多施工点根本没有路，连施工必需的钢筋、水泥都得靠人力背上山。施工条件特殊，分公司总经理张旺民想来想去，干脆就派具有丰富经验和锐意创新的副总田进过去。

项目需要从山上通过 150 多公里的管道引水，才能到达供水的目的地城镇。施工条件艰苦是在施工组意料之中的，就在田进带领施工人员刚开始施工时，却意外地发现施工区有炸弹和地雷。这时才知道项目所在地曾是双方武装冲突的重要战场，所以才会遗落一些战争武器。

卢旺达 1994 年发生过内战，2000 年刚刚平稳下来。但是，局部还有很多不稳定的因素，一些反政府武装经常来袭扰，安全形势很复杂，政局相当不稳。这时进入卢旺达的外资企业寥寥无几，中国地质应该是最早进入战后卢旺达的外企。

田进负责施工的穆塔拉供水项目位于卢旺达北部山区，地处卢旺达和乌干达两国边境附近，也是当年时任卢旺达总统打游击时的根据地。这地方治安情况不好，反政府武装和土匪出没频繁。这项供水工程正是造福当地百姓的民生项目。

所幸的是，项目施工没有冒进，他们及时发现了问题并有效解决。他们请求卢旺达地方省政府组织军队排除地雷和残留的炸弹等杀伤性武器。军队到来之后挖出了成堆的炸弹及地雷等武器。施工之前，作为项目负责人的田进反复提醒施工人员在施工过程中一定要谨慎小心，以防仍有遗漏杀伤性武器。结果在施工工程中，项目组真的又挖出好多子弹。

卢旺达首个项目，除了条件极其艰苦，还面临残留战争武器的威胁，以及残酷战争带来的人口减员，从而造成劳动力短缺的现象。另外，田进及团队在施工中，还发现设计方案与实际情况脱节的问题。发现问题后，田进放下手中的工作，耗时一周深入实地勘察和研究。

他利用专业知识，将整个设计沿线管道与水池等勘察一遍，发现存在很多问题。设计公司在设计过程中，由于没能利用 GPS 系统进行专业测量，设计的结果如果应用到施工中，会造成管道压力不够和水池高度过高的问题。这会造成水流不进水池或者即使流进去，也达不到储水量的后果。如果等到完工之后再整改或返工，麻烦可就大了。

田进通过实地勘察，拿出有理有据的数据之后，向设计公司反映设计技术上存在的问题，并要求他们进行重新测量和设计。好在设计和监理是同一家公司，他们认真地对待这位中国青年专家重新勘察设计的建议。

业主和监理在重新进行技术测量之后，证实田进提出的“输水管压力不够，应当变更设计，将16公斤的压力提至25公斤”的正确性，全部采纳了田进提出的所有更新设计建议。

项目监理公司和业主们对这个中国团队赞不绝口，从此，对他们的施工过程，再没提出过任何异议。田进因此得到设计公司和业主的赞赏和肯定，业主和监理公司主动将该项目一年半的合同期延期为两年。

然而，中国地质这支优秀的项目团队，仍然在一年半时间内，圆满地完成了项目的全部施工任务，这令监理公司和业主都极为佩服和感动。田进他们用智慧和中国地质可贵的精神，树立并提升了中国地质的优秀形象。

项目本来是480万美元的合同额，最终营业额做到了520万美元，创下了较好的利润。卢旺达首次施工项目的顺利实施，为进一步开拓卢旺达国际市场打了个漂亮仗，也开了一个好头。

2006年9月到2008年12月，田进以中国地质东非分公司副总经理兼任卢旺达办事处负责人的身份，在卢旺达深度开拓市场，将中国地质的施工领域，从卢旺达国家偏远山区开拓到了首都；业务范围随之拓宽到农田水利、电力改造、电站维修等方面；工程合同额也从最初的数百万美元跃至数千万美元；工程业绩受到卢旺达官方及当地百姓的高度赞誉。

第10节　总统梦想的路

2009年1月1日起，根据公司的安排，东非分公司的总经理张旺民回国工作，田进担任东非分公司总经理兼党支部书记。这时，田进在稳固现有市场的基础上，向周边国家拓展，打入新领域，开发新市场。

这一年是中国地质东非发展史上最活跃的一年。在新思路新理念指导下，田进开拓思维毅然向布隆迪和刚果（金）国际工程市场延伸。

田进清楚地记得他刚去开拓布隆迪市场时，那里刚刚结束战争，政治与社会环境都不稳定，反政府武装猖獗。操场上训练的国家警察因经济拮据都是赤膊上阵，军队倒着装完整，却是五颜六色的便装，让人看了既好笑又心酸。警察和部队都是这样，国家的底子肯定很薄。田进说："条件艰苦的国家或地区，我们开发的机会，会相对更多一些。"

一开始，田进用他的真诚和执着，打动冷漠傲气的项目组长，使中国地质得以中标布隆迪第一个公示项目——首都布琼布拉供水工程项目。2011年，又中标了与新时代国际工程公司合作的布隆迪电站项目，布隆迪市场成为东非经理部主要市场之一。

2009年，中国地质在刚果（金）中标的第一个项目，是一个1500万美元的工程项目。同年，又签下了刚果（金）首都金沙萨供水工程项目合同，这是中国地质进入刚果（金）的开篇之作。一年之内，中国地质东非经理部的业务范围已扩展到坦桑尼亚、卢旺达、乌干达、布隆迪、刚果（金）5个国家，在市场惨淡的危急时刻，中国地质五连中标，越战越强。

2009年秋，刚果（金）首都金沙萨供水项目谈判到了关键时刻，田进飞赴金沙萨参加标前谈判会议。在肯尼亚内罗毕机场转机时，他的老毛病肾结石突然发作，剧痛难忍。他强压着痛处飞往金沙萨，到达后直接到医院输液治疗。上午输液，下午照样谈判，疼得满脸是汗的田进，只好吞下止痛片镇痛，这让刚果（金）的业主代表们非常感动。签订合同时，田进已经疼得没法坚持了，只得授权副总经理方小平签署。

工作认真负责的田进除了工作还是工作，根本没有注意身体疾病发出的信号，那年，当他正全身心地投入项目招标和开拓难题时，体内的肾结石已反复发作。他带着病痛的折磨坚持到坦桑尼亚105项目施工难题解决，处理完经理部市场开拓的一系列关键事务，才回国进行手术治疗。

田进真诚严谨，仁厚无私，团队300多名中方员工，他都尽量做到发挥每个人不同的特长，让所有人都有用武之地。员工樊成急病住院抢救，第一个献血的人是田进；借聘的中方员工买房急用钱，借钱给他的是田进；施工中出现困难，第一个赶到现场的还是田进。

根据中国地质发展的需要，从2013年集团将原东非分公司分管的卢旺达、布隆迪、刚果（金）3个法语国家划分出来成立中东非分公司，东非分公司继续管理坦桑尼亚、乌干达和肯尼亚3个英语国家。

这么多年，走过多少艰辛的路和经历过多少千难万险，都恍然而过，让田进记忆犹新的是Somanga－Matandu 33公里公路项目，这是一条坦桑尼亚在任总统家乡的道路，也是田进难忘的工程。2022年6月，田进讲起了这个项目的时候，还感慨万千。

项目位于坦桑尼亚东南部沿海地区。起点在Somanga村子附近，途经大小10个村庄，内含桥涵构筑物、水沟及附属工程。项目投标公司很多，中国地质是第三标中标。

此项目是中国地质在坦桑尼亚第一次承接的大型公路项目，也是坦桑尼亚政府出资的第一个项目。业主对此项目相当重视，每星期都有政府官员来检查。在三年的施工期，总统姆卡帕都亲自到了3次。

那时，中方工程师几乎都是初到海外，首次接触国外各种条款规范，和监理交流时都有不同程度的语言障碍，对于施工中每道工序的做法把握不准，加之修路过程及施工技术极其复杂，他们每走一步都很艰难。

因为项目所处沿海南边的孤岛，经济和交通都很落后，生活用品与施工材料都是通过小船运过去，条件十分艰苦。

铺路的砂石料缺乏，需要项目组自己开车到50公里以外的地方爆破开采。每炮可开采2万多土石方，考虑到生态问题，工期虽然很紧张，但项目组还是自觉地将破坏的山体修复好。从Mantandu桥的施工到道路路基、路面施工，从水泥稳定土底基层施工到级配碎石基层的施工，从沥青加热到双层沥青表面处置这种国内不常用的沥青面层施工，每一道工序都是磨难。

田进印象很深的是国外的集配碎石加工，严格要求用几种集料，通过厂拌设备加工而成，国内普遍采用的方法不一样。碎石机厂家的老师傅通过不断尝试调整碎石机组，经过足足两个月的努力，才最终生产出达到规范要求的产品。这一施工方法，后来还被坦桑尼亚施工人员普遍采用。

然而，尽管总统及政府都非常重视，33公里项目进度仍然缓慢，坦桑尼亚政府因资金压力大而投入不及时，最关键的一点项目设备跟不上。这时，经过中国地质总部的协调与支持，从南部非洲分公司调来一批设备，又从菲律宾买了一批二手设备，迅速扭转缓慢被动的局面。

田进经受住严峻的考验，东非分公司不但遵守合同按时完工，而且工程质量优良。总统亲自参加庆功典礼。

在盛大的竣工典礼仪式上，总统的直升机直接降落在公路上，场面隆重而激动人心。总统发表了热情洋溢的讲话，深情地回顾他求学时在这条路上经历的艰辛。讲话中多次对中国地质的努力工作表示感谢。现场掌声及欢呼声雷动。

原来总统读高中的时候，经常要路过那个地方，两边是河，中间就是这条路。一旦进入雨季，出行的人经常会被困在这里，一困就是几个月。所以，总统立志以后必须要修通这条路。现在，是中国人帮助他实现了这个美好的梦想。

这条通往总统家乡的必经之路，2002 年 3 月 20 日开工，2004 年 12 月 25 日竣工。以前雨季要走几天或几个星期的路，路和桥修通之后，只需一个小时便可到达。该项目的工程师后来都成了坦桑尼亚公路局的骨干，为中国地质以后在坦桑尼亚承包大型工程项目奠定了良好的基础。

第 11 节　五位总统剪彩的大桥项目

2006 年到 2009 年，中国地质东非分公司完成了一个五位总统共同参加剪彩的著名大桥项目——坦桑尼亚—莫桑比克联合大桥。这是工程施工历史上罕见的盛况。

在坦桑尼亚和莫桑比克的边界，有一条名为 Rovuma 的河流，河流长度 800 多公里，是坦桑尼亚和莫桑比克之间的界河（在莫桑比克被称为里约·鲁伍马河）。流域面积 155400 平方千米。

坦桑尼亚和莫桑比克因为中间这条河交通不便，两国自从开国总统开始，就想建一座连接两国的“坦莫联合大桥”。

田进作为中国地质东非分公司的副总经理主持并全程参与项目投标工作。经过中外承包企业的激烈竞争，中国地质最终赢得坦桑尼亚和莫桑比克联合大桥项目的施工承包工程。

坦桑尼亚—莫桑比克联合大桥项目，由坦桑尼亚和莫桑比克政府联合出资，业主为坦桑尼亚工程部和莫桑比克工程部。中国地质在此项目中的投标金额为 24648568 美元，项目由丹麦科威（Cowi）公司设计，主要工程内容为设计并建造总长 720 米的主桥和两侧各约 5 公里长的道路、排水管涵及配套设施等。

项目 2005 年投标，2006 年奠基暨签约仪式，分两次在两国边境举行，两国总统、工程部部长及高级官员全部出席了仪式，两国政府工程部常务秘书长与中国地质东非分公司总经理张旺民进行签约。

这个项目也是当时中国地质集团公司建造的最大的桥。田进说在坦桑尼亚—莫桑比克联合大桥设计加施工的总承包项目中，因为施工条件艰苦，加之地质条件构造问题以及勘探的技术资料存在不相符的情况，给施工带来很大的困难。

科威（Cowi）公司设计桥梁的理念和技术，在当时的条件下是非常先进、前沿的。在这个不算太长的桥面，他们设计施工 720 米的连续梁。中国地质第一次操作这种技术，就因为实施了这种复杂的连续梁技术，工期延长一年。

有的政府官员提出罚款，后来，田进通过和政府谈判，政府知道施工的难度后，理解了现实中存在的问题，最后双方达成协议：只要工程顺利完工，他们不罚款，中国地质也不索赔。

经过没日没夜的努力，项目组克服出现的各种困难，终于圆满地完成了大桥工程。联合大桥连接莫桑比克的穆埃达镇和坦桑尼亚的曼加卡镇。大桥全长 720 米，宽 13.8 米，桥面距水面的高度为 7.5 米至 10 米。竣工验收典礼特别隆重。两个国家的在任总统和前任总统——莫桑比克两位总统、坦桑尼亚三位总统，一共五位总统到现场进行剪彩。

大桥通车，莫桑比克总统格布扎和坦桑尼亚总统基奎特共同主持了连接两国陆路交通的坦桑尼亚—莫桑比克联合大桥的建成通车仪式。两国政府的高级官员以及知名人士参加了联合大桥的通车仪式。国内外报纸和电台纷纷报道这则备受关注的新闻，中外记者争先恐后抢发头条。

格布扎在仪式上对数千名民众发表讲话说，联合大桥的建成实现了莫桑比克前总统萨莫拉和坦桑尼亚前总统尼雷尔希望修建跨越鲁伍马河的桥梁，巩固两国人民间友好关系，实现共同繁荣昌盛的愿望。

基奎特在讲话中说，联合大桥是一个伟大的工程，大桥将成为推动两国发展的起点，必将造福于两国人民。他同时呼吁当地居民自觉地保护和爱护大桥，避免大桥遭到损坏。

中国地质东非分公司施工的坦桑尼亚—莫桑比克联合大桥，在历史上具有积极深远的意义。2010 年 5 月 16 日，一篇题为《一桥飞架坦莫两国，天堑终变通途——记坦莫联合大桥开通典礼》的通讯，道出了修筑联合大桥真实感人的过程。

“5 月 12 日的大桥开通典礼上，两国总统在前任总统和政府官员的陪同下，先后在联合大桥的两侧入口处进行了剪彩和揭碑仪式，并在桥两侧莫桑比克典礼会场和坦桑尼亚典礼会场分别向两国民众致辞。两国总统在致辞中都表示：联合大桥的开通，实现了两国老一辈领导人尼雷尔（坦桑尼亚第一任总统）和萨莫拉（莫桑比克第一任总统）在 1975 年提出的关于建立两国联合大桥的伟大构想，对今后两国政治、经济和文化交流有着极为重大的意义。莫桑比克格布扎总统在致辞中指出：联合大桥的建成，将推动 EAC（东非共同体）、SADC（南部非洲发展共同体）及 NEPAD（非洲发展新伙伴计划）各国的经贸往来，为所在区域各国的经济发展提供了新的机遇。坦桑尼亚总统基奎特指出：联合大桥的开通，打通了坦桑尼亚公路南部走廊的重要一段，将大大促进坦莫两国之间的贸易和投资，为南部各省的经济发展注入活力。基奎特总统和坦桑尼亚工程部部长，还在讲话中对大桥的施工质量给予了充分的肯定，并多次对承包商中国地质工程集团公司为联合大桥所做的努力表示感谢。整个典礼持续六个小时之久……”

夕阳下，壮丽的联合大桥横亘在宽广的河面上，河水从桥下缓缓淌过，流向远方，两国的彩旗在桥上迎风招展，人们载歌载舞，不愿离去，军乐声、鼓乐声还在耳畔回响。

中国地质员工们用四年辛劳与汗水，思索与奋斗，坚持与隐忍，用逝去的光阴和骤增的白发，换来了联合大桥的胜利开通，把天堑变成飞架两国的通途。用中国地质人的无穷智慧和勤劳勇敢的双手，将两个世代隔河相望的国家，第一次紧密地联系在了一起。任何一位中国人，都为中国感到骄傲，为中国地质感到自豪！

第 12 节　国家的名片

2010 年，田进带领团队中标了美国政府出资的项目——坦桑尼亚 64 公里公路。美国政府出资的项目，很少会给中国公司，这次之所以能给中国公司，是因为以前田进跟当地政府建立了稳定的信任关系。多年来，当地政府亲眼见证中国地质所建项目，是以信誉和质量赢得业主及监理公司的，是可以信得过的公司。这个 5700 万美元的项目，最后连同索赔加在一起，营业额达到 7000 万美元，获得了非常好的经济效益。也是通过这个项目，中国地质东非分公司学会了如何跟西方公司打交道，学习了他们的管理理念，使分公司的管理水平提高一大步。

在市场激烈的竞争中，分公司仍然积极奋进，不久，又顺利拿到了 34 公里项目，直到 2021 年这个项目才完工。田进领导的中国地质东非分公司在最困难的五年里，连续中标两条比较大的公路项目，不仅避免了被动停产局面，还通过努力，创收了比较理想的利润。

田进说："管理都要规范，所有管理工作要想让别人信服，必须首先做好自己。"他是这样说的，也是这样做的。

"我们是中资公司，首先是代表国家的形象，对使馆工作要全力支持，首先我们自己就是一个国家的名片，做任何事情，都必须首先考虑国家和集体。"优秀的人总是深明大义的。"我们代表民族和国家在外头做事"，不善言辞的田进，总以自己的实际行动作为表达。这么多年的海外工作生涯，他尽心尽力地踏实走过，无怨无悔。唯有一件事让他无法释怀——他没能送自己的母亲最后一程。

2002 年 33 公里项目和 108 公里项目施工都非常紧张，业主正在和分公司较劲，加之工期也紧，这时，张旺民总经理在英国学习，东非分公司的一大堆事务都落在了主持工作的田进身上。田进得知母亲癌症晚期后，百忙之中抽时间回家看了一眼，因为工作紧张，很快又回到坦桑尼亚。仅仅一周后，他就接到母亲永远离开的消息。每每想到这，田进就会自责："我要能在家多待一个星期，就可以送一送母亲。”

我们爱的人和爱我们的人，都会在尘埃中消失得无影无踪。然后，时光会把一切冲洗得干干净净，让世界恢复到初始的面貌。人站立的最后一道风景，就是看不见的朦胧。我们走过的山川，我们站过的窗前，我们看过的雪山和大海，干过的工程和经历过的事情，都是生命的路牌和标识。

2020 年 2 月，国内新冠肺炎疫情暴发，田进回国参加年终工作会议，会议开完了之后，他就买了 2 月 29 日从国内出发的机票，3 月 1 日到达坦桑尼亚。他担心疫情如果扩展，航班熔断出不来，会影响工作，选择了立即返回。然而坦桑尼亚的防疫措施与中国不同，没有实施封控措施，所以导致了 2021 年 1 月至 3 月，疫情暴发，致使坦桑尼亚好几位高官病逝，其中包含坦桑尼亚桑给巴尔岛副总统及坦桑尼亚总统办公室主任。到了 3 月份，连坦桑尼亚总统也因感染新冠病毒而病逝。同年 7 月到 9 月，坦桑尼亚又暴发了第二轮疫情，两次严重的疫情让中国民营企业有十几人因感染新冠病毒去世。而此时也正是公司繁忙的阶段，大家都得冒着可能感染病毒的危险继续工作，田进的压力太大，导致了眼疾加重。

田进是从革命老区脱颖而出的有为青年，又是烈士的后代，他从贫穷的大别山考上华东交通大学，他一生热爱学习，以前每年都买几本管理方面的书籍看看，汲取书中先进的理念与先进管理思想。可是现在，他因眼睛视网膜色素变性问题，看书已经不方便，而且，还没到退休年龄，只好提前休养。

说到这里，田进伤感地叹口气：“这几年，眼睛不好，视力一年比一年差，只可惜看不了书了……”对于一个爱好学习和热爱工作的人来说，这种情况无疑是一种打击，但愿这个医学难题能够早日破解，还田进健康如初的视力。

田进说：“经过几代人的艰苦奋斗，现在的中国地质东非分公司，在坦桑尼亚已经有属于自己的土地 18000 平方米。另有一块 33400 平方米的土地，在坦桑尼亚首都多多马。不远的将来，就会建设成中国地质东非分公司总部基地。”这时，田进露出了灿烂的笑容，他似乎看到自己奋斗二十多年的中国地质东非分公司，前景一片美好。

中国地质基础薄弱却能发展那么快，靠的是承上启下的中坚力量，靠的是上下团结一心的思想意志，靠的是中国地质战无不胜的“五种精神”……

第十章　沉默是为了出发

无声，并不是因为喑哑
而是积蓄力量，等待出发
青春无价，愿望纯洁无瑕
流水，从容地漫过远古遐想
我们头顶桂冠肩扛龙的道义
东方魅力，传递真善美的力
那些密如星空的七彩音符
都出自精神与信仰的琴弦
不为取走，只为奉献
白尼罗河与青尼罗河的波光里
有中国的智慧与汗水喷涌或翻飞
地球是共同的家园，我们便是兄弟
涉过千山万水而来，奋斗的意义是
将人类美好的希冀推向更高标准的甜蜜

在非洲广袤的草原上，有成群结队的斑马、沉稳的大象、优雅的长颈鹿、金贵的犀牛、凶猛的狮子、敏捷的豹子，以及温柔可爱的羚羊……每当曙光乍现，草原上的羚羊群，不但能引起人们的遐想，还能开启人们的哲思和智慧，这可爱的羚羊，它们即使低头吃草，也必须要有时刻快速奔跑的准备，否则，它们就成了狮子的早餐。而狮子们，必须具备比羚羊或其他动物更快的速度和更猛的爆发力，否则，就将饿死。弱肉强食，适者生存，是人所共知的自然法则。

在国际工程承包市场上，企业与企业之间的竞争与大自然法则相类似。看似风平浪静，实则暗流涌动，有时也充满血腥与刀光剑影。谁在吃肉，谁在喝汤，谁已经气力复原，谁还在慢慢疗伤……偌大的国际建筑市场，此消彼长。当然，胜利者的欢乐源于实力，失败者的忧愁因为薄弱的竞争力。胜败之间，是企业文化和团队技术的差异，即软实力与硬实力总和所构成的核心竞争力的差异。

2007 年，时任中国国家主席胡锦涛对非洲八国进行友好访问，在结束利比里亚访问后，于 2 月 2 日从利比里亚首都蒙罗维亚乘专机抵达苏丹首都喀土穆。时任苏丹共和国总统巴希尔举行了隆重仪式，欢迎胡锦涛。苏丹是胡锦涛访问了喀麦隆和利比里亚之后的第三个国家。胡锦涛主席对苏丹的国事访问，使中苏四十八年的关系更加紧密，友谊更加深厚，全面推动了中国和苏丹友好合作关系迈上新台阶。

苏丹这个具有悠久历史，经济结构单一，以农牧业为主，工业落后并长期依赖外援的国家，也由此走进了中国地质的视野。

第 1 节　难忘的“175”

2007 年，中国地质派关霖远赴苏丹开拓国际市场，这位在中国地质巴基斯坦国际市场锻炼和成长起来的年轻人，只身携带中国商务部信函，就踏上了前往苏丹的旅程。

苏丹共和国是非洲面积第三大国家，位置靠近红海沿岸，在北回归线附近，气候干旱炎热。酷热时气温可达 52℃，地表温度最高可达 70℃。全境地处撒哈拉沙漠的东部边缘，沙尘暴常不请自来。狂风卷着漫天沙尘，气势汹汹地袭击而来，天昏地暗，一刮数天，空气里到处弥漫着土腥气味。

被称为“世界火炉”的首都喀土穆，是来自乌干达的白尼罗河与来自埃塞俄比亚的青尼罗河交汇的城市，青、白尼罗河由于上游水情以及流经地区的地质构造不同，河流水色一条呈青色，一条呈白色，泾渭分明，平行奔流，犹如两条玉带，堪称喀土穆一大风景。在喀土穆相汇之后，称为尼罗河，向北奔向埃及，最后注入地中海。

据说喀土穆古时是一片荒无人烟的灌木林，13 世纪境内原住居民南迁，在这个有河流水源土地肥沃的地方定居下来，称为村镇。15 世纪，阿拉伯人开始大批南移，村镇也慢慢向城市转化。远看青尼罗河和白尼罗河在喀土穆交汇处的地形像大象的鼻子，阿拉伯语的“喀土穆”语义是“象鼻子”，苏丹的首都喀土穆因此而得名。

在苏丹，文明与落后的界限是模糊的，意识形态的概念是分裂的。政权不断在种族、宗教、议会、武力统治中循环，但却没有一种信仰，能够真正地为国家带来长治久安的力量。他们拥有惊人的石油与天然气储量，也有着被尼罗河常年冲刷的肥沃土壤，却因连年战争使人民深陷饥饿与贫穷之中。长期以来，苏丹因为种族归属、宗教信仰、政治诉求，甚至为了争夺稀缺的生活物资，频繁出现私斗与杀戮。2008 年，全苏丹境内都难以找出一条像样的柏油马路，经济基础及公共设施极其落后。

关霖到了苏丹之后，先成立了苏丹办事处。然后，每天通过各种关系外出考察市场，熟悉环境和了解苏丹的社会情况，做下各种记录，撰写考察报告。时机成熟之后，他便注册了中国地质苏丹分公司，准备深入市场拿到工程。不久，关霖考察到扎林盖—朱奈那 175 公里公路项目。

实际上，当时中国地质准备拿下扎林盖—朱奈那 175 公里公路项目之后，由华北建设分公司实施执行。所以，项目的跟踪和招投标工作，是由中国地质海外部的关霖任中国地质苏丹分公司总经理，带领中国地质华北建设分公司的人马共同完成，可以说是中国地质和下属分公司华北建设分公司两个单位合作。

2008 年，关霖率领梁庆元和杜祥军一起乘坐小飞机，从首都喀土穆到现场考察。与此同时，中国地质华北建设分公司的韩忠民带着标书，匆匆从北京赶往苏丹，做好该项目的投标准备。那时的中国地质华北分公司的总经理是刘大军，韩忠民是部门负责人。

2009 年，中国政府援助苏丹“六路一桥”项目，也是中国地质在苏丹的第一个大型施工项目——175 公路项目得以落地实施。由于中国地质的管理与施工技术力量规范，在做 175 公路项目工程中，表现出积极有力的蝴蝶效应，中国地质苏丹分公司在达尔富尔地区连续中标了 7 个项目。

第 2 节　拓荒之路

175 公路项目在各种复杂的社会关系中平稳推进。2009 年，梁庆元已经升任该项目的项目经理。所有的生活，当习以为常的时候，日子就好过了。可是，意外总是不请自来，而不好的意外往往比困难更危险。

2010 年 11 月 11 日，是梁庆元永生难忘的日子。

这一天，是当地重要的节日——宰牲节前的最后一天，宰牲节是穆斯林最重要的节日，当地员工几乎都是穆斯林，梁庆元决定代表中国地质去现场慰问一线的员工。

机场里人群熙熙攘攘，众多本地商贾及工作人员，都趁着这个航班回家过节，浓浓的节日气氛装在每个人的心里，洋溢在所有人的脸上。满载 36 人的飞机，也载满了回家的喜悦。

梁庆元乘坐的是苏丹 Tarco 航空公司的小型螺旋桨飞机，从首都喀土穆飞往扎林盖工地大概需要一个多小时。飞机起飞了，梁庆元看着舷窗外交错而过的风景，瞬间感觉轻松了起来。尼罗河两岸茂密葳蕤的树木，绿色的田野，金黄的撒哈拉沙漠……一切都充满力量，让人感觉生命的美好。他设想见到员工的情景，还想着几个中方的同事，已经好长时间没有回国探亲了，希望项目节点尽早完成，让他们早日回家探亲。

梁庆元这么一路思考着，不知不觉目的地就到了。就在飞机快要落地的时候，飞机急速下降，撞击地面后又急速弹起，再次自由落体砸向地面后发出“轰——轰隆隆——噼噼啪啪”的爆裂声，随即浓烟四起。刹那间，机舱内一片漆黑，借着舷窗外透过的微弱的光亮，梁庆元意识到飞机处于即将爆炸的危险中。当时，梁庆元在紧急舱门附近坐着，他迅速站起来，和同坐的人一起使劲打开紧急舱门，快速跑离浓烟滚滚的飞机。

来接梁庆元的杜祥军和朱宁看到飞机断裂起火后，拼命地往飞机方向跑。他们和逃生出来的梁庆元相遇时，紧紧相拥，喜极而泣。梁庆元很幸运能在这次事故中安全脱险。

175 公路项目位于苏丹的西部达尔富尔地区，陆路交通极不方便，要通过原始森林和无人居住区，还经常会遇见持枪的武装劫匪，因此通常去 175 项目检查工作需要乘坐小型螺旋桨飞机。但终点站朱耐那机场、扎林盖机场的跑道是没有硬化的黏土路面，所以增加了飞机起降发生危险的概率。

这次事故，飞机上 30 余名乘客和机组人员，有 4 人不幸罹难，多人重伤。梁庆元临危不乱、判断准确、果敢选择，有惊无险。生死之间，让他对人生又多了很多思悟。身上若无千钧担，谁愿拿命赌明天，从此，他更加沉稳冷静，对克服困难与挫折的态度，更加笃定更加坚强。当然，一切利弊与得失，对于梁庆元来说，都是知行合一的修炼过程。

175 公路项目干得很辛苦，梁庆元引用毛主席的诗词自我鼓励："风雨送春归，飞雪迎春到。已是悬崖百丈冰，犹有花枝俏。俏也不争春，只把春来报。待到山花烂漫时，她在丛中笑。"在海外工作，没有任何复杂的人际关系，一天到晚，始终围着工作，梁庆元自己感觉其乐无穷，大家也被他带动得干劲十足。

175 公路项目工程前期艰难，是因为公路运输里程数长（2200 公里），需要设备多（114 台 / 套），苏丹国内运力有限。一个新开发国家的新项目，是从无到有的过程。单是设备这项就费了九牛二虎之力：从国内设备采购，通过中国海关，运到苏丹；再清关，接着通过陆路、火车、陆路运输组合经苏丹港、喀土穆、法希尔、扎林盖；最后辗转运到项目现场。这是一个非常艰苦的过程，也是苏丹运输速度的高效奇迹，开创了苏丹运输方式的新方案，为"中国速度"增加海外实证。

建成后的 175 公路，贯穿苏丹东西部地区，使内陆可以直通苏丹港，被苏丹政府称为"西部拯救之路"。时任 175 公路项目负责人的梁庆元，为了畅通中苏两国贸易往来，也为了中国地质能在苏丹扎根发展，在极端艰苦的环境中，以 175 公路项目为起点，深耕苏丹十数年，用一座座桥、一条条路，在海外书写着一名中国地质人的初心。

第 3 节　开拓南苏丹

从 2007 年到 2011 年，中国地质苏丹分公司总经理关霖，匆匆穿梭在市场开拓、项目投标、项目执行与施工管理的工程中。2011 年底，因其开拓海外市场业绩突出，上调节能集团总部任职，接替他职务与工作的是东非副总经理高伟生。

高伟生擅长投标报价、施工方案编制、国际工程项目管理等，在坦桑尼亚中标的路桥项目中，至少 95% 的投标报价与方案都出自他的手。在中国地质东非分公司，他曾作为 108 项目副经理兼总工、120 项目经理、125 项目经理进行了项目管理；先后两次荣获中国地质、新时代控股集团、中国节能的先进工作者、优秀党务工作者表彰；2007 年被任命为东非经理部总经理助理；2009 年被任命为东非经理部副总经理；2011 年底，前往苏丹与苏丹经理部关霖总经理办理了交接手续。

高伟生认为无论在哪个国家，中国地质的企业文化和激励政策，都能调动大家积极主动创造性地开展工作。面对市场竞争，随之而来的就是应运而生的市场化的激励制度。在苏丹，高伟生把自己在海外深耕多年的施工管理经验和深切体会概括为"精耕细作保质量求生存，开源节流创效益谋发展"，也概括并体现了高伟生的管理水平和高度责任感。

刚到苏丹，高伟生就开始筹谋苏丹市场化运作，运作的着力点是苏丹政府出资的项目。刚开始，中国地质苏丹分公司致力于苏丹农田整治、路桥、农田水坝、农田灌溉、打井等领域项目的投标，最后都因为苏丹政府资金困难而难以落实。

在百般困难的情况下，苏丹分公司给苏丹公路局出谋划策，让他们进行融资，提议由财政部向商业银行出具国家信誉担保，财政部给公路局出资立项，中国地质拿项目执行。这个提议得到苏丹政府的支持，也盘活了苏丹市场资源。中国地质苏丹分公司先拿到了扎林盖 10 公里和 20 公里公路项目。接着，又拿到朱耐那 10 公里和 15 公里及 3 座桥项目。

苏丹当地公司看到该融资模式的益处便纷纷效仿，几年几个大项目下来，竟然让苏丹首都喀土穆的商业银行出现关门停业的奇迹。

2011 年苏丹南北分裂，南苏丹独立。苏丹南北的分裂，存在根深蒂固的历史原因。历史上南北苏丹一直不睦，双方内战不停，直到 2011 年 2 月 7 日，苏丹总统巴希尔宣布承认和接受苏丹南部公投的最终结果，同意南苏丹从苏丹分离。

独立之后的南苏丹，百废待兴，各行各业都需要发展，到处都是商机。2012 年，为了开辟新的市场，扩大在苏丹的业务范围，中国地质苏丹分公司多次实地调研，成为第 88 家在南苏丹注册的中资公司。南苏丹的未来发展前景和市场潜力，吸引了众多的中资企业。到 2017 年，在南苏丹注册的中资公司达 280 多家。

由中国地质总部领导，经援部牵头，招投标协助下，中国地质在多家中资公司中脱颖而出，并在南苏丹拿到一个经援项目——“援南苏丹基尔·马亚尔迪特妇女医院专家宿舍项目”的授标。中国地质凭借自己实力，一鸣惊人，竟然通过了评标。因为这个项目，中国地质引起了中国大使馆和经参处的关注和高度认可。

第 4 节　紧急营救

2013 年 9 月 21 日，突如其来的灾难，打破了中国地质苏丹分公司平静的工作节奏。上午 9 时许，175 公里公路项目电气工程师徐晓彬，带领当地工人和护卫共 5 人，在西达州境内驾驶一辆皮卡车从营地取配件返回工作面时，遭到苏丹达尔富尔地方武装绑架。10 多名武装人员截停了皮卡车，他们释放了当地员工、护卫，而将中方员工徐晓彬连人带车劫走。

项目经理梁庆元知道情况后，迅速按预案进行处置与上报。当地政府虽及时出兵拦截，但因距离事发地较远且对方撤退迅速，未能将徐晓彬及时救回。

当晚，梁庆元饭都没吃，赶赴西达州州长家中拜访，并表示项目中方人员已全面停工撤回营地，希望当地政府能够在保证人质安全的基础上，积极采取营救行动，尽快解救我方人员。

绑架事件发生时，高伟生正在乍得考察市场，接到项目经理梁庆元的电话后，他赶紧终止项目考察，返回苏丹，并将相关情况及时汇报郝静野董事长和孙锦红总经理。领导们听到这个事件之后，特别关心徐晓彬的人身安全，指示要全力以赴营救徐晓彬，尽快与绑匪取得联系，摸清绑架意图，确保徐晓彬的生命安全。

按照领导们的指示精神，苏丹分公司和项目部动用与达尔富尔地区当地的关系全力以赴地展开营救工作。经过与地方武装代理人多次接触，摸清了绑架意图既有政治企图亦图财。苏丹分公司将情况向中国驻苏丹大使做了专题汇报，基于全体在苏华人的整体利益和安全，必须坚持政治渠道解救人质，即给苏丹政府施压，迫使绑匪无条件地放人。

驻苏丹大使李成文出面与苏丹内务部部长见面，还专门拜见了总统。总统要求内务部部长、三军总司令到总统府参加专题会议。会上，总统说："中国人是苏丹人的亲密朋友，来帮助我们修救国路，发展经济，改善民生。怎么能绑架中国人？"总统命令军方配合内务部尽快解救中国朋友，甚至可以动用军队剿灭绑匪，解救中国友人。

在中国地质苏丹分公司出现绑架事件之前，已经出现过中国公司员工被绑架的案例。2012 年初，同为"六路一桥"的中水项目，29 名中方人员被劫持十一天，从北苏丹驱至南苏丹。最后通过国际组织、外交部、中水集团等多方努力，中国人全部安全返回。

2013 年初，另一"六路一桥"项目——保利集团和中铁十八局的 3 名中国人和 11 名苏丹人被绑架。经苏丹政府和所属中国公司争取，被绑架人员在四天后被释放。但有一位苏丹人死亡，一位中国人受伤。

虽然达尔富尔地区的各种势力未对中国地质的项目人员构成直接威胁，大家每天还是小心谨慎地各司其职，过着艰苦奋斗勤劳平静的生活。特别是项目经理梁庆元，在苏丹工作的六年中，始终坚持精心慎重的处事原则，不敢有一丝懈怠。无论任务大小，他都要立足从长远、从团队、从每一个细节考量做好各种预防危险的措施，遇有外出任务前，也会尽力收集当地舆情，预判各类可能出现的突发情况。

之前的中国公司人员两次被绑架，梁庆元都给自己敲响警钟。为了进一步加强突发事件的预案落地，他还亲自参加过国际维和部队举办的预防绑匪绑架及绑架之后的自我保护经验措施培训。随着预案一天天完善，演练一次次正规，项目员工的应急避险能力也得到了很大的提升。但无论大家做得如何周密细致，在苏丹国内动乱、社会畸形发展的大背景中也难以“独善其身”。

9 月 22 日（事发第二天），梁庆元两次与州长会面了解情况，但无最新进展。直至当晚，前线追击部队再次发现劫匪逃跑踪迹，通过盘问附近村民得知徐晓彬暂时是安全的。

9 月 24 日（事发第四天），我国驻苏大使馆将当时情况通报到苏丹总统办公室和国家安全局。并致电项目部表示慰问，要求项目人员要保持耐心，相信国家。

9 月 25 日（事发第五天），项目部接到当地政府情况通报，已与劫匪展开谈判，确认目的为政治诉求和勒索赎金。梁庆元召开项目人员开会研究决定，与当地政府保持一致态度，暂不支付赎金。营地内气氛紧张凝重，虽然大家理解这个决定是为确保全体在苏中方人员的安全，但还是为徐晓彬捏一把汗。

梁庆元经分析判断，这次事件与之前不同，拦截、绑架的实施与逃逸方向早有计划，且通过劫匪与当地政府的通话内容，能明显感到劫匪为达目的态度坚决。他要求项目人员要做好长期周旋的准备。他一面尽力稳定住我方人员及家属情绪，协调人员与前线搜索部队和当地政府部门保持沟通联系，一面请求当地部族长老、宗教领袖出面斡旋。其间，部分回国探亲、办公的项目员工也主动归队参与营救，团队的凝聚总能带来更多的希望和办法。尽管大家做了多方努力，但自 22 日晚至 25 日晚，仍未收到任何能够确定徐晓彬人身安全的信息。

9 月 26 日，已是事件发生的第六天，就在营地中焦躁与愤怒的情绪不断蔓延之时，徐晓彬用自己的手机打来了电话，通话中得知他目前身体与心理状况良好。梁庆元叮嘱徐晓彬，一定要保持良好心态，我方使馆与公司在尽力协调当地政府加强力度实施营救，在此之前，尽力配合对方要求，以保证自己的人身安全，等待救援。通话仅持续了两分钟，便被劫匪匆忙掐断，并没有透露更多的信息。

10 月 3 日，当地政府与劫匪多次谈判无果，便提出建议，希望项目尽快恢复秩序，复工复产。建议一经提出，就被梁庆元断然拒绝，并再次强调人质的顺利营救是我们的底线，中国的企业、使馆和外交部绝不会允许在人质事件没有得到妥善解决之前复工。

时间一天天地过去，梁庆元依然奔走在大使馆与当地政府之间，不断为困在营地中的员工加油鼓劲儿，坚持每天两次到州长办公室了解最新的进展情况，也依然坚信只要全力以赴，就一定能获得满意的结果。当地政府在面对我方政府不断施压和企业全面停工的状态下，持续增派营救力量；同时，联络多个部族长老与政府共同加大谈判力度。虽然未有具体进展，但双方势力一直处在相持阶段，劫匪的情绪也日趋稳定，这为我们协调营救工作争取了更多的时间。

10 月 21 日，事发后的第三十一天，谈判取得了很好的效果，绑架事件终于迎来了转折点。劫匪已经和政府开出的关于赦免、招安等条件达成了一致。第二天劫匪会和政府中间人约定最后的放人时间、方式和地点等。当地政府派出代表和部落族长做好会面前的一切准备。之后的谈判进行得十分顺利。

三十三天过去了，中国地质的所有人都在煎熬中等待着。使馆在此时给外交部拍了一封电报，抄送商务部。外交部将电报转给国资委，国资委要求中国节能王小康董事长参会，被告知：一、建议采取缴纳赎金的方式救人；二、要求中国地质的母公司派人来苏丹解决问题；三、要求中资公司在达尔富尔地区的在建项目全部停止；四、在达尔富尔的中资公司全部撤出达尔富尔地区。苏丹分公司接到节能集团王小康董事长、中国地质郝静野董事长、孙锦红总经理的批示，同意缴纳赎金救人。苏丹分公司和项目部根据领导们的批示精神，当天就与绑架方取得了联系，缴纳了赎金。

10 月 25 日，徐晓彬获救，乘坐联合国维和部队的飞机返回苏丹首都喀土穆。

中国驻苏丹大使馆大使和商务参赞以及中资公司的负责人前往喀土穆国

际机场迎接徐晓彬。在机场，李成文大使面对记者发表了情感真挚的讲话，欢迎徐晓彬安全归来；感谢 BASIER 总统以及苏丹政府各界朋友在解救过程中给予的极大帮助；徐晓彬的成功解救是中苏友谊的象征。

整整三十五天，营地的中国员工心弦紧绷、不敢松懈，尤其是当项目部与当地政府作出拒交赎金的决定时，他们已经做了最坏的打算。而徐晓彬身在缧绁之中，前路未卜之时，依然乐观坚强，深深打动了这里的每一名同胞，不断坚定着大家对于营救成功的信心。在这惊心动魄的三十五天里，劫匪三次允诺放人，却三次违信背约，并多次声称要加害人质。但梁庆元作为项目负责人的原则始终未变，身后强大的祖国与公司的原则始终未变，为了徐晓彬，为了项目全体员工，为了给在苏丹的每一名中国同胞创造一个安稳的工作与生活环境，只要有一线希望，就要付出百倍的努力，去争取最好的结果。正如徐晓彬在与当地政府的交接式上的发言所说，比起身体的折磨，内心的煎熬才是最难忍受的，但只要想到身后的祖国和公司一直在做着努力，他就坚信自己一定能够平安归来。

被绑架前的徐晓彬有着白胖圆润的脸庞，每天乐呵呵的，开心得像个从不知道忧伤的飞鸟，一会儿忙忙这个，一会儿忙忙那个。他不但勤快，人缘好，技术也好。他来自中国重型机械厂，苏丹分公司的工程车辆都是产自中国重汽的产品。所以，干机修工作，他是行家里手。

被释放后的他，又黑又瘦，整个人比之前小了一圈，见到项目经理梁庆元，忍不住两眼泪汪汪。梁庆元心疼地说："晓彬受苦了……"梁庆元握着徐晓彬的手，就哽住说不下去了。

徐晓彬讲在被绑架的三十五天里，生物钟紊乱，白天手脚被捆绑住，囚禁在黑屋子里，有人拿枪看守着他；晚上将他的手脚松绑，蒙住双眼开始漫无边际的转移。绑匪们每天晚上都要宰一只羊改善生活，前期绑匪整天给他吃白水煮面条加糖；后来经过徐晓彬的多次用手语要求不要放糖，才改为白水煮面条加盐；一个多月不洗澡，不换洗衣服……

徐晓彬回到喀土穆，经过医院体检，健康上无大碍，但营养不良，经过一段时间的调养，很快恢复了健康，他又满怀激情地投入到工作中去了。用徐晓彬的话说，他热爱中国地质的海外事业，更加热爱中国地质这个温暖的大家庭。

“徐晓彬绑架事件”，向苏丹，也向整个非洲展现了中国态度与中国地质担当。无论安危，都要心存念想，守住希望，这就是信仰的力量。此后直到2019年，因苏丹国内政变，中方项目人员撤离达尔富尔营地，再未发生类似的绑架事件。

梁庆元感叹：“生命如一张情感与物质密织的网，细腻而包容，坚强而脆弱。在苏丹更能将这些品质展现得淋漓尽致。”漫漫悠长的175公路，穿越了文明与野蛮，也穿越了人性的善恶，无声地塑造着梁庆元坚韧自信的性格。回望满是泥泞但又无比坚定的2013，承载着许多的故事，也会随着时间慢慢融入海外中国地质人四十年壮大的历史长卷。

第5节　危难之时显身手

2016年，鉴于中苏两国的友好合作，苏丹政府希望中国政府能够援建一座门诊楼，并援助必要的医疗设备。中国商务部由此启动援苏丹阿布欧舍医院改扩建项目招标工作，该项目不仅能够提升阿布欧舍医院的硬件水平，造福当地百姓，也有利于提高中国医疗队的影响。中国地质经援部与中国地质华北建设分公司合作投标并中标，此项目是由南通国际向中国驻苏丹使馆经参处建议立项的，在苏丹只有南通国际和重庆外建两家公司的资质符合要求，中国地质能拿到这个项目，全凭实力。因此苏丹分公司引起了使馆和经参处的高度认可。最终建设该项目的重任交给在苏丹耕耘多年的梁庆元团队。

苏丹阿布欧舍医院改扩建项目，位于苏丹杰济拉州哈萨海萨市阿布欧舍镇，距首都喀土穆120公里，气候属于热带沙漠气候，最热季节气温可达50℃，常年干旱。由于有中国医疗队四十多年的援助，阿布欧舍的医疗水平相对周边的医疗水平要好很多，许多其他医院处理不了的疑难杂症都转到阿布欧舍医院来治，阿布欧舍医院被当地老百姓亲切地称为“中国医院”。

阿布欧舍医院改扩建项目的目标包括：新建门诊楼一栋，并整体规划院区，完善院区围墙和出入口；铺设院内道路，提升院区整体环境水平；理顺医院的整体医疗流程，保证门诊、医技、病房、后勤服务的各功能科学划分。

该项目的特点是工期短（含苏丹雨季在内十个月），除水泥、砂石、砖块外大部分建筑与装饰材料必须进口，鉴于所在地高温肆虐、疟疾严重等因素，本项目必须精确控制进口材料的到场时间、精心策划现场的安全环境保护措施、精准把握中国与苏丹施工技术的差异与优劣。

项目实施过程中，梁庆元带领团队克服沙尘暴、高温、强降雨等不可抗力，生产节奏紧凑、施工进度贴合计划，结合当地房建施工工艺工法提高施工效率，逐步向完工稳步前进。

但是在接近交工不足七十天时，梁庆元发现医院内现有建筑物外墙墙体受高温和日晒雨淋的作用，面层容易开裂、剥落；而且医院内人员流动较大，经常有各种手推车出入，容易碰撞破坏墙体；新建筑保温层外的抹灰层只有 3 ~ 6 毫米厚，不足以对建筑物墙体形成保护。为了建筑物外墙长久保持整洁美观，减少后期的维修费用，梁庆元提议在现有的建筑外墙上进行进一步的加固处理。

提议和加固方案得到院方、使馆、商务部的赞成，并为保障苏丹院方的使用计划，他们希望中国地质交工日期不做变动。梁庆元只好带领全体人员加班加点保障工期。由于劳动强度陡然加大，参建者休息时间不够，加上项目临近交工时是雨季，蚊虫肆虐，项目上多人多次发作疟疾，生产经理陈兵在十天时间内就得了 3 次疟疾，范英江、高海涛也是疟疾反复。经过大家的共同努力，项目按期高质交工，过程中解决了苏丹院方诸多建筑实际应用问题，从而得到苏丹总统办公室高度赞扬，授予项目组“苏丹朋友”的奖牌。

项目开工到完工的时间段，有 2/3 的时间是苏丹的施工黄金时间，最繁忙的时候，梁庆元同时管理 4 个项目现场，统筹近百名中方员工的工作。每天千头万绪的工作，让本来不善言语的他，话更少了。作为项目负责人，对任何事情都肩负着不可推卸的责任，压力可想而知。但他即使内心波澜翻涌，外表总是像大海一样平静。

这种沉稳务实的性格，深得集团领导信任。2018 年 10 月，正在实施中的援多哥体育场维修项目需要派驻督导员，确保经援项目按期交工，于是集团领导将此重任交予了梁庆元。

援多哥体育场维修项目位于多哥共和国首都洛美市，地处多哥西南部，南濒大西洋几内亚湾，整个城市南端被连绵 10 多公里的平坦沙滩所环绕。属热带雨林气候，全年平均气温 27℃，7、8 月份较凉爽，年平均降雨量为 764 毫米。多哥治安状况一般，诈骗、偷盗、抢劫等案件时有发生，尤其是夜间外出更需加倍小心。洛美的医疗卫生条件十分落后，死亡率高，主要传染疾病有疟疾、结核病、艾滋病等。洛美旅游业近十多年来有很大发展，充足的阳光、金色的沙滩、蔚蓝的海水、茂盛的热带植物、便利的交通吸引了大批的外国游客。

多哥体育场为多哥规模最大的综合性大型体育场，多哥将其作为国家体育场使用，大型体育赛事，如世界杯预选赛、非洲杯预选赛等都在此举行。多哥体育场投入使用已十六年，受海风盐雾侵蚀，建筑物及设施设备损坏严重，多哥体育部向我国驻多哥经商处提出了援多哥体育场维修请求。

中国商务部本着树立“整体援助”的理念，对项目涉及的诸如建筑、结构、水、暖、电、体育工艺等各个方面的维修需求进行全面援助，做到恢复并适当提升建筑使用性能的要求。在合理的投资规模上，通过技术手段及综合调配能力，实现维修效果最佳化，维护其作为国家体育场的地位，进一步扩大在当地的影响，延续我国援外项目在当地的示范形象，彰显中国援助和双边友好合作的水平。

该项目的特点是：涉及结构补强，装饰装修更换，水塔与道路新建，水电改造，多媒体加装等多个行业领域；工序、高空与交叉作业多，现场施工人员数量庞大；新技术、新工艺、新材料、新设备是在多哥的首次应用。

梁庆元总结项目特点后，从施工进度管理、施工机械设备材料组织进场控制、施工技术组织与进度控制三点入手，通过清标分析项目报价，加大质量、安全生产、文明施工、分包商管理力度。

项目的施工难点是西罩棚的拆除更换和马道钢结构维修加固（高度 38 米），两个灯塔钢结构的维修加固（高度 55 米），高度大，物资运输和施工难度大，梁庆元带领项目技术人员，根据现场实际情况研究、验证，制定了可行性的施工方案——用小型电动吊机运输施工材料，用双吊篮作为运输和施工用平台的方案。这样在施工中节省了大量的脚手架施工材料和搭设、拆除时间，节约了施工成本，加速了施工进度。项目施工中，梁庆元团队对部分施工物资如外墙涂料，从质量和价格两个因素考察对比国内与当地材料，从而选择适合当地气候的材料，既降低成本也能实现项目“长寿”。

援多哥体育场维修项目是中国地质承接的最大的综合性援建项目，为公司拓展援建项目市场提升了高度，政治意义重大。在集团和分公司的大力支持和帮助下，以梁庆元为首的全体参建员工共同努力，他们舍小家为大家，有为了公司大义，告别即将分娩的妻子毅然踏上征程的刘光辉，有为了赶工期错过照顾病危父亲的陈俊桂，有投身援外项目没来得及给奶奶行孝的李宝……他们重合同、守信誉、尊重听从项目管理组的指导，在项目参与各方的大力支持下，圆满完成施工任务，也得到了援建国各界的赞誉和认可，展现了中国地质的实力，积累了承建大型综合性房建项目的经验，探索出了一套管理办法，培养和锻炼了一批管理技术人员。

第十一章　风起西伯利亚

长风旋起黎明，淬火的风骨
在寻找那朵历史漩涡中的浪花
你看，天空已映出英雄的荣耀
牛角与鼓声伴你登上骠骑宝马
雄隘如铁，上天赐予的上好营地
太阳升起，经络盈香目光晶莹
伙伴们，拿好我们特有的利器
骁勇驾紫云，一曲琵琶唱西风
启程，在嵯峨风雨中扶摇而上
立起巍峨誓言，迈向苍茫天边
芳草天涯处长风猎猎，飘落的
雪花不是泪滴，也不是冰冻长叹
而是远方的神奇呼唤——出征
纵横捭阖，万里烽火，只为追梦

国内早已经迎来了鲜花初绽的春天，而内陆城市乌兰巴托还沉浸在寒冷中。图拉河的河水绕过博格多山脚下的黄土，缓缓地试探性地由东向西流去，仿佛满载沉重的心事，又像一声长长的感叹，在蒙古国的首都南缘划下一道道印痕。

来自西伯利亚的劲风从蒙古高原上掠过，宛如蓄满力量的鞭子，抽打着一切。何成洲站在呼呼的寒风中，禁不住打了个冷战。他觉得自己如一头困兽，没有目标地彷徨，空余无奈的忧伤。

他的视线被莽莽苍苍的草原引向远方，那里朵朵白云簇拥着的肯特山脉，在湛蓝的天空中浮现出一座座高耸的山峰，越发显得天穹辽阔。苍穹下，一只盘旋的花雕尽情翱翔。何成洲在这苍茫大地的无言劝慰中，仿佛得到了启发，回顾过去或放眼未来，有什么困难能够扑灭中国地质人的意志？不如找准方向，全力以赴。

第 1 节　路在何方

2018 年底，整个中亚—蒙古分公司暮气沉沉，看不到生机。总经理何成洲的情绪更是陷入了谷底。

中国地质年终工作会上，胡建新总经理在工作报告中提到了“路在何方”，这个问题，正是何成洲日夜反问自己的问题，更是扰得他坐卧不宁寝食不安的问题。眼看三年时间分公司没有任何经营业绩，每年还有几百万的开销，怎么能不让人焦虑。关键在各个新开发的市场未看到任何希望。可以说，中亚—蒙古分公司前途一片迷茫。每当想到这些，何成洲便心惊肉跳，烦躁不安。他常常在睡梦中惊醒，一个人坐在冰冷的暗夜里发愣。残酷的现实，让他郁闷、暴躁、心烦，焦躁不安的情绪就快把他压垮了。

中亚—蒙古分公司的路在何方？

自己的路又在何方？

他想到自己曾在多种场合吹出去的牛：“中国人不做亏本的买卖”“要把在蒙古亏损的钱挣回来，不能丢了中国人脸……”这些豪言壮语，就像锋利的刀子，纷纷戳着他的尊严，让他痛得喘不过气来。

中国地质领导也敏锐地察觉到何成洲消沉的情绪，总部也在不断想各种办法，全力对中亚—蒙古分公司进行施救。为了减轻分公司和何成洲的压力，解救他们于水火之中，总部曾经有过撤出蒙古市场，甚至撤销分公司的想法。总部出于对何成洲的爱护，打算放弃乌兹别克斯坦、蒙古、伊朗、亚美尼亚、阿塞拜疆、格鲁吉亚几个国家的经营市场。

而这是何成洲最怕看到的结局。无论他多么消沉，都没有失去意志。在最失意、最难过的时候，他都积极鼓励身边的员工：“活，就要活得有尊严。压力再大，也得挺起脊梁，我们还要继续奋斗，坚持就是胜利。”如果分公司被撤销，这意味着什么？何成洲是个有血性的人，他将自尊看得比生命还重。他宁死也不愿意看到分公司被撤销，更想给信任他的领导和员工争口气。

1974 年出生的何成洲，是清华大学土木工程系高才生，他一次次得到中国地质的培养及锤炼。

1998 年 7 月，何成洲进入中国地质工作。1999 年 2 月，便被公司派往巴基斯坦经理部卡拉奇工作，后调入恰希玛右岸水渠项目 66 号工程兼任商务、采购、出纳、项目副经理等工作。2000 年 12 月，调往孟加拉国办事处，参与中国地质在孟加拉国中标的第一个项目——2B 公路项目的工作。2002 年 10 月，调往斯里兰卡经理部，在 KG2 项目任副经理主管生产。2004 年 1 月，在 KG1 项目先后任项目副经理、项目经理等工作。不同于那些有着坎坷反复海外战斗经验的人，何成洲的工作经历一路向上，每一步都踏实、沉稳。2016 年，何成洲接手蒙古经理部和哈萨克斯坦经理部，这两个经理部从基本情况和历史背景来看，可谓是难兄难弟。如果这次让他无功而归，那真是比要了他的命都让他难过。

若要从时间论起，中国地质早在 2007 年就已经进入蒙古市场，只是至 2015 年，八年光景中，蒙古经理部只实施过 4 个公路项目，而且经营业绩亏损很多。其中有一个项目，因为施工质量问题，业主方中止合同。之后，经理部被蒙古交通部起诉。

哈萨克斯坦经理部的情况更加糟糕，2007 年，经理部被哈萨克斯坦税务机关稽查，公司账户被查封，所有人员全部被迫撤离。从此，中国地质再没有进入哈萨克斯坦市场，税务问题也未得到妥善解决。在此种情况下，经理部不能独立中标工程项目，只好转而成为其他中资企业的分包商。这期间，作为中水电的分包商，只实施过玛伊纳水电站项目。

可以说，这两个经理部当时都双双处于谷底，等于是两个“雷”，这两大隐患对整个公司的未来，也是很大的威胁。

2007 年 5 月，何成洲从海外调回国内海外部，任职物资管理部经理助理并主持工作。2013 年至 2015 年底任物资管理部副经理。其间，何成洲说：

“我在物资管理部已经工作了很多年，继续下去，也只是日复一日地重复昨天的工作，可谓黔驴技穷，对管理没有新的突破和新的策略。而我本身的特点是喜欢新事物、喜欢冒险。”

就因“喜欢新事物、喜欢冒险”的个性，在组织对他进行考察时，他表示愿意尝试北上中亚这条艰巨而冒险的道路。他已经做好接受挑战的心理准备，他知道此去千难万险，开弓没有回头箭。

这段工作经历，何成洲谈起自己最大的收获，竟然是“一路感动”。他不提面对的任何艰难，却非常自豪地说：“公司领导也是胆大，竟然就把这么艰巨的任务，真的交给了我……”说这话的时候，他眼里闪着晶莹透亮的光。他因为得到总部对分公司的充分信任和支持而感动并自豪，这信任和支持是一股来自他内心的动力，闪耀着无价的荣耀和感动。

2016 年，何成洲将工作重心放在解决历史遗留问题上，同时前往伊朗、阿塞拜疆、格鲁吉亚、乌兹别克斯坦进行考察和设立办事处。这期间他跟踪过几个大项目，但因为条件不成熟，没有达到预期目标。

2017 年，根据当时的情况，在蒙古和哈萨克斯坦受制约的情况下，何成洲主动向公司申请成立中亚—蒙古分公司，将原来的蒙古国、哈萨克斯坦地域范围扩充到蒙古、伊朗、亚美尼亚、阿塞拜疆、格鲁吉亚 5 国。

自此，分公司开始活跃起来，何成洲也找到了自己脚下的路。

第 2 节　梦想的冲锋号

中国地质一直贯彻信守的箴言是：有为才有位，有位更有为。所以在员工心中，公司领导有莫大的魅力，在何成洲心中也不例外。

他说：“我 1999 年到巴基斯坦的卡拉奇。孙锦红是我的第一位领导。他靠实力从翻译一步步走到领导岗位，那经历简直令人震撼。孙总就像家长一样管着我们，培养我们，给我们创造好的成长环境。孙总是学外语的，专业是商务谈判，他的谈判水平非常厉害，就是他提拔我当了项目副经理。”

接着他介绍了现任中国地质总经理胡建新。他说：“胡总也是清华的，胡总是跟着孙金龙总经理在 CRBC-63 号标干的，那就更早了，是 1991 年 8 月在巴基斯坦 63 标项目的时候，胡总那时候二十出头，毕业两年就来到中国地质，独立承担起一个涵桥的设计与施工，因为能力、业绩突出，1992 年就被提拔为总工程师。那才叫厉害。”接着他解释道，“他们都是老资格了。孙总和胡总他们都是凭自己本事干出来的。咱说老实话，不经过海外的锻炼真不行，海外工作其实很有意思，非常能锻炼人。再说，没有业绩，即使提拔了也不能服众，必须能够独当一面，才能算个人才。”何成洲是个心直口快、进取心很强的人，他丝毫不隐瞒自己的观点和看法，也不遮掩对领导们的尊重和敬佩。

谈到中国地质特有的用人文化，何成洲说：“我们公司不缺只会干某件事或某一方面工作的人，公司缺的是帅才，缺的是具备综合能力的人才。能领导一批人干活，那仅仅是个将才。你还得有出色的商务谈判能力、有会索赔、会精打细算等方面的能力。所以，在我们公司，你不是帅才至少也得是将才。那才称得上是人才。”何成洲在讲到公司及公司领导的时候，脸上露出了自豪和开心的笑容。然而，他对自己却很不满意，说自己负责的这块很差，连续亏损，有时差点因此而崩溃。好在，这些都没有让他服输、退缩，他仍有面对困难的勇气。他在中亚几个国家之间到处不停地跑，找项目，找信息，找商机，他坚定地认为自己有信心将中亚市场做起来，他要把在蒙古赔的钱赚回来。他坚持这样的信条：一个人在哪里跌倒，就要在哪里爬起来。分公司不能在一个地方跌倒后就认输。

何成洲坦诚地说：“三年时间过去，却没有任何进展的时候，最初的自信就变成了自卑。”敢于这样袒露自己内心的人，无疑是强大的，也是能够征服一切的。所有的勇敢和勇气，都源于他曾经的人生经历。

何成洲小时候是吃红薯和玉米长大的，从小学五年级一直到初中毕业，父母亲都没有舍得给他煮一个鸡蛋吃。一路而来，他什么苦都能吃，什么困难也不怕。老家安徽那样贫穷的农村生活，都能培养出一个清华大学生，何况公司这么好的平台，他怎么可能遇到困难后就退呢？“受恩深处便是家”，他以公司为家，进退都充满力量。

何成洲曾经的辉煌是他在斯里兰卡的时候。他第一次做的标是 KG2（即卡鲁甘嘎供水项目 2 标段）项目——当时公司排名前三的大项目。何成洲是 KG2 项目项目副经理，也是他第一次真正意义上主持生产。项目的合同额很高，从 2002 年 9 月开始施工，原定工期九个月，因为工期不合理，又延期了十五个月。

部门数次开会，根本没有人觉得这个项目能按时完成，大家情绪非常低落。

一开始，这项工程进展非常缓慢，各种意想不到的事情都有。监理对中国地质要求很严，尤其是副总监——阮基斯，此人在中东地区工作很多年，项目合同等文件也是阮基斯主编，他和业主方找出各种理由为难中方员工，有的员工被开除，有的员工被禁止上现场。

直到 12 月，斯里兰卡经理部总经理胡建新意识到，此项目是斯里兰卡市场所遇见的最大的直径输水管线项目，监理同样是没有经验，他们只是照本宣科，严格执行施工规范，但规范却是抄自中东地区的文本。项目所在地处于沿海地区，地下水位很高，土壤环境与中东完全不同，监理的生搬硬套显然不行。他便调整项目管理新策略，让何成洲兼任生产经理。工程进度只有 20%，又禁止中方人员上现场，在这种情况下，为了公司长远利益，胡建新下定决心，指示刘来福和何成洲一定要在工期内按时完工，宁可在成本上增加预算，也要坚守信用。

那时，何成洲才到斯里兰卡三个月，监理对他不了解，说是还要考察考察。谁都没有想到，被胡建新派上战场的何成洲，经过深思熟虑之后拿出了几大措施：

一、原先 4 个工作面一律增加人员，而且所增加人员都是招聘的当地人。管线队伍 9 支、结构队伍 2 支、现场负责的工程师、工长、操作手、力工等，清一色使用当地人，目的就是方便与监理沟通，打通交流上的壁垒。二、中方人员从后勤调到生产一线，作为管理各个现场的负责人，负责协调设备、材料等资源，同时监督质量及进度。三、大量租赁现场所需的设备，保障施工需求。四、实施进度考核，相互之间形成对比。五、增加施工点。

这样的措施一出来，大大调动了员工工作的积极性。短短一个月，现场就龙腾虎跃起来，整个施工氛围出现了天翻地覆的变化。项目工地上，呈现出你追我赶的局面。20 公里长的施工线上，11 个施工点，监理逐个查看，也没有时间再吹毛求疵了，而且看着日新月异的施工成果，监理的态度也友好起来。

何成洲带领施工组突击工期，抢抓生产，扭转危局，换来了项目的起死回生。虽然抢工期有成本代价，但是工程进度提高了五六倍，时间省下了，名声挣回来了，整体成本核算下来，非常合算。在这个项目快结束时，公司新签了 KG1（卡鲁甘嘎供水项目 1 标段）项目，监理和业主人员整体搬移，还是同一拨人在干。这也是 KG1 项目能够快速进入状态、管理通畅、质量效益达到高标准的重要原因。

在 KG2 项目上，何成洲不仅总结了现场施工的经验——做到和监理及业主关系融洽，还有模有样地学老领导孙锦红的方法，主攻商务外事及双方合作的技巧，力求自己做出细致考究的英文文书材料。曾经沉闷不善言辞的何成洲说:“项目经理是什么？就是一竿子捅到底，上到总统部长局长，下到土匪地痞流氓，都得打交道。”

这段工作经历，在何成洲的心里，就像是吹响了冲锋的号角，也成为他勇于尝试和开拓的动力，这股动力中，积蓄着何成洲饱满的理想抱负与未来的梦想。

第 3 节　生命中的那些年

中国地质人就像没有代号的英雄，在不为人知的异国他乡，脚踏实地地干着英雄的事情。最早，他们是听故事的人，后来，他们又成了讲故事的人。讲故事的人其实就是故事里创造故事的人。那些故事，相对于今天来说已经太久远了，可是，正是那些故事像一颗颗种子在后人的心里生根发芽结果，成就了新的事业和辉煌。

何成洲和同事们经历的故事，为他后来的工作积累了经验。比如在斯里兰卡的 KG1 项目，他经历了一次罢工风波。

KG1 项目清水池的底部有爆破工程，当时中国地质斯里兰卡分公司将施工的一部分分包给一家中国企业，这家中资企业的 3 名中国工人带领好几个当地工人在现场进行爆破工作。

根据斯里兰卡当地要求，施工现场必须要有具备爆破专业的工程师在场。中国地质作为主包商，派了当地一名爆破专业刚大学毕业的工程师负责现场工作面。项目高峰期，现场除了中国人和斯里兰卡人，还有来自瑞典、德国、挪威、美国、日本、保加利亚、印度、马来西亚等国的 1000 多人，人员结构复杂，现场声势浩大。谁能想到，正干得热火朝天的现场，突然就出现了整个项目全体罢工的现象。

工地上所有人都停止干活了。当地人聚集在一起，将分包商中资企业实施爆破的 3 个工人团团围住，情况十分危急。现场办公室主任席尔瓦（K.N.Silva）赶紧去给何成洲报告。何成洲一听顿感事态严重，二话没说，来到了现场。他径直走向 3 个中国人，护住他们之后，开始了解事情的起因。

负责爆破的工程师缺乏爆破经验，和爆破组 3 个工人发生了冲突，而中方人员忍不住骂了工程师。而在斯里兰卡，人们等级层次观念根深蒂固，即使上级有错误，下一级也不能违抗。中方 3 个人的行为在当地人看来就是大逆不道的“犯上”行为，他们要保护当地的工程师，才闹出全体大罢工风波。

这次罢工，何成洲必须妥善处理好，毕竟牵扯到中方公司和中方的工人。何成洲迅速找来当事人，他站在公平、公正的立场，快速地做好双方的思想工作。中方工人虽然情绪激动，但深明大义，既没有过激行动，也没有受到威胁；当地工程师也表态会向大家澄清，平息安抚罢工人员的情绪。他安顿好当事双方之后，又和办公室主任席尔瓦沟通一番，委托他用当地语向大家做个说明，希望大家返回工位，继续工作。

一场罢工事件就这样平和地解决了。何成洲处理及时迅速，避免了事态扩大，也避免了时间和人财物的损失。既保护了中国公民的人身安全，维护了中国地质的企业形象，更让在场的其他人见证了中国地质作为国际公司所拥有的解决突发事件的能力。

中国地质的项目，也帮助和带动了其他的中资企业。2004 年，中国地质把新兴铸管公司带进了斯里兰卡市场。

总监是美国人乔治·杨，七十多岁了，他对新兴铸管的质量始终不满意。在最关键的一次会议中，总监说他感觉这个产品水泥内衬表面太粗糙，水头损失很大。何成洲立马反驳：“总监先生，我们是工程技术人员，一切要以数据说话，这个产品是经过第三方实验室测试的，各种数据不是靠‘感觉’得出的。作为总监，你这样的言论是非常不恰当的，也是对我们工程技术人员的无视，对科学的侮辱。”这话可把总监激怒了，七十多岁的总监气得涨红了脸而又无言以对。

业主立即起身做和事佬，暂停了会议，把何成洲拉到会场外面。业主劝说何成洲不要跟总监较真，他心脏不好，已经做了心脏搭桥手术，手都已经抖得不行了，别闹出人命来。何成洲是个心地善良的人，一听这话，立马返回会议室，真诚地向总监道歉，并解释说刚才一番话是为了工作，对事不对人。何成洲调整了与总监的对话策略，帮助新兴铸管成功进入斯里兰卡市场。

作为项目经理，在斯里兰卡要费心的事琐碎至极，从项目的实施到员工的生活，总有层出不穷的问题找到他。

有一次，中国地质的一辆混凝土罐车在经过交通环岛时，未避让当地法官开的轿车，法官因没有让他先行而怒气冲冲，竟然直接把中国地质的混凝土罐车连同司机一起扣押，送到法院去了。而且要求案件审理结束前不得释放扣押车辆。

何成洲了解到事情原委后，开始据理力争。他拿出办理项目索赔的严谨态度和对方交涉。他说：“不论谁先进入环岛，都属于交通问题，涉及不到案件问题。而对方竟然扣押车辆，要知道满满一车混凝土若不及时倒出就会凝固，混凝土一旦凝固，这个罐子都要报废。如果真会这样，那么这一车的混凝土和罐子的损失，都要法官来赔。而且对方作为一名法官，应该了解有知法犯法一罪。”何成洲将自己的话传达给对方之后，要求立即放人放车，如果不放，会立刻起诉。对方一听，感觉后果严重，当即放人放车。

何成洲在中国地质斯里兰卡分公司任职期间，还经历了历史上最大的一次海啸。

2004 年 12 月 26 日，南亚大海啸，造成斯里兰卡 10 多万人失踪，是斯里兰卡历史上最大的灾难。由于信息不通畅，当天只能知道附近发生的一些情况。项目组安排当地员工紧急回家，又组织人员去事故现场参与救援。

现场一片狼藉，原先的房屋、街道、学校及花草树木已经荡然无存，令人触目惊心。为防止有灾后疫情，中国地质立即着手组织抢救队伍，召回操作手、司机和工长，配备洒水车、吊车、铲车、运输车辆等机械设备，去灾区救助。同时提供一部分生活物资给当地群众。

在此次灾难面前，中国地质承担了该有的社会责任，中方人员全部积极参与救援，竭尽所能，捐钱捐物，生动诠释了两国人民友好情谊，践行了人类命运共同体理念。

第 4 节　开拓周边市场

格鲁吉亚属于外高加索三国，地理位置上属于西亚，习俗文化上属于欧洲。

2017 年，分公司首次进入格鲁吉亚考察，对这个国家的人文、经济、法律、税务做了梳理，对其工程市场未来很是看好，但其要求严格，套用欧洲标准，文件规范、条文众多。几经多轮投标试探，基本摸清该国招标流程。

2018 年，投标马尔内乌利供水项目，分公司是第二标。第一标是阿塞拜疆公司，但其土耳其子公司也参与了投标，这显然与亚行招标规则严重冲突。业主不顾其资质造假，依然授标给阿塞拜疆公司，后因该公司管理混乱、投入不足，导致该项目断断续续两年都没开工，后被迫中止。当年参与评标的人员有多人入狱。

格鲁吉亚身处东西方两边，夹在俄罗斯和欧洲之间，政治环境复杂，受制约因素太多。自独立以来，严重倾向西方，导致了 2008 年俄格战争。近些年，西方对格鲁吉亚的支持依然不减，基础设施项目很多，经济活跃，政治上趋于稳定。分公司在格鲁吉亚耕耘多年，最终拿下了特拉维供水项目。

特拉维供水项目第一次招标时，分公司处于第二标，但因资质问题，未能通过资格审查，第二次招标分公司没参与，第三次招标，分公司再次投标，并喜获此项目。这是分公司在欧洲片区拿到的第一个项目，项目虽小，也是在试水欧洲市场，摸索路径，为未来公司决策提供实践依据。

乌兹别克斯坦是中亚五国中人口最多的国家，境内有黄金、石油、天然气、煤矿等自然资源，盛产棉花、水果等。

自 1992 年独立以来，乌兹别克斯坦相对闭关锁国，基础设施建设停滞。三十年时间把苏联遗留下来的设施耗费殆尽，目前大量基建需要开动，对工程领域来说是个非常好的机遇。但该国外企很少，也是受制于该国环境、体制法制不全，财务税务漏洞百出，配套落后，跟不上世界步伐。

分公司 2017 年初次接触乌兹别克斯坦，先后参与多个项目竞标，终于在 2021 年中标签约，目前项目已开工建设。

第 5 节　在一朵花里找到了春天

2019 年 6 月 12 日，中国地质中亚—蒙古分公司迎来了在蒙古市场的第一个项目——蒙古乌兰巴托—达尔汗公路修复项目第 5 标段项目，尽管合同额只有 983 万美元，可是，它的意义重大。它犹如继往开来的划时代闪电，揭开了中亚—蒙古分公司的新序幕，也给未来带来了新的生机和美的展望。

公司所有的纠纷和历史遗留下来的疑难杂症问题，全都通过正规且合理合法的渠道，公正、公开、光明磊落地解决。这次中标让中国地质中亚—蒙古分公司每个人信心倍增，也意味着中亚—蒙古分公司盼望的生命春天已经来临。

这时的何成洲，已经可以坦然面对世界市场的风云变幻。他感觉到了第一朵花的芳香，也相信这朵花背后会有无数朵花绽放。

何成洲说："这个项目的立足点不是利润，而是项目本身的重要意义，只要能拿到这第一个项目，就会一生二，二生三，三生许许多多。所以，我们一定要做好，做出信誉，做出品牌，在质量和工期上高标准、高要求。"

何成洲的思想潜移默化地影响了团队里所有的人。整个分公司团结一心，奋力拼搏，强化工程施工和管理细节，步步落实。大家目标一致——在蒙古市场夺回中国地质应有的声誉。

功夫不负有心人，这个项目的结果显示分公司当初的决策是非常正确的。中国地质中亚—蒙古分公司以“进度第一”“质量第一”，排在施工现场首位。

分公司乘胜前进。

2020 年 5 月 7 日，签订合同额为 1889 万美元的塔温陶勒盖—芒来—杭吉边界重载公路 LOT3 项目。

2020 年 11 月 12 日，签订合同额为 1946 万美元的乌兰巴托至达尔汗公路新建 5 标段项目（达尔汗公路项目 2 期）。

2021 年 6 月 15 日，签订合同额为 1152 万美元的塔温陶勒盖—芒来—杭吉边界重载公路 LOT4 项目。

2021 年 9 月 27 日，签订合同额为 1489 万美元的乌兰巴托至达尔汗公路修复 4 标段项目。

2021 年 8 月 19 日，签订合同额为 746 万美元的格鲁吉亚特国拉维城市供水系统升级项目。

2021 年 12 月 22 日，签订合同额为 1635 万美元的乌兹别克斯坦国的塔什干州供水项目。

2022 年 9 月 6 日，签订合同额 3918 万美元的格鲁吉亚马内乌利和博尔尼西给排水系统建设工程项目。

2022 年 12 月 23 日，签订合同额 1309 万美元的乌兹别克斯坦国巴巴塔格水渠修复项目。

2022 年 12 月 27 日，签订合同额 1826 万美元的乌兹别克斯坦乔多尔水渠修复项目。

整齐而有气势的项目列阵，昭示着中亚—蒙古分公司蒸蒸日上，中亚—蒙古分公司真正迎来了属于自己的春天。何成洲及他的分公司终于走上了国际工程承包市场的康庄大道。可是，何成洲却没有因此志得意满，他说这才仅仅是开始。

何成洲已经成为一个经历无数波折和历练的胸有成竹的领导者。在他的表达和行动之间，处处可以看到经由历练而达成的睿智和从容，也有了“叶下藏花”锋芒不露的委婉和余地。

他说：“早先，我就向公司总部提出来，要去国外工作，我这人个性里喜欢开疆拓土，有点野性。正好蒙古经理部和哈萨克斯坦经理部换届，公司领导也看好我，就安排了考察和审核，把我调了过去，表现了对我莫大的信任和鼓励。其实，我知道我自己并不合格。”说到这里，他眼睛有些湿润。他说也正是因为公司领导给他的信任，让他觉得自己无论多难，都能坚持。他认为自己经历过的一切艰苦都是责无旁贷的。困难不值得一提，坎坷不值得一提，拿到项目实现分公司的发展才是硬道理。

早先困难时让他撤回，他坚决不干。公司领导想助他一臂之力，就把周边的几个国家市场都给了何成洲。哈萨克斯坦、伊朗、格鲁吉亚、阿塞拜疆、亚美尼亚等市场都归给了何成洲的中亚—蒙古分公司。

2016 年到 2018 年，何成洲主要致力于解决与蒙古国交通部的官司问题和排哈萨克斯坦的“雷”，分公司每年都是亏损的。但何成洲早就调整好了心态，他知道有总部的支持，他就有信心和力量扭转局势，他做足了为中国地质的名誉和利益背水一战的准备。

2019 年，中国地质中亚—蒙古分公司全力扳回局面，恢复了大国央企应有的威望，不但具备拿项目的资格，而且拿的就是蒙古国交通部的项目。何成洲让中国地质中亚—蒙古分公司“在哪里跌倒又在哪里爬了起来”。对方陆陆续续又将一些项目给了中国地质，具有标志性的项目便是蒙古乌兰巴托—达尔汗公路修复项目第 5 标段项目，简称“31 公里的公路项目”。

2020 年，中亚—蒙古分公司迎来了何成洲上任之后的第一个盈利年。历尽千难万险，何成洲终于可以长舒一口气，他感叹道：“今年，完成指标肯定没问题了，下半年，我争取能再拿几个项目，就更加有把握了。明年的经营状况会更好些。我会努力争取快速扭转分公司的命运。我对未来抱有很大的信心，道路是曲折的，但是，前途一定是很光明的。”

心怀野性而又不服输的何成洲，带领中亚—蒙古分公司走出泥淖并开始走上稳步发展道路的时候，他俨然就是一个豪勇的战士。战场上热血沸腾冲锋陷阵的硬汉，心里最柔软的部分是家人。

他提到自己的父母、妻子和孩子，内心满满的愧疚和自责，几度哽咽。

他每每这样安慰自己：在海外工作为父母创造好的生活条件就算尽孝了，在中国地质工作争得荣誉让自己成为妻子的精神支柱，也算尽心尽力了。勤勤恳恳给孩子树立榜样，就算为家里做贡献了。

何成洲通过硬拼硬干，终于让中国地质之花在荒漠上扎根成长并灿烂开放，他背负着家庭的责任、公司的重托，心怀中国地质的五种精神，脚步愈加坚定有力，未来更加远大光明。

第十二章　马尼拉的忠诚

是的，要跨过去——那道鸿沟
山高水长，一定抵达想去的地方
心中的忠诚，有不可逆的颜色
哭泣的飞蛾，已绕过了烈火
风雨兼程，既没错过也没耽搁
在一片孤独叶子中奔跑或弹跳
俯仰之间，写就激越的生命之歌
所有迷惑的光芒，都扰乱不了视线
窗前的鸟鸣，预告航船顺利前行
被黎明取走的那些烟火，还将重来
你看吧，孤寂已经开出了美的花朵
号角苍劲，已拉长命题辽远的维度
时间的车马，必定收获遍地金黄的前景

成功不是一朝一夕的事情，有的人走得很快，有的人走得很慢。慢和快不重要，只要你一步一个脚印地往前走，就一定能跨过那道坎，到达你想要去的地方。如果我们以回望的姿势查看来路，可以从片段式场景中，透视到中国地质菲律宾分公司的层层精彩。

镜头一：2021 年 12 月 16 日，中国地质菲律宾分公司马尼拉本部，举行了一年一度中菲员工圣诞联谊会。联谊会上，分公司用“共克时艰”总结 2021 年的艰苦奋斗；用积极的心态和坚定的信心描绘未来图景：阳光总在风雨后，走完弯路便是坦途。希望全体中菲员工在 2022 年精诚团结，在变局中找到机遇，为实现中国地质菲律宾分公司第三次跨越发展而奋斗。

联谊会最激动人心的环节是分公司授予菲籍工程师奥斯卡·欧皮那“十年忠诚奖”。奥斯卡·欧皮那已经在菲律宾分公司工作达十年之久，目前在南岛 PR06 项目从事桥梁工程师工作，在分公司属地化管理过程中作为中菲员工友谊沟通桥梁，起到了表率作用，播种了中国地质品牌种子，也传播并加深中菲两国的友好关系。截至 2021 年末，分公司累计授予“二十年忠诚奖”1 名，“十五年忠诚奖”7 名，“十年忠诚奖”2 名，培养了一批忠诚度高的菲籍高级员工，在推进分公司属地化管理进程中，发挥了重要作用。

镜头二：2017 年 3 月 30 日，一张捐赠清单清楚地记录着中国地质菲律宾分公司捐赠给菲律宾芒扬村小学的物品清单，电脑及桌椅配套设施，创维彩电及电扇等电器设备，鼓、三面鼓、指挥棒、七弦竖琴等乐器。

镜头三：2016 年，中央电视台《远方的家——一带一路》大型系列特别节目播出菲律宾分公司民都洛岛项目概况。民都洛岛位于吕宋岛西南部，巴拉望之东北，苏禄海北端。位于塔布拉斯和民都洛海峡之间……岛上的原住民更为原始。播音员充满感情地介绍着中国地质在菲律宾的发展，画面不断闪现出中国地质菲律宾分公司在该岛上建设的项目。所有镜头，将人们的想象吸引到遥远的岛国——菲律宾，也向人们展示着一个充满活力的企业，在遥远的那一方，蒸蒸日上欣欣向荣的景象。

中国地质的业务遍布世界 50 多个国家和地区，在任何一个有中国地质的地方，都有他们履行社会责任的事迹，都有他们热心为当地人民奉献的爱心及情怀。这种实心实言实行的举动，处处体现着中国地质的精神实质。做企业和做人一样，走开拓奉献的创业道路，真诚正直地做人，踏踏实实地做事，必定有一个问心无愧的归宿。

第 1 节　事业是人生最甘甜的果实

一张中国地质菲律宾分公司的项目分布图，向人们展示不一样的历史过往。在东南亚的菲律宾，一条条充满现代化气息的道路，穿过城市与乡村，森林和田野，向远方延伸——它们犹如中国地质饱蘸自己的企业豪情而写下的一行行箴言，在遥远的彼岸开花结果。

位于罗威西亚省和阿罗拉省的巴莱尔道路，是邦阿邦至巴莱尔道路的重要交通干线。此干线 2014 年 7 月 11 日开工，2016 年 9 月 29 日完工，创造了工期八百一十天的惊人业绩，得到业主菲律宾公造部的高度赞扬。项目施工中的 9 座桥建设与加宽工作，包括 4 座 213.20 米新建桥梁以及 5 座 218.52 米的改造桥梁，以及排水及斜坡保护等大量带有创见性的工作，不但没有难倒中国地质菲律宾分公司，反而给了他们一展才华的最佳机会。

Naga 项目的道路维护项目——马哈里卡国道第三标段锡波科特至巴奥路段，位于南甘马辫省，项目工期为十八个月的升级改造期以及六十个月的长期维护期，项目业主单位为菲律宾公造部，由日本协力基金资助，含 109 公里长沥青路面施工，包括道路排水及斜坡保护等辅助工程。

项目所在的南甘马辫省，是菲律宾分公司 1997 年初来菲律宾时所中标的第一个项目的所在地。谁也没有想到若干年之后，已经从丑小鸭蜕变成白天鹅的中国地质菲律宾分公司会再次相遇于南甘马辫，并且中标项目 OPRC，合同模式为中国地质与当地承包商采取联营体的方式共同执行该项目，开创项目经营管理的新模式，为菲律宾分公司多样化经营首开了先河，成为中菲合作的典范工程。

距离菲律宾首都马尼拉南部 200 公里的民都洛岛上，一条 100 多公里的水泥混凝土路面国家公路，是中国地质属地化管理的成功典范公路。

民都洛岛三标项目在西民都洛省卡林丹—萨布拉延路段，在公里标段 K303 的地方，建有占地两万余平方米的营地，合同生效期是 2015 年 1 月 13 日，工期八百七十天，于 2017 年 5 月 31 日竣工。日本协力资金和菲律宾政府提供资金，业主是菲律宾公造部。在这个大型项目建设中，中国地质共新建 4 座桥、维护 5 座桥，所建公路均为菲律宾国家级公路。

施工现场旗帜高扬、气势恢宏。搅拌站、碎石站、机修车间、钢筋加工车间、实验室、办公室、菲方营地、中方营地，以及各种机械设备如平地机、挖掘机、翻斗车、服务车等 60 余台，真正体现了中国地质的综合实力。

中国管理人员有 6 人，分别负责项目的统筹、现场管理、材料采购、后勤保障、工程进度推动等方面工作。菲律宾籍员工 200 余人，分为桥梁组、路面组、土方组、测量组、搅拌站、车间组、办公室等10多个部门。在推进项目建设具体实施的各个环节中，菲律宾籍员工起到中流砥柱的作用，高标准的属地化管理的实现，得益于有中国地质特色的管理制度和培训水平。

民都洛西海岸道路改造项目四标段，萨布拉延—圣塔克鲁斯，项目资金来源为日本协力基金及菲律宾政府，业主为菲律宾公造部，项目工期于2013年7月8日至2014年12月29日，共五百四十天。

民都洛六标项目是民都洛西海岸道路改造项目的六标段道路，该段于2003年8月1日开工，2005年9月15日竣工，业主同样是菲律宾公造部，日本协力基金资助。项目新建桥梁9座，新铺水泥混凝土道路37公里。经过中国地质辛勤工作，将菲律宾原先受到洪水冲击或各种破坏的道路修缮完好，改善了当地居民的出行等生活条件，给当地百姓带来了福祉，所以，当地老百姓亲切地称呼这条道路为“中国路”。

一条条明晃晃整齐气派的公路，是菲律宾分公司全体员工心血凝成的劳动结晶，每条路，都见证和饱含着中国地质人深情无私的劳动。

2007年1月2日，是最激动人心、让全体员工最自豪的一天，也是菲律宾分公司历史上最值得铭记的一天。时任菲律宾总统阿罗约先后出席分公司承建的新比斯开省阿里桃市至卡亚巴市的公路项目竣工通车剪彩仪式和新怡诗夏省的农田灌溉项目主水渠通水开闸庆典。公路项目剪彩仪式后，这条致富路、生命线，让困守大山的居民不再孤独、不再闭塞，因其优异的工程质量和超高的精细化程度，被菲律宾国家公造部誉为“山区混凝土道路工程的样板”。农田灌溉项目由阿罗约总统亲自握住阀盘开闸，在人群的欢呼声中，生命的源泉流向广阔无垠的田野。中国地质因路、因水、因善造福异国百姓，树立起友好丰碑，加深了中菲两国友谊，意义源远流长。

这些各种各样的道路和项目，承载着中国地质厚重的企业精神和独特的文化底蕴。有些路，几十年如一日，经历风吹雨打、烈日熏蒸，中国地质不断地修建着，创造着。路有多长，中地的情怀就有多长。路有多少弯道，公司经历的就有多少弯道。中国地质始终坚信，奉献与开拓精神的广度是无限的，中菲的友谊之路是无限的，中国“一带一路”的美好构想是无限丰富而美好的。

国际市场的业内人都知道菲律宾的项目都是“胡子工程”模式，完工战线长，很难产生经济效益。但是分公司管理团队能在工程管理中避免“胡子工程”，在纷乱如麻的千头万绪中，快速地清理庞杂事务而找准工程突破的重点症结，将每一个中标的工程，如期或提前交付使用，为企业赢来铁的信誉。

分公司管理团队始终秉持着这样的目的，工作的终极目的不是盈利，而是通过盈利环节，将中国地质独特的文化和企业旗帜树立起来，传输企业精神，达到“上为国家做贡献，下为员工谋福利”的最高境界。为此，他们从小事做起，从一点一滴的行动做起，发挥榜样的力量，带动属地员工工作的积极性，使他们发挥更大的作用。

分公司管理团队把每项工作都当作中国地质大集体的事业对待，久而久之就形成了独属于他们的大视野、大事业。正是看似平常的工作，成就了一个又一个目标的实现，构成了他们一生的追求。

第 2 节　知己知彼　百战不殆

菲律宾曾经是西班牙、美国、日本的殖民地，因此这块神奇的土地，不仅受美国影响深刻，还有着西班牙的民族特色，更有典型的东方文化特征。菲律宾人能歌善舞，热情浪漫。为将中国地质精神在菲律宾落地开花，扎实稳定地进入国际工程承包市场，做到知己知彼百战不殆，分公司管理团队潜心研究当地历史与风土人情。

熟悉和掌握菲律宾历史和风俗，等于掌握一种法宝。投资及交往等过程中，分公司管理团队都会做到心里有底，尊重当地的各种习俗和文化，并有意无意地慢慢融入，有目标地开展工作。看似非常平常细微的工作，实质上都是在开拓市场。中国人的工程，拉动了当地经济收入的同时，还扩大了就业面，给当地人谋到实实在在的福利。

SN 公路、罗威西亚公路和民都洛西海岸公路是菲律宾国家道路，虽说等级不是特别高，但难度非常大。最难的还不是工程本身，而是中标前后一波三折的起伏及复杂的政治环境。

清晨，菲律宾分公司民都洛西海岸工地上的人们，已经热火朝天地工作多时了，大家都沉浸在劳动欢快的节奏里。这时，他们接到一个电话，对方要求项目领导去某个地方谈判。菲律宾政治派别众多，关系错综复杂，矛盾冲突十分激烈。因为项目工程，整天要和反政府势力周旋，每次谈判就是要钱，不给钱就烧设备，根本没有道理可讲。反政府势力只要缺钱花，就要想办法找中国老板谈判。

单单西海岸项目，这次已经是第八次去和他们谈判了。分公司管理团队快到他们指定的见面地点时，毫无意外地接到改变地点的电话。以往都是这样，按照他们指定的地点匆匆赶过去，快要到的时候，就会接到改换地方的通知，有时候甚至要换好几次。

几经折腾，陶应学等人只得冒险前去应对，到地方之后，先被没收了手机再被蒙上头……最后开始谈判。对方先说些官话大话，震慑威吓，告诉他俩不配合的结果。然后再提出一系列无理要求。说是谈判，其实没有什么商量余地，就是命令。他们已经不止一次被恐吓，已经变得胆大心细，对方想干什么要干什么，他们早已心知肚明，但是还得耐心听完对方的要求，再小心翼翼地据理力争。他们言辞真诚、情真意切地向对方陈述中国人来到菲律宾的积极意义，陈述两国的大趋势和友好关系，传达中国地质工程给菲律宾当地带来的福利和美好的前景等。他们要动之以情，晓之以理，尽量减少甚至避免分公司的损失。

公司没有办法回避反政府势力的挑衅和无理要求，不然，遭到他们蓄意破坏，结果会更糟糕。公司能做的就是协调好各种关系，掌握好平衡的尺度和办法，不顾此失彼。各种派系之间又相互牵连，处理不好，还会影响工程进度和原材料的供应。特殊的环境下特殊的社会背景，比工程本身更难解决。

要创造好的一个工作环境，首先要营造好的政策环境，发挥中方员工的积极能动性，带动属地员工的工作热情。与当地居民和谐相处，取得他们的信任与支持，调动所有的有利因素，推动项目顺利进行。

因为中国地质菲律宾分公司的属地化特色明显，当地员工自由散漫，很少有计划和目标。分公司管理团队就利用周会或者内部会教育和影响当地员工:“现在你在我们公司工作，将来你可能会自己去做生意去搞工程，假如你不好好干，你觉得好像省了自己的力气，将来你就会失败。你在这儿干成功了，以后你再到其他公司干，或者你自己干，你同样也能成功。成功是能复制的……”他们还鼓励员工:“不要太在乎起点的工资。你做得越好，工资越高。就像平面坐标的 xy 轴线，你的努力就是斜率，向上的空间是无限的……”分公司管理团队在潜移默化中影响着属地员工，帮助他们规划人生，展望未来。通过这样的教育和鼓励，一批非常优秀的属地员工成长为中层管理者。

2009 年，菲律宾的项目彻底结束，大部分人员撤回国内，还有一部分分流到其他国家。2004 年是中国地质菲律宾分公司第一个高峰期，这个高峰期是前任总经理在任时期产生的工程业绩。2009 年到 2013 年，是中国地质菲律宾分公司低谷期，基本上没有项目，也没有什么投入。

2013 年开始，中国地质菲律宾分公司迎来第二个工程高峰期，也给公司创造了不少财富。高峰时期，同时开工的就有 5 个规模较大的路桥项目。通过分公司所有人的共同努力，到 2022 年 5 月为止完全交付使用。中国地质菲律宾分公司连续几年都被评为 AA 级单位——菲律宾分公司为内部评议的双优商业单位。

第 3 节　有坚持才会有胜利

2009 年到 2013 年，这对分公司管理团队来说，是煎熬的几年，也是望眼欲穿的几年，他们陷入比刚到菲律宾那段时期更深的困境和孤寂中。

其间，国际形势风云变幻，公司陷入低谷。调度走了，财务走了，连助手也走了，2011 年，分公司只剩下 1 人，他们决定，无论如何，不能后退，活着就是奋斗。

2000 年，罗威西亚项目正在进行，因为马上要到圣诞节，分公司要给属地员工发第十三个月工资，财务出纳王贵林乘坐当地司机开的车去银行取钱，没想到路上遭遇了歹徒。尽管他一路小心谨慎，还是被凶恶的歹徒残害。刚出国八个月的王贵林献出仅三十一岁的生命，让分公司所有人都沉浸在悲痛之中。中国大使王春贵、中国地质菲律宾分公司总经理李朋、项目经理李银良及所有分公司的同事参加了追悼会。大家为失去一个年轻有为的同事而痛惜。

每当想起王贵林，总是让人万分难过。同时，也激励后来者更加珍惜生活和生命。大家时常在想，与死去的同事相比，自己的困难算得了什么？即使是座山也得攀登，所有的坎，必须跨越。

2009 年，低谷时期的分公司管理团队去菲律宾周边国家开拓市场。他们抵达巴布亚新几内亚之后，就匆忙联络别的中资企业朋友，了解当地市场及工程情况。于春喜乘坐着朋友的车子去拜会市区内的客户，车刚停稳，就冒出一个五大三粗的太平洋原住民，端枪对着驾驶员叽里咕噜，他们意识到遇到了抢劫，赶紧掏出 50 个基纳给他，这才避免了一场危机。

这些过去的事情，带给人悲伤与难过的同时，也会给现在奋斗的人以力量，所以面对这次事业的低谷，他们都能坦然面对各种艰难，大家同舟共济，每天翻读海量的报纸，通过报纸了解当地的经济情况，关注项目投标信息。放下报纸，再去拜访业主，打听有什么新的项目或规划。即使没有拿到项目，也和业主、中国大使馆等合作单位，保持密切友好的关系，为后面处理好各种事务打下坚实的基础。受到两国关系的影响，当时比较大的公司都撤了，可是中国地质丝毫不动摇。

他们坚信，坚持几年，就会争取到新的项目。这种坚持的观点与中国地质其他海外分公司领导团队的观点不谋而合。中国地质这种坚持的特点其实不是菲律宾分公司一家，放眼望去，所有中国地质的海外分公司，在驻在国政变、兵变、病变、灾荒、战乱等特殊时期，全都坚持了下来，而且全都受到政府和当地民众的尊重和爱戴。

“没事我就再去业主那看看，过年过节也去看看，有时候带点小礼品去拜访一下，关系得维持……”分公司管理团队中有人如是说，个中滋味酸甜苦辣，经历过繁华的落寞，有着更深刻的寒冷与凝重。走在大街上常会有熟人问：“中国地质还在这里啊？”因为大家都知道菲律宾不缺水，打井行业不挣钱，再者，一口井一口井的招标投标非常麻烦，都不知道分公司是怎么熬过来的。

很多时候，坚持也就是熬，“熬”才能木已成舟，“熬”才能生米做成熟饭，“熬”才能苦尽甘来……才能一生二，二生三，三生万物。一切都是熬出来的。

功夫不负有心人。从2013年开始，项目终于来了。菲律宾分公司经受住困难时期各种严酷的考验，从事业的最低谷，等到了“柳暗花明”。中国地质陆续拿到民都洛西海岸第4标和第3标项目。这样，相当于中国地质拿到第6、第4、第3三个标段的项目，等于做了整个项目的一半，从此，菲律宾分公司进入第二拨业绩高峰期。

第4标和第3标完美中标，使整个工程项目由点到面连了起来，政府和当人百姓都亲切地称这条公路为“中国地质之路”。

第4节　抚今追昔不忘前人

中国地质菲律宾分公司在菲律宾取得如此成就，是几代中国地质人艰苦奋斗的结晶。当年，华东一只身一人，携带中国地质总部授权书来到了菲律宾，开启中国地质在菲律宾的闯荡之路。

此后，曾在巴基斯坦米普哈斯暗管工程做清线工作的沈琦，因为过度劳累回国调养身体，痊愈之后，被公司派往中国地质菲律宾分公司做了第二任总经理。

菲律宾第三任总经理李朋，最早在中国地质尼日利亚分公司担任主要领导，后调回中国地质总部，再被公司派往菲律宾分公司任总经理。第四任总经理，是2007年任职的崔斌华。

第三任总经理李朋，是位长期驰骋于非洲国际承包市场开疆拓土的骁勇战将。在菲律宾任职期间，他把在非洲工作的丰富经验，创造性地应用在菲律宾分公司的管理中，为公司的发展，开辟了新道路，打开了新局面，培养了一批特别能吃苦、具有团队协作能力的国际工程复合型人才。

李朋安静谦和，干起工作来，既有猛劲，又有韧劲。他最大的特点就是一个“敢”字。敢于开拓，敢于涉足新领域和新市场，敢于在困难时刻迎风险，挑重担。关键时刻，总是愿作开拓者，敢为人先。

中国企业走出国门开拓国际市场，每一步都充满了风险和挑战，充满着机遇，目的是促进全人类共同进步，共同发展。这种发展，关键就是开拓者具有的精神、胆识和勇气。李朋正是具备这种素质的人才。也正因他在十几年的海外市场的调研与开拓中，所表现出先进思想理念和与时俱进的勇气、胆识和精神，让他在不同岗位，都为中国地质发展中做出与众不同的贡献。2004年，李朋荣获年度人事部、国务院国资委评定的“中央企业劳动模范”的殊荣。

人的一生充满了选择，转折关头的正确选择，可能决定一生命运。

如果追溯李朋的跋涉之路，还得从1991年10月说起。那时，三十四岁的地质工程师李朋，被中国地质借调并派出国，远赴尼日利亚。出国前，他在四川省地矿系统有一番美好的事业。

李朋，1980年毕业于成都地质学院找矿系地质力学专业，毕业之后，在四川省地矿局攀西地质大队从事地质找矿和科研工作。其间，他担任过科研项目负责人、科研分队队长；参与过国家重点攻关项目攀西裂谷的研究，获得过部级重点攻关项目科技成果奖；担任过四川省地质学会青年工作委员会常务理事。在地学领域崭露头角的李朋，随着改革开放，跟着中国企业走出去的洪流，加入了国际承包工程的行列。

20世纪90年代初，正是中国企业走出国门的初级阶段，那时，中国地质海外市场经营处于过去的“经援”形式向市场经济过渡时期，中国地质尼日利亚项目经理部尚在起步阶段。万事开头难，据说当时尼日利亚经理部处于一个非常困难时期，承包工程项目工程款收不回来，资金非常紧张，为了养活队伍，李朋带钻机出去打散井挣钱。所谓打散井，就是带着一支打井施工队四处流动找活，为需打井的地方打井挣钱。打水井一般需要借助物探技术和设备，测定可能有地下水存在的井位。

由于条件限制，公司无法给李朋的打井队配备物探设备和技术人员。李朋只有凭借自己掌握的地质构造理论和水文地质理论，依靠实地观察和感觉分析确定井位。几个月一路走来，打井成井率竟然达到80%以上。为此，大家戏称他为“李半仙”。那时，李朋带领的打井队每周都往卡杜纳基地送一次钱，打井队的收入帮助公司度过一段经济困难时期。

1993 年春，李朋在尼日利亚第一次担任项目经理，承担的是 KEDBBI 州 2400 眼管井工程项目，施工环境非常艰苦。

开工初期，由于监理刁难、设备不配套等诸多原因进展不顺利，经理部为了改变项目的被动局面，调整项目领导班子，李朋就是在此番境况下出任经理的。

李朋和大家一起反复研究解决了设备配套问题；同时采取一系列的措施，调动中外员工的积极性，2400 眼井项目很快走上了正轨，单机最高纪录达到一天完成 5 眼井。这一项目的顺利完成，为巩固中国地质在当地管井市场的份额打下了基础，也创造较好的经济效益。由于李朋表现的担当精神和工作中突出的管理能力，1994 年 6 月，李朋被提升为中国地质尼日利亚经理部副总经理，那时他还属于“外聘人员”，据说外聘人员中升为海外公司副总经理的，李朋是第一人。

环境熟悉了，眼界打开了，思路更活跃，闯劲也更大了。1994 年秋，为了改变中国地质在非洲经营打井的业务单一的局面，非洲经理部决定想方设法拓宽经营领域。

经过反复市场调研，李朋决定将供水工程作为开拓新领域的突破口，打进新市场。

工作前期，经理部因为不了解当地情况，导致几次投标受挫。之后，经理部决定改为在当地组织做标，并将做标、投标、市场开拓等一系列任务，全部交给李朋负责。

供水工程对于学地质的李朋而言，完全是个新领域，开始时连水厂的工作原理、设备选型都不十分了解。经理部又缺乏技术规范、定额等参考资料，一切是从零开始，其他公司的一本标书是唯一的参考资料。面对供水系统修复、建设等崭新的领域项目投标，设备选型、施工组织设计、成本分析……都是困难。仅就成本分析而言，一个项目有上百个付款，每一项都得将材料成本、设备成本、人工成本等分析准确、到位。在没有经验、没有定额标准的情况下，这几乎是一个不可能完成的工作。所有的工作和程序，从来没有干过供水工程项目的人，写起来几乎无从下笔。这可以说是一场拼智慧、拼悟性、拼意志的战斗。

李朋接受任务后，马不停蹄地组织人力物力，制定施工方案，积极做投标准备。李朋带着两个当地员工边学边干，不知熬过多少个夜晚，翻阅资料、分析单价、装订标书。几个月后，投标结果出乎所有人预料，中国地质竟然一举拿下三个供水工程项目。分别是 Kebbi 州水厂修复项目、Taraba 州水厂修复项目和 Plateau 州水厂修复项目。经过经理部的精心组织，三个项目全部实施顺利，而且都取得了较好的经济效益。

从此，中国地质一炮打响，并以此为开端，顺利进入非洲国际供水工程市场。水务工程成为中国地质在非洲的业务支柱，李朋是撬开非洲水务市场的功臣。

1996 年，李朋拒绝多家单位的邀请，正式调入中国地质。

1997 年 1 月，李朋被调回公司总部，任非洲部副总经理，后任非洲部总经理。直至 1999 年 10 月，他在中国地质非洲部任职后主持工作，成为公司在非洲市场开拓计划的直接执行者。他说:“在非洲部两年多，我所做的最有意义的事，就是在公司领导决策下，开拓非洲市场新地域、新领域。”

身居北京的李朋，他的心总是向往远方。

为了进一步开拓非洲市场，他不止一次地重返非洲。李朋先后奔赴加纳、乌干达、坦桑尼亚、赞比亚、马达加斯加、肯尼亚等国考察，并分别认真编写了考察报告提交公司。这批考察报告内容几乎都是第一手资料，成为中国地质打入这些国家的重要参考资料和业务开拓依据。

1998 年初，坦桑尼亚仍然属于中国地质的新市场，虽然成立了办事处，但是尚未取得工程项目。这一年春节前夕，中国地质准备在坦桑尼亚实现业务突破，准备投标 Mbeya 和 Tabora 两个市政公路工程项目和两个市政排污改造项目，打入坦桑尼亚市场。作为非洲部总经理李朋亲自主笔，带领几个学员，利用春节假期，加班加点编写标书。

那时，电脑尚未普及，为了在假期里完成这批标书，李朋自掏腰包，花了一万多元买了一台比较先进的电脑。整个春节假期都是在紧张工作中度过的，李朋一点不觉得累，反而感受的是身心愉悦。辛苦付出所得回报是巨大的，是具有重要意义的。

经公司上下共同努力，特别是坦桑尼亚办事处、项目组的精心攻关，中国地质所投工程项目全部中标。这些中国地质开拓坦桑尼亚公路与市政工程市场取得的第一批工程项目，由于项目部认真实施，不仅按期优质完工，而且取得了很好的经济效益，为此后成立的中国地质坦桑尼亚经理部打下了基础。如今，坦桑尼亚已经成为中国地质在非洲的重要市场之一。

多年过去，李朋自费买电脑、春节在家里作标书的事已成佳话。多年过去，当年李朋考察推荐的一批非洲国家已成中国地质在东非、南非经营的主战场和重要阵地。我们不知道李朋对中国地质开拓非洲新地域、新领域起到的作用有多大，因为不用去估量贡献价值，开拓是无价的。

因为年轻，因为血气方刚，人在青少年时代会做些鲁莽事，都会留下青春季节的各样痕迹。但是，青少年时代形成的个性、骨气、处世风格以及对生活品质的追求，必将影响人的一生。

1975 年冬天，共青团员李朋还是个雪山高原上山下乡插队的知识青年。他插队落户农村的地方是四川省阿坝藏族自治州若尔盖草原。那年严冬，天寒地冻，风雪呼啸，不到十八岁的李朋，作为大队干部，带着几个村民到若尔盖草原深处挖肥，为“农业学大寨”做贡献。他们没有带铺盖，夜里就住在藏族牧民夏季放牧时遗留下的草棚中。刺骨的寒风夹着冰渣横扫草原，四面透风的草棚里，李朋冻得骨节都变得僵硬，他依然充满激情，鼓励村民坚持。当大队队长闻讯赶来看望他们时，村民们告诉队长：“李朋要冻死了还硬挺着！”

1976 年 8 月，李朋在农村插队期间，光荣地加入了中国共产党。

岁月如梭，二十多年过去，李朋的本性似乎从未改变。

第 5 节　国际歌中送战友

1999 年 11 月，身为中国地质非洲部总经理的李朋，被公司一纸任命调往菲律宾，出任中国地质菲律宾经理部总经理。

这是一次特殊的调动、特殊的任命。中国地质 1998 年进入菲律宾市场，中标的工程是 S—N 公路项目。1998 年 7 月开始计算合同工期，而因为种种客观原因，直到 1999 年 1 月才开工，施工过程中还困难重重。

据公司的一份材料显示："截至 1999 年 11 月，计划累计进度应达到合同额 45.6%，实际仅达到合同额的 16.72%，累计负滑动达到 28.87%，业主已经开始提出终止合同，成本分析显示项目已经亏损数百万美元……"工程项目处于一种危难局面，李朋此时无疑是受命于危难之中。

在欢送非洲部总经理李朋离京赴任的聚会上，非洲部全体员工竟然一齐高唱《国际歌》为他送行："起来，饥寒交迫的奴隶！起来，全世界受苦的人！"有的人边唱边流泪。李朋的眼睛也不由自主地湿润了。

此后，李朋一直牢记自己是在激奋悲壮的歌声中离开非洲部和战友的，他的心中大无畏的拼搏精神和知难而上的意志，让他勇敢坚定地接受任命，接受挑战。

1999 年 11 月至 2007 年 4 月，李朋担任中国地质菲律宾经理部总经理。即便 2004 年 12 月被任命为中国地质副总工程师，他仍在菲律宾兼职两年多。

菲律宾的经历，更让李朋终生难忘。

初到菲律宾时遭遇的事情有些惊心动魄，也有些不堪回首。有同志曾面对当时内外交困之形势，形容当时对 S—N 项目的感受是："茫茫黑夜，不知何时是尽头？"

李朋到任不久，公司就收到了当地反政府武装"新人民军"的威胁：恐吓要破坏公司承包的项目，绑架人员，捣毁施工设备。大家都非常担心和害怕，经过分析和了解反政府武装的活动规律，大家认识到要想在当地生存，继续执行项目，直接面对具有恐怖活动性质的反政府武装是无法回避的。李朋毅然决定与项目经理贺东一起，冒着生命危险，亲自上山与反政府武装的首领谈判。经过几道反政府武装联络员的交接，在十几名武装人员严密看护的密林深处，他们与对方席地而坐，进行了应对恐吓、相互摸底、交换底牌、回避决裂、灵活周旋的长时间谈判，最后达成妥协条件。事后，无端的干扰确实少了一些，保障了项目的施工安全。

面对严重亏损、进度滞后的项目，李朋和大家一起想了许多办法：调整人员组织，分包转自营，通过设计变更延长工期，加班加点赶工期，努力改善与项目利益相关方的关系，终止不合理的代理服务……最终在业主批准的工期内完成了项目，同时培养出了一支骨干队伍，使公司在菲律宾站稳了脚跟。

在努力扭转S—N公路项目工期滞后、经济亏损局面的同时，李朋还广泛收集信息，多方结交朋友，力求扭转危局。在他和经理部员工的不懈努力下，2000年9月22日，中国地质在菲律宾投中的第二个公路工程标，即N—E公路项目正式授标，一举改变了全局。N—E公路工程项目的盈利远远超过了S—N公路工程项目的亏损，经营成功便可能获得声誉与经济上的双赢。李朋和经理部同事精心组织施工，加强科学管理，密切中菲两国员工关系，努力协调政府、业主、监理以及各方面错综复杂的人脉关系，最终不仅按期优质完成了N—E公路工程项目，而且取得了十分可观的经济效益。N—E公路工程项目的顺利实施是李朋就任中国地质菲律宾经理部总经理、带领经理部摆脱亏损局面的标志，使经理部走上了可持续发展的轨道。

第6节　不辱使命迎未来

李朋思维敏捷，周身洋溢着朝气。李朋在任期间，中国地质菲律宾经理部以公路工程项目为起点，向打井、供水、农田灌溉等工程领域渗透，并不断取得业务与技术的突破，先后共完成10多个工程项目。除了第一个S—N公路项目为扭亏性质外，其余9个工程项目全部盈利。这9个工程项目，每一个都颇费心血，每一个都来之不易。2001年取得的第一个供水项目工程——MS—01C供水工程，就遇到“非开挖从河床底部顶管过河”这样全新的技术难题。河床宽145米，水管直径1.4米，要将100多米的大口径水管在不开挖的情况下从河底穿过，是菲律宾的第一个要求采用“非开挖技术”的项目。这项技术不仅中国地质没有经历过，就连其他承包商包括业主和监理也没有经历过。

这种高难度的施工技术要求以及施工过程中面临的种种困难，急得项目经理华泽林寝食难安，但强大的责任心，驱使他每每将自己的遇难情绪再自我想办法化解。“非开挖技术”的正规施工，应当使用盾构机，可区区一个经理部怎么可能花高价钱买地铁施工才能用得上的那种大型设备呢？然而，谁都不能不承认中国地质人的聪明，最后，总经理李朋和项目经理华泽林经过反复琢磨推敲，竟然使用项目上现有的简易设备，硬是一米一米地把管子“顶”过了河床，引得其他的承包商、业主及监理单位都过来观摩和学习。

李朋万分感慨，说此项技术是很难，但还不算太难。真正最难干的还是NE.NIA灌溉项目。不仅技术难度大，而且社会政治环境极其复杂。总统、业主、监理、省长、市长、村长，当地环保组织、军警、反政府武装、承包商、分包商、供货商、工会团体……形成了一个与项目相关的利益共同体。当地省长与当地国会议员是政治上的死对头，你同意的事我刁难，我批准的事他捣乱，反政府的人民军也介入其中。在菲律宾特殊的社会政治环境中，承包商不能无视任何一方，必须在矛盾中寻找平衡，保证施工顺利进行。工程施工问题往往变成了政治问题、反恐问题、社会问题、技术问题的复合体。合同审批、开工审批、阻拦施工、税务风波、恐怖威胁、无理刁难……各种险象此起彼伏，虽然一次次化险为夷，却难以预料下一次风险是什么。李朋形容自己的工作：“我的工作天天像是与狼共舞。”但是，灌溉项目成功了，并且盈利了。李朋这样总结：“良好的信念，使我在困难面前能够表现出勇气，在委屈、挫折中表现出坚定，在邪恶和诱惑面前表现出原则性。”

有时细节之处更能体现一个人的人品和管理风范。在中国地质菲律宾经理部任总经理八年，施工项目按照标书要求购买的作业车数十台，李朋始终使用的是一台价值不到7万元的二手车。而且在他任职期间，所投出的标书等投标文件，全部是由他组织编写的。连当地政府官员和合作伙伴都惊讶地说，没想到中国地质在菲律宾提交的大量资审文件、标书竟然都是总经理本人带着几个员工完成的。

因为他的口碑好、信誉度高，自2004年起，李朋一直担任着菲律宾中资企业承包商商会主席一职，直至他离任回国。

李朋说：“我坚信，不断改革中的企业能够代表广大职工的利益，同时有着坚强的生命力。只有不断创新，并依附着这样的先进企业，自己才有发展、实现自己人生价值的天地。”

敢于迎接人生挑战，敢于挺进未知领域的人，已向着成功迈进了。

中央电视台第四频道《远方的家—— 一带一路》栏目组万里迢迢来到

了中国地质菲律宾分公司采访，专门对民都洛西海岸项目作了详细的介绍和宣传，连续播出 6 期。

2016 年至 2018 年，中国地质菲律宾分公司三年承包期，在中菲实现全面战略合作关系框架之下，迎来了第二个事业高峰期。

在新冠疫肺炎情暴发的特殊时期，中国地质与中国建筑强强联合形成联营体，克服疫情期间种种困难，中标中国进出口银行优惠出口买方信贷（中菲政府间）重点基础设施合作项目。目前商务合同已经签订，展望中国进出口银行贷款协议签署，项目启动后将迎来中国地质菲律宾分公司第三拨业绩高峰期。这个美好愿景将在 2023 年实现，为实现中国地质工程集团有限公司高质量发展贡献应有的力量！

随着我国改革开放和“一带一路”倡议的深入，中国人在海外的形象和地位也在逐步提高。中国地质菲律宾的美好未来已经是看得见摸得着的，分公司管理团队都热情高涨，准备迎接分公司第三个高峰期的到来。

第十三章　北非号角

走遍沙漠盘踞的角落
时间划破双手，苍茫漫过头顶
一根羽毛讲述着光辉的故事
注定有虚无或现实承载的因果
无悔最好，我始终不悔不怨
不悔飞鸟盗走的绿色青春
不怨神秘之索的无端缠绕
一直在传说与现实之间穿梭
即使流水坚韧
我们肩扛使命的青瓦和云梯
身披“五种精神”的奇妙彩光
在多维空间中打开世纪格局
修炼不止，以朝圣般的虔诚
筑就多彩的中国地质之路

撒哈拉巨大辉煌的落日，诗意地渲染出宁静而震撼的壮美。原始的荒凉，粗犷的辽阔，野性的砂石戈壁，低矮的枯草缠绕着劲风中疾走的黄沙，这恢宏极致的空间，闪烁出非同寻常的含义。波涛汹涌的热浪，在天空下任意恣肆地翻滚，永恒空旷的孤寂，循环飘荡在这块神奇的非洲大地上。

沙漠的尽头，远远映现出一行影影绰绰的人影。他们越走越近，工装上“中国地质”的字样，在这杳无人烟的荒漠晚风中，散发出充满希望的生命暖意。中国地质人员带着庄严的使命到来，给撒哈拉沙漠增添了亲切的故事，留下了珍贵的资料。

这是中国地质为了开发项目，又一次深入沙漠腹地考察。人走到哪里，工作就做到哪里。他们每次进入撒哈拉沙漠勘察，都要带上充足的食品，确保三五天所用。

2006 年 10 月至 2008 年 12 月，侯辉作为北非分公司常务副总经理，他主抓的阿尔及利亚南部撒哈拉沙漠供水项目等项目群，就是从撒哈拉沙漠地下取水，经直线距离 700 多公里，采用 DN1600–DN600 单或双线钢管，送至南部重镇塔曼拉塞特。这个项目得到了当地政府和中国驻阿大使馆的高度好评，获得“中阿友谊贡献奖”。

北非分公司的每一个人，对撒哈拉沙漠的秉性与特点，对沙漠里的跋涉都毫不陌生。此时，天色渐渐暗下来。残留在地面的落日余晖，蔓延出猩红与橘黄交相辉映的柔和。白天炙烤灼人的热浪，开始渐渐向遥远的地方隐退。

到了安营扎寨的时候，大家井井有条地各自忙碌着，有的人在准备别具一格的沙漠晚餐，有的人开始支撑起野外帐篷，有的人取下发电机开始发电……

沙漠里没有路，放眼望去，到处是逶迤起伏的沙丘，戈壁，蜿蜒曲折；黄沙，一望无际，各种各样的沙漠雄姿，变幻无穷，野性而鬼魅。这行人，像小小的火光，照亮沙漠的夜晚。

第 1 节　沙漠玫瑰

2022 年 3 月，初春的喜悦已经在首都北京的枝头荡漾。远望，一片山花烂漫，近处的海棠和广玉兰，也已经竞相绽放。

中国地质总工程师侯辉，指着照片上的一大丛“花朵”说：“这是沙漠玫瑰，生长在撒哈拉大沙漠里面。结构纯粹是黄沙，石英原生态。我们在撒哈拉发现了它，现在保存在北非中国地质基地。”这丛沙漠玫瑰美得不可思议，令人恍惚。

大自然以千万种姿态显示了自身的神奇和伟大。真想不到黄沙聚在一起，还能长出一树怒放盛开的玫瑰花。如果不知道真相，还以为这丛玫瑰是人工雕琢的呢！令人无法想象的美，只能归功于造物主。

侯辉指着另外两张照片说:“被沙尘暴笼罩的这一张，是我们的营地。另外一张，就是我们建造的阿尔及利亚机场航站楼。”

那张“世界末日”般的图片上，黄土尘沙漫卷，营地的蓝色屋顶在沙尘暴中，是唯一的生机。难以想象，这样大的沙尘，这样脆弱的房屋，一群中国地质人是如何坚持下来的!

另一张照片，给人迥乎不同的感觉——蓝天白云下色彩鲜艳的盖尔达耶机场航管楼，充满了生机和活力。这幢具有鲜明民族风情和地域文化的宏大主体建筑，项目建筑面积约 6130 平方米，建筑高度 53.87 米，完全符合国际民航法规定的航空基础系统化标准，项目于 2013 年 10 月开工，2018 年 9 月完工。

盖尔达耶机场航管楼项目是中国地质北非分公司的代表作之一，它和另外一个机场项目——塔曼拉塞特机场航管楼，并称“姊妹篇”项目，都是中国地质北非分公司建筑的伟大工程。

塔曼拉塞特机场航管楼项目总建筑面积约 5260 平方米，建筑高度 45.09 米，同样符合国际民航法规定的航空基础系统化标准，项目于 2013 年 10 月开工，2018 年 12 月完工。

盖尔达耶机场航管楼项目和塔曼拉塞特机场航管楼项目，均是阿尔及利亚交通部首批建设的现代化导航塔项目，坐落在撒哈拉大沙漠的纵深地带。盖尔达耶机场航管楼和塔曼拉塞特机场航管楼的建筑特点及风格，不仅代表着阿尔及利亚对未来的憧憬，也体现了当地人心向往之的美好祈愿，是撒哈拉沙漠富有标志性的建筑。

施工经历了各种令人无法想象的挑战和困难。但是，时任总经理的侯辉带领着北非分公司，把这里的一切挑战，当成了人生的历练和岁月的沉淀。

酷热时刻考验着人的身体和灵魂。浩瀚无边的沙漠日复一日地冲击视野，单调又乏味。到处是黄沙，亘古不变的寂寞，击打着心灵深处。沙尘暴突然来临的时候，简直是世界末日一般。时间长了，大家竟习惯了席卷而来的沙尘暴，他们甚至把沙漠的威力当成风景。

艰难的项目施工，伴随着一场一场的沙尘暴而来。复杂的施工工艺和高难度的技术，是对北非分公司的严苛考验。侯辉是一个喜欢挑战疑难杂症的行家，这些涉及30多个专业面的施工技术，硬是靠分公司的拼搏拿下并创新成功。在实施过程中，诸如使用结构构件加固技术、机电消声减振综合施工、使用高性能门窗、金属风管预制安装施工等多项综合应用新技术，对于他们来说，已经是手到擒来的小菜。

在实施及交付过程中，阿尔及利亚交通部部长及民航局领导多次视察现场，对项目的施工质量及科技投入，给予高度评价。在国际工程中，北非分公司一向注重外事、信守承诺。他们信守“外事无小事”的原则，身处异国他乡，一言一行都代表中国和中国人民的形象，所以，遇到需要与阿尔及利亚政府或政府部门沟通协调的事务，就请来中国大使、参赞等专家，对分公司管理人员进行商务外事的综合培训，不断提高员工的综合素质与政治敏感度。

侯辉是一个讲格局也讲细节的人，他认为，凡事都从两国关系的大处着眼，从项目管理的细处着手，认真对待，精益求精。他对所有涉外事务都格外谨慎，既看重做项目，更看重做市场，凡事站在业主的角度去换位思考，既实现了政治利益和经济利益的高度一致，又彰显了中国地质的品牌实力和国际工程综合驾驭能力。

第 2 节　田忌赛马三局两胜

中国地质北非分公司，是海外老牌的分公司。

谭松平，是继刘国平和侯辉之后的第三任分公司总经理，是一名在海外打拼多年的中国地质老将，2021年11月荣获中国地质“海外工作一级奖章”。这些年，在海外高速发展的环境下，他跟随刘国平和侯辉，一路见证参与了北非公司的发展，做出自己应有的贡献。

北非分公司总部在阿尔及利亚首都阿尔及尔，第一任总经理是刘国平。

1999年，刘国平将几内亚—马里分公司的所有事务交由刘中华掌舵之后，便奔赴阿尔及利亚全心开拓北非国际工程承包市场。凭借在西非的成熟经验，他在2000年便中标了首个项目——阿尔及利亚西迪贝拉贝斯供水项目，2001年4月7日正式开工。中国地质的旗帜，就这样插到北部非洲，在刘国平的带领下，开始了短平快节奏的工作。

进入阿尔及利亚工程市场以来，分公司主营北非地区的给排水和工民建国际承包工程。二十多年来，分公司秉承诚信的理念，为国争光、为企业创汇，业务规模从小到大，从单一项目扩展到多个项目，从单一领域发展到多个领域，并逐步尝试进入新能源领域，形成了自己的经营定位。先后承揽了涵盖制供水工程、农田灌溉、污水处理、城市防洪、城市管网维修、苦咸水淡化、海水淡化、公共建筑、房屋建筑等业务领域70多个项目，实现营收20多亿美元，不但工程质量好，而且项目功能安全可靠。其中，有20多个项目是阿尔及利亚总统及总理亲临主持奠基或竣工仪式。

与此同时，中国地质在东非、西非、中东非、南非、中非等分公司，也纷纷中标，一时间，中国地质业务在非洲呈现出遍地开花的大好势头。

随着项目开工组队，招聘各专业人才的工作也随之而来。谭松平作为第一批专业法语翻译进入北非阿尔及利亚。二十多岁的人，正是心怀梦想的年龄，谭松平一直对海外工作怀着五彩缤纷的想象。他没想到，这个梦会成真，当他落地阿尔及利亚首都阿尔及尔时，他才相信自己真的圆了“想去国外看一看”的梦。

2001年4月，谭松平在北非开启了新奇和寂寞并存的生活。

同月侯辉也来到北非分公司任西迪贝拉贝斯供水项目执行经理兼总工程师。

侯辉本来是土木工程系给排水专业高级工程师。曾于1996年1月至1997年12月期间，借调到中国地质尼日利亚塔拉巴供水工程项目担任现场经理兼总工程师，在海外工程承包领域积累了一定的经验和技术。他负责的西迪贝拉贝斯供水项目引进欧洲先进的设备与材料技术，同时发现并改良了欧洲设备存在的问题，促使项目提前三个月完工。工程竣工时，阿尔及利亚总统亲临剪彩。这个项目荣获非洲发展银行“样板工程奖”。

2005 年 5 月至 2007 年 12 月，侯辉出任合同额为 1.59 亿美元的廊道一、廊道二、廊道三项目工程项目经理，在极其特殊的施工条件下，工程优质高效，按期竣工，被业主方称赞为“创出了一项奇迹”。而且，他在工程索赔方面也创出了中国地质海外工程承包企业的另一项奇迹。

2009 年 1 月开始，侯辉任职北非经理部总经理。

当时，中国地质的水务工程建设已经享誉北非甚至整个海外，可以毫不夸张地说，中国地质在水领域做得品质卓越且最为全面。可是，北非分公司又怎么转到工建领域了？况且在之前，刘国平还和其他中资企业就北非市场建设有过一个君子协定：凡是涉及水务的项目，他们不要抢投标；凡是涉及房建项目，中国地质不投标。这虽然是开玩笑的话，但是，双方这么多年也一直就是这么做的。

然而，商业总是要围绕市场这个轴心旋转的，自 2011 年开始，北非市场无论是政治还是经济形势，都发生了很大变化。

以前，北非本地公司可享受 15% 的优惠，即本地公司价格比国际公司高 15% 以内，合同优先授予本地公司。但是，从 2011 年开始，本地优惠已提高至 25%。这样，外国公司在阿尔及利亚的项目就没有优势，况且，那时的中国地质在非洲的市场布局已经基本完善，分公司必须进行新市场开拓。

北非分公司遇到了重要的节点。何去何从，取决于掌舵人。侯辉一时间陷入情绪低谷，形势迫使这位具有水务技术专长的领导做出决策。

侯辉做出的决定是开拓。一方面跨专业开拓，一方面跨地域开拓。侯辉是总经理，也是做水务的技术专业户，骨子里天生就有一股子钻劲和闯劲，还有绝不服输的倔劲。作为水专家，不做则罢，只要做，项目都是拿大奖的。现在却要走出水务领域这个驾轻就熟的“舒适圈”，向别的领域进军。

想到就干，侯辉立即组织人马，准备先在阿尔及利亚跨专业进行开拓。这时的他就不得不打破刘国平总经理和兄弟企业的“君子协定”，他首先进军房建行业，而此时，侯辉才真正体会到市场竞争的激烈和无奈。幸运的是，市场上很快就有了 5 个航站楼项目和 1 个航空控制中心项目。投标企业众多，单单是中国一流企业就有七八家，还有众多强有力的国际企业参与竞标。

面对5个项目同时竞标同时招标的局面，侯辉决定采用“田忌赛马”三局两胜的技巧策略进行投标报价，他和领导班子一起分析自己的劣势和优势。分公司以前没干过这类项目，没有专业优势。那优势在哪里？

北非分公司在阿尔及利亚有十一年的经营历史，在撒哈拉沙漠的东南西北4个方向都承建过供水项目，已经有一定的工程建设基础，知道怎么应对恶劣的环境，怎么适应沙漠的气候和未知的困难，对于环境会带来的危害及增加的成本都有所估量。从刘国平开始，北非分公司就特别注重守诚信，要么不干，要干就一定把它干好。所以，中国地质的品牌硬。除此之外，中国地质的合作精神特别好，从来没有一例干完活扯皮的情况，和中外公司都能友好相处。

总之，在沙漠做项目对别人来说也许是劣势，但对北非分公司来说却是优势。所以，分公司将沙漠里面盖尔达耶机场航管楼项目和塔曼拉塞特机场航管楼项目的价格定到最低，把北部沿海的项目定高些。然后倒数第二的项目分公司就加10%，倒数第三的项目，再加10%，以此类推。分公司采取的投标方式是阶梯报价，其他的公司都是平均价，要么就是高了，要么就是低了，这就是“田忌赛马”的真实运用。最后，5个航站楼项目，北非分公司如愿中标了沙漠里盖尔达耶机场航管楼和塔曼拉塞特机场航管楼项目。凭此策略，不久又中标塔曼拉塞特航空建筑群项目。这个项目是阿尔及利亚航空南部区域的调度中心，属于军民共用。分公司负责土建和建筑功能性设备的建安工程，项目总建筑面积10500平方米，包括航空运营楼、行政楼、配电房、休息室、看守房、围墙、停车场和绿化、道路和场内各种网络，于2015年8月开工，2019年4月完工。

如今两座机场航管楼端庄大气地矗立在撒哈拉大沙漠，鲜艳夺目、熠熠生辉。它们与蓝天、白云、沙丘，构成了一幅美轮美奂的精彩画面。远远望去，两座鲜艳的建筑，就像两朵盛开在撒哈拉沙漠上的色彩鲜艳的玫瑰。

在这场进军房建行业的竞争中，要想取得胜利，那就要看谁会巧妙地排兵布阵了。在整体实力与对手相等或者略低于对手的时候，要想在整体上取得重大胜利，只有放弃局部的利益。侯辉成功运用“田忌赛马”的古老中国智慧，用强项去攻别人的弱项，马到功成，一举进入北非房建市场。

第 3 节　转型靠的就是硬拼

“以前，我们各种各样的水务都做过，效果都是最好的。无论在哪里我们都是第一的。但是房建，我们真是没什么资源，纯粹是参与国际竞争得来的，靠硬拼拼来的，直到拼到了占优势的程度。”侯辉平静的语气中带着坚硬的质感。

北非分公司在 2012 年签约了第一个工建项目——提济乌祖（Tizi Ouzou）大学城 3000 床项目，而后，借助与国内专业公司合作，中标盖尔达耶（Ghardaia）和塔曼拉塞特（Tamanrasset）两个机场航管楼项目及塔曼拉塞特（Tamanrasset）航空建筑群项目。提济乌祖大学城项目 2012 年 11 月开工，2017 年 1 月竣工，参与项目建设的有本地、外资施工企业共计 6 家，北非分公司的项目质量和进度名列前茅。2013 年 5 月，分公司又成功通过了阿尔及利亚住建部在国有土地上建造 2000—5000 套住房项目的资格预审（2014—2016），至此在房建领域迈出了重要的一步。

接着中标艾因阿比德（Ain Abid）4000 套住房项目，2014 年 1 月开工，2018 年 2 月完工。巴拉基（Baraki）2800 套住房项目和奥兰米赛尔根（Misserghin）2000 套住房项目。其中奥兰 2000 套住房项目于 2017 年 1 月开工，2020 年 10 月完工。

转型迎来了好势头，节节胜利。这些项目在实施过程中，创造了 1000 多个工作岗位，带动了当地就业，房屋交付后，极大地缓解了当地政府面临的来自民众住房需求的压力。

刚刚转型，就接二连三地迎来这么密集的项目，侯辉下定决心，一定要保持住目前良好的发展势头。在此基础上，要狠抓两点，一个是重点突出，将北非分公司的工作重点落实到“抓安全生产”和“抓工程质量”上，质量才是企业的生命线；另一个是做到难点突破，“狠抓生产组织与技术研究”，充分发挥专业优势。

2016 年 1 月至 2019 年 1 月，三年间，侯辉组织了一个十几人的技术团队，加班加点进行研究，天天“啃”到深夜。

既有民族特色，又散发现代气息的阿尔及利亚盖尔达耶航管楼项目、塔曼拉塞特航管楼项目及塔曼拉塞特航空建筑群项目，合同额近2亿美元，技术和工艺要求极为复杂。他组织实施该项目群采用国际一流设备技术，仔细设计和优化工作流程，解决了包括结构设计在内的诸多原合同缺陷；高质量选配各类设备材料，采用如思科数据与网络系统等，大量引进国产三管制美的中央空调系统、气体消防系统、防火幕墙等设备材料等；谨慎周密地处理好各专业间的关联，高强度组织实施，带领技术团队一点一点啃下30多个专业；坚持“安全、质量、进度、效益”八字方针，将安全工作摆在首位；坚持所有项目一盘棋的格局；加强项目风险监控与计划管理。

出色完成的三个项目，为阿国南部军用、民用及空域管制项目奠定了基础，取得很好的社会和经济效益。大使和参赞对分公司克服各种难以想象的困难，完美如期地完成各个项目的精神，给予高度评价。

侯辉说这几年遇到的项目，都啃下来了，而且都干得很好。他亲自挂帅3个航站楼项目当项目经理，另外两个住房项目选择分公司骨干当经理。

中国地质北非分公司在阿尔及利亚的“转型”，靠敢打硬拼，成功地转了过来。

北非分公司是个学习型的团队。早在2002年，刘国平任总经理时，便特别注重对员工的培训，常常组织开展读书学习活动，系统地分析企业成败的案例。2007年，经理部专门从北京请专家到阿尔及尔给员工讲管理流程，讲海尔、联想、华为等成功企业的经验。

北非分公司在经营管理方面有独特性——善于独立思考；独立作战能力强；每个人都一专多能，尽力将工民建、给排水、机电、语言等专业能力融为一体。

第一任总经理刘国平2009年回国，中国地质北非分公司的重任交给了技术型人才——侯辉。

作为总经理，为了在阿尔及利亚真正把水领域做深做透，他开拓并实施了提亚雷特（Tiaret）、提帕萨（Tipaza）两个水利灌溉项目，特莱姆森（Telmcen）、马格塔（Matga）两个海水淡化厂项目，瓦德（Eloued）、瓦尔格拉（Ouargla）两个苦咸水淡化厂项目，巴拉基（Baraki）、奥兰（Oran）等多个污水处理厂项目，累计合同额约 4 亿美元。他对技术方案、设计严格审查控制，定期召开生产调度会与技术研讨会，在他的带动下，北非分公司有非常浓厚的学术气氛。

2017 年 1 月至 2019 年 1 月，针对阿尔及利亚新的经济形势，常规房建施工工艺已不具优势。分公司经研究土耳其等各国不同的工艺，结合实际工作要求引进，从机、料、法、环上全面消化吸收、设计改造、制定出一套隧道模施工方法，在奥兰 2000 套房建项目中加以应用检测。结果证明，这种方法大大减少了工人用工，节省了外汇，促进了属地化建设工作，加快了施工进度，降低了实施成本，为后续发展奠定了基础。

中国地质北非分公司从熟练的水领域业务，成功地转型到房建、工建领域业务，靠硬拼，拼出了一条阳光大道。

第 4 节　开疆拓土进军中东

为确保在国际业务中长期健康稳定可持续发展，中国地质北非分公司的转型着眼两条线发展——跨专业，跨区域。

北非分公司在阿尔及利亚的业务转型成功之后，毅然做出跨区域发展的大胆设想。以总经理侯辉为核心的一支队伍，开始进军中东地区的沙特阿拉伯。

当时，周边共有一二十个国家，经过考察调研，发现北非国家性质相同，没有互补性，所以侯辉他们调研北非几个国家的同时，又调研沙特阿拉伯、阿联酋等中东国家。最后，确定沙特阿拉伯作为进军中东的切入口。

2010 年，侯辉带着张文军（现任中国地质中东分公司总经理）开始进驻沙特并作初步调研。特别是针对中东市场的特殊性，他们研究相应法律法规，制定严格的安全与技术标准进行控制，为项目的后续发展奠定了基础。

2011 年，他们获得沙特阿拉伯第一个项目——分包第九污水处理厂的土建分包项目，之后组织开拓并实施沙特皇家委员会211工业场地整治EPC项目。

侯辉担任总经理，张文军担任项目经理。每过两个月左右，侯辉从北非去一趟中东，借机考察和抓住沙特的市场信息和项目投标契机。他就长期这样奔波着，天南地北地做市场调研，早出晚归开疆拓土。那几年，沙特阿拉伯任何一个项目的投标和报价，侯辉都如数家珍。

不久，侯辉将张文军提拔为副总经理，北非分公司的全班人马——包括管理人员和技术工人，进驻沙特阿拉伯。这是一支非常有魄力的精锐团队，招之能战，战则能胜。2015年底，中国地质领导来到沙特阿拉伯考察，发现沙特阿拉伯市场已经初具规模并潜力无限，于是决定将中东的业务单独列出来，将原来北非分公司的属下公司——沙特分公司，改为中国地质中东分公司，张文军为总经理。

北非分公司的跨地域开拓，结出了中东分公司这样的硕果。中国地质北非分公司的两条线市场开拓都取得惊人的业绩。

侯辉带领的北非团队，心有宏愿，走路稳健，开拓与风控意识并重。该守的时候能守，该攻的时候也能攻，轻易不出手，出手就能抓到项目。一路走来，无论多少坑坑洼洼，不管多少曲折和陷阱，侯辉带领着他的团队一一绕过，安全着陆，不得不说是一个奇迹。

2018年9月6日至12日，时任中国地质党委书记、副总经理胡建新赴北非分公司检查指导工作，视察了巴拉基2800套公租房项目、盖尔达耶航管楼项目、君士坦丁4000套公租房项目和奥兰2000套租售房项目等，并拜会了中国驻阿尔及利亚大使馆贺红燕代办、君士坦丁省Opgi局长Dib Abdleghani先生。

在视察阿尔及尔省的巴拉基2800套房建项目和巴拉基污水处理厂项目及盖尔达耶航管楼时，胡建新赞扬中国地质北非分公司的精神，也为他们克服沙漠的高温恶劣气候，取得了令人骄傲的成绩而高兴。他指出航站楼作为技术性、系统性较强的项目，引入了中国和欧洲大量设备、材料，既拓宽了市场又为公司培养了一批复合型人才。

考察分公司奥兰2000套租售房项目时，在项目汇报会上，胡建新对项目采用隧道模施工工艺给予肯定，对于公司能在外汇比例 12.5% 的情况下，克服困难采用新工艺新方法控制外汇比例的创新给予赞扬。胡建新在北非分公司总经理侯辉的陪同下，拜见了中国驻阿尔及利亚大使馆贺红燕代办，还与贺红燕代办探讨了中国资金项目的可行性。贺红燕代办介绍了中资企业在阿整体情况，对中国地质北非分公司的长期坚守和稳健发展给予高度评价，同时对中国地质的海外党建和企业管理工作充分赞赏。

分公司多年来稳健发展、在传统水领域取得骄人成绩、成功转型房建领域和工建领域等工作得到胡建新的充分肯定，他指出，北非分公司一直是海外分公司的标杆，为集团积累了宝贵的资源，并要求分公司立足已有优势，整合资源拓展大北非市场，抢抓“一带一路”机遇，践行国家“一带一路”和节能集团发展战略，响应中非合作论坛“八大行动”，实现领域、区域市场双突破。他着重强调，国企要加强海外党建工作，党建是国企的根和魂，要用习近平新时代中国特色社会主义思想指导工作，不断创新，努力奋斗。

侯辉回忆起他当北非总经理的这段时间，非常谦虚地说他最大的欣慰，就是成功地实现了“两个跨越”。

侯辉从 2001 年 4 月调来北非国家阿尔及利亚，出任西迪贝拉贝斯供水工程项目现场经理兼总工程师。

在项目中，侯辉和他率领的团队技术超群、管理老到、商务外交灵活，工程实施推进顺利。技术难题的解决，许多时候是靠经验而出奇制胜。在 SP 泵站试运行前，侯辉在那台泵机的出水管上增加了一套自己设计的倒虹吸系统，提高了工作进程，保证了泵机工作性能。

技术、管理、商务外交的综合实力还体现在工程索赔实践中，在西迪贝拉贝斯供水工程实施过程中，侯辉和他的团队以技术实力为依据，以运行后的效果为目的，成功地进行了多次设计变更，均获得业主与监理批准，争取到了一定额度的工程索赔。

中国地质在与众多国际公司的竞争中，以杰出技术和声誉一举取得阿尔及利亚东部庞大的供水工程项目中的廊道一、廊道二、廊道三这三项合同额总计 1.59 亿美元的综合性施工项目，写下侯辉在北非施工最精彩的一笔。

2005 年 5 月 8 日，中国地质承建的三个廊道工程项目同一天开工，阿尔及利亚总统布特弗利卡出席开工典礼。

施工过程之复杂多变是难以叙述的。

作为三个廊道工程项目的经理，侯辉手下有中国员工 1000 多人，阿方员工 1800 多人。为此，他成立了工程指挥中心，施工最高潮时，同时有 200 多个施工点在工作，项目部自称为“百团大战”。大业主召开相关会议时，参加会议者来自 10 多个国家的承包商，简直像个“小联合国”会议了。有些国际大公司的经理以及某些西方监理，施工初期根本没把中国人放在眼里，总觉得中国企业设备差、技术差、管理落后，不是他们的竞争对手。最后的结果，当然都是纷纷被“打脸”。

侯辉按“稳健、系统、超前、进取”这八字座右铭组织施工。他倡导的稳健就是稳扎稳打、不追求一时的风头；而所谓系统，则是一种思维方式，一种超前策划的工作方法，在实践中屡见奇效；侯辉的超前二字更为经典，用他的话简单解释就是“开工时就要考虑到竣工时面临的一切事项”；至于最后两个字，进取，在侯辉看来就是主动进攻，审时度势、分头出击、各个击破、战则必胜。他用湖南谚语说：“不能像小桐油灯，拨一下亮一点。要主动发光发热，主动出击。”

“稳健、系统、超前、进取”八字方针确实收到了效果。廊道一项目提前两个月竣工并通过验收，廊道二项目提前四个月竣工并通过验收，而工期只有十八个月的廊道三项目也是按期保质完工。

一时间，中国地质在大型系统工程中独领风骚，各国际公司不得不对中国人刮目相看。阿尔及利亚水资源部总秘书长到现场视察后，连声称赞：“你们创造了一项奇迹！”其实，最大的奇迹还在施工过程中，那就是侯辉和他的团队在工程索赔中创下了前所未有的高比例，制造了承包商和业主双赢的可喜局面。

据阿尔及利亚廊道供水工程项目最终账单统计数据显示，廊道一项目工程索赔额达合同额的 26.64%；廊道三项目工程索赔额达合同额的 27.69%；而廊道二项目工程索赔额达合同额的比例竟然更高达 33.16%。更令人称奇的事情是，尽管承包商工程索赔额度如此之高，中国地质的企业声誉在阿尔及利亚反而提高了，业主方、监理方均对中国地质的施工结果非常满意。工程竣工时，阿方高官称赞中国地质集团公司“创造了一项奇迹”。

在技术上，侯辉强调交流的作用：“单靠翻译来交流谈判，往往达不到应有的感情交流程度。”谈判是技术争论，也是感情交流，成败由诸多因素构成，对此侯辉有着深切的感受。

在阿尔及利亚的廊道三项目原设计中，有4公里多的供水管道要从城市中穿过，这不仅会扰民，还可能增加施工成本。侯辉及团队建议改变原设计方案，重新设计管道，使之绕城而过，避免在城市里大面积开挖路面给居民带来损失和不便。这种整个施工方案的大变更，涉及面广，不仅要征得业主、监理的同意，还要政府城市规划部门审批，并且需要直报国家合同委员会批准。数轮的谈判、交涉、讨论，各种变化无穷无尽，烦琐磨人，异常艰难。侯辉动之以情，晓之以理。情，就是站在业主方的立场上，多为当地民众利益考虑。理，则是讲清楚施工技术方案的可行性，同时又准确地提出各种数据、各种案例，以理服人。最终这项设计变更得以审核通过。绕城铺设管道增加了大量岩石开挖工作量，承包商获得了剪刀差。

侯辉进行工程索赔，并不是以逐利为目的，他说：“合同研究得透彻，学会换位思考，有理、有节、有度。谈判要讲感情，实施要有一定技巧。不要贪心，在战略上应当抓大放小，凡事留有余地。”侯辉是一个有心人，做事从来力求完美，绝不会单纯逐利、唯利是图。侯辉从读书时便格外喜欢数学，在海外施工中，他喜欢反复研读合同，所以，对工程标书合同中涉及的任何数据都力求精准无误。

2019年，侯辉离开了奋战几十年的中国地质北非分公司，回到中国地质总部当了总工程师。北非的人，那里的景，那些他奉献了全部智慧和汗水浇灌的项目，都已铭刻进生命。他把热血澎湃的激情，四射的青春，自由奔放的人生，献给了非洲的那块土地，献给了撒哈拉和他一生的梦想。

侯辉用一串数字和一沓荣誉写就了自己的人生，那就是在平凡中创造出不平凡的业绩。他所经历的一切苦和累，艰辛与挫折，都已经化成一座座水塔和一幢幢高楼。站在那高高的塔上，他是俯瞰大地的巨人，塔下，藏着他一路披荆斩棘的梦想和辉煌。

第 5 节　美好的回望

中国地质北非分公司新一届总经理谭松平，将分公司在阿尔及利亚的发展经历，概括为两个阶段——前十年和后十年。前十年是在水领域专一的高品质发展阶段，后十年是水领域及工建和房建领域并驾齐驱的全面发展阶段。

中国地质北非分公司是阿尔及利亚水领域业务面最广、技术力量最雄厚的国际工程公司，通过实施一系列有重大影响力的区域性项目树立了自己的品牌。一系列制供水、污水处理项目的竣工交付，使因供水严重不足制约阿尔及利亚经济社会发展的局面得以全面改观。他们参与建设的 9 座污水处理厂项目，改变和提升了阿尔及利亚政府竭力履行如《巴塞罗那公约》等国际公约及协定的形象。

2019 年元月，谭松平任中国地质北非分公司总经理。

让中国地质及北非分公司自豪的水领域项目有：西迪贝拉贝斯供水项目，当时阿尔及利亚总统为该项目开工奠基和竣工剪彩，出资方是非洲发展银行，项目评级为样板工程，同时通过该项目将中国新兴铸管引入阿尔及利亚市场；贝尼哈伦（Beni Haroun）大坝向米拉、君士坦丁和邻近地区供水项目，为改善东部地区居民饮用水供应状况，修建从贝尼哈伦水库向米拉（Mila）和君士坦丁（Constantine）省共 19 个市镇的区域供水系统，一座处理能力 9 万吨 / 天水厂的土建工程；建造和装备 7 座泵站（流量 288—11000 立方米 / 小时，功率 70 ~ 4500 千瓦，扬程 66 ~ 228 米）；9 座消能池的土建和设备，配套远程管理系统，阿国时任总统为该项目开工奠基和竣工剪彩；从因萨拉赫（Insalah）向塔曼拉塞特（Tamanrasset）的饮用水供应项目群；建造三座提升泵站。除此之外，还有一座 5 万方蓄水池。该项目群实施中采用了航测技术，完全掌握半自动下向焊接技术要领。项目经理部克服了地处沙漠腹地、夏季气温酷热、风沙盛行沙暴频繁等不利自然因素和政治压力坚持施工，时任总理、水资源部长及中国驻阿使馆大使、经商参赞等多次莅临项目指导工作。因在 Lot3-1 和 Lot5 两标段提供的优质服务和突出贡献，公司被授予“中阿合作杰出贡献奖”。

特莱姆森（Tlemcen）海水淡化项目。项目为分公司参与实施的首个 BOT 项目，新建一座采用反渗透法处理工艺、日处理能力为 20 万立方米的海水淡化厂，由阿尔及利亚能源公司和马来西亚马尔克夫公司、新加坡凯发公司投资兴建，中国地质为该项目的土建和结构工程的承包商及负责部分设备的供货和安装调试。

马格塔（Magtaa）海水淡化项目。日产 50 万吨海水淡化厂项目，业主方为新加坡凯发公司，项目建设时处理能力规模为全球第一。鉴于双方在特莱姆森海水淡化项目的良好合作关系，中国地质作为该项目的土建工程（含钢结构供货安装）指定分包商。2011 年 9 月交付凯发公司，包含取水泵站、UF 车间和滤后水池、RO 车间、中和反应池、变电站、清水池和配水泵站及其他辅助建（构）筑物共 31 座。

奥兰凯尔迈（Kerma）污水处理厂，最大处理能力为 34 万立方米 / 天，采用二级处理系统，分为水处理线、污泥处理线和气味处理线，为阿尔及利亚第一大污水处理厂，非洲第二大污水处理厂，项目规模大，技术含量高，重要性突出，是分公司履行社会责任的典型。

安纳巴（Annaba）污水处理厂，日处理能力约为 20 万立方米，服务人口 100 万，是分公司信守“质量至上、业主满意”经营理念的典范。项目原建设场地地质条件极差，当地政府、监理及欧洲合作伙伴等都要求在原址作复杂、昂贵且可能出现风险的地基处理。分公司从长远出发，通过更换场地更改相应设计，避免业主方巨额费用增加，按期保质完成项目并投入了运营。省长、水资源部长等各方均被中国地质的服务理念折服，因场地更换增加的所有费用都得以顺利支付。

巴拉基（Baraki）污水处理厂（二期），项目旨在将现有服务人口为 90 万的污水处理厂的处理能力提高到服务人口为 180 万，并通过三级处理以供作灌溉用水。项目于 2012 年 4 月开工，2016 年 3 月竣工，该项目为与当地公司联合实施的较有影响的项目之一。

米拉（Mila）污水处理厂，设计和实施一座处理量为 80.000 Eq.h（当量 / 小时）的污水处理厂构筑物，提供、安装和调试水利机电设备，包括为期两年的运营。项目于2018年1月竣工，为分公司首个负责两年运营的污水处理厂项目。

这一项项克服了种种困难建成的大型水领域项目，像一个个里程碑，记载着中国地质北非分公司不平凡的业绩，展现了中国地质经过数十年海外艰苦创业，已经具备雄厚的技术力量和人才储备，也有力证明了中国地质现有的资源及资源储备已经达到国际先进水平。

第6节　风正扬帆

最近两年，在新冠肺炎疫情肆虐的背景之下，北非各国基建项目急剧减少，招投标项目也随着减少。北非分公司的大部分项目，处于正在建设或接近竣工的时期。处于特殊时期的谭松平总经理和北非分公司，又一次面临新的挑战。

谭松平毕业于广州外国语学院，扎根北非已经二十一年，是中国地质北非分公司当之无愧的元老。二十多年的青春时光匆匆流过，仿佛只是一瞬。他不仅把最好最美丽的青春，挥洒在阿尔及利亚的土地，还将自己的感情全部倾注给北非，把那片土地看作自己的第二个故乡。

谭松平说："咱们中国地质团队在这个国家工作这么久了，对这个国家也是很有感情的。我们已经完全适应这里的气候和饮食习惯。回国却有点不适应了。"

谭松平的感受正是大多数分公司中国员工的感受，也是所有中国地质海外工作者的感受。生命中最美好的年华和最珍贵的时间都投入在这一片土地上，这里便承载着汗水和泪水，忧思与彷徨，怅然与喜悦，更有成功的欢乐和胜利的希望。

谭松平一路见证了北非分公司的成长与建设；经历了中国地质刚刚进驻时，阿尔及利亚"黑色的十年"恐怖期的尾声；参与了阿尔及利亚改革开放百废待兴的建设热潮。那时，百姓们焦急地盼望国富民强，安居乐业。国际石油油价上涨，公共设施亟待改变，人民缺水的状况急需改善，正是这种状况激发了刘国平总经理敏锐的商业意识和极具备战略发展的眼光。针对阿尔及利亚国家普遍缺水的情况，分公司及时抓住了专注于阿尔及利亚水领域业务的十年好时光。

谭松平和团队一起拼搏在时代的潮头，走过 2009 至 2014 年的艰难转型时光，迎来大学城、机场航站楼等 100 多个项目群的好时光。谭松平感慨，不管是小项目还是大项目，回忆起来，都有意义。每个项目都代表着一个时期的历史背景和人文风貌，都有着不同的特点和记忆。

他这样描述北非分公司不平凡的历史："刘国平总经理首先开拓了北非市场，当时，阿尔及利亚迫切需要外国公司进入帮助国家搞建设。刘总抓住了这个历史机遇，这是分公司辉煌的时期，营业额占集团公司的 40%。侯辉总经理接任以后，遇到的最大难题就是市场转型，分公司面临很大的市场压力，阿国对外国公司的需要程度没有以前那么高了，因为毕竟他们已经建设十几年了。于是，侯总采取各种经营办法，硬拼硬闯，积累了一大批项目，这也是分公司能坚持这么久的原因。经过刘国平和侯辉两任总经理的经营，分公司的底子打好了，队伍也带出来了，还积累了很多人脉和资源，也就是说，他们两位老总打下了较好的基础，才有今天北非分公司的蒸蒸日上。"

刘国平总经理 2008 年回国，后来担任新时代公司的董事长。2019 年侯辉总经理也调回总部任总工。如今，他们都是卓有建树的领导者。

现在，中国地质北非分公司总经理的重担，落在了谭松平身上。他自感任重道远，也明白中国地质"五种精神"要薪火传承。他更需要练好内功，在前进的征途上扬鞭策马。

谭松平对自己面临的市场风险非常清醒。他将继续开拓的重点放在拿项目上。他说："不拿项目就谈不上发展，而拿项目又得谨慎，得避开新冠肺炎疫情带来的影响。而且还得拿效益好的项目，拿没有效益的项目，不是中国地质的性格。中国地质从不追求没有效益的规模，一切都要按照总部考核的安全、质量、效益、规模等这些指标来指导北非的生产经营活动。"

中国地质总部一直对疫情防控要求很严，要求所有员工必须零感染，绝对保护中方所有员工的生命和健康安全。所以，北非分公司在保证员工生命安全健康的前提下，有序开展各类经营活动。国际形势瞬息变化，谭松平说：“必须要提高公司的核心竞争力，以适应新的市场变化，取得更好的成绩。工作重心就是努力开拓市场——向周边突尼斯、摩洛哥两个国家市场的业务进军。”

在阿尔及利亚工作二十多年，焦虑和压力常伴随，但危险却并没有经历太多。

阿尔及利亚的治安比较好，这里几乎没有非洲其他国家盛行的各种流行传染病，总体来说，还是一个比较好的发展环境。夜晚，谭松平经常一个人坐在院子里沉思。院子树木的香气一阵阵飘来，缓解着他的压力和焦虑。他突然觉得自己很幸运，能够拥有中国地质这个施展才华的广阔平台，拥有知人善任的领导，拥有一个团结奋进的团队。他觉得自己就应该像这些果树一样，要繁花满枝，更要硕果累累。只有这样，才能不辜负领导和员工的众望。

有道是企业发展三年靠机遇，五年靠制度，十年靠文化。

二十年来，中国地质北非分公司坚持以人为本，将“严格履约、讲求信誉”作为企业文化的一部分，贯彻落实到每个员工的思想中。节能集团的“忠诚、绿色、创新、卓越、严谨”的核心价值观，中国地质的“爱国主义、集体主义、开拓进取、无私奉献、精益求精”五种精神强烈影响着整个团队，构建了市场发展、生产经营的坚实人文基础，也激励着所有北非中国地质人在新的发展征程上继往开来，不断迈进。

展望未来北非分公司的发展，他们将继续发扬中国地质五种精神，打造更加团结、更加有竞争力的团队，加快属地化进程，提高企业实力。正如北非分公司翻译赵淑仪所写的：“步履不停，有梦才有远方。”

第 7 节　青春的团队，火热的心

马钊刚到北非分公司六个月。他说自己初到北非时，觉得什么都新鲜，还用文字火热地记录了 20 万吨海水淡化项目，不久，便因为想念家人，消沉了起来。后来有了同事、朋友和无微不至关心自己的领导，他才慢慢坚定了自己工作和学习的态度。四个月之后，就完全融入了这里的工作和生活，将被动的态度转换成积极主动的工作态度。

翻译赵淑仪是个很有才情的女子，刚来到阿尔及利亚，就被分配到盖尔达耶航管楼项目。她每天都会深入施工现场学习，一有时间就拿着项目合同和工程图纸对比着看，并不断地向现场施工人员请教，将法语词汇学习与施工知识结合起来，在不到两个月的时间里，就自学掌握了大量专业的技术词汇，成了一名合格的工程法语翻译。之后，因工作需要，她被调到首都阿尔及尔，现场监理和业主都舍不得她走。

2019 年 3 月，赵淑仪再次返回阿尔及利亚，头衔已经是阿尔及尔 2800 套公共廉租房项目的项目经理助理。她平时工作内容多而繁杂，翻译和审核项目合同、大量业主文件、工程账单等，还要负责现场中方施工人员的签证及居住证办理，属地员工的管理，属地分包队伍的管理和协调等。此时的她早已褪去浮躁，工作沉稳，她说："多承担是给自己成长最好的礼物。"赵淑仪全面发挥语言优势和工作主动性，积极推动项目补充合同谈判。她查阅大量资料，做足前期准备工作，协同项目部与业主多次"交锋"，通过 20 多次专题会议讨论、多次的论证与修改，终于在 2020 年 10 月，阿尔及尔 2800 套公共廉租房项目 3 号补充合同获得审批，追加合同额 3.6 亿第纳尔。

2020 年 5 月 10 日，赵淑仪组织的《中国地质北非政经内参月刊》创刊，她鼓励分公司翻译积极译稿投稿，不断提高翻译水平。因为白天现场工作忙碌，赵淑仪就在晚上完成分给自己的稿件翻译任务。

2019 年年底，赵淑仪的未婚夫为了陪伴她，辞掉国内的工作，也来到阿尔及尔。2020 年 5 月 20 日，赵淑仪和她的爱人在中国驻阿大使馆领取了结婚证。北非分公司这个大家庭给了两个追逐爱和梦想的年轻人前进的慰藉和动力。梦想有多远，就能走多远。海明威说："如果你年轻的时候去过巴黎，它会是一席流动的盛宴，伴随你一生。"对赵淑仪而言，阿尔及利亚亦是一席流动的盛宴。这个一半是海水一半是火焰的地方，早已成为赵淑仪青春的底色，清澈、热情、深厚。今年是赵淑仪在阿尔及利亚工作的第六年，受疫情影响，在管理人员得不到及时补充的情况下，赵淑仪毅然兼起了分公司人事部的工作。

现在，赵淑仪还坚守在工地。在追梦的路上，有荆棘，也有花香。她说：“未来充满无限希望，而我会带上勇气和热情，继续乐观向前，我相信，我们会在实现梦想的这条路上越走越远，越走越宽阔。”

卢淑香也是一个善于观察和思考的人。2021年3月，她从业主处获得了一个激动人心的消息，君士坦丁管网维修项目最后一笔调价账单有了突破性进展。停滞近三年后，当地税务总局最终出具了转汇许可令，接下来业主可递交资料到银行办理转汇。而该项目自签约距今快有二十年了，完成这笔账单的外汇收款，项目即可彻底收尾。再次联系银行时，她被告知这笔账单资料已递交至阿尔及利亚中央银行审核。因为根据阿国外汇管控规定，超过一年的外汇账单都需转交央行外汇管控部门审核批准，资料审核时间约两周。然而，直至5月中旬转汇银行都没有收到来自央行的回复。

卢淑香再也按捺不住，便前往央行约见转汇部门的负责人，该部门一般不接见外国公司人员，大概是被她锲而不舍的行为所打动，最终一名负责审核资料的女士破例接见了她，表示北非分公司的账单资料已审核。会面结束，卢淑香满心欢喜地联系转汇银行，其办事人员表示核实信息后，次日会给予答复。在返回营地的路上，自己又仔细回想了会面的谈话，愈想愈觉不安，对方仅提及回复了转汇申请，并没有明确表明已批准转汇，这是否意味着资料还有问题呢？

果不其然，央行的回复是要求业主提供一份完工证明。7月初，电话联系央行，得知受阿尔及利亚疫情影响，央行转汇部门人员减少，资料审核时间会延长，三周后可再联系咨询。7月下旬，再次得知转汇申请仍未批准，央行要求业主再补充一份账单明细。

四个月的时间里，卢淑香不断在业主与两个银行之间来回穿梭沟通，而转汇却依然遥遥无期，转汇资料存在如此多的问题，耗时如此之久，这样的状况还是首次遇到，她心里沮丧又忧虑，她担心央行会拒绝这笔账单的转汇。随即将心底的猜想告知分公司的领导后，见过大风大浪的领导爽朗一笑：“这怎么可能，你看咱们都保质保量且圆满地完成了项目建设，业主按合同规定付款，央行没理由不给咱们批准。现在主要是阿尔及利亚外汇储备急剧减少，所以央行审批比以往更加严格，咱们只要坚持敦促业主按央行要求递交资料，这笔款肯定能获批转出。”听完领导的分析，她才吃下了一颗定心丸，又打起精神继续和业主周旋。结果，业主感染了新冠，正隔离治疗，又让卢淑香开始了焦灼不安的等待。

8 月底，卢淑香再次电话联系央行时，话未说完，就被对面的女士打断：“不要担心，你们的转汇资料没有问题了。”卢淑香不禁纳闷，问道：“你还不知道我们是哪个公司呢，怎么能确定我们的资料没有问题？”对方笑了笑，回答：“我能听出你的声音，你跟我们联系了好多次。你们的资料现在只等我们经理签字，预计下周资料将转回业主方银行，到时你再跟他们确认。”

历经三年多，这笔工程款最终于 2021 年 11 月收回。卢淑香说经过这件事她明白了，工作中遇到的一些问题和挫折，看似是凶恶的“拦路虎”，其实并没有想象中那么可怕，只要意志坚定，坚持到底，总能战胜困难。

员工康晨心里，一直珍藏着美丽的北非和各种掠影。她说多年后，还能回想起曾在北非的每一个斗转星移。

2018 年 11 月，机场附近的建筑群项目正是施工高峰期，康晨被分公司派往项目所在地塔曼拉塞特——一个撒哈拉沙漠边缘的小城。

在那座小城，康晨欣赏到世界上最美的日落和落日下成群的驼队。

尽管承受着撒哈拉冬天的凛冽寒风，戈壁滩粗粝的干冷，但康晨依然觉得项目生产生活十分热闹，赶工期的日子充满激情，每天都早起晚归，热火朝天。今天这个大哥做球场围栏回来没赶上午饭点笑着吵吵嚷嚷，明天那个大叔焊大门焊得脸焦黑，逗得大家哈哈大笑。有时陪监理晚上加班，有时陪着业主到工地检查验收，空隙中还能拍几张气势恢宏的大沙漠美照。

工地上总是一片嘈杂，每个人说话都一副豪迈的样子。机械设备运行此起彼伏，隆隆的声音穿破了稀薄的高原空气。办公室也每天吵吵闹闹的，和业主、监理开会时，一会儿称兄道弟，一会儿又针锋相对，争论不休。

康晨到的第二站仍是沙漠之城——盖尔达耶（Ghardaia）。项目仍是在机场旁边，是航管楼。时时听见飞机起飞降落从低空掠过房屋上方，发出的非常震撼的响声。透过航管楼瞭望层巨型玻璃往下看，只见沙丘不见城。

康晨休息的时候，喜欢在大街小巷游走。一条公路延伸到 20 公里开外的市区，城市很小，却很热闹。沙漠的炎热让当地人大多懒散，上午的街道上还车水马龙，下午 2 点后，便成了安静的空巷，店铺都关了门。政府各工作部门人员也都下班，回家做礼拜。

这个省有两个民族，莫扎比和阿拉伯，两个民族曾发生过剧烈对抗斗争，如今局面稳定，两个民族居住领域隔开，井水不犯河水。阿拉伯人居市中城区，莫扎比居城周高地上，因人口少，大多家庭会建很大的房子。莫扎比族人善于做生意，有一片自己的商业区，开满了各种个体店。在这里的一年间，康晨几乎走遍了每一条街，每一个店铺，每一个政府部门。

后来，康晨开始频繁来往于阿尔及利亚南北之间，盛夏去阿国最热的省瓦尔格拉（Ouargla），全年最高温可达 50℃，却真真实实能走到撒哈拉沙漠之上，感受天地之间的辽阔与柔软。有时北上出差艾因迪夫拉（Aindefla），项目在水库边。水管源源不断地灌溉着大片农田。在这里能看到最明亮的蓝天，最低的白云，远方的山峦上到处是郁郁葱葱的树影，美丽得就像一幅油画。天气渐凉，来到卡宾族聚居地提济乌祖（Tizi-Ouzou），看到了这个严肃的国家特别的一面——自由、热情、开放。在大学城项目，处处可见扎着马尾辫或者披散着长发的姑娘，穿着时髦的现代服装，青春、活力、充满阳光。

康晨说新冠肺炎疫情流行期间，阿国政府停飞所有航班，这个规定执行了一年之久。她需要长途出差的工作，只能坐上大半天的车，行驶在贯穿于山谷间的公路上，但这样也得以一览阿国历史悠久的国土风貌。她说自己虽然对这片土地还不至于爱得深沉，但岁月流转，从陌生到熟悉，从格格不入到和谐共处，她也有了几分眷恋和不舍。

申芬芬是个活泼的女子，她前往公司因萨拉赫（Insalah）至塔曼拉塞特（Tamanrasset）沙漠供水项目出差。在那里，她第一次欣赏到撒哈拉的树化石。在树化石遗址，几根粗壮的大树卧倒在地，可它们再也不是树了，千万年的日日夜夜，让它们化作了一根根坚硬的石头，清晰的年轮告诉了人们，它曾经有过怎样的茂密繁盛。

据说，古代的撒哈拉并非黄沙一片，而是一片富庶的土地，河流纵横，大小湖泊星罗棋布，植物茂盛，百花争艳，飞禽走兽出没其间，绝对不同于今天的风沙遍地。在沙漠项目工作的她捡到过贝壳化石，可以证明这一点。

沙漠供水项目的另一座城市——塔曼拉塞特，犹如绿宝石镶嵌在沙漠中。无边的沙海中，点缀着一丛丛树木，给原本沉寂的沙漠注入了生命的活力。为了能在缺水的沙漠中生存，那些树木凭借自己顽强的毅力，把根深深地扎在沙土之中，深达几十米，一直伸向有水源的地方。在这里，生命一旦产生，便很难消亡，因为艰苦的环境，往往可以孕育伟大而顽强的生命。

正如施工在沙漠的分公司员工，脚下是干燥的沙漠，头顶是火一样的烈日，但他们依旧在供水项目顽强工作，为了阿尔及利亚沙漠边缘的人民，为了解决沙漠严重的缺水问题，他们把根深深地扎下，显示出中华儿女的顽强精神，创造出令世人瞩目的生命光辉。

员工章维日记中写道：“一想到人在世上只走一趟，就觉得旅途中必须得留下有意义的记忆。”于是她来到了阿尔及利亚，给自己的人生旅程涂上了浓墨重彩的一笔。

有一次，她出差去塔曼拉塞特，要经过两次转机，才到达目的地。刚抵达贾奈特机场，就发生了变故，机场下午将全面关闭，任何人不能待在机场内。章维尝试与工作人员和警察沟通，申请在工作室内休息，却被以不安全为由婉拒。她第一反应是打开地图，寻找可以歇脚的地方。在看到地图上零星的标识后才猛然意识到，这里属于沙漠地带，地广人稀，少有住房和人家。

初生牛犊不怕虎，章维并没有感觉到害怕，她想，总会有办法找到地方歇脚的。最后是机场的工作人员联系了朋友开车送章维到附近一家酒店。

车在蜿蜒的公路上行驶，隔一段距离就会看到一个小小的拱形的土砖房子，一些路牌，或者是一个停车站，然后就是大片大片的荒凉。酒店并不很偏僻，距离机场比较近。酒店人员还热情周到地邀她吃晚饭，当她要去转机航班候机的时候，他们还唱起歌欢送着她。

在深夜明亮的月光下，章维听着渐渐远去的歌声，带着感激和不舍奔赴下一个目的地。

2014 年 6 月，大学毕业的普俊姗怀着看世界的愿望选择了作为法语毕业生最容易实现这一愿望的地方——非洲。而俗称“小巴黎”的阿尔及利亚成了她的首选。

初到中国地质北非分公司，环境是陌生的，她内心却是温暖的。领导和同事对她关心备至，带她见识阿国的风土人情，领略当地特色美食。她说：“个人能做的只是点滴小事，而公司却给了我一个不一样的大世界。”

“新鲜”这是北非给她的第一美感，初来乍到，她觉得非洲热烈、友好、阳光。一群远离家乡的人工作生活在一起，惺惺相惜。蓝蓝的地中海，炙热的撒哈拉……工作变得有秩序了，生活也更自在了，没有了国内的喧嚣，却多了一份与自己独处的真实，工作之余，她可以静下心来看一本书。傍晚时候，油画般的天空简直能让一个人爱上最真实的自然。在这里，她愉悦地做着自己的梦，也许内心偶尔忧郁却并不空虚，偶尔迷茫却又总是充满希望与勇气。

厨师田占文是一个二十出头的陕西小伙儿，典型的关中汉子。一米八的个头、方脸隆鼻、短发微黄、肤色白润，常带些腼腆的微笑，坦诚又质朴。

一般来说，早起是农人的习惯，晚睡是案牍的生涯。但对于沙漠工作的人，早起和晚睡是每个人的日常。厨师，因为职业的特殊，更要有强于他人的自觉。勤劳是我们这个古老文明积淀的品格精粹，在厨师身上得到了最充分的展示。他“黎明即起，洒扫庭院”，一天就在他干净利落的动作中开始了。

田占文曾以文字记录厨师的工作，“这是地球上最大沙漠的腹地——因萨拉赫。因萨拉赫是个小城，经济落后，建筑简陋，却是方圆 400 公里最大的城镇。这里年均气温最高、年均降雨最少。为了尽量避开白天的酷热，施工安排在清晨。粮草先行的古训就上演着戏份不轻的章节——为 5 点开工的人员准备早餐。”

“看着大家狼吞虎咽的模样，做厨师的自然有些飘飘然。要允许这种自得，因为它带给大多数人愉悦和满足。营地的喧闹终于安静了。大家开始睡觉恢复精力的时候，厨师就去查看夜班看守在岗情况，锁好大院铁门，检视厨房卫生。躺在床上时，他还在考虑明天三餐怎么安排，要不要变点花样。

如此这般，日月循行。”

马志福业余时间，会思考如何做一名优秀的北非员工，他总结了十个方面：

要乐于承担更多的责任；要追求卓越；要把敬业当成一种习惯；要有积极主动的态度；要时刻牢记公司利益，心存品质意识；要为工作设定目标；要注重细节，追求完美；要遵守准则，用心做事，注意礼节；要有团队意识；要注重个人形象，维护公司声誉。

正因为分公司的员工大部分都有这样的优秀品质，才能在分公司领导的正确带领下，开创出一片新天地！

2019 年，在北非锻炼两年的郭仪，俨然不见当初的稚嫩模样。她已经羽翼丰满，智慧夺人。她说她有时去拜访一些业主和相关部门，时常能听到对中国地质的好评与赞扬，自豪感和使命感便油然而生。中国地质在北非地区发展经营二十多年，承接了上千项工程项目，大大改善了阿尔及利亚人民的生活条件，中国地质用实际行动打造了一张亮丽的名片。

疫情肆虐，不断攀升的确诊数据无时无刻不在牵动着人们的心，严峻的防控形势也是对北非分公司组织力、执行力与凝聚力的一次考验。在这场战“疫”中，防疫物资不仅是阻断疫情的重要“武器”，也是有序复工复产的基本条件，更是稳定人心的重要物质保障。但当地的口罩、防护服等质量普遍较差，无法满足防护要求，总经理谭松平果断做出决策，从国内采进防疫物资。负责进口清关的郭仪随即奔赴各处展开咨询，尝试打通进口渠道。

然而过程异常艰难：分公司缺乏相关医疗执照资质，需要申请特殊进口许可；国内空运政策变动不定，曾有一段时间无法发运；递交至当地卫生部的许可申请材料被其部门人员丢失；清关在即，当地海关却因员工感染新冠被迫封闭……在种种不利因素的影响下，经过分公司与当地卫生部、海关部门及国内物资部等各方的多次沟通协调，最终克服重重困难，成功办理出了防疫物资进口许可，顺利清关。首批口罩于 2020 年 7 月 12 日顺利送达分公司营地，进口渠道打通！随后，一批批防疫物资清关，充分保障了防疫储备数量和质量，更是为分公司每位员工注入了一针防疫“强心剂”。

疫情之下，为了给员工搭建一个看世界的窗口，帮助各员工及时了解外部资讯，丰富大家的精神文化生活，增强队伍凝聚力、集体责任感，总经理谭松平决定成立编委会，组织翻译人员编制《中国地质北非政经内参月刊》。郭仪成了编委会的一员。《中国地质北非政经内参月刊》自 2020 年 4 月 25 日创刊以来，收到了大家的踊跃投稿。目前已出刊 18 期，编译整理稿件数百篇，内容涵盖当地疫情咨询、工程项目信息、政经文化、国际形势、中阿关系等各个层面。

每周，编委会都会召开线上会议，对每篇来稿进行逐字逐句的校对审查。大家认真对待每一篇来稿，努力克服种种困难，毫不懈怠。每一次出刊，都是每一位小组成员牺牲自己的空闲时间为之付出的心血。小组成员秉承着“精益求精”的中国地质精神，认真负责，全力以赴。夜晚，办公室明亮的灯光下，经常能看到大家为一句话、一个用词而争论不休。正是这样对每一处细节近乎“吹毛求疵”的严格要求，不断提升着文章的可读性与专业性。

2021 年 1 月，郭仪去塔曼拉塞特省出差，这是一座位于阿尔及利亚最南部的沙漠之城。两个技术难度非常大的项目——航空建筑群项目和机场导航塔项目就坐落于此，这里地理位置偏远，太阳炙烤，戈壁粗犷，沙尘暴频发。郭仪跟着同事来到航空建筑群项目营地，院内竟覆盖着一层沙土。然而在这艰苦的环境里，项目上的同事苦中作乐，竟然在空闲时间自制了锻炼器材。有单杠、沙袋，还有用废铁改造的漫步机，虽然没有上漆，但都有模有样。

沙漠项目的同事们常年驻留沙漠，他们不仅要完成工地上的工作，还要对抗极端恶劣的天气，虽然沙漠网络极差，生活单调，但是一切都进行得井然有序。分公司还鼓励大家种菜园子让故乡的种子在此处生根。辣椒、空心菜、韭菜等在大家的照料下焕发着勃勃生机。在紧张施工的同时，同事们用乐观积极的精神在这片贫瘠的土地上奋斗着，让郭仪心生敬佩。

生命是顽强的，再贫瘠的土地也孕育着希望，即使在撒哈拉的这个小小角落，依然滋长着欣欣向荣的生命，奋斗着一群“异乡人”，他们来自中国的不同地方，怀着共同开拓进取的决心，跨越千山万水义无反顾地奔赴这座沙漠之城，在这片荒僻的土地上挥洒着自己的青春和热血。黄色的中国地质工作服俨然成了大漠中一道亮丽的风景线，他们身上是责任，心中是坚韧，他们属于数万非洲建设者中的一员。这群人的名字叫“中国地质人”。

郭仪时常会望着经理部大会议室里的照片墙出神，墙上挂满了北非分公司历年来在阿尔及利亚实施过的项目照片，照片上一个个项目、一张张意气风发的面孔，是一代又一代中国地质人在这片异国土地上拼搏奋斗的证明，见证着北非分公司在阿尔及利亚二十多年来艰苦奋斗、开拓发展的光辉历程。

变的是时代，不变的是坚守，回望前辈们的奋斗之路，“爱国主义，集体主义，开拓进取，无私奉献，精益求精”的中国地质精神如同一盏燃烧不熄的烛火，照耀着一代代中国地质人在探索中前进；更是一面高扬的鲜红旗帜，指引着年轻一代秉承中国地质精神，不忘初心，继往开来，开拓前行。

第十四章　斯里兰卡的奋斗

美丽的蓝孔雀，认识我吗
我从东方来——
我是越过地平线的太阳
离开恬静祥和的家乡
携带勤劳智慧的双手及赤诚
奔向你，闪耀灵魂魅力的眼睛
那一刻，天空飘满感动
你报以甜甜的笑容
以铁木树舒展的欣喜
以蓝孔雀开屏的美丽
那份珍贵的友谊啊
激励着龙的传人
几十载
栉风沐雨，砥砺前行

一颗矢志不渝的心，不管被置放在哪里，都是可以托付重任的载体。怀揣着开拓进取的力量，汇聚着阳光般的向往，在遥远的异国他乡，默默散发着生命的光芒。从 20 世纪 90 年代开始，中国地质就培养出了一大批具有炭火与明灯品质的专家。他们怀揣青春的热望奔赴世界各地，不管山高水长，也不管荒漠或沼泽，他们像一株株顽强的树木，随处扎根生长，开花结果，由最初的一株两株继而壮大为林，株株都代表着中国的形象。他们几十年如一日，努力拼搏，努力奋斗，在海外造福一方。

胡建新、刘来福等人最先被中国地质派往充满梦幻的蓝孔雀国度——斯里兰卡，他们肩负着公司在斯里兰卡国际工程承包市场开疆拓土的使命，也同时肩负国家“一带一路”倡议的神圣使命。

斯里兰卡，位于南亚大陆的最南端，旧称锡兰。梵语古名驯狮人，在中国古代，《汉书·地理志》称“已程不国”，《梁书》称“狮子国”，《大唐西域记》称“僧伽罗”。斯里兰卡的主要民族至今在汉语里仍称“僧伽罗人”，其语言僧伽罗语与泰米尔语是官方国语。

斯里兰卡一边是马六甲海峡，另一边是波斯湾和亚丁湾，扼守波斯湾向东输出石油的通道，也是东西方海运的必经之道，海上贸易十分繁忙，有“东方海上十字路口”之称，交通和战略位置都很重要。1972 年，政府宣布将“锡兰”改名为“斯里兰卡”。在斯里兰卡漫长的历史长河中，贯穿着战争、侵略和摧残，在这片状似珍珠的国土上，每段时光都是心酸的往事。

在斯里兰卡，满是隐藏着灵魂力量的美丽眼睛和名贵动人的珠宝玉石。让人心情激荡的还有印度洋汹涌海浪下渐渐远去的夕阳，映着斑驳树影的精美茶具中正散发着美妙的植物花香。那略带着酸味的锡兰红茶，承载着斯里兰卡久远的旧时光，跳跃着斑驳诱人的光亮，飘动着神秘气息和梦幻的芬芳。

然而，丰富优质的自然资源，却没有改变斯里兰卡的命运，他们贫穷落后，人均生活水平低下，社会经济极不稳定。前几年，还有一个闻名世界的反政府武装“猛虎解放组织”，对斯里兰卡的社会治安和经济发展造成了极大的影响。

第 1 节　斯里兰卡的中国地质

2022 年新春一开局，中国地质斯里兰卡分公司就迎来了一件大喜事——中标并执行斯里兰卡首个法国开发署的出资项目。

中国地质斯里兰卡分公司新任总经理吴志勇高兴地说：“拿到新项目确实是一件令人开心的事情，但是，这个幸福来得却不算太突然，实际上可以说是一种必然。中国地质在斯里兰卡的发展源远流长，如同斯里兰卡并轨而行的历史，鲜明而又清晰，深刻而又流畅。”

中国地质进入斯里兰卡工程市场近三十年，一路上，跌宕起伏风雨兼程，不仅留下一串串坚实奉献的足迹，还洒下了真诚无私的友谊和智慧。中国地质老中青几代人用自己的实际行动、坚实业绩、青春和汗水，收获了斯里兰卡政府和人民的尊重与信赖。

新项目——科伦坡 AFD（法国开发署）环境改造污水处理（污水二期），成功授标，表面看似源于甲乙双方多次沟通交流的成果，实则是中国地质斯里兰卡分公司常年深耕水务市场，在主业板块有着良好的美誉度和信誉度的结果。加之在疫情背景之下，政府部门的资金运转匮乏，迫使他们急需借助外部资金来推动本国经济。所以，业主和 AFD 等相关单位，极力促使项目落地。更深层的原因，是中国地质长期以来的企业精神和企业文化以及中国地质的精品工程业绩及优秀的企业素质，得到斯里兰卡政府水务部的充足信任，所以，他们把 2021 整个年度唯一签约并引进外资的项目放心地交到中国人的手中。

斯里兰卡分公司在九年前竣工的污水项目——莫洛托瓦污水处理项目（污水一期）上就向斯里兰卡政府和人民证明了自己的实力和努力，就是通过这个项目，完整地树立起中国地质的光辉形象。

九年前的莫洛托瓦污水处理项目运营，让中国地质斯里兰卡分公司对整个施工区域和施工条件有了比较深刻的认知，对当地的项目工作开展也研究得非常透彻。中国地质在污水一期履约中的出色表现及不凡业绩，赢得了业主和监理的交口称赞，并与业主方建立了充分的信任基础和良好的沟通渠道。在污水二期前期项目监理设计阶段，中国地质斯里兰卡分公司多次受邀参加业主的技术讨论会，并提出过很多中肯的建议同时提供了诸多技术支持。所以在综合评标阶段，中国地质的优势早已经遥遥领先于其他竞争对手。

中国地质在斯里兰卡的项目执行中，大部分是以第三方国外资金项目为主。在多元化的工作背景下，主要是同外方或斯里兰卡当地政府打交道。项目能够干得出类拔萃，最主要是采用了特色鲜明的属地化管理。

属地化管理一直是斯里兰卡分公司经营的基本方针和政策。分公司核心的经营团队都是经过多年培养和锻炼，能较好胜任多元化环境挑战，能认真执行公司管理政策的人。分公司在经营管理中，在建项目组的中外员工配合比，绝大多数都已经超过 1∶80 的比率。在属地化管理实践中，要想真正实施好属地化管理，就必须要有比属地员工管理水平和技术水平更强、更好、更高的管理人才，有这样的核心人才带队，才能真正做好属地化管理。

斯里兰卡分公司累计签约执行的 30 余个项目中，污水项目一期，最令人难忘。

项目执行过程中，吃了不少苦，受了不少磨难，损失也很大。由于现金流问题，主包商破产清算导致项目中止，致使分公司直接损失数百万美元。后来，业主又主动找到中国地质重新启动项目，重组债务。最后，分公司克服一个又一个的困难，全面完成项目的实施。正是有过这样的困难，从项目经理一直到核心施工团队、技术骨干都得到充分的锻炼。更值得自豪的是第一期的成就和实施项目显示出来的实力，让中国地质赢得了开发科伦坡污水二期的顺利中标。

经过二十多年的发展，中国地质斯里兰卡分公司的实力不断壮大，从单一的工程承包发展到承建设计—建造—运营一体的交钥匙工程，累计签约和执行项目 30 余个。分公司凭借其“守约、优质、高效”的履约形象在斯里兰卡工程领域，尤其是在水领域享有盛誉。

中国地质斯里兰卡分公司总经理刘来福是扎根斯里兰卡二十六年的老中国地质人，同事和当地人都说他是不折不扣的“老兰卡”。在中国和斯里兰卡的文化融合、技术交流和分享传播方面，刘来福带领的分公司起了桥梁纽带作用。

第 2 节　征战海外

中国地质多精英，真正的中国地质人，无一例外是响当当的、具有专业技术的、有真才实学的人才，而且骨子里都有着经风雨见世面的顽强毅力。

1996 年 2 月 6 日，经过层层甄选，刘来福与黄涛、张小楠等四人，在寒冬的北京踏上了征战海外的航班。他们肩负着公司的殷切期望，踏上征途。

一路上他们既为来到国外工作感到自豪，又担忧未知工作环境的种种挑战。

刘来福一行四人下半夜落地，扑面而来的热浪中还夹带着椰油的味道，闷热气息让从凌厉寒风中而来的他们，感觉喘不过气来。随之而来的景象，更让这些生活在政治清明、社会安定的中国小伙子们忐忑不安。眼前的斯里兰卡，随处可见荷枪军警、碉堡、武装检查站。种种迹象表明，在这个国家随时可能发生危险。压力一下袭上了他们的心头。不一会儿，中国地质项目经理胡建新派来接他们的车到了，他们心里才稍稍有点回暖。

车子带着他们通过一个个检查站之后，沿着干净迷人的漫长海岸线，在郁郁葱葱的热带气息里迎风奔驰。海水倒映着夜色的深邃，茂密的椰树随着海风轻轻起舞，海岸的岩石海岬拥抱着激荡的浪花，这属于印度洋的壮美澎湃让他们一时间忘记了惊恐和担忧。车子把他们送到了环境优雅的项目驻地。他们几个人又兴奋起来，他们有些不敢相信自己的眼睛。这美丽的仙境，真是中国地质的驻地？太不可思议了！

刘来福清楚地记得第一个海外工作日——1996 年 2 月 7 日。这天清晨，几人一起去餐厅吃早餐，由于陌生的环境和语言不通，几乎没有人和别人主动交流。在电梯里，遇上一位中国台湾商人，那个人竟然非常诧异地问："你们是大陆来的吗？你们也能出来了？"几个人都不知道该怎么回答，只好报以礼貌的微笑。

刚刚踏出国门的小伙子们，小心翼翼地试探着周围的环境，观察着外面的世界，学习着，思考着，努力让自己融入这个陌生的环境。

刘来福心中有一位偶像，一位时刻激励督促他前进的偶像。这位偶像，不仅仅在从业期间会是他的潜在动力，即使是退休若干年之后，仍然是他生活的动力和标杆。刘来福心中的偶像就是胡建新。

胡建新是 1989 年清华大学水利工程系毕业的高才生，被分配到北京城建四公司第三工程处，后来到了巴基斯坦 CRBC-63 号标项目，并且独立完成渡桥的设计及施工等一系列工作，展现了极高的专业技术水平和极强的管理能力。他作为中国地质一员不可或缺的将帅，多年驰骋海外开疆拓土，并将工作重心由巴基斯坦转向了斯里兰卡等东南亚国家的国际承包市场。中国地质 1992—1993 年授标亚洲开发银行的 11 城市供水项目；1994 年，项目经理刘大伟带队在斯里兰卡做了第一个亚洲开发银行贷款的打井项目；1995年，从巴基斯坦转战斯里兰卡的胡建新，带领20多人的优秀团队，来做第二个项目——7城镇供水项目。

那时，刚刚三十岁的胡建新是大家公认的“年轻老领导”，心理素质和工作能力都是大家的榜样。那时没有分公司，只是以项目为中心，胡建新就是团队的核心。他当时负责实施的是亚洲开发银行二期供水——7城镇供水项目，监理为英国的麦克唐纳公司，项目金额800万美元。

中国地质所实施的工程项目在国外全是用英标。对于第一次走出国门的人来说，要有一个适应的过程。在斯里兰卡，项目执行过程中，多亏有胡建新跟监理和业主进行商务谈判，项目前期启动，找盈利点，寻找当地的合作伙伴，办保险等事务。工作很艰难，每样工作都需要争取利益的最大化，胡建新几乎没日没夜地思考和工作，将压力当成了挑战。

与胡建新相比，虽然刘来福也有一定英语读写能力，但在实践中他的听说能力始终达不到要求。刚到斯里兰卡，在项目执行过程中，常常要跟业主、监理用英语交流，交流都是书信往来的形式，语言水平要求更高。那时，胡建新为了督促大家学好语言，鼓励大家每天看BBC、CNN等英文新闻节目。这样坚持了一段时间之后，刘来福的英语听说感觉越来越好，语法积累也慢慢变多。他在工作生活中的沟通、交流已经不再是问题了，这一转变增强了刘来福面对工作挑战的信心。

胡建新凭自己在巴基斯坦的工作经验，带着一帮经验不足的年轻人在斯里兰卡开拓，工期两年的项目，一年半就顺利完成了。这个工程刚一完成，业主佩服中国地质这个年轻团队，就开始追加项目。这个项目的顺利实施为后续工作开了一个好头。

在中国地质的大团队内，因为在同一个地方或一个项目而在一起工作的只有那么几个人或几十个人，业缘或地缘的关系决定了工作和生活的圈子，要么就是一个分公司，要么就是一个项目。而刘来福从1994年10月应聘到中国地质亚洲部不到两周，就认识了从巴基斯坦回国的胡建新。他们又被公司一起安排在北京西直门燕北的远东公司招待所5楼，同一个宿舍。刘来福说：“胡建新是既刻苦又自律的人，他的精神让人敬佩，那种刻苦用功的毅力真是令人钦佩，该完成的任务必须按时完成，必须目标明确，而且有规律，有规矩。”

1995年，正好拿到斯里兰卡的标，胡建新就开始组织项目人员。刘来福便是其中之一，他跟随胡建新到达斯里兰卡之后，最先开始做后勤，管后勤，管采购。如此往复一年的时间，项目也干了到一半左右，各种工作已经步入正轨。自营项目进行顺利，包括大分包、小分包以及跟监理、业主的沟通等，刘来福都很适应了。

第3节　总监成了中国地质的雇员

当年监理公司是世界著名的英国麦克唐纳公司，总监是英国人康纳瑞，他和他的夫人对中国人很友好，让中国地质人心里暖暖的。但是现场所有的事务是副总监丹那苏瑞亚负责。丹那苏瑞亚是斯里兰卡人，曾在英国伯明翰大学接受教育，硕士学位，业务精通技术精湛，性格却是倔强到固执。副总监整天和胡建新吵架，项目工作的过程简直可以说是他和胡建新吵架的过程。

一天，正在做水塔项目。水塔底板基础由大方量大体积的混凝土浇筑，而这种大体积浇筑的混凝土存在热化学反应，很容易有裂缝。万一出现裂缝，就会很难补救，也是很要命的技术问题。

这时，打混凝土的罐车已经开来了。胡建新就给副总监说，混凝土已经定了，混凝土罐车也开到现场了，马上准备启动机器。副总监说：“那不行，你不能打。”胡建新一听就急了，都沟通过好多次了，事先也都说得好好的，怎么又不能打了呢！胡建新作为项目经理，抢工期是当前十万火急的事，就问为什么不让打。副总监非说他们这个准备工作没做好，不能打。

胡建新果断地说：“我们早已经准备好了。”接着，胡建新转过头吩咐司机：“打！打出问题我负责。”副总监气得直翻白眼：“你们不能打，会出问题的。出了质量问题怎么办？”胡建新说：“我们准备好了就必须打，出了质量问题，我负责到底。”

副总监面对胡建新斩钉截铁的态度，实在没有办法，气哼哼地走了。他说要去给总监康纳瑞汇报，又以保证质量为由，来显示他的权威。这样平白无故的无理刁难，把胡建新气坏了。

事后，胡建新向总监康纳瑞解释：“我们的工作已经基本到位了，混凝土也到了现场，却不让打，损失太大了，上百方的混凝土往哪倒？一方混凝土就几万卢比……人、机、料都到位了，准备工作肯定是没有问题的。”虽然前期沟通和副总监之间存在一些问题，但主要还是为了工作。通过这次和康纳瑞交流之后，中方人员和监理的关系就相对好了很多。最后，所有的混凝土全都做完了，经质量检验，全部合格。

胡建新的自信和技术水平，让副总监对中国人有了新的认识。他由衷地赞叹道：“中国人，不简单，个个都很厉害！”

2000 年，水塔项目完工的时候，副总监没有接到另外的监理项目。而这时，中国地质刚好在斯里兰卡首都科伦坡又中了一个市政的防洪项目。于是，副总监丹那苏瑞亚非常开心地加入了中国地质的战队——由甲方变成了中国地质的一名雇员。中国地质斯里兰卡分公司聘丹那苏瑞亚作为分公司的总工程师。之后，他一直跟着刘来福，到现在已经为中国地质服务二十多年了，并于 2008 年荣获了中国驻斯里兰卡大使颁发的“斯里兰卡雇员突出贡献奖”。大家敬佩和欣赏他对专业的执着，都称赞他是一个真诚的好人。

中国地质刚开始在世界各地打拼，会遇到许许多多西方监理的刁难，从对立发展到建立友谊，其中有太多的经历和值得书写的故事。

第 4 节　难忘的第一次

从 1996 年到 2022 年，风风雨雨的二十六年海外工作经历，已经将刘来福塑造成斯里兰卡“本土居民”了。可是刚到陌生的国度的不适应，莫名其妙的忧思和顾虑，仍让他记忆犹新。当初的战战兢兢、惊心动魄，再回想起来令人哑然失笑。

刘来福清楚地记得在斯里兰卡期间，几个深刻的人生“第一次”。

第一次在项目部值班。他值守电话，只要电话铃一响，他就下意识地紧张，因为他英语达不到能够流利对话的水平。然而，还必须得接电话，接起来又听不懂对方在说什么，根本无法沟通。为了确保自己能理解对方的意思，就把耳机紧紧地压在耳朵上，好像这样就能听懂。挂了电话，对方说了什么，自己回答些什么，全然都不记得，就剩一身汗。

这样紧张的日子过了好一段时间后，才慢慢好起来。电话越多，交流越多，自己也从紧张焦急的状态，进入对答如流的轻松时期。后来的工作中，刘来福非常感谢那段不同寻常的充满“紧张与恐惧”的接电话日子，让自己的英语水平，得到了不同一般的听说方面的训练，为后面开展工作打下了坚实的基础。

第一次执行任务。胡建新布置了紧急外出采购物资任务。刘来福出发前做了很多准备工作，还拿着快译通，把关键词汇翻译出来反复记忆。结果到了斯里兰卡首都科伦坡后，他花了整整一天时间，却什么东西也没买成。一是跟当地人进行有效沟通费了九牛二虎之力。二是他发现斯里兰卡的物价和国内物价相比，贵到他完全没办法接受的程度。当他两手空空地回到驻地向胡建新汇报情况时，胡建新告诉他：“再贵也得买呀！项目上等这些东西用，没有那些东西就不能运转。”那时他才深刻体会到，在海外工程项目施工何等不易。要想把项目运营好，必须要一分钱掰成几瓣花；干好工作的首要前提是要考虑如何降低工程成本。

第一次病倒。他不幸中招斯里兰卡的流行病——登革热。在斯里兰卡期间，四种流行性疾病，刘来福得过三种。长期在海外工作，刘来福身体和心理都承受着巨大压力，免疫力降低，身体每况愈下，给了登革热乘虚而入的机会。他连续几天高烧不退，感觉天昏地暗，在医院住了半个多月，差点和大家“就此别过”。没有想到，在得了第一次登革热后，之后接二连三地又得了两次。2009 年，他居然还得了一次在斯里兰卡极为罕见的疟疾。他连续高烧不止，烧到第四天，人已经虚脱，意识模糊，情况非常危险，被送进重症监护室抢救，最后查出是疟疾。医院没及时采取有效的治疗手段，致使他在重症监护室度过了七天昏迷的时光。刘来福说，那是他离死神最近的一次。

第一次经历劫匪。斯里兰卡的民众普遍性情平和，人与人之间向来保持着善意美好的微笑，社会也相对安定。但是，由于内战时大量的武器流落民间，武装抢劫和暴力事件时有发生。

2003 年，刘来福和项目总工程师王振江两人正在办公室忙工作，只听“啪啪”两声枪响，接着就闯进了几个荷枪实弹的劫匪。劫匪拿着手枪顶着刘来福的脑袋，勒令他交出钱财。刘来福一点没有慌张，快速搜寻着有效对策。他清楚地知道自己身边的手提袋里就有巨额现金，千万不能被劫匪发现。而此刻，这个装有巨款的手提袋正放在劫匪的面前……为了引开劫匪的注意力保护财产，他故意做出一副惊慌的样子，上下翻找自己的衣服口袋。大翻特翻之后，假装非常不舍地把一个高端手机递给了劫匪。此时的劫匪，也慌张心虚，抢过刘来福的手机，就撤离了办公室。这时，刘来福才发现王振江因紧张过度，导致心脏病发作，他赶紧喊来其他员工，将王振江送医抢救。

这件事已经过去很多年了，被持枪劫匪开枪击穿的两个弹孔，至今还留在中国地质斯里兰卡分公司项目营地的办公室玻璃上。两枚弹壳，刘来福也一直收藏着。

第一次与“猛虎解放组织”近距离接触。2007 年，正是政府军与“猛虎解放组织”战事胶着达到白热化的阶段，两方为争夺一个重要的区域激烈争战。中国地质斯里兰卡分公司上马由亚洲开发银行（ADB）出资的 Batticaloa 供水项目，项目工区就位于战区。施工区内弹壳遍地都是，还能不时发现双方激战留下的地雷和炮弹。即使处在这样严峻危险的形势之下，施工时间也不能耽误，他们分秒必争地履行项目合同。项目开展前期，为了确保施工人员的安全，刘来福带领项目经理王辉，多次冒险前去和“猛虎解放组织”沟通、谈判，以避免项目开展期间，人员与设备受战火袭扰。

“猛虎解放组织”堪称史上最无情的恐怖组织。“猛虎解放组织”依靠外部援助，拥有空军和海军。“猛虎解放组织”与政府对峙打了三十多年内战，还发生了血腥的“黑寡妇自杀性爆炸”。刘来福他们冒着巨大的风险坚持在战区做项目，项目组承受着常人不可想象的压力和困难。

2019 年，西方复活节，ISIS 在斯里兰卡多地的酒店教堂等公众场所制造人体炸弹暴恐袭击，共造成 400 多人死亡，在当地社会造成极大影响，给民众的心理造成了极大的创伤。政府实施宵禁，没有人敢出门。整个斯里兰卡特别是科伦坡地区和少数民族集聚区，一片风声鹤唳。中国地质斯里兰卡分公司所有的项目都停工了。

近两年来，新冠疫情开始大流行，新冠肺炎疫情的影响广泛且深远，对中国地质海外工作和队伍建设也造成了一定的影响。刘来福逆向而行，在疫情初期坚决返回工作岗位，严格按照中国地质总部的要求，有条不紊开展日常工作，不断推进队伍建设，把疫情防控和生产经营，抓稳、抓实、抓细。

两年多来，疫情带来的危险和压力不一而足，对于在海外被磨炼出强大心脏的中国地质人来说，这只是“不易”经历中的一个小片段。他们早已经适应压力下的工作与生活，似乎这样的生活才能让他们感觉到生命的充实，生命的珍贵。

第 5 节　历史深处的友谊

2022 年是中国和斯里兰卡两国签订《米胶协定》七十周年。2 月 17 日，中共中央总书记习近平向中斯政党庆祝中斯建交六十五周年暨《米胶协定》签署七十周年致贺，强调新冠肺炎疫情发生后，中斯同舟共济、守望相助，传统友谊得到新的升华。

重温《米胶协定》的历史及其蕴含的精神，在新时代将给中斯“真诚互助、世代友好的战略合作伙伴关系”和中斯“命运共同体”建设提供历久而弥新的动力。《米胶协定》精神将进一步体现在中斯两国“一带一路”合作中。斯里兰卡作为“一带一路”海上丝绸之路上的重要支点国家，必将有更好的发展，中方希望通过科伦坡港口城、汉班托塔港等重点项目建设，同斯方一同高品质推进共建“一带一路”，为斯里兰卡疫后经济复苏和社会可持续发展提供强劲动力。斯政府对此予以积极配合，两国共同推动“中斯命运共同体”建设。

21 世纪，斯里兰卡和中国的关系依然保持着快速发展的趋势。2013 年初，斯里兰卡总统马欣达·拉贾帕克萨访华，将双边关系升级为战略合作伙伴关系。习主席也在 2014 年访问了斯里兰卡。斯里兰卡现任总统玛西里帕拉·西里萨娜在过去四年中多次访问中国。

中国对斯里兰卡的影响之深也体现在斯里兰卡的货币上。1000 斯里兰卡卢比和 20 斯里兰卡卢比正面，分别是中国港湾援建和参与建设的斯里兰卡首座高等级公路隧道 A5 Ramboda 隧道和科伦坡港。100 斯里兰卡卢比正面图案是中国援建的普特拉姆燃煤电站。

中国现已成为斯里兰卡的主要贸易伙伴，斯里兰卡第二大进口来源。中国和斯里兰卡的自由贸易还在逐年增加。斯里兰卡大量的核心基础设施建设都是由中国建设完成的，其中包括汉班托塔港、马塔拉国际机场、科伦坡—卡图纳亚克高速公路、纳罗霍莱煤电站、莫拉加哈达水电灌溉多用途开发项目、多条铁路线、科伦坡国际金融城、南亚第一高楼电视塔，以及科伦坡国立医院的门诊大楼等。

科伦坡国际金融城和汉班托塔港，是“一带一路”倡议下的标志性项目。作为海上丝绸之路的中心枢纽，世界上最繁忙的港口之一，斯里兰卡在保障中国的海运和石油安全方面发挥着重要的作用。科伦坡金融城，作为斯里兰卡有史以来最大的开发项目，开发计划一直持续到 2041 年。

中资企业在贸易、投资、基础建设等领域的广泛参与巨大投入，正在为斯里兰卡大发展注入强大动力，中国地质在斯里兰卡的发展建设中，特别突出的贡献就是在城市水务等绿色环保领域。

中国地质斯里兰卡分公司有一个精锐进取的班子：领导班子 6 人，全是党员。3 个副总，1 个助理，1 个财务主管（财务人员 4 人），还有 1 个斯里兰卡顾问。刘来福总经理以及另外 3 个副总吴志勇、王辉及王陆良，都是在海外打拼十多年的老战友。中方管理人员及属地员工一共 520 人。高度属地化管理是斯里兰卡分公司的管理特色。当地人的教育程度很高，属地管理人员的素质和管理水平也不断地提高。属地员工最多时，超过 1000 人。正在执行的项目有 4 个，合同额 1 亿 8000 万，70% 是美元，30% 是当地币。剩余合同还有 3 亿多美元，做的是亚洲开发银行、世行及日本协力基金的项目。

斯里兰卡分公司在 2000 年之前叫“斯里兰卡项目部”，2000 年之后改为“斯里兰卡经理部”，2010 年之后改成“斯里兰卡分公司”。斯里兰卡分公司的第一任总经理胡建新，第二任总经理刘来福。2021 年 12 月，吴志勇接任第三任总经理。

刘来福感叹光阴似箭，转眼二十六载过去了，他远离祖国，远离亲朋好友，其中酸甜苦辣，欢乐与痛苦，成功与挫折，困难与机遇，他都经历了。

飘荡在异国他乡的百味人生，丰盈了生命的历程，写就无悔的篇章。二十六年中，他见证了项目从百万美元到上亿美元的巨大变化，见证了中国地质在斯里兰卡从项目部到经理部到分公司的壮大发展，见证了中国企业在斯里兰卡从小到大由弱到强的辉煌历程，见证了斯里兰卡从战乱走向和平与发展的曲折道路，见证了中斯两国及人民之间源远流长的深厚友谊。

刘来福只是中国地质群星闪烁中的一员，斯里兰卡分公司也只是中国地质群星闪烁中的一个小群体，在中国地质的璀璨天空里，繁星点点。

刘来福说："公司的发展，带好队伍是关键，有了好队伍才能更好地执行实施各项方针政策。而一支队伍最重要的是注入年轻力量，年轻人是财富，也是传承中国地质精神的精英。"刘来福总经理称自己已经船到码头车到站，接下来的年轻人会更优秀。刘来福说的优秀的年轻人就是跟着他打拼了十六年的博士——吴志勇。

第6节　想看看外边的世界

"我是中国地质一名常驻斯里兰卡的普通共产党员，2004年来到这里。或许和其他海外工作者有些不一样的是，在出国之前，我有过七八年的博士和博士后科研工作经历，其间还参加和主持过几个科研项目。"这是2020年6月，斯里兰卡中国企业商会"会员风采"中吴志勇的事迹报道——一篇题为《聚焦水领域，创生无限》文章中吴志勇的自我介绍。

他所说的"几个科研项目"，包括他研究生期间参加原地矿部"八五"科技攻关项目1项、国家自然科学基金项目1项、生产科研项目9项，以及20个科研项目报告的撰写。博士后期间，吴志勇主持国家自然科学基金项目1项，完成国家发明专利1项，获国家博士后基金及校专利基金资助，获省、校科技进步一等奖1次、二等奖1次，在核心期刊以第一作者发表论文4篇。

这样一位"学霸"博士，从2004年到中国地质斯里兰卡分公司，一干就是十六年。在这白驹过隙的岁月里，风华正茂血气方刚的小伙子跟随刘来福这位"老兰卡"一起参与斯里兰卡多个重要民生项目建设，经历了斯里兰卡内战和海啸的严峻考验，看到了斯里兰卡一步步走向繁荣的可喜发展，也亲身体验了中国和斯里兰卡的深厚友谊。

2021 年 12 月 27 日，吴志勇被任命为中国地质工程集团有限公司斯里兰卡分公司总经理。2022 年，吴志勇被中国地质授予二级奖章。

春回大地，万象更新，吴志勇走马上任，继往开来，犹如鼓风的船帆，散发着新生命的活力。

吴志勇，成都理工大学博士毕业后留校任教。一个偶然的机会，他在老师家发现了书名为《走遍印度河》的报告文学。这本描写一大批中国地质人在海外拼搏、艰苦创业的作品，一下吸引了地质专业的吴志勇。他赞叹道："在海外，原来还有这么一群了不起的中国人！"这群人所经历的，正是吴志勇渴望的那种工作与生活。

中国地质这个名字，从此就像一颗饱满的种子飘进吴志勇的心田。熟悉吴志勇的人都知道，他渴望新鲜事物，渴望不断地接受挑战。吴志勇留校任教研究学问，他以为自己能够"耐得住寂寞"。而事实上，常年研究学问对他来说是一种磨难。他根本耐不住那份寂寞，所以当把自己想做的事情想通、想透之后，他顺从了内心"渴望跳出这个圈子"的想法，完成"能看看外面更广阔的世界"的愿望，义无反顾地加入了中国地质。

从原来充满学术气息的科研圈子，换成了一个非中文的海外工作环境，他以为会轰轰烈烈地大干一场。让他没有想到的是，中国地质的工作性质决定了他的工作环境——圈子更小、更单一、更简净，需要所有人更要耐得住寂寞，耐得住枯燥。这就意味着吴志勇的寂寞"磨难"才真真正正开始。

在海外做工程的程序及路数，只要是工程圈子里的人基本都了解或熟悉。圈子不大，三点一线——驻地、工地、办公室。工作内容倒是花样繁多，每天都有意想不到的事情找上门来。对于吴志勇来说，他已经将这份工作环境当作在高校一样，只要耐住外面的"滚滚红尘"，就一定能守好自己的阵地。晚上休息时，他从不看电视，一个人坐下来把图纸再看一遍，把标书再翻一翻。日子就在这样枯燥的寂寞中过去了。

有些事情能坚持下来，都离不开"熬"。吴志勇深深地体会一个"熬"字的丰富含义：耐得住所有寂寞；耐得住对家、对亲人的思念；耐得住工作性质的单一枯燥；耐得住日复一日高强度的体力和脑力的消耗；还要耐得住没有时间沉入自己的兴趣、爱好及消遣。这一“熬”，就“熬”了十六年。他说：“真正有天分的人，就看他能不能熬，只要能熬，事情都会做好，只要能熬得下去，能舍弃掉其他人舍弃不掉的东西，就能成功……”

吴志勇觉得在国外工作，更能不受外界的干扰，能将全部的精力及所有的心思都用在工作上，才有利于工作的开展。他认为这些年的工作，磨炼了自己的忍耐力和坚持力。过去在科研中锻炼的思维习惯在现在单纯的技术性工作中得到了实践的锤炼。

2020年11月，驻斯里兰卡中国企业网“践行中国技术输出”栏目，有一篇题为《博士工程师扎根斯里兰卡十六年》的报道，就是吴志勇在斯里兰卡“熬”了十六年的感人事迹。

第一次赴斯工作期间，因为爱人生孩子，加之公司人员外聘有关规定，他待了一年零十个月匆匆回国。虽然吴志勇已经离校两年，但是，在老师的引导下，吴志勇开始进站做博士后。就在博士后做到第二年准备出站的时候，他接到了一个非常意外的电话。

他当时正在金沙江上游溪洛渡电站拱坝的坝底基坑里工作，电话那头是胡建新总经理，他温和地说：“志勇，你还愿意回来吗？……我们接到新项目，污水处理项目。”吴志勇听着老领导电话里温和中又透着关爱的声音，惊喜、激动之情油然而生。胡建新总经理的求贤若渴和虚怀若谷的态度，让吴志勇动情。多年后再谈起这通电话，他依旧心潮澎湃。

能让人一辈子记住并为之感动的人和事，一定是美好的。因为，美好的事物会点燃人们对世界的热爱和对未来的向往。因为胡建新的这个电话，吴志勇重新回到中国地质，第二次来到了斯里兰卡。

第7节　一鸣惊人的中国声音

在斯里兰卡，吴志勇一直工作在生产经营的第一线。虽然没有再具体地从事科研工作，但他参与管理的这几个项目，总工程师都是他兼任的。而这些项目高品质的完成，无一例外地受到了中外双方的高度认可。

吴志勇在斯里兰卡主持的第一个项目是瑞典基金项目。

在项目前期准备会议现场上，丹麦总监理工程师突然提出要看水厂基坑的降水和开挖设计。在项目施工之前和审批设计时查看设计方案是正常的，但是此时突然提出这样的要求，并非常理。也许是因为此前彼此并无合作基础，这位丹麦总监想要考一考吴志勇的经验和能力。

吴志勇在会议现场，用很短的时间提交了一个施工草案和开挖、降水设计的计算说明，他的举动和对工作的熟悉程度，让丹麦总监和主包施工经理震惊了，他们回应说要回办公室再做研究。

会后，吴志勇又对整个项目做了一番研究，捋顺了整个管道系统流程，并基于水厂地质条件提出了技术变更：把水厂主体基础的标高提高 1.5 米，在保证水厂系统功能不变的情况下，大幅降低水厂主体和管道的施工难度和成本，加快进度缩短工期。最后，这个技术变更完全实现了，并带来相当可观的经济价值。

因为这个项目，外方人员对这位博士肃然起敬。在此后的执行过程中，确实也遇到了很多技术难题，但是一般只要是吴志勇提出来的解决方案，业主和监理都很认可。在项目管理中，他也总能做出一些技术调整，取得比较好的经济效益。他深知只要是能创造经济价值，外方业主和监理都能接受新技术和新应用，只要用过硬的技术说话，中国声音就能受到世界认可。

在斯里兰卡工作的这十几年里，吴志勇关注新工艺、新装备和新科技应用，为改变工程施工领域中的“老、大、笨、粗”做了许多努力和实践，也培养和锻炼了一批有宽广视野的工程技术人员。他说：“希望为提升中国企业在海外的竞争力尽一些绵薄之力。”

吴志勇兴趣广泛，各种球类运动他都喜欢，但是在斯里兰卡工作期间，项目管理工作繁忙，每天往返于办公室、施工现场和驻地，他自嘲道：“现在，工作就是我的爱好。”他最高兴的事情是得到来自当地人的认可：“我参与的这些项目都是民生工程，当地百姓都很欢迎我们。有一次在供水项目的施工现场，老乡们非常热情地端出糖水来款待我们。当地人说得最多的就是‘中国人的项目没有附加条件，就是来帮助我们斯里兰卡的’。”多年来，中国地质给当地培养了很多技术人才，他们都很感恩。

吴志勇来到斯里兰卡时，这里还在打仗。他回忆道：“那会儿到处都是荷枪实弹的军警在街头进行安全检查，检查站也十分密集。”2009 年内战结束，斯里兰卡迎来了来之不易的和平，经济开始蓬勃发展。他目睹了斯里兰卡内战结束之后巨大的变化，之前斯里兰卡的商店，周末、节假日一般不经营；现在的斯里兰卡，很多商场周末也营业。战后逐渐有了很多新的商业设施，百废待兴，市场充满活力。那时去科伦坡采购，只要见到中国人就会觉得亲切——因为同胞实在太少了；现在，随着中斯经贸关系的发展，来斯里兰卡的中国企业越来越多，在科伦坡，到处都能碰到中国人。

随着“一带一路”倡议的深入落实，沿线国家也迎来发展机遇。中国提高了对斯里兰卡建设的参与度，由中国提供两优贷款的合作项目也越来越多，中国地质参与的国际竞投标也越来越多。

现在的斯里兰卡越发显现出应有的活力。从战火纷飞到中国项目蓬勃发展，其中包含着很多中国人的智慧和贡献。在中国地质执行项目的地区，他们不仅给当地人带来经济效益，还带来了技术，也提高了本地生活质量。因为，中国地质坚持“让天更蓝、山更绿、水更清，让生活更美好”的企业理念，给斯里兰卡带来了福祉。

第 8 节　师恩难忘

吴志勇第二次离家前往斯里兰卡时，儿子刚两岁零两个月。他舍不得离开幼小的儿子。但是既然选择了工作，就要舍弃生命中的许多，他立下雄心壮志，此番前去，定要好好打拼，带着对亲人的牵挂，他毅然奔赴斯里兰卡。

2008 年 5 月 12 日，汶川大地震发生时，吴志勇正在斯里兰卡办工作签证，听到这个令人震惊的消息，他的心一下子就紧缩起来。爱人联系他，希望他赶紧回国，可是吴志勇为了办理工作签证，护照身份证都交到移民局去了，想回都没有办法。后来，吴志勇才知道，妻子带着儿子，就在学校操场的简易帐篷里吃住。儿子浑身上下被蚊虫咬满了包。吴志勇每次接到爱人的电话，听到她和儿子的哭泣，真是心如刀割，但也无可奈何，只能是倾尽全力地安慰妻子。隔着遥远的距离，除了安慰，他还能做什么呢?

此时的吴志勇，也正面临着工作上的巨大挑战。

此次来斯里兰卡，他赶上了污水处理项目，这也是2008年斯里兰卡国家最大的项目，总合同额是1.1亿美元。总承包商是丹麦最大的建筑承包商，毫不犹豫把项目分包给了中国地质。

瑞典国际发展基金欧盟财团的贷款项目明确要求，必须欧洲公司投标。所以，只好由一家欧洲建筑承包商承包，丹麦总承包商中标后，只做合约管理。中国地质只拿分包的钱，但是大家都知道这个项目是中国地质做的。

项目原来的合同期是三年半加一年的维修期，但实际上干了五年多。这个项目干得非常难，实施工程费尽了心血，到2013年才算竣工。项目经理吴志勇，既牵挂着妻子、孩子，又焦虑着工作的进度。他每天早早就来到项目上，到处巡视，拼命干活。反正项目上事情多得像牛毛，总有做不完的工作，一天的时间就在忙碌中过去了。

吴志勇曾经只是个象牙塔内的老师，做研究多于干实务，现在却成了奔忙在各种事务中的多面手。他知道这种不服气的知难而进的劲头，是老师培养的。

吴志勇的博士生导师是中国著名地质工程学者，是研究中国地质工程理论特别是重大工程地质领域的专家，他在黄河从李家峡往上、长江从宜宾往上的所有重大水利水电工程均有累累硕果。吴志勇一直为自己是聂老师的弟子而骄傲和自豪。做拉西瓦、向家坝、溪洛渡项目时，从项目的开始，到基地的建成，事事都得到老师的亲自指点，吴志勇受益颇多，也得到了实践锻炼。

吴志勇来到斯里兰卡后，依旧感觉从老师那里学到的知识受益终身。每次遇到难以解决的技术难题，就会回想老师曾经在类似的事情上是如何解决的，如果实在搞不懂时，还会经常向老师请教。

吴志勇一说起老师，就感慨万千，他讲了一个故事。当年西宁北山寺滑坡，规模很大，他们多次在现场调查，却找不到滑坡体的后缘。虽然弟子们都不忍心让已上年纪的老师上山，但实在找不出问题所在，所以还是请老师上了山。老师站在那里看了半天，指着远处说："你们到那里挖去。"结果就在老师指示的地方，将滑坡带给挖了出来。

直到现在，吴志勇都记着聂老师的话："一个地质工程师的成长是非常缓慢的，他需要经历很多过程，需要不停地去积累，不停地去总结，不停地提高。"

吴志勇感叹："真希望自己将来能够成为老师那样的人。"

第 9 节　斯里兰卡的荣光

中国地质 1995 年进入斯里兰卡承包工程市场，在经营管理方面，始终围绕民生项目"水"为主业，以持续健康发展为中心，坚持以战略制胜，包括合作共赢战略、"轻资产"战略、"属地化"战略和"正规化"战略等四项发展原则。

吴志勇说中国地质成长和发展壮大的根源，都浓缩在公司的"五种精神"里面了。他自己也是受它的感召加入中国地质的，这些年来对"五种精神"的体会也越来越深。他希望公司发展得越来越好，走的路越来越顺，更希望"五种精神"能够传承下去。

他说："就我们分公司来说，整个分公司的工作理念、架构和运营模式，完全是胡总搭建的，我对胡总是非常敬仰的。"

他讲了一个很有意思的故事：据说当年，胡建新一个人拿着一个小公文包，西装革履地就到斯里兰卡国际工程承包市场开天辟地去了。至于胡建新是如何凭借一人之力开拓市场，又是怎么建立和提高中国地质在工程承包领域的美誉度等，那就有更多的故事和传说了。谁也不知道胡建新有什么秘诀或法宝，总之，胡建新干成了许多大事。只要他想去做的事情，就没有做不成的。这些成功的例子不光在斯里兰卡，在斯里兰卡之外的几个国家也一样。胡建新是中国地质的传奇人物，也是一个好领导，提起他来，很多人都会津津乐道。吴志勇他们很感激胡建新给他们创建的平台，感激之余是佩服与见贤思齐的追求和努力。

胡建新带给吴志勇的不仅仅是工作平台的搭建，他还关心着吴志勇的生活——一次，吴志勇在总部的走廊里偶遇六年未见的胡建新，胡建新与他说的竟然是：“你身体怎么样？你儿子上学的事，解决好了没有？”连续的两问，让吴志勇感动得不知所措。吴志勇说，他当时就想跟着这样的领导工作，夫复何求？不把工作做漂亮就对不起胡总的信任和关心。

火车跑得快，全凭车头带。一个好领导，会让每个员工心甘情愿地工作，死心塌地地付出。胡建新离开斯里兰卡很多年了，但是在斯里兰卡，只要提到中国地质，就会有人问：“你们那里的胡先生还在斯里兰卡吗？”在谈到某件具体事情的时候，也经常会有人说：“这是你们的胡先生在斯里兰卡时候说的。”

吴志勇说希望自己以后不管做什么，都能将中国地质的精神意志和企业文化传承下去，他认为中国地质的精神不仅是心灵的寄托，也是追求的信仰。这么多年，他再苦再累，都没有满足于自己取得的成绩，只想着要更好更强。不论做什么，都要有坚定的意志。他说，一个人总要有追求、有寄托，心里才会踏实，生命才会丰盈。

中国地质所做的项目，很多都在隐蔽的地下，地面上是看不到的。吴志勇领着新来的同志去看项目，一边走，一边指给他们看：“沿着这条路，下面全是我们公司铺设的管道。当年我在这铺管子的时候，周边的老百姓因为感谢中国人，纷纷从家里端糖水给我们喝，那是他们最好的礼物。”

当地物质条件比较落后，生活水平较低。虽然是一碗糖水，却让人深深感受到他们发自内心的感激。每每这时候，吴志勇就觉得自己是真正给当地的百姓做了好事，才享受到这么尊贵的待遇。要知道，这糖水，他们可能都舍不得给家里的孩子喝。

斯里兰卡没有自来水的时候，当地百姓喝的都是河沟里的水。即使有井，也普遍很浅，水非常浑浊。中国地质来了后，把资源丰富的地下水抽出来供家家户户饮用。能够喝到干净卫生的自来水，老百姓无不感恩中国地质的辛苦劳作。

吴志勇认为，为平民百姓做好事，不管他们是中国人还是外国人，只要能够改善他们的生活，再苦再累，都是值得的。做好事不分国界，追求真善美也不分国界。中国地质做的民生工程，不管哪个洲，哪个国家，都是为老百姓的。仅凭这一点，中国地质不管走到哪里，都会受到当地政府和百姓的拥戴和欢迎。

吴志勇已经来斯里兰卡十来年了，有时他走在大街上，经常会有人热情地与他搭讪，介绍自己曾在哪个项目上工作过，或者听过他讲的课。有一次，吴志勇的车在经过一条路的时候被拦下了，当地的施工队正在挖沟施工。反正路也断了，吴志勇就下了车，准备溜达两步。突然，那个操作手从车上“噌”地跳了下来，一边跳一边热情地喊：“吴先生，我是 KG3 项目的……”因为语言交流障碍，操作手激动地比画着，脸也有些涨红了。吴志勇才明白他是在吴志勇项目上的业务培训中学会了技术，成了操作手。吴志勇笑着点了头，表示听懂了他的话。他一看吴志勇对他点头，明白了他表达的意思，就立刻转过身去，麻利地操作着机械，把挖断的路暂时填上，让吴志勇先过去，然后再重新挖开继续施工。这件事虽然不大，却让吴志勇感到非常欣慰。这就是属地化管理带来的社会效应。

中国地质斯里兰卡分公司前段时间做过一次统计，现在交社保的当地人，排号已经排到 13000 多号。这就是说，在过去二十年的经营过程中，斯里兰卡分公司雇用过的当地人已经超过了 13000 人，还不包括分包商。如果算上分包商的话，斯里兰卡分公司提供的就业岗位不下 3 万人，而斯里兰卡国家总共人口才 2000 多万，3 万多人的就业岗位是很庞大的数字。

中国地质斯里兰卡分公司主要做供水领域的民生工程基础建设。在这个业务领域里，从胡建新到刘来福，他们打造了中国地质的金字招牌，塑造了金光闪闪的中国地质形象。

现在，分公司在斯里兰卡工程设计领域，当之无愧地做到了领头羊的位置。分公司做的薄壳混凝土设计让斯里兰卡国有公司的设计工程师和总工都专门来学习和讨教，参加培训课，学会了之后，再向各自的部委推广。

分公司原总经理刘来福和吴志勇始终秉持着这样的信条，“上对得起国家，下对得起员工，还要对得起自己公司的领导”，他们带领中国地质斯里兰卡分公司，带着领导和员工的期望，奋勇拼搏，乐于奉献，在“一带一路”的大政方针下，干出了中国风采，展现了中国精神。

第十五章　神奇的马达加斯加

南回归线火热的心旌打开预感
马达加斯加热烈呈现魅力港湾
来，先去救赎加勒比海的雨水
而后将印度洋的妖娆装上渡船
气壮山河的号子跟随狂草飞舞
骏马嘶鸣，踢踏出不老的童谣
那朵朵浪花，的确是方圆自如
正如汗水散发情智均酣的气魄
海水泛光，泪水同样晶莹闪烁
折射出飞马的骨骼和龙的精神
他将商海碧波的层层传奇秘诀
视作长江与黄河不经意的一笑
中国地质昂扬恣意的纵情运笔
南半球的天空，才高高飘扬出
五星红旗及五种闪闪发光的精神

中国地质马达加斯加分公司刚卸任的总经理张付祥，指着中国地质驻地对面的两处建筑物说："路对面类似中国唐宋风格的建筑，是一位当地富商的豪宅。另外远处山顶高大的方形建筑，是马达加斯加女王宫。"

马达加斯加女王宫——非洲最漂亮的宫殿，坐落在马达加斯加首都塔那那利佛最高海拔山丘上的古代建筑群，是娜拉瓦鲁那女王一世的居住地。湛蓝的天空下，巴洛克风格的女王宫，泛起一圈圈神秘的光环。虽然阳光大好，王宫顶上还弥漫出茫茫袅袅的白雾，似白云又仿佛炊烟，山坡上树木及楼群如梦如幻，让人分不出天上人间。

在女王宫和富商豪宅对面的一片高大建筑物，是中国地质马达加斯加分公司总部的白色船形办公楼，大气且散发浓厚的现代化气息，一面写着大大的“CHINA GEO”的蓝色旗帜，正迎风招展。三座美丽壮观的建筑相隔大片水域，就像印度洋海浪推出的美丽贝壳。

马达加斯加分公司这片4000多平方米的新建生活与办公区一体的综合设施，经过多年规划筹备，在疫情期间由不能按时回国的中方老员工带队修建，实现了张付祥、李博志、王磊杰、李现春、武成传等班子成员多年的愿望。这座大型建筑驻地，是目前马达加斯加首都塔那那利佛最时尚最气派的建筑。

驻地采用现代化多重安保系统，建有安全屋、瞭望塔、灭火水源等完备的防范设施，有网球场、篮球场、健身场等体育场所。设计精致巧妙，美观实用。生活区与办公区相对隔开，对外办公接待和内部活动区相对分开，互不相扰，遥相呼应。所有场所，绿树浓荫，花团锦簇。

这是张付祥总经理带领分公司人员，二十多年来深耕马达加斯加和开拓科摩罗市场的成果。中国地质鼓励员工扎根海外，在所有中资企业中，中国地质的中方员工在海外工作年头最长。他们的经理在中资企业负责人中，资格最老。

分公司建有马达加斯加最强、最大的国际打井施工队伍，实施打井项目最多，单个项目规模最大，累计施工过3000多眼清洁饮用水供水井。一段时间内都不会被其他国家的公司超越。

中国地质是科摩罗国际工程市场主要施工单位，占有科摩罗国家80%以上的份额。在马达加斯加和科摩罗两国公共工程施工领域，中国地质合作的国际资金组织最多，服务的工程领域最广，实施的工程项目最多。

马达加斯加分公司中方员工，喜欢讲中国地质在非洲的故事，故事里有他们的骄傲与自豪。

第 1 节　再赴非洲

马达加斯加是自然留给人类的诺亚方舟，是人类最后的伊甸园。

美国作家马克·吐温说：“上帝先创造了毛里求斯，再仿造它创造了天堂。”这个“天堂”，也是中国地质马达加斯加分公司业务服务的国家之一。中国地质马达加斯加分公司负责开发的地域是印度洋上的马达加斯加、毛里求斯、科摩罗、塞舌尔、留尼汪、马约特 6 个国家或地区，是世界上美丽的海域。

目前，分公司分别在马达加斯加和科摩罗两国建立了经理部，将逐步拓展毛里求斯与塞舌尔工程市场。

马达加斯加与非洲大陆各国之间，存在着很多不同。古地理时期，利莫里亚古陆和非洲大陆分开，之间开裂出莫桑比克海峡。利莫里亚古陆诞生了和亚特兰蒂斯文明、玛雅文明比肩的利莫里亚史前文明。随着板块分裂大陆漂移，利莫里亚古陆分成了澳洲板块、印度板块、斯里兰卡板块等，这些板块随着时间的推移，逐渐向各方漂移，而马达加斯加岛，留在了原地。

马达加斯加人主要由土著人、非洲大陆人、亚洲人、欧洲人混血而成，肤色浅黑偏黄，黑发黑眼。他们不但聪明美丽，而且活泼开放。

由于长期被法国殖民，所以马达加斯加的第一官方语言是法语。作为反法斗士的马克总统，在第二任期通过全民公决，把英语列为第二官方语言。马达加斯加的母语是马尔加什语。棕黄肤色和长而不卷的黑发，让马达加斯加人不认为自己是非洲人，行为举止与思维模式也不像。

中国地质第一个涉足马达加斯加的人，是时任非洲经理部总经理的李朋。李朋精通英语又胆大心细，具有非洲多国和多地区的开拓经验，每到一个国家或地区，他都会详细地写下考察报告，书面呈给中国地质总部。这一次，他同样是肩负中国地质重任和中国地质总经理郑起宇的重托，只身一人，到马达加斯加岛上考察国际工程承包市场行情。不久，在李朋主持下，中国地质就在岛上中标了第一个项目——世界银行投资的500眼清洁饮用水供水项目。中国地质派出的项目经理，是当年在尼日利亚有“水神”之称的丰年。

2003年，中国地质派张付祥来到马达加斯加，中国地质在马达加斯加的项目部也升级为经理部（相当于分公司），张付祥就任总经理。

张付祥自参加工作后一直在地质系统。20世纪90年代初，他跟随原中国地质郑起宇、郝静野两位总经理，转赴工程施工领域，起点是著名的北京地铁“复八”线地铁天安门东站降水工程。作为现场负责人之一，张付祥带领工人在有史以来离天安门最近、最大的围挡里，调用最多的降水设备，超额完成了最大的降水工作量。

20世纪90年代末，张付祥被郑起宇和郝静野派到中国地质尼日利亚经理部。

在尼日利亚，张付祥是现场负责人之一，与项目经理鄂尚发、李金平、杨震、丰年、黄现伟等“老中地”，实施了当时中国地质最大的项目——道拉SABKE水坝工程。

千禧年刚过，张付祥奉调紧急回国，到家后第二天就到中国地质上班，三年内，先后任公司董事会办公室主任、办公室主任，度过了一段不寻常的企业动荡时期。一直没有安放的心，在时刻撺掇他：还得走，回非洲去！

2003年10月，张付祥如愿再赴非洲。他来到了西印度洋上的岛国——马达加斯加。

马达加斯加位于印度洋西部，隔莫桑比克海峡与非洲大陆相望，是非洲第一大岛屿，也是世界第四大岛屿。马达加斯加总面积59.07万平方公里，人口2800万。首都塔那那利佛，几乎没有高楼大厦，依山建造的小楼散布在12座低山丘陵上。因为马达加斯加与世隔绝的环境，拥有很多世上独一无二的物种，独特的动植物种群，被一些生态学家称为第八大洲，有奇异的生态环境和独特的海岛终端。

因为现实原因，马达加斯加是世界上很不发达的国家之一，人均GDP位居全球倒数。别看那里落后，风景却是最美的。

第 2 节　500 眼井项目

2022 年，马达加斯加分公司总经理助理李现春，荣获中国地质颁发的“海外工作二十年奖章”，他就是当年马达加斯加 500 眼井项目的施工现场负责人，也是中国地质在马达加斯加工作时间最长的中国员工。他清晰地记得中国地质当年在马达加斯加及周边开拓的场景。

500 眼井项目刚开始筹备时，中国地质只有 5 位员工。李现春刚到马达加斯加，就和翻译押着装满物资的卡车，从首都塔那那利佛前往工地所在的比给力小镇。

开车的司机是当地员工莫代斯——“二把刀”司机，他是遗传性斗鸡眼，总是看不清路，冷不丁地就将方向盘抖一抖。1000 公里左右的路大半是险峻的盘山路，恰逢雨季，路面又险又滑，人和车随时都可能出危险，他们一路吓得直冒汗。好不容易要出山区了，竟然在错车时和一辆拖挂长车蹭上了。他们只好在车上过夜，山里的夜晚很冷，但冷总好过行车受惊吓。

第二天出山进入了草原，原来的小河，已经变成水量滔滔的大河了。车过不去只好再返回，绕道托利亚继续往前赶。等他们到达小镇比给力，已是六天六夜之后了。

后来才知道，司机莫代斯本身是机修工。他有驾驶本，但开车技术不高。从此以后，他专职做修理，不再开车。前几年，莫代斯在公司光荣地办了退休。而莫代斯不舍得离开中国地质，中国地质也不舍得离开这位忠诚于中国地质的老员工。直到现在，马达加斯加分公司，还继续返聘莫代斯做修理工。

比给力到省会城市托利亚距离 400 多公里，土路和无路地段有 300 多公里。作为马达加斯加 6 个省会城市之一的托利亚市，地理位置非常特殊，南回归线穿过城中心，冬至时节，阳光直射，地表温度五六十度。此地又是莫桑比克海峡南端与印度洋交汇处，具有独特的气候、海洋景观和独有的动植物类型。李朋当初来马达加斯加考察，就在考察报告中写道：“塔那那利佛到比给力，雨季经常断路，一般情况路途需要十多天。”这样看来，这一次速度还算是很快的。

到了比给力小镇，本以为怎么也得繁华一些，结果那里啥都没有。只有一座草棚子是地标性建筑。环绕草棚子周围的是更小的草棚子。如果称作“草棚子小镇”更形象。

李现春来到比给力的目的就是运来材料，搭建临时板房。他先是在一家小旅馆住了半个月，一天收费5000马法郎（折合人民币6元）。这期间，他吩咐几位员工清理荒草平整地面，支起帐篷，然后着手搭建活动板房。他自己清理机械设备配件和物资，整修已到场的各种设备。

“一个多月过去，这帮家伙还没有把活动板房搭建起来，说是没有说明书。”李现春被几个当地工人气得半死，他过去看了看现场，只用一个中午就把骨架支撑了起来。很快一栋板房建成了，板房有了，下面应该好过些。

好不容易把钻机运到了工地，可是，从科特迪瓦长途跋涉过来的旧钻机，经过由西非到东非的长时间海运旅途，已经被海风海水侵蚀得锈迹斑斑，破旧得不成样子。刹把都已经锈死，得泡上机油，用大锤敲开。总之，该动的部位锈死了不能动，不该动的地方偏都晃晃悠悠。

监理看到这锈迹斑斑的破旧钻机，咋咋舌头，两掌一摊不干了。

来马达加斯加之前，李现春是河北邢台长征汽车厂负责售后服务的机械师，是能够维修太脱拉汽车的机修工。长征汽车制造厂是中国与捷克斯洛伐克合资的太脱拉汽车制造厂，很有名气。2000年，李现春应聘中国地质时，因为年轻，技术全面又勤快肯吃苦，一眼就被选中，很快就来到了马达加斯加。这一次，李现春的身手派上了用场，他开始改装钻机，光清理机器上的铁锈，就敲了半个月。

监理是法国人，马达加斯加过去是法国殖民地，打井项目一直是法国公司独占的保留节目，中国地质突然一脚踏过来，踩到了法国人的奶酪。监理本来就看中国人不顺眼，整个施工过程中，为中国地质设置了很多障碍。后来，在监理挑剔的眼光中，中国地质员工们自己加工了导正架和扶正器，好多配件没有准备，就加工代用品或直接焊补，连垫叉都是用厚钢板现做的。

大家通过暗暗的努力，用监理想都没想到的速度和见都没有见过的质量，妥妥地征服了他。

第 3 节　一个中国员工的神话

2000 年 3 月，一天早上，李现春站在戈壁滩上，手搭凉棚向四周扫视了一圈，除了气温比昨天更高以外，其余什么都没有变。从科特迪瓦弄来的二手破旧钻机，是走时断时通的炮弹坑路运过来的，经过他的改装，已服服帖帖地立在酷热的沙砾上。地处比给力附近的 500 眼井项目施工工地，因为各种原因，中方员工都离开了比给力。以前，5 个人管一台钻机，现在可好，变成了一个人管 5 台钻机。此时的工地上，中方员工只剩下一个光杆子司令——李现春。他现在要好好筹划一下，反正攻坚克难已经成为日常。

大浪淘沙剩下的这颗金子李现春，却是机修工出身，对打井施工技术一窍不通。

在当地打井，必须是中国机长带领几个属地员工。这时，李现春虽然失落至极，但他却在心里命令自己，必须撑起中国地质 500 眼井项目这片天。

他开始钻研标书中的技术条款，向在其他打井公司工作过的当地员工学习，了解打井施工全过程。通过不断观察，李现春发现所有人员及设备自始至终围着一眼井打，窝工现象很严重。等他学会打井全套工序之后，他开始组织招聘当地员工。为了提高工作效率，将施工工序和人员组成分解成若干组。钻机进场钻孔、下管、填砾、洗井、取样、测试，确定合格成井后，立即转场，这样五六位当地员工在一组，远距离情况下一天成井两眼。如果近距离搬迁，可以一天成井 3 眼。

成井后的抽水试验、做井台，被李现春分成了两步进行，因为抽水试验是历时试验，需要按标书要求抽水达到足够时间，做出历时曲线。井台施工也需要对混凝土进行维护，强度达标以后才能转场。把这两项工作分步进行，由不同班组员工依工序在不同时间实施，大大提高了工效。

最初，做井台要在基地做好混凝土预制件，一台随车吊拉上预制件、钢筋、水泥、沙子、石子，这样的问题是满车重物走在没有路的戈壁上，车辆损毁厉害，备用配件很快就会用光。在现场搭建井台模板，施工过程复杂，对木工技术人员要求高，时间长且质量不能保障。于是，李现春动用智慧，改进了其中的主要环节，用模板施工，制作了金属整体组合模板，卡扣式，按编号组装，拆卸方便又可多次使用，使得井台外观整洁漂亮。

施工现场在马达加斯加南部广袤的草原与戈壁滩上，村镇等居民点没有联系方式，没有路。为了解决这个难题，李现春开始尝试人员全部属地化。把施工任务交给当地员工，依靠当地工程师与员工之间的交流，解决井位查找问题。

李现春身边有两位非常得力的助手，一位是毕业于苏联圣彼得堡大学地质系的资深地质、水文地质工程师奥利维，一位是马达加斯加自己培养的新一代地质、水文工作者莉娃。

李现春根据已有的施工经验，开始在项目上实行定员定编，细化施工任务。落实岗位责任制，既有本职分工，又有齐心合作的团队工作。确定每个施工环节耗时，要求按时完成工作任务，明令奖惩。

制订油料以及各种物料消耗定额，油物料出入计量，异常损耗与验收时的完工质量与个人收入挂钩，促使每位员工恪尽职守。整个打井项目工作走上正轨，速度越提越快。局面已经由项目开始时监理催促施工进度，变成李现春追着监理要井位。

美观漂亮的井台上，轻盈的脚踏泵涌出清冽甘甜的地下水，李现春和打井项目组的工作受到了出资方、业主、监理、受惠地区政府以及百姓的高度赞扬。每当新井出水，百姓杀鸡宰羊，既搞盛典庆祝，又是对员工们的犒劳。中国打井队在遥远的贫困而野性的地方，享受着无上的荣光。

继500眼井之后，在马达加斯加南方，以小镇比给力为基地，又相继实施了300眼井、350眼井、140眼井等多个打井供水项目，李现春在南方连续工作十五年，其中六年，是一个人在比给力度过的。等到他再一次见到中国同事的时候，说起自己母语——汉语，竟然结结巴巴起来，每每回忆这段往事，都心酸难耐。

早先在马达加斯加偏远的地方打井，都是通过无线电台和总部联系。遇到雷雨季节，不是信号不好就是电台出现故障，有时一个多月联系不上，只能辗转通过过路车辆转达信息。

李现春凭着不断丰富的打井施工及管理经验，更加严格地加强施工各环节的定额审核，更加细致的时空管控，通过深化属地化管理，在施工紧张阶段，创造了一位中方员工管理 5 台钻机的神话。

李现春，是中方留在马达加斯加分公司工龄最长的员工，现在是中国地质马达加斯加分公司的总经理助理。他的得力助手、属地工程师莉娃，是目前马达加斯加分公司工龄最长的当地员工，多年来，与分公司共同成长，现在也已经是独当一面的得力干将了。

分公司建在小镇比给力的打井营地，很长时间都没有围墙。后来，员工们就撒上一圈仙人掌，雨季到了就会发芽生根，长高后，就权当围墙了。因当地人都知道这个被称为 CGC 的中国公司是为百姓打井供水的，所以格外爱护营地环境。营地不远就是警察局，白天黑夜的剿匪和抓贼事件，李现春见得多了，所幸中方的打井营地从来没有被打扰过。

技防不如人防，再完备的设施，也不如中国地质在当地的声誉。在当地百姓中的口碑，更不如营地门口飘扬的、李现春自制的那面中国国旗。

长期驻守营地的孤独寂寞冷，思乡、思家、思亲情怀，让他想到可以用仰望国旗缓解内心情绪，寄托自己的情感。炽烈阳光下，旗帜更新很快，一时买不到成品，他就找人带来红布、黄布自己缝制，竖起钻杆，升起国旗。他说仰望国旗，就像站在家乡的土地上，心里是满满的自豪。每天营地的后勤、机修、保障人员下班后，李现春会和那只颇通人性的蝴蝶犬，伏支在大门那根横担的钻杆上，目送夕阳，各自想着心事，晚霞把一人、一狗，一面旗帜、一个标志，映照得深邃又凄美，光亮又迷人。

营地“大门”很有特色，由三根废旧钻杆组成，一根钻杆顶上是国旗，另一根顶上是用自行车轮胎染色、弯成弧形的 CGC 标志，第三根钻杆，一头焊上废钻头配重，横担在两根竖起的钻杆之间，就是中国地质项目营地独具特色的大门。虽然啥也挡不住，但它是一种标志，一种独特的温暖。多年来，就是这扇抽象的大门和一圈仙人掌围墙，护佑打井营地平安无事。

当中国地质马达加斯加分公司总经理张付祥来到比给力营地的时候，他在这扇“大门”前，左看看，右看看，像欣赏一幅名画，感慨万千。

马达加斯加南方普遍民风剽悍，不同地区有不同的宗教、习俗。看到居民点附近有一棵大树或一块大石，不要轻易触碰，更不要亵渎，很可能这就是当地人的图腾。李现春见过村民械斗，也见过流窜的丛林野人。这些丛林野人在马达加斯加南方神出鬼没。还有一拨神秘的族群则让人噤若寒蝉，这就是传说中的食人族。不过，食人族只存在于传说中，没有确凿的证据，但当地人言之凿凿。所以，打井项目布置井位会尽量避开有食人族的地区，实在避不开，当地员工就会胆战心惊，提出军警保护、中午之前撤出人员、下午不施工等多项条件，如临大敌。官方也说有旅游者进入该地区，再也没有走出来。

马达加斯加岛不同地区语言差异很大。

刚到南方，李现春从中部首都塔那那利佛带过去的司机，根本听不懂南方的马达语。有一天晚上司机开车迷路，误入丛林中一个古老的部落。一群部落人员脸上涂满颜料，头上插着五颜六色的羽毛，手持长矛，围着汽车又喊又跳，转圈鼓噪。李现春不懂他们的语言，当地语言司机也不懂，司机能说也能听懂的塔那那利佛的官话，部落人员又听不懂。当时，部落深处一人得到消息，就跑了过来，这人眼神不像那些人那样直勾勾的让人发怵，而是和颜悦色。这个人曾经走出过丛林，到过首都塔那那利佛，听得懂司机说话，能和司机交流。他和村中的长老热情挽留李现春停留几日。李现春哪敢再耽搁，表示一定要连日赶路。长老见挽留不住，就派人做向导，带领李现春走出迷途，向导送出了 40 里地才下车回返。要知道，向导是要走回去，估计回到部落要到第二天天亮了。

第 4 节　想家就看相思豆

三十四岁的总统上台组建临时过渡政府，马达加斯加动荡不安，工程项目停止招标，但已经规划好的项目仍在实施。中国地质马达加斯加分公司总经理张付祥不放心在马达加斯加南部偏远地区同时实施的5个项目，决定亲自到南部实地考察。

正赶上中国经援打井项目的唐总监到马达加斯加进行现场验收，于是，张付祥便和助理李现春与唐总监结伴而行。

从首都塔那那利佛出发，1000多公里的路程，驾车跑了整整两个白天，到达第一站马龙古小型滚水坝建设项目。这是动乱之前马克总统时代中标的项目，因为水坝基础处理设计变更，增加的工作量超过了出资方非洲发展银行的规定，项目被中止执行，分公司因此获得相应的补偿。动乱后的临时过渡政府时期，非洲发展银行曲线援助，又把这个项目拿出来招标，中国地质再次中标。

最初进场时，项目经常受到盗贼和土匪骚扰。在马达加斯加，盗贼是晚上到工地偷钢筋和水泥等物资的贼；土匪是偷牛的贼，也是拿枪的老百姓，可以明目张胆地和警察对着干，比盗贼要有气势，关键是有武器。土匪偷牛赶过营地，会打枪危及人身安全。

项目上的当地员工中，也有洗手上岸的前土匪。项目部通过他们了解了盗贼与土匪的活动规律及各种习性，做好规避防范措施，使项目得以顺利进行。

沿着马达加斯加岛南方西海岸南行，穿过丛林，进入草原，行程200公里后就到达东方物探公司租赁设备的施工场地——萨科拉哈。工地上只有机修工小王一人。按照设备承租方监理的要求，小伙子身着东方物探崭新工作服，显得十分精神。小王勤快懂礼貌，机灵能干，是个麻利的小伙子。

他曾在鼠疫流行季节，押运设备穿过草原疫区，这一路他尽量不停车也不下车。结果到塔那那利佛就病倒了，高烧40℃，满脸通红。大家不由自主地想到了鼠疫。即使没有防护隔离设施，总部员工也没有后退，大家七手八脚地把小王送到医院。经查小王得的是疟疾，大家才松了一口气。

小王一个人每日在旷野守候空旷无人的工地，既要保障出租设备状况良好，又要保证设备、油料安全，责任重大，任务艰巨，但他各项工作都做得井井有条。张付祥看到后感动不已。

他哥哥王磊杰是分公司的副总经理兼总工程师，真是“打仗亲兄弟”。王磊杰和李现春都有过近距离接触战火的经历。

埃里总统时期，非行在附近招标达尔扎滚水坝项目，王磊杰和李现春到现场考察。考察结束往回走时，在一马平川的丛林地区，李现春开车，让当地司机休息。车辆刚接近一处密林，就被宪兵拦住，随后附近枪声四起。原来他们一不小心闯到了宪兵剿匪的战场。车停在交战双方之间，李现春挂上倒挡，油门踩到底，高速后退，王磊杰俯下身，还没忘举起手机拍照，可惜在丛林里交火，啥也没拍到。这是中方员工离战火硝烟最近的一次。和考察时得到的消息一样，水坝项目施工现场位于蓝宝石矿区附近，土匪活动猖獗，只是没有料到在考察返回的路上就碰到了。

沿海岸线再往前走，穿过大片荒草与椰树的无人区，就到了李现春在马达加斯加执行第一个项目500眼井项目的地方。张付祥刚到马达加斯加一个月时，就曾经来过比给力。恰逢雨季，陆路已经走不通了，只能乘飞机到佛图凡，距比给力还有310公里。张付祥来工作一趟，光从佛图凡到比给力来回就要四天，四天都是在不成路的路上颠簸。那时正逢李现春夫人来探亲，临别时李现春夫妇送张付祥一瓶相思豆，纯粹的红与纯粹的黑。李现春告诉他，想家了可以数一数相思豆，然后，走几步又回头补充："相思豆是有毒的，而且有剧毒。"这也许正是相思的真正含义。红与黑分明，剧毒无比。

现在比给力的附近，中国地质还有一些比较小的打井项目施工。通信条件大大改善的情况下，星罗棋布的居民点仍然没有进出道路。丛林里，仍然有离群索居的野人部落和传说的食人族。

再往南，就到了马达加斯加的最南端——圣玛丽角。附近地区叫安巴尼，马达加斯加语的意思是"下边"，意思是在地图的下边，马达加斯加岛的最南边。马达加斯加分公司有十几名中方员工，在这里实施世界银行投资建造的320个乡村厕所项目。

这个项目源于世行负责人对500眼井项目的一次视察，他看到500眼井项目切实改善了当地百姓生活，让他们能饮用清洁地下水、洗涤衣物、浇水种菜。世行负责人觉得应该指导当地村民，更好地使用井水，随即组织了包括施工单位中国地质在内的义务示范队伍，指导当地百姓。在世行负责人带领这批志愿者行走各个居民点时，发现了打井施工过程中使用的临时旱厕值得推广，可以改变当地不良的卫生习惯。

动乱时期，分公司也没有太多项目可做，这种乡村厕所，是他们建造过的最小单体建筑。厕所虽小，监理要分三步验收，也要分成基础、主体、粉刷三步施工。一个员工负责一个片区，320 个厕所，遍布数百平方公里。分片、分步、分阶段施工与材料运输都有很大难度，最难的还是通信问题，由于手机信号不好，只能由野外员工走到有信号的地方，与外界联系。

厕所施工区域是土匪最为猖獗的地区，当地治安问题最令人担心。员工们也在逐步摸索，提高防范能力。为了安全起见，他们先是把临时营地建在当地政府和警局附近，结果土匪公然和军警对抗；再把营地建在学校和医院里面，土匪依旧骚扰；最后，把营地建在教堂附近，土匪对教堂还是有所敬畏，这样才保证了营地安全。

再往前走，就是沿南方海岸线的长途跋涉，经佛图凡市，转到东岸，北行 400 公里，就是中国政府经援 100 眼井项目所在的 5 个县。

马达加斯加东岸，多雨林、多大河，离开佛图凡 210 公里路程，汽车上了 11 次摆渡船。随后，一直在丘陵、沟壑中起伏前行。雨大水深，需要不时下车探路，越野车陷入河沙、泥沼中，就得招呼当地村民推车、抬车。

见到经援井，唐总监开始工作，他对在近海地区封住含盐含水层，取得符合饮用水标准的地下水，感到非常满意。同时，他也感叹中国地质破除万难让大型打井设备进到现场的魄力和执行力。

马达加斯加南部驱车数千公里，历时十三天，途经 5 个项目施工地，在非常时期，做非常工程。中国地质的每个员工，在动乱时期坚守阵地，毫不退缩。在低谷中前行，付出了超乎想象的艰辛，也取得来之不易的成果。

张付祥为了到工地看望大家，闯过匪区，历经风险。他只是让员工们知道，即使一人一个施工点，也绝不会孤单，大家的心，时刻连在一起。这次出行，张付祥几乎是环马达加斯加岛南部一圈，在他自己记忆里，那是一次最长最远的行程。

第 5 节　最艰苦的铬矿考察

2005 年 10 月 21—24 日，张付祥带了一个翻译和一个司机到距塔那那利佛 415 公里的 Bedidy 山里考察铬矿。

本来预先联系了一位想一起去考察的马达加斯加国家参议员。可是，由于参议院要求太多，时间往后一推再推，张付祥实在等不起，只得自己去闯。10 月 21 日晚，张付祥一行住在大湖西岸的小镇 Amparafaravola 唯一的旅馆里并联系好向导。22 日早上，车刚驶出小镇竟意外地遇到了市长。据他讲，议员已经告诉他张付祥一行要来的消息，所以，他才专门出山迎接。市长个子不高，瘦瘦的，皮肤黝黑，眼睛炯炯有神，一副精明能干的样子。张付祥和翻译仔细询问了市长的辖区，知道他管理的土地面积很大，只是村庄和人口很少，按他管理的村庄和人口推算，顶多是乡镇规模。

市长见到张付祥格外兴奋，他法语不好，但出于政府招商引资的目的，他努力地介绍属地及属地的矿藏，并热情带领张付祥考察。

下了柏油路到 Bedidy 距离是 35 公里。这 35 公里一开始的几公里还可以算是路，以后就不能算路了。一条白线似的细小山路，从山腰蜿蜒缠绕到山脊，路一侧还是深不见底的山涧。车走在上边，向山涧一边倾斜。这时最安全的是下车走路，如果坐在车上，要用安全带把自己捆好，锁好车门，用满是冷汗的手攥紧拉手，瞪大双眼煎熬地紧盯路面。市长一路忙上忙下，遇有危险路段总是跑到前面引路。在 20 公里处仅遇到了一户人家，他去借了一把铁锹，当时大家不明白市长为何要拿这工具，结果，再往前走就是积水路段和沼泽，铁锹派上了大用场。35 公里路用了四个小时，实属不易。

到达目的地，张付祥一行开始了两天两夜缺水没电的原始生活。村里为他们安排了专门的招待人员，做了最好的饭菜——煮成坨的面条或米饭加炖鸡肉。他们住处也是最好的——一张放了大草包的床。张付祥和翻译两个人，睡在床外侧的人要时刻防备掉到地上。

市长说到现场往返大约需要五个小时，建议第二天早起出发。23 日 5

点 30 分，陪同他们考察的人员开始集合。张付祥想找到市长，却费了很大劲才找到。没想到昨天还西装革履的市长，今天穿了一个大裤衩，还赤着双脚，和其他人员混在一起。他们开始了翻山越岭的跋涉。

和他们一同出来的当地人员 6 人，一路上总有等在前面的人不断加入队伍——有的人背着烧火锅，有的人背着米，还有一个人带了 5 条狗。走出几公里后，队伍变成了浩浩荡荡的 16 个人和 5 条狗。市长似乎是军人出身，他派 3 个带锅和米的人先行，后边有人断后，中间是大队人马。

马达加斯加的特点是每道沟里都有水，市长带领的当地人一律赤脚，过沟方便。张付祥一行三个人就不同了，他们穿戴整齐，干鞋净袜。每到沟边，市长就带头背他们过河。已经忘记翻过了几座山，过了几条河，五个小时后还没有到达目的地。翻译脚疼得坚持不住，趴在路边不走了。

这时已是中午，先行的人已经把饭做好。他们从河里取水煮了一大锅米饭，照顾张付祥他们是中国人，又煮了半锅随身带来的袋装面条，油盐佐料齐全。当地人吃饭简单，将大锅米饭倒在一个脏兮兮的编织袋上，拿个勺子沾点盐水就吃了。不过，人家却给张付祥他们准备了盘子，对他们非常尊重和礼让。

要见到矿脉还需要再往前走两个小时，不过要在河里蹚行。张付祥他们不好意思再让人背了，就脱鞋自己走，终于见到了矿脉。

那是一段露在河里的 1 米宽，20 米长的黝黑色岩脉。不知道两端有多长，也不知道往下有多深。他们取了岩样，追了一段矿脉，便开始往回走。

市长按往返五个小时做的准备，现在单程就用了七个小时。他们已经筋疲力尽，更可怕的是饮用水没有了，返程还有七个小时甚至更长的路要走。翻译早就脚疼腿也疼，不停地问路还有多远……张付祥便给翻译鼓励打气，让他树立信心。十几个小时后，张付祥他们觉得口干舌燥，血液都要凝固了，看见河水更口渴，可是河里的水腐殖质有细菌，可能会让人得阿米巴、伤寒或霍乱……可是他们已经口渴到什么都不怕的程度了。饿了，往嘴里塞路边的野桑葚、覆盆子……

陪同他们的当地人却大不相同，他们大多数滴水不进，就凭一双光脚板，不紧不慢地往前冲，好像既不渴也不饿。张付祥幽默地感慨还真是“光脚不怕穿鞋的”。他明白市长为了让中国人到这鬼地方考察投资，真是连蒙带哄，硬是将十多个小时的路说成五个小时。

天一黑，路就更难走了，翻译每走二十多分钟，就咕咚一倒，脱下鞋袜，嘶哈嘶哈地吸凉气或哎哟嗨呀地喊。身强力壮的当地人，几次要背他走，翻译表现出了大义凛然的精神，硬是坚持自己走，直到最后胜利。

当地人有办法驱除黑暗，前面的尖兵，将一撮一撮的茅草点火烧着，一路放火，一路照明。正好赶上雨季之前的烧山，漆黑的暗夜，天地被山火照得亮堂堂的。不知道什么时候，前方出现了拿着火把、手电接应的村民。十七个小时的跋涉后，他们终于回到驻地。见大家累成这样，做饭的Madam说，现在她经常走同样的路，到山里卖咖啡给背萤石矿石的人们。看着已经白发苍苍的Madam，翻译被惊得目瞪口呆。

24日，张付祥一行往回赶，山里的路刚走了一半，车就陷到山间的沼泽里了，努力了几个小时还是出不来，村民赶来了10头牛连在一起往外拉，还是拽不出来。最后大家下决心把车底下的泥水清理净，才发现车子托底。五个小时后，车出来了。张付祥自嘲说还以为是山里有神灵，在变相地挽留他们。回来后两天了，张付祥跟翻译说："我身上的酸疼感已经消失，你小子走路怎么还在打晃。"

第6节　相遇援外医疗队

1999年，一天傍晚，分公司在尼日利亚项目设备营地例行安全巡视。一位机修工见到太脱拉自卸车斗没放下来，就操纵车底把手放车斗，结果车斗下来时，他的胳膊没来得及拿开，造成骨裂及部分外伤，流血不止。尼日利亚没有中国医疗队。大家七手八脚地连夜将机修工送到印度人开的医院。医院只能先把外伤处理一下止血，但对骨伤他们没有办法，必须要回国治疗才行。但回国航班还要等几天，大家心急如焚。总经理张付祥突然想到了尼日尔医疗队，想到了唯一的骨科大夫吴昊。

那时，张付祥在尼日利亚北部卡其那州一个叫道拉的小镇修水坝，距离尼日尔边境只有16公里，边境处于半开放状态。雨季停工时候，他和几个同事与移民局的官员一同前往尼日尔腹地看沙漠。走了 100 多公里，到了尼日尔旧首都津德尔，却意外地见到了中国人——中国广西派出的医疗队。尼日尔首都尼亚美和南部城市玛拉迪等几个城市，都有来自中国广西的医疗队。

从津德尔往北又走了 400 多公里，一路上只见到黑石头连绵的戈壁滩，还是没有见到真正的沙漠。在一个不知名的小镇，找到一个会说中文的穆罕默德做向导。他是这个小镇医院的院长，在武汉医科大学待过五年，普通话甚至比中国员工都溜。

他家的房子，已经被沙子掩埋了，只在门前开了一条通道，像东北大雪后的木屋，更像陕北的窑洞。不远处有几个摊位，卖的都是一些快要风干的土豆。医疗队经常会来这样的地方出诊。中国地质在没有水的地区打井，在没有路的地方修路；中国医疗队在缺医少药的地方行医。

穆罕默德院长告诉张付祥他们，再往前走，也见不到他们想象中的沙漠，沙子都被吹走了，只剩下了戈壁石滩。于是，他们只得回到津德尔和医疗队欢聚，彼此都很长时间没有见到这么多的中国人了，大家都很开心。

尼日利亚比尼日尔物产丰富，张付祥他们就经常带些东西给尼日尔的医疗队。他们联系了玛拉迪和尼亚美等地的所有医疗队员，就这样，也认识了一位叫吴昊的骨科大夫。

这次遇到紧急情况，张付祥灵机一动想起此人，他连夜跑去尼日尔玛拉迪，将骨科大夫吴昊接到尼日利亚给机修工治疗，他了解作为骨科大夫的吴昊，有着媲美高级木匠“锛凿刨锯斧”的医疗手艺。吴昊是一位善解人意的青年医生，不仅才华横溢，倜傥不羁，而且在骨科医学界给援外医疗队创下了不俗的名气。他听到是中国地质人受了重伤，二话没说，提起药箱就跟张付祥来到尼日利亚救治中国兄弟。

当伤员的伤口处理停当之后，张付祥便赶紧将吴昊送回尼日尔。谁知，就在送吴昊回尼日尔的途中，却出了问题。

那一天，尼日尔发生了重大事件。总统在下飞机时不幸遭到枪杀。尼日尔立刻全国戒严，国境关闭。吴昊回不去了！这下麻烦大了。平日半开放的边境，只要有移民局官员带领即可过境。现在边境封锁了，再过就属于偷渡。可是，吴昊长时间不回去，不仅违反外事纪律，还有可能酿成外交事件。张付祥及同事想了很多办法：将吴昊藏在后备厢里，会把人热坏；穿越无人看管的边界，又怕遭到冷枪射击……

张付祥知道只有找到光明正大的办法，才能让人踏实。于是，他大胆求助两国当地酋长。两边酋长毕竟是深明大义的人，经过他们通力合作，总算送吴昊安全离境。

吴昊在尼日尔连续干过两任。张付祥与中国地质的同事利用尼日利亚便捷的渠道，帮他们转送过广西家乡带来的物资，张付祥开会到南宁时还专门见过吴昊，共话友谊。后来，张付祥到了马达加斯加。再后来，张付祥前往科摩罗开拓工程市场。

2021 年，张付祥在科摩罗意外地见到了多年不见的老朋友吴昊。这是吴昊第三期到非洲，他作为医疗队队长到了科摩罗。

世界不大，山不转水转，由太平洋、大西洋转到印度洋。能和吴昊再次相聚，张付祥既激动又振奋。可是，事实让张付祥大失所望。这位当年英俊潇洒、热情洋溢的吴昊大夫，竟然将他和张付祥之间的友谊忘得一干二净。

张付祥为了引导吴昊的回忆，热情地讲了李金平、鄂尚发、丰年等人和当时场景，可吴昊却一点都想不起来。张付祥心中蒙上一层厚厚的忧伤。

2021 年，张付祥因为检查工作到了科摩罗，得知吴昊得了脑瘤，已经回国治疗。张付祥想肯定是脑瘤占据了本应该记录他们友情的空间，或是吴昊把不想失去的记忆封印了。被遗忘没关系，那段美好的往事还在，唯愿吴昊大夫早日康复！

第 7 节　心系祖国　共克时艰

2020 年初，分公司像往年一样，雨季放缓施工进度，让大批员工回家过春节。总经理和财务经理要回国述职，物资经理和厨师休假。负责科摩罗事务的副总经理以及马达加斯加和科摩罗多位项目经理、多名骨干员工相继回国休假，算起来，马达加斯加回国 21 人，科摩罗回国 14 人。

刚过完年，新冠肺炎疫情加剧，多个航班停飞，更多的航班禁止来自疫区的人员搭乘，马达加斯加和科摩罗禁止疫区人员入境。恰恰在这个特殊的情况下，分公司面临严峻的考验，一大堆工作需要完成，而这繁重的担子只能压在3位中方留守人员的身上。

他们是分公司副总经理王磊杰和两位年轻的翻译。回国人员一时半会回不来，三人组只好分工协作，开始一场艰巨的战斗。

10月份开工的44号路路面改造项目，因为国家总统在开工仪式上讲话把当地百姓的期望值抬得很高。讲话随即被反对党议员利用，并鼓动百姓在Facebook上无端指责项目存在各种问题，给总统和执政党施压。致使出资的世行、业主方工程部、监理乃至中国驻马大使馆经商处，都受到了舆论威胁。世行代表和工程部长顶着巨大压力多次到现场视察，确认工作状况，向百姓阐明事实。

副总经理王磊杰多方斡旋，法语、马语两位翻译齐心协助，在加快现场施工进度的基础上，为主流媒体提供真实证据及素材，以便报道项目真实情况，让当地民众充分了解并理解项目，使反对派的意愿落空。

经过物管部的努力，春节前运出的设备物资开始到港，海运提单由于疫情不能及时寄到，三人组及时协调清关公司、船运公司、海关，使用扫描件按时清关，在特殊时期没有滞港。这批设备陆续运抵工地，进场设备数量增加，削弱了反对党的攻击力度，让当地百姓树立了对项目的信心。

6号路堤坝紧急维修项目，是总理为自己家乡每年破堤泛滥的Mananjeba河实施的紧急防灾工程，在雨季之前就要完成河堤加固。2019年12月8日和2020年1月23日，印度洋上连续生成两股台风，马达加斯加北部长时间降雨，第一场台风Belna过后，就已经造成了罕见的水灾，第二场台风Diane更是扩大了受灾面积，加重了灾情，造成数十人死亡。所以，总理为了避免家乡再面临灾情，特别关注6号路堤坝紧急维修项目。

王磊杰副总经理面临项目受到连续两场台风摧残的情况，积极斡旋，及时协调监理、业主，提高河堤设计高程，增加合同工作量，争取不可抗力损失补偿。

2020年2月21日，国道44号路73公里路面改造项目投标。鉴于国内疫情，几家中资公司都通知要求延期投标，招标方暂时没有同意，他们就要按原计划进行。

疫情已经很严重了，国内银行不再正常上班，国际航班限制中国人登机，马达加斯加、科摩罗限制疫区国家人员入境。

资财部侯建宇副总经理创造性地采取了简便快捷、节省费用的转递保函，及时办好了资信证明；海外部和三人组在不能确定 DHL 正常工作的情况下，预先做了双保险准备，提前为两位员工办理不同时间的出国申请，其望搭乘唯一运营的埃航，到马达加斯加自愿隔离，确保投标材料按时送到。总工办李长辉主任和高伟生经理在假期里及时为投标项目提供资质业绩材料，帮助审核投标报价，使得重大项目投标各项工作顺利进行。

2020 年 1 月 29 日，收到集团公司采购口罩等医疗用品的指示，三人组立即行动起来，马语翻译在网上搜索到十几家医用品供应商，大部分没有货源，只有两家有大量货源。在医、药分开的马达加斯加，医用品供应商只供给药房，不卖给其他单位和个人。

在跑了首都塔那那利佛十几个药房询价、查询库存后，最终确认健康药房和中央药房可以提供大量口罩。翻译和当地员工直接等在药房门口，保证能在药房开始营业的第一时间得到报价和可供采购的库存，还一直跟国内领导保持联系，把口罩样品图片发给物管部审批。

两位翻译开始在两个药房分批轮流采购，去掉大包装，分装后通过 DHL 寄出，催促药房进货，再采购、寄出，简直就是蚂蚁搬家一样的采购过程。他们不敢保证 DHL 一定能顺利寄出，也不知道飞往中国的航班是否正常，担心国内假期不能及时清关，着急有关单位在等着用，只好买一点，寄一点，安心一点。到 1 月 31 日，共计通过 DHL 发货 12 批次，其中 FFP2 口罩 500 盒，25000 个；医用口罩 478 盒，23900 个。

物管部张晓梅经理带领专办人员，在 DHL 工作不正常，清关难度极大的情况下，即时清关，把口罩用到了最需要的地方。

突如其来的疫情使得这个春节的雨季变得极不寻常，留守在马达加斯加的三人组通过积极努力和认真细致的工作，在延长的留守期里，取得了不寻常的成绩，王磊杰带领留守三人组，成了忙碌的战斗三人组。

这时的科摩罗，也同样接受了新冠肺炎疫情防控的特殊考验。

2020 年 1 月 24 日，中国地质科摩罗项目部接到公司关于新冠肺炎疫情防控工作的通知时，正值中国除夕。项目部第一时间通过微信群通知了所有员工，积极响应并配合科摩罗政府的疫情防控工作。

2020 年 1 至 3 月，是科摩罗大雨季，现场工作难以正常开展，大部分中方员工处于国内休假状态。项目部要求，所有国内休假人员做好居家隔离，每天量测体温并上报健康状况；所有科摩罗在岗人员暂时取消休假。

考虑到疫情防控工作的艰难与持久，在深入了解疫情后，为了保障科摩罗项目部后续工作的正常开展，在疫情尚未大面积暴发前，项目部积极安排部分休假人员取消休假，在做好防护工作的情况下返回科摩罗，抵科后隔离十四天，以防疫情传染至科摩罗。由于各国反应强烈，只有项目经理于艳普顺利返回科摩罗。科方开始限制所有疫情国家人员直接入境，造成休假员工不能按时返岗，对后续工作将产生极大影响。随着雨季将近尾声，雨水逐渐减少，现场工作面逐渐地展开，人员不足的问题开始暴露。一是原有项目的复工问题，二是新项目的人员调配问题。

为了保证各项目顺利开展，减少停待损失，项目部对各项工作进行了调整。首先取消当地及马达加斯加高级员工休假，提前返岗复工；进一步挖掘当地员工潜力，招募部分有一定专业技能的当地员工，安排专业的中方员工组织协调培训并审核监督，确保工作的顺利开展。其次，中国员工作为技术管理岗位，互相培训，对部分工种进行调整，串岗复工，工作中互相配合指导，以专业人员为主，串岗人员为辅，按照专业人员领导非专业人员的原则，工作中多沟通，多学习，一人多岗，灵活调配，确保项目的正常开展。

科摩罗项目部的各项工作仍在可控、顺利进行中，现场的所有员工顶住了压力，成功为大家守护好第二家园。

第 8 节　修一条香草路

2002 年，李博志大学毕业之后来到中国地质海外部工作。后来，他找到中国地质马达加斯加分公司的总经理张付祥，主动申请到马达加斯加工作。

2004年，满怀理想与信念的李博志，刚到马达加斯加两天，就被分公司派到离经理部最远的“6.2”土路项目。

他带着对新生活的憧憬，坐上了飞往“6.2”项目的螺旋桨小飞机。那时，能坐上那样的飞机，非常奢华，这让李博志感到激动和自豪。这一去便是整整十五年。

刚到项目上，他负责采购和后勤。这些工作看似难度不大，但是，他是学英语的，当地讲的主要是马达加斯加语。李博志初来乍到，语言不通，采购的工作难度可想而知。

李博志为工作求学心切，他找到项目上一个叫Joe的高中毕业生，每天向他请教马达加斯加语，然后用汉语拼音谐音标注，反复诵读、记忆。两个月后，李博志的词汇量超过1000。三个月后，基本上可以与当地人进行日常的交流。慢慢地，他不仅可以看懂报纸，还能把公司的政策、制度，管理理念等，用马达加斯加语清楚地传达给当地工人，每次例会讲话时间，从最初按分钟计算到后来按小时计算。与业主、监理开会，他从不需要翻译。当地人都叫他“马达通”。

后来，为了更好地工作，他又开始自学马达加斯加的官方语言——法语。他如法炮制，很快又攻克了法语。

“6.2”项目是一条76公里的土路项目，位于马达加斯加东北部偏远山区。当地绝大多数人没有从山里出来过，没见过汽车，“电”“网络”“通信”等词汇，对于他们就像是外星系词语。

李博志从中国来到这里，像是一场时光穿越，仿佛进入原始社会。工地挖土方时，全村男女老少一起出来围观，他们从没有见过推土机和挖掘机。村与村相隔很远，每隔一个月左右，会有集市交流，不过买卖还停留在物物交换的阶段。本来生活条件就差，雨季来临，他们行走的土路就都断了，集市也无法进行。

里面的人出不去，外边的人进不来，物资当然就供应不上。中国地质马达加斯加分公司的李博志等5个中国人就这样被困在了原始部落。多亏一种叫辣木子的树种，这种树的叶子很嫩。中国人看到当地人吃这种树叶，也跟着摘辣木子树叶充当蔬菜。整个雨季，他们就跟当地人一样，吃树叶和咸鱼。

项目经理杨建军号召中国人都要学习当地人，几个同事也觉得这种生活不错，新奇又浪漫，将苦当成甜。5 个人就这样乐观地期待雨季早日结束。杨建军已经在马达加斯加工作六年了，当地生活经验很丰富。他说当地人的咸鱼是旱季时候提前为雨季预备的食物。只要不下雨，5 个中国人每天和当地人一起干活。晚上，当地人下班各自回家，中国人就住在租赁的茅草屋。

茅草屋的周围香草满地，随风传来阵阵浓浓的香味。听说世界各地的香草都要从马达加斯加进口，因为，这里是世界上非常大的香草产地。

香草，一种像扁豆形状的藤蔓类植物，是世界各国顶级化妆品和香水的重要原料。当地政府花大价钱修这条 76 公里大路，就是为了运输香草。而这里所有的香草，正是通过中国地质修建的这条香草路，飞向世界各地。

2005 年 8 月，李博志被派到马达加斯加西部偏远的 1 号路石场项目。项目距离马达加斯加首都塔那那利佛 200 公里左右。那里土匪横行，员工经常遭受威胁。后来，为安慰员工，给他们壮胆，项目组给工人发放雷管炸药，每天在傍晚土匪出没的时候，组织大家用雷管炸药进行安全演习，吓唬土匪。

9 月，李博志接任该项目经理，成为当时中国地质最年轻的项目经理。

他每天的工作，就是带领 40 多个当地工人采石料。采用的是洞室爆破方法，用凿岩机打好孔，在山体中打爆破洞室 270 多米，安放 100 吨炸药，一次性爆破 15 万方石料，每天实行两次放炮爆破。如同部队的工兵，人人训练有素，工作内容惊心动魄。这是一项烦琐却很有意义的工作。这个项目，至今仍保持着非洲地区最大的山体单次爆破纪录。

这个项目历时九个月的工期，虽然工作紧张而危险，在担惊受怕的同时，他们度过的更多是开心快乐的生活。

各种在国内没有见过的海产品比教科书的种类都丰富，螃蟹居然像洗脸盆那样大，7 元就可以买一只。自从发现了大螃蟹，伙食开始多了一道美味。这还算不上稀奇。李博志说印象最深的一次是看到大海参。那时，他正在工地上查看现场，抬头便看到一艘海船远远地向这边驶来。远看，船上满满地装着黑魆魆的货物，等船靠近了，才发现原来船舱里装的是渔民刚刚从海里打捞上来的海参。这些海参，每个足足都有一尺多长，也不知道这些海参在大海里修炼了几百年。

李博志和几个中国同事看到如此有魅力的海参，就和艄公谈了价钱，花了 1 元钱买到了 5 公斤海参，拿回让厨师大展身手。遗憾的是厨师不会做，不知道是炒了当菜吃好，还是煮了当饭吃好。一个江苏籍的修理工说他愿意试试。他说就拿海参煮汤吧，电视上老说"参汤参汤"的，或许做成海参汤，更有营养，大家都非常赞同。

自告奋勇的修理工让当地工人将海参先拿去剖开清洗，他自己刷锅洗碗准备各种香料，做好煮汤准备。5 公斤的新鲜海参，个头太大而且筋脉坚韧，当地工人用了两个多小时，才算把它们清洗干净。

好不容易等到修理工将汤做出来，大家心情激动地等着喝百年海参汤，却发现汤是苦的，而且锅里一个海参也找不到了。有个同事开玩笑说："海参难道飞回大海去了吗？"李博志认为海参没有清理干净导致汤苦的。估计煮的时间过长将海参煮化了。后来他们才知道——海参见油就化，当时，锅里肯定是有油的。

本来可以改善生活补补身体，结果因为经验不足没有吃成。大家都说一定去请教当地渔民，学习一些做海参的方法。等到李博志他们向渔民请教的时候，轮到当地人蒙了。"海参还能吃？"当地人根本就不知道海参是可以用来吃的。

"你们不吃海参，还捕获一船又一船的干什么？"李博志指指海面上捕捞海参的船只问。渔民说捕捞回来以后，要把它们剖开，在阴凉处风干，然后压平，打上两个眼，拴上一根绳，套在脚趾上当拖鞋。

全世界都知道非洲人贫穷落后，经济条件不好，所以很少穿鞋。少数富余的人穿橡胶拖鞋，有的拿破轮胎自制拖鞋。万万没想到，他们还会穿海参拖鞋，简直是一出荒诞喜剧。

第 9 节　解救同胞

中国地质马达加斯加分公司在马哈赞加有个公路项目。

马哈赞加是马达加斯加第二大港口，也是马达加斯加第三大城市，位于马达加斯加的西北部海岸。那里地势平坦，处在热带草原的尽头，一年四季享受着莫桑比克海峡的海风，自古就有“花之城”的美誉。那里有丰富的湿地和湖泊，是鸟类栖息的天堂，吸引着来自世界各地的126种鸟类。大海的边缘，是草原和原始森林交织带，热带灌木和湿地并存的生态系统，是天然动植物的天堂。海湾区域还是火烈鸟和海豚经常出没的地方。

落日时分，生动变幻的光和自由飘逸的云，让修路的艰苦和劳累，变成劳动后的一种享受。然而，再美妙的风景也阻挡不了意外发生。

这天深夜，李博志等几位中国员工正在办公室加班，从港口那边翻墙跳进来6个中国人。他们衣衫不整，面容憔悴，看起来又饥又渴。见到李博志几个是中国人，话没开口就放声哭了起来，把李博志和几个同事都吓了一跳。大家不知道发生了什么，先给他们倒了水，让他们平复一下情绪。

这几个人猛喝了几口水，打量了一下室内的陈设及标语，看到“中国地质”字样和国旗的时候，“噗通”一声就跪下求救。原来，他们是在一艘台湾渔船上给老板打工的大陆同胞。船主台湾老板是偷猎鲨鱼的商人。他们在马达加斯加近海钓鲨鱼，切下一吨多的鱼翅，还没有来得及卖掉，意外地被警察抓住。台湾老板的渔船和护照都被扣留，他们的护照也被没收了。

警察开出罚单，罚那个台湾商人60万美元，可惜家人不帮忙，任由他去。他一日不交钱，海警就一日不让他离港，他就每天在船上喝闷酒。船上这6人已经有半年没拿到工资，现在连吃饭的钱都没有，每天只能从渔船上拆下GPS、渔网等东西换饭吃。要不了多少天，恐怕连吃的也没有了。

他们请李博志他们看在同是中国人的分上，帮助他们找大使馆要回护照，他们想回家。另外，还想把渔船老板拖欠的半年工资要回来。李博志可怜他们都是年纪轻轻的小伙子，就赶紧给分公司总经理张付祥汇报。张付祥一听，立即表示帮忙，张总说同是中国人，能帮尽量帮，中国人的事情，就是自己的事情，但要先了解清楚情况，并说这件事肯定要找国际组织世界船员协会才行。

李博志按照张总吩咐先到船上了解情况。渔船老板一副醉醺醺的样子，态度恶劣，说自己都没钱，根本不可能给他们发工资。李博志确信几个小伙子说的是实情，安排好本职工作的同时，帮他们联系大使馆。善良的李博志给他们买了好些吃的东西，劝他们稍安勿躁。其实，李博志暗暗替他们担心，怕他们回家的奢望遥遥无期，怕他们生活一天比一天拮据……

当这6个中国小伙子再来找李博志的时候，李博志只好说："在这里，只能找中国大使馆，我给你们出路费，你们打车去中国大使馆问问情况。"他们按照李博志的指导去了大使馆，大使馆参赞热情接待了他们，给了他们矿泉水和饼干，说让他们回去等，大使馆已经在想办法联系。6个人一听，都感动得哭了起来。这一晚，他们竟然在大使馆门前蹲了一夜，或许他们认为，只有这里最温暖。第二天早上，参赞知道他们没回，赶紧给他们找了旅馆，让他们住下。一个多月后，大使馆将他们的护照要了出来。在大使馆及中国地质李博志等人的帮助下，6人终于和家人取得了联系。他们终于可以安全回国了，李博志及同事别提有多高兴了。

这几人听说护照要来了，也能回国了，他们就像被一场甘霖救活的庄稼，青枝绿叶地鲜活起来。

然而，这6人没有直接回国，又返回渔船上去了。他们想找老板追回拖欠的半年工资，作为回家的盘缠。可是，当发现老板酗酒沉沦的惨状，他们放弃了讨薪的念头。而打算将船舱夹层冷冻的警察没有发现的1吨多的大鱼翅卖了，换些钱再回家。可惜，祸不单行，他们遇上了奸商，非但没有拿到一分钱，鱼翅还被没收了，血本无归。

李博志前前后后帮助他们半年多，这次出的事情，他们也不好意思再找中国地质帮助了。临走，他们千恩万谢地说："李总，太感谢你们了！我们永远不会忘记你们，永远不会忘记中国地质！我们这次准备回家了。"说着，还要把一袋大米和5公斤的鲜鱼翅给李博志。李博志婉拒时，6人诚恳地说："我们给你们做好，这些鱼翅不是冷冻的，新鲜好吃，全是胶原蛋白。"

后来那个可怜的渔船老板，最后病死在渔船上都没有人来照顾，还是张付祥派李博志等人安葬了他。渔船老板一生结束的凄凉与潦草，中国地质让他能够安息，便是对生命最好的尊重了。

这么多年来，中国地质马达加斯加分公司一直内强素质，外树中国人形象，真诚帮助中国人，树正气，铺正道，所到之处，让中国地质精神高扬。

第 10 节　去科摩罗抢工期

2014 年 9 月，分公司科摩罗供水项目进展迟滞，士气低落，李博志临危受命，被分公司派往科摩罗。科摩罗，也称香料之国，是非洲一个位于印度洋上的岛国，位于非洲东侧莫桑比克海峡北端入口处，东、西距马达加斯加和莫桑比克各约 300 公里。组成科摩罗的大科摩罗岛、昂儒昂岛、莫埃利岛和马约特岛被誉为西印度洋上的四颗明珠。

科摩罗是中国地质马达分公司新开拓的一个市场，第一个项目就是非行出资修建的三岛五城市供水项目，合同额近 700 万欧元。这个项目对中国地质能否在科摩罗立足意义重大。

项目 2014 年 3 月份开工，却始终开展不起来，从国内派出中方员工 30 多人，人员和设备都足够，但进度一直上不去。张付祥非常着急，连续派了两拨人，连翻译都派去了，他自己也亲自过去督导。

项目提出一堆困难，诸如人员不够，图纸没出来，设计不到位等。项目分散在科摩罗的三个岛，施工难度也非常大，科摩罗全是山，不光施工困难，后勤供应、物资材料采买也很困难。从 3 月到 9 月，正是科摩罗旱季可以干活的大好时机，整个合同额才完成了 1.42%。那剩下的半年是雨季，工期完成的难度就可想而知了。

这是非洲发展银行出资的项目，业主和监理都急得像热锅上的蚂蚁，就连中国驻科摩罗大使馆和经商处也极度不满，境况糟糕至极。分公司就更加着急。这时，正好李博志回国休假结束，回到了马达加斯加，张付祥马上就给李博志说了科摩罗“三岛五城市”项目情况，让他帮助一下。

李博志二话没有，就火速赶往了科摩罗，本想去去就回，结果到地方才发现问题非常严重——所有中国人已经只等着机票回国了，因为项目执行不下去，工程量几乎是零，才形成了 9 万多欧元的账单，业主对项目组失去信任，急得要清除项目，施工队也已经丧失了信心。

李博志了解到的情况是，项目经理安排工作没有章法，导致工作流程不畅，恶性循环，中国员工对此很不满，他们每天无精打采地等着分公司买机票回国，工作效率低下。李博志给张付祥汇报了工地上的真实情况。张付祥问李博志：“你看你还能不能挽回局面？如果这个项目被清除，咱们可能赔得裤衩都没了……”

一旦项目不能顺利完成或被解除合同，公司很有可能被非行制裁，到时候五行联动，其他世界银行、亚行等也将全部跟进处罚，整个公司将面临生存危机。

在这样严峻的形势下，李博志主动请缨，要求常驻科摩罗，全面接管整个项目。李博志用半个多月的时间深入一线，发现情况远比之前看到的还要糟糕。首先，开工半年多了，施工图纸居然还没有完成，负责作图的当地工程师说至少还要半年才能完成全部图纸设计。其次，项目分散在科摩罗三个岛上，不便管理，物资运输也是难题。最后，全项目最大的难点——大科岛的打井只完成了 33 米，还有 120 多米深再也无法打进。

在公司领导的支持下，李博志当机立断，大刀阔斧地开始整改：

加大人员和技术力量投入。迅速从当地和国内增调经验丰富的老员工，增加当地员工数量，解聘所有不能胜任的员工；聘请马达加斯加有实力的设计单位，边设计边施工，尽快解决图纸问题；采用一切方法，尽快解决打井和供水系统的技术问题。

加大资金投入。就近采购项目所用物资和设备，广泛联系当地船运公司，空运和海运并举，解决材料短缺和岛间运输问题。

解决内部管理问题。由中方员工掌控管理控制权，规范员工考勤办法，完善当地员工管理办法，调高关键岗位的员工薪酬，调动员工积极性，形成强大的凝聚力。

加强与业主和监理的沟通合作，并与施工所在地政府和警察部门密切联系，获取理解和帮助，尽快解决征地和社会问题，避免与当地民众发生矛盾。据理力争，向业主索赔工期，争取延期，避免违约等一系列问题。

李博志设定目标，到年底 12 月份雨季来临之前，把项目干到 40% 以上。因为工期只有一年，还有三个月的旱季，抢一抢还是有些希望的。所以，李博志说如果这三个月能完成目标，所有人都有数额不菲的奖金，这下大家的积极性都被调动起来了。

后来，他们居然真完成了合同额的 42%。业主和监理高兴得每天见李博志就竖着大拇指，员工及协作单位方面对李博志也都很佩服。

中国地质重新赢得了业主和监理的信任。

分公司派李博志力挽狂澜及时调整管理措施，充分发扬中国地质“五种精神”，使项目起死回生，扭亏为盈，并以此为基础，在科摩罗打造了一支精英团队，为分公司在科摩罗进一步发展奠定了良好的基础。

在科摩多“三岛五城市”后面的施工过程中，由于当地工人不适应高强度的工作，以及中马两国的风俗习惯差异等原因，三岛上的本地工人发动了数起罢工事件，李博志只好到处“救火”。其实，很多罢工都是因为误解引起的，甚至个别罢工原因让人哭笑不得。

比如一次 Mbeni 项目现场出现的工人罢工。

当时正在浇混凝土，工程不能中断，所以中方负责人要求工人中午不休息，连续工作，同时提供面包、烤翅作为午餐。午餐很豪华，但是工人不满意。因为，他们认为吃面包、鸡翅这些好吃的食物时，必须配可乐或芬达，不能只喝清水。现场负责人认为这个要求太没道理，于是就发生了罢工。这理由着实让人啼笑皆非。但完成工作才是第一要务，李博志立即让人去买了饮料发下去。他们很快就唱着歌高高兴兴地回去干活了。

经过一段时间的磨合，当地工人慢慢地认可了李博志人性化的管理方式，中国地质也逐渐成为当地最受欢迎的外资企业。

由于项目前期延误等客观原因，项目最终获得批准延期七个月。凭借过硬的工程质量和高效的工作作风，项目赢得了业主和当地居民的高度赞誉，也取得了较好的经济效益。

就这样，中国地质最终在科摩罗站稳了脚跟。李博志也留在科摩罗，全面负责科摩罗市场开拓和经营管理工作。经过几年耕耘，李博志带领的团队在科摩罗取得了更大的突破——成功中标并完成了沙特王国发展基金出资的公路项目。该项目金额达 2500 万美元，是马达加斯加分公司历史上最大的单个项目。科摩罗总统在大科岛公路竣工仪式上，对中国地质的施工速度和质量给予了高度评价和充分肯定，称赞中国地质修的公路是科摩罗最棒最漂亮的一条公路。这让李博志等每位驻科人员都深感自豪。

科摩罗是岛国，国土面积2000平方公里，全国人口只有80万，有20万人在法国打工。该国是全世界现存唯一的母系社会国家。国家虽小但是很神奇，村里边的人很热情，村里边的事很美好。他们为别人倾其所有，非常无私。中国地质现在接了很多项目，都是村里自己集资付钱。

沙特阿拉伯每年都要拿出一大部分资金支持科摩罗建设。有了沙特基金的公路项目之后，中国地质陆陆续续又拿了一些项目，这样，中国地质在科摩罗不但站稳了脚跟而且发展愈加壮大。中国地质没进驻之前，科摩罗有两三家法国公司占领科摩罗市场，中国地质来了之后，他们撤出了科摩罗。

如今，李博志在马达加斯加、科摩罗已经度过了十多个年头，他从一个对马达加斯加一无所知的央企小职员，到现在被当地人看成“马达通”“科摩罗通”，成了“半个非洲人”，其中经历了太多苦辣酸甜。他说：“感谢中国地质，让我可以在马达加斯加这块神奇的土地上尽情地挥洒青春，创造未来。”

随着国家“走出去”战略和“一带一路”倡议的持续推进，中非关系越来越紧密，中资企业在非洲也必将会有更好的发展，而李博志与非洲的精彩故事也将继续，中国地质在非洲也必会创造更加辉煌的未来！

2019年12月19日，沙特基金昂岛公路项目竣工仪式上，总统亲自为李博志佩戴科摩罗国旗徽章，并热情拥抱，邀请他一起跳民族舞蹈，感谢分公司修建的高水平公路。

如今，李博志已经接任中国地质马达加斯加分公司的总经理，未来将继续发扬中国地质“五种精神”，打造更团结、更有竞争力的团队，加快属地化进程，提高企业实力。

第11节　一路感动

在马达加斯加，圣诞节到元旦期间，政府机关和相关管理部门放假十天不对外办公，而分公司总部负责人每年都要利用在这段时间巡察项目生产。2021年圣诞节，张付祥、李现春一路，沿4号和6号国道往北巡查，王磊杰和武成传一路，沿 2 号国道往东巡查。

张付祥和李现春这一路，逐个巡视安邦咋城区道路改造项目、国道 31 号路道路桥梁项目、安贝卢贝水渠维护项目、迪沟城区道路维修项目等，这些项目在疫情开始后都受到了不同程度的影响。有的监理和业主感染新冠病毒，长时间不能到岗，造成施工停滞。

张付祥估计，项目现场肯定一片狼藉，不过，只要人员都安全，也是一种胜利。落下的工作可以补回来……可是，当他们接近安邦咋城区道路改造项目的时候，就远远望见场地里沙子、石子堆积如山。当地政府号召闭门不出，不上路、不工作的时候，现场上的中方兄弟肯定都没有闲着。他们能够在这样特殊时期将工作做得如此有条不紊，让人觉得不可思议，更令人精神振奋。

这时，正是马达加斯加北方凤凰树开花的时候，一路火红，这景象，让张付祥等人越看越觉得充满无限生机。

另一路王磊杰和武成传，最先到的是分公司马达加斯加经理部近年来合同额最大的项目群——国道 44 号路维修项目、国道 2 号路维修项目和塔夫三桥项目。

国道 2 号路是马达加斯加经济的命脉，连接首都塔那那利佛和第一大国际港塔马塔夫。项目一开始连续遇到几场台风，和塔夫三桥项目一样，要在雨季进行道路抢险。主管分公司马达加斯加经理部生产经营的副总经理、总工程师王磊杰对此感到非常糟心。千算万算不如天算，遇到难以抗拒的疫情和洪水，什么辙也没有。

王磊杰是公认的标价“神算子”，有自己独到的价格构成与分解、解析方法，有与马达加斯加市场契合的系统定额指标，多年来，几十次投标，基本上没留下遗憾。如果见他站住不动，表情木讷发呆，他肯定是在推演标书中有没有漏项或漏算。

王磊杰本来是一名工民建专业技术人员，到马达加斯加先后完成了 IMM 医疗检验中心项目、CMB 国际培训中心项目、诺斯贝供水项目以及近年来最大的建筑群——社保基金体育中心项目。在体育中心项目中，施工完成了近年来最大规模网架结构的足球场、篮球馆、游泳馆、会议中心，都是了不起的工程。

同行的分公司财务经理、副总会计师武成传，也是一位“神算子”。

武成传可以说是分公司最辛苦、工作量最大、负担最重的管理者。他以财务主管的身份，负责马达加斯加和科摩罗十几个独立核算的工程项目会计工作。

在财务工作全面覆盖，财务数据指导生产经营工作，财务预警督导各项管理的情况下，财务主管岗位尤为重要。核对项目财务收支和日常财务工作耗费了他大量时间与精力，武成传经常工作到凌晨。为此，总经理张付祥特准他可以延长午休时间。

王磊杰、武成传一行见到塔夫三桥项目贾光华时，他一脸的疲惫。项目经理贾光华说这雨几乎一年没停，使许多工作无法开展，三座桥梁的建造，都受到了严重影响。

前两座桥施工贾光华想了许多办法：临时填方，使用蛇皮袋子装土防止水冲流失；搭上雨棚遮住桥梁工作面，避雨施工。第三座桥要跨越 100 多米宽的大河，在桩基施工期间，多个飓风降临，上游大雨，下游涨水，多次淹没作业面。比异常天气和疫情更加麻烦的是，长期阴雨潮湿，蚊虫滋生，饮用水受到病菌污染，造成疟疾、伤寒、血吸虫病暴发，所有员工无人幸免，有员工好了以后再次染病，病痛和药物刺激，使身体受到了很大伤害。

长期的非洲工作，分公司领导和中方员工对位列甲类传染病的鼠疫、乙类传染病的疟疾、伤寒、血吸虫病等，都有较深刻的了解。张付祥就通过多年观察，对鼠疫的传播，有自己独到的见解。他认为鼠疫在马达加斯加传播与当地百姓烧山和一些陋习相关。所以，每年开始烧山，分公司就会如临大敌，预防鼠疫传播。张付祥在尼日利亚时就十分注意学习热带传染病防控常识，在缺医少药的野外工地，能根据病患情况选择治疗药物，还会给病人打针注射。

他根据马达加斯加和科摩罗的实际情况，总结出马达加斯加沿海地区常发疟疾；草原地区易有鼠疫；水质不好地区，特别是用水窖储存雨水作为生活用水的科摩罗，易患伤寒和阿米巴。河湖水附近会有钉螺传播血吸虫。他鼓励大家广泛学习热带疾病防治知识，日常预防，患病不慌，备药自疗。

2021年科摩罗工程市场持续复苏，马达加斯加分公司占主导地位。马达加斯加工程市场趋于平稳，马达加斯加分公司提高了占有份额。大疫之年，自然灾害频发，分公司的生产经营工作却披荆斩棘，栉风沐雨，营业额及合同额创历年来最高。

2022年6月，在张付祥退休前夕，马达加斯加政府和人民为表彰张付祥及其带领下的中国地质马达加斯加分公司管理团队，特为李博志、王磊杰、李现春、武成传颁发一级骑士勋章，为张付祥颁发二级官员勋章。褒奖二十多年来分公司在马达加斯加公共工程施工领域所做的突出贡献，为扶助民生、履行社会责任所做的不懈努力，表扬几位中国地质人扎根马达加斯加、深耕马达加斯加、服务马达加斯加的奉献精神。

张付祥退休时说："一路走来，在马达加斯加，我和弟兄们践行'五种精神'，海外建造报国。在最前沿竞争领域，依靠中国地质鼎力支持，挥洒热血和汗水，在公共工程领域取利创汇，带动劳务出国，机械、物资出口，为国家争光，为大家增收，为小家谋幸福。我们很自豪！"

"马岛""马国""马达加斯加"，不管如何称呼这块神奇的土地，都是张付祥、李博志以及所有中国地质员工深深热爱的大岛。这里，有他们奉献的青春和汗水，有他们付出的心血和情谊。这颗印度洋上的明珠，也会因为中国地质及中资企业的参与建设，闪烁出更加璀璨迷人的光辉。

第十六章　永远的南部非洲

沉默的礁石折叠起海风
等待解读家乡寄来的美梦
阳光在赞比西河洒下福音
森林的心意已被鸟儿捎走
此刻你来，是最合适的时候
花朵已习惯接受各种考验
维多利亚瀑布不再隐藏秘密
你就敞开情怀和智慧来吧
忧伤已过，山川已静
星星在旅途点上灯笼为你指路
请你带上智慧和义勇
沉默，不再是你唯一的武器
君不见，江湖是一望无际的道场
这一局棋，你又赢了
连莫桑比克海峡都没能堵住退路
你的到来，让黎明击退了暗夜的孤寂

中国地质南部非洲分公司总经理李悦有言“业主就是甲方，甲方就是上帝”。算起来，李悦来到中国地质已经二十多年了。李悦说：“南部非洲非常淳朴，正在往更加文明的方向奋斗。在海外二十多年，一路风雨兼程，很多事开始觉得惊心动魄，随着时间的迁移，就变得习以为常了。和同事们并肩携手，再大困难都能克服。”

二十多年蹉跎坎坷，二十多年传承跨越，很多事波澜起伏。仿佛转眼之间，中国地质已经发展壮大起来。

南部非洲这一片热土，给了李悦无限机遇和挑战，也见证了他一路追求梦想的倔强。他大学毕业豪情满怀地踏上南非土地之时，他的奋斗之旅，就开始抽枝发芽了。

他将对大千世界的憧憬，变成努力的打拼，他相信尽人事才有好天命。工作伊始遇上苦难与挫折时，他就告诉自己：“我来工作不只是拿薪水，更是来锤炼和学习的，想要发展成功，就得用足够的勇气和毅力迎难而上，只要有进而不退的决心，就能克服困难接受挑战，与公司共同成长进步。”

随着时间的流逝，李悦从最初的寂寞孤独，到逐渐适应，再到将工作开展得热火朝天。进步和历练的结果，让他自己都不敢相信。项目完成后当地百姓的喜悦和对中国人的敬意，让他享受到从未有过的成就感和荣誉感。他找到了活着的价值和意义，他开始有了无可推卸的责任和勇敢担当的精神，最终，成为“一带一路”的践行者和中非文化交流传播者。

第 1 节　电工党平安

李悦是广东人，说起话来有浓浓的乡音。他是一个内秀的人，但身上又有侠肝义胆的英雄之气。他是敢作敢为的团队带头人，关键时刻敢为人先，永远冲在第一线。

2018 年，正在经理部忙碌的李悦，接到医生打来的电话，说党平安又晕倒在修理车间了。李悦赶紧往车间跑。不用问就知道，这一次党平安晕倒，一定还是高血压引起的老毛病。党平安是能工巧匠，干起工作来，经常投入得忘记吃药、喝水，晕倒现象发生了好几次，可他还是不在意。“老是不要命地工作怎么行？”李悦下决心忍痛割爱，让党平安回国，不能让他再在这个医疗条件极差的地方工作了。

党平安从 2002 年就来到非洲，一直跟着李悦一起工作生活，一起学习成长，十几年来一直并肩作战，他们结下了深厚的兄弟情谊。李悦经常说：“在非洲工作二十多年，分公司是个大家庭，每个项目上又都是一个小家庭，大家感情都很深，一起积极面对工作和生活，同甘共苦，荣辱与共。遇到事情大家一起扛，遇到好事同分享。同事们在一起的时间比跟家人在一起的时间还长，同在一个项目，一起工作一起休息，大家亲得就像亲兄弟。”

当初，党平安来非洲的时候，应聘的岗位是中国地质南部非洲分公司的电工。招聘到项目之后，才发现他可不是一般人。机器停摆他能修，零件坏了他能换，设备有故障，他挥舞几下就正常了，也可以说他是优秀的修理工。党平安不仅会修理，懂水电，他还会电焊及各种设备操作，是技术突出的操作手，以至于项目缺米饭和水可以撑一撑，缺了党平安可不行。

最令人佩服的是党平安干着干着就带组施工了。他因为懂得各项技术及设备操作，连项目工作统筹都不在话下，还参加过历次施工技术讨论会。多年的项目施工经验，让他不仅是不亚于工程师，而是工程师的事他都能做，而他的事情，工程师干不了。最终，党平安从一名电工，成了中国地质南非分公司总经理李悦的爱将，成了大家谁也离不开的解决工作难题的万能人。

党平安确实无法继续工作了，医生说他因为长期高血压，血管壁变得越来越薄，稍不注意就会有大出血的危险，医生也建议让他回国。临别的时候，党平安深深地看了看他十五年来工作的非洲，再看看身边的好兄弟们，泪雨千行。李悦心中同样难过，朝夕相处的日日夜夜不是用语言就能说得清楚的。为了兄弟们的健康，再难也要舍得！

悲欢与共的南非小城，山长青水长流，有中国地质在，就有兄弟在，有兄弟在的山水和土地，不只云彩和空气温暖，连泥土的气味都是甜的。

第 2 节　“血”的考验

中国地质南部非洲分公司业务管辖赞比亚、马拉维、莫桑比克、津巴布韦、博茨瓦纳、纳米比亚、莱索托7个国家，总部设在赞比亚首都卢萨卡。

7个国家都有在建项目，每个项目就是一个小“中国地质”，长期扎根海外，靠“五种精神”在国际竞争市场立足，靠中国地质企业文化理念指导行动。在执行各个项目的同时，南非分公司在工作中还衍生出自己的“筷子文化”。

筷子上方下圆，圆的是天，方的是地，上下天地阴阳两极，表明世间万物相辅相成，还有团结协作的意义。两只筷子不分彼此，相依相靠，共同进退，就像兄弟。

南部非洲分公司长期养成的“筷子文化”，还经历过一次“血”的考验。

张箭是湖南国湘人力资源劳务公司输出到中国地质南部非洲分公司的劳务派遣员工。他老实肯干又能吃苦，负责测量工作，是项目上的测量工程师。

2019年11月11日上午10点左右，张箭正在赞比亚北方省3000公里土路项目进行测量工作。他感觉不舒服，经项目处中方医生量的体温是38.5℃，疟疾试纸检测阳性，无其他异常状况，确诊为疟疾。项目部医生立即针对疟疾进行了治疗和用药。用药第四天，情况略微好转。2019年11月15日早晨，张箭病情突然加重，出现高烧、头痛、四肢无力、昏迷等现象。项目医生初步确定为脑型疟疾，并紧急送往卢萨卡CFB医院急诊。当晚9点左右，CFB医院确诊张箭为脑型疟疾，伴随红细胞偏低，血小板减少，严重贫血及肝肾功能衰竭等症状，而且需要大量输血才能透析。情况危急，医院立刻告知了分公司总经理李悦。

李悦立即赶回分公司总部，召开为张箭输血的紧急专题动员会，他言简意赅地对大家说：“张箭生命垂危，因贫血需要大量输血，人在非洲，远离家乡，我们就是他的亲人。献血的人现在就跟我一起去医院。”

李悦连夜带领一帮兄弟赶到医院，于凌晨开始组织献血，遗憾的是与张箭A型血相同的员工只有4个，即便他们已经尽了最大的努力，也远远不能达到急救需要的血量。李悦说张箭就是亲兄弟，必须拼尽全力救治。他急中生智，面向社会搬救兵，为了一名好兄弟的生命，所向披靡。他急拟倡议书，向广大在赞中国同胞发出倡议。

深夜，中国地质南部非洲分公司办公室内灯火通明，李悦吩咐大家分别给中国在赞比亚的各兄弟单位打电话或发信息，将倡议书以手机信息形式发给每个单位的友好人士；给中国医疗队、大使馆等反映情况，请求呼吁赞比亚相同血型的华人踊跃献血。很快，分公司便收到来自不同兄弟单位的回信，并问询医院地址及献血时间。张箭在第一时间获得了大量同胞帮助。他们是——

中国地质南部非洲分公司经理部李悦、董圆圆、李星、杜宇卓，CHOZI项目部王朝，北方省邹伟，杧果树经理部陈永彬、胡喜盈，樊顺富，何国忠，图兰朵梁敏，中国重汽胡旭东，中兴龚恒勇，中材水泥周龙龙、李振营、赵金虎、何丽萍。

终于，在华人华侨总会、河南同乡会以及赞比亚各界华人单位的帮助下，张箭得救了。

当 17 名中国兄弟姐妹的鲜红血液缓缓流进了张箭的身体，李悦转身面对医院的墙壁，使劲抹了一把脸上的泪与汗。这时，他感觉四肢无力，双腿软得几乎不能站立。与此同时，另外几个同事也因献血过多，浑身乏力。医生说是劳累加上输血过多，李悦及几个同事需要打针补充能量。

之后，李悦安排同事昼夜轮流在医院陪护张箭，同时像个家长一样考虑如何报答前来献血的好人。他说："关键时候，还得指望咱中国人。"李悦的感动无以言表，只好向各位献血的同胞表示一点心意。他给献血的同胞发了感谢信："中国地质南部非洲分公司向在赞比亚的广大华人同胞发出了献血倡议，并得到了爱心人士的积极支持。由于公司员工均忙于病人抢救、协调，无法专门感谢献血人士。因此，对所有献血人员发放 500 美元作为营养费。"

那时那刻，朗朗乾坤，天地明证。遥远的南部非洲，一场温暖与被温暖的心灵旅程，每个人都得到人间大爱的救赎，那份人世间的美，在彼此的行动和无言中默默达成。

经过抢救，张箭得以继续维持生命体征。2019 年 11 月 16 日，医院反映有肾功能衰竭，且患有一型肝炎，不具备透析设备条件，且医院医疗设备有限。经紧急协调，转往卢萨卡医院进行抢救。在卢萨卡医院 ICU 室，张箭经过三天的紧急抢救，于 2019 年 11 月 18 日，渐渐苏醒。此后，至 2019 年 12 月 17 日，医院根据病情针对性用药透析，张箭脱离危险期且病情逐渐稳定，医院医生建议可以转回国内医院继续治疗。

2019 年 12 月 19 日，中国地质南部非洲分公司委派项目医生刘宇飞一路照顾张箭安全回国。2019 年 12 月 24 日，张箭转入贵州医科大学附属医院进行康复治疗。2020 年 1 月 14 日，张箭明显好转出院，回到自己家中继续康复治疗。

张箭身体各项机能完全恢复后，他表达了自己和全家人对中国地质南部非洲公司领导和同事们全力抢救的感激之情。他说如果没有分公司的抢救，就没有他的今天；他会在接下来的日子里好好康复，尽早回到工作当中去。

第 3 节　生命在等待

赞比亚是撒哈拉沙漠南部的城市化较高的国家，大部分是班图语系黑人，70 多个民族，1000 多万人口，一半居住在乡村，一半居住在城市。相比周边的国家，赞比亚比较富庶，基础设施和交通设施也是比较好。

交通状况在一个国家很重要，它有时候等同于时间，也等同于效率与生命。

2017 年 10 月，中国地质南部非洲 7 个国家的在建项目干得如火如荼，新项目也不断启动。就在分公司发展四平八稳，项目运行水到渠成的时候，一个意想不到的事情发生了——项目修理工黄及雨出差途中发生了交通事故。黄及雨是湖南国湘人力资源劳务公司派往中国地质南部非洲分公司 kasama 项目从事修理工作的员工。

2017 年 10 月 27 日，黄及雨等人分别乘坐一辆东风平板车和长拖车出差，他们从 Kasama 项目营地出发，前往赞比亚首都卢萨卡。晚上，他同司机一起在 Serenge 小镇留宿，于第二天一早出发。长拖车在前面，黄及雨乘坐的东风平板车紧跟其后，行至 Mukushi 区域，离卢萨卡距离 410 公里的地方，对面驶来一辆三吨半的小拖车，车上满载集装箱，却像飞一样地过去了。小拖车根本就没有预测后面还有一辆车，所以，会车时由于超速与黄及雨所坐的东风平板车发生剐蹭，导致东风平板车失控。

事故发生大约半小时后，警察赶到现场，判定对方小拖车是肇事车辆。中方东风平板车损毁严重，长拖车轻微受损。事故造成中方人员受伤，其中黄及雨腹部受伤，肠道出血，情况危急。

李悦接到事故消息后，心紧张得狂跳，他第一时间联系附近的华人帮忙处理，并联系当地白人医生到事故现场抢救。但由于黄及雨伤势严重，现场抢救设备不足，需尽快送至卢萨卡大医院进行抢救治疗。分公司驻卢萨卡总部通过 SES 急救中心，要求安排飞机去 Mukushi 将重伤的黄及雨，接到卢萨卡医院进行治疗。

可是，祸不单行，当地风雨如晦，雷声大作，飞机根本无法直接在事发现场降落，只能在附近机场降落。急得李悦和另外几个同事满头大汗。李悦又重新联系救护车，将伤员送往附近机场上飞机，然后去首都卢萨卡。

时间在一分一秒地过去，黄及雨流血不止，所有人都捏了一把汗。李悦在心里不停地祷告："救护车快些吧！救护飞机快些吧！时间就是生命，只要自己的兄弟平安无事，别的都是小事。"

救护飞机于当天 15：00 从卢萨卡起飞，15：45 抵达 Mukushi 机场，急救中心医护人员对受伤人员做了简单处理，16：10 飞机起飞，飞往卢萨卡。17：40 黄及雨抵达 CFB Medical Center 医院。经专家会诊，初步诊断为内脏出血。为查明出血原因，需进行剖腹检查，于是，19：30 左右行探查术，23：40 手术结束，主刀医生告知，约 1 米小肠破裂和约 10 厘米的结肠破裂所致的出血，两处破裂部位都进行切除，总算保住了黄及雨的生命。谢天谢地，众人团结一心，保住了一位兄弟的生命，李悦长舒一口气。

事后，李悦召集大家针对这次事故处理的难点、处理成功经验等进行了认真的总结，并引以为戒。李悦说："在非洲这个地方，最怕的就是哪个同事生病，经过了这次的抢救经历，我要求各个办事处的负责人，务必重点关注员工的身体健康。员工的生命至上，要让同事们健健康康地在这里打拼。通过这次经历，我也看到了我们南部非洲分公司各位同事的团结热心、踊跃助人的大爱和集体责任感。"

这场和时间赛跑的救援，牵动了整个中国地质南部非洲分公司和华人的心。在李悦果断的决策和有效的运筹下，时间输给了人心，输给了南部非洲的"筷子文化"——兄弟情。

第 4 节　梦想的种子结硕果

李悦说:“要想干成大事，需要团队协作。”他认为只有发挥自己的能量，带动更多人埋头苦干，才能形成合力，成就大事。

李悦就是这样的人，当了领导后，非常注重团结和塑造队伍。他说做人首先是热心帮助同事，有良好人际关系的人才是有魅力的人。他鼓励员工之间要相互沟通交流，让兄弟感情像奔流的河水一样长流不息。这就是他自己倡导的南部非洲分公司的“筷子文化”。如果李悦发现员工存在某些情绪上的问题，无论工作多忙，他都找时间主动询问，想方设法安慰和鼓励。他知道在非洲这个离家千里之外的地方工作，工作上有不顺心的地方，难免会有情绪波动，影响心情。这时，真诚的安慰与鼓励就是一种温暖，可以让一个人由弱小变强大。

李悦还特别强调工作要有责任感。他在不同场合阐述责任感的重要性。他说责任感是一个人的思想素质、精神境界、职业道德的综合反映。责任感虽然无形无状、难以触摸，但是力量巨大，影响深远。一个人有责任感，就有积极主动的态度、深入扎实的作风、认真负责的精神，就有不甘落后的志气、百折不挠的勇气和奋力开拓的锐气，就会有信心、有决心、有恒心，就可以出思路、出办法、出成绩。

就大多数人而言，绝大部分工作是平凡、具体、琐碎的。李悦认为年复一年地把简单的事情都做好，就是不简单；把容易的事一件一件地落实好，就是不容易。这么多年以来，李悦一直严于律己，恪尽职守。

“在中国地质的这个大舞台上，只要你有梦想的种子，愿意挥洒汗水和激情，就能结出成功的果实。”李悦说到了，也做到了。

二十多年海外拼搏，他欣慰地感叹一切算得上是岁月静好，他的身心和工作都在健康稳步地发展。他特别开心的是认识了很多在非洲热土一起奋斗的兄弟姐妹，分公司也已经是“战地黄花分外香”。到现在为止，中国地质南部非洲分公司辖区内的7个国家，6个国家已经开设办事处，项目和队伍的发展规模日益壮大。

李悦个人负责的项目，从最早的赞比亚西方省学院房建水塔维修项目、西北省给排水项目、中部省公路项目，到早已成为中资企业在赞比亚工程标杆的利文斯顿沥青公路项目，再到北方省的卡萨玛项目和西北省的索罗威治项目等，每一个项目都是一种挑战，但他经得住考验，让项目变成了业绩，让每一个高质量完工的项目，成为荣耀。一连串项目的成功实施，让李悦有了做人的硬气和工作底气，更多了责任感和使命感。

南部非洲分公司用实力让人烟稀少的原始地貌逐渐显现出完善的交通脉络，给当地经济的发展带来了勃勃生机，西方监理也改变了对中国企业的刻板印象。中国地质南部非洲分公司得到当地业主的认可和赞比亚人民的交口称赞。作为一名企业管理者的成就感，作为一个中国人的自豪和骄傲，李悦感到幸福。

如果没有当初的咬牙坚持，怎么会有如今守得云开见月明。

虽然如今疫情常态化情形下，项目开展受到了一定影响，非洲市场竞争也逐渐激烈，但是，李悦相信，只要齐心协力坚守本心，分公司未来会一天比一天好。

第5节　愿岁月静好

中国地质南部非洲分公司设在卢萨卡的总部。

120亩的宽阔院落，一进门好几栋奢华低调的别墅，红瓦房顶，浅黄色的墙壁，一排排大型整版玻璃落地窗。窗外是高低不同的植物带。植物带后面大游泳池，乍一看上去，就像一处湖泊。绸缎一样湛蓝的水面，倒映着高远纯净的天空和高大的树木和多彩的花丛。人行道和游泳池边，一丛丛龙舌兰热烈地散发生命的激情，怒放向上的身姿，显示出倔强而野性的力量。

围绕在游泳池周边不远处，同样矗立着各种别墅。不同的建筑物是不同的生活场所，有办公区、生活区、活动区等，还有电影院、图书馆、台球室、乒乓球室、健身房、羽毛球馆、篮球场、网球场、游泳池等，一应俱全。据说这是中资企业中办公条件最好的地方。中国员工所有的办公和生活，基本不需要去院外。因为这里还有菜园、动物园，蔬菜副食品可以自给自足。赞比亚的国花三角梅到处盛放，像一团团火焰，点缀在树木之间。偌大的院落，随处取景，都是一幅美丽的油画。

李悦刚来这里打拼时的情景，可与现在的情况有着天壤之别。

2002 年，刚来赞比亚的李悦，第一个春节是在项目上过的。那时通信条件落后，给家里打个电话要跑到 100 多公里外的小镇找公用电话。

那天，他和几个同事天刚亮就满怀激动地向小镇出发了。李悦情绪高涨，他一路上都在想着给遥远的爱人说些什么。话费昂贵，他必须在最短的时间内，用最简短的语言表达他最真切的情感。

电话亭前排着长长的队，春节这个重要日子，等待打电话的人很多。终于轮到李悦了，他开心地走到电话机前，激动地按着电话机按键，电话那头却总是忙音。他心急如焚地尝试多次都没成功。他阵脚大乱，急得手发抖，视线也模糊了，心中只剩无尽的沮丧。后面还排着好几个同事，眼巴巴地瞅着他。李悦不好再耽误别人，恋恋不舍地将电话机递给了下一位同事，自己失落地走到了一边。

回来的路上，看到同事们和家人打完电话开开心心的样子，李悦羡慕的同时，心却在哭泣。天知道，他是以什么样的心情熬过那个一年一度最重要的节日的。

李悦与家人彼此音信全无。家中的老母亲急得寝食难安，大年关，蹒跚着走了很远的路，到李悦原单位打听儿子的消息。可惜，原单位同事也没人知道李悦现在的情况。“儿行千里母担忧”，那时的母亲该是何等脆弱与可怜。直到几个月之后，李悦和家人互通了信件，才知道中国海南区域电话号码升级至 8 位数，所以那时他才没有打通。

2007 年，孩子快要出生了，而李悦此时正在赞比亚西方省路苦路（Lukulu）土路项目忙着赶工期。

这个项目在赞比亚的西方省，该地区是沙地，几十公里找不到一个合格的料场，施工开展异常艰难。当时中方人员少，加上项目经理李悦，总共才8个人。没有翻译，也没有财务和总工，李悦就一个人顶上。他带着两个年轻工程师，几个操作手和修理工，事无巨细地操心项目的大小事务。有时，他还要和当地人一起到很远的原野森林里寻找石料。

等他把各种工作都理顺，项目能够正常开展了，才匆匆忙忙赶回国。当天晚上到家，凌晨2点到医院，天亮儿子就出生了。李悦开心地说："儿子想要见爸爸，所以等到这个时候才出来。"

孩子没满月，李悦又踏上了征途。远在赞比亚的项目打来电话，有很多事情等着他去解决。所以，李悦只好舍小家为大家，毫不犹豫地赶回赞比亚。李悦说："小孩成长过程中，缺少太多父亲的陪伴，家庭生活缺失太多。直到孩子五年级了，懂事的孩子主动提出愿意到赞比亚读书，这样一家人才能在一起。"

对于家庭，他和好多海外工作者一样，亏欠家人的太多。所有海外人，如果没有家人的支持和默默付出，是不可能在海外工作这么长时间的。

在南部非洲这样的地方工作，意味着什么，只有自己身临其境才会有深刻的体会。只要热爱生活，无论世界上的哪个地方，都隐藏着无限生机。李悦已经习惯并热爱这样的生活环境，他只要看见这片土地和这里的一切，就充满工作的激情和动力，每天都有使不完的干劲。

李悦说："在离家千里之外的异乡，有时候生活中的点滴小事，就能影响一个人的工作和学习。但人的感情是丰富多维的，不管工作任务有多重，只要心情好就可以无往而不胜。"

海外二十多年的磨砺锻炼，将李悦的视野练得深邃而广阔，思想通透而豁达。

中国地质在莱索托的工作开展得有声有色，影响非常好，市场业务量也很大。可能是树大招风，2022年2月，莱索托60公里公路项目遭到土匪的抢劫。项目办公室突然闯进一伙持枪劫匪。这时，项目经理龙文正在办公室加班，因为这里之前没发生过抢劫的现象，所以，一点防备也没有。

龙文1987年出生于湖南长沙，2009年8月25日进入中国地质南部非洲分公司莱索托办事处。十几年来，工作一直踏实敬业，积极主动，勇于担当。在项目上起到了党员的先锋模范作用，是莱索托办事处党小组组长。

在南部非洲分公司，龙文曾经参与过莱索托 Senqu 和 Senquyane 大桥项目施工，后又连续参与 Mohapitso 大桥项目、Sekake-Semonkong70 公里沥青路面升级项目和 40 公里双表处项目。他工作积极性高，具有高度的责任心和奋斗精神，在担任 3.8 公里项目和 Maputsoe 城市道路项目经理期间，高质、高效完成项目各项指标。

遭遇劫匪时，他正在执行莱索托 60 公里公路沥青路面升级的项目施工。

劫匪破门而入，公然抢劫，把龙文的手机、手提电脑和现金全部抢走。龙文试图阻拦，劫匪狠狠殴打了他，妄图给他个下马威，还让他带路去其他房间搜寻钱物。

龙文想自己是中国人，与劫匪没有什么对立冲突，料想劫匪只是为钱财，不会开枪索命。想到这里，他淡然很多，为了不让其他兄弟遭受劫匪恐吓和抢劫，就把劫匪带到办公室去搜，唯独没去财务室。虽然劫匪挨个办公桌搜，结果只搜到小部分现金和一些电子产品，直到感觉再没任何可抢之物，才撤离办公室。

龙文危急时刻，宁愿自己挨打受伤，也没服从劫匪的威吓，殃及他人，最大程度减少了国家财产损失，保护了兄弟员工。大家得知情况后，一部分人冒着生命危险去报警，另一部分人赶紧抢救龙文。同事马向前被子弹弹片打伤，在危难时刻，大家团结一心共同对付劫匪。最后，劫匪只好逃之夭夭，离开项目工地。

岁月静好，随着一批又一批中国地质人的加入，中国地质南部非洲分公司队伍日益壮大，分公司的发展日新月异。

现在的赞比亚，“中国”两个字无处不在。无论走到哪里，都能看到这两个闪闪发光而令人温暖自豪的汉字。

第 6 节　感恩“Mr. No”

李悦是个非常乐观的人，站在中国地质今天的高度和辉煌的旗帜下，回忆过去苦乐参半的经历，忆苦思甜，是他激励员工的常用方式。

作为分公司总经理的李悦，克勤克俭，能吃苦能受罪。2006年，做第一个土路项目时，他和业主方丹麦人一起参加会议，会议地点安排在卢萨卡野生动物保护公园里的星级酒店。按常理，为了方便，大家在一起开会，一般也一起住酒店。李悦看到业主登记住一晚需要300美元时，他不舍得住这么昂贵的酒店，就说这里风景好，想在公园体验一下野外美丽的夜晚。于是，他在业主住的酒店附近林子里，支起帐篷睡了一宿。

第二天早上吃完早餐大家出来散步时，发现一头狮子，在李悦住的帐篷附近嗅来嗅去。业主对李悦说："这里的确很美，但林子里有狮子和大象等野生动物。"说着，他用手指指李悦住的地方。李悦看着那头狮子，心里直发毛，心想幸亏一夜平安无事。

旁边的酒店服务员解释说，野生狮子在酒店附近有它们自己固定的活动区域范围，一般不会伤人。它们和酒店工作人员和谐相处，有时候河马都跑到酒店大堂去睡觉。酒店也有专门看管动物的工作人员，不会让它们伤人。狮子和大象都是野生的，它们自由地来，自由地走，时间长了，和酒店的人彼此都习惯了这种相处方式。

在李悦沉浸于自己露宿野外没有遇到危险的庆幸中时，危险真的来了。

那时会议已经结束，李悦和司机拿了行李上车准备离开酒店出发回营地。司机刚刚启动发动机，突然走过来一头气势汹汹的大象，拉开架势要扑过来。司机还没有弄清楚怎么回事，李悦说："赶快开车！"司机猛踩油门，车子"嗖"的一声冲出去。大象气得跟在后面追了几步才停下来。

原来刚才司机开车挂挡发出了"咔咔咔，吱——"的声音，类似于爆裂的拉枪栓声刺激了大象，引起了它的警觉。听说大象有个习惯，惹怒它之后，它能发出一种特殊的呼唤声，这声音会将周边丛林中的大象群招来。暴怒的大象，极其可怕，鼻子能轻松掀翻装满30吨货物的大车。它轻轻一抬脚，就能踩扁一辆小轿车。这一次，把李悦和司机都吓得不轻。

后来，每次想到自己遇到过的惊险，李悦都有劫后余生的感觉。

从此以后，李悦吸取了教训，再去考察危险地方的项目，都带几个当地人一起，而且再也不敢为节省费用而冒险了。

分公司刚成立时候，项目比较小，刚起步时的确艰苦。所有项目，几乎都是在很落后的地方。因为落后才需要建设，只有建设好了，才能不落后，所以，一个工程结束之后，项目部又换到另外一个落后的地方去了。

南部非洲分公司2000年在赞比亚注册成立，中国地质南部非洲分公司的第一任总经理是李金平，李悦是第二任总经理。

2002年，刚在天津大学接受中国地质国际工程项目经理班培训后的李悦，因为深受中国地质文化熏陶和鼓舞，怀着到南部非洲闯天下的激情，来到了赞比亚。

李悦开始在一个公路项目上当工程师，前三个月，人生地不熟，语言不通，对施工环境和标准也不熟悉。但是经过努力，他很快就进入了适应期，工作生活如鱼得水。

一天，李悦刚从卢萨卡买材料回来，遇上李金平总经理。李金平突然说："你准备一下，接任西方省学院维修项目项目经理。"

西方省学院维修项目工期滞后，本来也会亏本，好巧不巧，原来的项目经理杨国红因个人原因出了一些不好的状况、惹下了麻烦，让李金平下定决心更换项目经理。

中途接项目，要有个适应的过程。项目监理是印度人，对中国人极度打压和排斥，在工作中多次利用职权故意刁难。在工程价格上对中国人不利的，就故意要求李悦他们多做，让中国人亏本。价格好的工程，力避让中国人做。中国地质提出的合理建议，不是被拒绝就是被无视。中国人气不过，私下里直接喊他"Mr.No"，一解心中闷气。

任何一个人无论走到哪里，身上都带有本国本民族的烙印，每一个人的形象都代表自己的国家和民族的形象。李悦内心的倔强和尊严，让他蔑视这位印度监理。

他选择了用事实回击印度监理多方面的打压。他带领兄弟们狠抓生产，赶工期。最后，在大家的团结努力下，项目按期完工，并以良好质量和信誉赢得业主认可。

李悦和所有的中方员工团结一起，共同战胜困难，赢得当地人民的尊重，也赢回中国人应有的尊严。当地人民切实享受到中国地质做的项目给他们带来的好处，对中国地质人很感激。

李悦说他做过的项目中，最苦的是西方省路苦路土路 OPRC 项目。

该项目由承包商自己设计、施工，完工后维修和维护四年，且保证路面达到 4 轮驱动皮卡车能每小时跑 40 公里的标准。

西方省多是沙地，很少有修路用的粒料，所以这条路路况很差——200 来公里的路，小车要颠簸一天，只要下雨就陷车，政府承受的舆论压力很大。政府为了选票，想通过这个项目来保证当地通车。

铺路缺乏材料。李悦和政府部长一起去考察时，李悦跟部长说“巧妇难为无米之炊”，没有原材料就没有办法铺路。

项目刚起步，很难，条件也艰苦。好不容易找到一个有料的地方，挖了五六米深，才把料挖出来。当地人笑话项目组的人不是在铺路，而是在挖矿。挖出来的料还要运到 70 公里外的工地，成本非常高。

施工后，由于受资金和材料限制，只能轻度维修。通车一段时间，尤其是雨后，路就坏了。当地重车或客车陷车后，社会上各种不好的舆论接踵而至，李悦压力很大。他明白只有保证通车，才能减轻舆论压力。他结合当地情况不断地摸索，利用原来修路时丢弃在路边的石头和当地沙层里找到的很薄的一层含铁石头，用铁锤打碎铺在陷车路段，利用当地的车来压。石头陷下去了再加铺石头，直到不再陷进去为止。当时，李悦的项目几乎把赞比亚所有的铁榔头都买来了。别人修路用平地机、压路机，中国地质修路用铁榔头。许多人等着看中国地质的笑话。

碎石铺路是无奈之举，也是唯一的办法。路虽然不平，却也能勉强维持通车，能够保证生活物资、柴油等供应该地区。这条路靠人挥舞榔头维护了四年，确保通车。这个项目是中国地质至今所有项目中生活条件、施工环境最艰苦的。

当地公路局业主从这个项目上看到中国地质的诚信和坚持。这个项目赢得了赞比亚公路局的信任和尊重，为以后中国地质拿公路项目奠定了基础。慢慢地，中国地质和当地公路局建立了良好的合作关系，中国地质的项目也就转到公路建设上来了。

2009 年，李悦开始做 Livingstone 40 公里公路项目。这个项目是欧盟和赞比亚政府共同出资，总监是英国人。监理要求严格，为人傲慢，对中国地质充满不信任。因为这个监理目睹了中国地质在此前的 30 公里公路项目中，由于项目组缺乏经验，管理不到位，施工困难多等原因，未按施工规范组织施工，施工质量差，工期滞后甚至被罚款的过程。

项目开始后，李悦组织工程技术人员和管理团队努力学习和研究技术标准、规范和合同，按高出规范要求的标准精心组织施工。根据合同，主动与监理沟通交流，通过高质量和守合同来赢得监理的尊重。同时，在施工中，为了有力激发中国人员的爱国热情和工作热情，提出两个目标：项目工程质量比同期在 Livingstone 城市道路施工的日本承包商工程质量好；培养 4 个项目经理。项目完工后，这些目标如期完成。

这个项目完工到目前为止，已经交付使用十几年。道路不仅完好如新，而且没有出现空巢、变形和沉降等现象，堪为赞比亚至今最好的公路，受到当地人和政府的好评，也被业主赞为“中国地质标准”。后来这个监理在一年质保期移交的时候，主动真诚地向中国地质道歉，承认当时是看不起这个年轻团队，后来他意识到，小看中国人是错误的，中国人很了不起。

作为欧盟在非洲第一个按合同工期、质量和资金预算完成的项目，不但得到傲慢的英国总监认可，改变了他对中国工程师和中国质量的看法，还获得了欧盟代表的肯定和表扬，为中国质量增光添彩！

第 7 节　剑走偏锋

中国地质南部非洲分公司自 2000 年成立以来，始终秉持尊重、包容、分享、感恩的理念打造员工队伍，推动企业建设发展。以拼搏精神、奉献精神、创新精神为基石；坚持责任意识、忧患意识和大局意识；团结干事、和谐共事，并且用心做事，努力在非洲打造有口皆碑、正面积极的中资企业形象，一步一脚印，推动“一带一路”建设发展。

南部非洲分公司虽以路桥施工和供水项目为主要经营业务，但也涉猎了各类交通、民用工程建设项目的施工总承包和供水、排水、水处理工程及配套工程的建设。目前公司在建项目 20 余个，涉及公路、给排水和房建等。无论是什么项目，公司始终兢兢业业，稳抓细节，从做中学，不断提高施工管理能力和技术水平，在获得经济效益的同时努力创造更多的社会效益。

2011 年，赞比亚北方省 Kasama 城市道路项目的顺利完工得到了当地群众的认可，改变了北方省省会城市的面貌，创造了良好的社会效益。

2012—2015 年，李悦负责的赞比亚北方省 Kasama 项目以其高质量和良好的组织管理，给当地酋长留下很好的印象，带来了良好的社会效益。

2016 年由于政府财政支付困难、当地币汇率贬值等问题，分公司面临严重亏损，他们迎难而上，积极主动跟业主交流，另辟捷径，利用青哥拉—索尔韦齐西北省 Lots1 60 公里、Lots3 68 公里公路项目的重要性说服业主引入社保基金解决项目付款困难问题，让项目顺利按期完工。该项目通车后，大大减少了该地区铜矿企业的运输成本，改善了当地的交通、就业情况，增加了当地的税收。公司内部提质增效节本，精简施工队伍，精心组织施工，优化设计和变更，最后，顺利渡过难关，成功地扭亏为盈。

越是困难，越是要重视市场开发。

在最困难时刻，分公司甚至要靠借中国地质集团总部的钱来发工资，但分公司依然投入资金，坚持开拓市场。2016 年，成功开发津巴布韦，设立纳米比亚办事处。经过五年的坚持，2021 年成功中标第一个项目；2017 年，设立马拉维办事处，2019 年，成功中标第一个项目；2018 年，设立博茨瓦纳办事处，2020 年，相继中标 2 个给排水项目。

分公司原来有 3 个国家的在建项目，2022 年，开拓到 7 个国家有在建项目。

在疫情和经济双重压力下，分公司坚持做最美“逆行者”，不但全力开拓和培育市场，为以后做强做大打下基础。同时培养出一批作风过硬，能吃苦，有责任，有担当，愿意跟公司同甘共苦的年轻干部。

这批中坚力量，把中国地质精神不断弘扬壮大。其中，博茨瓦纳办事处负责人申思和马拉维办事处负责人张洪飞，在疫情期间，孤身开拓市场。为跟踪项目，连续多次放弃与家人团聚的机会，奋战在一线，精神可嘉。正是一批又一批薪火相传的中国地质人，在非洲大地上挥洒青春，燃烧激情和梦想，才有今天的繁花遍地和分公司的美好未来。

中国地质南部非洲分公司在非洲已有二十多年的发展历史，建设过许多有口皆碑的好项目，他们用自己的实力和业绩树立品牌形象，用信誉和工程质量赢得各界认可，自身优势越来越强。目前，分公司已在南部非洲7个国家发展。未来，力争在维持原有市场的基础上继续开疆拓土，开发其他国家市场，打造中国地质品牌，朝着国际化的目标发展进步。

李悦说，南部非洲分公司在未来招投标过程中，要努力发挥优势又不限于自身优势。虽然分公司很擅长公路建设，但是有其他方面的建设项目也要踊跃争取，横纵两向发展，不断扩大业务链，推动公司发展。目前其他竞争对手主要是中资企业，有些中资企业主要通过招投标压低价格来中标，还有一些企业本身就有某项工程的建设优势。即使这样，分公司也不会盲目压低竞标价，这样不仅会造成恶性竞争同时也有损自身利益。俗话说，打铁还需自身硬，分公司未来的发展还是得靠技术说话，未来，分公司还需要不断加强自身技术，用技术打造公司品牌形象。

李悦一路拼搏，有成功的喜悦也有艰辛的泪水，有坎坷蹉跎，也有人生欢歌。今天的李悦，从刚毕业的毛头小伙子成了深受外国人尊敬的中国专家。南部非洲分公司也由过去的艰苦创业变为今天事业的壮大和兴旺，他深感骄傲和自豪。最让他自豪的是，自己能够带领一群经过二十多年风雨洗礼和岁月沉淀的兄弟，共同打拼，为中国地质增光，为中国人增光。

如今，年富力强的李悦，深知自己作为团队领导者肩负的重任，也深感使命的神圣与光荣。他说：“一个带头人，既要有本事，也要守本分，一定要坚持权为员工所用，情为员工所系，利为员工所谋。总之，就是上为国家做贡献，下为员工谋福利。不断加强党性修养，始终保持光明磊落的胸襟，清正廉洁，刚直不阿，用心做事，问心无愧。”

第8节　时间没有忘记

南部非洲的山水，从来没有忘记过一个人的身影和名字，那就是中国地质南部非洲分公司第一任总经理李金平。

2000年，李金平拿着中国地质的授权书，单枪匹马，前去南部非洲。他的勇敢和气魄到现在都为人津津乐道。

李金平来南部非洲的目的很明确，寻找干工程的商机。在海外，只有在国际承包市场承包到工程，中国地质人的心里才是安全的。中国地质务实，一旦离开实际上的工程，中国地质人的自豪和光荣便不复存在。

初来乍到，突破口在哪里？

创业是艰苦的。在一次考察土路的过程中，晚上到了一个偏远的村庄，村庄没有饭店也没有旅店，并且村庄里的人都已经休息了。又饿又渴的李金平敲开一户人家的门，从一名老太太那儿买了一只鸡。因为没有地方烹饪，只能将鸡架在棍子上烤。忙乎半天，烤出来的鸡肉根本就嚼不动，最后把烤鸡送给了司机，自己饿着肚子躺在一晚上1美元的旅店入睡。

李金平说："中国地质刚开始都是这样，一两个人先期出去打拼，开拓一个国家或一个区域的市场，然后在那里生根发芽，慢慢壮大。开始的环境确实艰苦，但是，我们一点都不感觉苦。因为，那时候年轻，精力充沛，理想远大。我们每个人的身后，都有强大的公司在关注、支持。中国地质的历史，就是前往各个地方打拼市场的开拓史。"

是的，中国地质人无论走到哪里，即使是天涯海角，也走不出中国地质的企业精神和企业文化。

1990年，李金平以汤阴县第一名的成绩，迈入了中国地质大学武汉校区的大门，就读探矿工程系掘进工程专业。就读期间，他在大学礼堂听过校友——中国地质总经理孙金龙回校所做的精彩报告。孙金龙的报告，内容基本就是在海外的工作经历。特别是在巴基斯坦CRBC-63号水渠工程项目施工经历和为国争得荣誉的奋斗过程，报告深深感染了李金平。他备受鼓舞，当时下定决心，毕业之后就要做孙金龙那样的人，为国争光。

1994年，李金平如愿以偿，被分配到了中国地质。

这时候，中国地质的影响力也不断扩大，海外事业蒸蒸日上，各项目都需要人才。李金平偏爱英语、电脑及数学，很适应海外的工作。可他刚开始去的是国内项目——河南灵宝市金矿项目。业主是金矿公司，中国地质给金矿公司施工挖隧道。

他刚去当技术员的时候，爆破后，隧道里的通风没有完成，就往外运矿渣，在坑道里，李金平突然摇摇欲坠，只感觉自己像个稻草人一样，无筋无骨般的松软。他在倒下去的时候，并没有觉得疼，别人说的话，他依然听得清楚，“李经理倒了，李经理中毒啦！”而后，就啥也不知道了。

醒来时，眼前是着急的工人，他躺在临时搭的“凳子床”上，呼吸一下新鲜的空气，对周围工人们报以微笑。

他和工人们一起淌汗，一起欢笑，一起蹲下吃饭，一起大干快上。装炸药，点火，爆破。点火员一声令下“点火！跑！”所有人就拼命往安全的地方跑，跑到安全区域后捂住耳朵，震耳欲聋的爆炸声就会传来。然后，大伙像土地公公一样，纷纷从各自的隐藏地方冒出来，一脸尘土，带着胜利的欢笑重新欢聚一起。

一个月之后，李金平从技术员升任项目经理。三个月之后，又提成项目部副经理，负责管理好几个项目。项目部经理鲁良民非常赏识李金平，认为他出身专业，英语不错，又偏爱数学和电脑，脑袋灵活，能吃苦耐劳，理论跟实践一结合就更厉害了。

李金平在河南金矿干了有一年半左右，1996 年被公司调回到总部。年底，李金平到巴基斯坦北部隧道工程项目，担任了几个月的施工技术员。实践的时间虽短，但让他见识了海外断面隧道施工的大场面，并与外国监理、当地施工技术人员建立了良好关系，全面掌握了海外工程项目的管理程序。

第 9 节　道拉小镇的大坝

1998 年 1 月，李金平被公司派往尼日利亚。他参与的第一个项目是 Sabke 大坝及进场道路工程，地点在尼日利亚道拉小镇，项目合同额 1500 多万美元，是中国地质在尼日利亚的第一个大型项目。鄂尚发是项目经理，李金平担任现场工程师。

李金平英语及计算机水平较高，主要负责采购和计量，每个月给项目做账单。他还负责大坝开挖的石方爆破工作。他说这是他一生中学习收获最多的项目。

由于是第一个大型项目，前期人员不是很充足，大家就铆足劲儿，使劲干。每个人轮岗尝试各种工种，所以大家都从这个项目上学到很多知识——混凝土模板、钢筋、计量测量等，特别学会了与业主及监理打交道这类复杂的人际关系学问。

这一项目的所有监理都趾高气扬，不好相处。然而一个项目离开监理，真的转不动，监理的挑剔，成为压在大家心里的石头。但是中国人是以德报怨的，有一天，一个监理出了车祸，鄂尚发带着李金平和张付祥几个中国员工不顾危险，也不计较监理之前的挑剔，飞奔着赶到现场救人。

这位平日严苛的监理很感动，非常感谢中国员工救了他的命。李金平说："我们中国地质人就是这样，就想着去救人，别的什么都没想。监理也有监理的工作要求嘛，不过此后关系就融洽了一些。"

还有一次，李金平和鄂尚发找监理签字，适逢监理不在家。如果监理不签字，第二天就没法施工，会影响项目进度。他们俩就在监理家门外，从白天等到傍晚，直到监理回来。监理都为他们的耐心动容。

因为追赶工期，项目上许多工作需要在夜里施工。土石方要从很远的地方拉过来，中间距离比较长，这样就让小偷有机可乘。他们也将情况报告给警察，但警察也不能一直派人守着项目，也找过当地的酋长，酋长也没有什么好办法。偷油事件时有发生，使项目组损失严重。

为了有效遏制偷油事件发生，李金平决定在夜里和司机一起出车，看能不能抓到偷油的小偷。李金平藏在拉土方的车后面，司机在前面若无其事地开着车。走着走着，出现两个人拦车，于是司机停下车，让两个"买油"的人上了车，把车开出去之后，司机把车灯打开，告诉那两人说："你们看后边坐的是谁？"两个人回头一看中国人坐在车里，马上就吓坏了，他们知道这是被抓了。其中一个人当场跳车，另外一个人被按在地，送到警察局。

那时李金平二十六岁，正是精力旺盛的年纪。他只认为维护公司利益是理所应该的，根本不会顾及是否危险。从此以后，小偷们都知道中国人已经识破了他们偷油的伎俩。偷油的风气得到扼制，项目利益得以保护。

李金平在项目上还负责计量和报账单。中方现场工程师的责任不只是在生产技术管理上，更重要的是工程计量和报账单方面，账单是工程进度和收益的依据。工地上的土石方计量，混凝土统计，钢筋制作加工等，这些施工中的技术和计算都很复杂。施工进度情况多变，日复一日的积累又很烦琐，需要咬牙坚持，需要坚强的毅力，否则短期内想干好很难，想成为内行更难。李金平进入角色很快，他不但熟练掌握工程计量并注意积累经验。没用多少时间，他就克服了报账单的重重困难。

外国监理审批账单不仅手续严格，而且经常有诸多挑剔，刁难施工方。最惨烈的一次报账是李金平提交100万美元的工程量账单，监理竟大笔一挥，砍掉了2/3，只承认并批准了30万美元，任凭李金平怎么争取都无济于事。

聪明好强的李金平一看报表，从头凉到了脚后跟。他脑海里闪过同事们辛苦干活的镜头，眼泪就下来了。敢在深夜抓小偷的李金平，这时委屈得像个孩子。回来的路上，司机开着车，他就在座位上不停地掉眼泪。从小自信要强的李金平，这会儿心里打起了退堂鼓，他甚至怀疑自己的工作能力。他认为就是因为自己无能，才让同事们受累拿不到钱，给公司造成损失。

李金平没有别的办法，只能勉励自己更努力，更坚持，更真诚。时过境迁，李金平回想起来，心里还满是酸楚，不过他在中国地质搭建的平台上硬挺过来了，实现了自我价值。

项目刚开工的时候，大坝项目工程业主一直付不下款来。

工期一步一步逼近，雨季一来就什么都干不成了，这几个月内必须得把活干完。工人工资、买材料等都没钱支付，项目人员都很着急。

会计张付祥是个阳光灿烂的小伙子。他用双手支撑着下巴，双眉紧锁，突然起身出去了。过午，张付祥从外边回来说："开张支票，去银行拿钱吧。"他的话让在场的同事大喜过望。项目组的人知道他刚才一定去银行找"小胖墩"去了。"小胖墩"是当地银行的职员，名叫阿布巴卡尔·穆罕默德·易卜拉希姆，这么长的名字大概只有张付祥能记住并叫得出来，别人都简称他"小胖墩"。

阿布巴卡尔·穆罕默德·易卜拉希姆是豪萨族人，眉清目秀，轮廓分明的脸庞上镶嵌着一双湖水般清澈的大眼睛，开口说话先露笑。而张付祥胸襟开阔，神态脱俗，仪表堂堂。他经常向“小胖墩”介绍自己美丽而神奇的祖国，讲长江与黄河，故宫与长城……他给“小胖墩”展现了一个充满童话及梦幻般美丽的神奇世界。真诚的交流，让两个异国青年之间相互欣赏，惺惺相惜。

“小胖墩”很信任张付祥，也很支持项目工作。项目组银行账号上没钱，可以免息透支。只要是张付祥开出的银行支票，“小胖墩”就能给随便透支。他的高度信任和支持，有力地保障了中国地质在尼日利亚大坝水利项目的进度，帮助项目组度过了一段最艰难的时间。

道拉小镇大坝项目，终于赶在雨季之前提前完工，业主和监理方都很满意。

一段异国友情成就了一个项目工程，一个项目工程成就了一方天地，一方天地成就了一群真诚善良的人。

第10节　流星划过的心情

1999年10月至11月，受经理部派遣，李金平独自前往南部非洲开拓市场，他先到津巴布韦，年底又到赞比亚。

他找到了非洲经理部的苏椿，详细做了南部非洲的市场调研，仔细记下有效可用的项目信息和资料。然后，开始了寂寞而专一的做标和投标工作。他住在新华社招待所里，每天钻在一堆标书里，做完这个做那个。这几天在津巴布韦投标，过几天又去赞比亚投标。

他在赞比亚和津巴布韦两个国家之间来回穿梭，乐此不疲。风雨认识了他，山水熟悉了他，他孤独的脚步见证了一些不知名的植物由种子开成了花朵。中国地质小伙子李金平的梦，也在一个一个地发芽。

经过努力，他很快就把津巴布韦和赞比亚市场一起发展起来了。2000年，中国地质在津巴布韦和赞比亚国家拿到了3条土路工程，开启了中国地质南部非洲开拓的序幕。3条土路，首开中国地质驻扎非洲南部地区的先河，成了中国地质南部非洲分公司走向辉煌的彩色通衢。

2000 年 1 月，中国地质赞比亚项目部成立，李金平任经理。几个土路项目同时授标，项目开始陆续招人。招来的 10 多位中方员工开始在赞比亚施工。虽然正式职工只有李金平一人，但他却代表中国地质，代表中国。这时，南部非洲分公司才算真正意义上开启了新的一页。

2000 年是南部非洲分公司发展历史上的重要节点。从那时开始，中国地质的队伍开始不断地发展壮大。2001 年，中国地质又开拓马拉维市场，拿到马拉维国家北部世界银行出资的供水项目。

南部非洲是中国地质海外分公司中管理国家最多的分公司。李金平的视野渐渐广阔起来，一股勇猛的力量促使他想快速占领多个国家市场。他常常觉得时间不够用。为了解除后顾之忧，他让妻子也来到非洲搭把手，做做后勤工作。

为了马拉维供水项目招标，在非洲颠簸的道路上，他和司机一天开车 1000 多公里。凌晨顶着星星出发，晚上又顶着星星到达。仗着年轻，凭着精力、体力无限，马不停蹄地猛闯猛冲。赶路间隙，他坐在马路边休息时，抬头望见一颗硕大的流星拖着五光十色的大尾巴，划过了非洲澄明的夜空，很快就消失在天空，只剩下天上的点点繁星，仿佛沉浸在默默无言的感慨中。

李金平内心柔软的部分，被转瞬即逝的流星划出了一道深深的印痕。他被莫名其妙的感动重重击中，竟然泪流满面。无垠的宇宙，空旷的荒野，一颗光芒耀眼的流星，短促划过天边，多么像一个人的人生。

他第一次感觉人生如此短暂，好男儿就应该脚踏实地地努力奋斗，太平静的生活只能辜负短暂的生命。人生要像流星，尽管短暂，但要尽量发光发热。

2002 年，让李金平没有想到的是，一不留神，他进入了人生的低谷阶段，工作上出现了前所未有的困难。赞比亚的一个学院建筑项目出现亏损；马拉维国家承包市场萎缩，仅有的几个小项目也处于收尾阶段，整个南部非洲基本处于没有项目的境地。这对于一个中国地质人来说，是最可怕的。

李金平面对的问题在于，既然当地没有项目，公司就安排把南部非洲的大型设备，进行跨国调度到东非经理部所在地坦桑尼亚，那里有项目缺设备。李金平看着自己朝夕相处的设备一台台离开自己，他的心像被刀割一样疼痛。虽然万般不舍，但他深明大义，都是中国地质，他理解和支持领导的安排。

李金平说：“那时很难过，就觉得自己成光杆司令了，正在打仗呢，枪被拿走了。我们手上没有设备，以后怎么干活，怎么生存？”

公司领导知道李金平伤心难过，安慰他说，公司暂时困难，先把设备调走。等到他拿到新项目时，公司也会全力支持他，买新的设备。李金平欲哭无泪，他想将人员遣散以节约成本，可是又怕散伙之后，拿到项目再临时组建队伍更难。留着呢又会增加成本，项目组已经快捉襟见肘了。有一段时间，他从其他中资公司借钱来维持运转。

但是，一个青年人心中关于梦想的种子依旧完好无损。他需要一些时间来培育和践行自己的梦。

雪上加霜的是，李金平收到信息说父亲辞世。他悲痛万分，跑到没有人的地方号啕大哭。但最终他只能化悲痛为力量，坚守南部非洲，争取早点拿到工程项目，为家人争光，为自己争气。

马拉维这个项目，市场竞争很激烈，他和业主是第一次打交道，业主对中国地质还不是很了解，双方没有建立起牢固的信任关系，业主很可能随便找个理由就废标。所以，李金平非常谨慎小心，从 2000 年跟踪到 2002 年，两年的项目跟踪充满艰辛，李金平不愿意前功尽弃。

李金平在十分困顿而又极度悲伤的时候，通过阅读魏巍的《地球上的红飘带》振奋精神。这本史诗一样的巨著，记录了中国共产党用自己的脚步和鲜血镌刻在地球上惊天动地的故事，犹如一条鲜艳夺目的红飘带飘在地球上。书中描述了中央红军长征的完整过程，长征路上，宁愿牺牲自我也要保全集体的精神，数次让李金平流泪，书中英雄们在困境中坚持的精神，也鼓舞着正经历自己生命中长征的李金平。

他命令自己必须振作起来，做一个对国家有用的人，践行中国地质“上为国家做贡献，下为员工谋福利”的核心价值观，并用中国人自己的方式证明，中华民族是伟大的民族，中国人是不可战胜的。

李金平说:“总有一种无形的力量在鼓舞着我，激励着我。我就想啊，没有什么困难是不可以克服的，像长征那么艰苦的条件，人们都能够克服，我们现在遇到的这点困难有啥不能克服的。”

功夫不负有心人。

2003 年 2 月，李金平只身一人去开拓莫桑比克市场，在莫桑比克一举拿到了好几个项目。从此，莫桑比克业务一直发展得朝气蓬勃。他认为只占据莫桑比克和马拉维两个国家，地方面积还是太小，必须得占据更多国家的市场，这样可以形成优势互补。所以，他就一直积极致力于开拓周边国家的市场。

2003 年，李金平在赞比亚又拿到了一个比较大的项目——西北省的供水项目，这是一个德国的项目。这个项目组织得比较好，各方面准备工作做得也好，收益很不错。这时候，公司看到南部非洲出现了有史以来的新面貌新气象，公司马上给予各方面的支持，这让李金平非常感动。

李金平从项目部经理，到中国地质东非经理部副总经理，再到中国地质南部非洲经理部总经理，他始终立足南部非洲，盯紧南部非洲市场，从赞比亚到马拉维又到莫桑比克，在艰难曲折中开拓。一个又一个工程项目的取得、一项又一项新领域的拓展，无不饱含着这位年轻经理人的心血。前进的道路上，有过失败，有过亏损，更有过数不清的坎坷与磨难。可贵的是，李金平矢志不渝，激情未减，风雨兼程，从不动摇。

2005 年底至 2006 年初，中国地质南部非洲经理部再次陷入经营低谷。

当时市场主要在供水领域，还没有经济实力开拓其他工程领域。由于供水工程市场小，市场变化又太大，许多跟随中国地质多年的中方技术骨干面临失业，人才被迫流失。那时，南部非洲分公司在赞比亚有几个项目正在投标，但是，公司资金很困难。李金平想，如果投中了这几个土路项目，怎么解决资金不足的问题呢，能不能把南部分公司作为一个股份公司，公司一部分股份，员工一部分股份？鉴于南部非洲分公司面对的形势，总公司决定把这种运营模式作为整个公司的试点。

2006年，总公司批准中国地质南部非洲经理部改制为中国地质南部非洲有限公司，首开改制之先河。有限公司成立后，成果显著。

公司领导班子在总公司的领导下，不负众望，团结一致以无比激情，创造了一个国企海外改制成功的案例。此举也使南部非洲有限公司一跃发展为年合同额超过1亿美元的企业，项目涵盖公路、桥梁、供水、房建等多个领域，中国地质成了赞比亚、莱索托等多个国家施工企业的金字招牌。

2013年，李金平被评为“国资委先进工作者”，2015年被评为“全国劳动模范”。

李金平感叹地说：“我不能不佩服我们中国地质的几任领导，他们非常有思想有思路。公司风清气正，这些领导确实让员工认可并信服。能够在这样一个公司里工作，我感到非常幸运，我自从来到中国地质，几十年如一日，一干就是一辈子。”

李金平这一段情深义重的感怀，是感谢那片把他由云彩变为甘霖的天空，也是感谢那些把他由流水的柔软变成坚韧树木的峡谷。

第十七章　蓝色的起跑线

鸿雁划开奔腾的江河
青春的音符在远方舞动
那个志在四方的英俊少年
弯腰打捞起黄昏折断的翅膀
细数多少花开花落的记忆
火一样的誓言，托起云霞满天
今天它们为何凋零成残雪
时间的刻刀清晰地刻下奔腾的背影
远方你曾经种下无数个人生的主题
转眼之间，山谷飘出雁鸣的呓语
云彩收藏起那条曲径通幽的心迹
含笑未来，迎接崭新的蓝色天空
随时等待那座灯塔发出最新的指令

艺术是人类重要的意识形态符号，西非贝宁共和国的雕刻艺术，是世界艺术中的典范，可与古希腊、古罗马等高度发达的欧洲文明雕刻媲美。在赤道和北回归线之间只有 11.3 万平方公里的贝宁共和国，物产丰富，黄金矿区面积超过 1 万平方公里。油棕、柚木、杧果、棉花都是贝宁盛产的经济作物，海洋鱼类也非常丰富，1180 万人口中，约有 30 万人从事渔业生产。

首都波多诺伏是议会所在地。政府所在地是科托努。这个因为受到苏联的影响走过十五年的社会主义道路，直到现在，贝宁依然保持着用马列主义建设国家的特色，是较早步入“非洲科学社会主义”的非洲国家之一。政府重视社会治安，政治稳定。招商引资和基础设施建设作为发展经济的重点，鼓励外国企业在贝宁投资。

贝宁北隔尼日尔河与尼日尔共和国相望，南临大西洋几内亚湾，东部与尼日利亚比邻，西边和多哥相连。多哥同贝宁关系较密切，多哥和贝宁都曾经先后被德国和法国殖民，官方语言都为法语，两国的意识形态、文化潮流、思想观念主要受法国人影响。多哥国土面积比贝宁还小一半以上，海岸线只有 55 公里，是一个既有山野粗犷，也有田园温馨的非洲小国，气候宜人，民风淳朴，人民生活舒适安逸。

在多哥首都洛美，大大小小的中资企业不少于 15 家。大多是执行国家援建非洲的大型国企，为该国经济发展、城市建设做出了不可磨灭的贡献，中国无偿为该国援建南北两座大型机场和大型多功能体育场，包括学校、医院、道路、桥梁、供电设备、政府办公楼，甚至总统府。

早在 2000 年，中国地质就开始开拓多哥和贝宁国际工程承包市场，并成立了中国地质多哥贝宁分公司（简称多哥贝宁分公司，英文简称 CGC—Togo/Benin），属于中国地质海外区域机构之一，主要在多哥和贝宁两国从事国际承包业务。同年，分公司在贝宁和多哥两地相继登记注册，完成中国地质的各项使命。随着中国履行大国职责开始，多哥和贝宁的经济建设揭开新篇章，也为当地人提供很多就业岗位。

2022 年 1 月 1 日，中国地质任命齐晓丁作为中国地质多哥贝宁分公司新一任总经理，开启多哥贝宁分公司新的征程。

第 1 节　奔赴新的远方

齐晓丁，2017 年度中国节能环保集团有限公司先进工作者；2018 年度中国节能环保集团有限公司先进工作者；2018 年度中国节能环保集团有限公司班组长标兵；2021 年度中国节能环保集团有限公司班组长标兵。

他不苟言笑，严于律己，热爱生活，内心阳光。齐晓丁 2002 年刚毕业就到了中国地质，2003 年出国，二十年的工作履历，累计有十二年在海外。从总部到北非经理部、中东部非洲经理部、南亚一公司、多哥贝宁分公司……

齐晓丁回忆自己打拼的经历和总结心得时说："这么多年，在公司的正确领导下，在和同事们针对每个项目的执行及重要节点的拼搏历练下，我对个人的人生追求有了全新认知，对中国地质'五种精神'的理解更加深刻。从刚来公司时候听说，到心领神会、践行传承'五种精神'，其间滋味悠长，'五种精神'作为企业文化，指导海外每一位公司员工坚守自己的岗位，履行自己的职责。作为坚守海外的一个分公司领导，更是时刻把'上为国家做贡献，下为员工谋福利'和'有为才有位，有位更有为'精神体现在每天的日常工作和管理中。"

2022 年 1 月 1 日，中国地质任命齐晓丁为中国地质多哥贝宁分公司新一任总经理，接替中国地质多哥贝宁分公司原总经理刘正国的工作。

刘正国是中国地质多哥贝宁分公司的第一任总经理。

1997 年他和张明辉两人从北京带了 4 台钻机、1 万美元，来到了科特迪瓦。

2000 年科特迪瓦暴乱，刘正国带走其中一台钻机去多哥、贝宁开拓市场，揭开了一台钻机发家的序幕。

中国地质科特迪瓦分公司在张明辉总经理的带领下，坚定信念驻守科特迪瓦，迎来了中国地质科特迪瓦分公司事业的春天，也成为中国地质创业历史上的一段佳话。同年，同样以打井创业开始，中国地质多哥贝宁分公司注册成立。二十多年来，中国地质多哥贝宁分公司，为多哥和贝宁两国的基础设施与建设，贡献了应有的力量。

齐晓丁刚刚上任，要做的工作很多。一切都要了解和熟悉，毕竟多哥和贝宁对于他来说是陌生的。虽然两国的项目并不大，但是也不少，他只能在现场实践当中，逐项查看项目工作基本情况和项目进度等工作，掌握最真实的情况和存在的问题。

齐晓丁稳重，遇事善于思考，思考不成熟的决定不会拍板定案。他是从一名普通的员工干起，一路实打实地锻炼出来的，各种问题经得多，对待事情就很有见地。他从管一个项目的项目经理到管理两个甚至是三个项目的项目主任，然后再从总经理助理到副总经理，最后到总经理。一步一个脚印，步步坚实。所以，他具备极其丰富的项目管理经验，应对突发事件也有一定经验和对策。

经验的背后，是满满的艰难。他一路干过来的历程是很不容易的。

回首往事，齐晓丁颇有感触地说："中国地质制度是实实在在的，只要努力就能看得见自己的未来，就能伸手触摸到未来。"这就是中国地质充满激励的奋斗之光，它让年轻人在工作中看得见希望。

第 2 节　人在旅途

2003 年，刚参加工作半年多的齐晓丁，就被公司派往北非分公司（即经理部）工作。那是他第一次出国。年少时，他就总感觉在神秘的远方有种召唤的力量，让他心中充满了无限的向往，或许那就是梦想的召唤。

北非分公司总部在阿尔及利亚的阿尔及尔，下了飞机，一股浓浓的异乡情调扑面而来。热浪、大棕榈、椰子树，偶尔从头顶掠过的飞鸟，都是构成这座地中海海域"白色城市"的神秘符号。放眼望去，白色的建筑群及错落有致的白色房顶，白色雕花法式楼房，身着白色长袍头裹白色头巾的男子，悠闲地走在马路或街道一边，诠释着阿尔及尔城市居民的安闲与舒适。四周所有的风景，在天空朵朵白云的映衬下，更显高洁和雅致。

齐晓丁激动甚至兴奋的心情，掩盖在了他一如既往的稳重与平静之中。他一边沉醉在北非豪放与恬静并存的风光之中，一边又忍不住地想着这应该是宿命——自己这一生注定是为远方、为中国地质的海外事业而生。

他乘坐的飞机，是"非典"发生以后该航线的最后一趟航班。准备和他一起前往北非的其他同事，仅仅隔了一趟航班，就足足等了半年多，直到"非典"疫情过后，他们才飞到阿尔及利亚。人生的区别有时候就是一趟车或一次航班的区别，这就是人们常喟叹的命运，因为，有些事情的发生，是不以人的意志为转移的。

从此，在北非阿尔及利亚，齐晓丁开始了他的海外生涯。

他从最基础的现场施工员开始学起。人生中经历的第一个施工现场，是Sidi-Bel-Abbes供水项目的SP1泵站。他跟随的是一个很有经验的工程师老师傅——彭波。彭波是齐晓丁工作和人生路上的领路人，在做人和工作等方面，都让他获益匪浅。

当时，中国地质北非分公司总经理刘国平安排齐晓丁跟彭波学习的时候就告诉他："老彭是很有经验的老师傅，我是看好你才安排你跟老彭学习的，他是我们北非分公司的土建技术'大拿'，没有什么问题能够难倒他，我希望你将来也会成为彭师傅这样的好手。所以也希望你跟着他学到更多的东西，了解更多这个项目上的一些具体施工工作的相关技巧及整体工作思路。"

每每想起当年刘国平总经理这段认真又类似开玩笑的话，齐晓丁的心里都有一种说不出的感慨，土建技术"大拿"彭波在技术上的指导，夹杂了他对人生的深刻领悟，也融入了他自己人生阅历的经验教训。有人说人生是需要体验的，彭波将自己的体验间接地传授给齐晓丁，让这个年轻人少走了很多弯路和歧路。

所有这些经验，对于齐晓丁这样一个积极追求上进的青年人来说，是无价的。特别是彭波对工作认真负责的态度，对中国地质的无限忠诚，让刚刚来到海外的齐晓丁非常感动，他觉得做人就要像彭师傅那样身心通明。工作和意见，观点和立场，都可以毫不保留地加以量化。不为别的，只为做到真正地传承中国地质的"五种精神"及中国地质优秀的企业文化。

齐晓丁觉得自己的运气非常好，这么多年的工作历程与自己每次的"第一"都很有关系，影响并决定了他一生的方向和路途。彭师傅对他的指导和身教重于言传的影响，让他终身受益。

齐晓丁说："我认识的每一个人对我影响都比较大，可惜彭师傅现在退休了。彭师傅是我的领路人。"

齐晓丁是一个有思想也有理想的人，虽然没有对自己未来的前途做过清晰的规划，但是，天生的好学精神让他对工作从不懈怠和畏难。正像他自己说的"运气好"，刚刚进入中国地质就到了海外部，冥冥之中又必然地遇到刚从巴基斯坦回国的海外部领导孙锦红。

齐晓丁说："自己什么专业及什么年龄都不重要，重要的是，你在开始的时候遇到了什么样的指引者。我就是遇到孙锦红总经理之后，才真正开始了解和憧憬中国地质海外拼搏和奋斗的各种传奇的，并很快被公司派往了阿尔及利亚。"齐晓丁所说的一点不假，刚进入一个单位，第一任领导非常重要。他的人格魅力及创业理念都会潜移默化地影响身边的人，特别是刚刚踏入社会的年轻人。

2002 年，孙锦红是当时的海外部经理，虽然只有三十七岁，却历经海外大风大浪摔打，此时也正值意气风发的好年华。他以他的魅力影响和感染新一代青年人，让他们树立了远大的理想，拥有充满力量的翅膀。

难怪齐晓丁会如此热衷于海外的中国地质事业，也难怪他对"人生第一"印象会如此深刻。他认为自己的每一步人生之路，都是选对了，也走对了。走出国门，他真真实实地感受到很多让他激情澎湃的东西，也让他看到中国地质事业的广阔性和未来的雄伟蓝图。

第 3 节　从施工员到项目经理

阿尔及尔蔚蓝的天空将一望无际的地中海烘托得辽阔而神秘，这里阳刚与阴柔、粗犷与细腻并存的美，让齐晓丁和同事们快乐地生活和工作着。新的日出与日落，新的收获与感受，新的工作和友情，让思念家乡的情绪，渐渐淡化，齐晓丁开始习惯并热爱这里的一切。

光阴荏苒，时间在紧张忙碌的工作节奏中，飞快地过去了。齐晓丁天生聪明，领悟力强，各种能力表现亮眼，特别是管理能力的脱颖而出，让领导非常欣慰。为了更好地发挥他的才能，分公司领导让他带项目。齐晓丁开始独当一面，也更深刻体会到了中国地质人的那份坚持和坚守、不畏艰难乐观向上的精神。

2004 年，齐晓丁到北非后的第二年，担任 Batna 污水处理厂维修项目的项目经理。作为一个维修项目，其本身就具有施工复杂、零散、受制约条件多等特点；同时项目所在地离在建项目较远，以大带小作用不明显，工程独立性较强。可能是中国地质人自带的初生牛犊不怕虎的性格使然，齐晓丁和工程师张文军、翻译李年年开着一辆皮卡车就直接奔赴了项目现场。

从项目建点到项目的逐步展开，从点到面，从无到有，齐晓丁凡事亲力亲为，碰到无数个第一次，同时也收获了无数个第一次。他把公司的每件事情当成自己的事情来做，顾全大局，勇于奉献；把工作当成一种责任，把责任当成一种荣誉，勤勤恳恳，追求不懈。

这个项目是齐晓丁作为项目经理执行实施的第一个项目，尽管他投入了全部的精力和热情推动项目工作的开展，在执行过程中还是遇到了各种各样的困难。

项目开始初期，业主和监理对技术方案和施工方式存有质疑，对稳定池和曝气池大体积防水砼的施工一直犹豫不决，造成项目迟迟不能动工。齐晓丁和张文军、李年年一起认真研究合同技术规范和当地施工习惯，将标准和实际情况结合起来，一次次和业主、监理进行沟通、探讨。齐晓丁的理念就是要以过硬的技术质量作为他们处理关系的基础。发生分歧时，他据理力争，分析各方利益、求同存异、顾全大局，最终获得了业主的认可，监理也对他们后续工作给予了高度的认可。

从那个时候起，齐晓丁就确立了“技术搭台、商务唱戏，管理出效益”的项目管理理念。

第 4 节　记忆中的吉大港

2014 年 3 月至 2015 年 6 月，齐晓丁被中国地质派往中东部非洲分公司（经理部）任总经理助理并任刚果（金）国家经理。

在负责刚果（金）办事处工作期间，他主持完成了金沙萨供水项目最终竣工验收移交工作，独立主持完成金沙萨 Boucle De Masina 管道项目和 Ozone 泵站项目的投标工作。同时，他积极开拓新领域，完成了非行投资的西开赛省 56 公里项目的前期跟踪和商务运作工作，为该项目的最终中标奠定了扎实基础。

2015 年下半年，齐晓丁又被中国地质派往孟加拉国中国地质南亚一公司（巴基斯坦经理部）工作。2016 年 11 月，他担任中国地质南亚一公司副总经理兼吉大港供水项目部负责人。

吉大港是孟加拉国第二大城市，人口密度大，城区道路繁忙，交通拥堵不堪。吉大港项目施工区域位于孟加拉国港口城市吉大港中心城区，两个项目合同额约 1.18 亿美元。项目主要内容为包含 25 公里 DN300 - DN1000 球墨铸铁管道的供货与安装、700 公里 dia 90mm–dia 315mm HDPE 管道的供货与安装、5 万个供水服务点的连接、19 公里光缆的供货和埋设。

工作点多面广，地下管线复杂多变，施工难度大，现场施工条件艰苦。施工区域都在城市繁忙路段，大部分施工只能在夜间 11 点到早上 6 点之间进行。施工时间短，要求高，夜间的施工路段，白天都要及时恢复交通。地下管网包括燃气、电力、通信、供水等交叉分布，勘察难度大且施工条件差。施工时易造成交通堵塞和扰民等问题，涉及协调和沟通的各类部门机构较多，这些都对施工组织和现场执行提出了极高的要求。特别是球墨铸铁管的顶管施工，涉及穿越铁路和各类涵洞 8 处，最深达到 9 米，最长穿越约 40 米，且均位于地下管线密布、交通繁忙的路段。施工周期长，施工难度大，每一处穿越的完成对项目都具有里程碑的意义。

孟加拉国卡纳夫利供水工程二期输水管线 W–3–1 项目和 W–3–2 项目，南亚一分公司从设计阶段就考虑降低对施工区域生态环境的影响，在施工过程中采取先进的施工技术，尽最大限度保护当地的环境，而且铺设水管施工在城区和郊区，施工难度极大。团队员工克服巨大困难，最终全线贯通。

这两个项目都是很难处理的工程，齐晓丁在不断解决困难和压力的过程中，不知不觉变成了百折不挠的“小强”。

随着时间的不断推移，齐晓丁接触的项目类型越来越多，见识也越来越广，处理及应对困难的能力也不断得到锻炼和提高。公司领导知人善任，让他从单一的项目经理，成为分公司副总并兼任负责管理多个项目的项目部主任。

齐晓丁的管理工作已经不是原来单一化的重点突出、难点突破那么简单，而是开始全面系统化和专业化，将同类问题进行归纳处理和协调。围绕努力为分公司创造效益的原则，齐晓丁确立了狠抓项目生产，精心组织队伍，合理安排时间等几项坚决有力的措施。

从 2019 年 3 月开始，球墨铸铁管进入施工准备阶段，面对监理和业主的质疑，面对市政公司对开挖许可的百般刁难，齐晓丁带领项目经理吴跃兵和项目部同仁迎难而上，积极协调，统筹组织安排，按序推进。

在那段时间里，他每天一大早就拉着业主、日本监理去市政公司面见总工和市长，详细陈述 DN1000 的球墨铸铁管线当前施工的紧迫性和必要性。有时候总工和市长不在，他就在办公室一直等，等到他们下午回办公室后，继续和他们谈方案、谈计划。晚上的时间他也不放松，约市政公司在同一路段施工的道路承包商，就白天达成的意向和他们讨论交叉作业的安排和编制施工进度表。就这样，经过接近一周起早贪黑拉锯式的谈判，他们最终按计划从市政公司获得了道路开挖许可并及时启动了 DN1000 的球墨铸铁管现场施工工作。

在之后的施工过程中，他坚持亲力亲为，合理调配经验丰富的管道工程师李凯打头阵，严格按照和市政公司约定的施工进度计划推进现场工作，最终提前一周完成了该路段的施工，获得了业主、监理和市政公司的高度好评，为后续球墨铸铁管道的施工在技术和组织上扫清了障碍。

项目执行过程中，齐晓丁始终坚持以公司利益为本，执行生产例会制度，定措施、抓细节、提要求，注重解决实际问题；同时细化项目合同管理、成本管理、分包管理，不断提升管理质量，降低成本，增加经济效益；注重增强安全意识，防范安全生产事故和突发事件的发生，为项目安全有序的执行奠定稳固基础。

在项目施工过程中，他坚持靠前指挥、靠前指导、靠前协调、靠前服务，对各种可能出现的状况提前预想、超前谋划，为现场施工保驾护航。通过高质高效的施工组织，项目部逐步赢得了监理和业主信任，为之后的计划施工争取了主动，为完成项目施工开了好头。

在技术创新方面，他采用非开挖技术进行 HDPE 管道施工，避免破坏环境，减少对施工区域生态环境的影响，这些举措深入贯彻习近平同志的生态文明思想，在孟加拉国项目实施中，得到了各方的充分肯定。

通过成功启动了DN1000的球墨铸铁管现场施工工作，齐晓丁一下子盘活了项目部后续球墨铸铁管道施工的整体局面，树立了中国地质施工铁军的良好形象。

第5节　起跑线上的多哥贝宁

“你只要做好自己的事情，待遇和发展是公司考虑的事情。”齐晓丁牢牢记着中国地质原总经理郑起宇的这句话。中国地质的历任领导们知人善任，给每个勤奋努力的员工应有的重用和待遇。

齐晓丁就是例子，他默默用心工作，追求进步，刚刚四十一岁的他，就被中国地质委以重任，实至名归地享受到了公司的信任和重用。所以，齐晓丁经常说，公司就是衣食父母。

如今，成为中国地质多哥贝宁分公司总经理的齐晓丁，已经不是原来只顾“低头拉车，不需抬头看路”的普通员工或项目经理，他现在是既要低头拉车也会抬头看路的分公司领导。对公司，他默默干好自己的事。对分公司员工，他会考虑好他们的待遇和发展。现在，中国地质赋予齐晓丁的使命，不是一个人干活，而是要好好带领一个团队干活。

内心充满阳光的齐晓丁也有过酸甜苦辣的经历，他也忧伤过、郁闷过和矛盾过，但是他却很少困惑，因为，他的心像明镜一样，不求闻达，只求踏实地做事、踏实地工作。齐晓丁说：“中国地质主业在海外，海外就是我们的战场，与其说是喜欢，倒不如说是一份对事业的执着和责任。这不是我一个人的事情，这是一代一代中国地质人的传承。当初条件那么艰苦，老一代中国地质人都能创业打天下，现在，他们给我们铺好了路，积累了资源，中国地质在海外各种条件都属于中资企业里让人羡慕的，相比老一代人的辛苦，我们都是享受的了。”

当齐晓丁再次从孟加拉国出发，直接飞往非洲时，妻子纵有万般不舍，也只能通过微信留言：“照顾好自己……好好工作……我和孩子等着你回来。”一只载着齐晓丁的银鹰从孟加拉国达卡国际机场飞向空中，只留下无限的等待，和孤寂与期盼化作的祝福。

走马上任的齐晓丁随时随地都在想着怎样才能将分公司的业务继续经营下去，怎么才能不断发展，如何才能把多哥贝宁两个国家的市场做大做强。他时刻按照“上为国家做贡献，下为员工谋福利”的标准要求自己。

其实，齐晓丁之前做项目经理或副总的时候，他见识过北非分公司总经理刘国平和南亚一公司总经理秦勇为了开拓市场拿到好项目所具有的胆略和才智，目睹过他们呕心沥血、艰难前行的工作事迹。他经常考虑如何做好一个带头人——要有克己奉公的风格，要有大刀阔斧的魄力，每一项工作都要做实，做硬。受刘国平和秦勇的熏陶，齐晓丁有了奋斗的动力和榜样；受心中责任感和使命感的驱使，齐晓丁有着不断求索的斗志。

中国地质在多哥贝宁扎根了二十多年，做出了不少业绩，得到了当地政府高度认可和赞誉。但同样存在着组织结构简单、梯队建设滞后、技术力量薄弱、缺乏项目精细管理经验等问题。面对机遇与挑战，现在正是需要深层次挖掘市场的时候，也要做好开发后续项目的经营。

刘正国总经理在这之前的二十多年，有一些固定市场运营模式，现在正是新老更替时期，领导的更替，也是新旧思维的更替或转换，各种架构还需要加强。分公司发展既需要保持以前的好传统，但也要有创造性的新发展，注入新时代的发展理念。齐晓丁把习总书记“绿水青山就是金山银山”的生态理念与多哥贝宁分公司的工程建筑理念结合，对多哥贝宁分公司的发展，产生了积极的影响。

中国地质属于中国节能的二级公司，节能本身就是一个大生态理念和大生态平台。齐晓丁想到把大生态理念引入多哥贝宁市场，当地人也会看到大环保、大生态项目带来的优势，项目对当地产生的效应必会意义非常。

齐晓丁正在努力将国内的先进生态意识带进分公司的开发工作，这也是他在今后工作实施中的重要方向。他认为多哥贝宁的市场前景非常广阔，推行节能环保，注重保护生态建设，对多哥贝宁是有益的，对人类是有益的。

第 6 节　新的起跑线

中国地质多哥贝宁分公司属于中国地质早期在非洲开发的公司之一。现有中方员工 100 多人，多年前已经买地建设了自己的营地。营地里生活区、办公区、物资仓库、机修车间等一应俱全，是硬件条件比较好的分公司驻地之一。中国地质的营地也是中国同胞和商会聚集的地方。每当新年或春节来临，中国人及中国大使馆都会在中国地质的营地举行联欢会或迎春会。

中国地质多哥贝宁分公司的营地成为中国人在这两个国家的建筑亮点。在中国地质工作的当地员工，不少人的工龄也都已经超过十年了。员工们生活和工作在这里，不仅有踏踏实实的归属感，还有满满的自豪感和满足感。

无论是政府官员还是城市居民，都知道中国地质是老牌的中国国家企业，重信誉守诚信，驻守二十多年，为当地人承担了数不清的社会责任，是值得信赖的中国企业。

新上任的齐晓丁总经理一如既往地稳重宁静，彰显着超出年龄的成熟与深邃。他的不苟言笑和工作上的一丝不苟一点没有变。这里的所有项目，他必须亲自到场查看调研，了解情况。虽然作为领导，事不必躬亲，但有些事情他必须亲自去抓才能放心。他的心里总有一根弦是绷着的，一点都不敢放松。

现在，他才刚刚到任几个月，已经基本掌握了每个项目的来龙去脉和各个重要节点。他说："我关注的就是两件事——成本和人员。成本就是效益，是企业的根本。把成本控制住，就有钱赚了，企业才能得到长久的发展。人员，就是项目上的人员结构是不是有利于项目推动，是不是有一帮认同中地价值观、愿意与中地长期扎根海外市场的践行者。"

自从来到多哥贝宁，齐晓丁就没睡过一个好觉，每天如履薄冰，心心念念的都是怎么能尽快进入角色，怎样能抓好最关键的工作重心，怎样提纲挈领牵一发而动全身。每天深夜，他躺在床上辗转反侧，千头万绪的事情一遍遍在脑子里回旋，他结合自己之前项目工作的特点，找出工作经历中点点滴滴的经验。想着想着，黎明便打开了门窗，新的一天又到来了。

齐晓丁现在习惯的工作方式，是从南亚一公司孟加拉国带来的工作方式。他在孟加拉国的时候，总经理秦勇的工作强度非常大，慢慢地，也就把分公司的其他人都给同化了，他们已经习惯了秦勇“魔鬼式”工作方式——节奏快、强度大、效率高。比如经常晚上或深夜召集大家开会，而且晚上 8 点通知大家，准备 10 点开会，两小时之内，所有材料就必须准备好带上开会。刚开始，大家都是手忙脚乱，焦头烂额，后来便习以为常。如果不开会，反而不习惯了。

齐晓丁说：“其实，秦总他利用的这个时间段正好，白天大家都在外面忙，只有晚上才能把大家拢在一起，沟通交流非常有效果，很多紧急的工作就是在这种专项会上解决的。久而久之，就形成了一种习惯，需要解决的问题，每天晚上例行的碰头会一定把它弄清楚了。我们都已经被秦总潜移默化地影响了。所以，我特别适应这个节奏。”

齐晓丁回忆，那时他经常跟秦勇开玩笑：“秦总，你这种变态的工作方式，我们都不知道是从什么时候开始习惯的，你这种独特的并且非常不好的工作方法，是怎么养成的啊？我们这些人，算不算上了贼船还帮你数钱？”

秦勇乐哈哈地说：“你们等着啊！我还有更‘变态’的工作方式在后面呢！我得先给你们洗洗脑子！”逗得大家大笑：“摊上你这个魔鬼领导，真是命苦哦！怎么就遇到你了。”

“慢慢变态，慢慢适应，我都不想一下把你们心中的发条拧太紧了，怕你们受不了。你们等着啊！咱们慢慢来，温水煮青蛙。”秦勇爽朗的笑声在会议室回荡，虽然工作辛苦点，但是，工作气氛和谐温馨，充满着青春的活力。

他们所说的秦勇“变态的工作方式”，就是经常要加班。没有白天也没有黑夜，连秦勇也说自己是出了名的夜猫子，经常带着大家工作到深夜。

回忆起自己被秦总洗脑的过程，齐晓丁不由得笑了，他说从做项目经理时起，已经习惯了工作强度大并且效率高的方式，任何放松都会让他有一种懈怠的感觉。他希望自己也能影响现在的员工，该干的时候就要能打能拼，该休息时就好好休息。

齐晓丁说：“目前，国际形势变化很快，随着越来越多的中国企业进入非洲市场，在投标和市场开拓中，竞争激烈，因此，从自我发展的角度来说，一是要练好内功，从人才培养、技术攻关到风险防控，不断提高自己和公司的核心竞争力；二是要讲好中国地质的故事，要以质量为基础，以发挥社会责任和不断提升企业信誉为己任，筑牢在当地市场已经打下的根基；三是要开拓和创新，高度关注市场新变化，及时调整打法和策略，适应新形势，取得更好的成绩。”

不论未来还会去哪里，齐晓丁说自己始终都会发扬中国地质“五种精神”，打造更加团结、更有竞争力的团队，加快属地化进程，提高企业实力，与公司一起茁壮成长。

一个领导者是什么样子，他的团队就是什么样子。领导者是团队行为的标杆，领导者的灵魂决定了团队的灵魂。有什么样的领导，就有什么样的企业精神和企业文化。

在办公室工作，可以朝九晚五，但在项目现场，根本不可能按时定点下班。海外施工行业的特点决定必须从工程实际情况出发。可就是这样，中国地质培养的人才创造了一个又一个神话，大家都在这个神话里几十年如一日拼命地干，不知不觉中就干出了惊天动地的事业。可以说，中国地质海外的每一个人，人人都是传说。

第十八章　阿拉伯半岛的阳光

蓝天下，异乡人的身影慢慢高大
填补着红海和波斯湾之间的苍白
是谁说，探索与开拓不会终止
阿拉伯半岛风吹雨打却从不眩惑
粗粝的沙漠白月光
将纵横交织的岁月当作超越
鲜红灼热的小小心脏
每次俯仰都闪现祖国的日晖月洁
不朽与永恒，不是诱人的美丽谎言
只要牢记血管里沸腾的是炎黄的脉血
即便将生命交付给陌生的海浪
也微笑着为祖国献上一束蓬勃的绽放

2016 年 1 月 31 日，沙特阿拉伯达曼法赫德国际机场里，中国地质中东分公司总经理张文军激动地等待着从北京飞来的国际航班。这一天，是他一生一世都值得记住的好日子。中国地质批准家属随队，妻子和女儿将乘今天的航班飞抵沙特，而且，女儿也将在沙特读书求学，从此，他们可以在这个沙漠国家幸福快乐地生活在一起。

沙特阿拉伯夏季，温度都在 50℃以上，可张文军丝毫感觉不到天气的炎热。等待的幸福，占据了他的全部注意力。他在心里和脑海中，无数遍地描摹和设想女儿可爱的样子。来接机的路上，他仿佛听到外面的沙子及石头都在歌唱，此刻，远山近水，好像都知道他兴奋的原因。

第 1 节　从北非到沙特阿拉伯

张文军 2003 年出国时，女儿刚刚出生六天，他虽然内心有千般不舍，但好男儿志在四方，所以接到公司的通知到北非阿尔及利亚工作时，他还是毅然决然地辞别了妻女，登上了飞往非洲的飞机。此后，在许许多多寂寞而火热的日子里，女儿只有六天的可爱模样就定格在他的脑海里，成为他日思夜想的美好回忆。十三年后，当已经出落得亭亭玉立的女儿走出沙特阿拉伯机场时，他激动的心情无以言表。

张文军是陕西榆林人，毕业于西安矿业学院工民建系。他 1995 年 1 月入党，1998 年 7 月毕业后就在青岛建设集团工作，2003 年 11 月 19 日，来到中国地质北非分公司工作，很快便开始负责项目管理。张文军负责的项目不仅提前完工，而且质量让业主非常满意。于是，他从现场工程师晋升到了项目部副经理，再到项目经理。

2006 年，中国地质分配给他可以带家属户口进北京的名额，这让张文军非常感动，也让他感受到这个企业的无穷魅力和潜在的广阔前景。他坚信中国地质的平台是独特且有个性的平台，在这里，他能够找到不一样的自己，感受不一样的奋斗精神。

一天工作结束，他会感受到各种劳顿带给自己的快乐，也会望着撒哈拉沙漠上空的圆月思念家乡和亲人，还会猜测女儿的各种样子，想象爱人此刻是在忙碌还是进入了甜美的梦乡……他对自己在中国地质的工作欣慰且知足。他 2003 年进入中国地质北非工作，第一次休假是在两年后。长时间离开家人、祖国，让他更加懂得珍惜，让他重新深刻地认识到家人的重要，对他们也更理解和包容。

海外工作有其自己的特性，作为一个项目管理者，事无巨细都要管，每个人、每件事都重要。特别在海外，需要一个管理者对待公司就像对待自己的家庭一样，甚至比对自己的家庭更要负责。但是中国地质领导层对张文军的信任和重用，让他有强烈的责任心和上进心为工作付出。

分公司为了避免业务单一的局面，从水务转而进军房建。地域方面，由北非的阿尔及利亚继续向周边国家延展开拓。2009 年，张文军在北非分公司第二任总经理侯辉的带领下，将业务开拓到了中东国家——沙特阿拉伯。2010 年 12 月，北非分公司以北非分公司沙特项目部的名义进入沙特阿拉伯市场，拿到了第一个项目——第九污水处理厂分包项目，项目经理是刚完成上一个项目的张文军。

2011 年 5 月，北非分公司沙特项目部在沙特当地完成注册。

2016 年 1 月经中国地质批准成立中东分公司，开始独立经营。张文军任中东分公司总经理，全面负责分公司工作。中国地质中东分公司的主要业务领域涉及房建、道路、市政、水处理领域相关工程。通过十年的开发经营，逐步建立稳定合作关系的业主，包括沙特阿拉伯皇家委员会、阿美石油公司、市政部及当地大型企业。目前中方员工约 100 人，外籍员工约 900 人。

第 2 节　沙特阿拉伯见闻

沙特阿拉伯有丰富的石油资源，是名副其实的“石油王国”，也是世界上最大的淡化海水生产国，还是历史悠久的贸易中心。

沙特阿拉伯曾经是一个土地贫瘠、资源匮乏、地广人稀的沙漠之国。很久以前，阿拉伯半岛是海洋，他们祖辈靠打捞珍珠为生，后来，经过地壳运动，原先的海洋变成了沙漠半岛。1938 年，达兰地区发现了石油，沙特阿拉伯的命运发生了根本变化。依靠对石油资源的开发和利用，沙特阿拉伯从一个贫穷的国家发展成为收入位居世界前列、实力雄厚的新兴国家。

中国和沙特阿拉伯的关系源远流长。早在 7 世纪，穆罕默德的弟子就曾远涉重洋来到中国传播伊斯兰教。15 世纪，明朝著名航海家郑和下西洋时曾到过沙特阿拉伯。1990 年 7 月 21 日起，中沙两国建交，两国领导人多次进行双边活动。中国汶川大地震期间，沙特阿拉伯政府向中国捐赠了 5000 万美元现金和 1000 万美元的物资，是全世界捐赠给中国灾区钱物最多的国家，各王室成员也积极组织捐款、义卖等活动。

沙特阿拉伯经历了重大的文化变迁和数百年古老习俗的进化，经济更加发达。现在的王储1985年出生，政治思想觉悟先进，他要重塑沙特形象，把国家带到世界先进的水平高度上，要融入整个世界体系，以适应当今日新月异的发展。从2018年6月24日开始，沙特阿拉伯正式允许女性驾车出行。现在沙特阿拉伯的女性可以参加工作，不需要穿黑袍，也不用蒙眼睛，更可以自由自主行动，社会地位得到提高。

中国地质总部企业管理部副经理杜丽介绍，世界工程承包市场强者如林，中国地质北非分公司能从非洲打入中东腹地国家非常不容易。二十年前，最初开拓北非的刘国平和侯辉等人，以及一批勇闯亚非国家的中国地质老将，真不亚于一路斩妖除魔的孙行者。

沙特阿拉伯因为富有，吸引很多外国人前来打工，市场竞争非常激烈，宗教管制严格，社会文化生活单调。十几年来，中国地质在竞争激烈的沙特阿拉伯发展中，通过属地管理方式方法的探索与加强，已经做到深度融合与相互促进，中国地质中东分公司也正在日益深化属地化管理体制，发挥中国地质自身优势。杜丽介绍说，在中国地质，不管哪个分公司或哪个年龄阶层的人，公司都会赋予充分的空间，以便他们发挥和施展才华与能力，争分夺秒创效益，这已成为公司人才培养的固有模式。

杜丽回忆了她到中国地质中东分公司出差的见闻。她说当她看到规模宏大的仓库时，作为一名中国地质人的自豪感油然而生。库房里堆着小山一样高的材料，仓库管理员，一位中国小伙子正尽心尽职地分发材料。他流利的英语伴着肢体动作，和络绎不绝领材料的当地人和谐顺畅地交流着，遇到不会英语的当地员工领材料，他还能用简单的当地语跟他们沟通。

不难看出，中国地质的属地化管理做得已经非常纯熟，中国员工和当地员工也深入融合了。

第3节　沙特阿拉伯的征程

中国地质总经理孙锦红最早到沙特阿拉伯考察过市场，接着北非分公司的侯辉总经理又进一步深入开发。经过几年的酝酿和开发的不断深入，张文军于2010年12月带了5000美元，进驻沙特阿拉伯实施第一个项目——第九污水处理厂项目。2011年2月，项目正式开工。

第九污水处理厂项目，是个分包项目，主包商为北京桑德公司。由于这个项目一炮打响，第二年中国地质便注册成立中国地质北非沙特项目部，属于北非分公司分支单位。

当年侯辉总经理之所以挑选张文军来沙特阿拉伯，是因为沙特阿拉伯项目建设完全执行欧美规范标准，而张文军曾经做过与新加坡合作的执行欧美标准的淡化水处理厂，具有欧美工程标准的经验和工作经历，所以是当之无愧的合适人选。

中资企业到沙特阿拉伯，如果不了解当地情况很容易吃亏。到沙特阿拉伯做工程门槛高、标准严，如果适应了那里高标准严要求的风格之后，反而会感觉沙特阿拉伯自然环境与人文环境要超过其他国家。

首先是工作模式发生了变化，沙特阿拉伯的设计和监理全部是皇家委员会人员，规范标准也全是欧美标准。其次，工作不计件而是计时。每天必须按小时付费，这种方式客观上造成工作效率不高的状况，如果项目效率低，成本就要加大。沙特阿拉伯政府规定外企必须按比例雇佣当地人，即使沙特人不工作，也必须发工资。

于是，中东分公司通过一段时间的摸索和调整，改变原来固有的一套工作方式，采取并推行了阿米巴经营方式，就是以各个阿米巴的领导为核心，让其自行制订各自的计划，并依靠全体成员的智慧和努力来完成目标。

这样的方式让第一线的每一位员工都能成为主角，鼓励他们主动参与经营，进而实现全员参与经营。阿米巴经营模式的本质是一种量化的赋权管理模式，是一种完整的经营管理模式，是企业系统竞争力的体现。本质就是“量化分权”，推行时应该遵循基本的规律，由上到下，由大到小，分层逐步推进。提高员工参与经营的积极性，增强员工的动力，让员工与企业成为“精神共同体、命运共同体、目标共同体、利益共同体”，释放员工潜能。同时能够快速培养出一批“与企业家理念一致的人才”。中国企业进行借鉴和改良所形成的“三人小组”模式也属于阿米巴经营模式的一种。

阿米巴经营管理和中国地质的经营绩效考核、国资委三年经理层契约改革相一致，是一种超额利润共享的模式。阿米巴只是针对基层与一线，这种划分中小集体为经营单位的做法，极大提高了大家工作的自觉性，增强了大家的责任心，加快了工程施工的进程，提高了工作效率。

沙特阿拉伯项目业主更喜欢欧美建材，而且必须要高质量的。在项目操作执行中，大部分管理人员也是欧美人，因此，在沙特阿拉伯项目的成本相对比较高。外资企业到沙特阿拉伯，刚开始想盈利是很难的。但中国地质第一个污水处理项目，虽然当时做得非常艰苦，却传奇一般盈利了，给中国地质进入沙特阿拉伯市场开了一个好头。

在沙特阿拉伯，只要刚开始的难关闯过之后，公司后面的经营就会越来越顺利。到目前为止，中国地质在沙特阿拉伯共做了 20 多个项目，累计完工 11 个。工程质量得到业主和地方政府的高度认可，也赢得了当地人的尊重。特别是近几年，中国的国际地位越来越高，中国和沙特阿拉伯友好关系逐步增进。张文军说：“我们感觉这几年综合国力上升，沙特阿拉伯人对中国人更加尊重了。”

第 4 节　不眠之夜

这么多年来，张文军从国内到国外，从非洲到亚洲，山山水水在他身上已经沉淀为坚韧的气质，他略带深沉的性格中，有坦然面对一切的勇气。所以，他是艰苦的也是幸运的，他自己都认为遇到中国地质是幸运的，公司领导和同事曾多次让他感动，只是他讷于言敏于行的性格，并不善于表达自己火热的内心。

但是 2017 年 4 月 17 日，这个蕴含着纷纭心绪的日子，这个由辛苦和汗水铸就喜悦成果的日子，这个让不善于表达的西北汉子心中涌起百般滋味的日子，那么深刻、清晰、灵动地铭刻在张文军的记忆里。

2017 年 4 月 17 日，中国地质中东分公司总经理张文军和沙特皇家委员会在沙特阿拉伯首都利雅得签订了 211-C02 拉斯海尔工业区场地开发项目、034-C16 垃圾堆场二期项目、082-C07 至区域 A 和港口道路项目 3 个项目的合同，合同额共计 1.6 亿美元。张文军感觉自己就像在做梦，命运让他又一次感到幸福来得太突然。他在开心振奋的同时，也感觉自己身上责任的重大。那夜，他彻夜无眠。

直到现在，张文军每回想到那个让他欢乐到失眠的日子，仍然激动不已。

正因为有过大的成功，让张文军对未来有着更加广阔的展望。他经常思考分公司所处的各种环境，分析沙特阿拉伯未来市场的走向。中东分公司虽然现在重点在沙特阿拉伯，其实在阿联酋也注册了分公司，正在着手开发。约旦已经完成一个项目。中东分公司的业务范围覆盖沙特阿拉伯、阿联酋、巴林、阿曼、科威特、卡塔尔、伊拉克、约旦整整 8 个国家。

张文军认为中东分公司的优势其实就在沙特阿拉伯，因为，中国地质进入沙特阿拉伯时间最长，基础最厚。而且沙特阿拉伯属于发达国家，疆域大，实力强，国家负债率很低，经济发展自由向上走，市场前景会更好。他思来想去，最后还是将重点锁定在沙特阿拉伯，那里政治、经济稳定，工程市场也成熟。中国地质经过十几年的积累，基本已经摸索出一整套经营路子，严格的规章制度、丰富的经验思路和公认的诚信质量，市场风险完全把握在可控的范围之内。所以，下一步，要在沙特阿拉伯进行深度开发，将这里变成集团公司营业和利润增长点。

通过劳务部门来到中国地质的张文军，经过了近二十年风雨兼程的历练，他的思想与精神，追求与境界，已经成为达到中国地质“五种精神”的实力派分公司领导者的要求。他的视野变得更加深邃，他的心胸更加浩然，他有百倍信心面对广阔辽远的未来。

第 5 节　困难是工作的一部分

中国地质中东分公司在沙特阿拉伯主要做路桥、市政公园、水电和场地开发等项目，同时也做了一些办公楼及工业园五通一平项目。

2018 年，中国地质在沙特阿拉伯注册了贸易服务公司，方便进出口中国和沙特阿拉伯的材料和设备，供应中国地质企业及中资企业采购使用。注册贸易公司享受到沙特阿拉伯的优惠政策，能及时供应中东分公司各项目的物资材料，解决沙特阿拉伯采购欧美设备难的种种限制和难题。

在沙特阿拉伯的中国人少，印度或埃及人经常会在卖材料时给中国人报更高的价格，以此报复他们不太喜欢的中国人。中国人明知他们的做法与意图却又无可奈何，只有忍着性子任他们宰割。因为，商场没有中国商品，即使有也会被拒绝使用，让中国企业做的工程不得不加大成本，甚至让中国人的工程做不下去。是可忍孰不可忍，中国人有自己独特的思维方式，“道高一尺，魔高一丈”。

在了解和熟悉沙特阿拉伯的相关政策之后，中国地质果断地决定注册中国地质的贸易服务公司。这一举动不仅拓宽了公司的业务范围，还推动了众多中国产品进入沙特阿拉伯市场。下设的一些工厂更是打破了本土企业的垄断，不但解决了当地市场对中企“卡脖子”的规定，而且还有着广阔的前景。

中国地质贸易服务公司的成立，是中国地质签约各个项目的保证。中国产品从此可以源源不断地输送过来，然后再源源不断地推行出去。之后，不管是中国材料与产品，还是中国技术都得以在长期被欧美固定占据的市场流通，从长期发展来看，不管是对中国地质本身还是对中国，都具有影响深远的意义。

分公司的项目开始尽量使用中国产品，张文军既有了解决购买材料难的轻松，又有了使用自己国家材料的自豪。东西便宜了，也放心满足工地所需了。中东分公司现有的大型土方设备，已经达到300台，其余的中小型设备更多。中国地质有了自己的贸易服务公司，一举打破沙特政府及欧美等一系列的限制和设定的壁垒，也给其他中资企业提供了服务和方便。

2022年初，房建办公大楼项目完工交付使用，业主感到非常满意。

张文军介绍说，在沙特阿拉伯，中国地质即使搞房建，难度也不是很大。

2020年，是中东分公司最难熬的一年。新冠肺炎疫情全球蔓延，员工不能干活，那么多设备全都齐刷刷地停在工地不能施工。而且人心惶惶，谁也不知道横空出世的新冠病毒到底有什么威力，各种消息搞得人心神不宁。沙特阿拉伯的油价也开始波动。

中东分公司一直采用自营管理模式，分公司正式员工人数在疫情之初就有3300多人。沙特阿拉伯政府规定正式员工的待遇费用非常高，不包括工资在内，分公司每月给每位员工承担的各种费用约5600元。疫情引起的封城、防疫、降效等损失，都要企业承担，绝对不准辞退员工。两年疫情，分公司既要保证员工的安全与稳定，又要履行企业的义务和责任，其中艰辛难以形容。

两年过去了，面对疫情带来的困难和压力，张文军仍然保持乐观向上的积极心态，他相信一切都会好起来。讲起那两年的困难和压力，他说："困难是生活工作当中的一部分，压力和动力也是生活工作当中的一部分。没有困难的工作缺少挑战，也没有意义。"

张文军说："孙总和胡总都有在海外打拼超过十年的经历，两位领导对海外人的坚持和进取理解体会很深，相处起来都感觉不到彼此是上下级关系。集团公司领导们深厚的中国地质情怀和对海外人员的体贴关心，让每个海外人都感动并难以忘怀。他们率先将中国地质文化做到了实处做到了极致，领导们的品质激励鼓舞着分公司所有人不懈奋斗，这也是分公司能够对抗困难的主要原因。"

项目工作，有时候艰苦也会带来一些经验和教训，从另一个角度说，可以锻炼人，困难的意义也包含在中国地质的精神范畴里。而中国地质的员工，因为有了公司的关心和重用，也对公司有着深深的信任。张文军说："公司讲究有为就有位，重实绩讲贡献，很公平。"

第6节　出国更爱国

当中国地质中东分公司完全熟悉沙特高标准的合同规则后，工程项目源源不断地多起来，并且多次荣获以高标准著称的欧美和皇家委员会的荣誉。目前，分公司拿到的多个项目，有力地提高了分公司国际市场竞争力，也为分公司下一阶段的发展奠定了良好的基础。

国外工作性质纯粹单一，人与人的关系也简单，大家同吃同住，团队协作，在工作生活中结下深厚的感情。在中东分公司，有很多家庭条件相当好的员工，他们出国不仅仅是为了挣钱，而是为了扩大自己的事业，挑战自己的能力，实现人生的价值。分公司两个副总王良平和张水保，他们2005年就到了中国地质，这么多年来，一直跟着总经理张文军，从北非的阿尔及利亚到亚洲的沙特阿拉伯。这种近二十年的坚守，不能不说是对中国地质怀有深厚感情的一份坚守。

郜二峰在中国地质已经工作十年，一个五大三粗的人，说话腼腆。他经常会说自己能在中国地质工作很幸运，从来不说工作上的苦和累，十年来，没有听过他任何的抱怨。所以很久以后同事们才知道他父亲离世的噩耗，才知道他承受了多少痛苦。

补攀钢2013年8月进入分公司，来时仅仅是一位机械修理人员，但现在，他的工作职务是沥青搅拌站负责人兼设备租赁公司负责人。主要负责沥青搅拌站和设备租赁公司的安全生产及日常管理事务，同时也负责业务的拓展。他是个开朗乐观的人，整天挂在嘴上的话，就是庆幸自己在中国地质工作过程中，接触到了各种不同的人和事，丰富和锻炼了自己的工作经验，提高了自己的办事能力。

在近十年的时间里，因为自己身居海外，没能在亲人身边尽到一个丈夫、父亲、儿子的责任。他也会难过和自责，但他说："自己既然选择了这项工作，就必须对公司负责任。"去年，父亲病危，因为疫情和工作的关系，他强忍内心的悲痛，在工作岗位坚守，令人动容。

他在日记写下了这样的话："我愿意和我的同事们一同扎根沙特，为我们共同的家——中国地质中东分公司奉献上自己全部的力量与爱心，愿我们大家共同携手为分公司未来的腾飞撑起一片蓝天！我相信，在公司领导的正确领导下，在全体员工的共同努力下，我们将取得更好的成绩。立足沙特，放眼世界！今天播下诚实，明天收获的将是信任！今天播下勤奋，明天收获的将是成功！今天播下信念，明天收获的将是辉煌！"

爱国，是每一位中国员工共同的感情和主题。远离祖国的人，比之前更爱国。

中国地质有很多这样的员工，他们常年以工作为重，一心为公司着想，为团队着想。齐磊和孙爱国等同志，在疫情期间主动申请到一线岗位，服务隔离人员，照顾基础疾病人员，安慰精神压力较大的人员。

张文军就更不用说了，工作起来不分昼夜。疫情期间，市场低迷，他一方面承担着分公司的经营压力，一方面承担人员防疫压力，还时刻必须保持着精力充沛的拼搏状态。不过，每当他解决完一项困难后，他心里都会升起战胜困难的成功感和满足感。张文军专心致志地开拓市场项目，力求把分公司发展好，真正做到“上为国家做贡献，下为员工谋福利”。他坚定地把中国地质“五种精神”作为自己和分公司的精神食粮，持之以恒，践行到底。

张文军说自己在沙特阿拉伯经营多年，对沙特阿拉伯充满感情，只要公司需要，便会服从公司安排，尽力在中东做一些力所能及的事情。更何况沙特阿拉伯政治稳定，市场体量大，资金充足，沙特阿拉伯与中国正好在经济上能够深度互补。分公司潜心经营，可成为集团确定性的营业额与利润的贡献单位；贸易也大有前途，打造服务中企的平台；同时以沙特阿拉伯为核心，进而开拓中东的其他国家，尤其阿曼与伊拉克两国，都更有优势。

张文军相信，分公司的未来趋势会越来越好。疫情过去，一切都会好起来。他深深沉浸在对市场未来远景的憧憬中，他像一个高深的哲人，又像一个天真的孩子。他向自己也向倾听者描绘着一个没有竞争、没有任何阻碍的美丽新世界。

第十九章　猎猎飘扬的旗帜

大提琴和黑管奏出的乐章
掺入生命所呈现出的质地
这块拔地而起的浓缩疆土，和
维多利亚港一起闪耀中华之魂
君不见，曾被记忆敲碎的昔日
写满祖国母亲密密匝匝的年轮
温热的土地在恋火中悄悄复活
满坡绿色是谁构筑的希冀
紫荆花携起黎明绽放的日月芳菲
渴望全部奉献给热烈追求的未来
舒伯特与海顿演奏的钢琴协奏曲
情满山河。信念总追随春光明媚
那片聚焦在心灵感光片上的光芒
高高飘扬铁锤与镰刀的神圣与庄严

一列火车长啸着从身边奔驰而过，像骏马飞奔的嘶鸣，又像对正在铁路旁施工人员高唱的赞歌。这是中国香港铁路东铁线，是一条连接内地深圳和香港市区唯一的铁路干线，高峰期每两分钟就要经过一趟列车。

任何导致火车停运的理由，哪怕是工程施工都算作事故，必须呈报给香港政府和立法会。在这样重要且情况特殊的铁路轨道旁承担斜坡施工，技术与工程难度之大，影响之深远，可见一斑。而中国地质香港分公司正是承建这一工程的施工单位。

中国地质香港分公司于 1997 年注册成立。2001 年，中国地质正式进入香港工程市场，四年后，又进一步开拓，进入澳门工程市场。时至今日，中国地质香港分公司已经在港澳地区参与完成建筑工程项目 200 多个，合约总金额超过 150 亿港元。最近三年，香港分公司的年度合同额呈现阶梯状上升，平均每年为 21 亿港元，每年营业额平均为 13 亿港元。

中国地质香港分公司成立以来，履行央企应尽的责任和义务，既是中国地质在港澳地区的工程承包商，又是中国地质面向海外市场的融资平台。近年来，香港分公司逐渐成为中国地质对外融资的财资中心，具有不可替代的重要作用。从 2011 年至 2022 年初，为中国地质总计融资了 10.6 亿美元和 3600 万欧元，节省了大量的财务费用。

香港分公司持有 3 个香港政府颁发的“道路和渠务工程，水务工程和地盘平整工程”的最高等级丙组牌照，1 个房委会颁发的“桩基工程”丙组牌照，以及 2 个“斜坡治理”“桩基工程”专业牌照。公司以基础工程、土力工程和土木工程为三大主业，是香港最大斜坡治理类工程承建商。在香港，参与过中环填海工程、北角东区走廊绕道工程、邮轮码头项目、九龙新界无障碍电梯项目、蝴蝶谷水厂工程、观塘污水处理泵房工程、元朗隔音屏项目等多项政府大型工程。在澳门，参与过新葡京酒店工程、威尼斯人度假区项目、银河娱乐度假区项目等澳门标志性的大型工程。

香港分公司是获得 ISO9001、ISO14001（2015 版）以及 ISO40001 认证的承建商，亦是香港斜坡专业承建商中第一个成功获得 IMS 综合管理系统认证的公司，被屋宇署、中华电力有限公司等多家机构授予总承包资格。如今，香港分公司已是香港建造商会会员公司（打桩小组牵头人）和香港中资企业协会董事会员公司。同时，也是中企协香港建委会副主任委员单位和香港工程师协会香港工程师见习培训基地。

中国地质香港分公司在香港建造业界屡获殊荣，其中，包含建造业安全奖、职安健大奖、公德地盘奖及最佳防止山泥倾斜计划工程承建商等荣誉称号。

第 1 节　香港风云

卓越企业出众的业绩都是靠出众的人才促成的。人才的选拔如同从一吨金沙中提炼一盎司黄金，需高温锻造，反复锤炼。这个道理，从董继柏的从业之路及工作业绩中完全可以得到印证。

董继柏——中国地质副总经理兼香港分公司总经理，是中国地质行业的骄子，工程建筑的财富。他的身上有中国地质人锐利进取的特质和敢于拼搏的个性特征。

每当有人称赞他取得的骄人业绩时，他总会说："应该说是胡建新总经理用了差不多十年的时间创造了这一切……"

董继柏追溯香港分公司的发展历程："从 2002 年开始，香港分公司在胡总的领导下，用了十年左右的时间，逐渐地从较大亏损，到较少亏损，然后达到正负平衡，就在我和胡总新老交替时候，已经产生了利润，也有了年终奖金……香港分公司经历了这么大个过程，到目前，应该是解决了生存问题，走上了发展的道路。一个企业发展壮大的过程，必定是由小到大，从弱到强的。"

可以想见，香港分公司一定是经历了蹉跎的岁月和不平凡的风风雨雨。风雨兼程的日日夜夜，智勇兼备的苦心经营，只有经历过的人才懂得其中的甘苦。不管汗水还是泪水，忧思抑或欢欣，归根结底，是胡建新和董继柏两任领导，带领整个香港分公司共同奋斗的过程。他们让香港公司整体发展，实现华丽转身，从基本解决生存问题步入到今天的健康发展的轨道阶段。这条艰难的由弱到强的复兴之路，董继柏是领导者，也是直接参与者和见证人。

董继柏是个有情怀和血性的团队领导者，他的思想意志和精神素质，决定了中国地质香港分公司今天的高度和广度。可是，香港分公司所承载的精神要素和品质从何而来，又是谁决定了董继柏思想和精神的高度与广度呢？

董继柏的回答是上一届总经理胡建新。董继柏最喜欢重复胡建新的一句话:“一定要汇聚起比我们自己能干的人来共同完成我们的事业。”

在中国地质香港分公司，无论从哪个方向遥望或审视，都可以看到胡建新的光芒。对于香港分公司和董继柏来说，“胡建新”就是背景和力量，也是里程碑和灯塔，照亮了香港分公司和董继柏继往开来的路。他的言行一直在影响和启迪着后来者的心智和精神。董继柏说，在他的从业之路上，胡建新总经理给了他一把金钥匙。

二十年的岁月已经十分悠远，但回望分公司的历史，董继柏仍然记忆犹新，心宇澄明。

1997 年，忍辱百年的香港回归祖国母亲的怀抱。香港建筑市场也随之出现繁荣葳蕤的勃勃生机，工程市场平均每年发包额高达 2000 多亿港币。这样形势一片大好的工程市场光景，给中国地质带来了新的展望和期待。

本以为初生牛犊的中国地质香港分公司在新的政治环境和经济环境下会大放异彩，谁也没有想到，1999 年底至 2000 年 1 月，分公司出乎意料地发生了较大的人事变动，让中国地质措手不及。面对香港分公司的风云变幻，中国地质力挽狂澜，果断作出决定，任命地理位置比较接近、领导能力和业务能力兼优的胡建新兼任香港分公司总经理，接替香港分公司第一届总经理宋春。

2001 年 11 月，中国地质总经理助理兼中国地质斯里兰卡分公司总经理胡建新奔赴香港，走马上任第三项职务——中国地质香港分公司总经理。

香港公司刚刚经历了“一场难以言表的复杂人事变动”，人心混乱，市场低迷，现金流断档，还欠着银行数千万港元的贷款，甚至已经发不出员工工资。稀稀拉拉几十个员工，随时都有可能离职消失在人海。整个香港公司处于风雨飘零摇摇欲坠的萧索状况。

胡建新说感觉那时的自己，一个人站在莽莽荒原，四周一片寂寞和荒凉，没有灯光没有回声，只有他自己的身影随行。他一边前往仅有的两个在建项目工程现场查看材料，一边了解各方面的数据状况。

他有些迷惑，中国地质的队伍何时出现过这样的低谷？即使在蛮荒的非洲抑或最艰难的巴基斯坦几个项目，那么多的艰难坎坷最后都能干得风生水起，大涨中国人的志气，干出中国人的高贵尊严，究竟是什么原因，才会出现眼前的局面？

胡建新思前想后，探究总结，将别人的故事替换成自己的角度去追根求源。他对香港分公司所发生的一切，不问不议不褒不贬，集中自己所有的经验和智慧，收拾残局，重整旗鼓。

刚到香港上任，胡建新就接连收到香港政府发来的两份警告信，让他哑然失笑。在他的从业生涯中，不论是国内还是海外，他的项目管理从来没有被“警告”过。他作为新上任的中国地质香港分公司总经理，必须得向港府土木工程拓展署提交整改措施。除了这些不得不做的工作，胡建新有坚定的信念在支撑——搭建好领导班子，带好队伍。

中国地质香港公司在建的两个项目中，其中一个斜坡治理项目已注定要亏损几百万港元，分公司每月要向银行还贷款及利息 100 万港元左右。员工的工资必须要发，分公司出现入不敷出的严重困难，如何将香港分公司的这盘死棋激活，首要的是盘活资金。胡建新立马想到了具有海外工作经验的财务管理行家——中国地质财务部副经理董继柏，将他从北京调来任分公司副总经理。再任命一名忠诚度比较高的香港人李志棠为副总经理，重新聚集起一批敬业且忠于中国地质事业的员工，重塑中国地质在香港业界的良好信誉和形象。

他召开员工动员大会，表明中国地质在香港要持续稳定发展，暂时的困难阻挡不了中国地质前进的步伐，只要齐心协力，就会看到香港分公司美好的未来。员工们从胡建新的身上看到了坚韧不拔的韧劲，也看到了公司未来发展的希望之光。为了及时给员工发放工资，胡建新从斯里兰卡分公司挪借资金，不仅让员工们冰冷的心回暖，而且还激发了员工们创新的热情。

实际上，胡建新到香港相当于白手起家，当时的香港分公司，除了留下一些等着要工资的员工和贷款购买的打桩设备（当时设备闲置）外，一无所有。胡建新明白，分公司想要站稳脚跟，首先要稳定员工队伍，然后再开始修炼一般的再次创业。在企业管理中，胡建新牢牢抓住适应香港地域特点的五个环节：安全、质量、进度、成本、环保，让最小成本获得利益最大化，最终实现扭亏为盈。

说起来容易，做起来很难，公司背着数千万港元的债务，困难重重。但胡建新和公司班子坚持走好每一步，毕竟千里之行始于足下。

不久，香港分公司就通过香港品质保证局的严格审核，建立了一套国际标准的全面质量管理系统，取得一系列合格证书。直到 2010 年，能在香港建筑业拥有这项标识的公司还是凤毛麟角。

经过几年的苦心经营，中国地质香港分公司已经达到内强素质外树形象的水平，并且在斜坡治理方面名声大振。在 2008 年的香港政府土木工程署斜坡治理工程评比排名中，中国地质的名字赫然位居第二位。

桩基业务也逐渐在业内崭露头角，在市场数量有限的情况下，中国地质香港分公司凭借自己的技术实力一路打到澳门，其中澳门最有名的葡京大酒店新楼桩基工程便是中国地质香港分公司的杰作。至于水务和渠务项目，更是中国地质在别的国家和地区最擅长的老本行，历来都是夺魁的业务。2010 年香港分公司中标的第一个水务工程项目，合同额便超过 1 亿港元。

香港分公司坚持诚信第一，用工程质量说话，2001 年至 2004 年，三年时间，依靠自身能力将所有负债全部还清。到 2010 年，近十年间，有数十个项目获奖。仅 2010 年一年，中国地质香港分公司就荣获香港政府颁发的“上水供水项目地盘功德奖”和“GE/2010/01 斜坡项目安全铜奖”两项殊荣。分公司已形成斜坡治理、桩基工程、水务和渠务工程三大主业，基础扎实，信誉良好，潜力巨大。至此，中国地质香港分公司满血复活，并进入可持续发展的良好轨道。

在胡建新的带领下，分公司领导班子成员、副总经理李志棠、董继柏、李猷林，还有总经理助理胡爱民团结合作，经过不足十年的努力奋斗，使香港员工人数达 260 多人，培养的港籍项目经理级人员数十个，其中，大部分都已经服务于中国地质超过十年，最少不低于五年。这时的中国地质香港分公司“人心齐，泰山移”，经济效益和团队协作都蒸蒸日上。胡建新将香港分公司打造成了一支有目标、有技术、有战斗力的团队。整个公司充满朝气与活力。

同时，胡建新管理下的中国地质斯里兰卡分公司，一直持续健康地发展，与香港分公司双燕起飞，在不同的领域各自发挥中国地质团队特长，传播和彰显中国地质的“五种精神”。

胡建新一直被称作具有清华大学校训精神的厚德载物者，一位中国地质精神与情怀的捍卫者，一个时代的标杆。很长一段时间，救赎、担当、责任几个名词，通过他的才智和德行，将中国地质的“五种精神”完美地解释为信仰、价值和尊严。

他用自己的切身言行，身体力行地推动中国地质的开拓与前进，他既是领导者，也是倡导者，他让中国地质这个大课题，回到具体的工程施工细节和真实的项目场景，并推动中国地质事业不断壮大与前行。

2011 年，胡建新将香港分公司总经理的重任，托付给具有开拓精神与深厚潜力的年轻副总经理董继柏。

第 2 节　项目上最幸福的人

1998 年 12 月 31 日，董继柏和曹小威，两个二十出头的大学毕业生，于这一天晚上的同一航班，肩负中国地质对青年人的殷切希望，前往海外国家——巴基斯坦。

董继柏和曹小威是被公司派去巴基斯坦 66 号标项目工作的。这个项目是中国地质在巴基斯坦国家连续出色完成实施 CRBC-63 号标水渠项目、米普哈斯暗管项目和隧道项目等几个大型项目后的最新中标项目。虽然两个人结伴同行，但是，因为都是第一次出国，心里还是非常紧张，国外是什么情况他们一无所知，各人只凭自己的想象和猜测。但有一点是毋庸置疑的，就是两个年轻人早下决心要做好这份工作，决不辜负公司的信任和希望。

董继柏，1973 年出生于四川绵阳一个小山村，1997 年 7 月毕业于石家庄经济学院，即河北地质大学，原地质矿产部直属六所院校之一。毕业后以优异的成绩考取了公务员，分到地质矿产部财务司工作。曾任中国地质总经理的财务司司长叶冬松，如同伯乐发现千里马，于 1998 年 8 月将董继柏调入中国地质财务部。

董继柏在总部的财务部一边熟悉日常工作，一边准备去巴基斯坦的前期工作。不久，就踏上了前往巴基斯坦的征途。

在巴基斯坦首都卡拉奇，时任巴基斯坦经理部总经理孙锦红欢迎并安顿好两位小伙子入队。第二天，正是 1999 年的元旦，两人带着新奇和兴奋不已的心情，迎着巴基斯坦的朝阳，满怀新年的幸福，各自前往指定的工作地出发了。

董继柏的本行是财务，孙锦红就安排他去花旗银行办理 66 号标项目履约保函。董继柏走在卡拉奇的大街上，满眼都是异国环环绕绕的文字。这时，他意识到这里是巴基斯坦，可是他连“花旗银行”的英文单词都不会，到哪里去找花旗银行？想到头天晚上出机场海关时，他和曹小威两人都认为自己的英语应该是有些基础的，当警察问话时，两人一紧张，吓得单词全忘光了。

头一次执行工作——找花旗银行，董继柏急得全身都是汗，心中一片茫然。这件事对董继柏影响非常大，自此，他立志要学好英语，不然，在海外独立工作，寸步难行。

不久，66 号标开工。董继柏从卡拉奇直接到了项目所在地迪尔汗。他开始做项目上的财务会计工作，一个项目的财务对他来说工作量不大，他感觉生活非常轻松快乐，英语水平不断上升，见识也越来越开阔。项目经理杨建民觉得他聪明热情，做事麻利，给他增加了项目的采购工作。

项目上的采购工作一开始是安排曹小威干的，但他采购了一段时间以后，被派去做了现场工程师，采购便由董继柏接着干。按照董继柏的说法，就是:“我们啥都干过，后来，我们啥都能干。”这句话似乎可以让我们看见那些年轻忙碌的身影，在旭日升起的早晨或夕阳西下的黄昏匆匆行走在不同的项目上。

董继柏既是项目会计，又兼经理部的总会计师。同时，他还负责采购项目组的所有物资设备。因此，他必须在迪尔汗和卡拉奇两个城市之间来回穿梭，往返奔跑。

他说买材料很难，不仅仅是需要用英语甚至是当地乌尔都语谈交易，而且项目附近建筑物资比较缺乏。像项目铺路用的石料，就是非常稀缺的商品。巴基斯坦大部分国土是沙漠，石子很难找。他绞尽脑汁想了很多办法，才在巴基斯坦和阿富汗接壤的地方，找到了有石子的地方，花了很大的工夫，终于把石子运到工地。这对项目来说是一件非常了不起的事情。

董继柏讲起这些往事的时候，特别开心，他说:“我不懂设备，但我会反复沟通选型比较，再去跟卖方讲价。遇到新添设备，那就更不容易了。从买设备的地方运回项目所在地迪尔汗，途中各省之间都有海关边防检查，得自己去跟边防人员沟通，那个工作真的挺难。”

那时，董继柏刚参加工作不久，以前也从未接触过工程项目，更不知道设备是什么样子，只能根据项目描述的规格参数去市场采购。每次接到任务，他乐此不疲，从来没有任何抱怨。项目上的其他人都要加班加点干活，哪儿也去不了，他说只有他一个人特殊，可以跑来跑去，简直是项目上最幸福的人了。

董继柏说，有一次，项目要买一台碾压机，得去俾路支省，那是个治安很差的地方。但是，为了不耽误项目使用，他跟司机马上就出发了。其实头天晚上，项目上所有人都在加班加点抢运 CRBC-63 号标水渠项目旧营地上的设备。尤其是司机非常能干，动作迅速，整整忙乎了一夜。所以到了第二天，司机在跑长途时困意上来，手中握着方向盘打了个盹儿。只听“哐当”一声，出车祸了。

车，整个报废了，所幸司机和董继柏毫发未损，司机小伙开玩笑地说，不知是真主安拉还是佛祖在保佑，反正，是神灵保佑的结果。

为了购买设备及材料，董继柏几乎跑遍了巴基斯坦各个城市，最大城市卡拉奇、北方第二大城市拉合尔、第三大城市白沙瓦，以及首都伊斯兰堡等都有他的足迹。董继柏成为出入这些城市的中国常客。他像一只负载神圣使命的鸟儿，在工地和巴基斯坦各个城市之间快乐地飞翔。因为心中充满希望，所以他能将辛苦化为力量。

可是，正在董继柏的工作进入游刃有余酣畅淋漓的时候，却接到了中国地质总部让他回国的通知。

这时，经过一年的奋斗拼搏，也迎来了项目实施的高峰阶段。董继柏的采购工作内容更加丰富和繁忙，他像鼓满长风的帆船，充实而乐观。英语水平因为常年出差而神速提高，交流沟通已如鱼得水。2000 年 3 月，整个中国地质的组成结构发生很大改变，地矿部几家公司合并，将成立中国地质集团公司，公司决定让这位财务骨干从巴基斯坦调回总部负责财务管理工作。

董继柏意外地接到通知，不但没有出现惊讶和喜悦，反而心收紧了一下。他不想回国，经过努力，自己已经适应这里的工作节奏，对工作环境及同事也已熟悉并建立了深厚的感情，他不舍。再者，眼看项目即将成功，该到分享胜利喜悦和果实的阶段，他却要提前告退，心中总留有没做到“有始有终”的遗憾。

但董继柏深明大义，他知道应该服从组织，虽然对巴基斯坦恋恋不舍，还是按时回到总部，做了财务部的副总经理。

作为中国地质当时最年轻的中层干部，董继柏将自己的所有能力和才思很快地从海外聚力到国内的财务工作上。对于中国地质的资源整合，他付出了巨大精力和心血，做了大量的工作。其中，最突出的工作有两个方面。一是从 2000 年开始，他与财务部的同事们使用并主推财务会计电算化。会计电算化的推广，代替了之前手工记账的传统方式方法。二是强化现金流管理。那时候，整个企业里面对现金流管理不是很重视，现金流管理手段也比较少，董继柏的财务理念让现金流管理工作在中国地质的财务管理上先行一步。

第 3 节　精神传承者

2002 年 1 月，公司将董继柏调往中国地质香港分公司担任副总经理，负责管理财务工作。在香港的十年光景，耳濡目染，他跟着胡建新总经理一路打拼，很快适应了新的工作思路，并爱上了香港的环境和工作方法。

2011 年 12 月，胡建新回到中国地质总部，董继柏接任香港公司总经理。在前任总经理胡建新打造的良好基础上，董继柏让香港分公司更加茁壮，发展步伐愈加稳健。

董继柏的人生之路以接任中国地质香港分公司总经理的时间为标志，可以化为两个阶段：第一个阶段，开阔视野，积累经验。在巴基斯坦，他受孙锦红总经理和杨建民经理的直接领导，学会了项目管理知识，并学以致用，将所学的财务理论知识及时运用到施工实践中，而且从孙锦红身上学到的管理经验和做人原则，让他受用一生；在总部财务部时，财务部经理李红知人善任，真诚坦率，在她带领下，顺利推进会计电算化和现金流的管理；又有幸在胡建新的直接领导下，亲历和见证胡建新力挽狂澜，不但使香港分公司顺利渡过难关，而且让香港分公司走上健康发展的大道，保住了中国地质这块响亮品牌的过程。

第二阶段，厚积薄发，运筹帷幄。董继柏接任香港分公司总经理后，用“自律、坚忍、自励”打造出工作基石；重视在建项目的基础性工作，重视工程设计规范、施工技术规范和工程管理规范；要求项目交工尽量提前于预定时间；要求人人全面深刻理解相关技术或施工工作要领，工作之路每步都要坚实稳健。从香港分公司“2012 年至 2021 年主要经营指标”近十年的年度业绩分析表，可以看到董继柏是管理水平逐年递进，分公司营业收入及利润总额逐年上升。2012 年，合同额 4230 万美元，营业收入 2.12 亿元人民币。到 2021 年，两项指标发生了巨大的变化，合同额 43595 万美元，营业额达到 11.15 亿元人民币。

董继柏是善于思考的人，国外和国内的管理工作，给了他很多的经验和启示。他一边工作一边总结，他的思想在不断锤炼中日趋成熟。他凭借自己的经验和管理思想，在驾驭整个分公司工作中深耕细作，梳理创新，慢慢地，将香港分公司的市场触角伸向了广袤的香港建筑工程市场中。

在任期间，他与香港大大小小的管理公司建立了持续良好的互动互助关系，通过服务大量的业主单位，将分公司的传统主营业务发展成当前的强项业务，增强了抗击市场风险的能力，使中国地质在香港市场树立了更为良好的口碑，也获得了竞争对手的尊敬和赞叹。

2016 年年初，中国地质香港分公司取得了香港房委会打桩牌照，从此改变了中国地质香港分公司打桩项目只能做分包商的历史。

2017 年 2 月 15 日及 8 月 17 日，经过十六年的努力，中国地质香港分公司“道路与渠务牌”和“水务牌”（C 类丙组）正式得以升牌确认，突破了自 2001 年取得这两个牌照以来，一直处于试用期阶段（试用期阶段投标该类项目的个数和合同额均受到限制）的局面。这不同凡响的蜕变标志着分公司在香港建筑工程市场中，在道路渠务类工程和水务工程业务投标中，将不再受任何限制，结束了从前投标此类大型工程必须联营的历史。

2017 年 3 月，董继柏被中国地质提拔为总经理助理兼香港分公司总经理，2018 年 6 月，又被提拔为中国地质副总经理兼香港分公司总经理。荣誉的背后，是聪明智慧的结晶和拼搏奋斗精神的闪光。他作为一个年轻的领导人，勤谨内敛，踏实地做中国地质的精神传承者。正是董继柏对中国地质“五种精神”的深层认识和工作中的多维结构创新，加速了香港分公司前进的步伐。

2018 年，香港分公司进入规范发展的调整阶段，发展规模再上台阶，营业收入及新签合同额均进入中国地质前三。董继柏审时度势，给香港分公司提出新的发展定位，一、香港分公司是中国地质海外营业收入的重要贡献者之一；二、香港分公司是中国地质海外财资中心；三、香港分公司是香港建筑市场最佳中等规模建筑承包商。

一个站在高处的企业管理者董继柏，在向更远更高的目标瞭望与开拓。

最近三年，香港分公司每年都是节能集团及中国地质先进单位，营业收入和新签合同额都排在整个中国地质前三位，2020 年、2022 年连续海外第一位。特别是 2021 年新签合同额首次突破 40 亿港元大关。新签合同额约占中国地质整个海外合同额的 60%。香港分公司三大主业初具规模，在中资建筑企业的营业规模中名列前茅。斜坡治理业务方面，中国地质香港分公司在整个香港独占鳌头。最近几年香港分公司的蝶变，让中国地质的品牌大放光华。

2020 年 7 月 8 日，中国地质在香港的子公司“中地香港（实业）有限公司”获得斜坡治理牌照，从此香港分公司进入“双斜坡牌照”时代，进一步奠定了香港分公司在香港斜坡市场的领先地位。

中国地质香港分公司从此迎来更加欣欣向荣的繁荣时代。

第 4 节　员工放在第一位

1998 年 8 月，董继柏刚大学毕业，在国内总部的财务部当会计。他在努力完成财务部日常工作的同时，还推进了职工的住房公积金缴存的工作。20 世纪 90 年代，公积金还是新鲜事物，董继柏提议按照最高缴存比率12%，给员工缴存公积金。对于一个刚毕业一年的大学生来说，能考虑到职工的切身利益，并提出合理化建议难能可贵。

当了香港分公司总经理的董继柏，认为公司和员工的关系是互相成就的关系。因此，香港分公司的基本理念是“尊重员工，依靠员工，关心员工，成就员工”。

美国政治家罗纳德·里根说：“一个好的领导，不是成就自己的完美，而是成就他人的完美。”董继柏在香港分公司基本理念里把员工摆在第一位，既用心也用情，有情有义的领导才会带出有情有义的员工。

香港分公司坚持“有为才有位，有位更有为”“有位有为待遇好”；“业绩”是导向，“激情”是支撑，“厚德”是基础，让所有员工“职业有通道、事业有前景”。香港分公司的企业文化因地制宜，主旋律围绕中国地质“五种精神”，并将所有的精神化解注入分公司的团队精神——“有知识，才有底气；有能力，才有机会；有智慧，才有方法；有业绩，才有地位；有恒心，才能成功。”

董继柏说：“我们一起努力，把这个企业做大做强、做优做长，让所有中地的员工既能尊荣地工作，又能享受生活的美好。”

为了激发员工的爱企热情，2017 年 8 月 19 日，香港分公司举办了“中国地质香港分公司成立二十周年庆典仪式”。中国地质领导及中国地质香港分公司合作商代表，员工家属代表以及所有员工，共计 450 人出席了这次具有历史意义的庆典仪式。活动的内容丰富多彩，主要的内容是让家属成员参观中国地质香港分公司的历史底蕴及香港分公司的技术力量、人文实力以及主要业绩。员工家属们看到香港分公司的业绩中有自己家人的贡献时，无不洋溢着满满的自豪感。

荣获 15 个奖项的港铁 K1499.A-15C 斜坡工程项目介绍照片前，参观的人最多，他们热烈地谈论着这项令人钦佩的大型斜坡治理工程。

这是中国地质香港分公司 2015 至 2018 年间，在香港铁路东铁线轨道范围内进行的斜坡巩固和维修工程。这个工程是中国地质为保障香港市民生命和财产安全的重大民生工程。

香港湿热多雨，暴雨特别多，这对于山峦不断起伏、人口稠密的香港市民来说，极其容易受到山体滑坡泥石流的威胁。无论政府机关，还是私营机构都致力于用最高标准保证斜坡安全，以保障市民生命和财产的安全。

保障铁路运输安全畅通成为香港铁路有限公司的头等大事，而中国地质香港分公司正是承担香港铁路有限公司这个错综复杂的大型工程承包商，这也是香港分公司第一次在香港承建铁路轨道范围的斜坡工程。

MTR K1499.A–15C 斜坡工程项目，合同金额 9280 万港币，合同工期九百一十三天，主要承建香港铁路东铁线（罗湖至红磡）沙田火车站附近斜坡 U7.3A、U9.7 和 U9.8 以及大埔火车站附近斜坡 D18.8，处在连接大陆与香港市区唯一铁路干线——香港铁路东铁线上。

施工期间需要确保每两分钟经过一趟列车的通行。工程最困难的斜坡是大埔火车站的 D18.8 斜坡。在保障火车正常运行及其信号系统正常的情况下，工程需要在轨道两侧斜坡进行泥钉加固工程。隧道顶除了泥钉加固之外，还需要挖除原有的约 3 米深的泥土并换成混凝土。

这条隧道，修建于 1910 年，已历经一百多年的风雨。隧道内部经过数次加固，但隧道的穹隆顶部始终保持原样，从没处理。现在需要挖泥换成混凝土。施工过程中重量差距过大，将会导致隧道外壳开裂，外壳开裂就会导致渗水，从而影响火车的正常运行。

香港分公司充分考虑和论证了工程特点与难点，组织挑选精干工程师团队，积极和港铁工程部磋商，通过制定全面的风险评估和严密施工组织设计，历经几百个日日夜夜的不懈奋斗，在自始至终保障铁路运行正常的情况下，使工程提前一百八十天竣工。

经过项目团队的不懈努力，此项目得到了香港铁路公司以及香港工程界的高度认可和赞扬，并荣获香港发展局举办的 2017 年度第 23 届公德地盘嘉许计划金奖等 15 个奖项，也是自中国地质香港分公司组建以来，获奖最多的单一项目。项目同时赢得较好的经济效益。

正因为第一次在港铁轨道范围内斜坡项目的成功，使中国地质香港分公司于 2018 年 7 月份再次中标香港铁路公司同类型的 MTR K1499.B–18C 斜坡治理项目。香港分公司实现了自己的愿景——做成香港最大斜坡工程的承建商。

同时展出的还有香港特区政府机电工程署 2477EM14A 及 2849EM17A 项目图片，这是两项推行生态环保的大型基建项目。

启德新区供冷系统是香港政府在新发展地区推行的第一个大型节能环保项目。该系统贯穿了“节能减排”的设计理念。其建造原理是将中央供冷站生产的冷冻水通过地下管道输送到启德发展区用户的空调系统内。该系统有效减少了安装空调机组的数目，使得冷冻效果更良好、环保管理更有效。该系统绕启德发展区外围一周，呈圆环状，分九段相连。项目完全建成后，将对减少城市热岛效应、建设绿色低碳社区、降低电力消耗方面起到重要作用。

项目于 2011 年启动，经过十年建设终于建成合龙。在整个系统环形管道建设中，中国地质香港分公司以两个项目标段（2477EM14A、2849EM17A）参与其中 1/3 工程量建设，以优质高效施工业绩受到香港政府、顾问公司及社会的高度赞扬，收到良好的社会效益和经济效益。

另外两个是具有超高难度特点的 HY/2013/19 及 HY/2014/14“屯门公路—市中心段加装隔音屏障工程”项目。这两个项目施工难度大，但通过多方努力，高标准按时完工，彻底解决了长期困扰屯门地区居民的噪音问题。

HY/2013/19 项目凭借互信互助的高水平合作精神于 2020 年 6 月 17 日获得英国土木工程师学会（ICE）颁发的“新工程合约 NEC 2020 年度最佳运输工程项目”奖。该奖项是香港当年唯一的运输工程项目奖项。

ICE 成立于 1818 年，是国际土木工程界唯一具有学术交流和专业资质认证两重功能的学术机构，其所授予的土木工程方面的资质及奖项在国际上得到广泛认可，权威性享誉世界。能荣获此项大奖，有力地加持了中国地质在国际承包市场的地位和信誉，凸显了中国地质香港分公司的综合实力。

“中国地质香港分公司成立二十周年庆典仪式”的成功举办，凝聚了人心、鼓舞了士气，也为实现香港分公司的企业目标——“集团放心、客户满意、社会赞誉、员工幸福”，吹响了胜利的冲锋号。

作为公司领导来说，成就员工就是成就团队，成就团队就是成就公司。

2019 年 11 月 30 日至 12 月 3 日，中国地质香港分公司组织和派出高层管理人员共 9 人赴北京进行为期四天的参观、考察和交流活动。这是中国地质首次接待分公司以组团方式访问总部的特色活动，使得高管们更加认同和认可中国地质的优良传统和企业文化，为他们今后更好地发扬中国地质文化，坚定信心，脚踏实地工作打下坚实的基础。一行人目睹祖国飞速发展，万物欣欣向荣的现状，内心充满自豪与喜悦。特别是总部领导和员工的热情使他们深受感染，都纷纷表示会为中国地质事业高质量发展，贡献自己最大力量。

总经理董继柏深知企业和员工之间是互相成就的关系，将员工放在第一位，与中国地质“上为国家做贡献，下为员工谋福利”的理念相统一，极其符合党的十九届六中全会通过的《中共中央关于党的百年奋斗重大成就和历史经验的决议》中习近平总书记的伟大论述：“江山就是人民、人民就是江山，打江山、守江山，守的是人民的心。”

第 5 节　不断升华的使命感

无论在学校还是在单位，董继柏一直是一个非常要强的人。他就像上紧发条的时钟，严格要求自己，一直不断地努力，不停地奋斗，不停地成长，因此在人生关口的历次考试中都能够脱颖而出。

在巴基斯坦，项目组开始的口号是“多挣钱，早团圆”。公司与团队，团队与个人，是连贯的相辅相成的关系，锅里有了碗里才能有，大河无水小河自然就会干涸。所以大家团队意识很强，董继柏说：“在巴基斯坦时，团队的协作精神让我树立起新的理念，就是团队的利益比个人的利益更重要。只有整个团队好了，个人才能真正地好。这个精神，是我从孙锦红总经理的带兵之道里悟出来的，只有成就团队才能成就自己。”

董继柏毫不讳言地说，刚大学毕业时，就是想找个好工作，多拿些工资。在中国地质总部时，就想好好努力，在自己的工作岗位上干出点名堂，不至于让同事看不起。当被领导提拔到中层干部时，就下决心也要干出点成绩来，免得自己太年轻，大家不信服。为了让大家信服，他想了很多办法，所有的办法，都是为了干好工作，服务员工。

初到香港分公司时，除了难题就是困难，董继柏看到日夜为分公司拼命的胡建新总经理，他突然感觉自己身上的担子也很重。一种从未有过的责任感和使命感油然而生。他觉得中国地质的这杆旗帜，必须在这块土地上猎猎飘扬。他下决心协助胡建新总经理将分公司扭亏为盈。

当自己做了分公司总经理之后，他的使命感更强烈了，如何让香港分公司发展更长远，如何让员工有更好的平台，如何让中国地质的旗帜猎猎生风……伟大而光荣的使命感，在一个年轻人的朴素渴望中不断变化，不断升华。

现在的香港分公司，直接发工资的员工有600多人。加上分包商的从业人员，一共1500多名员工。强烈的使命感让董继柏忘记自己的名利得失。他坚信自己的所作所为，影响着1500多个家庭的幸福和未来。在他的带领下，香港分公司应该呈现出更好的样子，他的神圣使命就是想办法把公司办好。

他确实想了很多办法。

首先将分公司愿景及产业定位确定好，并清楚定位分公司以土力工程、基础工程、土木工程为三大主业。

第一，因为公司已经持有香港政府颁发的3个“道路和渠务工程，水务工程和地盘平整工程”的最高等级C牌丙组执照，1个房委会颁发的“桩基工程”的C牌丙组执照，以及2个“斜坡治理”“桩基工程”专业牌照。现在，香港分公司投标不受任何限制。

第二，明确香港分公司的近期发展目标是做优土力工程，做强基础工程，做大土木工程。“一优一强一大”是根据市场特点确定的。在香港，中国地质的土力工程已经是做到规模最大，所以要往优质上发展。在基础工程方面，中国地质有工期快、质量好的市场特点，且基础工程不能做总包，只能做分包，所以必须要做强，做强才有实力跟别的企业竞争。在土木工程方面，香港工程主要发包额还是在土木工程，土木工程市场份额大，只有做大土木工程，香港公司营业规模才能得到高位运行。

第三，确立企业文化管理制度。培训员工，成就员工，提拔青年员工。

所谓小企业靠制度，大企业靠文化。董继柏的思想及做法让人欣赏和敬佩："香港公司的生存问题解决以后，就是想办法将公司做大做强。一个企业领导人要对公司负责，对机制负责，更要对员工负责。只有经济上得到提升，心灵和精神上才能有成就感"。

第 6 节　受用终生的金钥匙

当董继柏走过万水千山之后，他心里藏着的那把金钥匙仍然清晰如初。当年胡建新总经理对他说："我喜欢员工奖金和工资拿得比我高，他们高兴，我更高兴。我们的事业就是找一些能干的人，来和我们一起把事干好。能做到这些，你就是管理者。"

2002 年，董继柏怀揣胡建新的这句话穿梭于发达繁荣的香港，他突然感觉有些惶恐，他担心自己的知识储备不够、能力不够，又想到打铁还得自身硬，没有本事怎么能找到能干的人。为了丰富和提升自己，他考取了南澳大利亚大学工商管理硕士，并通过两年的努力学习，成为南澳大利亚大学当年香港班唯一的优秀毕业生。

一个四川绵阳山村走出来的小男孩，成长为大国央企——中国地质香港分公司的总经理，他终于有能力找到"能干事且干成事"的人，可以用实际行动，来践行胡建新那句令他受用终生的箴言。

为了加强团队建设，提高员工职位发展的天花板。2019 年 1 月，董继柏将中国地质香港分公司的整个领导班子进行了重组。提拔了 4 名副总经理李猷林、胡爱民、戴昊、陈天柱，1 名总会计师刘跃欣，将 3 个表现卓越的项目经理梁俊文、袁来利、王晖升任为三大主业部门——基础工程部、土力工程部、土木工程部的总经理。这些人，都是分公司通过一段时间的发展和锻炼，发现并培养的具有可塑性和管理能力的人才。

以前分公司因为规模小，不具备条件设立副总经理职位。员工想的就是做好一个项目，多拿一些奖金和分红。现在公司做到一定规模，所有员工，只要努力进步就有上升通道，事业有前景，得到提拔的员工成就感更强，事业更有盼头。员工与公司一同发展，同舟共济，荣辱与共。同时，公司已经有条件选拔一些年轻有为、想干事能干事，也能干成事的人，作为新鲜血液，参与到公司领导班子，加强公司管理力度。在所有被提拔的员工中，有的刚毕业就到中国地质，他们通过自己的成长得到重用，成为中国地质香港分公司的中高层管理人员。

论年龄，他们是香港建筑行业里面平均年龄最小的群体，相比之下，如果在其他企业，即使努力也不可能这么快走上管理岗位。在香港的建筑行业，超过六十岁还可以继续工作，所以，大部分人年纪都比较大。而中国地质，只要有能力，二十多岁就能当项目经理。中国地质香港分公司整个团队青春洋溢，朝气蓬勃。

论地域，有公司内派的人，也有当地人。这样，公司就做到了香港文化与内地文化的有机结合，促进形成中国一体化的相互融合的企业文化，提升了中国地质香港分公司的凝聚力和向心力，加强了团队的战斗力。

在香港工作，普遍需要持有专业的执业牌照。大型项目的项目经理更必须要具备从业资质。基于香港这样的规定，十几年来，中国地质香港分公司关照员工，培养员工，鼓励帮助并督促全体员工考各种与业务相关的牌照。分公司搭建学习平台，激励员工给他们赋能。在项目上，给员工提供考牌路径及亲身参加项目实践的机会，以此丰富他们的实践经验和提高具体操作能力。

重视团队建设的同时，董继柏也重视增强员工的荣誉感，香港分公司每年都会举行隆重的年度颁奖仪式，颁发五大奖项。“特别贡献奖”奖励为公司及主营业务做出特别贡献的员工。这是香港分公司最高级别的奖项。“追求进步奖”奖励已经考取各种资质牌照的员工。“优秀团队奖”奖励现金流和表现分数贡献最大的项目组以及科技创新和提质增效表现良好的团队。“优秀员工奖”奖励当年表现优异的员工。“长期服务奖”奖励为香港公司服务十年以上的员工。

五大奖项均颁发荣誉证书和奖牌。这些奖项的评选及表彰，为激励工作和学习树立了榜样，为营造争先创优的企业氛围发挥了积极作用。

中国地质对员工的激励机制，是中国地质的法宝，在整个国有企业里面也是独树一帜。香港分公司的员工忠诚度高，流失率比较低。公司凝聚力让很多建筑企业羡慕和钦佩，也曾多次派人到中国地质对标学习，然而，中国地质的优良传统和“五种精神”是日积月累的文化积淀，让他们望尘莫及。

董继柏对待公司的员工培训与深造做到了精益求精，对自己孩子，却因为工作忙碌而疏于过问。但他身教重于言教，要求孩子有信念、有责任心，做对社会有益的人。

在采访董继柏过程中，说来说去，说得最多的还是胡建新在香港和斯里兰卡等地的经历，永远都是神奇而不老的话题，他与孙锦红，已经作为一种中国地质的神话和旌旗，深深飘扬在中国地质每个人的心中。

今天的董继柏，虽然驾驭着日益强大的香港分公司，但每当公司发展到关键节点或遇到难关的时候，他还是会回想胡建新总经理应对问题的情景和方式，以此作为借鉴，再做出自己的选择和决定。他说孙锦红与胡建新，已经成为中国地质的旌旗，飘扬在中国地质人心中。

董继柏说，自己何其幸运，能得到孙锦红和胡建新的直接领导，他从他们身上学到了用人所长、补己所短及敬人律己的品质，这是他受用终身的金钥匙。

董继柏是充满阳光的人，他所到之处，无处不闪耀着进取的光芒。

进入中国地质，董继柏始终认为是自己运气好。这话恰恰透出了他虚怀若谷的胸襟和对中国地质的深厚情感。他心无旁骛地坚守这块阵地，无论行业和公司经历过多少冷暖，他从没有过任何抱怨，更没有见异思迁，再大的挑战，也会在他的乐观一笑中，变得云淡风轻。

对待事业的态度，就是对待人生的态度。

做个有责任的企业家，才能“德配位”，才能够驾驭公司取得员工的信任。这种高度负责的态度，凸显了董继柏的个人品质和德行。这种德行既是对事业的忠诚，也是对生命的负责。

“问渠那得清如许，为有源头活水来”，董继柏一路行来，只说甘甜，不讲困苦。因为，他将所有的收获，都归功于中国地质的给予。他在感恩的同时，没有辜负领导及员工的期望，也没有辜负时代的召唤。在广阔的未来，他将用自己所有的智慧与勤奋，给中国地质和国家奉献出自己的全部。

第二十章　沉默的情怀

春晖建造出的恢宏疆场
是向人类致敬的最好方式
那些原始野性与现代速度
组装出真实若幻的广厦楼宇
借白玉兰广场的一缕缕幽香
频频传出信仰绽放的芬芳
春风沉醉时你却清醒异常
即便鼓满风的帆被流星划破
你依然高擎火焰拽紧弦索
奋斗，就是用激情敲击时代
在最佳处灌入生命的光与热
用稳健与冷峻，无悔与执着
在图纸中演绎青春不老的轮回

2021 年 4 月 25 日下午，正是白玉兰绽放时节。上海世贸商城熙熙攘攘的人群，将这个春天的芬芳推向了高潮。“2021 年上海春季人才交流洽谈会暨长三角地区高校毕业生择业招聘会”上，一张张富有朝气的脸庞，点缀着 4 月的春色与温暖的时空，整个氛围，呈现着激动人心的多维期待与人生职场选择的庄重。

这场招聘会，是新冠肺炎疫情发生以来，长三角举办的最具规模的线下人才招聘活动，由上海市人力资源和社会保障局、上海市教育委员会，江苏省人力资源和社会保障厅，浙江省人力资源和社会保障厅以及安徽省人力资源和社会保障厅“四地五家”联合举办。目的是落实中央“稳就业、稳金融、稳外贸、稳外资、稳投资、稳预期”的“六稳”工作和“保居民就业、保基本民生、保市场主体、保粮食能源安全、保产业链供应链稳定、保基层运转”的“六保”工作任务精神。

上海建筑行业正在贯彻“长三角一体化高质量发展”的国家战略，推动上海市高校毕业生择业服务工作的顺利展开，促进上海、浙江、江苏及安徽“四地”人才积极合理地流动，加速长三角地区区域人才一体化建设的进程。

中国地质上海有限公司（以下简称上海公司）董事长赵麟会上强调要抓住这次机会，做好公司招才引智工作。站得高看得远的领导，视野广阔，会想方设法引进人才，千方百计爱护人才，及时为公司注入有生力量，以期推动企业内部创造力，尽快达到优化人才队伍建设的目标。这次招聘会无疑是一个最佳契机。

上海公司相关部门人员，很早就来到现场，开始了“伯乐识良马”。上海公司的工作人员春风洋溢，信心百倍地向前来咨询的人，宣传中国地质的精神和文化传承理念，他们幽默诙谐地比喻中国地质的育人环境和广阔平台:“你有能力，我有空间。所谓丑小鸭变成白天鹅，只因为有了一双翅膀。灰姑娘变成美公主，必须要有一双水晶鞋……”

由于上海公司是中央企业，很快便吸引了一大批人才应聘咨询。招聘现场的工作人员孟冉同志、杨晓华同志很快忙碌起来，她们一边介绍一边登记，很快达成初步就业意向的人员就有十几个。

第 1 节　沉默地绽放

信念一旦绽放，花和果都异常美丽。

上海公司坚定信念，凭借与时俱进的经营理念和核心技术的不断提高，以独特的大国央企风度及中国地质精神，给国家和社会奉献了灿若群星的经典工程，树立起央企担当和诚信的典范形象。让上海人铭记于心的不仅仅是经典建筑，还有一个资深央企深厚的文化传承和企业理念。

上海公司党群部主任王葵红介绍，上海公司成立于1984年。最早的上海公司是隶属上海海洋地质调查局，1997年划归中国地质工程集团公司。不管划归哪里，上海公司属于中央企业的性质没有变，是一个实力和技术都超强的资深央企。

在上海，只要提到中国地质上海有限公司，人们马上就会联想到上海著名的地标性建筑——白玉兰广场。一是因为"白玉兰"是上海市花。冬去春来，繁花盛开，花瓣硕大洁白，朵朵向上，生机勃勃，象征着披荆斩棘、奋发向上的精神。二是因为上海公司在承包白玉兰广场的桩基工程中做出了大国标准和大国工匠的水平。

白玉兰广场坐落在上海虹口区北外滩，320米高的办公塔楼，被人们称为"浦西第一高楼"。这幢建筑共有66层，最高的楼层设有游客观光点。另有一座39层高172米的酒店塔楼和一座47米高的展馆及酒店、商业裙房，是集办公、酒店、车库等设施于一体的综合性建筑，占地5.6万平方米，建筑面积42万平方米，其中地下16万平方米、地上26万平方米。白玉兰广场顶层设置直升机停机平台。

上海公司在人们心中的地位和形象，随着白玉兰广场的高度而升高。2017年，上海公司在承建这项大型工程项目的桩基时，施工过程需克服一个重要而特殊的难点，就是施工采取逆作法，即地下室由上向下施工。桩基及钢立柱的垂直度要达到1/600，要求桩基础必须100%的成功率，通过成孔灌注、震动及智能植桩等创新技术，加上精益求精的高品质管理，上海公司圆满完成施工要求，钢立柱只有千分之一的垂直度偏差。这种准确率，在整个上海，绝无仅有，让业内外叹服唏嘘，充分显示品牌的力量。

上海公司不仅在北外滩白玉兰广场项目做出了独树一帜的品牌效果，在上海及周边地区，随处都留有精彩的身影。

近四十年来，上海公司先后在上海以及周边地区承建了近千个基础工程项目，广为传颂的典型业绩，如徐家汇港汇广场三期工程项目和四期工程项目、中国人民银行、上海市公安局指挥大楼、中信泰富、嘉里中心、浦东嘉里中心、嘉里不夜城、虹口区政府办公楼和区总工会文体中心、卢湾区长乐路住宅发展项目、龙湖天街、大宁国际商业广场、轨道11号线墨玉路站、昆山综合体、江阴澄星、镇江二重、大连固特异、温州行政中心、磁悬浮列车、地铁轻轨、浦东国际机场、上海世博会和自贸区的建设项目等多个大型工程和特色项目，全部工程合格率100%，业主满意度高达96%。

追求卓越的上海公司，重视公司良好的信誉，近年来，公司业务已经走出上海，拓展到江苏、浙江、安徽、江西、辽宁、天津等多个省（市），成为行业的领头企业之一。现在的上海公司，是中国地质工程集团有限公司的全资子公司，隶属于国务院国资委的中国节能环保集团有限公司，注册资本2242万元，是国家一级施工企业，拥有地基与基础专业一级资质，环保三级资质，同时具有涉外资质。

上海公司在同行业中，率先通过ISO9001、ISO14001、ISO45001一体化管理体系认证，在上海桩基市场一直处于领先地位。上海公司所参与施工的项目多次荣获过国家“鲁班奖”、上海“白玉兰奖”等荣誉，连续多年被评为上海建筑业经济实力50强企业。从2003年开始至今，上海公司连续九次被评为“上海市文明单位”，受到政府以及社会各界的高度赞扬。

上海公司自成立以来，专注于基础工程施工和海陆工程地质调查领域，承接各类型桩基础、基坑围护和软弱地基加固工程的施工业务，始终坚持“科学、稳健、持续”发展的思路，以开拓经营为龙头，以质量品牌和技术创新为双翼，不断增强企业发展能力和市场竞争力。

上海公司不断开拓创新，为上海及周边地区树起一座座具有时代感的经典坐标，犹如上海市花——白玉兰，头顶桂冠，沉默绽放，散发出应有的芬芳。挥毫央企大手笔，稳健铸造大国品牌的企业形象。

第2节　树精品工程

2018年6月的一天下午，强大的台风刚从舟山群岛的岱山岛上卷过，被狂风暴雨肆虐冲洗过的天空，格外宁静与高远。几片彤云扯着霞光，远远地俯瞰着白花花的海浪，有节奏地撞击着海边的礁石。一时间，好像所有的节奏，都随着台风远去的脚步渐渐放缓了下来，白鹭也仿佛松了一口气，从远方的林子或岩石的缝隙飞了出来，在干净明澈的天空飞舞。

大部分人还没有从惊恐的状态下完全转变过来，上海公司浙江石化项目的施工现场，已经开始忙碌起来。

在预报台风登陆之前，项目组已经快速安全地撤离至另外一个岛，台风停息之后，人员陆续返回。上海公司总经理赵麟听说岛上有台风，驱车几百公里，从上海赶到舟山岛项目慰问。

在大家的引导下，总经理赵麟开始边听汇报，边察看施工现场。在拐角处的桩基前，赵麟停下脚步，听项目经理详细地汇报着项目的进展情况及相关内容。

这是浙江石化炼化一体化项目一期的施工现场，项目位于浙江省东北部的舟山群岛。舟山群岛，是我国岛屿数量最多的群岛，是天台山脉被上涨的海水淹没所形成的群岛，大约有岛屿1300多座，大多数岛屿面积很小，无人居住。舟山群岛位于钱塘江入海口和长江入海口的黄金水道的交汇处，且由于是山脉入海形成的岛屿，岛屿周边的海域深度完全够得上深水良港的标准，地理位置优越。

作为当前国内建设规模和投资金额最大的炼化一体化项目——浙江石油化工有限公司炼化一体化项目，位于舟山市岱山县鱼山岛围垦区绿色石化基地。项目由荣盛石化、巨化集团、桐昆股份及舟山海投在舟山联合打造，总投资1730亿元，计划分两期建设，每期2000万吨/年炼油、520万吨/年芳烃、140万吨/年乙烯。上海公司承建此项目主要厂区的桩基工程。

项目附近的宁波港，是我国的第一大港，为了最大化发挥舟山群岛的区位优势，国家在2011年把舟山群岛设立为我国首个海洋经济为主题的国家新区，2016年又把舟山设立为“自贸区”，因此，舟山群岛得到快速发展。

其中鱼山岛周围是环境良好的深水区，可以配套建设码头，大型的油轮可以直接靠岸装卸，极大地降低了原油和成品油的成本。又加上石油炼化项目是危险性系数较高的工程项目，鱼山岛远离人口聚集的陆地，符合安全条件。同时，此项目将在一定程度上，改善我国在芳烃及乙烯产业方面的话语权，带动中下游化工产品的生产、加工和销售，实现经济效益和社会效益双丰收。因此一座座高炉在岛上建造起来。石化项目之所以选择放在这座岛屿之上，是因为“浙江石化建成之后，凭借其4000万吨/年原油加工能力，跻身于全球第五大炼油厂。宁波舟山石化基地还有2000万吨炼化一体化项目处于规划之中”。

赵麟一边察看，一边侃侃而谈，谈笑风生，各部门负责人武伟、韩幸、尤剑标及现场工作人员赵子彦、方浩宇、唐振等听得津津有味。当工会主席郁娣同志将所带的“送清凉”物品交给项目组之后，浙江石化项目召开了一个施工现场办公会。项目相关负责人分别就工程近况，给公司领导做了汇报，并提出需要公司解决的问题。相关部门纷纷为项目出谋划策，现场答疑解惑。

赵麟强调施工现场办公要讲求实效性。舟山项目要体现出上海公司做事的人品、做事的口碑、做事的决心、做事的作风，要体现出上海公司的诚意和价值所在。拿出创品牌的工作态度，认真实施各个工程环节。

项目部要提高认识，跳出项目看项目；要提升高度，讲信用，说到做到，不讲空话。项目部要把握计划变动情况，以不变应万变，牢牢控制住各种资源进入工地的关键节奏。项目部要加强队伍建设，提高和推广核心设备使用，树立大成本意识，靠技术创新做到工效提升和提质增效。

赵麟特别指出的是，一定要重视项目施工安全。要提高安全应急水平，应急演练要充分考虑岛上的特殊性；项目部要做好后勤保障工作，关心职工吃住，关注职工之家建设。

在这项规模宏大且业主方直接发包的舟山群岛“浙江石化”项目一期施工中，在参与桩基基础工程的20多家承包商中，无论是施工实践经验与工程质量，还是安全防备措施及施工过程细化管理，上海公司都独树一帜，经得起考量和检验。工程业绩得到业主单位的高度认可和赞誉。正因为上海公司在富有标志性的炼化一体化工程建设中，领导高度重视项目的独特性，加大了管理力度，做到最大限度地投入，无论是疫情防控还是安全防控，都做了高度缜密的预案及措施。因此各项工作均符合业主要求的标准，干出了大国品牌的企业形象。

通过浙石化项目的实施，上海公司的管理能力又上升到一个新高度。而且在石油化工系统打出了品牌，打出了风格，也干出了名气。在浙石化项目二期施工中，业主统筹比较后，只留下两家有实力的技术精锐队伍——一家是二十冶，另一家便是声名鹊起的中国地质上海有限公司。

第 3 节　精彩片段

上海公司在时间的更迭中，将众多的经典工程，矗立在人们的视野，创造出一个接一个的奇迹，从而延伸出有关拼搏与奋斗的新时代话题。

公司的发展历程，必定由历史发展的每一个精彩片段所组成，在前进中，随处都会看见上海公司的技术讨论或业务培训的感人画面。勇于创新的公司，就会培养出不断创新的团队。敬业的领导，才会培养出敬业的员工，带出“科学、稳健、持续”的队伍。上海公司始终用丰盈内涵的企业理念和过硬的企业品牌，坚持追求“建造恒久基业”的梦想。

在寸土寸金的上海，优质土地十分稀缺，超 50 万平方米的大规模土地更是罕见至极，作为一个总开发面积约 65 万平方米集住宅、办公、商业为一体的科创新园区，绝对是一个撼动区域格局的存在！而这个超大规模的综合体开发项目正是位于上海中环内、紧靠 12、15 号线桂林公园站的上海徐汇乔高综合体开发项目，该项目约等于 1.5 座静安嘉里中心，是徐汇漕河泾有史以来最大的综合开发项目。

乔高项目坐落于上海市徐汇区虹梅街道，项目东侧为商业繁华的虹梅国际广场，西侧为中国电科 21 所，南侧为徐汇区漕河泾消防中队和交警队，工地门口的苍梧路为单行道，项目施工既不能影响虹梅国际广场的正常营业，还要保证中国电科 21 所这所军工企业的正常运作，真比螺蛳壳里做道场还难。

乔高项目，是公司作为培训技术骨干的示范项目基地，这个项目在施工过程中，技术程序基本上涵盖了桩基围护领域所有的施工工艺。其中，主要包括静压桩、钻孔灌注桩、三轴搅拌桩、高压旋喷桩、地下连续墙、CSM

水泥土搅拌墙施工等重要专业技术项目。项目不仅体量大，涉及工法工艺多，且施工期间面临一系列难解的难题，诸如各工艺如何衔接，地下障碍物多，需要拔桩，多个地块共用一个出入口，外部道路狭窄等问题。业主要求的工期紧，任务又烦琐，同时，作为徐汇区重点工程，在安全质量、文明施工、精细化管理等方面，要求极高。

在项目刚进场时，一个个满脸稚气的脸庞，就吸引着各方的目光，上海公司最年轻的“男子天团”上阵了。他们怀着憧憬，带着梦想，踏进了魔幻之都，也引来了各方的疑问：这个年轻的管理团队能否在施工进度和安全质量方面，满足业主方的要求？

项目经理孙全忠说：“我全程参与该项目的前期工作，深知乔高项目的难度，进入现场后，复杂的现场施工环境，多个工艺的衔接难点，让我们遭遇到了很多没有碰到过的困难和问题，我们通过科技创新，解决了项目多个难点，最终获得业主和监理的称赞。”

项目部硬是利用国庆假期在建筑垃圾的场地上，按照标准建成了满足施工需求的办公区和生活区。假期过去，原本抱着要在简陋的集装箱里办公准备的监理，到了工地后看到建成的办公区和生活区错落有致干净整洁，惊讶不已，连连称赞。

待项目正式开工后，项目原为工业厂房，地下有很多障碍物，地面有钢筋混凝土的硬地坪，采用常规办法需要将场地大开挖处理，但是这样费时费力，会影响现场的正常施工进度。项目经理带着年轻技术人员集思广益，采用旋挖钻进行处理，既保证了进度又节省了成本。

项目组为了抢工期，现场需要二十四小时不间断施工，在上海的市中心要进行二十四小时施工难度可想而知，不仅需要协调好工地内的各个班组，还要与周边的居民、单位、政府部门协调好关系，怎么办？孙全忠每天都游走在工地—居民区—单位—政府部门，就是用这种攻坚克难的精神硬是在上海最繁华的中心拿到了夜间施工许可证，保证了工期的顺利完成。

项目基坑开挖深度达到 14 米，为保证工程质量，在施工过程中项目部根据现场实际情况，是需要采用一些独特的施工工艺去解决很多难题。乔高项目团队熬过多个通宵，深入研究，反复讨论，无数次地进行技术模拟，创新了地下连续墙施工缝止水带的处理方法，在开挖之后获得非常好的止水效果。政府和相关单位在现场进行验收时，纷纷夸赞："已经很久没有见到止水效果好、墙体成型质量高的地下连续墙了，真是个了不起的年轻团队。"

乔高项目引领了桩基施工的多个创新点，尤其是该项目为保证基坑开挖的止水安全性，乔高项目团队将原设计地墙 H 型钢接头，创新为止水性能更为良好且更为经济的 GXJ 新型接头形式。GXJ 接头技术在本工程中得到极好应用，使地墙结构的完整性和止水性得到了极大的改善和提高。

经过六个月的艰苦奋战，该项目完成了 3 轴桩 1922 幅，CSM 水泥土搅拌墙 208 米，地下连续墙 82 幅，灌注桩 927 根，静压桩 2420 根等内容，总合同金额近 2 亿元，以一次性验收全部合格且未发生一起安全事故的成绩交上了一份完美答卷。

乔高项目团队，是一个平均年龄不超过二十八岁的年轻队伍，是中国地质的青年文明号，李超、杨道永、赵永超、张裕怀等人在孙全忠的带领下，扛起了知责奋进的重任，传承着中国地质"五种精神"，树立着中国地质的品牌和丰碑。

青春是"草长莺飞二月天，拂堤杨柳醉春烟"的美好，青春也会走过"雾失楼台，月迷津渡"的困惑，但少年负壮气，奋烈自有时！他们书生意气，挥斥方遒；他们只争朝夕，不负韶华！

2021 年 5 月 21 日下午公司举办示范项目观摩会，观摩会主要目的是对标提升企业的综合技术水平的活动。副总经理白延辉领着公司青年员工及新招聘入职的大学本硕新生，到徐汇乔高综合体开发项目现场进行观摩交流。

乔高项目团队向观摩组介绍了项目总体概况、工艺工法及实施效果。交流会上，白延辉、工程部经理梅海清均对乔高项目团队给予了充分表扬，同时肯定了组织示范项目现场观摩对标学习的积极意义，会上公司领导反复强调技术提升的重要性，号召广大青年以乔高项目为标杆，创造出更多的优质工程、示范工程。

上海公司在发展过程中，一直贯彻执行培养人才、爱护人才的理念，始终实行科学的人才发展战略，培养起一支包括高级工程师、注册建造师、经济师等执业人员组成的高素质工程建设队伍。在工作日常中锤炼技术，磨炼意志，强化管理，打造出品德好、专业技术硬、管理能力强的项目经理管理团队，以高效快速的执行能力树立起行业的典范。

健全的现代化企业管理制度，完善的人才机制，准确的市场前瞻性和卓越的战略把控，奠定了公司坚实的发展基础，成为上海公司的核心动力源泉。

四十年来，上海公司秉承“不断提升中国地质的品牌，打造中国一流品牌”的宗旨，朝着国际水平的战略目标不断前进。全面推行质量、环境、职业健康安全管理体系标准，实现工程透明、科学、可控，全过程规范化、标准化管理，积极推行“绿色施工”，矢志成为生态文明的践行者。

上海公司以“纵横华夏，建精品工程，成就美景，创一流业绩”的企业理念，集聚人才，切实打造一支实力雄厚凝聚力强的团队。上海公司充分发扬“合作共赢、诚实守信、高效务实、自我超越”的企业精神，不但缔造了实力超群的企业，也巩固和彰显了一个品牌央企的形象。

第 4 节　彩虹般的发展简史

上海公司总经理赵麟，喜爱书法艺术，他的书法作品，不论是创作立意的思想高度，还是表达手法的美学厚度，都洋溢着古典色彩的韵律美及布局上的缥缈美。不难想到，他立足于脚下这片厚重而又蓬勃的土地，将企业的发展与中国传统文化结合在了一起；将书法的气韵与光华置于工作和生活之中；把刚毅进取的精神和不忘初心的坚守，根植于日常生活。

或许，企业家和书法家在深层次的空间里，两种灵感会神秘相逢，撞击释放，汇集与辐射，在高度紧张而充满现代喧嚣的生活中，出入书法艺术的静谧与绵远，营造空灵浩瀚的心理空间，这也是一个企业家治理企业的造化与修养。

赵麟是江苏常州人，2001 年任职上海公司总经理，现为上海公司党支部书记、董事长、总经理。在赵麟的带领下，上海公司在不断创新中前进，在不断开拓中壮大。

做工程是包罗万象的，由希望和美、执着与创新、坚守与信念组合而成的构思，加快了公司前进的步伐。主要领导就是公司的“桩基”，党组织的“核心”，团队的主要“顶梁柱”。主要领导和公司之间需要互相依存的关系。

这么多年来，上海公司凭借强大的实力，连续承接“高、难、大、新、尖”工程，并持续通过理论与实践相结合，不断提升公司科学技术水平，同时也不断提升和完善工程管理水平，激发自身科技攻关潜力和推陈出新的管理理念，在工程专业领域，一直走在时代的前列。正是企业业绩及专业工艺水平快速提高，促进和推动了公司的快速发展。在施工技术方面，特别是房屋纠偏、桩底注浆、超大超深灌注桩、垂直度要求六百分之一的单桩单柱等施工领域，一直保持领先于同行业的水平，创造了独一无二的专业技术特色。

赵麟对上海公司的发展历史，如数家珍。在他的讲述中，上海公司在中国地质的领导下，上海公司的发展历程，犹如一条七色彩虹，光辉耀眼，但历史的跌宕起伏，正是符合所有事物的发展规律，是相对的。站在今天，回顾过去，就像登上了一处高高的山峰，欣慰地向云雾缭绕的山涧回望，显然，风景这边更好!

1984 年，成立初期的上海公司是地矿部在上海的窗口企业。一开始在东海上勘探，所有关系都在上海海洋地质调查局，1997 年上海公司便发生了变化，划到了中国地质旗下。上海公司从 1984 年到 1989 年，主营业务是海洋勘探。1988 年，社会上开始了下岗高潮，地矿职工 30 万大军只剩 6 万人，其余剩下的人，开始走市场。

邓小平南方谈话后，浦东开放，上海公司成为管理机构。20 世纪 90 年代初，鉴于上海公司的企业名望和实力，业绩走势一路升高到 1996 年。一代代上海公司的领导人刘彬总经理、宋兴总经理等带领着中国地质人，用智慧、汗水和激情铸就上海公司的辉煌历史，成就了一个伟大的时代。可是，企业的发展毕竟是和市场紧紧地联系在一起的，牵一发而动全身，有时候必然要受到政策或市场的制约。

1996年之前，公司的业务可达6亿人民币营业额，1996年至2000年，上海公司的业务断层式下降。公司业绩受到市场规律的影响，开始滑坡。然而，2000年之后，上海公司又迎来一个可喜的上升期，旺盛态势一直保留到2002年的最后一批蓝印户口停止办理。

近年，上海公司遇上了发展瓶颈，尤其是近两年为了闯出市场，规范项目管理，公司几位领导——赵麟董事长、副总经理白延辉和王安怀，团结一致，大胆探索，集体决策，于2020年，探讨并出台了一项新的经营管理模式——成立事业部。

公司正是抱着打破常规、背水一战的想法，构建起以市场为导向的经营发展模式，全力通过政策的倾斜和支持，打通多年来市场经营痛点、难点，促进公司实现市场经营和项目管理的规范化、标准化，按下高质量发展“快进键”。

集团公司战略思维在不断地启发着上海公司的未来。近两年，上海公司的发展大家有目共睹。上海市及周边项目，凭借公司深厚的实力做出了典范业绩。上海公司不断自我加压，巧妙调整，灵活应对市场千变万化，在两千多家同类企业中脱颖而出。

赵麟说:“企业坚持到这么多年不容易，一要转型，二要集团支持。”他说集团的路子是对的，一是要储备人才。二是要干环境保护绿水青山的工程。三是要升级现有资质，适应发展需要，符合集团发展要求，高质量发展。四是要有前瞻性的眼光，储备项目，挖掘项目资源，做到良性循环，持续健康地发展。上海公司曾经辉煌过，必须通过培养年轻人和公司转型升级，争取在不远的将来，再次走上辉煌。

上海公司的自信，来源于不断展现的项目实力。舟山群岛“浙江石化”项目，是因为一期做得好，才会有二期和三期的连续中标。在“浙江石化”项目之后，接着又承接了南通中天精品钢海门基地这项大型重点工程项目。这是公司通过努力拿到的专业桩基分包工程，上海公司连中四个标段，共2个多亿的合同额，再次体现上海公司不同凡响的企业竞争力。

第 5 节　中天绿色精品钢基地

2021 年 11 月 17 日，中天绿色精品钢(通州湾海门港片区) 项目基地上，那些高高矗立的设备威风凛凛，是名副其实的大国重器。

中天绿色精品钢（通州湾海门港片区）项目位于江苏省东南部，东边濒临黄海，南倚长江，与上海隔江相望，这一片地区是典型的鱼米之乡，素有“江海门户”之称，也被誉为“北上海”，也是中国东南沿海最为富庶的地方。进入项目边界，可见左边的江面上，停满了各种大型的橘红色船只，雾霭阵阵的水面上格外耀眼。右边是望不到边际的施工建筑工地，蓝色的天幕下，各种车辆来来回回，一片繁忙的景象。正前方，在视线所及的大海西岸，是正在建设的绿色钢结构建筑。一看便是中天绿色精品钢基地的主体建筑，高大宽阔，大概有十几层楼那么高，气势恢宏。各种五颜六色的大型设备林立，红色的推土机，黄色的大吊车，蓝色的大型拖车，乳白色的搅拌车，孔雀蓝挖土机，火红色的塔吊……最惹眼的是高大威猛的天蓝色打桩机和高级灰打桩机——上海公司使用的最厉害设备。

中天绿色精品钢（通州湾海门港片区）项目建设在长江入海口的吹沙填海区域，场区存在的不良地质主要为新近冲填土，密实度极不均匀，且富含淤泥质土。地下水位较高，具有触变液化和蠕动不良的特性，形成吹填砂，在这样的地方做地基，技术处理显得十分重要。

上海公司在施工过程中，应对吹填砂的处理方式包括 PHC 桩，碎石桩，碎石置换强夯，插板强夯及真空预压等多种先进措施有机结合的地基处理方法。在处理这个复杂项目的同时，公司也积累了在地基处理领域的技术与管理经验。

项目总负责人张福彬和几个负责项目管理的小伙子，他们你一言我一语地讲起了项目最初的情景。

2020 年 3 月 1 号进场时，这里是一片荒凉的海边废地，没有“三通一水”，不仅没有淡水喝，连鸟的影子都看不到。海港零下 7℃的严寒里，只能听到海浪拍打海岸的声音。一个小伙子说:“我要是不听到海浪的声我还不口渴，听到海浪的声音，我就感到更渴了。”说完他缩了缩脖子笑了。项目经理林亨富说:“6月20开工那天，机器一下都来了，天很热，赵总亲自来到现场慰问，察看项目实际情况，解决现场存在的问题，我们都很感动。”另一个小伙子说:“6月份就好些了，公司还加急给做了工装，我们都挺开心。喝水是外送的。野外生存就不是事了。”他们说的有水喝，指的是淡水靠洒水车送。林亨富说:“现在经常见海鸥。鸟往旺处飞，现在这里热闹了，海鸥等水鸟都飞来了。”

虽然项目在东南沿海富庶地区，但毕竟是大海边的蛮荒之地。春天会常有尘暴伴有大雾的天气，能见度只有4~5米，施工现场的人需要用毛巾堵住口鼻，用鼻子呼吸;夏天就会下雨，特别是梅雨季节时，沼泽地里一脚能踩出一个十几公分的水坑。在这样的吹填砂地里要做1米多高的地基，最后都要轧得和地一样平。上面要铺钢板，体量又大，弊端是边设计边施工，车子开在上面打漂。

项目北面是黄海、南边是南海，员工们早晨伴着涨潮的声音开始一天的劳动，黄昏伴着退潮的声音歇息。几十台高耸入云的强夯机，每天发出坚实而沉重的声音。整整要打上7万亩，场面何等的壮观。

那时，国家电网还没给工地送上电，为了及时施工追赶工期，项目上购买一部分柴油，又租赁了一部分柴油机，一起发电。江南水乡又是沿海，河流与水沟，水沟与河塘，你连着我，我连着你，不具备施工条件怎么办？上海公司反正有办法，采用公司的强项办法——强夯。

施工情况很复杂，总包有75家，分包商几百家，一家一家地介绍，要从旭日东升数到黄昏迟暮。上海公司各项管理高要求高标准，高素质高水平，安全生产506天，是唯一一家没有任何事故的单位。

吹填砂是碱性，靠近大海，天气预报是39℃，实际地表温度60℃，盐碱度非常高。如果连续下雨，地上面白茫茫一片，含有大量的盐碱，氯离子含量高，对工程质量、工具和人体都有很大伤害。为保证工程质量，在施工过程中，桩身接头处采取涂上防腐措施。桩身设备和钢丝绳及时更换，加班加点，提前十天或半个月更换。针对土质采取的措施，得到业主和监理及设计公司的认可，由于土质原因，大管直径桩需要打下去 56 米。由于项目组及技术人员对施工准备充分，施工质量效果出奇地好。不断干出技术亮点，通过公司技术改进，使得大直径沉桩的沉桩深度竟然达到 58 米。

现场共三家桩基单位，上海公司承建了综合煤场 14 万桩基础、原料场 17.5 万米桩基础、炼铁厂 15 万米桩基础、综合管网 3 万米桩基础以及轧钢高棒交线 34 万米桩基础，总合同额约 2.1 亿元。这样庞大的工程体量，在近一年半的施工过程中，上海公司是唯一一家只受到表扬没有批评的单位。

上海公司被业主称道的突出优点是管理精细、经验丰富、技术过硬，而且具有诚信守约、简单高效、求实创新的中国地质的企业特点。项目施工现场，其实就是企业的一面镜子，不管大项目还是小项目，都可以看到企业本身的企业文化、核心理念、科学价值观和企业精神。同时，项目也是展现一个公司发展文化及管理文化、责任文化以及和谐文化等方面的程度和水平聚焦点，只有精致的管理才能奉献出精品工程。

第 6 节 `彰显央企担当

上海公司作为一家央企，多年来在发展业务的同时不忘履行社会责任，践行社会公益，积极开展上海市文明单位创建工作。上海公司不断深化员工素质工程和凝聚力工程建设，通过抓两大特色工程带动中心工作，自 2003 年起已连续十八年九次荣获“上海市文明单位”的光荣称号。所得荣誉成为上海公司不断奋进的强大动力。

围绕企业的中心工作，上海公司专注员工思想素质的提升。几年来，在“两学一做”“不忘初心、牢记使命”主题教育、党史学习教育的总要求、总目标下，引导员工认真学习习近平新时代中国特色社会主义思想和重要讲话精神，贯彻党的十九大和十九届历次全会精神，不断提高员工的政治素质和思想觉悟。同时积极运用红色资源和爱国主义教育基地、党性教育基地，观看红色电影等形式，在员工中开展爱国主义教育。

深抓员工素质工程的同时不断深化凝聚力工程建设。几年来，结合党史学习教育积极开展“我为群众办实事”活动。为外地青年员工创建集体宿舍，解决员工生活成本过高的困难；公司领导每年在高温天气和春节前慰问一线工人；为全体职工投保各种保险，健全了职工的保障体系；公司工会每年还为职工安排一次体检；2022 年 3 月上海暴发新冠肺炎疫情，4—5 月全城处于静默状态，在物资最紧缺时刻，公司工会积极协调，克服各种困难，及时为全体员工送去“物资大礼包”，解决员工的燃眉之急。开展乒乓球、羽毛球、篮球、户外骑行等形式多样的文体活动，丰富员工生活。

承载奋进使命，造福一方人民。上海公司多年来积极投身社会公益，在汶川地震、2020 年新冠肺炎疫情暴发等危难时刻积极向上海红十字会捐款捐物，彰显央企担当。与上海市普陀区光彩事业促进会共同签订了定向捐赠协议书，向贵州省遵义市桐梓县马鬃乡同良村捐赠 3 万元整用于清水鱼养殖基地基础设施建设项目的帮扶，此次定向捐赠，发挥了政府、企业的协同作用，创新了扶贫机制，以农业产业化扶贫为重点，实现“输血”式扶贫向“造血”式扶贫的转变，助力同良村彻底摆脱贫困，彰显了企业的社会责任，推动了精准扶贫公益事业；公司还与贵州省从江县加鸠乡加鸠中心小学结成帮扶对象，每年为山区孩子捐助大量衣物、学习用品；积极参与“12·5”国际志愿者日爱心义卖活动，为贵州桐梓县贫困学生捐资助学。

积极开展社区共建、军民共建活动。与普陀区曹杨街道、曹杨社区枫岭园居委会、长风社区普陀二村居委会结成共建单位，积极参与社区扶贫工作。先后向街道贫困家庭捐赠 10 万元；每年中秋节、春节、“七一”慰问困难家庭和困难党员，资助社区老人开展敬老活动；参与社区“蓝天下的挚爱”“同心家园”“万家企业帮万户”精准扶贫的活动。与大场机场导弹部队多年来结成了军民共建单位，在老兵退伍、“八一”建军节、“端午节”，多次组织员工与部队官兵进行座谈、联谊和慰问。

上海公司还积极组织员工参与各种志愿者服务活动，成立青年志愿者服务队，在社会公益中奉献青春激情。多年来他们积极参与交通协管、社区环境整治、垃圾分类、无偿献血等公益志愿活动。公司法务张希，还先后荣获了由国家卫生健康委员会、中国红十字会总会、中央军委后勤保障部卫生局联合授予的 2018—2019 年度、2020—2021 年度全国无偿献血奉献奖金奖、银奖。

2020年春节，新冠肺炎疫情暴发，公司所有在沪党员、入党积极分子第一时间积极报名驰援共建社区，从大年初六开始整整十一天工作在抗疫的第一线。同时踊跃捐款捐物4万余元，办公室杨晓华主任一人捐赠3万余元给公司项目和单位所在物业用于购买口罩、测温仪等，用实际行动表达对祖国的拳拳爱心。

2022年4月—5月，上海进入全城静默状态，社区居委会的防疫工作量日益增大，工作压力大、人手紧缺等问题不断暴露。就在这疫情防控最要紧、最关键也最危急的时刻，上海公司所有党员、入党积极分子又一次挺身而出，第一时间到所居住社区居委会报到，主动请缨，以满腔的热情投身到社区防疫工作第一线。杨晓华在做核酸采样志愿者的同时又一次慷慨解囊向社区捐赠价值6000余元的口罩、防护面屏、防护服等防疫物资，用实际行动践行着一名党员的初心和使命。上海公司的党员充分展示了中地青年勇担社会责任、积极奉献的精神风貌。截至目前，公司已收到来自区委组织部感谢信1封、各社区的感谢信6封。上海公司由党员、入党积极分子组成17名抗疫志愿者，他们的名字是：赵麟、白延辉、赵满波、杨晓华、张福彬、林亨富、赵子彦、孙全忠、郁娣、韩幸、李欢、熊周静、李昕桥、杨晨、邸龙、李丹、荣毅。

赵麟带领全体员工积极投入抗疫第一线，在这让人忧心忡忡的特殊时刻，上海公司收到中国地质董事长孙锦红《致上海公司全体员工及亲属的慰问信》，宛如春风化雨，让人温暖如春，上海公司董事长赵麟感动之余，立即回信致谢中国地质集团有限公司的关爱与鼓励。两封信全文如下：

致上海公司全体员工及亲属的慰问信

中国地质上海公司全体员工及亲属：

今年3月以来，上海面临前所未有的疫情防控考验。每一位在沪中国地质家人的平安和健康，公司党委都时刻关注、牵挂在心。在这场没有硝烟的战争中，上海公司广大员工又一次挺身而出，迎风而战。我们再次见证了上海公司一贯守望相助、同心战“疫”的情怀担当。为此，公司党委向你们和家人致以最深切的慰问和崇高的敬礼！

这轮战“疫”，注定难忘。面对近在咫尺的健康威胁，上海公司的全体员工与家人们弘扬中国地质精神，与国家、与城市同呼吸共命运。在无数坚守、战斗、奉献的人群中，你们是前线冲锋者，你们是一线作战员，你们是家园守护者，你们是群众暖心人，个个都是闪闪发光的“平凡英雄”。你们辛苦了！你们是中国地质人的骄傲和自豪。

一座城市之所以让人牵挂，是因为这座城市里牵挂的人。上海是一座光荣的城市。我们时刻为上海加油，为上海公司加油，中国地质永远是上海公司每名员工的坚强后盾。

我们始终坚信：疫情终究会被我们战胜！

我们依然热盼：疫情散去时与你们相约！

在北京，公司的玉兰已盛放英姿，海棠正在春风中绽开花蕾。我们坚信疫情“倒春寒”终将过去，希望上海公司全体员工积极响应党中央号召，坚决服从市委市政府安排，再接再厉、笃定前行，为赢得疫情防控阻击战贡献中国地质力量！让我们共同期待战“疫”胜利时新的相逢！

中国地质党委书记、董事长

2022 年 4 月 12 日

致中国地质工程集团有限公司的回信

中国地质工程集团有限公司：

在上海市打响疫情防控阻击战的关键时刻，我公司收到了孙锦红董事长代表公司致上海公司全体员工及家属的慰问信，对上海公司员工无私奉献的精神和在疫情面前敢于担当的勇气，给予了高度肯定。宝贵的慰问信将激励上海公司全体员工更加坚定信心、坚守“岗位”、尽职履责，以更加饱满的精神状态筑牢疫情防控生命线。

上海公司与上海这座城市血脉相连，我们对这片土地爱得深沉，中地上海公司的员工是人民的子弟兵，关键时刻拉得出、冲得上、打得赢。这是我们刻在骨子里的文化基因，是一代又一代中国地质人用行动践行的诺言。

疫情当前，使命在肩。疫情暴发后，上海公司统筹部署疫情防控和安全生产，公司所有的党员和职工迅速投身疫情防控阻击战，无论是项目现场防疫宣传、助力抗疫行动；或是构建监测网络、掌握健康信息；还是配合核酸筛查、参与志愿服务……我们看到了许多逆向而行的身影，无处不在；我们看到了许多艰辛坚毅的脸庞，不舍昼夜；我们看到了许多感人至深的援手，守望相助。我们看到了上海公司员工身上的温暖、信心和力量。他们以实际行动扛起了社会责任，弘扬了中国地质精神，彰显了央企的担当和使命。在这场战斗中，每一位中国地质人都是逆风的“勇者”，都是闪光的“英雄”！

暖阳三月，千花百卉，微风拂来，漫天飞舞的粉色花海，本是上海极致浪漫的季节，但上海却在经受着疫情的“倒春寒”！

但我们相信，有中国地质作为坚强的后盾，我们就有必胜的信心。

请公司领导放心，上海公司全体员工必能做到统一思想、坚守信念、振奋精神，服从大局，与上海人民同舟共济、共克时艰！

心有春光、向春而行！

微光成炬、同心守沪！

让我们共同期待战“疫”胜利后的相逢，一起去拥抱热爱的上海，拥抱更加美好的明天！

中国地质工程上海有限公司

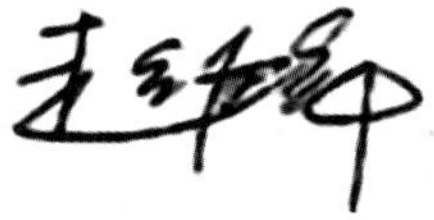

2022年4月13日

2022年的4月和5月，是上海公司永生难忘的两个月。这六十天，有压抑、有煎熬、有不满，但更多的是众志成城、守望相助、无私奉献，是“险夷不变应尝胆，道义争担敢息肩”的真实写照。

企业发展源于社会，回报社会是企业应尽的责任，只有心有祖国、心系民众、勇担责任、造福一方的企业，才值得人民敬重和尊崇！

第7节　矢志不渝

中国地质上海有限公司将坚持建造恒久基业的梦想，放在健全现代化企业管理制度和完善的人才机制上，努力开拓市场，多角度多层面挖掘市场资源，推动公司向前发展，并依托中国地质资质拓展市场，矢志不渝地推进公司转型升级。

上海公司长期深耕于建筑行业，积累了深厚的行业资源，市场分布主要集中于上海、浙江、江苏等长三角经济圈的发达地区，具有很大的发展空间。上海公司及时调整发展方向，寻找符合时代进步的转型升级，是明智的选择，也是大势所趋。

上海公司将依托中国地质“十四五”发展战略规划和品牌资质，充分享受国家战略部署的红利，不仅能实现自身更快发展，同时也能更好地助推中国地质在长三角的战略布局，让中国地质的大品牌，在长三角区域更广阔的空间绽放璀璨的容颜。

从公司的市场可以看出，国家长三角一体化战略的部署，引领了长江经济带开放发展，区域间的重大项目共商共建机制，推动了区域板块的合作联动，带来建筑市场诸多机遇，处于核心地带的上海公司也牢牢抓住了机会，充分享受长三角构建的区域创新共同体的红利。找准市场定位，发挥企业特色和特长，把开拓的市场主要区域及公司经营主战场仍集中在长三角区域，如上海五大新城城区、浙江舟山石化基地群区域、江苏南通钢铁基地群区域、昆山综合体区域等地，并逐渐向外扩展延伸。

公司不断转换经营思维，推动改革创新。公司坚持深化改革激发发展活力，坚持创新驱动培育企业发展新动能，把创新作为引领发展的第一动力，坚持改革在经营工作中的关键作用，切实增强竞争力、创新力、抗风险能力。

赵麟主张优化人才梯队建设，发挥人才价值。公司为完善“全链条”人才培养培育体系，将着力打造以专业人才、干部管理人才、核心科创人才、技能人才为核心的四类人才队伍。加强成熟型、科创型人才的引进。

发展永无止境，奋斗未有穷期。上海公司广大员工初心如磐，激情满怀，力争为公司发展创造新的奇迹。

四十年来，上海公司秉承“不断提升中地品牌，打造中国一流品牌”的宗旨，全面推行质量、环境、职业健康安全管理体系标准，实现工程透明、科学、可控，全过程规范化、标准化管理；积极推行“绿色施工”，矢志成为生态文明“践行者”。

上海公司的四十年，是坚强奋斗的四十年，是不断成长壮大的四十年。上海公司用智慧和大爱铸造的一座座典范建筑，凝聚着几代人坚持不懈的努力和奉献，凝聚着万千合作伙伴对中国地质上海有限公司的关爱与支持！

中国地质上海有限公司将继续秉承中国地质的荣耀与梦想，传承中国地质的优秀企业文化与“五种精神”，向美好的未来，扬帆起航！

第二十一章　踏歌而行

我是民族血管里的一滴热血
该泼洒的时候，必然会呼啸而至
奔波于旅途，寻找传说中的钥匙
是一半梦想一半灵魂燃烧的赤诚
点燃铸造未来的烈火
云雀欢唱，即使荒芜再次侵占前方
我也要用青春的瑶琴，奏出中华之恋
青春的价值由真实和梦幻共同组成
永不消逝的蓬勃精神，昂扬的奋斗之美
心怀中国地质精神的大国之器
便能打破魔咒
找到火，找到光，找到无限
在砂石瓦砾中
在铁马冰河里
在浪涛激越的迷雾中
生命的意义，经得起时间和历史的质询

二十多年前的深圳，一个三十岁左右的年轻人，身穿单薄的夹克衫，一手拿着手提包，一手拿着深圳市国土规划局一年投资规模计划清单。他走街串巷，来回奔波，按照清单里列出的上百个计划投资项目的单位，一个一个去敲门问寻，一家一家探索尝试交谈。他坚信，前方总有一扇门会为他打开。

这个年轻人就是毕继生，中国地质工程集团有限公司深圳分公司（以下简称“深圳分公司”）的第一任总经理。

毕继生虽然已经退休，但心中有浓郁的中国地质情结。他讲述了深圳分公司如何由刚成立时“十来个人七八条枪”的单薄，到现在新任总经理赵洪涛时代的辉煌。

毕继生说：“深圳分公司成立于 1997 年，白手起家，前期很艰难。经过一段时间的发展，团队越来越大，各方面人才都有，内部团队制度也建立起来，保值增值管理逐渐正规化。后来又买了办公楼，现在想想也真是挺感慨的。”

亲历和见证一个公司由无到有，由小到大，这是多么值得自豪的事情。

毕继生说：“2019 年，我退休之后，总经理的重任交给一个品德优秀的青年人赵洪涛。他是我一路看着成长起来的，是全公司公认的好青年。不仅人品好，业务能力也很强，他在预决算方面的能力尤其突出，他干得很好，规模与气势也比我们那时候大多了……”

第 1 节　通向青山绿水的隧道

深圳分公司现任总经理赵洪涛，着装简朴，说话轻声慢语，身上散发着浓浓书卷气。我们跟随他到深圳分公司在贵阳市内的项目工地——贵阳市太金线道路工程（南明段）项目现场考察工作。

贵阳市太金线道路工程（南明段）项目属于贵阳市重点项目，不仅串联老城区、花溪区和观山湖区，还是推动贵阳贵安交通路网互联互通的重点项目。道路起于太慈桥，一直到宾阳大道，全长 12.12 公里。沿途经过贵阳市南明区，云岩三马片区，花溪区及观山湖区，终点在观山湖区金华镇。连接现在状态下的宾阳大道与规划观潭大道交叉口，实施范围还有蔡家关一号隧道、金竹立交桥、蔡家关二号隧道，道路全长 1571 米，届时车速设计为每小时 60 公里。

这是中国地质深圳分公司承建的贵阳蔡家关二号隧道。隧道的正上方山上，悬挂着“中国地质工程集团有限公司”横幅标语，旁边是醒目的中国地质高高的钻井塔标志和整整齐齐排列着的党建宣传栏。下面的山坡上，左边有大红色“聚合点滴，追求卓越”的标语，右边是“创生节能磅礴力量，铸就中地雄浑气魄”的标语，字里行间，展示着中国地质人坚强开拓的奋斗精神。

项目经理陈献舟是个精干的小伙子，他引导大家往隧道方向走。他一边走，一边介绍项目的进展情况。听到工作推进得非常顺利，并且进展速度也很快，赵洪涛露出了笑容说：“很不错，我们进隧道看看吧！”

贵阳市太金线道路工程（南明段）项目，是 2021 年 8 月份开工的，工程总造价约 5.3 亿元人民币。工程规模比较大，隧道为双向八车道。

我们一行人走进了南明区青山下的这个大隧道里。工程设施基本已经完工，洞里还有一些大型的机械。走了好长时间才到了隧道的另一头。这项工程不仅要开山挖洞，还要在沿途开出横跨城市的道路，道路绵延，青山连着河流，河流连着青山。场面浩大，振奋人心，难怪中国地质人被称为“大国工匠”。

中国地质人是装饰青山绿水的能工巧匠，他们建造了无数通向青山绿水的桥梁和隧道。这些默默奉献不求为人所知的人们，是这个时代最可爱的人。因为他们的智慧与辛苦付出，社会经济不断飞速发展，世界在悄悄地发生变化，人们也逐步过上有品位的高质量生活。

第 2 节　零污染及零排放

2021 年 11 月 20 日，赵洪涛总经理带着我们来到贵阳中天・未来方舟可再生能源集中供能系统及管网安装工程项目现场。

中天・未来方舟小区坐落于贵阳老城区东部的云岩区，是水东路沿线的高端小区，地处贵阳母亲河——南明河下游流域的起点，且河流贯穿而过，拥有 7 公里的南明河自然景观。北接乌当温泉旅游带，具备丰富且稀缺的温泉旅游资源。中天・未来方舟体量庞大，总占地 9.53 平方公里，建设用地

5600亩，建筑面积约720万平方米，规划居住人口约13万人，集旅游引擎、综合型宜居新城和标志性生态廊道于一体，建成后将是贵阳实现城市功能空间再造和城市形象升级的重大标志性引擎项目。

为保持土地的原生态面貌，中天·未来方舟小区采用了高端智能的生态技术建设小区各种生活设施，是一个集世界级旅游水平及低碳、节能、科技于一体的标志性生态廊道。为让新建小区居民过上“冬暖夏凉”的舒适生活，未来方舟项目开发方引入合作伙伴——中节能建筑节能有限公司（以下简称中节能建筑），斥资引进先进的节能低碳环保技术，采用河水源热泵、污水源热泵、燃气锅炉、电锅炉等多源互补的供暖方式，以经济适用的方式，为居民解决夏热冬冷问题。

该可再生能源集中供能项目按照主体工程进度分不同时间段实施。中国地质作为中节能建筑的兄弟单位，参与了这一项目的施工，具体实施单位就是深圳分公司，实施部分工程总造价合计5450万元。

深圳分公司在贵州的几个项目都比较大，安排了战斗力比较强的精锐团队。其中，中天·未来方舟小区这个集中显示数据现代化先进理念和先进技术的项目负责人是吴继永工程师及其团队。

赵洪涛总经理介绍中天·未来方舟的项目情况时，讲道：“这是目前西南地区最具规模性和代表性的集中供能项目，原理是利用周边河水或污水源经取水头部滤网和格栅初级过滤后，通过取水泵房旋流除砂器以及机械过滤器处理后进入能源中心站内离心式水源热泵主机。冬季，热泵从低温的河水源热泵中取热向用户供热，不足部分热量由燃气锅炉做补充；夏季，热泵向河水排放热量制取冷水。这项技术是第一次在贵州大规模应用。对于生态环保意义重大，能起到有力的推广和宣传作用。”

这项技术2017年在青岛胶州市也有过类似的应用，得到当地政府的好评。胶州项目是300万平方米的住宅供暖制冷，二十四小时热水，碎片化的合同额2至3个亿，他们建设能源站，节能系统的项目，响应国家提出的“节能环保”项目，“清洁能源集中供能”，也能够为用户节约成本，而且不用中央空调、锅炉，用的江河湖海循环水能，电厂废气，做到节能减排。

深圳分公司做的这个项目，成就自己的同时，也为他人做了嫁衣，很大程度上成就了合作伙伴和开发商。这个以“修人文以润繁华”思路构建的繁华与人文统一协调的地产旗舰小区，是典型的新城综合体代表作，曾荣获“中国最佳城市综合体示范奖”，也是住建部批准的首批“国家绿色生态示范城区”。现在，因为有了深圳分公司参与建设以可再生能源进行集中供能的绿建项目，更具生态价值和社会意义。

中天·未来方舟项目的业主项目经理余庆带领参观“区域能源数据管理中心集中供暖生产调度中心”。

整个大厅灯火通明，工作人员利用区域能源数据管理中心大屏幕，介绍本项目智慧能源的一系列功能及作用。

智慧能源系统是在智慧城市建设框架下，突出云端服务，采用先进的云计算技术、物联网技术、自控技术、计算机技术、现代通信技术、现代信息处理技术、大数据挖掘技术等一体功能，精细化管理、信息化管理、智能化运行的技术管理平台，实现全覆盖信息采集、全过程策略管理、全过程能效管理、全过程自动化。除中心有少量值班人员，7 个能源站、114 个换热站，均无须人员值守……项目体现了生态环保的优越性。

这是目前比较先进的生态环保集中供暖方式。项目平台既可以多个项目一起使用，也可以一个项目使用。多个项目共同使用时可以经验共享、策略共享、数据共享，是一项集标准化、信息化、智能化、集约化为一体的指标对标和管理对标的全国管理平台。

我们从能源数据管理中心出来，进入地下室参观。一进门就看到排得整整齐齐的大红色设备，连接直径约 1 米或 2 米左右的乳白色管道，这些管道纵横布置，排列有序，像色彩分明的艺术品。偌大一个地下室，到处是大型机器和管道，周身闪着崭新的光泽，在无声地执行着应尽的任务。不管是顶端或地面，所有空间都干净得一尘不染，通风透光，没有任何气味。

项目广泛应用的能源中心技术，综合智慧，突破想象。眼前这些机器从河水、污水及地热等低品位能源中提取能量，然后加以统筹利用，降低区域用能对传统火电等化石能源的依赖，实现零污染、零排放，降低采暖和制冷能耗。

第 3 节　再给我一点时间

1997 年，中国地质深圳分公司成立，赵洪涛当时是做预算很有名气的工程师。随着公司资质不断升级，分公司在深圳凸显出极强的竞争力和实力。那时的工程主要以招投标为主，精通预算的小伙子赵洪涛得到分公司的重用。

为了能多拿到工程，第一任总经理毕继生吃住都在工地。年轻的赵洪涛更是一头沉入潜心做标书的工作。在他的世界里，除了标书还是标书，技术标、商业标……总之，赵洪涛的名字与预决算和标书连在了一起。

深圳沙井田园风光软基处理项目，应用的施工方法和手段很多。赵洪涛作为该大型项目的工程师，需要钻研很多知识，他天天埋头在工地和各类资料里，项目完成，他也成了项目工程的多面手。他学会了运用电脑制图，仅用了一个星期就制作出了漂亮的电脑图纸。当别人称赞他时，他总谦虚地说，感谢项目让他学到了很多知识，得到了更好的学习和锻炼。

深圳的宝安行政中心及周边道路软基处理工程项目施工中，区政府大楼的整个地基处理赵洪涛都全程参与。他虽然言语不多，但在施工现场上，却有着指挥若定的大将风范，遇事不纠结不犹豫，一锤定音。如今二十多年已经过去了，大海填出的场地和高耸的建筑物，岿然不动，顶天立地。

此后，深圳分公司竞争力不断加强，处于快速的上升期。分公司拿到的工程也从市重点开始往省级重大工程招投标过渡，并参与高速公路和一级道路的工程项目建设，包括省重点工程项目——港大医院和孙逸仙肿瘤医院基础工程等项目建设。

中国地质及深圳分公司的社会信誉和声誉度越来越高，影响力也越来越大。这段时期，赵洪涛主要负责招投标工作，在完成深圳软件园基础工程之后，他被提拔为中国地质深圳分公司副总经理。在总经理毕继生的决策下，分公司从 2011 年开始承接住宅小区、工业园等房建项目，还有污水处理厂建设项目，业务不断增多，领域逐步扩大，分公司的竞争力进一步提升了。

赵洪涛亲自参与并见证了深圳分公司的发展。

深圳分公司自1997年成立以来，作为中国地质工程集团有限公司的下属分公司，在深圳、福建、贵州、广东、河南、浙江、山东等省市地区，参与多项政府投资的重点项目建设，主要以市政工程、基坑基础工程、地质灾害和房建项目为主，同时他们也致力于环境治理、水利水电等项目，积极开拓市场，参与到各类项目的竞标和建设中。2020年，深圳分公司在将业务做实做好的基础上，逐步将珠海分公司、贵州分公司、重庆分公司、厦门分公司、浙江分公司纳入管理，队伍逐渐壮大，实力不断加强。分公司的业务范围和公司规模随之不断发展壮大，取得了一系列可喜的成绩。赵洪涛一路披荆斩棘，将深圳分公司做大做强之后，他说："是第一任总经理毕继生基础打得好，分公司本身就具备了一定的竞争力。"

深圳分公司最近这几年拿到的项目越来越多，公司规模也是越来越大。分公司也随之出台了一系列配套的管理方法，制定了符合公司发展的规章制度。可以说，现在的分公司，已经走上了稳健发展的道路，员工的忠诚度和向心力一天比一天高。在中国地质领导层的大力支持下，赵洪涛带领着分公司全体员工心怀信念，大踏步向前。

深圳分公司在全国的项目都在只争朝夕地向前推进和开展。团队人员积极向上，充满青春的朝气，整个分公司气氛融洽，一片欣欣向荣。身为总经理的赵洪涛踌躇满志，然而，他眉宇眼底的忧郁却怎么也无法隐藏。

他说，是因为2021年的一些突发事件，让他忧心忡忡，那段时间是他的黑暗时刻。

福建泉州的福州南安市土石项目［南安市2018（工业）G046号地块土石方平整工程项目］，计划于2019年6月30日开工，2020年2月竣工。项目位于南安市美林街道洋村、省新镇檀林村，主要是将土石方加工成沙子销售，批文及所有手续都一应齐全，正准备开始销售大干的时候，疫情突然来了。而且祸不单行，泉州的隔离酒店房屋倒塌，隔离人员发生死伤，导致项目周边建筑市场开始进行整顿。天有不测风云，深圳分公司只有静待时机，等市场回暖，挽回损失。

郑州赶上千年不遇的特大洪水灾害，分公司在郑州有很多项目，各个项目上的设备，全都泡在了水里，需要来一次彻底的大修后才能继续使用，这样又导致工期时间延后。所有在河南的项目都受到影响，其中登封市新材料产业园项目、奥体城游乐中心项目和豫发·九棠府项目这三个项目所受影响最大。赵洪涛说到这里，不禁仰天长叹："这一年，倒霉事情都遇上了……"

"贵州的在建项目执行得很好，本来还应该继续承接好几个，结果又遇到政府换届等问题，很多事情又不得不往后边推。直到现在，都没有上网招标。"赵洪涛不住地叹息。他说："所有这些情况，严重影响了分公司的经营指标，我都没有办法向领导交代。总是感觉自己没把事情做好，对不起领导，对不起公司员工。"

说到这里，赵洪涛沉默了好大一会儿，才抬起头来说："明年，很多事情就会好起来了，再给我一点时间，我会好好抓住机遇，我还需要一点时间……"

责无旁贷的敬业态度和不怕困难的奋斗精神，让赵洪涛有再接再厉的勇气，也让深圳分公司有继续前行的不懈动力，我们有理由相信，即便客观存在诸多问题和困难，深圳分公司一定会在赵洪涛领导下，走出暂时的低谷，再创新的辉煌。

第 4 节　不同阶段的不同主题

1997 年，原中国地质郑起宇董事长将毕继生从深圳地质局调来深圳分公司任第一任总经理。中国地质向深圳分公司注资 200 万元人民币，租了个小小的办公室。毕继生邀请了相关领导和香港分公司的几个同事，一桌人一起吃了顿饭，算是公司开业庆典。没有豪言壮语，没有繁文缛节，深圳分公司就这么成立了。

这时，深圳正沐浴着中国改革开放的春风，热火朝天的大开发帷幕刚刚拉开。深圳市计划投资的项目有上百个。虽然深圳分公司一穷二白，但是，国家给了一个改革开放发展公司的好时代。所以，毕继生就想在这样的大背景下，紧紧抓住深圳大开发的好机会。于是，在中国地质的领导下，分公司几个人开始埋头苦干起来。

一年快过去了，还是没有找到项目。这时，毕继生感觉到压力越来越大，夜深人静的时候，他经常反躬自问："没有项目，这个分公司还算个啥？"其余几个人，也同样有了压力，都感觉到没有工作可做的不安和焦虑。别人说他们像个皮包公司，时间长了，连分公司的人都觉得自己像皮包公司了。

毕继生依仗着自己的老单位——地质局，出去联系业务。原单位领导也很支持毕继生，因为，大家都知道，一个企业如果没有项目将意味着什么。

1998 年，通过多方努力，深圳分公司终于拿到市政府兴建的一个真正属于自己的项目——深圳市文化中心（市图书馆、音乐厅）项目。拿到这个深圳市八大重点项目之一的 1 万多平方米的大型基坑总承包项目时，毕继生开心地流下了泪水，所有人都激动得几天睡不着觉。这时候，分公司才算真正扎下了根。

此后，分公司将深圳市投资重点项目的现代化建筑"深圳市文化中心"作为标杆，打响了"中国地质"的品牌，也打开了未来的发展之路。接着，他们陆陆续续拿到了很多项目，比如深圳的罗湖中医院、港大医院基础工程等项目，既赢得了荣誉，也收获了经济效益。

渐渐辉煌起来的深圳分公司实现了独立核算、自负盈亏。深圳分公司成立之初，还有一个功能是中国地质在深圳的窗口，作为很多海外项目人员来往的中转接待公司和信息渠道，还包括融资对接等事务，也实现了中国地质"集团窗口"功能。许多年来，深圳分公司接待过很多中国地质同行和非洲国家政要及家属，他们也因此收获了很多朋友。

深圳分公司是较早实施独立核算、自负盈亏这一高效管理机制的公司，这大大激励了分公司奋发图强、勇于拼搏的斗志，也让深圳分公司在地基基础方面，把中国地质的品牌打得牢固响亮而又深入人心。作为央企的中国地质拥有一支专业的队伍，在基坑基础项目方面，只一个罗湖二线插花地项目，就做到了中国地质国内单体项目的最大合同额——7 亿多元。

不同形势下，会有不同阶段的主题。这得益于深圳作为经济特区的改革开放政策。大家都认同这种管理形式，在这样的机制下，大家很谨慎地拿项目，也很早就具备风险防控意识，努力做，拼命干，对待公司就像对待家一样。这也是深圳分公司改革开放中收获的重要经验。

第5节　经典项目掠影

2000年的上亿元项目，有多值钱？那可是个不得了的大数目。

那一年，深圳分公司的毕继生和赵洪涛等几个人一起去广东投标，中了一个1.38亿元的项目——广东佛山市北滘至乐从公路主干线南线第NS06合同段。

中标之后，才知道佛山市政府要求这个项目必须垫资干，而且将标价压得很低。赵洪涛经过计算之后，发现利润比开始设想得还要低。中国地质公司又亲自派人测算，同样的结论，不但不能盈利，而且还要亏损1000万元。

市政府召集中标的企业开会，让各家承包商像参加竞赛演讲的选手一样，分别在大会议室的舞台上进行承诺。会议还邀请电视台将每家企业的发言都拍了一段录像。发言的内容诸如要确保工期按时完工，资金准时到位，如果承诺做不到，会受到什么样的惩罚，等等。

毕继生和赵洪涛几个人压力很大。毕继生想，无论如何都要谨小慎微地干下去，万一做不好，经济受损失不说，还会造成中国地质声誉上的损害，那可真是罪莫大焉！那一段时间，赵洪涛觉得每天都是一种煎熬。

就这样，每天提着胆子干这个项目。结果让所有人都出乎意料，在精心组织、精心施工的基础上，项目非但没有亏损，还盈利800多万元。

更让毕继生记忆深刻的项目，是广东惠阳城区环城路建设项目一期二标项目。

这是2012年比较大的项目，合同额4个多亿。没有人因为拿到这个项目而开心，相反，大家都有惴惴不安的感觉。因为这个项目是要求全部垫资的BT项目工程，又叫“交钥匙工程”。

BT项目什么含义？就是只有工程做好交付给业主使用时，政府才会支付工程款。前期承包商必须自己带资干。几个亿的资金，光交保证金就交了4000多万元。只有靠融资，还必须保证安全平稳，不出任何意外的情况。可是，事情的发展有时候偏偏事与愿违，深圳分公司最怕的事情还是出现了，工程干到一半的时候，融资合作伙伴资金链断了，没有后续资金，项目只好半途停下。工是停下了，然而，工程每个月1000多万元的项目支出必须得支付，下游各个商家的材料款还得支付……这个压力有多大？毕继生的头发，开始一片一片地白了。

融资链断裂，意味着什么？意味着深圳分公司要承担合同的法律责任。

这时期的毕继生，经常看着董事长郝静野的电话号码发呆，想打又不敢打，想等又觉得每一分钟都是煎熬。白天心里乱糟糟的，夜里更是辗转反侧难以入睡。这种压力和焦虑每分每秒都折磨着他和分公司的每一个人。业主是明确不给钱的，并已经开始起诉。这个时候，即使不想给集团增加负担，也没有别的办法，想找集团借钱，又不好意思张口。

一连好多天，电话不敢打，夜里不敢睡觉。

结果，律师函果真就发到了中国地质去了。分公司再没有别的办法可想，只能试着向集团借钱。这件事直接惊动了时任中国地质董事长郝静野。郝静野迅速打电话询问项目全部过程，又派人到现场调研，同时，还和市政府领导进行沟通。

集团对这个项目非常慎重，在郝静野的支持下，领导班子开始商量对策。经过外部调研和内部讨论，大家都感觉继续实施这个项目有风险。但是，在这件事上，中国地质领导果断决定出资支持深圳分公司的工作，总共投入人民币9000万元，体现了大国央企的风范。

多少年之后，当毕继生回忆这段经历时，他深有感触："通过这个项目，我感受到公司总部是我们坚强的后盾，有这样一个强大的靠山，分公司什么坎都能跨过去。公司总部不仅给了我们精神支持，而且还给我们资金支持，这是很不得了的。"

因为有了公司总部的支持，深圳分公司这个项目做起来了，工程质量及管理都得到业主的认可，各方面做得都非常成功，工期也顺利完成，项目移交政府后获得好评。效益上最终也盈利几千万元人民币。分公司不但收获了效益，还赢得了口碑，提供融资的第三方也同样赢得了利润，这个项目实现了三方共赢。

只是，毕继生的头发，从此全白了。

2017年，深圳分公司做了一个比较出名的项目——深圳市罗湖“二线插花地”棚户区改造项目基坑支护及土石方工程（含场平、绿化迁移）Ⅱ标项目。又称罗湖区二线插花地项目。这个项目，工程总造价7.6亿元，于2017年8月开工，是中国地质有史以来承接的最大的基坑基础类国内工程项目。中国地质国内工程板块也是从那个项目开始翻开了新的一页。

这个属于深圳分公司历史转折点的项目，工程内容主要包括：布心片区8个地块的场地平整、绿化迁移、基坑支护及土石方工程以及配套的施工变配电设施。

罗湖“二线插花地”棚户区改造项目作为深圳市首个棚改项目，由深圳市政府牵头，罗湖区住建局负责实施，社会关注度极高。该项目占地约62万平方米，违法建筑占比超过了95%。棚改范围之大前所未有、处理历史遗留的违法建筑体量之大前所未有、棚改范围公共安全隐患复杂程度前所未有，深圳政府及业界都称其为“中国棚改第一难”项目。

这个项目难就难在限制颇多，因为它的土方量很大，而且工程实施有诸多限制。比如：双休日和节假日不让干，学生上学放学不让干，夜间不让干……总而言之，就是不能出现扰民现象。

下雨天当然也不能干。然而，这里的天经常下雨，只有等土干了之后才能施工。春末夏初的梅雨季，只能焦躁地等待。项目位置处在城市中心，周边道路狭窄，施工车辆限制多，交通不便，环境不利于工程施工。在项目实施过程中，出现了很多让人意想不到的疑难杂症。凡是分公司基坑施工历史上出现过的困难，在这里都遇到了。在施工工艺方面，几乎涵盖所有的基坑类项目施工工艺。项目特点和实施难度同样明显：

一是支护形式多。这个项目涉及几乎全部常见基坑支护结构形式，桩锚、桩撑、土钉墙、边坡支护……其中01–01地块支护形式包括桩锚支护、复合土钉墙支护、锚杆格构梁支护、悬臂桩支护、锚杆支护、人形骨架支护、角撑支护、咬合桩支护多种支护形式，一个基坑工程囊括众多支护形式较为少见。

二是体量大。这个项目由8个地块组成，包括01–01，01–02（垃圾转运站），01-03、04，01-05，01-06，01-08，01-08（东道苑）共计 7 个基坑。基坑开挖面积逾 10 万平方米，土石方约 200 万立方米。该项目于 2019 年荣获第三届深圳建设工程建筑工程信息模型（BIM）应用大赛优秀奖。

工期本来就短，挖出的大量土方偏偏又没有地方倒掉，运输便成了一个大难题，必须要用车运到码头，再用船运送到周边的城市弃土。这样一来，即使把能力所及的所有车辆调派来，工作效率还是非常低。

2019 年做这个项目时，原分公司总经理毕继生已经退休，中国地质董事长孙锦红将他返聘为总指挥，以及作为深圳市政府领导和中国地质总部沟通的桥梁。毕继生每天蹲守在施工现场，督促施工进度。

市政府还要求新、老两任总经理毕继生、赵洪涛和副总经理朱继东一天开两个会，即使只有两个人也必须开会。早上开会，晚上也开会。政府方派驻现场的处级干部都有几十人，每天现场办公。

现任总经理赵洪涛的压力已经大到快撑不住了。这个项目是中国地质同类型最大的项目，公司领导都非常重视。市政府将中国地质集团领导也请了过来，董事长孙锦红和总经理胡建新都十分关注，每年多次亲赴现场检查督导，副总经理顾小军还曾在项目上蹲点一个多月，督促施工进度。

顾小军亲驻现场期间，毕继生和赵洪涛都希望顾小军能批评他们几句，这样彼此心里都还好受些。可是不知道为什么，他总是面带微笑，不仅从来不批评，连一句重话都不说。顾小军越是平静淡定，毕继生、赵洪涛和朱继东就越是不安，心理压力越来越大。

在中国地质集团领导的大力支持下，毕继生大胆谨慎地指挥，赵洪涛和朱继东带领项目部加班加点地猛拼，深圳分公司终于提前保质保量完成任务，在所有参建单位里第一个完工退场。众多施工单位，只有深圳分公司得到了业主表扬，业主分别给中国节能和中国地质发去了表扬信。政府部门都夸这个项目的成功，是因为分公司组织得非常好，管理与统筹细致合理，安全措施到位。

中国地质深圳分公司自从做了“罗湖插花地” 这个 7 个多亿的项目之后，分公司的实力大大增强，规模也开始壮大。从此，深圳分公司进入大发展大提升时期。中国地质在大湾区接连拿到更多的项目，影响进一步扩大，响亮地打出了中国地质的品牌。

第 6 节　薪火相传

毕继生说：“虽然我在中国地质干了几十年，实际上，我也没干多少事。大型项目，一个就干个七八年，人生有几个七八年啊！现在的总经理赵洪涛干得好，他们年轻有为，干工作有思路，公司在他们手里发展壮大了。”

赵洪涛却说：“毕总打下的基础，才有今天分公司的发展，没有毕总就没有分公司。”

中国地质的博大胸怀和蓄力待发的薪火相传精神，总是让人非常感动。历史可以证明，只有虚怀若谷之人，才可以托付重任。

赵洪涛是个讷于言而敏于行的人，工作中即使遇到了问题出现了差错，他也极少表现出冲动，而是平和中满怀着包容。很多场合中，即使他是主角，也总平静得像个局外人。但在工作现场中一丝不苟，亲自抓分公司的市场开发和项目投标工作，而且常抓不懈。

2021 年初，分公司跟踪了很久的项目正式投标，赵洪涛细心备至地布置了投标工作，并向部门经理和投标主管人员强调了投标文件准备的注意要点。在投标截止的前一天下班前，他本想下班回家，但又不放心，就再次检查所有的投标文件，结果发现投标文件还有疏漏的地方，未能按照他的要求落实。标书出现漏洞，不仅体现了工作上不严谨，还会导致前期所有劳动付诸东流。

这一次，他一改往日平静的状态，当时就大发雷霆，狠狠地批评了投标工作主管和相关员工，并要求连夜修改完善标书。发完脾气，他又将各项要求向大家重复了一遍。然后，他回到办公室耐心地坐着等。在情绪平稳之后，他交代助理闫凯，让他去看看投标文件修改好了没有，并要闫凯安慰刚才被批评的员工，吩咐为加班人员订购加班餐。而他自己，一步也没有离开办公室。他坚守岗位不是为了监督大家，而是怕万一工作人员有不懂的问题，方便来找到他解决疑问。直到深夜，投标文件终于修改完成，完全达到了要求，等所有人离开后，他才放心地回了家。

赵洪涛周围的人，就是源于对他的信赖，为他的人品所吸引，最终成了志同道合的同路人。贵州团队就是个很好的例子。

贵州团队负责人罗太平，是分公司的副总经理，海外留学毕业后在大学任教，是个研究学问的学者。结果，他也没想到自己竟然干起了工程。罗太平说："离开了学校，跟着赵总玩泥巴，我就开始感觉找到了真正的幸福！我非常喜欢我现在的工作，在无限辽阔的大自然里工作，与这些重情重义的兄弟们一起打交道并快乐工作，这就是我想要的生活。"就这样，罗太平不仅自己来到了深圳分公司，还带来了他的团队和所有技术人员。

一个人的力量有多大？能量有多大？一个人的德行反射能力有多强？所有这些，都可以从罗太平及其团队所做的项目中找到答案。赵洪涛不止一遍地介绍说："罗总有深度，有能力。团队好，队伍能动性和战斗力都很强。贵州有罗总及其团队在，我非常放心。他们竞标和投标的竞争力都很强。"

这一帮年轻高效的团队，在罗太平的带领下，团结奋进，精益求精，管理有序，分工合理，并且重视科学技术。实践再次证明，无论在哪里，也无论哪个行业哪个领域，千里马重要，伯乐更重要。

赵洪涛说："罗总的团队让我非常欣赏，有活力有朝气。5000 万元的项目是这些人管理，5 个亿的项目还是这些人管理，他们有能力也有魄力，他们的特点是偏重于拿大型重点项目。在贵阳，深圳分公司的项目，几乎都是一些比较大的项目，后续还将继续扩大建设规模和建设数量，整个分公司呈现出蒸蒸日上的发展局面。"

在深圳分公司，像贵州团队这样，出于对赵总的信赖，被其人品吸引而走到一起的团队和个人还有很多，大家愿意去为这个集体付出，"赵洪涛"就是深圳分公司最好的名片。

赵洪涛认为，管理一个企业，就像做人一样，不能图表面的光华，而应内外兼修。做工程是为了赚钱，但是，首先也要以人为本。安全最重要，安全牵扯到一个人的未来和生命，关系到一个家庭的幸福与美满。

深圳分公司所属各单位各项目，每年均能全面完成年度安全环保目标，无安全伤亡事故、无重大环境污染事故、无重大火灾事故及火灾伤亡事故、无重大职业健康安全事故。并且持续加大创建安全文明工地工作力度，打造样板工程，在创建安全文明工地工作中取得了一定的成绩。

一电光明科技大厦项目在安全文明标准化工地创建工作中表现优秀，成绩突出，荣获中国节能首批“安全文明标准化工地”荣誉称号、“深圳市建设工程安全生产与文明施工优良工地奖”荣誉称号和“深圳市优质结构工程奖”；恒锋国际大厦项目荣获“珠海市房屋市政工程安全生产文明施工示范工地”荣誉称号；连被赵洪涛认为受到郑州特大洪灾影响的豫发·九棠府项目和奥体城游乐中心项目，也荣获“郑州市扬尘治理标准化工地”荣誉。

他曾觉得自己对不住集团领导，希望命运再给他一点时间，也曾寄希望于“明年就会好了”，时间真的没有辜负赵洪涛的愿望，2022 年，一切都如他所愿。

浙江省金华市兰溪市马公滩段重大项目集中开工。这是深圳分公司拓展浙江市场的重大突破，也将为浙江省乃至全国实施景观提升项目起到示范作用，从而进一步巩固了中国地质在市政景观工程领域的市场地位。

2022 年 3 月，青岛胶州项目一期二标段供热配套工程施工总承包项目开工。

近几年，深圳分公司确实做大做强了，项目比原来多得多，队伍也扩大了，技术也加强了，公司的办公场所也改善了。在全国各地，深圳分公司的许多项目都在如火如荼地推进着，展现出分公司强劲有力的发展趋势。

赵洪涛说：“今后我们要紧跟公司总部，多做青山绿水保护生态的项目。中国地质的优秀品质不能丢，大胸怀才能成大事。”

中国地质的美好前景在召唤着大家，深圳分公司在公司总部的领导下，继续发扬中国地质的好品质好传统，努力开拓进取，积极拓展经营，不断扩充队伍吸引人才，为未来转型升级做全方位的储备，将深圳分公司打造成“国内一流、具有国际影响力的节能环保企业”。

第二十二章　浓浓山海情

你飞向哪儿？忧郁的蝴蝶
是否为失去家园伤心难过
你可知我一路攀缘而来
是为拉开青山绿水的帷幔
从现代思维采撷千棵绿草
沙漠与戈壁种植万顷绿茵
荒山上的郁金香与野玫瑰
已飘荡出七彩童话的光影
绿色衔接山水林田湖草沙
青春激情修饰受损的山河
生态文明的大幕徐徐拉开
青山与绿水散发新的光彩
祖国大地已被新观念涵盖
大自然在不经意间焕然一新

漆黑的夜，已经被铺天盖地的大雪覆盖，远山近水，此刻都笼罩在一片白茫茫的天地里。从四面八方卷来的寒风，一会儿用雪片将路面掩埋起来，一会儿又猛地将雪花狠狠地掀开。旷野的山林，就这样被狂风暴雪渐渐逼进了可怕的寂静里。这里是北国深秋的寒冷午夜。

甘玉叶形单影只地走在近百公里杳无人烟的长白山西坡漫长的道路上。

借着微弱昏黄的车灯，她勉强可以分辨山路的模样。可是她的车马上就没油了，手机也没电了。她已经意识到自己面临的危险，如果油尽车停，一

个人坐在 -30℃的车里等待黎明，后果不堪设想，她有些恐慌。为了节省汽油，她只好将车挂上空挡往前滑行。想到如果几个小时没回到驻地，在长白山地质灾害防治项目的同事一定会沿途找来，她心中又有了一丝希望。

她后悔自己从北京出发时，没看看自己的手机电量，也后悔在长白山机场和同事交代工作忘记了时间。那时候，她根本没有想到车会没油，更没有想到天降大雪。她只想到机场在长白山天池西坡，项目驻地在北坡，两者相距 90 多公里，一个多小时就到了，哪里想到会遇到这样的危机。已经走过了 1/3 的路程，只要能让车坚持在雪地上多“滑”一会儿，就能走过一半路程了。也许同事们已经在营救自己的路上了，想到这里，她仿佛看到了希望的光。

回想起自己曾和项目负责人一起，带领一个技术团队，在长白山山区一住就是几十天，天天上山巡察踏勘，虽然很辛苦，但内心踏实，尽管寂寞，但从不孤独。在践行习近平生态文明思想过程中，他们团队在国内做过无数个有关“青山绿水”的项目，他们做过天山天池项目，如今，又参与长白山天池项目，因此，业内人戏称他们是“天池专业户”。

甘玉叶和团队一起攀山越岭、研讨探究，与生机勃勃的同事并肩奋战，何其幸运。甘玉叶深知是团队的力量给予她攻坚克难的勇气，是团队的力量赋予她披荆斩棘的动力，是团队的力量支撑她一往前行。离开了团队，一个人是多么的单薄无助。集体不但是每个人最好的港湾，也是心灵与精神的家园。

用回忆的美好鼓励自己的甘玉叶，在战战兢兢的试探里，终于来到了二道白河镇，发现了“长白山天池管委会”字样，迎面就看到项目负责人带着几个同事前来接应。此时，她的眼泪如同开闸的水，滚滚而下。

第 1 节　激情岁月

近几年，中国地质物资有限公司立足服务国家重大发展战略，深入践行习近平生态文明思想，加快推进“两山”理论落实落地。一批有着远大理想及抱负的年轻人积极投入到公司快速发展的浪潮中，开疆扩土高歌猛进，与公司共同成长。公司也借此培养了一批具有开拓精神和市场竞争意识的优秀青年，其中，有“种子专家”徐敏、“基坑大拿”孙超、“开拓先锋”甘玉叶……特别是甘玉叶，忘我地工作，像一团火焰，不减热情、不知疲倦。

她从技术员做起，到办公室主任，再到人力资源部经理，又到公司副总经理、工会主席，凭借德才兼备的良好素质和扎实的技术基础，以及敏锐的市场开拓嗅觉，一步一步脚踏实地走过，最终脱颖而出，现在，甘玉叶已经是中国地质物资有限公司和北京岩土工程勘察院有限公司的总经理。

甘玉叶的成长与公司转型发展密不可分，从她拿下第一个生态环境保护范畴的“山水林田湖草”项目——长白山项目开始，到如今全力推动的莆田市秀屿区大蚶山废弃矿山综合利用项目，其中凝聚了她大量的心血和精力。一个项目一待就是十天半个月，一年二百多天工作在项目第一线，类似“长白山历险记”的故事时有发生。

有人说幸福的生活需要留白，需要偶尔停下脚步，等一等自己的灵魂，也可以花一些时间和精力，拂去心灵的尘埃。可是，企业不一样。企业黄金发展期可能只有三到五年，当机遇来临时，必须抢抓机遇，顺势而为，企业的规模和产值自然就会出现井喷式增长，发展势头锐不可当。

从 2018 年开始，中国地质物资有限公司坚持以经营发展为龙头，不断加大市场开拓，三年新签合同额累计达到 60 多亿人民币，远远超出公司领导班子所有人的想象。市场开拓迅速，公司发展规模越来越大，业务量越来越多，公司上下每个环节都在高速运转，人人都忙得不可开交。

因连续奔波而劳顿疲倦的董事长何怀峰，一谈到工作激情便渐渐高起来。2021 年这一年，中国地质物资有限公司发展迅速，项目遍地开花。何怀峰总是感觉时间不够用，队伍人手不够。

何怀峰是山东人，是一位和蔼可亲低调坦诚的领导。他的语言表达能力很强，只短短的几句话，便将身边人的注意力吸引过来。遇到难懂的专业术语，他会用深入浅出的语言加以描述，以生动形象的比喻加以说明，不仅易于理解，更让人难以忘怀。不知道是源于孔圣人同乡之故，还是源于自我修养之渊深，了解他的人，都说他温和谦逊，厚德载物。特别在干部与人才培养方面，他襟怀广阔又无私坦荡，公平公正。他热爱国家，热爱国学，天文地理与文化习俗，文史国粹与红色经典，无不广博精通。

他的所思所想，都涉及企业文化思想精髓，人才与技术，科学与管理。他欣赏他人，欣赏自己的团队，从领导班子到中层干部，从中层干部到比较突出的个体，他都如数家珍。显然，他的人品，犹如他管理的公司一样，铅华洗尽，只显本色。

中国地质物资有限公司，起源是地质矿产部物资供应管理局，根据国务院下发的文件，先后完成1988年和2017年两次改制。中国地质物资有限公司在发展过程中，有过辉煌，也有过低谷，甚至一度亏损，面临清算。

2018年，中国地质物资有限公司改弦更张，重整旗鼓，在新一届领导班子的带领下，借助国家生态文明建设发展机遇，围绕长江经济带发展、黄河流域生态保护和高质量发展等重大国家战略，充分发挥下属全资子公司北京岩土工程勘察院有限公司专业优势，突破经营发展瓶颈，实现公司主要经济指标连创历史新高的发展态势。至此，中国地质物资有限公司经营发展，已从原有的瓶颈期步入到快速高质量发展阶段。

“十四五”期间，公司结合行业发展政策，及时建立“4+N”主业结构，计划到“十四五”末，把中国地质物资有限公司打造成以工程板块和贸易板块双轮驱动的专业化工程贸易公司，重塑公司辉煌！

一说到项目，何怀峰眼神里就充满了光，激动的心情溢于言表。他谈到公司具有地质灾害防治领域里最高的“四甲”资质，拥有建筑业企业地基与基础工程专业承包一级等专业资质。下属全资子公司北京岩土工程勘察院有限公司作为国家级高新技术企业和中关村高新技术企业，紧跟国家生态文明建设发展战略步伐，秉持“绿水青山就是金山银山”的理念，在地质灾害防治领域、地基与基础工程方面，都取得了前所未有的傲人成绩。尤其在市场化推进矿山生态修复建设领域，先行先试，勇于探索。2019年12月，成功中标河北省唐山市丰润区压库山片区废弃采石场矿山环境综合治理项目工程总承包（EPC+F）项目，该项目是国内首例以“开发式治理”为核心的矿山地质环境综合治理大型项目。项目的成功中标，为矿山地质环境治理新模式在国内的推广和运用，均起到引领和示范效用。此项目案例，刊登在国务院国有资产监督管理委员会网站进行推广，于2021年荣登央视《新闻联播》。

继唐山市压库山项目后，公司抢抓机遇，乘势而上，先后在河北省、福建省、山东省、江苏省和辽宁省，又连续中标5个矿山生态修复项目，合同金额近20亿元。诸多项目的成功落地，完美地将自然资源部《关于探索利用市场化方式推进矿山生态修复的意见》（2019年12月17日）和国务院办公厅印发《关于鼓励和支持社会资本参与生态保护修复的意见》（国办发〔2021〕40号）的政策落实落地，以实际行动体现了公司在践行“两个维护”，坚决贯彻落实党中央重大决策部署的信心和决心。

三十多年间，公司始终秉承央企的担当作用，着力贯彻党中央国务院赋予的发展战略，以“为国家和社会创造价值”为己任。特别是党的十八大以来，在践行习近平生态文明思想建设中，秉持让“天更蓝、山更绿、水更清，让生活更美好”的绿色发展理念，依靠不断创新的经营发展理念和快速的市场响应速度，得到社会各界的广泛认可和赞誉。同时，凭借团队的积极向上和努力拼搏，公司也逐渐拉开了蓬勃发展、重塑辉煌的发展新篇章。

第2节　绿色天使

物质有“可燃型”“不燃型”和“自燃型”三种，人也可以分为三种：第一种人是点火就着的“可燃型”；第二种人是点火也烧不起来的“不燃型”；第三种人是自己就能熊熊燃烧的“自燃型”。甘玉叶，就是为了推动公司转型升级，实现公司高质量发展的“自燃型”的人。

如今，已经是公司党委副书记、总经理的甘玉叶，还是一如既往地在项目一线战斗，依然是那个看似文静从容，实则充满爆发力的出色开拓者。在她的身上，究竟蕴含多少能量和天然的潜力，谁也无法估量。她用飞鸟的速度，天使的善良，松柏的坚定，奔走往返于山水之间，在大地上留下坚实的足迹。

她的孩子还很小，但为了开拓市场，甘玉叶舍小家为大家，奔忙于全国各地的山山水水。不管对生活还是对工作，她从不怨天尤人，也从不骄傲自满，情志两酣，永葆激情。她甚至都没去给孩子开过家长会，妈妈在孩子眼里俨然成了稀客。坚强质朴的甘玉叶，只要提起孩子，就会触动她内心深处的柔软。她坚韧的心里总会升起对孩子及家人的歉疚。每个身处异乡的夜晚，想起孩子对自己的期盼，也会像一首歌中表达的那样：“举头望月，孤独谁知道……带血的羽毛不向命运乞讨，只能越飞越高……”

甘玉叶，2006 年硕士研究生毕业，参加工作后就一直服务于中国地质物资有限公司，她热爱自己的事业，虽然年纪轻轻，却成绩斐然，这么多年来，她独立负责和参与的项目难以计数。在公司市场化推进矿山生态修复的进程中，在她及团队的努力下，公司连续成功中标福建省莆田市秀屿区、山东省泰安市东平县、河北省唐山市丰润区、河北省张家口市宣化区等项目，实现市场新突破，有力助推公司主营业务转型升级。

在结束长白山天池项目工程后，她转身又站在了福建省莆田市的大蚶山上。为了开拓国内市场，她几乎忘记了一切，连回家看孩子的时间也变得越来越少了。2021 年 11 月的寒风，凛冽地吹着她单薄的身体，吹乱了她的齐耳短发，却吹不乱她坚定的信念。面对一座生态环境被严重破坏的莆田大蚶山，甘玉叶坚毅的目光中里，升起了一幅幅碧绿的“青山绿水”画卷。

她指着远方一片裸露岩石被破坏的山体说：“那么美的一座青山，有树有花草又有湖泊，因为人为破坏让大自然的美变得残缺不全，多可惜啊！”是啊！惨白的石头，横七竖八地斜躺在黛青色的大山中，就像人身体上的伤疤，极其刺目，看了让人深感无奈和惋惜。

甘玉叶说的正是福建省莆田市秀屿区大蚶山片区生态修复工程的一部分。由于多年无序的开采，生态环境遭到严重破坏，地表植被已经严重地退化，水土流失，一片片深浅不一的土石层裸露出来，存在崩塌、滑坡和危及群众生命财产安全等地质灾害隐患，生态修复工作刻不容缓。

在福建省莆田市中标的矿山生态修复总承包项目是有一定政治背景和深远意义的。福建省是习近平生态文明思想的重要孕育地和践行地，习近平总书记在福建工作期间，提出了一系列生态文明建设的创新理念，部署和推进了一系列生态文明建设的重大实践，为福建省生态文明建设奠定了坚实的思想和实践基础。

2020 年 7 月，中国地质物资有限公司暨北京岩土工程勘察院有限公司成功中标福建省莆田市秀屿区大蚶山片区生态修复工程，生动诠释了公司践行习近平生态文明思想和“绿水青山就是金山银山”理念。该工程通过对项目区实行生态环境综合治理，不仅恢复生态环境，促进生态产品价值实现，也解决了当地政府资金短缺的问题，降低政府财务负担及债务风险项目的实施，解决新增耕地指标难题，为后续国家地质公园建设奠定基础，项目的推动落地将成为公司转型升级的标志性项目。

在甘玉叶的带领下，公司成功实施第一个以市场化方式推进矿山生态修复及废石资源综合利用项目；开拓了绿色矿山服务业务市场，并顺利成为宝武资源板块实力较为突出的技术咨询服务商；跻身山西省地灾防治及矿山环境治理知名企业之列，并与集团公司系统内不同子公司构建良好的产业协同氛围，适时开拓黄河流域生态保护和高质量发展业务市场；深耕北京地区废弃矿山治理及地灾防治勘查、设计及施工业务，稳住了北京岩土工程勘察院有限公司地灾市场；承接了以北京行政副中心办公区、平谷府前街棚户区改造以及京东总部地基基础等具有代表性的深基坑项目，进一步夯实了公司在岩土工程市场的地位。一个个项目的取得，极大鼓舞了公司全体员工发展信心，凝聚了发展力量。甘玉叶，也成为诸多年轻人心里的偶像。

她的工作内容时刻充满着挑战与激情，时刻葆有青春的烈焰，面向大自然，总是释放着光和热。原本，她可以安静地坐在办公室，按时往来于家与单位之间，过着朝九晚五的生活。可她却像只不知倦怠的飞鸟，不分寒来暑往地飞行，从城市飞到大山，再从一座大山飞向另一座更高的大山。

在飞行的过程中，她从未享有特权，从未贪图安逸，甚至近乎苦行。每次出发，如果不是特殊的情况下，她都选择最早或最晚的航班，只为能够有更多时间处理和解决现场问题。

商场如战场，当她奔走驰骋于残破不堪的矿山时，她就像一位无敌的勇士。商务谈判桌上的敏锐智慧，项目施工的布局规划，工作思路的运筹帷幄等，所有工作的点点滴滴，都回旋在她的脑海，也催生出使不完的劲头和用不完的精力。

她像从来不知劳累且没有忧伤和烦恼的机器人。但每个人的成绩背后，都有酸甜苦辣，只是在保护环境这样一个功在千秋造福后代的时光背景下，她将自我融化在推进公司和社会发展的长河之中了。

第 3 节　山海情

2020 年 6 月，习近平总书记到宁夏考察时，强调“统筹推进生态保护修复和环境治理，努力建设黄河流域生态保护和高质量发展先行区”。作为长期驻扎在塞上江南——宁夏大地的徐敏，深知自己肩负的使命与责任。在他的带领下，公司宁夏分院从创建初期的 2 人，发展到现在近 30 人的专业团队，并擦亮了“北京岩土工程勘察院有限公司”在当地地质灾害防治领域的品牌，宁夏贺兰山项目树立了良好的典范作用。

2018 年，公司第一个地质灾害治理综合项目——银川市主佛沟及大口子沟原硅石矿区生态环境保护与恢复治理工程项目勘察、设计、采购、施工总承包（EPC）项目，就是徐敏率领他的团队拿下的，此项目的实施，对当地政府和公司发展均具有深远意义。

贺兰山腹地主佛沟，地理位置敏感，生态环境脆弱，总承包项目施工面都在海拔 2000 多米的山上进行。没有水、没有电、没有土，在这片寸草不生的砂砾石上种草种树谈何容易。大山复绿，主要是需要水。而所有困难与没有水相比，都不算是困难。于是，徐敏组织项目部成员分头行动，一部分下山外出寻找水源地，一部分在山上抓紧修建蓄水池。结果，水是找到了，但在离施工地 30 公里开外的地方。为了将这么远的水买来并运到贺兰山上，得先修出一条拉水的道路。

就这样，为了复绿贺兰山这座“父亲山”青山绿水的容颜，徐敏及其团队只能“遇山劈山，遇水劈水”地解决各种各样的困难。最让人难忘的是，为了贺兰山能够保持雄伟威武的面貌，项目施工还要做到修补的山体要和周围环境浑然一体，为做到不留任何人为修复的痕迹，就需要寻找适合这片山体生长的植物种子。这样一座连绵起伏的大山，做出天衣无缝的修补谈何容易。可是，无论怎样的困难，都没有难倒这一群大自然的修复者。徐敏发动项目部全体同志，在山里四处收集树种及草籽，然后，再将采集来的种子和草籽，用高压泵车结合“蜘蛛人”播种等方法客土喷播，最终完成了项目工程的完美童话，谱写了一曲绿色修复生态环境“绿色劲旅”的生动华章。徐敏也因为这个项目，被大家戏称作贺兰山的“种子专家”。

这项工程得到国家多个媒体及宁夏地方各媒体争相报道，这支队伍的感人事迹，赢得宁夏回族自治区和社会各界好评，并被学习强国平台推送。

2020年，徐敏在公司战略的指引下，带领他的团队从宁夏转战来到福建，开启了北京岩土生态文明修复的现实版“山海情”序幕。

多山多水多绿的福建，是习近平生态文明思想的重要孕育地和实践地。

从自然角度来说，福建省山多地少，山地丘陵面积所占比例达80%以上，素有“八山一水一分田”之称，由于山高坡陡、土层薄、土壤抗蚀能力差，自然生态环境具有先天脆弱性，极易造成水土流失。从社会角度来说，党的十八大以来，生态文明建设被提高到前所未有的战略高度，生态修复保护的关注度与重要性也大幅提升。作为全国首个国家生态文明试验区，福建省政府对生态治理的重视程度与日俱增，对历史遗留破坏进行生态治理修复，对新建项目进行生态修复的需求越来越大，投入越来越多，要求越来越高，迫切需要理念先进、技术领先、维护成本低廉的生态治理整体解决方案供应商，这与公司的主营业务发展高度契合。

然而，机遇与挑战并存，面对福建生态修复市场的蓝海，如何抓住契机，实现市场突破，成为破解难题的第一道坎。“没有等来的项目，只有拼来的市场。”在全面分析研判当前福建市场格局，深入考察邻近省现状后，甘玉叶和徐敏制定了“扎根福建市场，拓展周边省市场”的经营策略，并将经营目标锁定莆田市。为准确分析莆田市场形势，公司精心组建团队，从公司调集专业技术人员，在当地招聘市场经营人员，积极对接，有的放矢。团队每一位员工都化身市场联络员，个个都是先锋，在沟通中真诚相待，投标时匠心制作，他们对客户实行“一对一”服务方式，通过紧密工作联系，主动出击做好“三个第一”：第一时间捕获项目信息、第一时间介入沟通、第一时间提出技术方案。徐敏则长期奔波在外，忙碌于各周边市县对项目做调研跟踪，加班加点已成日常，白天现场踏勘，晚上审核报告，用详细可靠的资料为项目方案的编制奠定坚实的基础。由于准备充分，最终顺利中标福建省莆田市矿山生态修复EPC总承包项目，在福建市场实现从零到一的突破。

俗话说“万事开头难”，项目伊始很多事情开展起来尤为困难。不同的气候，不同的土质，不同的植被，没有可以借鉴的案例，更没有前人的探索经验，一切都要靠自己摸索。

徐敏作为项目负责人，面对种种困难，他迎难而上，将困难视为进步向前的推手，为推动项目顺利建设做出贡献。他已记不清多少次用双脚丈量项目区的每一寸土地，描绘规划蓝图；已记不清多少个日夜驻扎项目，解决棘手难题；但是他却记得山上的土质适合什么植被，有多少种树、多少种花、多少种草可以种植。

徐敏不仅是植物“种子专家”，也是“人才种子专家”。众所周知，宁夏分院的技术实力和人才储备在公司首屈一指，这都得益于徐敏日常的精心栽培。在施工现场，他言传身教，让新员工切实将理论与实践有效结合；在生活中，他关心帮助青年员工成长，时常教导大家“不要急于出成绩，埋下头做事情，有付出才有收获”，他是这样说的，也是这样做的。

董事长何怀峰曾经介绍徐敏在宁夏做的一系列几十个项目，其中，便有长篇电视剧《山海情》中宁夏永宁县闽宁镇原隆村的地质灾害治理设计项目，如今又拿下了《山海情》电视连续剧中对口单位——福建省莆田市矿山生态修复 EPC 总承包项目，从宁夏贺兰山到福建的东海，徐敏不断书写着传奇，不折不扣地演绎了生动的现实版“山海情”。

人不负青山，青山也一定不会辜负人——从这些年总书记的考察足迹中，我们就可以读出这篇“大文章”的内涵。

第 4 节　绿色基石

2017 年一个深秋的下午，国内工程总承包部经理孙超轻轻敲响了董事长何怀峰办公室的房门。此时，何总正在认真推敲公司三季度经营数据，抬头看着愁眉紧锁的孙超，心想项目一定是有啥问题了，没等他开口，孙超就说：“何总，锦秋项目这个基坑工程有难度啊！而且困难还不少……”

所谓基坑工程，是指为保证地面向下开挖形成的地下空间，在地下结构施工期间的安全稳定所需的挡土结构及地下水控制与环境保护等措施。工程施工难度与地区区域、环境差异、施工过程控制、工程经验决定了基坑工程项目的复杂性、综合性以及对专业性、经验性的高要求。

公司自1989年经原地质矿产部批准成立时，在地基与基础工程领域拥有住建部核发的地基与基础工程专业承包一级资质和工程勘察专业类［岩土工程（设计）］及水文地质、工程地质、环境地质调查等多项资质。凭借三十余年的专业技术和团队优势，北京岩土工程勘察院有限公司在地基与基础工程专业承包业务领域，尤其是在超大、超深基坑建筑领域，已具有一定知名度，形成品牌效应，在业内有着“超大、超深基坑专业户”的美誉。

孙超提及的锦秋项目，位于北京市海淀区香泉环岛东南，靠近五环路。项目周边环境复杂，拟施工基坑西侧为在建道路和城铁西郊线，东、南、北三面均为既有建筑，基坑紧靠既有建筑施工约2.5米，场地狭小，作业面极其有限，西侧毗邻正在施工的市政道路（含隧道结构），最近距离约12米，加之基坑深度为17米，属于超深基坑项目，施工难度存在一定挑战性。

何怀峰听完孙超的叙述，站起身笑着拍了拍孙超的肩膀，说：“就这个把我们孙先生给难住了吗？地基基础可是咱公司的老本行，是公司发展的基石，大大小小的项目加起来都三位数了，有啥能难倒我们的？你进门时，我正在看公司三季度末的经营数据，咱们岩土工程经营业绩又实现了新增长，这块业务我们一定要牢牢守住，这是我们公司快速发展的基石，也是我们转型升级的压舱石。来，看看我早些年做过的类似基坑工程项目！”何总耐心地和孙超就项目难点进行逐一分析，并给出了诸多建议和解决方法。孙超听完之后，如醍醐灌顶，兴奋地说道：“何总，放心，这个项目已经没问题啦！”

孙超不苟言笑，有一股开拓市场的闯劲，那股不认输的劲头里，既有干事创业的猛劲，又有处理问题的柔韧，是个不折不扣的猛将。

采访他的时候，他正和公司经营团队攻关京东集团总部3号楼项目土方、护坡及降止水工程项目。这个项目总建筑面积约34万平方米，地上约16万平方米，地下约19万平方米，地上13/17层，地下5层。其中，项目基坑深度约25.6米，属北京市少有的超深基坑工程。采访期间，闻讯北京岩土工程勘察院有限公司中标该项目，打心底里为他们高兴。

北京岩土工程勘察院有限公司先后服务城市副中心、雄安新区及新机场建设工程，如北京城市副中心 A3 办公区系列工程十余项、雄东片区安置房及配套设施项目、北京新机场生活保障基地首期用地人才公租房项目；服务棚户区改造，如门头沟区采空棚定向安置房改造工程、平谷府前街旧城棚户区改造项目；参与奥运配套设施建设，如河北承德国家雪上项目训练基地圆盘滑雪滑冰机气膜训练馆项目、奥运配套永利广场工程；承接首都各大医院、公共设施及机关部委大楼，如航空医学大楼及其附属工程、北京朝阳医院东院建设工程、经济日报社印务中心及综合业务楼工程、中国气象科技园总部基地工程、北京平谷世界休闲大会主会场工程、台湾同胞抗日斗争史实专题展厅及配套设施工程等；承接知名企业项目，如中海国际城深基坑工程、龙湖门头沟新城项目、廊坊万达广场工程、京东集团总部 3 号楼项目等；承接地下综合管廊项目，如北京通州文化旅游区地下综合管廊工程、宁东基地化工新材料园区综合管廊工程、贵州六盘水市地下综合管廊 PPP 项目……

行业内有着这样的说法："万丈高楼平地起，基坑才是硬道理；问我基坑哪家强，北京岩土美名扬！"北京岩土工程勘察院有限公司正是在这一个个地基基础工程项目的基础上，大踏步跨越，成长为矿山生态环境综合治理及废弃尾矿资源综合利用投资运营领域的佼佼者，这些可谓是北京岩土工程勘察院有限公司发展的绿色基石。

第 5 节　那时情　那时境

1995 年毕业季，一个温文尔雅、意气风发的年轻人踏上了他人生职场第一站——中航勘察设计研究院。年轻气盛的他，凭借其敏锐的市场洞察力和灵活的经营策略，在短短五年的时间里，将研究院全年产值不到 4000 万元的数字，连续实现翻番的结果。2000 年，创造了经营规模达到 1.5 亿元的惊人数值。这位让所有人刮目相看的年轻人，就是现任中国地质物资有限公司暨北京岩土工程勘察院有限公司党委书记、董事长——何怀峰。

何怀峰正是因为自己创新的思维及不俗的业绩，先后当上了经营处副处长、处长，并作为航空系统后备干部，得到组织上的重点培养。那些年，他年年被评选为单位先进工作者、优秀干部等。

在他的经营指挥下，中航勘察设计研究院经营业绩与规模一路凯歌。2004 年，他带领公司团队做鸟巢勘察、水立方基坑和中央电视台基础桩项目。这些全国耳熟能详的大型著名项目，就是何怀峰亲自带队，传奇一般顺利拿下的。

领导和同事们都觉得他有些“神力”，光芒四射魅力无穷。其实，他知道自己不过是凭诚实憨厚的性格和一颗平平常常的心，踏踏实实把事情做好、做实，让甲方满意，让业主满意罢了。

正当事业如日中天之际，何怀峰竟然在朋友的推荐和劝导下，离开了中航勘察设计研究所，选择加入北京岩土工程勘察院有限公司。

2006 年 5 月 8 日，何怀峰来北京岩土工程勘察院有限公司报到。那位推荐他的朋友带着他，弯弯绕绕，终于在一个中学门口停下了。他满腹狐疑地环顾四周，连一座明显的办公楼都没有，更看不到公司的标志。他的心顿时像掉进了冰水里一样，极大的失落感一下淹没了他所有的憧憬和期望。进了校园，径直来到一座实验楼前，朋友说：“怀峰，我们办公条件有限，办公室在实验楼的四层，还望你多多包涵……”何怀峰知道纵使万般失落，也为时已晚，只好硬着头皮回答：“嗯，没关系，有个地儿就成！”

到了四楼，何怀峰终于看到在一个不起眼的地方，挂着一块黄色的牌子，上面写着“北京岩土工程勘察院有限公司”字样。这个地方，有几间屋子是办公室，还有零散的几个房间夹杂在办公室之间，是宿舍。看到这样的办公环境，何怀峰的心情如同打翻了五味瓶，真不是滋味！

当天上午 9 点，他来到了总经理办公室，总经理热情洋溢地握手欢迎，并向他简单介绍了中国地质物资有限公司和北京岩土工程勘察院有限公司的情况。总经理说，这两个公司是两块牌子，两块业务，但是主要负责领导是同一拨人……

大概一个小时的交流之后，总经理就给他下了任命书——任命何怀峰为北京岩土工程勘察院院长。一个小时就当上了院长，何怀峰很怀疑这个“北京岩土工程勘察院院长”职务的可信度。他哑然失笑，又没有人可倾诉心中的疑惑。那情那景，他只好顺势而为了。

一个小时任命到他身上的职务，加重了他对未来工作领域的不确定性。

当他进一步了解工程业务现状时，他才知道，从事岩土工程的人员加上他只有 4 个半人，那半个就是即将研究生毕业的甘玉叶。

从熙熙攘攘门庭若市的中航勘察设计研究院，来到了“门庭冷落鞍马稀”的“小作坊”，回去断然是不可能了，怨天尤人也无济于事。这时的何怀峰即使心藏数不清的惆怅，也只有自强不息了。

具有天生不服输且刚直不屈的何怀峰，在自己选择的道路上，破釜沉舟，背水一战。面对艰苦的环境，艰难的创业之路，他开启了越挫越勇、斗志昂扬的精神序幕，将一个经营规模从一年拿不到一两个项目的北京岩土工程勘察院有限公司，发展到后来项目多到没有人手，干不过来的局面。

项目多了，人手太少。怎么办？招兵买马，扩大队伍，在他的带领下，北京岩土工程勘察院有限公司人员从最初的 4 个半人，到后来的十几个人，再到几十个人。公司业务领域也随着资质的增加，不断扩大范围，工作红红火火，热热闹闹。

正当他准备加大业务开拓力度之际，中国地质物资总公司（原中国地质物资有限公司改制前名称）改制一事，打破了他的计划。因为改制，把原总公司的核心资产改制划拨为股份公司。随着核心资产的剥离，总公司贸易业务锐减，人员大量流失，总公司经营每况愈下。2012 年，总公司几乎成为一个空壳，留下的只是一堆官司和历史债务，还有几十名离休人员和 100 多名退休人员的各种费用。

而这时，上级公司任命何怀峰为总公司经理，全权负责接管总公司。何怀峰临危受命，强烈的责任心和使命感让决心带领这个团队继续奋斗。2012 年 9 月，何怀峰正式接任总公司经理。此时，总公司已累计亏损额近 3000 万元，负债累累，经济纠纷案件涉案金额高达 2400 万元。严重缺失的内控管理，导致一个小小的部门经理，因个人利益给公司带来近 2000 多万元的经济损失……

那段时间，何怀峰夜不能寐，食不知味，他担忧着公司经营发展过程的问题，苦苦寻找解决方案，思考着公司的未来走向。

何怀峰面对这样的困境，向全体员工提出“认清事实，正视困难，自己救自己，自己解放自己”，这是公司发展的希望所在的号召。同时，他也给自己定了一个目标：力争用一年时间实现让公司扭亏为盈，用两年时间摆脱贫困，用三年时间彻底甩掉落后公司的帽子。他的核心竞争力就是自我拯救，永不言败！

在他的带领下，公司从2012年的巨额亏损到2013年的止亏，从2014年实现扭亏为盈到2015年、2016年、2017年的稳步快速发展，逐步扭转了经营被动局面，生产经营情况逐年走向正轨。

2018年至2020年三年期间，公司业务实现快速发展，主营业务逐步转型，各项经营指标位列上级公司前6名，圆满完成了“十三五”经营发展规划。面对“十四五”规划，何怀峰又提出了大胆的设想，他知道，要发展，必须树立远大目标，必须要不断挑战自我。正如稻盛和夫在《干法》里谈道：“要不断树立‘高目标’，纵使是自不量力的梦想，是看似高不可攀的目标，还是要在胸中牢牢立下这个目标，并坚持不懈地在同仁面前展示这个目标。这一点非常重要。”

时势呼唤英雄，时势造就英雄。随着国家加大对生态环境的高度关注，中央和地方加大对矿山长期无序开采的管理力度，为解决矿山生态修复历史欠账多、现实矛盾多等突出问题，破解资金投入不足瓶颈制约，加快推进矿山生态修复，自然资源部下发相关文件，探索利用市场化方式推进矿山生态修复，鼓励企业与地方政府加大对矿山土地综合修复利用。何怀峰将市场经营方向锁定在“治山”，要在整个集团公司系统，甚至在行业里打响北京岩土工程勘察院有限公司“治山”品牌。

这几年，北京岩土工程勘察院有限公司立足矿山治理，不断创新经营模式，用何怀峰的话说，“原来矿山修复是‘1.0版’，随着国家生态文明建设持续深入开展，矿山生态修复的‘大生态’时代已经来临。‘修山’并不只是简单的复原，而是要通过更精准的再利用模式进一步挖掘废弃矿山的资源属性。既要因地制宜，又离不开政府、企业和社会等各方共同发力，这是一个不断升级的过程，我们做到了，不仅做到了还走在了前列，我愿称之为矿山修复的‘4.0版’”。

经历过曲折和艰苦奋斗历程的何怀峰，更有一番不同的生命感受，世事沧桑，不断变迁。他经常和年轻人们说：“现在我们努力打拼奋斗的过程，等我们退休后，回忆这些，都是美好的故事，我们就是故事中的主角，这是一件多么有意思的事情。如果我们年轻不努力、不奋斗，等到回忆的年龄，感觉就像白开水一样，多么苍白无味！”

何怀峰虽然为企业发展操碎了心，但他乐观而洒脱，朴实而饱含热烈，他说：“我虽然已经五十了，但总是觉得自己还有使不完的劲，一想到工作，我就感觉自己又年轻了好多！公司发展需要一群有思想、有活力，敢想、敢干、能成事的人；在机制管理上，还要有与之相匹配的分配机制，才能进一步调动广大员工的积极性和创造性。只有在这样的氛围下，努力工作的人和为公司贡献多的人可以得到实惠，每个人都愿意为公司发展积极奋斗，每个人都有动力、有盼头。公司员工平均年龄现在三十三岁，是一个充满激情，充满战斗力的团队，从平均年龄上讲，我都成为那个拖后腿的人啦！”说到这，他禁不住大笑起来。

只有抓紧时代赋予机遇的人，人生才无比精彩。何怀峰作为中国中物和北京岩土两个公司的负责人，他充满无限的豪情壮志，惜时如金，时间和机会都驱使他乘着时代的东风，在大好的环境背景下，努力把握契机，多做项目，高质量实现“上为国家做贡献，下为员工谋福利”的目标，以实际行动谱写“青山绿水”奋斗新篇章。

他们是装点青山绿水的使者，他们是永远奔走在青春大道上的奋斗者。这群不知疲倦的建设者正如一只只飞翔的雄鹰，他们也许曾经错过时机，但是现在，他们不想再错过绿色。他们在未来的日子里，永远藏有对大自然的敬畏之心，脚步不停，勇往直前。

第二十三章　在热爱中奋斗与坚守

埋头攀登于征途
早已忘却艰辛的况味
在经历一次次磨砺与考验后
命运因感动渐次打开一扇扇门扉
在那卷新的浪涛面前
既仔细推敲旭日东升的含义
也收纳夕阳西下的情愫
平湖秋月构成的图画
源自中国地质的“五种精神”
流出一股股生命芬芳
浇筑创新的构思与意蕴
将血液中的热爱与坚守
汇聚成一栋栋崔嵬工程

“每个个体都是独特的，每个个体都是有价值的。”当人类自我价值实现的时候，生命，就充分得到了发挥和利用。

中国地质江苏分公司总经理吴钧就是一个充分发挥生命价值的人，他用对中国地质事业一生一世的热爱，一路奋斗与坚守，谱写出一曲奋斗的壮歌。

中国地质无论是分公司、子公司，还是人才队伍，抑或是工作业绩和业务范围，给人的感觉总是大气磅礴五彩斑斓。毕竟，这是一支国家队，央企所具有的色彩从来都不是直白的本身，它的精神气质与风度，更多的藏在其深厚的企业文化与博大的内涵意蕴之中。这些清一色的分公司、子公司，在同样“上为国家做贡献，下为员工谋福利”的神圣使命之下，又有各自的风格和独特的地域传统。

地处长江以南的江苏分公司，因为公司总部坐落在南京，给人的感觉似乎多了一层轻柔和温润，相比地处非洲大陆和国内北方的分公司来说，江苏分公司具有清亮明丽的江南色，是中国地质万紫千红颜色中的一团婉约的亮色。

然而，江苏分公司并不是一只沉醉于江南柔美的翠鸟，而是一路振翅高飞的苍鹰。色调温润而沉稳，步履坚实而厚重，在茫茫的烟雨中，二十七年来，江苏分公司一路披荆斩棘，奋勇向前，将一切嘈杂与忧困甩在身后。

第 1 节　回顾所来径

彤云合璧，人在何处？蓦然回首，天边落日辉煌，绚烂而热烈，十分壮观。吴钧在目光触及落日与霞光共同辉映天边的一刹那，突然产生了从未有过的触动。

此时此刻，身为中国地质江苏分公司总经理的吴钧感慨，对于一生从事中国地质事业而言，自己就是一个不折不扣的坚守者。虽然经历很多磨难和挫折，毕竟也淋漓尽致地发挥了自己的才智和能力。一直不停地创新和开拓，踏踏实实地工作，也切实取得一些成绩。虽然谈不上十分欣慰，但也没有留下任何遗憾。作为一个分公司的负责人，他一路打拼，从无到有，从弱小到强大，虽然算不上惊天动地，也还是真正地带领企业充分发挥了主观能动性，江苏分公司的发展没有最好，只有更好。

吴钧知道，组织将企业交给他，是对他的信任，是自己无上的光荣；员工跟着他的步伐坚定前行，他有责任对他们负责。他责无旁贷，必须要干好，要勇于肩负起担当的责任，这是他的神圣使命。

吴钧豪爽而坦诚，质朴不失智慧，纯粹不失机智。父亲本是江苏省无锡市政府的一名干部，后来，响应国家政策举家下放到农村，又从农村进入地矿系统，成为江苏油田开发的参与者。年幼的吴钧跟随父母在农村成长，一起起伏、一起体验城市与乡村的异同。其间，农民的辛劳及生活的不容易，在他的心灵上留下了深深的烙印。

那时候，在农村人的心里，地质队是非常让人羡慕的职业。说他们是农村人吧，可他们又是穿着制服的国家人，他们从事的工作就是给需要的地方打井找油找矿，拿工资不干农活；说他们是城里人吧，可他们又都是在乡村或田野打井，生活又不在城市。他们走到哪里都是一个小社会，有自己完整的一套生活场所，包括医院和学校，而且还有更让人羡慕的特殊待遇，即地质工作者的子女可以无条件地进入地质系统工作。

随着时间的不断推移，地矿部华东石油局面临开发第三产业的局面。时代需要企业走向市场，自负盈亏。在这样的历史背景之下，1995 年 8 月，由中国地质出资质、华东石油局出人出钱的中国地质江苏分公司便应运而生。

新成立的江苏分公司，既是中国地质在国内成立的第一批分公司，也是中国地质为了开拓国内市场依托地矿系统所属局内部合作成立的第一家分公司。华东石油局作为地矿系统的区域局，成立中国地质江苏分公司的目的是发展第三产业，开展多种经营。江苏分公司虽然依托华东石油局拥有雄厚的技术实力，却缺少经营经验和市场，为寻找出路，这个仅有 8 个人、资产 100 万元的分公司，只好走向市场，用勇气与汗水，开始一步一步的尝试和一点一滴的原始积累。

第 2 节　雏鹰展翅

江苏分公司最早蹒跚学步于江苏省内，工程量也是小打小敲，700 万元或 800 万元的工程也干，权当是小试牛刀做演习。

在市场经历一番风雨历练的江苏分公司，刚刚进入工程行业时，主要是桩基和基坑支护项目。1995—2000 年，公司在南京地区承揽了下关商场、和平大厦、华盈大厦、建江文化中心大厦、江苏省电力公司大厦等合同额不超过2000万元的多个项目的桩基和基坑支护工程。2000年，公司正式开始了专业技术和团队的战术融合，为了方便经营和规范施工，中国地质以51%的股份控股，华东石油局控股49%的合作比例，成立江苏中地工程有限责任公司，形成一套班子两块牌子的打拼形式，开始竞争招投标拿项目，公司进入纯市场化运作。2000年之后，承揽了扬子巴斯夫石化项目、南京市软件外包工程、江苏省广播电视总台二期、金润国际广场等大型项目的桩基和基坑支护工程，其中金润国际广场桩基和基坑支护工程合同额1.68亿元，是当时中国地质系统内规模较大的地基基础工程之一。同时江苏分公司也不忘创品牌、履行央企社会责任，公司承揽的解放军东部战区空军指挥综合楼项目地基基础工程获得了中央军委后勤保障部颁发的年度优质工程二等奖，为国防建设和军民融合深度发展做出了应有贡献。江苏分公司在南京地基基础行业开始小有名气。另外，公司成立以来，还承担了南京市天津路、湛江路、清河路等市政道路，沿海高速公路阜宁连接线、秦淮河治理等方面诸多项目，涉及领域不断扩大。

1998年，江苏分公司在国内拿到的第一个大项目，是宁靖盐高速公路的其中一段，合同额1.7亿元。这个好消息，让分公司上上下下振奋不已。宁靖盐高速公路是连接南京、靖江和盐城的高速公路，在江苏省有“四纵四横四连”之称，地理位置非常重要。南边和广靖高速相连，北至盐城市204国道。全长153公里，双向四车道，设计时速100公里，这条具有现代化高速公路的重要组成部分，项目投资概算为45.6亿元。

项目以江苏分公司为主，组建宁靖盐工程指挥部，设立4个工程处。江苏分公司第一任总经理姜刚任指挥长。第一工程处是华东石油局的路桥施工队；第二工程处是中南石油局路桥施工队；第三工程处是中国地质自己的队伍，刘大军任第三工程处处长；第四工程处是江苏溧阳的专业桥梁队伍。

这个项目是中地第一个路桥项目，标准的地矿系统内部大联合，底气和姿态自然大不一样。江苏分公司不但信心满满，也初步积聚了参与市场竞争的力量。有了这条高速路工程业绩作为家底的江苏分公司，规模逐步扩大。

不久，江苏分公司实现了向前迈出标志性的一大步——拿到分公司第一个土建总承包项目——江苏宿迁职业技术学院的一期总承包项目工程，首开国内房建总承包先河。至此，江苏分公司才真正扎入了市场化的工程领域。

从此，中国地质江苏分公司如同雏鹰展翅，开始飞向更高的天空。

第 3 节　走入国际市场

从 2001 年开始，江苏分公司的羽翼渐渐丰满起来，工程业务已经可以水到渠成地进入扬子石化、南化、南京大学城、中石化西北石油局等一系列大型企业。

一路摸索一路前进，需要的是胆量和勇气。江苏分公司随着国内市场的不断扩大与开拓，已经积聚近百项大小工程项目的经验。此时，江苏分公司以出奇制胜的战略格局，于 2001 年 2 月投入 300 万美元，进入柬埔寨国际工程市场。中国地质江苏分公司随即成立了柬埔寨分公司，姜刚任柬埔寨分公司总经理。

江苏分公司的发展速度和敢于开拓的步履，让很多业内同行赞叹与羡慕。只有总经理吴钧心里明白，公司所走的每一步，都是步步为营的举动，是经过深思熟虑的成果。战，可以勇往直前；退，可以以守为攻。

江苏分公司之所以具备进军海外的勇气，一方面因为分公司团队认真分析了国内外形势，认识到那几年是海外发展的黄金时刻。聪明人从不放过稍纵即逝的机会，于是，分公司有了到海外发展的思路。另一方面，江苏分公司的想法得到时任中国地质董事长郑起宇的鼓励与支持。郑起宇非常赞同江苏分公司的做法。就这样，江苏分公司成为中国地质以国内分公司平台承担海外项目的第一家。

江苏分公司柬埔寨经理部添置了所需工程设备，通过国际招标程序拿到了亚行的柬埔寨 3 号公路。在这期间，江苏分公司得到了中国地质和华东石油局的大力支持。在顺利实施 3 号公路后，因为做出了品牌效应，紧接着在中国地质经援部的协助下又实施了柬埔寨的毛泽东大道修复项目。

“毛泽东大道”这条以中华人民共和国开国领袖命名的道路，是早年柬埔寨国王西哈努克倡议修建的，地处柬埔寨首都金边市的一条交通要道。柬埔寨之所以这么命名这条道路，是为了纪念毛泽东和表达对中国的感激。柬埔寨国家经济萎靡不振时，毛泽东主席建议给予柬埔寨人力和物力的帮助与支持；毛主席的政治见解对落后的柬埔寨也有启发，对柬埔寨国家的发展起到了指导作用。

毛泽东大道长 5 公里，宽 10 米，是穿越金边市西南部最长、最宽的一条街道。道路 1965 年 3 月动工，首都金边豪华的酒店、银行及航空公司等，都设在毛泽东大道的两旁，大道周边十分繁华。当年，刘少奇、周恩来、陈毅等中国领导人都曾走过这条大道。柬埔寨的交通运输、旅游及住宿等行业，几乎都产生在这条大道上。这是一个国家支援和帮助另一个国家的历史见证。

世界上有两条以“毛泽东大道”命名的道路，除了柬埔寨首都金边“毛泽东大道”，另一条“毛泽东大道”位于非洲南部国家莫桑比克，同样坐落在他们的首都。道路两旁的提示牌上，用葡萄牙文书写着“毛泽东大道”五个字。

柬埔寨的毛泽东大道使用时间比较长，因战乱年久失修，破败不堪。柬埔寨恢复和平以后，由华侨和中国政府出资对毛泽东大道的照明、排水系统及部分路面进行了修复。金边市政府计划沿毛泽东大道两旁修人行道，方便居民行走。没想到这项具有历史意义的道路维修工程，恰巧落在中国地质江苏分公司的肩上，光荣又有深意。

在完成柬埔寨毛泽东大道维修项目之后，接着江苏分公司又做了柬埔寨 7 号 C 标公路修复项目工程和柬埔寨六城镇供水及 57 号路等项目。

援柬埔寨 7 号 C 标公路桔井至柬老边境段修复项目，位于第四工区，起讫桩号 K137+732.745 ~ K192+800，西公河特大桥北桥头为项目终点，合同价为 820 多万美元，2004 年 10 月开始施工，该项目为中国政府援柬项目，为中柬人民友谊做出了贡献。

江苏分公司的业务和业绩，犹如芝麻开花节节高，高额的合同额及较高的利润，为江苏公司长期稳定发展，提供了保障。国内外业务的共同发展，使江苏分公司的营业收入一路飙升，踏实的付出，丰厚的回报，公司发展也达到了一个新的高度。

第 4 节　留下是因为热爱

随着国外分公司的发展壮大，公司急需各种技术和管理人才。当江苏分公司的主力业务及人员逐渐调到海外的时候，国内市场却出现了渐渐萎缩的现象。2006 年，江苏分公司在国内的发展陷入困境。在分公司处于最困难的时候，公司账上只剩 2 万元人民币，公司也进入了低谷。恰恰这时，吴钧接手江苏分公司总经理。

为确保江苏分公司的国内市场，新任总经理吴钧果断采取措施，先停止公司各种业务，清理所有诉讼，原因是业务不能带病操作，不然会带来更多麻烦。在当时错综复杂的形势下，解散并拆分股份有限公司是最明智的选择。

华东石油局属于中石化，江苏分公司属于中国地质分公司。原来来自华东石油局的人，有两条道路可以自由选择：一个是继续留在中国地质，另一个是可以回到华东石油局。公司所有亏损由双方股东按比例承担。

中国地质的领导非常重视江苏分公司的情况，董事长郑起宇亲自从北京来到南京，和吴钧进行了彻夜长谈。最后，郑总语重心长地说：“不能亏待任何一个员工，特别是华东石油局的人，何去何从，一定尊重他们的选择。”他让吴钧找到每个人，好好地谈谈心，看看能有多少人愿意留下来，并一定要解释清楚，留下的人，身份怎么处理等。郑起宇想得既周到又细致，那种平易近人的温暖，让每个人都很感动。郑起宇董事长对待公司态度及对员工的厚爱，让身为江苏分公司总经理的吴钧深为感动，他按照郑起宇的意思，分别找到原华东石油局的每个人，传递郑总的关爱。

然而，最让吴钧费心的还不是人员的去留问题，而是法院里的诉讼及高额的赔付费，让他深感无奈。华东石油局退出，肯定不会负担这部分费用。让吴钧更为感动和出乎意料的是，中国地质董事长郑总安排工作人员带了汇票到南京，处理了法院诉讼费。这种勇于担当的精神和宽阔的领导胸怀，让吴钧情感的天平失衡了。吴钧本人就是华东石油局的人，他带头做出选择之后，还有5个人也不在意自己的身份如何处理，决定留在分公司。

留下的人，户口不能进北京，人事关系至今还在华东石油局。这个历史遗留问题，并没有让6位真心为中国地质付出的人有过任何后悔。相反，他们却为中国地质的情怀而感动，为中国地质领导的担当精神而感慨。在中国地质江苏分公司最困难的时候，他们毅然留下并坚守，与公司共渡难关，不离不弃。二十多年的坚守，他们早已将全部的情感和精力注入了中国地质。

吴钧、吴斌、吴云、张晓星、李云彩、石建林，6人中除了李云彩已退休，其他人现在都还在中国地质江苏分公司的管理团队，是分公司的脊梁与中坚力量。他们与中国地质江苏分公司生死与共，共历兴衰，他们用自己的青春和热血，践行了对中国地质的热爱，谱写了一曲奋斗的壮歌。

第5节　无悔人生

生命的真谛不是任由落花随流水，也不是得过且过，而是用真心付出和打拼排列而成。

分家之后的江苏分公司，在总经理吴钧的带领下，不仅分期分批地还清了欠款，江苏公司在海外市场也得到了壮大和发展。

当最后一笔欠款还清的时候，一向豪爽大气的吴钧，不由涌起两眼泪花。这么多年，他不谈委屈，不说抱怨，只知想方设法埋头苦干。往事涌上心头，他想起了帮助过他的所有单位及个人，想起令他非常敬重的中国地质领导郑起宇董事长及郝静野总经理……自己终于用实际行动交了完美的答卷，他可以仰不负天，俯不愧地，带领整个公司荣辱与共，为中国地质及江苏分公司赢得信誉和尊严。

吴钧本就是江苏无锡人，研究生学历高级工程师，一级建造师，1987年参加工作，担任过地矿部第六物探大队仪器组长，华东石油局江苏华石技工贸总公司副总经理。2000年与中国地质相遇，从此结下一生的情缘，至今，他已经在中国地质摸爬滚打了二十二年，是中国地质的元老级人物。

他从2006年任职中国地质江苏分公司总经理，可以说是中国地质江苏分公司活灵活现的历史教科书，公司总部及分公司的来龙去脉及兴衰跌宕，他都如数家珍。可是，在他宽广博大的胸怀中，他自认为已经到了该筛选与过滤的年龄，在他经历的许许多多的往事与镜头中，他都保持坦然的微笑，扬弃令人消沉的东西，播下美好且昂扬奋进的种子。

正如他在江苏分公司党课上所讲的："要从历史中总结经验教训，要弘扬中国地质的'五种精神'，青年一代要奋发图强，向榜样看齐。"他强调年轻人要不怕苦，勇于吃苦，每一份经历都是宝贵的财富，用无悔青春托起中国地质的一片蓝天。在他的带动下，副总经理吴斌、支部副书记冯永国等领导干部也分别给青年骨干上了党课，引领公司年轻一代何时何地都要发扬中国地质的"五种精神"，发扬中国地质老一辈的光荣传统。

这么多年来，江苏分公司无论经历怎样的起伏和困难，大家始终保持思想一致，顾大局识大体，无论是思想观点还是工程业绩都得到了中国地质的认可，特别是得到当时董事长郑起宇和总经理郝静野的支持和鼓励。

现在，随着集团的战略转移，江苏分公司为适应时代的发展，也在不断地调整自己的产业方向，得到集团孙锦红董事长和其他领导的鼓励和关心。

在集团刚刚结束的述职会后，副总经理王庆祝还鼓励吴钧，说 2022 年上半年，因为普遍受到疫情影响，都比较困难，下半年开始，情况就会好一些。

事实上，自从 2006 年后，江苏分公司归属于中国地质集团管理，吴钧上任分公司总经理，他在调整和发展公司的双重压力下，贯彻以市场为基础的发展方针，树立"敬业、敬责、服务、诚信"的市场理念，竭尽全力开拓市场。2009—2011 年，在中国地质的支持下，江苏分公司致力于提升国内工程市场经营业绩和项目管理能力，力争与海外工程市场同步发展，做到两条腿平稳有力地走路，努力维护公司平台。

吴钧担任总经理期间，公司承接了国内工程市场近 200 余项大小工程，合同总额为 20 亿元左右，中国地质系统内第一次承接了高速公路——江苏宁靖盐高速公路 X6 标，合同价为 1.7 亿元人民币；第一次以总承包形式承接了江苏宿迁大学一期工民建工程；第一次以国内分、子公司为载体承接海外工程——柬埔寨国家 3 号公路修复工程。在柬埔寨期间，先后承建亚行项目 7 号 C 标公路修复项目、毛泽东大道修复项目、六城镇供水项目等。

2011年开始，在中国地质总部的支持下，江苏分公司全力以赴开拓国内市场，先后承接了湖州PPP项目、南京儒商科技大厦项目、汝南市政道路、枣庄翼云湖道路项目等大型项目等。其中，南京儒商科技大厦项目，总承包合同额5亿元，这是中国地质历史上土建单体最大的第一个项目，项目的所在地是南京江北新区，属于副省级地区，项目的实施将会给中国地质及江苏分公司带来积极影响。

经过几年不懈努力，江苏分公司经营业绩向前迈进了一大步，同时也壮大了管理团队，从最初几个人发展到现在58人。截至2020年12月，主营业收入约8亿元，利润约5000万元，国内业绩逐步提高。

总经理吴钧为分公司发展做出了重大贡献。而他却谦虚地认为，在分公司自负盈亏的这些年，自己带领分公司没有挣多少利润，如果说有点成绩，只是保留住了江苏分公司这个平台。

其实，江苏分公司二十七年走过的历程，可圈可点，很多感人情节和镜头，都倾注在一个个大小不等的工程项目之中。历史的车轮总是滚滚向前，以思维活跃著称的吴钧总经理，虽然接近卸任的年龄，但他仍保持着开拓进取的良好状态。本来他就是一个乐于接受新事物，爱学习爱创新的领导，他的才智不允许他墨守成规。所以，不管什么时候，他都是一位不满足现状，不陷入过去，勇往直前的领导者和引路人。

第6节　勇往直前

如今，江苏分公司紧跟中国地质的步伐前进，适时做出战略性的调整，公司新的发展方向向国土环境修复、“长江大保护”这两个重点转移，分公司将按照集团的统一部署，做出战略性调整。

吴钧说，公司在发展过程中遇到问题不用怕，总会有解决的办法。解决问题的过程就是前进的过程，也是促发展的过程。解决问题，其实就是成长的过程。拓荒总会遇到点问题和困难，本质上就是经验积累。只有等分公司将来真正高质量发展，才可以有选择性地干工程，有干优质工程的资本和条件。现在的项目积累，都是积累业绩为以后发展做准备。

中国地质的文化吸引人，中国地质人的情怀包容人，温暖人。吴钧总经理说自己早已经把中国地质当作自己的家。他清楚地记得当年郑起宇劝他的话：“吴钧，江苏分公司不错，你还不如去国外发展，国内麻烦事很多，郝静野总经理也是这样的意见。”领导的关怀以及鼓励的话语，像春风一样，在他困难的时候，那些温暖的语言和身影就会不由自主地出现在他的脑海。所以，吴钧感觉自己是有领导关心和有组织关照的人，他感到自己有使不完的劲，这股力量督促他一路创新开拓，从没有退缩。因为，在他看来，中国地质领导的人品、魅力和中国地质的文化一样，吸引人、影响人、温暖人，一代一代的领导人，都是干实事说实话的。

现在的吴钧除了全力做好在建项目及努力开拓周边扩大市场，他还在做中国地质文化与传承的工作。他说，中国地质领导历来都是有创意的领导者，最早的激励机制是中国地质孙金龙总经理在巴基斯坦经理部建立起来的，直到现在都没变，中国地质的所有人还在享受着这个机制带来的益处；树人也是一项重要的工程，不是一朝一夕的事，需要时间和过程。他认为培养人才需要早着手，要把引进的人才变成真正的中国地质人，融入中国地质文化。江苏分公司需要发展，需要人才。如果全靠劳务输出或者靠临时招聘人才，思想上和工作上都需要磨合，不能很快地融入团队。如果靠分公司自身来培养，需要时间会很长。公司今年通过重点公司上党课、业务培训等方式培养和打造青年人。这两个方面能够拿捏好，对企业发展将非常有利。

江苏分公司之前是创新的，开创了好多个“第一”，今后仍然还会是创新的公司。二十多年的发展历程，浮浮沉沉，该闯的也都闯了，该开拓的也开拓了，该拼的也拼了。吴钧说，令人欣慰的是江苏分公司从来没有把麻烦交给集团，从来没有拖集团的后腿。遇到麻烦，都是自己努力，平心静气地一项一项解决。他说：“中国地质的领导人有胸怀，宽容大气，有担当，咱做事首先想到的就是不要给领导添麻烦，效益还在其次。江苏分公司有自己的人品和尊严。既然留下来，就是要奋斗就是要坚持。”这么多年，留下来的人从来没有因为留在中国地质而后悔，也从没有因为压力和困难扛不动而惹麻烦。江苏公司同样非常希望中国地质成立四十年之际，更多地宣传中国地质曲折而光荣的历史，发扬中国地质优秀的企业精神。

倾尽才华与青春一路奋斗，将生命装饰得犹如色彩缤纷的梦境，对自己是一种无憾，对社会和国家是一种无私的交付和贡献。置身于中国地质滚滚向前的发展洪流，微风吹碎流年，再坚硬的心，也会被深厚的文化及人文情怀所融化。

晨曦中的南京古城，因为有了中国地质江苏分公司的存在而多了几分秀色，朝霞散座，酡色印入眸中，绚烂而瑰丽，时光也被中国地质精神渲染得浪漫无比。

第二十四章　岁月里的春华秋实

太阳高悬，静听黄河波涛
热血奔涌，因激情而燃烧
从时光深处走来
带跋涉与搏击的印记
一叠岁月，几多春晖
匆匆更迭的身影与场景
映现步履与足迹演绎的大美
记忆里储存的所有风雨
浇灌小草步步向大树靠近
多少年高原戈壁，北风横吹
使奋斗拼搏的毅力，跟随
新的理念和目标，无限延伸

滚滚黄河，一路劈山斩谷，蜿蜒奔腾。到了兰州，却变得舒缓而宽阔，悠悠宛如巨龙。兰州，这座黄河穿城而过的省会城市，因为黄河，不仅水土得到滋养，人文与情怀也一样得到滋养。城对河依恋，河对城倾心，双方相互眷顾，有了地杰人灵的幸运。

坐落于兰州黄河之滨的中国地质兰州有色冶金设计研究院有限公司（简称“兰冶院”）成立于 1958 年，先后隶属于冶金工业部、中国有色金属工业总公司、国家有色金属工业局、中国铜铅锌集团公司，2001 年并入中国地质工程集团有限公司。

这所知识与技术密集型的经济实体，是中国西部培养人才的摇篮。几十年间，兰冶院不仅为全国各地培养出了一批又一批高层次的专业技术人员，还为兰州的天蓝、水净、山青、城美、人乐的“城河相融”新局面贡献深情，并在黄河生态修复、两岸植绿添美、城市高质量发展等方面持续发力。

第 1 节　风雨兼程的路

2018 年 9 月 16 日，兰冶院设计大厦彩旗飘扬，200 多名来自四面八方的人才济济一堂，共同参与正在举行的兰冶院建院六十周年总结表彰大会。

“1958 年，根据国家经济建设及有色金属资源开发的整体战略部署，由北京有色冶金设计总院白银项目设计队和来自祖国四面八方的大中专毕业生，在兰州组建了甘肃省冶金设计院，这便是我公司的前身……”

兰冶院的董事长兼党委书记窦旭东的讲话声情并茂，将在座的所有人带到了兰冶院波澜壮阔的历史中。六十年，兰冶院在时代洪流中，一路披荆斩棘风雨兼程，迎来一个又一个新的变迁。窦旭东回顾了兰冶院的历史，也满怀希望充满信心地展望了未来。

兰冶院在六十年的发展历程中几度更名，隶属关系也不断发生变化。2001 年，归属中国地质工程集团公司，2004 年 9 月，完成了企业改制，成为一家股权多元化的混合所有制企业。2010 年，随着国务院国资委对中央企业的改制重组，中国地质工程集团公司归属中国节能环保集团，公司也随之成为中国节能环保集团有限公司旗下重要的三级子公司。

从此，中国地质的“五种精神”不但注入进兰冶院的企业文化，也融入每个人的心灵，给整个企业快速发展注入了强有力的内动力。窦旭东的发言题为《六十年栉风沐雨沧桑砥砺　一甲子薪火相传春华秋实》，洋洋洒洒数千言，言辞之间，洋溢出深厚的文学功底与文采，句句流露出对兰冶院的真挚与热爱。

窦旭东是理工科专业，但从小受家庭的熏陶，文学方面是下过苦功夫的。窦旭东老家甘肃天水，20 世纪 70 年代还是穷山恶水之地，温饱都成问题，但是那里的人尊师重教。窦旭东的父亲是位小学校长，在学校治学有方，在家注重塑造书香门第的家风，所谓“家贫品不贱，人穷志不短”。

窦旭东讲，小学的时候他每天放学最大的愿望，就是赶紧回家找吃的。别的孩子放学之后可以直奔饭桌或者吃点干粮，但是，他不行。因为父亲有规定，放学到家必须先写一篇作文，作文写合格才能吃饭。每天一篇，天天如此，这是铁定的规矩。他一肚子委屈也不敢发声，只能饿着肚子，硬着头皮搜肠刮肚寻找词语。父亲威严如山，母亲温柔心软，看着幼小瘦弱的孩子在院子里撅着屁股吭哧吭哧地写写画画，有时会心疼得抹眼泪。

窦旭东虽然觉得煎熬，但还是会坚持，因为他知道父亲也不容易。他每天在学校管理教学一丝不苟，放学第一件事还要给窦旭东准备作文的纸笔。不过，所谓的“纸”就是自家院子里的黄土地。甘肃天水属于黄土高原，厚厚的黄土具有直立性，下雨时将院子里的黄土层打夯整平，晴天用扫帚将泥地上的浮土扫掉，露出干净的黄土地松松软软，就可以当纸用。笔呢？开始的时候，找个树枝或硬邦邦的东西就是笔。后来，又用一号废电池里面黑色的那一层来写。完成了擦掉，第二天再写。

当校长的父亲要求很严格，写，还要写得像模像样的。不合格，就得擦掉重新写。写作内容可以放宽，但必须得有中心思想，文章得体现出要表达的东西，要结合自己成长和现实生活，写出意义或启迪。

父亲这样的要求，让窦旭东写出了文采，写出了人生的“中心思想”和“作文立意”，写出了家国情怀。他就是在写作和思考中，懂得了牢记大我，忘却小我；知晓了先公后私，才能成就大写的人生。

窦旭东在父亲严格的训练中，度过了苦乐童年，也塑造了健康向上的世界观和人生观，这是父母给他最大的精神财富。

后来，父亲突然就“发财”了，还真的给窦旭东留下了一大笔巨款，让左邻右舍羡慕不已。

第 2 节　时光不能虚度

窦旭东 1989 年从中南大学毕业之后，就到兰冶院做矿山设计工作。那时，兰冶院处于计划经济时代，主营业务是单一的矿山工程设计。企业规模虽然不大，但在兰州，却是有影响有实力的企业。

再后来，兰冶院经历了从国有企业到国有控股的混合所有制企业改革，业务也从国内市场发展到了海外市场，主业从最初单一的矿山工程设计，发展到设计咨询、监理、工程总承包、项目管理、招标代理等业务范围，成为一所跨行业、跨区域、全方位、多层次地为工程建设服务的全资质设计院。

在兰冶院不断华丽转变的过程中，历史和文化积淀越来越深厚，特色鲜明的企业文化和突出特点也显露得越来越明显，为国家有色金属建设与发展做出了突出贡献。

在企业不断发展的过程中，窦旭东本人也在不断成长和收获。1992 年，他由原来的专业设计岗位，转调院里人事处工作。由主业工作岗位转到行政管理岗位。不过这一转变可不是窦旭东主动为之——他自己没有做行政的愿望，在技术研发企业，干技术才是实力。这一切都是因为一场意外。

1990 年，在兰州团市委组织的篮球比赛中，打中锋的窦旭东为了给自己的团队争荣誉，在球场上充分发挥了一米八个头儿的优势，连续进球。为了多为团队争分，他不顾一切地左冲右突，结果被对手无意冲撞了。就是这一秒钟的冲撞，留下了无可挽回的结果——他的腰被撞坏了。窦旭东去医院做手术，住院住了两个多月，效果却不是很好。经过层层周折，窦旭东到了北京 301 医院住院医治，连续做了两次手术，这一住就是一年多。

窦旭东说，自己住院期间，兰冶院采矿室大大小小、男男女女，给他做饭的做饭，陪护的陪护，都以不同的形式真心体现了对自己的关心和爱护。院里和同志真心真意待他，让他感动得不知道怎么表达才好。他说：“就是用一生一世悉心工作投入情怀，也报答不了单位深厚的爱。”对同志，不管是谁有困难，也不管是什么困难，只要不违法乱纪，能解决的他都会尽量想办法给解决。

他感恩那些淳朴的同志，让他懂得了人与人之间的爱和互帮互助。现在，窦旭东不但自己身体力行投入工作和帮助同志们，同时，他也在教育后代，教育干部员工，要有矿山人的风骨和胸怀，活出矿山人的样子。

一个正值青春年华英武高大的年轻人，因为腰伤住院近两年，各种处境可想而知。别的影响不说，单位也花了不少钱，父亲给他留下的那笔“财富”，也给花完了，这让人无比心痛。因为，这笔“财富”不是普通的钱，是父亲蒙羞受辱很多年，国家拨乱反正还父亲清白的证明。

窦旭东的父亲是地方上有名的知书达理还具有文韬武略的“秀才”，“秀才”是甘肃天水一带对德才兼备人才佩服至极的尊称。正因为他知书达理，乡里乡亲家的红白喜事，只有请到了他才算放心，不然，就是缺憾。大小事情都请他出面打理，才算真正有脸有光，才算真正像样地办了大事。他写的祭文，让人追思感怀，催人泪下；他写的喜帖，让家主开心得合不拢嘴。甘肃天水的山沟沟里，因为他的存在，一方文明与精神的家园得以护佑，诗书与礼仪的传统得以在穷乡僻壤中传承。

在学校，窦父是教学的能手，管理的脊梁。这个地方上鼎鼎有名的知识分子，在“文化大革命”时期被错划“右派”。工资停发了，家人受人挤对。政治上的压力是无形的，像幽灵一样压在心头。窦旭东也因那时那境，塑造了坚韧刚强的个性。他温和乐观的态度下，有一颗不认输不服输的心。

1978 年，十一届三中全会召开，窦旭东的父亲是当时第一批平反的人，并补发 5000 元的工资。那时可真是一笔巨款，除了家庭必要的开支以外，父亲给了哥哥、姐姐、叔叔一些钱。剩下的 3000 元，父亲都给窦旭东存上了，留着给他买院子和娶媳妇用。可是，这意义不平凡的 3000 元，让窦旭东住院花光了。

在医院的那些日子，应该说是窦旭东比较黑暗的时刻，他从来都是乐观积极的心态，可当一个人躺在病床上的时候，一向坚强自尊的他却经常会生出莫名的感伤，他把那段时间当成自我认知、自我思悟的阶段。他除了思考人生，就是读书，读专业书、哲学书，还坚持学习英语。他认为一个人最幸福的状态就是读书，只要人活着，最有意义的事情就是读书学习。因为读书，他得到了很多收获，也看透了很多事情。除了读书学习，他还强迫自己每天写诗歌，以此让生活更有意义，不让时光虚度。

即使在后来的工作中，他说只要放松学习，自己心里就会发慌不踏实，想问题也觉迟缓，抓紧学一学，脑袋瓜子就灵光一些了。他经常给干部讲，要不断学习，哪怕不是专门学哪个系列，就泛泛地学，边学边思考，对工作都是有促进的。他说像兰冶院这样一个知识分子密集的单位，干部首先要在学习上下功夫，不学习就是无根之草。只有学习才能长成参天大树，要靠自身的奋斗，才能成为高素质的人。这几年，窦旭东一直践行自己定下的标准，不断努力学习，督促自己前行，排除了一切困难，把工作都干好，不留遗憾。

当他出院回到兰冶院工作的时候，腰伤没能完全除根，留下了很多的后遗症。他已经不能够长时间坐着画图，只能趴着画了。领导和同事们看他工作太遭罪，就将他调到了人事处工作。

到了人事处正好发挥了他的特长，工作得心应手。1997 年，由于表现突出，他作为推荐票数最多的青年人选，被院里提拔为人事组织部的“一把手”。

第 3 节　服从组织安排

2011 年，经过组织考察和民意测评，中国地质决定提拔窦旭东为兰冶院董事长兼党委书记。他是个重情重义的人，对组织和领导的信任感到无比的荣耀和自豪。但是，对于组织给予的重任，他发自内心地感觉诚惶诚恐。接受，他心理压力重；不接受，又辜负领导一份心意。他开始了激烈的思想斗争。但是，经过领导多次谈话，做思想工作，最后，他还是服从了组织的安排。

2011 年 11 月，窦旭东任董事长，2012 年初开始抓工作。

窦旭东善学且善思，他认真分析了兰冶院的背景。

兰冶院是 1958 年在中国西部成立的有色金属勘察设计企业，为全国金属事业的发展做出了不可磨灭的贡献。来自全国各地的高级知识分子和年轻的大学生，到西北高原支边落户，创办六十多年基业的公司，付出了几代人的青春和汗水，才结成今天这样辉煌的果实。

作为有色冶金行业八大设计院之一，兰冶院虽地处经济落后、条件艰苦的西部，却始终不忘初心，为了共和国有色金属工业的发展，几代人把毕生精力都奉献给了高山峻岭、大漠戈壁，无论是工程技术的卓越进取，科技创新的不懈探索，服务业主的倾力奉献，还是抗震救灾的勇往直前，都见证着兰冶人的拳拳赤子之心，践行着建院之初的矿业报国之宏愿。

建院之初，兰冶院的前辈们在没有办公场所、没有宿舍居住、没有设备器材的条件下，艰苦奋斗。很多项目现场设计，工程技术人员接到任务，轻装简从背起图板就出发，硬是凭着坚韧不拔的毅力和奋力拼搏的精神，攻克了一个个难关，完成了一项项值得骄傲的工程设计，实现了兰冶院技术物质及精神积累。

现在，公司上上下下对自己这么信任，领导将治理和发展这个大型企业的重任交给自己，窦旭东深感压力的同时，也坚定了信念——他必须接过接力棒，承担起兰冶院发展的历史重任。

经过一段时间的深思熟虑，窦旭东梳理企业发展的线索，对比不同的成果，提出了几个工作要点：

一、找清历史分界线。兰冶院归属中国地质之前，先后属于冶金工业部、中国有色金属工业总公司、国家有色金属工业局、中国铜铅锌集团公司。2001 年并入中国地质工程集团有限公司。既然归属中国地质，就要将企业文化和理念等相融合，尤其是要实践中国地质的“五种精神”，同心同德，追求卓越，求真务实，创新进取，达到文化发展相容性。

二、重视爱护和培养人才。20 世纪 90 年代之前，兰冶院是事业单位，在国务院国资委系统内，最难能可贵的就是人才。成为企业之后，人才和技术，成为两大法宝。兰冶院是人才摇篮，几十年间，从这里走出一批又一批优秀的专业技术人才，在全国各地为祖国的繁荣昌盛贡献力量。

甘肃地处边远，生活环境比较恶劣，待遇各方面相对低一点，对部分人员来说，因为考虑到子女教育和老人赡养问题等各方面因素，有一定资历就远走高飞了。出现了高层次人才引不进来，高端人才留不住的现象。窦旭东想，只有真心对待、尽力培养，人才总能接得上。后来，他在人才培养及人才引进方面想了很多办法，也取得显著的成绩。

三、要吸引和留住人才，聚人气暖人心。窦旭东通过发挥党支部建设载体的功能，搞“聚人心”工程。提高企业员工政治思想觉悟，加强凝聚力和向心力。2012 年率先提出党支部标准化建设，党委发挥核心领导作用。由于公司从成立开始，党建工作一直抓得紧，基础牢固，所以，兰冶院下属的蓝野监理公司党支部被命名为中国节能标准示范化党支部。

有了党建工作的政治引领作用，其他工作跟着顺风顺水，蒸蒸日上。

第4节　以他们为荣

在中国地质“有为才有位，有位更有为”的人才理念指导背景下，兰冶院要让人人有舞台，个个有作为。兰冶院作为高新技术企业和甘肃省成果转移示范机构，肩负着科技创新的神圣使命。在做好发挥政治思想觉悟的前提下，窦旭东开始深入抓科技创新。

2012年，兰冶院把科技创新和科技研发放在公司高质量发展的核心地位，每年投入总收入的5%到7%用于科研工作，坚持党管干部、党管人才的原则，努力增强人才队伍活力。

从2017年开始，公司加大了激励力度，对考取了公司资质需要的注册类人员给予一次性奖励，并调整了年金补贴标准，共有173人次通过各类国家注册考试，为公司的资质建设和业务发展起到了极大的推动作用。

为加快企业发展速度，采用招聘及调入，以及外聘人员转正等几种方式，近几年共引进人才215人。单单2019年，就一次性引进了10余名年轻有为、业务能力行业领先的专业技术人才，成立市政工程设计院，为公司的高质量发展奠定了坚实的基础。

兰冶院逐步健全科研制度，科技创新成果逐年增加，专利技术突飞猛进，获得多项科技进步奖。截至2022年，兰冶院共获授权专利技术158项，省部级科技进步奖20余项，国家级优秀设计咨询奖近100项，省部级优秀设计咨询奖270余项，完成科研项目80余个，每年科研项目立项15个左右，公司主编、参编国家、地方标准近40余项，在国家级核心期刊发表论文近60篇。同时，已建立甘肃省尾矿处置行业技术中心、甘肃省技术转移示范机构、兰州市产学研科技合作基地、尾矿坝科技成果转化基地、陈天镭劳模工作室、甘肃省示范性劳模创新工作室、城市矿产研究中心、自然资源部高寒干旱区矿山地质环境修复工程技术创新第一分中心和国家级绿色矿山第三方评估机构等 9 个科研平台。

人才队伍建设，人才资源是企业最宝贵的资源，企业竞争归根到底是人才的竞争，坚持人才强企战略，培育人才竞争优势，是企业高质量发展的必由之路。兰冶院取得这些成果，得益于窦旭东对人才的重视。他说："人才和技术，是我们的两个法宝。我以兰冶院的人才为荣。"

窦旭东豪爽大气，坦荡无私。因为团队力量的支持，他的工作状态开心愉快。他说："我们现在有了实实在在的科技实力，有一支具有战略性的团队，他们在甘肃已经能够安下心来，只要实心实意地把家安下，下一步，兰冶院发展就会更有潜力了。"

兰冶院通过技术革新之后，企业有了内动力。他们狠抓"强内功、固根基、上水平、赢市场"，深化内部改革，理顺管理机制，提高管理效率；成立了工程总承包公司、总工办、设计审查中心、BIM 技术中心、城市矿产中心；调整成立了城建规划院、工业设计研究院、市政工程设计院、环保事业部，使各业务板块的划分定位、发展方向和服务内容更加清晰，生产经营责任更加明确。

院领导通过转变思想更新发展理念，在做强做优做精传统优势业务的基础上，大力培育新型产业，经营发展由原来主要依靠设计咨询和工程监理范围向工程总承包、项目管理、试验开发、科技成果转化迈进。另外大力做好区域布局，实施区域扩张。分别在镇江、沈阳、宁夏、新疆、西安、临夏、珠海、成都设立了驻外分支机构，分公司业务逐步走向正轨，成为推动公司经济增长的主要力量之一。

2004 年，兰冶院率先在全国的 178 家勘察设计单位里，完成了股权多元化的企业改制，从此企业走上了发展快车道，业绩逐年向上，并翻了好几番。

十年奋斗，经历了转型期的阵痛，兰冶院焕发出新的活力，在市场经济大潮中奋勇拼搏，开拓创新，企业资质不断扩大，业务领域持续拓展。从矿山到民用建筑，从设计咨询到工程监理，从工程总承包到科技开发，兰冶院形成了多元化的经营格局，为我国西部地区乃至全国的有色金属矿山建设做出了不可磨灭的功绩；在民用建筑、工程监理、市政工程、城市规划、造价咨询等领域也同样有着可歌可表的辉煌。

兰冶院在不断前进的道路上，秉承老领导们和中国地质领导班子的优秀传统，发挥董事长的核心作用，发扬民主团结的优势，工作氛围好，领导之间和谐融洽。公司目标明确，集中精力发展生产，大家群策群力干工作，继承和发扬中国地质文化和兰冶院企业文化精髓。

窦旭东董事长说:“我在兰冶院工作三十多年，也算一位老同志了。”说完哈哈大笑。从 1989 年到现在已经三十三年过去了，其间，窦旭东任董事长十一年，陪中国地质走过几届领导班子，他得到了兰冶院广大干部职工的认可，也得到了中国地质的认可。

第 5 节　猴子有树，老虎有山

2017 年，兰冶院创建海拔 5300 米西藏蒙亚啊铅锌矿开采区，实现选厂技术提升改造工程设计，创造了当年设计、当年建成、当年达产的新纪录，成为兰冶人创造的又一项历史之最。

在习近平总书记关于绿色发展和生态文明建设思想的指引下，兰冶院进一步转变观念，拓宽视野，从传统的“矿山设计”走向更广的“工业设计”，利用集团在“长江大保护”污染治理中的主体平台作用，积极参与长江、嘉陵江流域污染防治，在土地复垦、矿山地质环境治理、尾矿库污染治理、城市矿产资源综合利用等方面展开营销，主动作为，健全各类资质证书。

兰冶院及时调整结构，尽量保持和中国地质产业结构相统一，实现“三级协同”。“三级协同”就是中国节能、中国地质加上兰冶院内部各个部门之间的经营模式协同。其中，最重要的是二级管理。如今，在国家大力推行建设绿色矿山、生态矿山的方针指导下，他们运用先进的绿色环保、生态安全、数字化设计理念，设计、监理的以金徽矿业郭家沟铅锌矿为代表的绿色生态矿山，设备先进、工艺精湛、管理科学、环境优美、高效节能、清洁环保、数字化管理、智能化运作、自动化控制，完全颠覆了传统矿山的建设理念，将矿山生态环境、资源环境、经济环境和人文环境有机结合，被命名为全国首批“绿色工厂”、“甘肃省绿色矿山示范基地”，成为经典之作，被业界及社会广泛认可。时任甘肃省委书记林铎做出“可推广经验，树立标杆，并予以宣传”的重要批示，大大提升了兰冶院的市场影响力和竞争力。

窦旭东董事长介绍，城市规划业务，是兰冶院最早走向市场的业务之一。20 世纪 80 年代初，随着改革开放的深入，国家对城镇规划建设工作开始重视起来，兰冶院编制了陇南市一批县城的总体规划。

20 世纪末 21 世纪初，是兰冶院城镇规划发展的第二个节点。开辟了以城市道路为主体的市政公用工程设计，覆盖了甘肃省 14 个地州市。完成的白银高技术产业园区规划开创了甘肃省工业园区规划的先河、榆中县青城镇规划实施后多次获奖。

为了更好发挥规划优势，发展规划业务，公司成立了城建规划设计院。五年来，城建规划设计院不断开拓创新，参与“多规合一”规划、特色小镇、美丽乡村规划，生态修复、环境治理工程设计，规划、市政工程设计任务持续增长。城建规划设计已成为公司重要的业务板块之一和新的经济增长点。完成的康县美丽乡村规划建设成为甘肃省示范工程，康县垃圾焚烧处理工程成为甘肃省农村垃圾处理、全域无垃圾建设示范工程。

几代兰冶人凭着对祖国的无限热爱和对事业的执着追求，扎根西北，无私奉献，在完成一座座矿山、一栋栋高楼、一条条道路设计、监理项目的同时，也培养出了一批批精英人才和技术骨干，以及省部级领导人、全国政协常委、全国及省人大代表等。他们不仅有渊博的学识和超强的专业才能，有着优秀的职业道德、忘我的敬业精神和高度的社会责任感，还饱含对事业的忠诚和对同志的关爱等高尚品质。

截至 2022 年，兰冶院共完成 2000 多项国内外工程项目的设计咨询、监理、项目管理及工程总承包，足迹遍及国内 20 多个省、市、自治区，并走出国门，承担了 10 多项境外工程，打造了许多精品设计和监理项目，获省部级以上优秀工程设计、优秀工程咨询成果、科技进步奖、鲁班奖、飞天奖等 200 多项。尤其是近十年，在窦旭东董事长的带领下，是兰冶院发展速度最快、业绩增幅最大的十年，十年间共签订合同 50 亿元，主营业务收费 25 亿元。

兰冶院现有从业人员 1200 余人，各类专业技术人员 966 人，其中有色行业设计大师 6 人，享受国务院政府津贴专家 12 人，教授级高级工程师 21 人，高级工程师 223 人，工程师 390 人，各类国家注册工程师 520 人；甘肃省建设科技专家委员会专家 31 人。这是一支勇于战斗、无私奉献的队伍，一支求真务实、开拓进取的队伍，一支富于创新、追求卓越的队伍。兰冶院正是有了这样一支队伍，才能在社会转型期攻坚克难，在市场经济大潮中傲然挺立，在科技引领、转型升级中奋力前行。

作为深爱兰冶院的窦旭东，从踏入社会的第一步就进入兰冶院的大门，到如今风风雨雨几十年，他没有辜负上一届看重信任他的领导，他用尽才思、倾注心血地打造兰冶院。在兰冶院召开六十周年大庆之后，他感觉自己好像可以长舒一口气，身体力行地完成了对兰冶院的塑造和叙述，自己是船到码头车到站，可以好好培养年轻人接班了。他说：“通过创新及培养，现在年轻人已经起来了，保证企业活力就应该让年轻人多往前冲一冲，我自己稍往后退一退。这样对兰冶院和中国地质发展都有利。”

窦旭东感慨道：“一个人，在一个施工单位坚守四十年不容易，不知走过多少沟沟坎坎。一个企业，中国地质能坚持四十年的风雨之路，还发展得如火如荼，这一定是有深厚的企业文化底蕴积淀，才能让一个企业永葆活力！”

窦旭东利用兰冶院六十周年大庆的机会，总结了自己的工作经历，也总结了企业的发展历程，于公于私都是一个交代。他希望一代代兰冶人能够让企业这列列车继续飞速前进，蓬勃向上地发展；他希望中国地质的大旗，能遮风挡雨，指引兰冶院勇敢向前，取得更好的业绩，更大的辉煌。

第 6 节　深藏的心愿

天空蓝得让人心醉，和煦的阳光透过稠密的树叶洒下来，一阵和风从窦旭东身上吹过，他看着院子里的一草一木，身边一个个年轻而忙碌的身影，他突然想，如果离开自己热爱的兰冶院，离开温情的兰冶人，他会有多么不舍。想到将来有一天会离开，他心中的忧伤袭来，一并袭来刺痛他的还有一直存在的隐秘心愿。

他说如果退休了就写毛笔字，画画，打球，打牌……但不写诗歌了。诗歌就像眼泪，已经哭干了，就没有办法写了。不过，他一定要完成一个藏在内心很多年的心愿——写一篇纪念母亲的文字。

母亲，在窦旭东记忆深处是最伤感的情结，也是最深的伤痛。这份痛里，有着他对母亲无可挽回的亏欠。母亲辞世的时候，窦旭东才刚刚读初中一年级。

那时，母亲生病，父亲工资停发，家境非常困难。父亲在社会上参加集体活动很少在家，母亲长期胸口疼，疼得厉害时大汗淋漓，然而，家里穷没钱医治，去医院成了奢望。母亲疼得跪到床上，让窦旭东站到背上给她踩，这样勉强能减轻一些痛苦。有一天，母亲病中想吃栗子，父亲就给他些零钱，让他去给妈妈买栗子，他一路猛跑，等他买到栗子跑回家时——母亲却永远地离开了他。

年幼的窦旭东受到了严重的精神打击，那是他第一次经历失去亲人的悲伤，他总想如果买栗子的时候，他能跑快一些；如果有钱给母亲打一针；如果自己足够强大……窦旭东的少年时代，太阳总是惨白的。

悲伤的窦旭东坚信母亲没有离去，他总觉得母亲就在田野劳作，或在灶台忙碌着……有时，他一溜烟跑去空旷的田野，可是哪里也找不到母亲的身影。他一边走一边哭，一边哭一边找，泪水模糊了他的视线，谁也不知道一个失去母亲的少年，是多么绝望和无奈。他无数次下意识地到每个房间和灶房，总感觉母亲就在那里等着他。可是，一个个希望都是泡影，他才真正懂得永远离开的含义。这份伤痛他深深埋在心里，一直不能触碰，直到现在。

窦旭东是一个无比坚强的人，但是，在他坚强的外表下，还有另一个极端脆弱的自己。升国旗时，那种庄严的神圣场景，会让他泪水扑簌簌地流，看电视或电影时，他会随着角色流泪。因为失去母亲，他成了一个多情易感的人。所以，他决心要写写自己善良朴实的母亲，但由于内心悲伤太大而无法面对，更不敢拿笔。母亲一生没有留下一张照片，想念母亲的时候，只能费力地在记忆深处搜寻点滴的只言片语。那么多年过去了，母亲的身影依旧清晰。

窦旭东董事长说，等自己年龄大了，情感相对稳定一点，或许就能够坦然面对失去母亲的伤痛，能平静地回忆母亲的点点滴滴。他说等有一天这个纪念文章写出来了，他的心里才算真正地轻松。

他会借用一首网络诗词，调侃自己的人生中经历的风雨坎坷和苦乐参半的心情：“半生风雨半生寒，一杯浊酒敬流年。回首过往半生路，七分酸楚三分甜。”一路颠沛流离，半生饥寒交迫，半身伤残寸断肝肠，回头总结半生的路，个中滋味七分酸楚，三分甘甜。才厚德高的窦旭东身上，存在一份忧伤的美。那份忧伤，是做人的自我感知，自我清醒。

其实，窦旭东董事长的人生，半生闯荡纵横，也是意气风发。因为自身不幸受了苦，但正是这人生的苦，成了他积累的财富，促成了他许多优秀品质和高尚德行，才会收获人们的尊敬和拥护。

从回忆中走出来的窦旭东说，兰冶院今后五年的发展方向的总体要求是以习近平新时代中国特色社会主义思想为指导，全面贯彻党的十九大和十九届六中全会精神，立足新发展阶段、贯彻新发展理念、构建新发展格局，以推动高质量发展为主题，以改革创新为根本动力，继续推进“一业为主、两端延伸、适度多元、区域布局”的发展战略，补短板、保增长、促转型，全力推动高质量发展，全面提升核心竞争力、市场开拓能力和体制机制活力，为建成行业一流的大型综合设计咨询公司而努力奋斗。

忆往昔岁月峥嵘，令人喟叹；展今朝蓝图宏伟，论其高远。风正扬帆再起航，兰冶院像一匹骏马，正驰骋在奔向美好未来的征途上，跃马扬鞭，将是战马奔腾的形象历史与贡献。正如宣传片的内容：奔腾的黄河，从亘古洪荒走来，百折不回，生生不息，见证的是沧海桑田，哺育的是两岸万物。

立足西北、胸怀全国，放眼国际。在新的历史发展期，兰冶院仍以工程建设为主业，做优做强工程咨询、工程设计、工程监理、工程总承包业务，选择优势项目适度投资，延伸产业链，进一步做好区域布局，积极参与市场竞争，努力实现创新发展。多元化发展格局为兰冶院拓宽了更加广阔的事业舞台。加纳、蒙古、多哥、刚果、朝鲜、吉尔吉斯斯坦等国家的工程设计和技术服务领域都留下了“兰冶人”的脚印。

当年，兰冶院设计的座座矿山，在共和国经济建设的今天仍然发挥着巨大的作用。如今，兰冶院坚持绿色矿山、生态矿山，“绿水青山就是金山银山”的方针，在项目规划、工程设计之初就把“安全、生态、旅游、数字化”的理念确定为重要的建设目标，从开挖第一揪土开始，就将生态矿业的理念贯穿于矿产资源开发利用的全过程。设计、监理的以甘肃省徽县郭家沟铅锌矿为代表的绿色生态矿山，已成为国家4A级旅游矿山。

大型居住区、教育类、司法类、公共商业类、文化旅游类建筑设计作品矗立在祖国各地，在赢得赞誉的同时也为企业开拓了一条条新的发展之路。雄伟壮观、气度非凡的兰州国贸大厦、临夏天元城市综合体；技术领先、结构复杂的良志・兰州之窗；具有大漠传奇、地方特色的敦煌山庄、敦煌文博园等都已成为所在城市的靓丽名片。鸿运润园、天庆嘉园、格林小镇等特色鲜明、环境优美的大型住宅小区，已成为千千万万个家庭的温馨港湾。

甘肃首家获得综合资质的甘肃蓝野建设监理有限公司，以市场为导向，视质量为生命，一大批精品工程使“蓝野监理”品牌熠熠生辉。二十五年来，承监的多个项目荣获国家建设工程鲁班奖、国家优质工程银质奖、中国市政金杯奖以及甘肃省建设工程飞天金奖。

作为一个传统工业设计院，其城市规划水平得到业界及政府部门的高度认可，白银高技术产业园区规划开创了省内工业园区规划的先河，礼县城市规划、康县美丽乡村规划成为甘肃省规划示范工程。

创新是一个民族进步的灵魂，是一个国家兴旺发达的不竭动力，近年来，兰冶院实施科技创新战略，大力推动科技创新、管理创新和服务创新，企业创新能力和科技水平迅速提升，形成了一批科技创新成果和专利技术，解决了重大工程技术难题，特别是在城市矿产、采空区治理、尾矿库安全防治等方面正在展现出强劲的发展势头。

时代的钟声伴随着奋进的号角，兰冶人正以时不我待的精神，迸发出前所未有的力量。面对激烈的市场竞争，兰冶院牢固树立“五位一体”总体布局和“创新、协调、绿色、开放、共享”五大发展理念，坚定不移地推进“强内功、固根基、上水平、赢市场”的发展方针，以创新驱动为基础、以生产经营为中心，以“一业为主、两端延伸、区域布局、适度多元”为发展战略，努力打造行业领先、国内一流的工程咨询公司。

百业齐兴酬壮志，辉煌大业耀寰球。“新时代、新兰冶、新形象、新发展”，在全球经济一体化的今天，兰冶人迎着“一带一路”大发展的战鼓声，再次以巨大的气魄描绘创新发展的宏伟蓝图、以澎湃的激情抒写更加绚烂的华章！

第二十五章　由近及远的奋斗

是谁，身裹劲风呼啸而来
用大地的热与张力为时代谱曲
他们对沙石及泥土的凝视
被夕阳收藏为地质情怀
红衣猎猎，映照着葱茏青春
瑶琴一样，向祖国诉说坚贞
他们常以大国名义出入世界舞台
以芨芨草及东方思想中的化学元素
传递着民族脉管中簇拥的智慧
那些藏在地球深处的多情热波
继续迈向远方的征途，寻找钥匙
生命的锋芒，源自使命的神圣
当心旌演绎为爱，那些无私奋斗者
正借沙尘暴的疯狂，放飞中华情思

2020 年 10 月 19 日，央视《朝闻天下》新闻报道：中国地质调查局与沙特地质调查局签署了一项地球化学勘查合同，这是迄今为止我国首次通过国际竞标获得的最大规模地质调查国际项目。随后，央视《午间新闻》又进行了持续报道，搜狐新闻、《中国矿业报》、矿业界等媒体也进行了报道或转载。这个项目的合作方及执行平台单位正是中国地质矿业有限公司。

沙特地球化学勘查合同约定，中国地质调查局将在沙特阿拉伯地盾区 54 万平方千米内，开展 1∶25 万区域地球化学调查，实地采集水系沉积物样品9万件，重砂样品1万件，采用高精度仪器分析获得样品中76种化学元素的高质量数据，并依此圈定一批找矿靶区，为沙特阿拉伯地质成矿潜力和远景评价提供地球化学依据，助力找矿实现突破。

中国地调局副总工程师朱立新说，项目将以采集水系沉积物样品为主，需要六年时间才能完成整个沙特阿拉伯地质区地球化学勘查工作。

地球化学勘查就是在地球上打格子，然后在每个格子里采集代表性样品，通过实验室分析样品里面的化学元素含量，制作元素分布图鉴，根据这些图鉴提供的线索指导找矿。经过四十多年的努力，中国地矿的勘查技术已经是世界一流水平，这也是成功签订合同的重要基础。中国地矿无论走到哪里，都紧跟国家重大发展战略及产业政策，践行“做生态地质环境建设者、矿产资源保障者”的企业使命，中国地矿人的敬业精神及感人事迹在海内外广为传颂。

第1节　寻使命　探渊源

中国地质矿业有限公司诞生于1984年，先后由原地质矿产部和国土资源部直属管理，是深耕地质矿产行业数十年的中央企业。2006年12月，随中国地质工程集团公司并入中国新时代控股（集团）公司。2010年5月，并入中国节能环保集团公司，成为其重点三级子公司。2017年11月，完成公司制改制，更名为中国地质矿业有限公司，简称“中国地矿”。

走进中国地矿，首先映入眼帘的是形态各异、大小不一的矿石标本。这些大自然的精灵，经过多少亿年沧海桑田的变迁，蕴藏着许多不为人知的奇异经历，辗转出现在人们的视线里。这些来自地球不同地方、不同层位的标本，用丰富的含义叙说着宇宙的奥秘。

地球上的每一块石头、每一粒沙，都有自己不同的使命。正像中国地矿一代一代的工作者，他们慷慨地奉献自己的智慧与才情，忠诚履行自己的使命，每一天都为中国地矿的建设添砖加瓦。

董事长宋永祺是一位辗转于地质系统的资深研究工作者。他的足迹已经被大地铭记，他将写在青山绿水之间和滔滔时光里的业绩，都化作淡然一笑。只有提起那些奋战在一线的国内外员工时，他才展现出由内而外的欢欣。

宋永祺第一次接触地质工作，是1983年7月刚从河北地质学院地质系地质矿产调查专业毕业的时候。那年他二十一岁，正是风华正茂的青葱岁月。他一头扎进基层的研究工作，天地越广阔，工作越深入。他1987年入党，从地矿经济研究员干起，历任地矿部技术经济研究中心资源经济研究室工程师，地质矿产部政策法规司工程师，地质矿产部办公厅副处长、处长，中国地质矿业总公司副总经理、总经理，还曾挂职广西壮族自治区河池地区行署副专员，现任中国地质矿业有限公司党委书记、董事长。

这样一位依靠实力与敬业精神，从基层一步步走向领导岗位的人，深知一线员工的辛苦和不易，也深知他们的喜怒哀乐。如今，他秉持着厚德载物的精神与责任，无私关爱所有员工与精心培育年轻一代。经历过一程山水一程锦绣的宋永祺，亲和力、凝聚力和向心力集于一身，洞明世事，却全然化我于无。言语之间，凸显的都是别人，唯独没有自己。

由地矿部大力支持的中国地矿，在矿业开发领域曾一直带动全国地勘单位发展，始终保持矿产开发旗舰企业的身姿。可是，到了1999年，中央要求政企分开，中国地矿和地矿部脱钩。于是，中国地矿、中国地质、中国物资、中国宝石等4家知名央企，合成“中国地质工程集团公司”。改革后的中国地矿面临着新的定位问题，经过将理论与实践结合的不断摸索，公司定位逐步明确为矿产勘查、矿产开发和矿产品贸易三个方面。从此，中国地矿迈入市场经济大潮。

进入“十四五”时期，中国地矿深入分析和总结经验，深度剖析公司面临的挑战和发展机遇，确立了“做生态地质环境建设者、矿产资源保障者”的企业使命，将主业结构调整为“1+3”，即重点聚焦生态修复板块的快速发展，持续夯实矿产勘查开发板块业务，继续巩固和提升国际工程和贸易板块的发展规模，为实现“十四五”时期战略发展目标奠定了坚实基础。

第 2 节　中国实力

宋永祺介绍，沙特阿拉伯“2030 年愿景”有意打造石油之后的第二大主业。中国地矿联合中国地质调查局中标的沙特阿拉伯地球化学勘查项目，加深了中国同沙特阿拉伯非石油矿产开发的合作，也是中国帮助沙特实现“2030 年愿景”而做的贡献。

这是我国地质工作在国际市场竞争的成功，体现了我国地质技术服务能力的国际优势，具有划时代的重要意义。这项工作具有较好的带动效应，可以引导更多的中资企业进入沙特，为实现矿权转化、建立中国的海外矿产基地打下良好的基础。

这是代表中国、面向世界展现实力的最好机会和舞台，集中体现了中国团队、中国设备、中国技术、中国管理四方面特点和力量。

由于野外工作中有大量的选点取样工作，需要队伍马上到位。2022 年春节前，紧张的疫情并没有阻止勘查队员前进的脚步，60 多人的团队毅然奔赴沙特阿拉伯现场，立即组织开展工作。

选取土壤及岩石相关的元素必须定点，按标准要求，每 6.25 平方公里就要选取一个样品。这样，团队将工作区分成 7 个重要工作点，每一个工作点就是一个大区域。有的点在山上，有的点在湖泊，有的点在沙漠……环境不同，选取的样品不同，要将化验的结果，以数据形式输入计算机收存。当工作达到一定程度时，将 7 个工作点串联起来，就会形成一张类似等高线的地图，用不同的颜色标注出来，不同的颜色代表不同的含义及开发前景。

在沙特阿拉伯，中国地矿另有一项岩芯库项目。为实现沙特阿拉伯将所有岩芯数据储存起来的愿望，中方派出了具有实力的技术团队，正在帮助他们建立岩芯数据库。宋永祺介绍说，中方派出的技术团队项目组及管理团队非常出色，他们虽然辛苦，却非常敬业、勤奋，各项工作都开展得有声有色，他们在海外工作中不断创新，不断提高各种能力，得到业主赞赏。

2020年10月18日，中国地质调查局、中国地矿与沙特地质调查局地球化学勘查合作授标仪式在线举行。中国地质调查局局长钟自然、中国地矿董事长宋永祺与沙特阿拉伯工矿大臣、投资大臣、交通大臣等出席了仪式。中国地矿董事长宋永祺代表中国在授标文件上签字。

五星红旗在隆重的会场冉冉升起。此时，站在沙特阿拉伯首都利雅得会场，双眼紧紧盯着屏幕的刘蕾流下了激动的泪水。他为祖国自豪，为中国地矿自豪。

儒雅坚韧的刘蕾，十三年前就来到了沙特阿拉伯，十几年如一日，工作上无论遇到什么难题，从不退缩。内心的执着，是他应对一切的动力。为了等待项目中标的结果，刘蕾主动推迟了7月休年假的计划，苦苦熬到10月下旬，却等到了令人绝望的消息——化探项目投标因为价格问题基本宣告失败。刘蕾欲哭无泪地离开沙特地调局办公室。

后来一次偶然的机会，刘蕾从经参处得到消息，沙特阿拉伯刚刚上任的工业矿产部部长班达尔先生将要带领沙特访问团参加上海进博会，经参处的同志建议刘蕾想办法邀请班达尔先生去北京参观，让他直观了解飞速发展的中国实力。

然而，刘蕾通过部长秘书哈立德处得知，班达尔先生在上海进博会期间非常繁忙，没办法去北京，但是部长有两个小时的空闲，如果能在二十小时内赶到上海，部长可以和中国地调等相关人员见面。

刘蕾马上联系公司领导，传达这一好消息。宋永祺果断安排，中国地矿领导陪同中国地质调查局领导，当天下午直飞上海。上海会晤竟然超过三个小时，部长全面了解了中国地质勘查的成就和资源，还虚心请教了中国地球化探的先进方法。会议结束时，部长说这次会议使他受益匪浅，还表示要派队伍到中国访问，进一步了解学习。

2019年11月25日，沙特阿拉伯班达尔部长指示副部长带队访问中国地调局及中国地矿。12月23日，中沙两国副部长级历史性会晤，12月27日，中沙地质调查领域深化合作备忘录签署。

2020年6月9日，沙特疫情刚刚解除，中国地矿沙特分公司就收到了化探项目二次投标邀请。9月9日，分公司又收到由副部长哈立德先生签署的中标通知书。中国地调局与中国地矿组成的联合体成功中标沙特阿拉伯地盾水系沉积物及重砂样品高精度地球化学勘查项目，是迄今为止我国首次通过国际竞标获得的最大规模地质调查国际项目，成为中国地矿发展史上的标志性事件，对于推进地质调查工作国际化进程具有重要里程碑意义。中国地矿因在沙特阿拉伯地球化学勘查项目投标中的突出表现，受到中国地调局党组表彰，表明中国地矿在奋进的征途上又登上一个新的高度。

第3节　最美的初心

中国地矿积极践行“走出去”战略和“一带一路”倡议，经过长时间的探索实践，逐步形成国内外并重的经营格局。

锰矿是国家重要的战略矿产资源，主要用于炼钢和新能源领域。根据中国与科特迪瓦政府间的协议，中国地矿在科特迪瓦投资建设了中资企业在海外的首个绿色锰矿山，使其成为国内稳定的锰矿贸易基地之一。

宋永祺感叹，搞矿的业务和工程业务不一样，每个项目的开发时间都很长，短的要几年，长的可能是一二十年。中国地矿的科特迪瓦锰矿建设团队坚守海外二十多年，为国家做出了非常大的贡献。在海外工作，中国地矿人更加珍惜国家尊严和民族利益，写下了许多可歌可泣的感人事迹。

中国地矿科特迪瓦锰矿项目部的任中泊等人，为保护国有财产不受损失，即使在科特迪瓦内战期间，仍然冒着枪林弹雨坚守岗位。彼时，外资企业纷纷撤离科特迪瓦，只有中国地质人员在炮火中坚守。科特迪瓦内战的2002年至2011年间，中国地矿的锰矿项目正在紧锣密鼓地建设中。

2011年4月7日，一颗火箭炮竟然飞到中国地矿项目驻地的厕所门口，情况万分危急。幸运的是，这颗炸弹没爆炸，未造成人员伤亡，真是不幸中的万幸。在炮火最为激烈的时候，中国地矿的12名员工躲到一间房子里，将床垫铺在地上，以防冷枪或流弹再次打来。屋里没办法做饭，他们就在楼道里面插了两个电饭锅，谁饿了，就匍匐着爬到楼道吃几口米饭，喝几口汤，吃完再爬回地铺去。就这样，他们熬过了最为艰难的时光。

而今，中国地矿科特迪瓦锰矿项目运营蒸蒸日上。这些成就离不开曾经战斗在科特迪瓦锰矿项目部的全体人员，虽然项目人员交替轮换，但科特迪瓦锰矿项目的精神常在。今天，管理团队的郑元文、黄克贤、李权等人仍忘我地战斗在科特迪瓦，带领项目全体人员努力奋斗，克服疫情等不利因素影响，积极进行技术改造，有力保证生产进度，为项目的顺利运行和长远发展做出了不可磨灭的贡献。

低品位锰矿项目负责人黄克贤，疫情期间放弃休假，主动请缨坚守科特迪瓦第一线，保证了各项工作正常运转。他让作为董事长的宋永祺印象深刻。宋永祺说："小黄为了工作坚守岗位，我都四年多没见到他了。"

宋永祺一个一个地说起海外员工的事迹，说起那些奋战在海外的管理团队，他的关爱溢于言表，那是作为一位领导真正的幸福，真正的欣慰与自豪。

"今年我们在科特迪瓦又有一个海外勘查任务，需要派人过去。2022 年 1 月 30 日，我们有 3 个小伙子逆行远赴非洲。第二天就是农历大年除夕，在千家万户团圆的时候，他们出发了——去做勘查工作，别人回家他们出门，别人家团聚，他们家离别……"宋永祺沉吟良久没有说话。

宋永祺所说的这 3 个去科特迪瓦执行勘查作业的便是马宏、刘新业和王伟奇三人。虎年春节前夕，他们迈着青春的步伐，毅然逆行科特迪瓦，远赴海外增援，无怨无悔。这期间恰恰是非洲矿产勘查野外作业最好的时期，等进入雨季环境就更加恶劣起来，甚至会无法作业。

还有沙特阿拉伯的团队、厄立特里亚团队，他们也都不畏艰辛，砥砺前行。

现已回国工作的魏克帅，在研究生毕业伊始就奔赴沙特阿拉伯 AL-Masane 项目，长期坚守生产一线，连与爱人的婚礼都是在沙特项目部举行的，树立了青年员工海外打拼的典范。在沙特的刘蕾、刘飞、张辉、徐宗凯等人，虽然年纪尚轻，海外工作经历却均已超过五年，刘蕾更是已经超过十三年。

厄立特里亚 Gogne 矿区金铜锌多金属矿勘查项目组，管理团队的张紫程、曹强、张奋翔三位"80 后"技术干部，带领团队，将地质勘查工作做得细致深入，他们秉承公司"能干事、成大事、创一流"的企业精神，以经济效益为中心，以安全为重点，主动推进科技进步和管理创新。在海外，他们卓有成效地开展各项工作，在当地矿业界为公司树立了良好声誉，勘查技术水平获得行业广泛好评。

2019 年初，中国地矿在厄立特里亚 Gogne 项目中标，主要工作内容为铜锌矿找矿地质勘查、矿权评价工作的一期项目。由于项目组工作态度认真、过程管理细致规范、工程质量过硬得到项目投资方的高度认可，因此，对方委托中国地矿继续实施 2020 年二期项目工作。

2020 年初，本已做好出国计划的勘查项目组，由于国内疫情来势凶猛不得不原地待命，暂缓出行。5 月，国内疫情缓和，勘查组成员再次准备远征。这时又因海外疫情严重而不得不再次搁浅。6 月，疫情反复袭扰，工作不能再耽搁下去，项目组以工作为重，毅然逆行出发，留下了不畏艰难、奋勇前行的背影。

为了弥补前期因疫情耽搁的工作，他们在做好防护措施的同时，加紧野外作业。历时七个月的风餐露宿，于 2022 年 1 月完成了野外地质工作。所有人员都盼着早日回国，与家人春节团聚，但遗憾的是由于国外疫情肆虐不止，回国航班大量熔断，因此全员滞留。

滞留期间，项目组重返矿区，继续奋斗，提前进行地质踏勘和调查工作。项目组的本意是利用这段时间提前踏勘，为三期项目设计打下基础，不料却惊喜地发现了规模较大的铜锌矿体，取得了地质踏勘工作的重大找矿突破，业主方非常满意并高度赞扬。

疫情虽仍肆虐，但抵挡不住中国地矿青年奋进的步伐；环境虽然艰苦，但压不弯中国地矿青年坚毅的脊梁；岁月自然更替，但替换不了中国地矿青年最美的初心。

第 4 节　智慧与汗水谱写的赞歌

在厄立特里亚十年之久，中国地矿人用青春和热血写下了一首首美丽的赞歌。

厄立特里亚西临苏丹共和国，东隔红海与沙特阿拉伯和也门相望，国内大部分是高原和平原，几乎包括非洲大地上所有的地貌和气候，有地球上最热的地方和东非地区降雨最多的地方，是世界上很不发达的国家之一。

中国地矿厄立特里亚分公司员工克服各种艰苦恶劣的环境，在无水、无电、无网络信号的情况下，克服施工设备严重缺乏的困难，发挥着自己的光和热。十多年间，他们砥砺前行，战胜了无数艰难困苦，依然发挥才智，快乐工作，顽强拼搏。分公司负责人张紫程在《十年坚守砥砺前行》一文中记述了厄立特里亚分公司发扬奋斗精神、团结协作、不断创新的事迹。

2015年，分公司中标Bisha锌矿三期选厂安装工程项目。这是厄立特里亚国家重点工程，时间紧，任务重。负责人曹二涛和刘飞两位党员把项目部设在工地上，与员工们团结一致，共同奋战，用行动践行着中国地矿“诚信严谨、追求卓越”的核心价值观。他们每天顶着太阳的炙烤，不顾45℃的高温，拎着图纸紧张地穿梭于各施工队之间，在泛着50℃高温热浪的钢结构上，一丝不苟地工作。为了缓解令人窒息的湿热，施工人员用湿毛巾裹头，不停地往头和身上浇水。经过十个月的艰苦奋斗与努力，一座大型现代化选矿厂拔地而起。分公司用实际行动赢得了业主发自内心的称赞，“中国地矿”品牌在当地深入人心。

中国驻厄立特里亚大使馆用水困难。为此，2018年3月到7月，分公司张紫程和张奋翔等人为中国使馆寻找适合打井的水源，组织地质小组，对大使馆周围几十平方公里作了详尽的水文地质调查，并辅以物探电法施工等方法，克服重重困难，最终解决了长期困扰大使馆工作和生活的用水问题。分公司的工作得到大使馆经参处和中国医疗队机构的高度赞扬，杨子刚大使亲自向分公司表达了诚挚的谢意。

2019年9月分公司钻探施工，需要在半山腰增加一个钻井，但是租赁的挖掘机出了故障，唯一的办法就是组织地质组和钻探队一起把钻井分拆之后，人工抬到山上再组装。当他们一鼓作气搬运完十几吨重的设备时，虽然累得腿软却毫无怨言，年轻的人们反而因“人心齐泰山移”而兴奋和快乐。

厄立特里亚项目部青年党员曹强，发挥党员先锋模范带头作用，率领地质小组每天步行20多公里，进行野外地质填图。

他在《让地质勘查开出科技之花》一文中记录了自己在海外生活的真实情景。文中写道：地质工作就是在未知的土地上寻找已知的宝藏。在工作最艰难的情况下，他在心里暗暗鼓励自己一定要做出成绩，怀着“要让厄立特里亚 Augaro 金矿勘查项目登上中国知网，让所有中国地质工作者都可以了解并认识这座非洲宝藏”的决心，踏上了去非洲的征途。

曹强一边在十分艰苦的条件下投入专业勘探工作，一边记录撰写论文的资料。2016 年，厄立特里亚 Augaro 科技项目《运用 AR（Augmented Redliey）技术在 Augaro 石英脉型金矿勘查的新方法》顺利立项，曹强还被集团评为“优秀科技工作者”。

通过研究国内外行业情况，中国地矿勘探人创造性地将 AR 技术运用到地质找矿工作中，实现了中国地矿通过新兴科技手段寻找金矿的梦想。

一转眼三年过去了。在这期间，曹强在研究厄立特里亚 Augaro 金矿项目的同时，也参与了其他项目的勘查工作，从不同的项目中积累工作经验，积攒专业知识，继续创造力量。

2020 年，公司科技创新工作的重任再次落到曹强的肩上。他利用厄立特里亚 Augaro 金矿项目工作成果，提出了《厄立特里亚 Gogne 矿区铜铅锌成矿规律研究及靶区优选》的课题。

科学就是在研究中获得突破，在突破中寻找规律，在规律中探求真理。地球科学同样是遵循这一规律。一个项目的成矿规律研究成果，同时能带动周边相似类型项目取得突破。

Augaro 金矿与厄立特里亚最大的 Bisha 铜金矿同属一个成矿带。基于这一思考，他反复阅读 Bisha 铜金矿项目的相关资料，整理历史资料成果，重新绘制项目资料图鉴，对比分析两个矿区异同点，多方请教，并对意见进行归纳分析。经过反复的研究与考证，项目课题最终取得突破，题为《东部非洲厄立特里亚 Augaro 金矿区特征及找矿预测》的论文得以发表，并且在“2020 年中国节能青年优秀科技论文”评选活动中荣获二等奖。

更重要的是厄立特里亚 Augaro 金矿有了自己的研究成果。而曹强也通过自己的刻苦努力，实现了在知网找到厄立特里亚 Augaro 金矿词条的愿望。中国地矿年轻一代人的心里，开出了美丽绚烂的科技之花。

近年来，中国地矿先后荣获上级集团技术革新奖、“五小”活动奖、青年优秀科技论文奖等多个奖项；取得多项知识产权成果；专利技术涉及选矿、边坡复绿等与主业相关的领域，为公司业务开展发挥了积极的支撑作用。

第 5 节　新定位　新使命

党的十八大以来，党中央将生态文明建设作为统筹推进“五位一体”总体布局和协调推进“四个全面”战略布局的重要内容。

国土空间生态修复不仅是中国地矿的重要业务板块，更是公司担负生态文明建设责任的重要体现。

作为国内最早进入矿山生态修复领域的中央企业，中国地矿已成为该领域的顶级国家队之一，积累了丰富的矿山治理生态修复经验以及大量成功案例，在云南个旧、山西吕梁等重要矿区已成功实施了上百个矿山开发式治理和矿山生态地质环境修复项目，在长江三峡、汶川地震灾区等地质灾害治理工程中也发挥了重要作用。

陕西韩城英山矿山地质环境治理项目，运用中国地矿自有的高陡边坡植生洞复绿等专利治理技术，将废弃采石场改造建成景观林地，治理面积达 17 万平方米，对西北地区黄河流域高陡岩质边坡治理具有积极示范效应。该项目已成为陕西省样板工程，就连部里的相关领导和陕西省各地级市自然资源局都组织人员到现场参观学习。

在废弃矿山治理中经常遇到的情况之一，就是常年开采造成基岩大面积裸露，致使坡体寸草不生，岩体上也没有覆土，不具备一般的种植条件，很难达到绿化效果。而植生洞技术，就是中国地矿技术团队针对这种情况开发出的有效解决方案。在岩壁上进行机械钻孔，再在孔中填满营养土，种植攀爬植物，经过一段时间的养护，植物生长逐步覆盖原本裸露的岩体，以达到整体绿化效果。治理思路确定后，实施就成了关键。任何新事物都不会一帆风顺，在植生洞技术实际实施的过程中，同样也遇到了危岩清理、钻孔、挂网、养护等环节的技术难题。项目部管理和技术团队敢于接受挑战，运用科学方法，不断研究、讨论、试验，遇到什么问题就解决什么问题，最终攻克了一个又一个难题，保证项目得以顺利实施。目前该技术在其他项目中也得到了有效应用，并将在今后的市场开拓和建设中发挥更加重要的作用。

同样值得一提的还有安徽定远矿山地质环境治理和生态修复项目。面对工期短、疫情影响等不利因素，张春岱、李傲宇、张强等管理团队成员，想方设法克服重重困难，细致管理、多方协调，赶进度、抓质量，最终顺利完成了建设任务，使原本满目疮痍的废弃矿山重焕生机。

工期紧张是定远矿山地质环境治理和生态修复项目面临的突出难题。该项目治理的主要工序为穿孔爆破、大块破碎装车和石料外运。三个工序既要保证运行流畅，又要控制成本，三个工序环环相扣，前一工序工作出现问题直接影响下一工序；同时，植被恢复工程作为修复的一项重要工作，季节性明显，窗口期较短，进场后留给施工单位的时间非常少，一旦规划不合理就会错过最好种植季节。为此，项目部争分夺秒，精心策划，将攻关重点放在穿孔爆破和大块破碎装车两个工序，施工计划安排细化到每一天，集中精力、集中资源，加强各环节资源组织协调。施工现场运输车辆穿梭往来，工人们有序施工，各环节均做到了保质保量按时完成。在关键工程施工期间，周边地区疫情比较严重，更增加了管理团队的工作压力。在装运的一百二十六天时间里，大家都是早晨 5：30 开始工作，查验工地所有人员的健康码和行程码，并测温登记，直至晚上 8：30 左右工作结束。虽然紧张的工作节奏考验着大家的耐力，但克服困难的过程反而使团队更加团结，凝聚力和向心力也进一步增强。

在站稳矿山生态修复市场的基础上，中国地矿又不断拓展业务新领域，实施了内蒙古通辽市科尔沁沙地综合治理项目乡土树种混交林建设工程等项目，在巩固传统矿山生态环境恢复治理项目的基础上，实现了山水林田湖草沙、土地综合整治等领域的突破，同时探索出一套切实有效又符合地方实际需求的商业模式。目前正在推进的辽宁盖州市废弃矿山的开发性治理项目，即将运用挂网喷播、植生孔（洞）、生态长袋等技术措施，对盖州市双台镇全域 7 个治理区进行生态恢复。这一治理模式不但能解决历史遗留矿山的修复问题，还将为地方政府带来可观的财政收入，同时带动上千人就业，以及拉动周边经济及相关产业发展。

全新的战略格局使公司未来发展目标更加明确、路径更加清晰。随着生态文明建设的不断推进，中国地矿国土空间生态修复业务加速成长，成为公司转型升级的战略核心和新的增长极。

千川汇海阔，风好正扬帆。在新征程上，中国地矿将秉承“能干事、成大事、创一流”的企业精神，始终践行“绿色创新、诚信严谨、追求卓越”的核心价值观，以企业之力推进生态文明建设，肩负保障国家资源安全的时代责任，为建设社会主义现代化强国贡献中国地矿力量！

第二十六章　建设之光

是谁在现场将疑难层层破解
是谁在风雨里不断穿梭
面对扑朔迷离的市场游戏
无语类似沉思，挺进貌如驻足
在复杂多维的思考中运筹帷幄
看，有多少门窗，就有多少智慧
发展的势头，如列车加速疾驶
当寒冷在手中焐暖
那是中国地质人的真诚，融化了雪
用传承的薪火，打通层层障碍
一边不断开拓，一边化蛹为蝶
将中国地质的美丽画卷，注入
绿水青山，并挥舞得多彩闪烁

2020 年 7 月炎炎夏日，阳光炙烤着大地，燥热的空气令人窒息。31 日上午，位于长江中游的江西省新余市，大地宁静深邃，河流行远歌吟，似乎呈现出一份清新透明的美感和喜悦。作为全国首批 8 个节能减排财政政策综合改革示范市之一，这个人口仅有 100 多万的地级城市，迎来了一群特殊的客人，似是专家，又似学者，他们的到来，无疑给这个作为资源枯竭转型试点城市的南方小城，增添了新的丰富内容，带来了新的希望。

这群特殊的客人，是时任中国节能环保集团有限公司副总经理刘大军，中国地质党委书记、董事长孙锦红，副总经理顾小军和总工程师侯辉等。时任中国地质华北建设分公司总经理的韩忠民和副总经理陈兵陪同。

刘大军和孙锦红一行冒着高温酷暑，风尘仆仆地赶来新余，不是游览湖光山色，享受空气清新天然氧吧，而是来视察指导位于新余市的由中国地质华北建设分公司承建的两江黑臭水体整治项目。

新余两江黑臭水体整治项目，是中国地质履行中央企业主体责任，践行党中央提出的“长江大保护”国家战略的典型范例，是为新余市百姓播撒福祉的民生工程，也是让山更绿、水更清、天更蓝、空气更清新、城市生活更美好的绿色工程。

第 1 节　为人民播种福祉

地处南昌和长沙两座省会城市之间的新余市，是江西省新崛起的工业都市，素有“钢铁之城”“太阳能之都”“新能源之都”的美誉，是一座历史底蕴深厚的文化传统古城。地杰人灵的水土，养育了一代又一代风云人物。

新余市三面环山，一面傍水，环境优美，气候宜人。孔目江和袁河绕城而过，南有抱石公园，北有毓秀山国家森林公园，东有江西省唯一的国家级湿地公园孔目江湿地公园，西有国家重点旅游景区仙女湖等风景名胜区，城中点缀着珍珠一样的北湖、仙来湖、长林湖、南湖、晚晴湖。

然而，就是在这个美丽的城市中，老百姓却被两条污染严重的河流搞得苦不堪言，这两条河流就是新余两江黑臭水体整治项目的被治理对象——廖家江和贯早江，它们极不协调地蜿蜒在这座山清水秀的城市中。

廖家江和贯早江是新余市城区两条非常重要的河流，由于长期缺乏治理，水质越来越差，乌黑的液体散发着刺鼻的气味儿穿城而过，周边的老百姓甚至都不敢开窗。原本清澈的“两江”，俨然已经成了“黑臭”的代名词，严重破坏了城市环境，影响着人们的正常生活，与享有“拥有最好的环境和最好资源的中国著名生态旅游之都”美誉的新余格格不入。治理“两江”，摆脱“黑臭”，还新余百姓宜居环境，势在必行。新余两江黑臭水体整治项目应运而生，成了新余市打赢蓝天碧水保卫战的关键，也在加快城市生态发展进程中，发挥着重要作用。

在项目跟踪初期，华北建设分公司派专人跟进，多次前往新余市进行实地调研，并联合设计单位出具了一份内容丰富、数据翔实的可研报告。根据可研报告批复，工程内容管网普查及清淤修复310公里，排口整治85处，污水管网改造建设16104米，接点改造11处，小区雨污水分流改造面积1210公顷，其他雨污分流及混错接整改225处，主渠断面整治300米，生态修复改造1处，需改造市政混错接点数量达215个，需改造小区数量达256个，35个路段需新建市政雨污管网17.9公里。项目如能顺利完成，不仅能提高新余市城区水系排涝能力和改善水体质量，还可以从根本上解决两江的黑臭水体问题，恢复城区“水清岸绿、鱼翔浅底”的生态环境。

可研报告的出炉，给新余市委市政府打开了一道绿色的希望之光，更燃起了市民对新生活的美好向往。经过招投标，最终，中国地质中标，由华北建设分公司承建，项目经理由副总经理陈兵亲自挂帅。

中标新余两江黑臭水体整治项目，是韩忠民最为自豪的话题。华北建设分公司市场开拓和技术团队多次与对方进行商务谈判，并组织中规院和设计院的专家与新余市政府沟通对接，利用中国节能环保集团有限公司的管理优势和中国地质的技术优势，向业主积极推广实施新技术、新理念。项目实施期间，组织国内领域中的院士及权威专家在新余市召开黑臭水体治理暨非开挖修复技术论证推广会和共抓长江大保护创新治理模式江西新余研讨会等，组织力度和实施力度都体现大国央企的鼎鼎实力。

相较于前期苦心竭力的付出，韩忠民的介绍却有和风细雨般的平静。他说，项目的落实落地，离不开华北建设分公司团队的努力，更得益于集团公司和新余市政府前期建立的战略合作关系，项目才得以在对接沟通后顺利推进并中标实施。

新余两江黑臭水体整治项目部由来自四面八方的30多位骨干组成，工程师占比50%，他们大多数都是技术干部，老中青各具特色。为了快速解决两江黑臭水体问题，这支技术团队在陈兵的带领下，充分发挥中国地质人“吃三睡五干十六”（吃饭三小时，睡觉五小时，干活十六小时）的精神，赶进度、抢工期，科学统筹、合理安排，既有苦干又有巧干，即便在疫情最严重的时期，项目也几乎没有停工，一手抓疫情防控，一手抓项目生产，有序推进项目建设，为项目完成销号目标奠定了坚实基础。

新余两江黑臭水体整治项目的一大亮点，便是采用了非开挖管道修复这项新技术。该技术具有可复制性的特点。据韩忠民介绍，非开挖管道修复技术适用于我国大多数城市排水管道修复，意义深远。华北建设分公司用创新的机制推动环保技术和装备的不断进步，为长江经济带注入“绿色动能”，为呈现绿色生态环境提供了良好的示范作用。

随着城市化的快速进展，城市地下管线越来越错综复杂，城市道路的负荷也越来越重，地下管线必须有专业的团队和专业的技术才能处理。说起来容易，做起来可不是一件容易的事情，特别是管道中的暗涵，阴暗潮湿，长期缺氧，是造成河道黑臭的重要原因，暗涵还存在污水管接入、沉降不均匀、河道淤积等诸多问题，对暗涵的整治是黑臭水体整治的疑难杂症。

华北建设分公司技术团队采取非开挖修复技术，是以不开挖或较小开挖为前提，结合先进监测手段和局部修复技术，实现管道精准修复。优点是占地面积少、产生的噪音小、工期比较短，有效避免了交通拥堵，消除了安全隐患，最大程度上降低施工带来的社会影响，是一项有利于生态环境最友好最适合的技术。

经过项目团队的不懈努力，最终实现所有污水进入污水主干道，从根本上解决了黑臭水体问题。近两年的治理后，两江水域出现了鱼儿游动，清波荡漾，市民们奔走相告，欣喜若狂。人们惊诧于中国地质技术团队的能工巧匠，他们不开挖，不扰民，不给人民群众带来麻烦，在静悄悄中将这项工程塑造得精益求精，这不能不说是一个奇迹。

韩忠民说，新余两江项目属于“长江大保护”的重点民生工程，施工的亮点就在于采用非开挖技术对污水管道进行技术性修复，辅以新型管材和信息化技术，统筹实施控源截污、内源治理的生态修复手段，达到实现消除黑臭水体和提升水质量系统性治理的理想效果，干出了大国工匠雕塑的工程质量水平。

华北建设分公司不仅仅治理污水，改善大自然生态环境，提高人们生活和工作的环境质量，还给未来种下了绿色的希望，光明的种子。

第 2 节　利在当下　功在千秋

时任华北建设分公司副总经理兼新余两江黑臭水体整治项目经理的陈兵，在项目推进的过程中，遇到了新余整个城市管网资料缺失且相关工作协调工作量巨大两个突出的困难，给未来的设计和施工带来了极大不便。

华北建设分公司在了解到这个情况之后，迅速统筹各方资源，增派援助技术力量，对两江牵扯的小区、道路、河流等范围内所有管网重新进行详细的测量和普查，勘测人员每天穿着防护服、雨裤，带着手电筒、勘测仪器，深入到漆黑、散发着难闻气味的下水道、涵洞，踩着厚重淤泥，日复一日，耗时四个多月，才摸清了所有区域的地下管道网络情况，为施工设计提供了可靠依据。

在项目紧张施工的同时，项目部还不忘履行社会责任，积极帮助新余市政府解决难题。在新余市竹山路，有一个 1.8×2 米的石砌拱形箱涵，因年久失修，已严重破损，并出现了拥堵的情况，其中有 150 米发生了拱脚坍塌，导致道路严重下陷变形，这个问题困扰了新余市水利局多日。如废弃该箱涵另外选地重建，就会面临耗时长、造价高等问题，且废弃箱涵还存在严重的安全隐患。怎么办呢？一时间，新余市水利局陷入了两难的境地。此时，面对难题，新余市水利局想到了中国地质两江黑臭水体整治项目组。

他们带着疑问来到了位于渝水区永泰路的项目部驻地，希望得到中国地质的帮助。在得知水利局遇到的困难之后，新余两江项目部迅速组织技术力量，随同水利局工作人员来到竹山路，对破损的箱涵进行会诊，通过现场勘查发现，箱涵地处繁华路段，常规修复方法危险性较大，原箱涵距离旁边商铺基础仅 1 米之余，施工难度也很大。回到项目部后，技术人员立即开展讨论，经过多次研究，提出了采用非开挖修复技术的建议，并在原有的基础上进行了技术创新升级。修复采用树脂固结技术先行固结原箱涵圬工砌体结构，用厚 7 毫米、直径 1.5 米钢制管片形成掌子面，外部缝隙填充混凝土加固的方式，循序渐进形成加固体，最后采用CIPP紫外光原位固化法形成新管道的修复工艺，这种新技术和新工艺，不仅消除了安全隐患，避免了危险，同时还节约了时间和成本，将即将废弃箱涵的使用寿命延长了至少二十年。

竹山路箱涵修复难题解决了，项目团队在不断克服施工技术瓶颈的同时，也得到了快速成长，最终用自身关键技术优势和过硬的工程质量，获得了新余市政府的一致好评。

每遇到一个难题，项目解决问题的能力就会得到一次新的突破；每一次难题的成功解决，就会让项目增加一分在面对新问题新困难时的信心和动力。正如非开挖修复技术的引进、应用和推广，就是项目部、华北建设分公司乃至中国地质，在发展过程中不断探索、不断进步、不断提高的缩影。

新余两江黑臭水体整治项目成为非开挖修复技术的典型工程例证，充分体现中国地质作为中央企业在践行“长江大保护”战略所具有的实力和突出的先锋力量，为进一步打开国内外生态环境市场开启了新的开拓模式。

2020年11月26日至27日，生态环境部和住建部联合对新余市开展了黑臭水体整治专项行动。华北建设分公司新余两江黑臭水体整治项目作为首家受检单位，经工程实体措施、水样抽检、内业资料检查等程序，检查组给出“两江黑臭水体基本消除”结论。至此，新余两江黑臭水体整治工作取得了关键的阶段性胜利。

2022年2月21日，江西省生态环境厅委托宜春生态环境监测中心对廖家江、贯早江进行水质交叉监测，现场抽取了廖家江6个断面、贯早江4个断面水样，所有断面均合格达标，离长期实现水体不返黑、不返臭，实现长制久清的目标，更近了一步。

如今，新余市两江沿岸早已告别了往日的沉寂和冷清，花草树木又有了新的生机，小动物们又来这里安家了，周边的百姓也打开了窗走出了家门，纷纷从四面聚拢在“两江”岸边，或在鸟语花香的清晨，或在华灯初上的傍晚，欢声笑语中，人们感叹唏嘘“两江”水凤凰涅槃般的蜕变，也赞叹“两江”水旧貌换新颜的奇迹。

当人们共赏霓虹灯下清澈流水，悠闲惬意地享受美妙时光的时候，他们可曾记得河流蝶变背后所隐藏的动人故事。华北建设分公司副总经理陈兵带领团队驻守新余，几百个日日夜夜，加班加点，不知奉献了多少智慧，挥洒了多少汗水，最终还给新余人民一汪清澈，归还大自然一隅净地。

当人们在街衢里流连忘返共同阐释一座城市欢乐与繁华的时候，他们可曾想到，远在首都北京的中国节能和中国地质领导的牵念及担忧。他们多次前往新余两江项目的施工一线调研指导，希望这个市政EPC项目真正能惠及人民，与新余政府共创美好未来。

当人们在两江沿岸及小区沐浴着清新的空气与花香的时候，他们可曾知道，两江的治理，倾注了华北建设分公司韩忠民和华泽林两任总经理多少心血和苦心，才收获项目成功的欢喜和自豪。

第3节　涓涓细流归入大海

华北建设分公司成立于2009年，注册地在北京，下辖山东分公司、青岛分公司、四川分公司、丹东分公司、哈尔滨分公司、江西分公司、天津分公司、海南第一分公司、新余分公司等多家分支机构，并设立了四川、海南、广东等区域办事处，建设工程已遍布3个国家及国内10余个省市，具有丰富的施工与管理经验，十三年来，独立完成多个高速公路、工业与民用建筑、市政、水利水电、垃圾发电、污水处理厂、黑臭水体治理等领域的工程项目。当前，华北建设分公司已发展为中国地质国内工程的重要力量。

所有美好事物的背后，都隐藏着无数生动的故事。一家公司的发展也一定拥有一个精英团队和拥有卓越智慧的领导人。

华北建设分公司第一任总经理是现任中国节能环保集团有限公司党委副书记刘大军。刘大军是1998年中国地质在国内建设的第一条高速公路项目——江苏宁靖盐高速公路项目X6标指挥部指挥长，带领一批中国地质人高质量完成了宁靖盐高速公路项目建设。随后，他又带领这批中国地质人出色完成了周沈、新郑、南邓、新长、许禹等多条高速公路项目。项目越来越多，资源和经验越来越丰富，队伍也越来越壮大，河南市场发展日渐繁荣。其间，作为中国地质国内工程部副经理的他，兼任了河南分公司总经理。

2003 年，以河南分公司原管理团队为基础，刘大军带领团队成立了中国地质下属子公司——中地基业路桥建设有限公司。由于是子公司，资质的升级、规模的扩大等方面均受到了一定的影响和制约。为了集中资源“办大事”，充分发挥现有人员、设备、管理、商务等优势，激发潜力，扩大规模，占据市场，借着中国地质战略调整的东风，2009 年，在基业路桥原管理团队的基础上，又成立了华北建设分公司，刘大军带领团队再出发。至此，基业路桥淡出了历史的舞台，但基业路桥的团队没有散，基业路桥团队的魂和精气神通过华北建设分公司得到了延续和传承。华北建设分公司成立后的三年，业绩快速上升，曾创造过业绩一年翻一番的历史。

2012 年，刘大军因德才兼备，能力与业绩异常突出，被上级单位调至中节能环保投资发展（江西）有限公司任职。

刘大军在中国地质工作了十六年，从 1998 年在国内建设第一条高速公路，到 2005 年进入西非马里共和国市场，都为华北建设分公司的诞生和发展埋下了伏笔，可以说，刘大军是华北建设分公司国内及国外工程事业的奠基人。从 1998 年到 2012 年，十四年间，刘大军带领团队创造了中国地质国内项目多个“第一”，第一条高速公路项目、第一个房建项目、第一个垃圾发电项目、第一个污水处理厂项目、第一座水利水电项目，每一次新领域的勇敢尝试，都是对未来道路的坚定选择，也正是这份睿智和魄力，让华北的团队得到了快速的成长，培养出了一批经营管理、项目管理、技术管理、商务管理人才。现如今，他们已经像钻石一样，在集团公司、在中国地质，在总部、在基层，在国内、在国外，在各自的领域和岗位上熠熠生辉。

现任中国地质安全总监郭少维，在刘大军调离后，接过接力棒，成为华北建设分公司第二任总经理。郭少维任总经理，受客观因素的影响，华北建设分公司的业绩有所下滑。在残酷的市场竞争面前，他为了稳住局面、稳住人心，操碎了心。虽然没有红红火火、硕果累累，但往往表面的风平浪静，背后都隐藏着不为人知的坚守。直到 2016 年，郭少维调至中国地质总部安全部任职。

第三任总经理是韩忠民。

韩忠民，安徽安庆人，是一位沉稳练达、知识内涵丰厚，而且专业造诣深厚的优秀干部。1998 年研究生毕业之后便来到中国地质工作，从一个普通的技术员，到现场工程师、项目经理、部门负责人、副总经理，再到华北建设分公司总经理、中国地质总经理助理。一路走来，他曾在国内国外、机关基层多个岗位摸爬滚打，很多地方都留下过他的足迹和身影。刘大军在宁靖盐高速公路项目做指挥长的时候，韩忠民是现场工程师，也是那个精英团队培养和锻炼出来的年轻干部。

韩忠民调到中国地质总部工作后，在非洲埃博拉病毒传播蔓延时期，曾作为技术专家参与贝宁的经济援助非洲的工程项目。2014 年，是他记忆最深刻的一年。8 月，因为要参加一级建造师的考试，他匆匆收拾行装便回了国；10 月初，他再次踏上了返回贝宁的征途。那时，全世界的人都对埃博拉病毒唯恐避之不及，而韩忠民却选择了逆行，因为他知道，他要去的那个地方，才是属于他的战场。

在接受笔者采访时，韩忠民讲中国地质的海外奋斗故事，讲中国地质的独特精神特质，讲中国地质人骨子里的坚韧，满是骄傲和自豪。过程中，他讲述了华北建设分公司副总经理也是现在海南桂林洋公园大道项目负责人梁庆元，在担任苏丹项目经理时，下属员工即使遇到种种威胁，仍然坚守岗位不愿半途回国的感人事迹……

此时此刻，仍然还有很多中国地质人坚守在各个岗位，战胜各种艰难曲折的故事还在继续上演……

一个领导人的专业素养，通过他对企业发展的思路、对行业前景和未来的预测分析充分表现了出来。

2016 年 1 月，在华北建设分公司处于发展低谷的时候，调离三年后的韩忠民选择回来任职，无怨无悔。这一次，他成了华北建设分公司总经理。重新回到华北，他来不及想太多，一头扎入千头万绪的工作之中，他希望这个他曾经奋斗过的地方，可以再一次焕发活力。他凭借自己海内外的工作经验和管理思想，重新梳理公司脉络，制定新的发展思路，搞创新搞改革，深耕细作。韩忠民通过“欲擒故纵，欲放而收”的智慧，让华北建设分公司的竞争触角伸向了广袤的市场。

如果说，2016—2018 年这三年，是积蓄的三年；2019 年后的三年，就是爆发的三年。2019 年 3 月，华北建设分公司就开始追踪江西省新余市两江黑臭水体整治项目，韩忠民、陈兵等领导先后 10 余次到新余和政府沟通并实地考察，最终在 2020 年初促成了本项目的落地，合同额约 5.5 亿元，这是当时华北建设分公司在国内承接的规模最大的项目，也是践行“长江大保护”战略最具意义的工程项目。在 2020 年即将结束的时候，又中标了海南桂林洋公园大道项目，合同额约 6 亿元，国内最大规模项目又创新高。

2020 年，对于所有人来说，都是特殊的、意外的、难忘的，新冠肺炎疫情牵动着全中国人民的心，工作和生活被打乱了节奏。可就是这一年，韩忠民带领华北建设分公司全体员工积极复工复产，攻坚克难，实现营业收入超过 7 亿元，实现利润 4000 余万元，合同额达到 15 亿元。与他刚回来时候的 2 亿元营业收入相比，翻了几番。2021 年 5 月，虽然韩忠民调离了，但有了之前的积累，有了新任总经理和华北全体员工的努力，报表营业收入超过了 9 亿元。

还有一件事不得不说，那就是解决历史遗留问题。

丹东国门湾项目是华北建设分公司在丹东市建设的第一个合同额过亿的住宅项目，项目建成之后，业主欠款达六年之久，迟迟得不到解决，给公司经营带来了一系列困难。除此项目之外，在当地还有另外两个项目也存在同样的问题。韩忠民上任之后，果断采取诉讼方式，在他离开华北之前，不仅收回了本金 8000 余万元，还超额收回利息 6000 余万元，这是中国地质解决应收账款问题极具代表性的案例。历史遗留问题的解决，让华北建设分公司卸下包袱，轻装上阵；近 1.5 亿元的资金流入，大大缓解了公司的资金压力，那时那刻，整个公司都轻松了。

2021 年 5 月，韩忠民被调到了集团公司下属中国环境保护集团有限公司任职。之后，华泽林任华北建设分公司第四任总经理。

韩忠民在任期间，与大大小小的公司建立了持续良好的互动互助关系，在他的带领下，公司的抗市场风险能力逐步增强，待他调离时，良好的口碑已然树立，并获得了不少客户的尊敬和赞叹。接受采访时，他说，五年间，他如履薄冰。其实，那是他保持谦虚的态度，是对自己岗位的敬畏之情。他像一棵挺拔向上的树，不声不响却蕴涵了饱满的力量。

第 4 节　1999 年的第一场雪

2021年5月，华泽林来了，华北建设分公司从此又踏上了一段新的征程。

华泽林是一个专业技术和管理经验丰富，同样具有国内国外工作经历的管理者。1988 年，从长春地质学院毕业，到新疆地矿局工作，在新疆地质领域深耕十年，跑遍了新疆的山山水水。

二十岁到三十岁，是一个人精力最旺盛的十年。这十年，华泽林基本跑遍了罗布泊、阿尔金山、西昆仑等众多无人区。十年的工作实践，既接受了挑战，也体验了收获，扩大了工作与学习视野，提升了工作的综合素质和能力。他的脸上，充满了岁月沉淀的底蕴。

很多事情，仿佛冥冥之中就有了联系。

1998 年，经过了十年历练的华泽林，已经成为领域内的优秀人才。这一年，他参加了国际承包工程项目经理培训班。这个由地矿部与中国地质联合举办的培训班，成为改变他一生的转折点。因缘际会，他阅读了中国地质的报告文学——《走遍印度河》和《大洋彼岸》，中国地质的历史和文化、中国地质人在海外的奋斗精神深深吸引了他。培训班学习结束后，他放弃了在新疆十年的积累，毅然加入了中国地质，就像一滴水归入大海，从此，开始了激流勇进的征程。谁能想到，这一干就是二十四年。

1999 年初，中国地质在哈萨克斯坦中标了第一个供水项目——哈萨克斯坦咸海供水项目。在中国地质总部工作一年的华泽林，被派往哈萨克斯坦任项目的现场工程师。在出国是极少数人特有“福利”的年代，华泽林无疑是幸运儿。第一次走出国门，面对陌生的环境，异域的风土人情，他难掩内心的新奇与激动，但他时刻牢记自己肩上的使命与责任，在异国他乡，要保持中国人良好的形象和素质。

首次接触海外项目，便承担了一个工区项目负责人的重任，难度和压力可想而知，年轻的华泽林开始了他来到中国地质后的第一个重要挑战，也正是这个挑战，让他得到了极大的锻炼。

刚刚解体出来不久的哈萨克斯坦，经济处于停滞状态，基础设施落后，百废待兴。中国地质项目管理团队虽然都是第一次出国，但面对艰苦恶劣的生活及工作条件，他们毫不畏惧，很快就克服了，也适应了，唯一让他们担心的是紧张的项目工期，项目必须赶在冬天到来之前完工。否则，项目就是失败，并面临违约的风险。

哈萨克斯坦是内陆国，有低于海平面的低地，也有巍峨的山峰，山顶积雪和冰川常年不化，属于高寒地区，冬天一到就无法施工。所以，季节和气候成为项目冲刺的一道至关重要的关卡。项目工期紧张，形势严峻，只有十几个中国人的项目团队，大家都主动加班加点，一边熟悉环境，一边研究标书，一边组织项目建设。但是，工作开始没多久，语言的障碍，便如同一座大山压了下来。大部人在国内学习过英语，但在同英国监理交流时怎么也开不了口，居住场所的房东是讲俄语的哈萨克族，无法正常交流，工作和生活的交流处处受限，他们感受到了前所未有的压力。

困难只是暂时的，对于中国地质人来说，克服困难已经成了职业生涯中的必修课。拿华泽林来说，他住在离项目 100 多公里的阿拉尔斯克，在这座城市里，只有华泽林和他的翻译两个中国人，翻译还是一个刚毕业的小伙子，他们都是第一次接触国际承包工程项目的管理工作。但是略年长且具有丰富工作经验的华泽林显示出了异常的沉着和冷静，他明白，只有构筑强大的心理素质，才能克服一切困难。于是，他带着小伙子一边干一边学，不知道吃了多少苦，却又甘之如饴。

项目包含三个工区，时任哈萨克斯坦分公司副总经理兼项目经理的李云龙坐镇项目部，统筹协调指挥整个项目；项目主供水管线工区的负责人是清华大学毕业的李猷林，现在是中国地质香港分公司的领导层成员；华泽林负责的工区处于中间，虽然工作量小，只有配水管线的施工，但对于两个第一次踏出国门的年轻人来说，无疑是一次严峻的考验。紧张的工期，海外工作和生活经验的缺乏，陌生的环境，艰苦的工作生活条件，语言障碍，施工中商务、技术、管理等工作的复杂性，这些都需要边干边学边提高。虽然忙，但忙得有条有理，当工作得以顺利开展时，他们高兴得手舞足蹈，看着天上的星星都会开心地大笑一阵。

经过不懈的努力与奋斗，公路、供水、城市主管道机配水管线等施工任务，全都赶在冬天到来之前按时完工。1999 年 11 月 5 日，他们迎来了寒冬的第一场雪，李云龙带领十几个中国人冒着风雪撤离工区，像一群刚打了胜仗凯旋的战士，所有人情不自禁地流下了激动和惜别的泪水。他们留下的足迹，流下的汗水，付出的辛劳，体现出的顽强奋斗的精神，将与他们建造的工程项目一起，永远地留在了哈萨克斯坦的土地上。

人生中第一个国际工程项目结束了，华泽林从中得到了扎实的锻炼，他非常感谢中国地质提供的这方广阔的舞台，为他人生中做过的这个重要且大胆的选择画上了圆满的句号。

二十年后，华泽林回忆起这段经历时，感慨万千。他说，在哈萨克斯坦的工作经历让他终生难忘，能够顺利完成任务，除了领导和同事的信任、支持与帮助，更得益于在新疆十年的积累，让他学会适应艰苦环境，知道了坚持与努力的重要。第一次国际承包工程的工作经历，又为他重新打开了一扇窗，开始放眼更广阔的天地。

2000 年，志存高远的华泽林，再一次被派往海外工作，这一次，是菲律宾。在菲律宾，他遇到了人生中一个重要的贵人——菲律宾分公司总经理李朋。这时候，他已经成为前辈，又开始了新的一段更为多姿多彩的海外生活。

第 5 节　“菲”凡之路

无论在哈萨克斯坦还是在菲律宾，中国地质人都会主动适应环境。

华泽林到了菲律宾以后，因为有过哈萨克斯坦供水项目的工作经验，李朋安排他担任项目经理，负责新中标的一个供水项目——马尼拉市 MS-01C 供水管线项目，位于马尼拉市内一条高速公路旁，管线铺设过程中的施工难点，是需要采用顶管施工下穿一条一百多米宽的入海口河流。

采用顶管技术作业，让第一次独立负责项目的华泽林一头雾水。对于没有经历过的事情，没有触及的领域，他心里真的没底，但是，难能可贵的是，他懂得寻求资源。他说，他知道李朋是个海外阅历十分丰富的领导，更是一个管理和技术非常专业的前辈，于是他虚心求教，用心钻研，一边跟着学专业知识，一边跟着学做人。这一段经历，让他成长最快，最有收获，也最难以忘怀。

华泽林到菲律宾时，菲律宾分公司正处于起步拓展时期，承揽的供水项目合同额不到 200 万美元，是低于标底 16% 中的标。整个供水项目分为 4 个标段，中国地质负责实施 C 标段，其余 3 个标段都是由当地公司负责。

华泽林在这个项目的执行过程中，最佩服和最感谢的除了总经理李朋之外，就是项目的总工李自生和项目的商务负责人马焱婷。

李自生来自安徽芜湖自来水公司，是一位年近五十岁的专业前辈，不但专业知识渊博丰富，而且施工技术娴熟精湛，大家尊称其“李工”。项目的施工图纸经李工全面设计优化之后，极大地降低了施工难度、施工风险、施工成本，是项目扭亏为盈和成功的根本因素。他严谨的工作作风、精湛的专业水平和丰富的施工经验，得到了项目澳大利亚咨询工程师的高度认可，由其编制的顶管施工方案一次性通过了咨询工程师和业主的审核。

“顶管技术”的成功应用，让中国地质负责的标段脱颖而出。中国地质成为唯一一个百分百完成所有合同施工任务的承包商，遥遥领先于另外 3 家当地公司，并开创了菲律宾当时长度最长、埋藏深度最深、难度系数最大的项目施工范例，创下了多个之“最”，业主方对中国地质给予了高度的肯定和表扬。

项目竣工时，业主邀请了菲律宾国家电视台二频道、四频道两个频道同时进行了现场采访，并在黄金时段宣传播出。

这个项目虽然规模小，但对华泽林的锻炼和影响却深刻而长远，也让他更加感受到了作为中国地质人的荣誉感和使命感。

这个项目完成以后，华泽林先后在菲律宾参与组织了 2 个国道公路项目和 1 个灌溉项目的施工管理，担任项目副经理、项目经理职务。2008 年底，作为项目经理的华泽林，在圆满完成菲律宾分公司当时最大规模的一个项目——NIA 灌溉项目所有工作后，因膝盖韧带拉伤需要回国手术治疗，回到了中国地质总部工作。

华泽林在海外工作了十年，深深体会到，每一个长期扎根海外的中国地质人，都能独当一面，都具有处理复杂问题的能力，他们每个人都对公司和国家有着无限的忠诚和热爱，都有着强烈的责任感和民族自尊心。他，就是每一个工作在海外的中国地质人的缩影。

华泽林说，李朋在菲律宾分公司任职时，通过属地化管理的实施，中国地质企业文化得到了传播和发扬，属地化管理既提高了企业竞争力，又锻炼了一大批中方管理人才。中国地质人在海外不断发扬中国地质“五种精神”，不仅体现了企业的核心价值观，又实现了人生价值，更加彰显了中国企业的担当与实力。李朋 2007 年 3 月回国任副总工程师，2011 年 3 月任总工程师，2017 年退休。

第 6 节　国内工程大有可为

2011 年元旦，几经辗转的华泽林，第一次来到华北建设分公司工作，之后作为项目经理先后在云南和河南开封主持项目建设，即云南的水泥余热发电项目和开封生活垃圾焚烧发电项目。由于两个项目的出色表现，后被提拔为华北建设分公司副总经理，负责分公司生产组织工作。2014 年 4 月，他被调回中国地质国内工程部任职，2021 年 5 月，华泽林第二次回到华北建设分公司。

海外十年的风雨洗礼，华泽林付出了宝贵的青春，流下了辛勤的汗水，贡献了杰出的智慧，思维与站位，视野和心胸，都有了一定的宽度和广度。回到国内后，他先后跟随李朋、刘大军、顾小军等领导打拼国内市场，以自己的态度、专业和能力适配国内工程发展的迅猛速度。

2021 年 5 月，华泽林在接任华北建设分公司总经理后，孙锦红关于中国地质转型升级的方向——重视并参与生态文明建设，积极参与并实施矿山及环境修复、“长江大保护”、黄河流域综合治理、山水林田湖草沙等领域业务，深深影响着他。在秉承团队优秀传统的基础上，他充分发扬中国地质企业文化精神，吸纳全国各地精英人才，坚持以人为本，持续推动公司高质量发展。

华泽林是一位潜质深厚的人，他所有的时间都在自我准备中把握机遇，从参加工作开始，他便潜心苦练本领并掌握自己的命运。他苦练本领，从基层做起，国外和国内的现场管理工作，给他带来了宝贵的经验和启示，他一边工作和总结，一边思考一边创新，使他的思想在不断锤炼中日趋成熟。

采访中，可以明确地感觉到，他始终谦虚地认为自己的知识范围和学习触角需要强化。他说，业务的转型，也是思想和观念的转型。他利用一切时间和机会掌握学习领会国家政策与战略，并带领团队敏锐把握时代脉搏，不断深入研究生态环境领域的市场及动向。他说，公司发展以市场为导向，未来将选择优质的资金有保障的工程项目，同时，向前端、高端客户延伸，协助业主以及引导业主进行项目开发，从整个产业链端服务客户，实现共赢。

华泽林表示，将在前几任领导的基础上，继续扩大经营规模，提高利润增长点，立志做中国地质精神的继承者和传承者。

每一项工程的背后，都倾注了中国地质人辛勤的劳动汗水，都闪烁着中国地质人聪明智慧的结晶，都传承着中国地质人拼搏奋斗的精神。事实证明，中国地质人无论走到哪里，都是用能力与业绩证明自己的人生足迹。

华北建设分公司每一任总经理，都热爱中国地质，热爱华北，热爱工作，他们强调，自己的工作业绩以及展现才华的舞台是中国地质赋予的，感恩老一辈领导者和前辈们的辛苦付出。他们的精神与品德将影响着每一个华北人。

十三年来，华北建设分公司历经了四任领导，在他们的运筹帷幄下，逐渐成长为中国地质下属的一支有特点、有前景、有战斗力的团队，而这个团队就是华北最宝贵的财富。十三年来，华北建设分公司为上级公司输送了各类人才 20 余人，他们在各自的岗位上都成为骨干，有的也已经走上了经营管理岗位，为中国地质乃至集团公司的人才队伍建设和业绩积累做出了突出贡献。华北建设分公司团队，没有气势磅礴，也没有矫揉造作，有的是水滴石穿的韧劲，还有真抓实干的沉稳。

现在的华北建设分公司，不盲目、不冒进，在实施转型的过程中，选择稳健和公司发展实力相符的发展道路。未来的华北建设分公司，无论时光如何流转，形势多么错综复杂，初心犹在，大有可为……

第二十七章　我的山水我的国

金孔雀用虹羽和尾翎与花朵比美
长颈鹿以单纯和伶俐体现高贵的风度
而我，从明月高挂的夜晚匆匆归来
论谈生态格局，专注于山水的思悟
静与动的姿态，那是雕刻爱的方式
动人心弦的光和热，都来自那棵绿意盎然的大树
如果时空一定要发出美妙的颤音
那恰恰表明，初心不是等待，而是出发
随着阳光和风，他们在绿水青山中放歌
将山的繁华和水的丰盈归还给自然的王国

雨过天晴的祖国大地，安静祥和。放眼望去，山河锦绣，漫山遍野的花草树木，呈现出一派欣欣向荣的景象，远山近水，都涌动着绿色的希望。

2021 年 6 月 5 日，“世界环境日”这天，身着红色工装的中国地质国土环境整治中心总经理郭春颖，在祖国大西南青山叠翠的群山中，接受中央电视台关于山水林田湖草沙一体化保护和修复工程项目的采访，与她一同接受采访的还有国土环境整治中心的学科带头人冯少华博士。

2021 年 4 月 22 日，习近平主席在“领导人气候峰会”上发表讲话：“万物各得其和以生，各得其养以成”“绿水青山就是金山银山”“山水林田湖草沙是不可分割的生态系统”，并宣布中国将在 2021 年 10 月承办《生物多样性公约》第十五次缔约方大会，同各方一道推动全球生物多样性治理迈上新台阶。

中国地质国土环境整治中心参与的贵州省武陵山区山水林田湖草沙一体化保护和修复工程项目正是全球生物多样性保护的重要区域，实施生物多样性保护是工程实施的最主要目标。

中国地质作为具有高度的政治责任感和历史使命感的企业，及时响应党中央号召，积极践行习近平生态文明思想，适时参与生物多样性治理，并深入进行探索研究。以国土环境整治业务为核心，组建一支高水平高素质的专业化项目团队，定位于“国土环境整治专业团队”“生态文明建设者”“两山理论践行者”。

这一年，中国地质国土环境整治中心在郭春颖的带领下，贵州省武陵山区山水林田湖草沙一体化保护和修复工程项目和新疆塔里木河重要源流区（阿克苏河流域）山水林田湖草沙一体化保护和修复工程项目，分别以第 2 名和第 9 名的成绩，入围全国第一批山水林田湖草沙一体化保护和修复工程竞争性审查项目库，并分别获得中央支持重点生态保护修复项目资金 20 亿元的专项支持。

2022 年，中国地质国土环境整治中心再创佳绩，年初承担编研的云南省洱海流域山水林田湖草沙一体化保护和修复工程项目，再次成功通过财政部、自然资源部、生态环境部组织的“十四五”期间全国第二批山水林田湖草沙一体化保护和修复工程项目竞争性选拔，项目又一次列入中央财政支持名单，为云南地方政府获得 20 亿元专项资金支持，再次擦亮中国地质品牌。连续超额完成各类项目经营指标，既确立了中国地质在国家生态保护修复领域的重要地位，也树立了中国地质的标杆形象。

第 1 节　横空出世的“中心”

近年来，中国地质凭借在山水林田湖草沙一体化保护和修复方面的领先技术优势和丰富实践经验，在全国各地连续中标各级各类项目数十项。其中，中国地质承担实施的新疆塔里木河重要源流区（阿克苏河流域）山水林田湖草沙一体化保护和修复工程施工总承包项目举行的集中开工仪式，被中国新闻网、民生经济网、中国环境网等多个权威主流媒体和客户端、公众号等新媒体宣传报道。新闻用大篇幅、多角度呈现了中国地质深入践行习近平生态文明思想，统筹山水林田湖草沙系统治理的盛况，凸显了中国地质国之重器的重要作用。

从 20 世纪 80 年代开始，中国地质的业务 80% 在海外市场，他们在海外打拼，既想干也能干。庞大的海外市场，培养和锻炼出了一大批优秀且经验丰富的跨国总经理和项目经理。

近些年，习近平总书记提出的“绿水青山就是金山银山”的理念和国家提出的环境治理维护生态平衡等环境保护政策，让中国地质有了更加适合自身发展的机会和舞台。为更好地深入贯彻习近平生态文明思想，认真落实党中央、国务院决策部署，牢固树立“绿水青山就是金山银山”理念，推动生态保护修复高质量发展的背景下，中国地质及时调整转型升级的产业方向，于 2017 年 10 月 12 日成立了中国地质国土环境整治中心。

中国地质国土环境整治中心成立之后，以习近平生态文明思想为指导，深入践行和助推增加优质生态产品供给，维护国家生态安全，构建生态文明体系，推动美丽中国建设。在全国范围内开展国土空间生态环境修复工程、地质灾害防治工程等项目的勘查、设计及施工业务；国土空间规划、水工环等项目的咨询业务；测量、遥感及地理信息工程等测绘业务；岩土工程与地基处理工程业务等，中国地质的产业结构呈现“3+1”发展模式，即“三块主业”加“国土环境整治业务”。

随着国土环境整治业务在全国大规模的展开，中国地质开始了华丽的转身。这让很多人感叹：中国地质终于回归到以地质为基础的专业特色上来，不但实现真正意义上的“地质”行业，而且，发展迅猛，态势强劲。这一转身让具有“五种精神”的中国地质，如虎添翼。

从 2018 年起，中国地质仅用两年时间，就打开了国内市场。2020 年，中国地质国内营业额首次超过海外市场，成功实现转型升级的飞跃。2021 年，当中国地质由原来国内市场营业额 5 亿元左右，一跃上升到几十亿元时，中国地质产业模式再次发生结构上的变化，将新兴的国土环境整治业务提到主业板块，中国地质发展模式图随即上升为“四大业务板块”，即“四轮驱动”。

国内市场及业务出现朝气蓬勃的发展局面，与海内外业务齐头并进，并驾齐驱，两支业务之花竞相绽放，实现“国内国外双循环”。

国内市场业务发展迅速，得益于分管国内市场的副总经理顾小军的高瞻远瞩和他对中国地质专业化团队建设的谋划。

顾小军，江苏省宿迁市人，1987 年 8 月，以硕士研究生学历分配到徐州矿务集团有限公司工作。他性格谦和温润，干事有头脑，对工作一腔热忱，业务方面出类拔萃，1993 年加入中国共产党，1999 年被评为高级会计师，在徐州矿务集团历任副总会计师兼夹河煤矿财务科会计、科长，财务部副部长、部长等职务，2012 年，进入江苏省人才储备库序列。后来，顾小军通过国家国资委招聘总会计师考试，于 2006 年 8 月任职中国新兴集团总公司总会计师。2007 年 11 月，他被组织调到中国地质任总会计师职务。

顾小军刚到中国地质，就开始执行国资委清产核资，消化不良资产挂账工作，充分释放中国地质具有的跨国公司特色的大型央企功能，恢复中国地质在海内外市场的活力。他重视规范财务管理制度；潜移默化地培养财务人才队伍；有准备有计划地消除各种历史遗留诉讼及财务症结问题；提高中国地质国际工程授信信誉；疏通工程项目合同必需的银行保函途径；完善财务系统管理体系，采用对标管理，率先实现财务电算化管理等措施，对中国地质的财务工作效率的提高立竿见影，所有工作都达到对标管理。

2017 年 10 月，顾小军被提拔为中国地质副总经理兼总会计师；2018 年 5 月任中国地质副总经理；2019 年 4 月任中国地质工程集团有限公司副总经理兼管理者代表；2019 年 5 月任中国地质副总经理兼管理者代表、法律顾问；2020 年 2 月至今，任中国地质副总经理（正职待遇）兼管理者代表和法律顾问。

顾小军不断推动财务创新模式管理，成立国内财务管理中心，落实财务责任。在中国地质海外业务受到世行制裁的情况下，他带领大家动脑筋想办法，在财务方面搞内部吸收消化，通过别的公司打通业务航道和融资渠道，让海外分公司走过举步维艰最为黑暗的阶段，不仅保持住中国地质海外业绩的持续稳定态势，还使利润出现不断提升的局面。

中国地质成立国土环境整治中心，作为负责分管国内市场启动及开拓的顾小军，凭着对国内市场的正确判断，深入践行国家生态文明建设要求，给国土环境整治中心的领导班子，提供工作思路开展工作的支持，加快国土环境整治中心发展的步伐。

不论管理负责哪一个业务板块，他都能游刃有余。顾小军自豪地说，公司不论大小，只要有自己的特色及灵魂，就会有勇往直前的动力。中国地质诚信守约，“五种精神”是中国地质人战无不胜的法宝和宝贵财富，中国地质注定是前景美好的企业。

第 2 节　员工与企业一起成长

2017 年之前，国土环境整治业务一片空白，既没有从事这项工作的专业人才也没有相应资质。为了尽快搭建国土环境整治业务平台，中国地质招贤纳士，尽快建立专业人才队伍。

时任中国地质子公司——中国地质物资供销总公司党委书记、纪委书记、副总经理的郭春颖，同时还担任北京岩土工程勘察院的院长职务，经过中国地质领导班子研究同意，从北京岩土工程勘察院新疆分院抽调 10 人组成业务团队，其中北京岩土工程勘察院的副院长兼新疆分公司总工程师邵旭升，担起了中国地质国土环境整治中心业务的开发重任。中国地质物资供销总公司与其子公司北京岩土工程勘察院是两个单位一套领导班子，大部分领导都是双重领导身份。

郭春颖是辽宁沈阳人，1987 年 7 月参加工作，中共党员，本科毕业于西安地质学院水文地质与工程地质专业，研究生是中国地质大学地质工程专业，教授级高级工程师，注册土木（岩土）工程师。她历任河北水文工程地质勘察院项目负责人、副主任、主任；北京岩土工程勘察院总工办主任、副院长兼总工、院长；中国地质物资供销总公司党委书记、纪委书记、副总经理、总经理等职务。

郭春颖初到中国地质国土环境整治中心时，华泽林任总经理，她任常务副总经理，主持日常工作。五十四岁的郭春颖明白，她的到来是带有使命的，还有一年就到退休年龄，她必须思考怎样才能不辜负中国地质领导的信任和团队的期望。

她了解并理解中国地质的企业文化及宗旨，中国地质任何一个分公司、子公司的存在，首要任务就是想方设法努力奋斗，完成中国地质下达的年度目标考核任务。此项指标是中国地质“上为国家做贡献，下为员工谋福利。无愧于国，无愧于民，无愧于团队”宗旨的数字体现。国土环境整治中心的成立，更是努力实现中国节能企业文化“天更蓝，山更绿，水更清，让生活更美好”的直接实施单位，为此，她深感肩上的重担与压力。怎样让员工与企业一起成长，是久久萦绕于她心中的重中之重。

当她思想压力大到辗转反侧彻夜无眠的时候，她尝试找过分管领导顾小军，希望能降低给国土环境整治中心的考核任务标准。然而，顾小军每次都温和而坚定地拒绝，因为他知道，郭春颖只是心理压力大罢了，要知道郭春颖带领的团队每次不但能完成，还会超额完成指标任务。

如今，已经是中国地质国土环境整治中心总经理的郭春颖，像兰花一样温润含蓄，她的出现会让人感觉到周围光线与空气都柔和了。那些包含国家大政方针的文件名及政策条款，从几千万到几十亿的阿拉伯数字，以及地质方面的专有名词，分布在各地的不同项目名称等，被郭春颖慢声细语地讲出来，如小溪水般潺潺流动，音乐般悦耳，云彩一样的轻绵，让人如沐春风。如果不是有工作上的诸多业绩作为有力的证据，无论如何，也不会有人相信，这位纤弱的女性，就是那位在大地上与飞沙走石打拼较劲的女强人。

2021 年，国土环境整治中心新签合同额一下增长到 17 个亿，创造了神话。郭春颖及其团队从“零”干起，将国土环境整治业务一点点开展起来，发展到今天 300 人的规模，成为中国地质“四轮驱动”中非常重要的业务板块。

如果探寻这支团队猛打猛冲的劲头及坚忍不拔的毅力，还要追溯主要成员的发展历程。

第3节　磨砺使人受益

郭春颖1987年毕业于西安地质学院水文地质与工程地质专业，分配到河北水文工程地质勘察院工作，那是一个1952年成立的原地质矿产部资深水文地质事业单位，人才济济，实力雄厚。刚工作的郭春颖任劳任怨地从小职员干起。几个月后，一贯对员工要求严格的总工程师吴总，喊来了郭春颖，问她在院里想混日子还是想搞专业，说如果想搞专业就得去野外项目上锻炼。郭春颖坚定地选择了去野外项目锻炼。

就这样，一周后，郭春颖离开了总部去了冀东地区1/20万水文地质普查项目组。她在唐山秦皇岛地区脚踏实地地干了四年，吃了很多苦，也学到了很多水文专业技能，为自己的人生积累了珍贵的财富。

1991年，全国地勘行业不景气，公司发不出工资，活也少起来，这时，在项目上得到充分锻炼的郭春颖，进入领导视野，他们希望她担任项目负责人。这个项目竞争特别激烈，郭春颖当时只是个助理工程师，如果想当项目负责人，必须比其他人付出更多的努力。

单位教授级高工一大把，都想做项目负责人，这就注定了郭春颖只能干好不能后退。一个助工当项目负责人，必定付出要比别人多。别人早都下班了，她还在琢磨工作报告怎么写，图怎么画……晚上10点之前她没有回过家。自此，郭春颖走上了一条打拼于地质灾害专业的不归之路。

在野外调查期间，郭春颖项目完成的实际工作量是设计工作量一倍以上，如果要求跑1000公里的路线，她肯定要跑2000公里甚至更多。她所做的项目，原始资料翔实，文图表吻合且美观，野外审查验收均是优秀。年底评审，4个同类地灾调查项目，只有郭春颖的项目评审优秀，单位所有人对她刮目相看。

郭春颖因为第一个项目的出色完成，得到同事和领导们的认可，此后调到了计算机室，任负责人职务，并先后被任命为总工办副主任、主任兼质量保证部主任，被评为河北地勘局先进工作者、优秀共产党员、全国地质煤炭系统先进女职工等称号。

第 4 节　新疆之缘

2005 年年初，北京岩土工程勘察院在新疆接到和田—阿拉尔沙漠公路地质灾害危险性评估和压矿项目，没有人知道怎么做，时任院长的乔博士找到郭春颖，希望能帮忙指导。一下飞机，业主就送来一摞厚厚的材料，郭春颖顾不上休息，这一看就看了大半夜。

22 日，她与乔博士安排好的 8 个人一起，租了两辆沙漠车，带上帐篷及生活用品，开启了难忘的长途考察之旅。

郭春颖一行 9 人进入了塔克拉玛干无人区，同行的人见她是个文文静静的女同志，担心她吃不了苦，就讲些沙漠里会出现的情况，试探她的决心，也让她有吃苦的心理准备。郭春颖明白只有自己是考察项目的专业人员，其他人只是帮助带路和壮胆的，地图都看不懂。为了拿到项目，再大的苦，也不算什么。于是，郭春颖笑着回答他们，自己对新疆各种地理概况很熟悉，与新疆有很深的缘分，让他们不要为她担心。

进入沙漠，起先沿途还能看见一丛丛骆驼刺，劲风中倔强摇摆的红柳枝条，零星的胡杨，它们的存在，让人能感觉到人间的生机。但是很快，就已经看不到任何植物的影子，四周尽是细细软软的黄沙，波浪般连绵起伏，一望无际。

沙漠地面的坡度越来越大，有的沙丘坡度陡峭到 70 多度，司机必须加油提速才能猛冲上坡，连续出现陡坡时，郭春颖心都提到了嗓子眼儿。好在司机技术娴熟胆大沉着，这样的路走多了，也就习惯了。可是，在新疆身经百战的郭春颖还是晕了车。她头上冒虚汗，脸色苍白，同行的人都以为她是高原反应，有人提议返回，只有郭春颖自己知道是因为看材料一夜没睡身体虚弱造成的晕车。她摆摆手，表示自己没事，继续前进。

好不容易熬到晚上可以休息了，但因帐篷过大，竟然用了两个多小时才支起来。天寒地冻的大漠，夜晚寒风一阵紧似一阵地吹打，让人瑟瑟发抖。沙漠寒冷寂静，越发显得苍茫。

9个人全住一个大帐篷里面还余下很大地方可以做饭，可是不知何时能够出沙漠，所以舍不得使用水做饭，就随便吃点干粮作罢。各自和衣躺进睡袋，累了一天的他们感觉舒适幸福。郭春颖头昏脑涨软绵无力，心里想着沙漠公路旁牌子上的一句话“只有荒凉的沙漠，没有荒凉的人生”，似乎多了些力量，便沉沉睡去。

第二天早上起来，郭春颖发现帐篷周边的沙地上竟然有很多小动物的脚印，才知道帐篷外的世界是如此热闹与惊险。郭春颖一边暗自感叹，再恶劣的环境，也有赖以生存的物种；一边乐观地跟同伴说，动物们发现来了陌生的朋友，好奇地过来探望呢！

无人区没有路，遇到沙丘或沟壑又只得绕路而行，不顺利的时候，一天才只走20公里。430公里的调查路线，一开始的地质地貌还让人心生兴奋好奇，随着不断地往前推进，担忧的成分多了起来，担心不能顺利按时完成任务，担心找不到饮用水……因为沙漠里没有信号，唯一的安慰就是有从新疆地矿局借来的卫星电话，却轻易不敢打，怕电量耗尽，与外界失去联系。

熬到了第四天，郭春颖的同学、时任新疆地质调查院院长，一直没有收到他们的任何信息，害怕出意外，派人骑着马到沙漠里寻找，当地人确实厉害，竟然真的找到了。来人让郭春颖赶快给同学回个电话免得让其担心，还告诉他们进入无人区之前需登记报备，并询问他们考察结束的时间。

当郭春颖结束九天的沙漠深度考察，从阿拉尔到达和田，已经农历大年三十了。

在新疆那些日子，没有电脑也没有打印机，郭春颖就找朋友借；大冬天来回勘察没有车，也只能借车或租车；想将考察的水文地质随时记下来，为一张图有时要跑好远，等绘图室的工作人员加班帮助她绘图……那段艰辛的日子，给纤弱而坚强的郭春颖，留下了一生难忘的印记。

过完年后，她所考察的阿拉尔—和田沙漠公路项目却怎么也交不出去，因为当时北京岩土工程勘察院没有这方面的专业人员，没有人能够接手。后来，当时的院长乔河给郭春颖打电话，希望她能够调进北京岩土工程勘察院，开拓地质灾害专业领域。

3 月份，新疆阿拉尔—和田沙漠公路地灾和压矿项目通过评审。郭春颖用顽强的意志和执着到底的精神，让项目取得了最后的成功，也打开了新疆市场的业务之门。

一个项目工程，仅仅只是郭春颖征程中的一个逗点，无数的项目工程串起了郭春颖脚下的路。一个人身上的某些优秀品质或突出的优点，更多来自内心的向往与经验积淀。郭春颖能打敢拼的精神意志也不例外，她既有向往也经过磨砺，付出与收获不一定守恒，但有付出才可能有回报。

第 5 节　从无到有

2006 年，已经撬开新疆市场的郭春颖，带了两位刚从学校毕业的学生以及各种宣传北京岩土工程勘察院的资料，再次深入新疆腹地，寻找可以开发的各种地质灾害治理项目。

她绝不放过任何一个可以利用的契机，与时间赛跑，与同类企业争高低，终于捕捉到一个全国煤矿塌陷区治理勘查项目信息。为了跟踪这个几千万元的项目——六道湾塌陷采空区整治勘查项目，她几乎花掉了两年时间。其中，2007 那年，她连续八个月没有回北京，在岩土院领导的共同努力下，时间没有辜负她的付出和辛劳，最终得以实现此项目的成功中标。

由于六道湾塌陷采空区整治勘查项目的高质量实施，影响及意义巨大而深远，从此新疆市场上大大小小的各类项目接踵而来。

随着国家西部大开发政策的出台及不断推进，新疆地质灾害市场竞争日趋激烈。全国有 80 多家甲级资质单位，在新疆国土厅备案。在这样庞大的竞争对手群中，郭春颖再次脱颖而出，她又拿到了新疆土地复垦、方案编制等业务。

这是一个全新的业务领域，单位也没有这方面的专业人才，她一方面从各大院校招聘相关专业的毕业生加以培养，一边虚心向有关专家请教。经过一段时间的学习和锻炼，北京岩土工程勘察院在新疆和宁夏市场做出的土地复垦方案，得到社会广泛的好评。

这么多年，郭春颖表达自己的最好方式是工作和学习，她的精神品质和爱学习的习惯带动影响着团队，总经理助理吴海燕就是其中爱学习的典型。

女性对工程感兴趣是难能可贵的，真正做起来巾帼不让须眉。而吴海燕负责的是综合办公室工作，她对项目工作的不断学习体现出一种追求和向往。她认为学习和了解自己专业之外的知识能够更好地丰富自己，她在拿到"三证"之后还在不倦地学习，继续考证，这种精神，或许就是郭春颖精神光芒的折射。

吴海燕刚一毕业就去了北京岩土工程勘察院，跟随总经理郭春颖和副总经理邵旭升一起来到中国地质国土环境整治中心工作，她是亲历国土环境整治中心快速发展的见证人之一。

她清楚地记得单位成立时的五年计划：第一年 2018 年新签合同额 5000 万元，第二年新签合同额 7500 万元，第三年 1 个亿……然而，谁都没想到，正式实施计划的第二年新签合同额竟然达到 1.6 个亿，第三年达到 5.3 个亿，2021 年更是达到了 17 个亿……发展之迅速，令人惊叹。

吴海燕说："认识郭总并能和其一起工作是很荣幸的。郭总因工作常年在新疆，刚毕业时虽然见面机会不多，但她在工作上对我的鼓励让我在工作上有使不完的劲。郭总平易近人，对员工温婉体贴的态度非常具有凝聚力。"一边努力工作，一边挤出时间学习的吴海燕，敬业爱岗，表现突出，于 2021 年被提拔为国土环境整治中心的副总经理。一分辛劳一分收获，时间从来不辜负有准备的人。

郭春颖不但把自己的精力与时间都投入到工作，甚至连工资都花到了工作上。她始终把关心关爱青年人才作为一项重点工作来抓，经常主动和青年促膝谈心，聆听青年心声，设身处地考虑青年人才的处境及生活中的实际困难，多措并举为青年干部成长成才创造有利条件。

郭春颖说，创业之初，无论生活给自己多少挑战，每天的生活都是新的，只要用心做好自己，输赢都是无悔的。毕竟太阳每天都是新的，保持初心，努力创造与奋斗，对领导对员工都是最好的交代，履约做事，绝不触碰红线，“你若盛开，蝴蝶自来”。

当她听到有人对自己大加赞赏时，她会慢声细语地说，这些成绩是领导推动的，孙锦红董事长、胡建新总经理、王庆祝副总经理、顾小军副总经理……还说，国土环境整治中心现阶段业务因为符合国家大政方针，加上团队的团结齐心，干起来就顺风顺水，加上程俊斌主任的大力宣传，都是对国土环境整治中心工作的支持……

国土环境整治中心刚成立时，郭春颖没跟集团谈任何条件，和邵旭升他们一起白手起家，桌椅条凳电脑打印机等一切办公费，都从新疆分公司支出。项目上的1000多万元，来来回回地滚动。2017—2018年，员工的工资都是从新疆分公司支付。那两年，郭春颖及所有的员工，都万分感动于万能的新疆分公司。新疆分公司争取到的自治区基金项目费共计1300万元。

而新疆分公司的总经理，恰恰就是那位敦厚朴实、沉默如金的邵旭升，还在中国地质物质总公司北京岩土工程勘察院的时候，新疆分公司的总工程师就是邵旭升，当他调到中国地质国土环境整治中心任职副总经理兼总工程师之后，他仍然兼任新疆分公司的总经理。

第6节　敬畏之心

被员工们亲切地称为“邵院”的邵旭升，人们感叹他的付出与成果的时候，他总是说：“我只是承接了郭总的关系延续开展，按照她的思路发展团队工作。如果不是郭总，国土环境整治中心在短短的三年能发展这样快，业绩这么好，是不可能的。她的工作经验，敬业精神，值得所有人学习。”

一直在新疆分公司坚守的邵旭升，到任中国地质国土环境整治中心副总经理兼总工程师之后，依旧在新疆坚守。他是匆匆忙忙的“三地过山车”——他的家在河北石家庄，自己长期工作在新疆，偶尔回到北京总部出差开会顺便到自己的办公室坐几天处理一下公文，接着又急忙赶回新疆。一年三百六十五天，他有三百多天在现场，围绕三个点，就像“哐当哐当”的过山车。这些年，各种公路项目工程及水利水电项目咨询、勘察治理编制方案、地质灾害与危险性评估报告等，都离不开实地考察。邵旭升跑遍了整个新疆地区。

邵旭升 1997 年参加工作，从 2008 年开始，他成为北京岩土工程勘察院新疆分院技术负责人，2013 年，又被提为北京岩土工程勘察院的副院长兼新疆分院院长，分管新疆、宁夏、河北、山西、内蒙古等 5 个分院。所以，人们形容他的工作常态为“在路上”，在野外考察的路上，匆匆赶去工地的路上，拓展业务的路上……

因为他扎实地开展相关工作，拓宽了与新疆国土资源厅以及地方国土部门的业务联系，也迎来岩土院在新疆地质灾害市场的全面开拓；他踏实苦干与沉默奉献的作风，赢得领导和同事的称赞，特别是得到郭春颖的支持与赞赏。

邵旭升用自身的人格魅力去感染和影响周围的人，思考多于表达，行动多于说教，在工作中，率先为范。在中国地质国土环境整治中心成立的时候，他积极响应支持总经理郭春颖，一方面多方筹划布局工作框架，一方面从自己培养的新疆团队中带来了一些业务骨干。

习近平总书记生态文明思想、生态环境修复与土地复垦，具体如阿克苏河流域、塔里木河流域以及山水林田湖草沙一体化保护修复的文件，上级对新疆项目的批示等政策性支撑文件内容，邵旭升都了如指掌。一个人十年专注于边疆的工作与业务开发，邵旭升在平凡的岗位上，树立了无私奉献的榜样形象。

国土环境整治中心虽然成立时间不长，并不局限于抓生产经营，而是“产学研”全面开展。投产于和科研院校深度合作，搞技术科技创新改革，将项目放在具体的场景中，在这些方面，新疆分公司已经做到走在“产学研”前列。新疆分公司之所以能够在业务与科研方面突出，与邵旭升的领导分不开。他说，自己非常热爱工作，为工作付出毫不感觉劳累，他对工作始终保持敬畏之心。

一次，他在新疆做一个项目的地质灾害评估报告，目的地是明水镇。地图上能找到这个地方，可是，他带上一个实习的小伙子和司机跑了一天，却怎么也找不到明水镇。眼看天已经黑下来，车里也快没油了，虽有手持

GPS，却依旧找不到目标。山高路远，只带了中午一顿干粮的他们，早已饥肠辘辘。他猜想可能是地图和手持 GPS 出现了误差，于是，他们将误差所能达到的地方都找了，就是找不到这个镇的位置。

邵旭升凭直觉向北走。他想，如果找不到明水镇，就找地图上到明水镇要经过的一个采矿区，找到那里起码可以加油和吃饭，不至于搁浅在荒郊野外。他们所到之处都没有手机信号，随身所带的现代化设备已经失去了应有的功能，只有这辆破旧的汽车，在羊肠小路上慢慢地颠簸。

如果说饥饿是折磨人的，那么被困在中途的担忧比饥饿还可怕。

三个人都不说话，但内心的紧张和渴望是一样的。几十公里的距离，却因路况不好熬了三个多小时。当翻过一个山头的时候，前面一片灯火通明，终于到有人烟的矿区了。时间已是深夜 11 点，邵旭升一行三人遇到的是甘肃天水的老乡，热心的老乡在厨房连夜给做饭，安排住宿，第二天又给加了油，却怎么也不收一分钱，这让他们非常感动。

邵旭升说干工程的人，风餐露宿是正常的工作状态，尤其在地广人稀的新疆，他曾因雪天路滑，车栽进中国和蒙古交界的地方长达几个小时，只得找边防派出所搭救。如果不是派出所同志施救，后果就不堪设想了。邵旭升的团队队员们编制阿克苏山水项目时，也遇到过几次类似危险的情况。

中国地质新疆塔里木河重要源流区阿克苏河流域山水林田湖草沙一体化保护和修复工程项目，2021 年 5 月 13 日开工。邵旭升正是作为施工单位中国地质工程集团有限公司的代表，出席开工仪式并致辞。

阿克苏山水项目是全国第一批，新疆第一个，也是集团有史以来一次性争取中央资金最大、涉及领域最广、涵盖内容最多的生态文明建设工程。它包含 35 个子项目，总投资额 53.73 亿元，是深入践行习近平生态文明思想，牢固树立“绿水青山就是金山银山”理念，展示阿克苏生态文明建设成果的大项目，也是中国地质及阿克苏地区共同弘扬“柯柯牙精神”的典范项目，邵旭升带领的新疆团队成功中标 10 个多亿的勘察设计与施工任务，并顺利实施。

邵旭升的岗位在中国地质国土环境整治中心，在新疆分公司，又在遍布祖国山山水水的大地。这位敬畏自己工作岗位的西北汉子，依然在不停地奔走，像一辆永不疲倦的“过山车”，行走在自己一生钟爱并坚定不移的轨迹上。

第 7 节　修炼无止境

安静国是国土环境整治中心的副总经理，负责党建和人事行政工作。他曾是总经理郭春颖的伯乐，现在是她得心应手的助手。

2019 年，中国地质国土环境整治中心合并了保定华北工程勘测设计研究院有限公司，任命总经理安静国为国土环境整治中心副总经理。他在地质矿产部机关工作了十多年，对中国地质历史非常熟悉。

资质建设，是郭春颖及其团队为中心所做的最大贡献。国土环境整治中心成立时，难中之难是缺乏资质，没有资质什么活都干不了，没活干哪来业绩？很多项目是要求 EPC 总承包，没有设计咨询不行。2020 年，安静国来到国土环境整治中心之后，协助总经理郭春颖做资质申请的工作。

他们发挥最大的主观能动性，动用所有的智慧及策略，脚踏实地做材料，两年拿了 2 个资质。自从取得资质之后，不光国土环境整治中心的业务发生革命性变化，连整个中国地质系统都相当于经历了一场革命。中国地质确定采取海外工程、国内工程、矿产开发、国土整治“四轮驱动”的多元化发展战略。郭春颖推动了公司资质的建设和发展，丰富了公司的资质体系，进一步拓展和延伸了业务范围，为今后在国土整治的多个专业领域开展业务打下了坚实基础。

2018—2019 年中国地质相关资质证书顺利取得。有了资质的国土环境整治中心，像一只羽翼丰满的苍鹰，奋力翱翔于广阔的蓝天，不但将国土环境整治中心业务开拓成了主业，而且发展速度迅猛，发展规模日渐壮大，在一定程度上推动了整个集团前进。

干工作和做人一样，修炼无止境。做一个情商与智商兼备的领导是难能可贵的，郭春颖不但兼而有之，还多了胆量，闯市场如同闯新疆无人区，胆大、心细、沉稳、有定力。

郭春颖没有忘记一位位支持她的领导，也没有忘记一个个协助她的团队成员。她说："众人拾柴火焰高，互相帮衬着，不知不觉事儿就做成了。如果光指望我们班子的几个人也不行；我们员工很能干，最重要的中层这块很给力。也特别感谢中国中物领导的推荐，在中国中物领导的大力支持下，国土环境整治中心才有了刚成立时基本的人力资源。"

国土环境整治中心的博士团队，是集团内技术力量最强的一支队伍。技术型、专家型管理人才王文明博士，2007 年研究生毕业于长安大学环境科学与工程学院水文学及水资源专业；2017 年加入中国地质，担任国土环境整治中心副总经理，分管国土空间规划室、生态修复室、勘察设计室、土壤与地下水修复中心、科技创新和国土环境整治中心重点项目管理办公室等工作；2009 年 12 月评审通过水工环地质工程师；2014 年 9 月评审通过岩土勘察专业高级工程师；2017 年 9 月，取得注册土木工程师（岩土）执业资格；2019 年被天津大学环境学院录取，攻读工程博士。他所分管的技术咨询类部门，在山水林田湖草沙修复系统治理、矿山地质环境治理、地质灾害治理等方面处于国内领先地位。他分管的施工项目在国内多个省份的重点修复项目中均占有一席之地。

郭春颖欣赏王文明吃苦抗压的工作精神，任劳任怨的工作态度，以及一丝不苟的工作作风，评价他有科技创意锐利进取的爆发力。国土环境整治中心发明的国家专利和奖项，几乎都是他带领团队发明创造出来的。他分管的科技创新工作已经成为引领中心业务发展的重要支撑，立项科技创新项目 11 项，申报专利 30 余项，产学研业务顺利开展。

同时，王文明还努力开拓外地市场，先后在北京、河北、山东、湖北、福建和安徽的市场开拓中倾注大量精力，取得较好的成绩。先后开发了合同额 2.7 亿元的庐南矿山生态修复工程项目一标段，合同额 2.4 亿元的淮北市杜集区矿山生态修复项目及洱海流域山水林田湖草沙等多个具有代表性的生态修复项目。

不断的付出，便会有不断的收获。目前，王文明已经是北京市规划和自然资源委员会地质环境评审专家；北京市评标专家（矿山地质环境保护、水文地质调查、地质灾害防治、岩土工程设计、岩土工程勘察 / 工程地质勘察专业）；中国国土空间资源保护与利用创新联盟专家委员会委员；中国林业与环境促进会副秘书长；中国矿山生态修复高峰论坛组委会副主席。

和郭春颖一起接受中央电视台采访的国土环境整治中心总经理助理、生态环境修复室主任冯少华，是国土环境整治中心的学科带头人，中国科学院大学在读博士。他曾参与中心多个重大项目的勘察设计、实施方案编制等具体工作，其中，较主要的是贵州武陵山区山水林田湖草沙一体化保护和修复工程项目，以及青海省木里矿区生态修复项目。

冯少华介绍了木里矿区施工的难度。木里矿区海拔 4000 多米，项目部所有人在高寒环境下承受着巨大的施工进度、质量及安全压力。高原生活很艰苦，现场买水困难，厨师做饭只能在附近河里取水，大家吃的伙食都带有牛羊粪的味道。监理团队要么吃不了苦，要么高原反应坚持不了，已换了 6 人。而中国地质团队，却坚持下来了。

木里的地名源于藏语，意思是燃烧的石头，指的是这片土地下埋藏着极其优质的煤炭资源。

2016 年 8 月，习近平总书记到青海考察，专门谈到了木里矿区问题。习近平总书记明确指出，青海最大的价值在生态，最大的责任在生态，最大的潜力在生态。

木里矿区是青海省最大的煤矿区，也是西北地区重要的炼焦煤资源产地。生态修复项目是一个令人瞩目的项目，本项目为国土环境整治中心目前签订合同金额最大的项目，更是施工规模最大的矿山地质环境整治类项目，为以后市场开拓大型矿山环境整治类项目奠定了坚实的业绩基础。该项目是国土环境整治中心在青海省中标的第一个大型矿山地质环境整治类项目，以此项目为契机和立足点，对进一步发展青海省的业务，乃至撬动全国范围内大型矿山地质环境整治类业务具有举足轻重的辐射带动作用。该项目的实施，为今后在高原高寒地区的工程项目积累宝贵的工程经验，尤其为高原高寒地区的种草复绿工程提供强有力的技术经验支撑。

当时，国土环境整治中心副总经理左伟博士开拓了青海市场，并分管木里项目的实施工作。他于 2010 年 7 月毕业于北京科技大学土木与环境工程学院工程力学专业，获得博士学位，2018 年被聘为北京市规划与自然资源委员会专家，2019 年被评为正高级工程师。2020 年 7 月调入国土环境整治中心，至今任中国地质工程集团国土环境整治中心副总经理。面对自己亲身经历的项目情况，有感而发写了一首诗作：

六月飞雪阻江仓，漫天鹅毛断愁肠。
工期日近千夫指，满腔热血渐凄凉。
一声令下俱响应，科学规划皆赞扬。
勠力同心迎挑战，万众齐心孰能当？

左伟博士的寥寥数语，真实地映现了当时木里矿区项目施工环境的恶劣，也体现了中国地质人不屈不挠的精神。

另一位天津大学在读博士名叫李正。2011 年 6 月，他硕士毕业后，进入中国地质工作，现在已经是总经理助理、国土空间规划室主任，主要从事国土整治与生态修复工作。

当年，刚刚进入中国地质不到三个月的李正，就被派往新疆，一待就是十年。李正利用这珍贵的十年，练就了应对各项工作的本领。当时，他是唯一一个学土地专业的年轻人，公司领导对他大力支持与培养，他也用心回报领导——珍惜机会，不断摸索钻研，以土地复垦为核心，逐步开拓了新疆全疆土地业务市场，包括国土空间规划、山水林田湖草沙系统修复、土地整治与成效评估等多项业务。

几年间，李正负责完成了国家和省级重点工程技术服务项目 140 余项。项目成果为促进边疆土地合理利用与生态保护提供了解决方案，并得到主管部门的高度认可与推广应用。

以李正为首的新疆阿克苏山水项目编制团队编制完成的项目方案，在新疆 10 个项目评审中脱颖而出，并代表新疆参加国家山水项目竞争性选拔。2021 年 4 月，该项目获得中央财政资金 20 亿元的支持，为公司后续顺利中标 10 个多亿的勘查设计与施工任务奠定了良好基础。

2021 年 9 月，国家启动“十四五”期间第二批山水林田湖草沙一体化保护和修复工程申报工作，竞争激烈。10 月初，中国地质董事长孙锦红将云南大理山水项目申报任务交给了博士团队，任命李正为项目负责人。

当了解到洱海项目历经三次申报都没有成功时，李正便暗下决心，一定要攻坚克难拿下该项目，不能辜负领导的信任和希望。为了抢时间，他和项目组成员立即前往大理开展实地调查、资料收集等工作。爱人即将生产，虽然他很着急，但仍旧以工作为重。公司领导知情后，赶紧派人陪同李正爱人并送往医院，解除他的后顾之忧。这场领导与同事们全力参与的战斗，不仅留下了佳话，也取得了项目方案成果在云南省 7 个项目评审中胜出的成功。最终，该项目代表云南参加 2022 年全国第二批山水林田湖草沙一体化保护和修复工程竞争性选拔中获得第二名的成绩，成功为云南省洱海流域争取国家奖补资金 20 亿元。

中国地质国土环境整治工作，是一项利国利民的事业，也是国家生态文明建设和乡村振兴战略目标实现的重要载体。每一个项目，都是在努力践行和落实国家生态文明战略。除了博士团队之外，国土环境整治中心还拥有占总人员半数以上的硕士研究生，以及脚踏实地奋战在一线的优秀人才。郭春颖认为，人才培养不能急功近利，不要想着一下创造多少价值。人才对于企业而言既是硬实力也是软实力，一个具有高学历且专业技术水平过硬的人才，可以让团队少走弯路，引领团队整体迈上新台阶。国土环境整治中心就是靠技术能力和水平带动生产经验发展起来的。

中国地质董事长孙锦红曾提出，国土环境整治中心不仅要有一流的资质，还要拥有一流的人才，一流的技术管理团队。而这项要求正是国土环境整治中心总经理郭春颖正在一步步走向完善的管理道路。

第 8 节　天更蓝　山更绿　水更清

中国地质国内市场经过几年的发展，前几年称为“项目最大，合同额最高”的项目，现在已经属过去时，现在的国土环境整治中心，各类项目已经不胜枚举，有大项目，有创新项目，还有重点项目。

目前，中国地质国土环境整治业务在同行业竞争优势凸显。在项目实施过程中，强化企业社会责任担当；在项目施工中，聚力打造中国地质品牌，深入践行“绿水青山就是金山银山”的发展理念，以国家生态文明建设生力军的姿态，积极贯彻党和国家有关生态文明建设要求；聚焦国家重大生态战略，将提质增效与科技创新作为重中之重，全力以赴实现有质量、有效益的经济增长。

稳中求进，筑牢经营底线红线。国土环境整治中心自成立以来，始终把高质量发展作为第一要务，外拓市场、内强管理，“双管齐下”稳增长。综合研判外部环境发生的复杂变化和企业改革发展稳定面临的严峻形势，以安全合规为目标，把防风险摆在突出位置。在市场开拓、项目实施、质量管理、安全生产等方面牢固树立风险意识，落实管控方针，筑牢国土环境整治中心经营底线与红线。

市场为先，夯实业务发展基础。结合国土环境整治行业政策形势及发展特点，紧跟行业发展态势，充分发挥自身技术、团队、资质、资金、品牌、综合解决方案等方面的优势，以先进技术、优质服务、高效执行力、多方共赢的经营理念抢抓市场，为客户提供从规划、设计、咨询到落地实施的全过程、全流程服务。近三年，国土环境整治中心年新签合同额增幅分别为60%、225% 和 233%，营业收入增幅分别为 27%、176% 和 101%，利润总额增幅分别为 8%、121% 和 188%，实现了跨越式发展。

技术先导，打造系统修复新模式。国土环境整治中心坚持将技术创新、业务模式创新作为高质量、可持续发展的重要支撑力量，努力探索和实践生态修复综合解决方案，以期实现生态环境的综合治理、精准治理、长效治理。安徽合肥庐南矿山生态修复工程作为目前国内具有代表性的金属矿山酸性土壤和地下水修复项目，国土环境整治中心以维护兆河流域及巢湖地区的生态功能完整性、稳定性、可持续性为出发点，确定了“源头减量、过程消减、末端治理”的治理理念，采用多种技术手段，打造了“整体保护、系统修复、区域统筹、综合治理”的生态修复新模式。该项目建成后，将成为巢湖区域与长江流域标杆性矿山生态修复项目，进一步巩固了中国地质在矿山生态修复领域的技术领先地位，为集团公司及中国地质抢抓“长江大保护”发展机遇，深耕重点区域市场奠定坚实基础。

科技创新，产学研用结合做大做强。围绕核心技术难题，构建“产学研用”深度融合的科技创新联合体，强化与各大高校、科研院所开展战略合作，实现优势互补，促进产学研深度融合与技术成果转化。近年来，国土环境整治中心与自然资源部咨询研究中心、中国地质调查局中国地质环境监测院、浙江大学等多家高校院所签署战略合作书，并成为全国产学研合作创新示范企业，走出了一条以生产需求促进科技创新、以科技创新为业务发展保驾护航的健康发展之路。截至目前，国土环境整治中心已申请专利30余项，已获得授权专利23项，获得国家产学研奖2项。

政策导向，打造山水林田湖草沙拳头产品。围绕服务国家战略，紧跟政策导向，集中核心技术力量，先后成功打造了新疆巴州开孔河流域、贵州省武陵山区、新疆塔里木河重要源流区、云南省洱海流域等多项重大系统修复工程，形成了一系列山水林田湖草沙一体化保护修复“拳头产品”。进一步夯实了中国节能在山水林田湖草沙系统生态保护修复领域的领先地位。

汇聚人才，组建精干高效的技术团队。围绕打造国土综合整治、山水林田湖草沙系统治理、矿山地质环境治理修复、地质灾害防治等领域的专业技术团队，国土环境整治中心坚持树立“谋事、干事、干成事”的价值取向，坚持正确的用人导向，按照“进得来、留得住、用得好”的原则，制定学科带头人管理办法，注重实绩选拔，建立专项特殊津贴，激励学科带头人将更多精力投入到学科建设和发展上。截至2021年底，国土环境整治中心具备中、高级以上职称人数占企业总人数的56%，注册岩土工程师、注册建造师等注册人员约占企业总人数的20%，已形成一支初具规模、专业技术力量较强、具有核心竞争力、在国土环境整治领域内处于技术领先地位的“铁军”，争做新时代国家生态文明的建设者、引领者、奋斗者。

继续发扬中国地质“爱国主义、集体主义、开拓进取、无私奉献、精益求精”五种精神，履行央企社会责任，行稳致远，坚持做到：持续健康的追求；诚信守约的坚守；简单高效的风格；求实创新的方式；有为有位的原则；合作共赢的胸怀。

国土环境整治中心，要让祖国的天更蓝，山更绿，水更清。

第二十八章　阳光下的方阵

阳光普照，天空流泻金色的光芒
青山甜美地微笑，溪水欢快地奔跑
从不同方向阔步走来的名字及身影
汇聚为中国地质征途上的一列方阵
智慧，是运筹帷幄亮出的刀锋
毅力，是洪涛滚滚奔腾不息的永恒
团结协作肩负承上启下的振兴学说
分散布局行使初心不改的历史使命
沉静，是一首雄浑激昂的咏叹之歌
高亢，蕴藏着雷霆万钧的奋发之力
逆境里他们还原出青春激扬的场面
顺境中春水东流浩浩荡荡的风清气正
高山巍峨，他们的思想是一艘多维渡船
长风猎猎，一个身影是一面鲜艳的旗帜

四月的北京，春意盎然，花开满城。路上车马喧嚣，奔忙的人们，在口罩护佑下匆匆而行，勤劳的中国人，总能身体力行地将“一年之计在于春”这句惜时箴言的丰富意蕴，表达得淋漓尽致，恰如其分。

香山南路上，坐落着一处朴实无华的大院，这处低调沉稳的院落是具有四十年发展历程的中国地质的总部所在地。多少年来，这座院落坐拥香山浓郁的花香和玉泉山翻涌的灵气，吐纳着中国地质团队信仰的芬芳，将跌宕起伏的世纪风雨及国际国内工程建设市场的惊涛骇浪，以海纳百川的宽阔心胸，一一化为中国地质自身的精神力量。

这不是一座普通的院落，它承载着国家的重托，承载着无数中国地质人可歌可泣的创业故事。它是所有中国地质人前进的灯塔，心灵的向往。它给远方的团队指明方向，散发信仰的光芒。它的每一丝纹理，都镌刻着中国地质人勇敢顽强的毅力和坚韧不拔的精神。它的每一次召唤，都使无数中国地质人充满奋斗的激情和战胜困厄的自信。它是中国地质人灵魂的家园，是凝聚力和向心力表现出的具体形象。

四十年来，一批又一批具有风骨和锐利精神的跨国管理人才与技术人才队伍，从这里出发，走向全国，走向世界。

在国内，中国地质贯彻习近平生态文明思想，努力争做生态文明的建设者和做强做优做大国有企业的奋斗者；在海外，他们是中国早期的海外工程市场开拓者，更是“一带一路”倡议的践行者。四十年中，一代代中国地质人勇于开拓，承建的各类工程建设项目灿若群星，所获荣誉累累如珠。他们累过、伤过、哭过、笑过，甚至为了集体利益而牺牲……但是，中国地质人执行国家任务始终坚守初心，不辱使命。他们团结协作，奋勇拼搏，战无不胜，在国际上树立了中国地质企业的品牌形象，树立起伟大祖国的国格和民族尊严。

第 1 节　铭记花的来历

二楼窗明几净的会议室内，青年员工代表座谈会正在召开，一群富有朝气的年轻人，时而在本子上认真记录，时而抬首聆听，静静思忖。“……回顾历史，是为了更好地前进，没有前人栽树，哪有现在的满树繁花啊！”讲话的是中国地质党委副书记、副总经理王庆祝。

他给青年员工讲，中国地质是追求高质量高发展的企业，从领导到员工每一个人都是企业的守护者、传承人。在开拓前进的道路上，守护好发展成果的同时，也不忘老一辈中国地质人的艰辛付出。

远处，湛蓝的天空下，划过一群白色的鸽影，越来越远，如同几行赞美春天的音符。近处，绽放满树淡紫色花朵的广玉兰树越过二楼窗台，将满树繁花映现在窗户里，朵朵像满含春风的笑脸，仿佛给中国地质的未来，托起一个个美好的明天。

王庆祝是军人出身，儒雅谦和，做人做事严谨细致饱含智慧，话不多却中肯精辟富有哲理。他曾在广州军区司令部第六处、总参谋部某单位工作，历任排长、连长、参谋、副科长、科长、政治协理员等职务。2009年，转业进入中国节能环保集团有限公司，任办公厅副主任、主任等职。2018年4月调入中国地质工程集团有限公司任党委副书记、纪委书记。现任中国地质党委副书记、副总经理、工会主席。他经历的工作岗位多，工作经验丰富。

王庆祝一边看着窗外一边说:“这些花每年盛开两次，第一次盛开是经过整个冬天孕育的三月初，它们闻到春的气息就开放了。第二次盛开是在草长莺飞的五月。”他话锋一转，“这些树，是当年郑总和郝总栽的，这院子也是两位领导用心筹划设计的。你们看，现在整个大院已经是鸟语花香的花园，这就是前人种树，后人乘凉啊！中国地质发展也是在一代代人的积淀下，逐步走向繁荣富强的。”

现场骤然氤氲出一层暖人的光辉，所有人的情绪一下高涨起来，大家纷纷追溯起中国地质的历史。就这样，一石激起千层浪，一场教育及自我教育的座谈会，在不知不觉中开始了。让年轻人自然而然地体会到老一代创业者的艰辛，激起对他们艰苦奋斗砥砺前行精神境界的敬佩和感叹。铭记历史，才能珍惜今天。感慨之余，王庆祝希望年轻人不要忘记前人栽的“树”，更不能忘记栽树的“前人”，树有树的成长过程，花有花的来历，其间必有丰富的内涵。中国地质就是大树，中国地质人都在这棵大树底下享受阳光的温暖，雨露的滋润，得到大树的庇护和厚爱。没有公司这棵大树，个人的成长、家庭的幸福，将寄托在何处？

万物有灵，一草一木，都包含很深的人生思悟与生活道理。也许是王庆祝从事党务工作的原因，也许得益于他爱学善思的习惯，每次会议、每次党课，他总能将党建教育主题和公司的实际结合起来，通过具体形象的比喻，深入浅出地给大家以启迪。充分发挥党建的引领作用，潜移默化地将爱党、爱国、爱企、爱岗精神注入平凡的工作中，让青年人明白中国地质精神需要代代相传并发扬光大的意义。

王庆祝的讲话富有张力，内敛不外泄。言语之间，所述之事有着必然的联系，丝丝相扣，言简意赅。犹如夜空，人们看见了最亮的月亮和星星，而更大更多的部分，被夜空或云彩遮盖，而人们又明显地知道，那部分一定存在。这就是王庆祝做人、做事的艺术张力。通过他的指引，我们可以体会到一位党务工作者温暖深刻的心灵。

那么多年，中国地质“五种精神”及丰富的企业文化内涵，一直在不断传承，即便是刚入职的新员工，都能熟记中国地质的几个重要的历史节点和发展脉络。

1983 年 2 月 25 日，中国地质在国家工商行政管理局注册登记；1998 年，中国地质物资供销总公司和中国地质矿业总公司并入，并成立中国地质工程集团；1999 年，列入中央管理企业范围；2001 年，兰州有色冶金设计研究院作为二级企业并入中国地质；2010 年，作为二级全资子公司并入中国节能环保集团公司；2017 年更名为中国地质工程集团有限公司；2017 年 10 月，成立国土环境整治中心，完成“四轮驱动”的整体战略布局。

中国地质由 1983 年公司成立时被赞美为“十八棵青松”的 18 个人，发展到 2021 年几千人的庞大队伍，这需要多大的爆发力和伸缩度。在海外连续工作十年以上的有 414 人，连续工作十五年以上的有 135 人，连续工作二十年以上的有 40 多人。

2022 年，中国地质在“ENR 全球最大 250 家国际承包商”的最新排名为 97 名，之前取得了中国对外承包工程 30 强、国内工程服务优秀企业等名次和业绩。连续十五年被中国对外承包工程商会评为对外承包工程信用等级 AAA 级企业，这是此领域最高级别的荣誉。连续三届被中国对外承包工程商会评为社会责任领先型企业，并被授予社会责任卓越奖（10 家最高奖）。连续 6 次被中非工业合作发展论坛评为“最值得向非洲推荐的 100 家中国企业”。

此外，中国地质海外分公司大多为所在国中资企业会长、副会长单位；连续十年在中国节能考核中荣获 A 级企业称号，近五年连续获评“A+ 级企业”。由此可以看出，中国地质发展的激情与速度，不能不让人由衷赞叹。

这种抵达与路径，只有目睹和亲身经历的人，才懂得其中的况味。

有风雨，有阳光，也有彩虹。有惊涛骇浪，也有天翻地覆慨而慷。这些荣誉与业绩的取得，是值得所有中国地质人为之自豪的依据。铭记历史坚持初心，不忘过去才能更好地行使共和国长子企业的神圣使命。

“郝总虽然退休了，郑总也因病去世，但他们永远是我们的好领导，他们留下来的宝贵经验永远是我们的精神财富。”王庆祝的总结语，将中国地质的历史拉到了眼前，所有人都跟着“前人栽树”创业话题顺延，年代和人物有了真切形象的在场感。那么海内外中国地质人无数次提到的“郝总、郑总”到底是什么样子，究竟有什么力量，让大家心心念念难以忘记?

第2节　胜利往往在“坚持”之中

郝静野是中国地质上一届董事长。20世纪70年代“上山下乡”时当过插队知青，高考制度恢复之后，德才兼备实力卓绝的他脱颖而出，考入长春地质学院地勘系。毕业之后的八九十年代，当过全国储委国家矿产储量管理局处长和北京地矿总公司总经理、副总经理，此后，又历任中国地质党委书记、副总经理、总经理、董事长等职务。

郝静野从小生活在东北贫困的农村，自幼刻苦好学，懂得生活的艰辛和人生的不容易，常怀感恩之心。但作为个体，他唯一能够贡献的力量，就是在内心种下希望的种子，怀揣虔诚与敬畏之心，走入大学校园，走上工作岗位，始终呈现向上的姿态。

正因郝静野一直对命运的不屈和对艰难生活的勇敢面对，以及对未来美好的坚信和热切期盼，成为他人格中闪亮的部分。坚信春天永存，只要点亮灯盏，阴影就会被抛在身后。他一直是平静从容的，内心从不迷茫。

公司发展处在最低谷时期的2008年，中国地质等6家中资企业受到世界银行及非洲发展银行的制裁，即中国地质所有海外分公司五年内不能投标世界银行和非洲发展银行投资的项目。这种毁灭性的打击，让中国地质跌入黑暗的深渊，在那个至暗时期，作为主要领导的郝静野，即便自己的内心已经被压力和伤痛折磨得伤痕累累，但他依旧努力给海外分公司传递一种对抗困厄的力量，传递中国地质领导班子始终坚定的信念。他多次飞往非洲各国，安定风雨飘摇的局面，凸显中国地质的意志，高扬中国地质的企业心旌……奋斗在海外的中国地质人，依然能看到一个内心沉稳的领导者，一个坚定不动摇的领导班子。他的坚定不移，让遍布世界的每一位中国地质人对中国地质事业虔诚如初，对未来永存美好期许。

郝静野一边鼓舞士气，一边带领领导班子对公司进行自我审视，以便在今后的发展道路上扬长避短。他有针对性地提出八字方针“清理、整顿、规范、发展”，并安慰支持各个分公司总经理，增强信心对抗一切困难。

下属们最怕没有业绩，辜负领导的信任和厚爱。遇到困难，最怕解决不妥给领导添麻烦。郝静野理解他们，厚爱着他们，知道他们在变化莫测的风云中打拼不容易，每当他们遇到困难，郝静野总是发自肺腑地安慰大家：“第一，直面困难不要放弃；第二，我相信你能解决问题；第三，你肯定有办法；第四，请你放心，公司是你的坚强后盾，会不遗余力地支持你！”

他把集体利益和员工利益放在首位，在现实生活与职业生涯的广大空间里，专注于对公司规划和发展的思考以及业务市场的开辟，破解企业发展道路上的种种难题。

有段时间，由于非洲几个分公司驻在国家和地区陆续发生军事政变，分公司所在的市场业务静默不前。在各种困难此起彼伏的情况下，他不断颠簸飞往海外各地，到现场解决问题。不管郝静野“飞去”解决问题，还是海外分公司总经理“飞来”汇报问题，都是难得的相见时刻。郝静野就用“何以解忧，唯有杜康”的方式，请兄弟们一起聚聚，“畅所欲言，言无不尽”，倾诉汗水和泪水浇灌的苦，也分享苦中提取的乐。

国际形势风云变幻，是不以人的意志为转移的。但是，郝静野相信，明天的太阳一定会升起。他最喜欢用毛泽东在《论持久战》中的一句话“胜利往往在于再坚持一下的努力之中”来鼓励大家战胜困难，走出困境。他始终坚信前途是光明的，他的意志力中，“坚持”是努力的主要成分。干什么都不可能一帆风顺，“坚持”往往是解决问题的重要方式方法……这就是郝静野，作为一个领导者非常可贵的生命态度，这种态度，也可能就是他面对尘世的真诚与内心放大的格局。

第3节　珍贵的友情及最可爱的人

2022年6月，一个阳光大好绿叶婆娑的夏日，我们见到了云淡风轻、气质脱俗的郝静野。知道我们要采访，他便和蔼可亲地说："咱先提条件，宣传中国地质不要提到我，我只是做了自己应该做的。是郑起宇董事长带领中国地质走过最艰难的阶段，没有郑总，就没有中国地质。"

开场白和现任董事长孙锦红两个月之前所说的如出一辙。孙锦红说："是郝总带领中国地质走过最艰难的阶段。"或许中国地质领导这些真诚、低调、谦虚、礼让等优秀品质，也是中国地质优秀企业文化的一部分，这么多年，代代相传。

正像党委办公室主任季戈非和副主任程俊斌介绍的一样，郝静野不仅春风大雅、包容宽阔，而且有海纳百川、坦诚磊落的气象。

郝静野说，要真正了解中国地质，了解中国地质人，一定要到海外去。过去，在海外干工程挣点钱不容易，吃苦不说，有的战友把命都搭上了，真是对不起那些兄弟，牵连一个家庭的不幸……郝总神色黯淡，陷入深深的伤感，他说："那是我一生的心结，我很难受……"

老一代中国地质人为支援帮助非洲人民解决吃水问题，在非洲干旱的大地上承揽数以百计的打井项目。中国地质人几十年如一日坚持拼搏，不惜献出自己的青春年华。数十年的艰辛付出，铸造出中国地质的大国工匠精神。现在，每个分公司都在业务属地打下了一片属于自己的天地。他们从零开始，创建了优越的办公环境和舒适的生活条件。中国地质四十年的历史，其实就是中国地质人的奋斗史。

现在，中国地质的海外分公司驻地，都建在当地的富人区。只有到了海外，才能看到真正的中国地质，才能真正领略并目睹中国地质规模的宏大及辽阔，才能领略到海外团队了不起的奋斗精神，他们为国家和公司争来了荣誉，让所有中国地质人为之骄傲和自豪。他们是真正了不起的中国地质人，真正了不起的中国人。

郝静野说：“如果有机会到海外，一定要去见见我们那些可亲可敬的中国地质人，他们的灵魂纯粹干净，他们的情怀宽广无私，他们最可亲可敬，他们是真真正正最可爱的人！”

中国地质就是一艘迎风破浪的航船，轮到该谁掌舵，谁就有责任有义务把握好方向。国家把一个企业交给谁，就是对谁的信任，不管个人能力水平及认知怎样，都会尽力开足马力，让这艘大船向前进。每个管理者都必须尽自己最大的努力，将团队带好，保证这艘船勇往直前。

在人生道路上，郝静野感念自己的前任董事长郑起宇，敬佩他的正直佩服他的无私，在工作中，由于相互信任相互依赖相互支持，两人结下了深厚的友谊，情同兄弟。郝静野认为郑起宇身上有很多值得学习的好品质，真诚无私、朴实淳厚、心地善良、胸怀宽广……

郑起宇是个幽默诙谐的领导，幽默本来就是最高的艺术素养，幽默的人，各方面能力都应该是出色的。他从不批评员工，如果哪位下属偶尔工作不到位，他不但能够忍住不批评，还跟郝静野说：“你看，他们没有功劳还有苦劳吧，没有苦劳还有疲劳吧！你就不能批评他……”每当这时，郝静野便深深地明白，郑起宇是在自己安慰自己，自己说服自己，给对方找理由以防止自己发脾气批评人。郝静野不禁感叹，一个人要经过怎样的历练，有多高的修养，才能拥有这样的心胸。

郝静野之于郑起宇，如果说一个对另一个是理解，不如说是相互懂得。如同管仲与鲍叔牙的“管鲍之交”，又像伯牙和钟子期的“高山流水”。他们彼此欣赏，相互感念。正是由于两个人之间在工作中建立的相互信任、相知，才浇灌了彼此之间的友谊。他们的情感，是建立在相互了解和相互坦诚的基础上。得意时相互鼓励、共同欢欣，失意时不离不弃，更不相互埋怨推责，而是惺惺相惜，高山流水携手向前。两位中国地质领导的深厚友谊，也成为中国地质的美谈。

在他们作为主要领导人主持中国地质工作的时候，公司有过坎坷，也有过挣扎，但却在挣扎中创造了奇迹，让中国地质不但继续向前，规模越来越大，而且吸引国内外优秀的管理人才和技术人才也越来越多。他们的名字在中国地质的奋斗史上占据最重要的位置。

然而，2019 年 12 月 6 日，郑起宇董事长因病永远地离开了尘世，离开了中国地质的所有兄弟姐妹。郝静野得知消息后，泪流满面，难过得无以复加。他将对郑起宇的追思浓化为一句：“郑总虽然离开了我们，但我们将永远怀念他！”郝静野说，郑总常在他梦中出现——情怀依旧，宽容隐忍，大度盈怀，心胸广阔。

好领导能为下属铺路，能救团队成员于危难之中，能成为下属榜样，或以一己之力让人感受到什么是好团队，什么是好公司。俗话说“火车跑得快，全凭车头带”。虽然郝静野只字不提自己的贡献，但事实上，一切已经自在不言中。

郝静野对待前任董事长郑起宇如兄，对后任董事长孙锦红如弟，承前启后，薪火相传。他会半开玩笑半认真地说：“锦红啊，虽然中国地质在你这一任有些磕磕绊绊，但公司毕竟发展得越来越强大了，你得缓缓劲，不要将弓拉得太满，这样给自己的压力太大了。你得留下点余地给后来人，不然，你让后来者怎么发展，怎么超越。就像登山，每到达一定高度，台阶就会变成一个平台，这平台就是让人休息一下，然后再上。你这样直线上升，会把自己累垮的。”

郝静野说：“锦红人厚道，干工作很卖力也很有魄力，有冲劲。内心细腻周密，了解他的人都喜欢他，人缘特别好。”

郝静野谨慎、温和，主张企业要稳稳当当走好每一步，绝不允许犯颠覆性的错误。他给自己规定了很多行为准则，对待培养接班人，他的主张是，要将企业交给稳重、安全、无私的领导者手中。

有人说，衡量一个好领导成功的标准，既要看他当前做了什么，也要看他身后留下了什么。在郝静野的身后，是一支怎样的领导团队呢？

第 4 节　每个人都重要

领导班子说，中国地质走到现在，团队很重要。团队说，中国地质走到现在，领导班子很重要。两者究竟哪个重要，时间和历史会给出答案，中国地质人会给出答案。重要的是中国地质既有谦虚的领导，也有谦虚的团队，这或许也是中国地质独特之处。

现任党委书记、董事长孙锦红说：“团结的班子不一定能做成事，但是不团结的班子一定是做不好事。”这位孙锦红，就是20世纪80年代一个人开车，来回奔跑在巴基斯坦卡拉奇到米普哈斯暗管工程现场的青年。和他搭班子的现任党委副书记、总经理胡建新，就是在著名的CRBC-63号标工程项目中光着膀子指挥队伍干活的清华大学的高才生。

他们一路走来，令人无限感慨。

孙锦红自1994年进入中国地质之后，曾任巴基斯坦暗管项目翻译、副经理、经理，后任亚洲部副总经理，巴基斯坦经理部总经理，总部海外部经理，中国地质总经理助理、海外部经理，中国地质副总经理，中国地质总经理，党委副书记执行董事等职务，现任中国地质党委书记、董事长。

孙锦红作为主要领导，以其坦诚、自信、坚定、勇敢和充满希望的个性以及闪耀人性光辉的心灵，展现给企业、员工、领导和合作单位。

孙锦红，从青葱时代，便在中国地质巴基斯坦经理部及米普哈斯暗管项目摔打历练，摸爬滚打，一步一步走到中国地质主要领导位置，说起来不到几分钟，干起来需要几十年。其间每个环节都倾注了生命的酸甜苦辣。

海外中国地质人的疼痛浸润着泪水，泪水中飞扬着从生死中觉醒的中国地质精神与民族自信。这些痛与泪、觉醒与自省铸造着中国地质人独特的气质，蒸腾着他们热腾腾的爱国心和自豪感。

孙锦红到了巴基斯坦才知道，经理部有6个英语翻译，可以说都是国家顶级水平。特别是同样从大学教师岗位走出来的王愉吾，英语炉火纯青，组织能力和表达能力也都出类拔萃，而且和巴基斯坦兄弟关系非常好。孙锦红为能遇到这么优秀有能力的同事深感高兴。他知道此次出国，一定会丰富自己的人生和拓宽自己的视野。

当孙锦红接触到孙金龙、王愉吾、宗国英、胡建新、沈琦这些具有高度民族意识的热血青年时，他们的心自然就聚拢到一起。他们在工作中产生了强大的共鸣，他们的人生目标指向也在悄悄发生着变化，迸发出一股积极向上、奋发图强的力量。他们由最初的简单的个人追求，变为团队的向上追求，最终升华为国家和民族的光荣追求。

那时的中国地质，还处于对外工程承包的摸索和起步阶段，中国地质精神正在巴基斯坦经理部和非洲尼日利亚经理部潜滋暗长。非洲和亚洲两个人才摇篮的一大批具有先进国际承包商意识的青年人也在不断成长并走向成熟。而孙锦红和胡建新，又是团队中既年轻又有探索精神的有潜力成员，是参与中国地质精神形成和改革发展全过程的实践者和见证人。

团队的成熟，孕育并培养了成熟的个人，也为日后走上不同的领导岗位打下了深厚的基础。

第5节　青春的华彩乐章

拉开中国地质历史的帷幕，就会读懂今天的孙锦红，让他从昔日单纯追求生活境况改变的青年，升华为具有浓厚家国情怀的企业负责人。

像孙金龙、王愉吾、宗国英、孙锦红、胡建新、沈琦等一批具有历史责任感和使命感的人群，他们代表着中国地质一个时代进步的向度和广度。他们把中国地质转型期的阵痛和优越性凸显出来，通过发现和揭示改革过程的成功与不足，进行客观的修正和有效弥补；通过各种改革措施，给企业注入活力。

团队的共同意识，就是中国地质精神的雏形。根据时代和情感的需要，中国地质人的精神，提炼为“爱国主义、集体主义、开拓进取、无私奉献、精益求精”，即中国地质的“五种精神”。

几十年恍然而过，随着企业的发展壮大，中国地质精神也大放异彩。当年青春年少的孙锦红和胡建新，如今都已是年富力强、经验丰富的中国地质高层领导者。虽然岁月染上风霜，但他们依然为中国地质的发展，谋划思考，奔走四方。

孙锦红经常说：“中国地质挣的都是辛苦钱。”这意味深长的感叹，包含三分感怀、七分自豪，是强者的感怀。真正的强者是谦虚低调的，是敢于示弱的。今天的中国地质，通过几代人艰苦卓绝的奋斗，已经是一支蓄满青春活力的国家队。

孙锦红作为团队的领头羊，所思所想是如何继续拓宽市场，如何多拿项目，并通过代代的传承，弘扬中国地质精神，谱写中国地质故事，让企业时刻处于“再出发”的状态。

孙锦红说中国地质人都明白一个道理，先保证国家的，再保证集体的，然后才是员工自己的。如此美好的愿望是实施路径，清楚地阐释了国家集体和个人的利益，都是与公司连在一起的。

孙锦红是从大学校园走出来的大学教员，一介书生。他有自己追求的目标，他有自己梦想的天空。他在追梦的过程中成就了厚德载物的品性。他凭坚韧和担当，成就了事业的辉煌；时间没有辜负他的成长，他每走一步，都会升上一个台阶，留下了奋斗者的荣光。

满心满眼都是中国地质的孙锦红，企业在他心里的分量已经无可估量。他将自己全部精力投放在工作中，中国地质的发展和荣誉是他最深的牵挂。他将老一代领导及老一代中国地质人敬重为一盏盏明亮的灯，让后来者循着这些光亮，避开弯路，选择正确的方向。

中国地质人才辈出，也正是中国地质团队的实力强大体现。孙锦红以中国地质走出去的人才为荣。他自豪地说：“中国地质虽然不大，却走出去一批优秀的干部，王愉吾当上了中国地质副总经理。另外，还有孙金龙、叶冬松、宗国英……”

当然，孙锦红不仅以中国地质的历史为荣，对现在的伙伴胡建新也赞不绝口。青春的奋斗给人成长中带来的影响是刻骨铭心的，志同道合的伙伴是前行的力量，也是奋发图强的臂膀。那么多年过去了，那些匆匆如梦过往，那些转瞬即逝的充满艰苦与快乐的美好时光，像架在往昔与现在之间的彩虹，绚烂夺目。

第 6 节　沉默的情怀

中国地质现任党委副书记、总经理胡建新，人生道路和孙锦红大同小异，两人的职业生涯也基本相同。他们自从进入中国地质，就一起奋战，一战就是几十年，始终如一，初心不变。

1989 年 9 月，秋高气爽的北京城，一处正在建设的小区居民楼施工现场，一个二十岁出头的清秀小伙子，正在逐一检查工地上各个关键的施工技术环节。他神情专注，行为举止干脆利落，说话简明扼要，做事缜密严谨，对工作高标准严要求。

这个小伙子，就是刚从清华大学水利工程系毕业的胡建新。此时，他是北京城建四公司第二分公司助理工程师。1991 年 8 月，他来到中国地质，登上了更广阔的平台。

胡建新来到中国地质巴基斯坦项目部，并在 CRBC–63 号标项目工地任总工程师。孙金龙干成了 CRBC–63 号标项目，胡建新在 CRBC–63 号项目干成了其中一座渡桥，并在那个项目学会了新的技术，掌握了新的管理技巧，锻炼了开阔的胆量，拓宽了工作的视野，增加了人生的高度。胡建新在项目中表现出的优秀品质，让他脱颖而出。

胡建新的专业技术能力及认真对待工作的态度，照亮了团队。他就像一粒种子，一出土就扶摇向上；又像一股清泉，流出来就沁人心脾。那座渡桥写照着胡建新精湛的业务水平与美好的品行。

此后很多年里，那座桥常被人提起赞美，但胡建新总是谦虚地说：“那算什么桥，严格意义上说，只是一座渡桥，也不是我一个人干的，是团队共同成就的。”

巴基斯坦 CRBC–63 号标项目是具有历史性的项目，是关系中国地质生死存亡的项目。这一项目带给中国地质的经验：一是如果工程分包或挂靠，自己团队得不到锻炼；二是坐享其成是有风险的。中国地质因为 CRBC–63 号标项目脱胎换骨，产生质的改变。

“以前，中国地质不敢干，怕自己人能力不行。结果，中国地质人还是自己干赢了。”胡建新如是说，这正是“尽日寻春不见春，芒鞋踏遍陇头云。归来笑拈梅花嗅，春在枝头已十分”。蓦然回首，找寻春天得不到，原来，春天正是在中国地质人自己的手里。

CRBC–63 号标完成之后的 1994 年 11 月，胡建新调任中国地质总工程师助理。

1996 年 6 月，胡建新只身开拓斯里兰卡国际工程承包市场，拿到项目之后，挂帅中国地质斯里兰卡供水项目组经理；1998 年 9 月，远赴英国伯明翰大学土木工程系建筑管理专业硕士研究生进修学习；1999 年 9 月，任中国地质亚洲部副总经理；2000 年 1 月任中国地质总经理助理；2000 年 2 月，任中国地质总经理助理兼斯里兰卡经理部总经理；2001 年 6 月，中国地质斯里兰卡分公司成立之后，胡建新任分公司总经理。2001 年 11 月，中国地质斯里兰卡分公司发展得如火如荼时，中国地质香港分公司出现内忧外患，中国地质调胡建新兼任香港分公司总经理。他便急速赶去香港“救火”。

他到中国地质香港分公司之后，面对眼前的烂摊子，不急不躁，无怨无悔。他带领团队，一个个查漏补缺，一项项科学统筹，用心规划，精心筹谋，耐心做工程。最终化腐朽为神奇，为中国地质写下新的传奇。

2007 年 6 月，胡建新任中国地质副总经理，2013 年 7 月任中国地质党委书记副总经理。现任党委副书记、总经理。郝静野说：“胡建新天生聪颖，才智过人，一家兄弟几个，人人优秀个个厉害，分别在不同的行业及各自的工作岗位干出了业绩。”

从分公司总经理到项目经理，从工程师到业务员，哪里需要他，他就去干哪里的工作，而且不管去哪里干工作，都能尽善尽美。胡建新所到之处，员工好评如潮。他宁静致远，以淡泊自如的心境沉浸在技术和事业中。这种平和淡定的心态，是胡建新对事业的诗意表达，是一种对人生平心静气的体悟与透视。他这一生，除了在北京盖楼的两年，其余的所有时光，都在为中国地质事业奔走。他追求卓越，从不迷茫，脚步有力，目标坚定。

无论在国内还是海外，胡建新的每一次跨越，都体现着中国地质人的奋斗与尊严；他的每一次坚守，都象征着中国地质人的光荣与梦想。

第 7 节　以人为本

董事长孙锦红一直强调，中国地质发展主要是以人为本。他强调，中国地质人才是中国地质的真正财富，对于员工，我们主张生命第一。2022 年 6 月，总经理胡建新也有一段对中国地质的表述让人记忆犹新，并深刻难忘：

“对中国地质企业文化挖掘，主要是为了宣传我们公司海外的奋斗史。中国地质人绝对不是铁人，但是，我们是了不起的中国地质人。实事求是地说，中国地质不算大，只能算中小企业。但企业的大小，与历史无关。我们企业不大，但我们历史悠久，而且很独特。”

中国地质的奋斗历史已有四十年，这四十年的历史，基本算是中国地质的海外奋斗史。中国地质独特的奋斗经历，独特的激励制度，独特的企业文化，独特的管理理念及管理方式等，让这四十年与众不同，独具特色，形成了独一无二的中国地质精神。

中国地质的领导与员工之间感情深厚，是中国地质稳步发展的情感基础。胡建新说：“任何时候，公司会首先保护员工，我们绝对不鼓励也不提倡员工冒着生命危险工作。我们追求的‘上为国家做贡献，下为员工谋福利’，是中国地质人的使命。在行使使命的过程中，如果员工的生命受到威胁，只怪我们没做好，我们没做到位。中国地质不需要员工用生命拔高公司声誉。我们要为国家做贡献，但不是去拼命。”

中国地质对员工的关心和厚爱，是一个大国企业领导的担当和情怀。

2021 年 4 月 28 日，从四面八方赶来的 20 多位海外员工家属代表，聚集在中国地质总部大楼。她们与中国地质领导们一起围坐在会议室，面对“山川异域，风雨同舟”的会标，大家心情久久不能平静。

2020 年初，新冠病毒突然降临，这场突发的公共卫生事件，像看不见的幽灵一样四处蔓延，让人不寒而栗。此时，正是中国地质召开年度工作会的时间，海外各个分公司领导人都回国参会。中国地质反应迅速，本想在国内和家人过完春节再返回工作岗位的各分公司总经理，纷纷提前逆行飞回驻在国，回归团队，稳定军心。

中国地质党委副书记、纪委书记王庆祝却牵挂、惦记着海外员工家属和离退休的老干部。在他的心里，公司党委在关键时刻解决海外员工的后顾之忧，照顾好离退休老干部，就是对所有中国地质人最好的交代。

疫情来势凶猛，一时间，全国上下口罩难求。在那些疫情最紧张最严峻的日子里，面对国内、国际两个防疫战场，公司党委组织境外分公司千方百计筹措防疫物资运回国内，为防疫助力，为亲人护航。

这批防疫物资，是海外中国地质人竭尽全力扩大采购渠道，甚至从药店、诊所逐一“扫货”而来的；是在多国口罩出口管制政策出台和多国航班不通航或禁飞情况下，争分夺秒、不计成本高价转运回国的；更是国内外中国地质人废寝忘食、通力合作，用浓浓爱国热情和拳拳赤子之心全程守护而来的。中国地质党委经过研究，将部分口罩以顺丰快递的形式，寄给每一个海外员工家属、每一位退休干部，以解他们“燃眉之急”。中国地质党委的关怀，越过千山万水，穿过一道道封闭的街道和门扉，温暖着千家万户，温暖所有中国地质人及家属们的心。

“用力”能收获果实，“用情”可以温暖人心，“用心”可以传递爱和感动。而中国地质党委“三者”并用，带着感情和温度解决了员工的后顾之忧。

疫情蔓延迅速，国外的情况刻不容缓。这时，海外员工又成为大家忧心的焦点。长期奋战在海外的员工，是中国地质最大、最宝贵的财富，他们是中国地质拓展海外业务的根本。中国地质海外 1000 多名员工与亲人天各一方，他们的安危不仅牵动着亲人的心，也同样牵动着中国地质领导的心。

当时，中国地质中东沙特分公司本想包机运送员工回国，可是情况不允许。随着疫情常态化后，国资委允许员工回国的政策刚放开，中国地质就本着“一个不能少”的原则，让所有海外员工回国打疫苗。

中国地质海外员工 1038 名，只有 108 名员工得益于大使馆的“春苗行动”计划（中国政府推出的为海外中国公民接种新冠肺炎疫苗计划，政府积极协助和争取为海外同胞接种国产或外国疫苗），打了疫苗。剩下没打疫苗的员工，回国轮休打疫苗。之前从国外飞回国的一张经济舱机票是 5000 元人民币，疫情发生后，票价涨到一张 10 多万元，有时还买不到。即使买到了也会因为熔断，直接不飞了。如果两周该航线熔断不飞，就意味着买到手的机票作废，就要重新再抢下一航班的机票。按照 1000 名员工一张机票 10 万元计算，就是 1 亿元。中国地质一年的利润才 5 亿多元，但花在员工回国打疫苗的费用不列入分公司的考核。所有的防疫费用支出，都由中国地质总部出钱。关爱员工，以人为本；保护员工，一切值得。这，就是大国央企的风度。

2021年，春节刚过两个月，国外疫情出现反复。上千人的队伍，牵扯着上千个家庭。中国地质领导班子面对如同烈火般蔓延的病毒，心急如焚。情况迫在眉睫，怎样才能稳住人心？

王庆祝为此辗转难眠，如何了解员工家庭的困难？怎样解决面临的困难？他想到可以请海外员工的家属代表到公司开座谈会，听听大家的想法，听取大家的建议，以便采取有效措施稳定人心。第二天，这个决定经过了党委班子同意。

于是，有了4月28日的"海外员工家属座谈会"。

这些海外员工的家属们，深明大义，她们有知识更有见识，为了支持丈夫的海外工作，照顾好家里的老人孩子，大部分都放弃自己热爱的事业，有的还跟随丈夫出征海外，甚至还有的为保护国有财产，经历过枪林弹雨……

这是中国地质有史以来，第一次邀请海外家属代表光临中国地质总部。

她们参观完中国地质总部，看到走廊中工程展览图片和公司宣传片时，百感交集，忍不住流下了激动的泪水。此刻，她们真正地懂得自己的另一半是多么值得自豪，他们是家庭的骄傲，也是中国地质的骄傲。作为国家"一带一路"的开拓者和建设者，他们不仅仅给家庭和公司争得了荣誉，也给国家做出了贡献。

孙锦红代表中国地质领导班子回顾了公司从小到大由弱变强的发展历程及今天的中国地质取得的发展成果。胡建新结合自己海外工作经历，给各位家属讲述了源自海外的中国企业文化，真诚感谢家属们对公司工作的支持和付出。王庆祝主持座谈会，介绍公司开展党史学习的情况，表扬海外党员员工不忘初心，不辱使命的故事；关切地询问海外员工家属实际困难，介绍了公司党委围绕解决员工困难的措施。一个年轻的家属，座谈会一开始她眼圈就红红的。原来她与爱人刚结婚一个月，爱人就出国了。自己从事保密工作，两个人日常联系很困难，希望公司领导考虑让其爱人回国工作。王庆祝马上让相关负责人来到会议现场，经了解公司已经计划安排她爱人回国工作，并选好了接替人，就这样座谈会上唯一需要"解决"的问题也解决了。

家属们被公司领导们的和蔼可亲、坦诚务实而感动，为爱人能在这样优秀的企业工作而自豪。她们纷纷表示以后更加支持爱人的工作，为爱人骄傲，更为中国地质骄傲。

会后，领导们与海外员工家属共进晚餐，给每个家属准备了温馨的礼品。她们在一块写有“推进中国地质高质量发展”的标牌下，与中国地质的领导们合影，时光记下了她们的自豪和感动。

中国地质对员工们的关爱，让企业的责任与担当，在众多的管理措施中站立起来。这份散发人性光辉的理念，是推动企业向前发展的动力和源泉。它像一首温暖心灵的抒情歌曲，温度与亮度，加强了员工与领导之间联动的力度。

热爱企业的心，来源于企业精神的人性关怀，也来源于领导的心胸格局。中国地质有这样贴心务实的领导，有这样质朴温暖的企业精神，自然会引起中国地质人与公司理念的同频共振。

第 8 节　阳光里的身影

中国地质就像一艘迎风斩浪的航船，领导是舵手。无论是波峰还是浪谷，舵手都必须力挽狂澜。发展既不能停止，也不能搁浅。

有人认为：董事长定目标，总经理做执行。董事长定方向，总经理选路线。董事长管结果，总经理管过程。董事长给员工筑梦，总经理带员工圆梦。而中国地质的“董事长”和“总经理”，是将一生的心血和全部的生命热情都倾注给中国地质事业，并终生无怨无悔，这是忠诚，也是深深的爱。

中国地质由最早的“窗口型企业”变成实体企业，到今天所有海外公司属地化管理，历经了漫长艰苦卓绝的历程。长期以来，公司激励机制公平公正，无论合同工还是劳务人员，无论海内或海外，福利待遇一视同仁。不让老实人吃亏，不让辛苦的人寒心；让有能力的人有奔头，有闯劲的人有盼头；“有为才有位，有位更有为”的人才理念激励着每一个人。

海外 17 个分公司分布在全球 70 个国家或地区，拥有中方员工 1000 多人，属地员工近万人。正因为要平等对待员工，公司才必须把控好风险，追求持续健康的发展。而且，“五种精神”中爱国主义放在第一条，因为中国地质人到海外是代表国家，肩扛家国情怀，心藏民族尊严。

胡建新说：“过去刚创业，实力不雄厚，项目组尽可能压缩成本，开二手皮卡，还要租房子住，是苦一些，但和当地国家相比，中国地质的条件是相当好的。中国地质现在已经发展到需要注意形象的时候了。我们要给海外员工创造更好的生活条件，这是公司的理念。员工不再是几十年前的员工，条件也不是几十年前的条件了。老一辈之前受苦，正是为今天的员工创造舒适有品质的工作和生活条件。”

随着中国综合国力的强大，中国地质也越来越强，规模也越来越大。

在国外，分公司总经理经常跟驻在国大使、总理或部长等一起开会，商谈事务，海外的项目几乎都是当地国家的重点工程，得到当地国家政府和领导人的重视，有许多国家的总统参加开工仪式或庆典活动，中国地质在国际承包市场的地位已经上升。

早期，中国地质在海外设代表处，随着时间的更迭，改为经理部，现在，又将经理部改成分公司。并且分公司都在各自驻在国的首都富人区，买下具有永久产权的土地，建造了中国地质分公司驻地，高大明亮的办公楼、员工宿舍楼和生活楼，游泳池、花园、健身房、球场等各种附属设施等，办公条件优越，环境优雅，景色宜人，这些海外几代人奋斗的成果，无一不显示中国地质企业的实力，更显示了中国国家实力。

在海外，中国地质的实力不仅体现在驻地设备先进及办公条件的优越，还体现在诚信履约能力，先进人性化的经营管理理念，先进精湛的专业技术水平和高质量的工程项目建设等方面。这些硬实力及软实力的组合，属于市场竞争力的重要组成部分，丰富了企业文化内容，提高了企业品位和形象。

特别是这几年的疫情期间，正因中国地质海外分公司驻地及设施条件好，中国地质人有良好的封闭环境及优越的办公条件，最大程度减少了与外界接触的机会，杜绝感染，使中国地质人得到最好最妥善的保护。

近年来，为了全面执行中共中央及习近平总书记提出的“绿水青山就是金山银山”的理念，中国地质适时将企业发展定位为“国际国内双循环”，找准“上为国家做贡献”的最佳途径和舞台，在维护国家生态安全，构建生态文明体系，推动美丽中国建设方面，凸显了国家队的责任使命和实力。

从 2017 年起，中国地质践行生态文明建设思想。2020 年，中国地质成功实现转型升级的飞跃。2021 年，中国地质产业模式出现嬗变，将新兴的国土环境整治业务提到主业板块，中国地质发展模式转变为“四大业务板块”，以此实现“四轮驱动”战略目标发展。

中国地质副总经理兼法律顾问顾小军，是分管国内市场的领导，在他的精心筹划和直接带领下，中国地质国土环境整治业务在全国各地大规模地展开，中国地质出现了前所未有的海内外业务并驾齐驱的繁荣景象。让中国地质归真返璞到真正的“地质”行业，并在短时间内实现蓬勃发展的强劲态势，顾小军的潜能也得到充分的发挥和广泛的认可。

顾小军在财务方面，也做了很多有益的尝试。为保障企业资金供给，他大力拓展融资渠道。而且做到降低融资成本，压控财务费用；集中存量资金，投资优质债券，并最大空间地获取投资收益，提高资金效益。在会计信息质量方面，他指导财务优化核算流程，加强财务分析，会计信息质量大幅提高。优化融资结构，保持合理的资产负债水平，积极管控汇率风险，加强财务集中管理工作，将财务风险管控工作落到实处，所有风险控制在“零”状态。在经营业绩考核管理方面，建立对所属单位经营分类和业绩考核管理工作体系，结合预算、税务、汇率等管控工作，不断完善经营业绩考核评价体系。财务信息化建设方面，积极推进财务信息化建设，培养信息化人才，加大资源投入，促进业财融合，提升财务监管效率和服务水平。团队建设方面，加大财务人员招聘力度，建立海外财务人员直派机制，完善财务人员管理办法，加大对财务主管的任命、述职、考核和调动工作力度。

顾小军分管企业管理部（法律事务部）、资产财务部、国内工程财务管理中心、安全管理部、环境质量管理部等部门工作，他温润平和的性格，润泽着游刃有余的管理能力和业务开拓能力，越发显现低调谦虚、大度盈怀的领导气度。

翟晓丽分管纪委办公室、巡察工作办公室、协助分管审计部。2021 年 10 月按照上级党委工作部署，她从中国环保调到中国地质担任纪委书记。

“岁月不居，天道酬勤”，自任职以来肩负新使命、踏上新征程，以纪检促党建提升，以党建领航公司发展。尽管入职时间不长，但责任与担当常鸣耳畔，不忘上级党委、纪委厚重的嘱托，牢记中国地质高质量发展的使命。带领中国地质纪委从清单化政治监督做起，明确政治监督重点、保障决策部署落地、推动政治监督往深里走；从规范权力运行严起，强化“一把手”监督、完善“纪检+”监督机制、扎紧制度笼子，让权力运行更加透明；从高标准推进廉洁文化建设抓起，强化警示教育、挖掘廉洁文化资源，结合中国地质“五种精神”持续涵养崇廉拒腐的政治生态。这一年工作环境变了，但求真务实、廉洁从业的工作作风没变，这一年所处的行业变了，但坚守职责定位、推动纪检工作高质量发展的初心使命没变，她经常对纪检干部说的一句话就是，打铁必须自身硬，纪检人不仅要成为监督检查、审查调查的能手，还要成为廉洁自律的表率，要以忠诚干净担当、可亲可信可敬的纪检铁军，全力护航公司“十四五”发展新征程。

10月的北京秋意盎然，是收获的季节，她带领中国地质纪委履行好党章赋予的职责，既做好监督专责，又以专责促主责，推动“两个责任”贯通协同，为全面从严治党向纵深发展奠定坚实基础，为中国地质高质量发展提供坚强保障。

副总经理范亮，也是在国内市场驰骋的领导。他是领导班子中最年轻的副职，“80后”年轻干部。2020年9月进疆工作，支援新疆建设，目前任新疆新能源集团有限责任公司节能环保总监。

范亮是个热情真诚的人，加之能力出众，干事利索工作高效且平易近人，大家都非常愿意亲近他，既善于沟通又善于表达，大家称赞他富有个人魅力。入疆以来，他能吃苦，肯学习，在推动实现新疆国企高质量发展中彰显聪明才智、尽情挥洒汗水，用实际行动回答了“援疆三问”。

范亮牢记“援疆”光荣使命，植根新疆大地，深入了解新疆“十三五”期间的发展与进步、“十四五”期间新环境治理需求，潜心研究工业污染治理、危险废物集中处置、大宗废弃物资源利用、土壤污染治理、应对气候变化、环境基础设施建设等工作，经常加班加点。先后主导制定了危废大修渣处置、危险废弃物处置、监测检测大数据指挥平台等工作方案，参与了新能源集团“十四五”规划编制等工作，不仅高标准高质量完成了工作任务，也给受援单位干部职工带来了新理念、新技术、新知识、新模式。

受援单位很多干部职工讲：范总监好像精力用不完，白天在项目上，晚上在办公室，总是劲头十足。范亮说援疆三年很短，想干的事情很多，一定要把时间利用好，全力发挥好自己的作用，为新疆节能环保事业发展做出应有的贡献，不辜负组织上的期盼和自己追逐的信念。

中国地质总工程师侯辉是一位技术型领导，他曾任中国地质北非分公司总经理，在阿尔及利亚留下了一系列利用创新科技建设的项目建筑群，开辟阿尔及利亚周边国际市场，并成功地开辟了中东沙特阿拉伯国际市场。一生潜心钻研技术，谱写了人生的美丽华章。目前，他分管中国地质海外工程部、科技管理部、技术中心和经援部。

中国地质总会计师刘述之有着工程行业丰富的财务管理经验。他加入中国地质以来，以资金预算管理为抓手，推行季度滚动预算，强化全级次穿透管理，公司经营性净现金流状况逐渐好转。过程中以资金日报、项目现金流管控和项目经济情况分析等多种管理信息联动，规范资金支付审批，穿透“两金”压降和资金集中，提高资金管理合规性，防范资金风险。他明确提出公司两级总部职能部门的战略引领、服务和监督的管理职能定位，并着力推动实施以工程项目为单元的精细化管理模式。他主动搭建各公司财务负责人、财务主管人员交流平台，建立例会制度。针对境外分布分散、情况各异的现状，定期召开境外财务负责人季度工作交流会，鼓励大家互相多交流、多学习，并及时提出严格且细致的管理要求，协助海外各单位建立和完善财务管理体系。他善于捕捉财务管理行业的前沿资讯，乐于与大家分享所学所悟，尤为注重职业道德操守，各种场合告诫和要求财务人员要严守底线、红线，邀请纪检部门给财务人员做廉政教育，将严肃财经纪律、牢筑合规经营的理念烙印在每一个财务人的骨子里。

中国地质领导沿着公司的发展理念，让优秀的员工团队与丰富的企业文化内涵相互映照，彼此成就。这么多年来，不管中国地质遇到怎样的境遇，中国地质人自始至终不愿意离开自己的公司和自己的团队。究其原因，主要是中国地质“五种精神”及博大精深的企业文化已经深入人心。

如果说中国地质过去的历史是艰苦奋斗顽强拼搏的历史，是乐于奉献的历史，是光辉四射的光荣历史。在过去的四十年中，中国地质的战友大约有40人牺牲在异国他乡的土地上，那是历史中无法挽回的痛点。那时的打拼正是为了今天的中国地质人过上有品质的生活。

创造双一流环境，提升中国地质总部及各分公司、子公司形象，展现最美好的工作生活环境，是提升品牌实力的具体体现。这一流的环境不单指自然环境，更重要的是人文环境，精神家园的环境。

绿树成荫的中国地质总部大院，安静地矗立在春色中，以新的姿态迎迓未来新的挑战。这里是中国地质的领导核心所在地，也是中国地质的指挥中心。来自五湖四海的10个成员构成的领导班子，他们分别是：

党委书记、董事长孙锦红，主持公司党委工作，负责公司全面工作。

党委副书记、总经理胡建新，主持公司日常生产经营工作。

党委副书记、副总经理、工会主席王庆祝，分管党委办公室、党委组织部（人力资源部）、办公室、物资管理部（集采中心）和工会工作。

副总经理、总法律顾问顾小军分管企业管理部（法律事务部）、国内工程财务管理中心、安全管理部、质量环保管理部。

纪委书记翟晓丽分管纪委办公室、巡察办公室、审计部。

副总经理董继柏兼中国地质香港分公司总经理。

副总经理秦勇兼南亚一公司总经理。

副总经理范亮目前驻守新疆，开展援疆工作。

总工程师侯辉分管海外工程部、科技管理部、经援部。

总会计师刘述之分管资产财务部、市场开发与合作部（规划发展部）和中国地质香港财资管理中心，协助董事长孙锦红，与纪委书记翟晓丽分管审计部。

他们共同组成一个阳光方阵。每个人，都是一面特色鲜明的旗帜。

孙锦红说，老领导把公司交到自己手中，自己必须尽力遵循中国地质文化传统，无愧于国，无愧于民，无愧于团队。他会带领中国地质在前进的征途中，大道至简，宁静致远。

领导班子之间，和谐交流，民主与集中相得益彰。“事成于和睦，力生于团结”，人与人之间因坦诚而温暖，沟通、工作、相处、合作，一切充满阳光的味道。中国地质领导，虚怀若谷，坦然而真实，真诚而自然。

阳光般的胸怀，阳光般的思考，阳光般的工作，必定收获甜美的心情，这是中国地质管理者和所有员工的特点。中国地质是中国地质人充满阳光的物质与心灵共有的家园。

中国地质已经在习近平生态文明思想指导下，致力于自然生态环境修复、高质量的生态环境保护治理和绿色的经济社会发展。围绕生态文明建设、“一带一路”倡议、“长江大保护”、“碳达峰碳中和”等国家战略不断调整优化产业结构，发挥专业优势，精细设计科学施工，继续做强国土环境综合整治业务。

在未来的征程上，中国地质领导班子肩负着经营管理国有资产、实现保值增值的重要责任，继续做到“对党忠诚、勇于创新、治企有方、兴企有为、清正廉洁”。牢固树立品牌意识，认真履行央企社会责任，始终以良好言行维护和提高公司品牌形象，发挥品牌信用。为实现“让我们的地球天更蓝、地更绿、水更清，人类生活更美好”的愿景，努力奋斗。

中国地质人至情至义，忠诚无悔，用行动和真诚为公司镌刻一个个里程碑。

现在，中国地质领导班子正在统筹国内国际两个市场大局，推进中国地质总体战略，完整、准确、全面贯彻新发展理念，推动高质量发展，保持平稳健康的经济环境、风清气正的政治环境。

中国地质从 1983 年成立，经过一代代中国地质人越过万里山河开拓海外国际市场，他们用真挚的初心和炽烈的爱国情怀，从无到有、由弱到强，整整经历四十年的光辉历程。

岁月流转，老一代中国地质人领导从意气风发的少年，到满鬓斑白的老者，一切都在改变，一切又都在飞速发展。不管当年还是现在或者未来，如果中国地质遇挫，一定是他们的忧伤。中国地质繁荣，是他们的自豪和快乐。无论走到哪里，他们的情怀不变，他们的祝福延伸到永远。正如现任领导班子，沿着党委制定的“十四五”战略发展蓝图，形成振奋人心的方阵，在阳光下阔步向前——他们将传承中国地质独特的方式，继续中国地质历史更加光辉璀璨的叙述。

“常怀远虑，居安思危”是对奋斗历史的最好致敬。中国地质将以最美的情怀走向明天，他们新一代的追梦少年，又将沿着老一代开拓的征程，继续向更辽阔的空间拓展。

高高的蓝天下，那铿锵的脚步，必有足迹可循；那坚毅的神情，必有目标在心。阳光下，中国地质领导方阵，正带领着优秀团结的中国地质人，向美好的未来阔步迈进。

因为他们，天会更蓝。因为他们，水会更清。因为他们，世界会更加美好！

后 记

转眼已是2022年10月，窗外天空澄明，月色铺满大地。弥漫桂花香气的秋风，抚动着婆娑的树影，像在翻阅久远的往事。

这一年，因专注采访与写作，虽有疫情侵扰与任务繁重的双重压力，时间仍然像长了翅膀。书名“青松成林”，是说中国地质由最初成立之时只有被誉为“18棵青松”的18位员工，发展到如今上万人的队伍，恰如几株稀疏的松苗，已成蓊蓊郁郁的青松林。

完稿本应释怀，可中国地质人那些动人的故事，仍在内心回旋激荡，有千般感慨万种慨叹之感。通过深入采访，中国地质的历史和中国地质人的精神，带来的震撼非同一般。

2021年初夏，第一次接触中国地质人，他们是中国地质纪委办主任盖文红和党委办公室副主任程俊斌。盖文红文静娴雅，举止大方得体，她在中国地质工作时间长，寥寥几句，便将中国地质的发展脉络勾勒而出。程俊斌军人出身，说话严谨果断，言简意赅地讲述了中国地质的发展。很快，我们就被他们的介绍所吸引。中国地质人的事迹，于初来乍到的我们而言，是遥远而陌生的故事，像传奇又像传说。

中国地质的创业过程如同一篇伟大磅礴的史诗。从诞生开始，中国地质肩负的使命和任务，就注定其发展的艰巨性和传奇性。

中国地质业务领域遍及海内外，其历史浓缩了国家和时代的精神，也体现了一代代中国地质领导人的智慧、胆略及担当。

为了响应国家号召，中国地质从1983年的18个人开始，逐渐汇聚成有中外员工上万人的队伍。悠悠四十年历史长河，吸收了一大批具有先进思想理念的跨国领导人及精英人才，他们运用聪明智慧，发扬中华民族坚韧的精神，创造了数不尽的具有世界先进水平的工程业绩，更主要的是，无论何时，他们都展示了中国人的民族气节。

他们赤手空拳而去，却满载而归。用他们智慧的思想和勤劳的双手，为国家赚取外汇，创造财富。几十年来，他们无怨无悔地履行着中国地质人的箴言——上为国家做贡献，下为员工谋福利。

解读中国地质有很多视角，精神的、物质的、历史的、时空的、文化的，甚至是社会性的。从精神视野来全面认识和挖掘中国地质的独特性，才能够深层次地找到中国地质的精神内核和触及灵魂的文化内涵。

追梦的路上，他们是一群怀揣中国梦的籽粒，又是没有代号的默默无声的民族英雄。他们是一群普通的刚健质朴的中国人，又是坚韧不拔具有民族血性的英雄群像。无论是身居海外的员工，还是承担国内生态文明建设的员工，都是中国地质高高丰碑中的一分子。

中国地质人也是普通人，他们也会孤单、忧虑、恐惧，甚至无望。但他们又是英雄，他们执着、坚强、刚毅、勇敢。他们坚韧不拔，能守住内心的向往和光明，能坚守对未来的梦想，履行“爱国主义、集体主义、开拓进取、无私奉献、精益求精”五种精神，迈过一道道坎，战胜一重重困难，飞越一座座高山，最终站在了历史的高度。在中国地质广阔无垠的平台上，每个人的能力得以锻炼，才能得以施展，最终锻造成为更优秀的人。

中国地质人在海外，团结一致，心心相印，结下了深深的兄弟之谊。他们并肩前行，见贤思齐，为中国地质的发展尽心尽力。他们爱集体，爱祖国，爱中国人至高无上的尊严。他们重情重义，懂得收获果实和选择人生的不容易。他们用干干净净的灵魂，共同擎起中国地质湛蓝明丽的天空。

采访与写作过程中，我们常因中国地质人的拼搏热泪盈眶。作为作者，我们不能辜负那些人、那些事，不能辜负中国地质人的信任与期望。因此，在时间紧迫与疫情考验的双重压力下，我们不管盛夏寒冬，或奔波于采访的路上，或安静地坐在寂寞的深夜，真情地叙述中国地质艰苦卓绝的奋斗故事。书中的文字，像满载记忆的镜头，回放和再现那些怀揣青春梦的中国青年，雄鹰一般，告别祖国和亲人，翱翔天际。

四十年的历史跨度与海内外业务领域的广度，不仅造就了企业独特的气质和深厚的文化内涵，也浓缩了时代与政策、措施、制度等方面不断深化和提升的变迁。这种博大宏阔的时代感和地域性，不是一本书能涵盖的。而本书仅有的文字，也无法兼顾每一个场面、每一段风雨及每一位中国地质人。但是，中国地质人群星闪烁，写到的或没有写到的，都一样属于中国地质的闪耀星空，都是中国国家队博大群体的一员，都有一样的光辉和荣耀。

从2018年开始，中国地质尊重自然顺应时代，从实际出发不断发展壮大，立足当下看未来，在不断开拓国际业务市场，继续推进国家“一带一路”倡议的前提下，努力践行习近平生态文明思想，产业结构成功实现转型升级。中国地质将敬畏自然、尊重自然的生态建设及国内民生工程等纳入主要业务发展范畴，将改变国家生态环境为己任，牢固树立“绿水青山就是金山银山”生态建设理念，充分发挥国家队核心技术和平台优势，积极投身生态革命，以此报效国家，层层推进，汇聚成为一篇恢宏澎湃的交响乐章。

悠悠四十年，有风平浪静，也有步步惊心；有惊涛骇浪，也有柳暗花明。漫漫征途，不管怎么跌宕起伏，勇敢的中国地质人，总是坚定地向着未来扬帆。凭着“五种精神”，谱写了艰苦奋斗的恢宏诗篇，走过了不同凡响的四十年。

本书描述了中国地质人的奋斗历程及取得的成就，也记录了中国地质人所到之处的地理概况，着意体现中国地质人开疆拓土，足迹遍布世界各地的壮举。他们走到哪里，就将中国故事及中华民族优秀传统文化撒向哪里。他们是勇往直前的国际工程开拓者，也是中华文明的播种者和传播者。在增强各国友谊和让海外国家重新认识中国的过程中，中国地质人贡献了浓墨重彩的一笔。

这本书不但赞美和讴歌中国地质的“五种精神”和中国地质人的坚强不屈的奋斗精神，也意在让更多的读者了解中国地质的渊源，了解中国地质人的重情重义，了解中国地质独特的企业文化和优秀传统。不过，我们相信本书只是中国地质企业文化的序曲，是中国地质伟大磅礴发展史诗中的一个片段或侧影。今后的中国地质，将迎来绿水青山的生态建设和高质量发展的美好局面。

我们在创作过程中也得到很多支持与关怀。真诚感谢中国地质党委副书记、副总经理王庆祝的精心策划与指导，使本书遵循“注意点面结合，尽量覆盖面广泛，多展现一线中国地质人的精神面貌”的原则，更感谢他在思想性、艺术性等细节方面的严格把关，使书中人物的各种优秀品质得以立体地呈现。

感谢季戈非主任对写作采访过程中投入的大量精力与辛劳。2021 年底北京极冷的一天，他和赵健冒着漫天飞舞的大雪，不辞辛劳，一直陪我们采访到深夜。2022 年酷暑，他和吕中宇助理冒着被疫情感染的风险，陪伴我们去四川采访。乐观的季主任事无巨细，有时会提醒我们采访中重要的细节，有时会耐心地补充解释，大家都精疲力竭时，他还会幽默地鼓励我们，让我们在欢快中继续采访。

程俊斌主任和赵健是采访活动的策划者和联络人，也是我们材料收集和书写过程中的智囊团，他们倾注了大量的心血。程主任谦虚睿智，一同采访时他善于引导和激励，让我们受益匪浅；写作上他积极出谋划策，参与书稿的构思、提供整体设计方案和雕琢细节。感谢他真诚合理的建议，更感动于他设身处地地鼓励我们战胜困难，增强采访和写作的信心。中国地质人谦虚厚重的涵养在他这里一览无余。

还要感谢各分、子公司的领导，感谢他们对书稿不厌其烦地勘误，他们追求“一切从实际出发，实事求是”的工作态度和做人原则令人敬重。

最后，要真诚地感谢责编朱莲莲老师，她花费了大量的精力，对体量庞大的书稿进行细致的梳理调整，本书才得以如此精美地呈现在读者的面前。

蓦然回首，对中国地质，突然感觉有一种深深的留恋。那些人，那些事，那么熟悉，那么亲切，俨然感觉自己已经是中国地质的一员。千言万语，汇成一句话：感恩美好与遇见。

金光闪闪的生命之火
悄然带上了中国地质的斑斓
某个时候，也许又会不期而遇
一个，一千个，一万个
那些身披霞光与云彩的前行者

他们挑起熠熠生辉的使命，铿锵前行
收藏走过的路，憧憬前方的风景
在荒漠或繁华城市，铸造波澜壮阔的人生

2022 年 10 月 16 日
刘慧娟

中国地质工程集团有限公司历任领导班子信息

（自公司成立年度起）

1983

孙人一　总经理

张玉华　副总经理（主持工作）

1986

1986

田占鳌　总经理

许贵森　副总经理

张玉华　副总经理

籍传茂　总工程师、副总经理

章孝萱　总会计师

孙金龙　副总经理（1991.07）

1992

1993

孙金龙　总经理（1993.02）

张玉华　副总经理

叶冬松　党委书记、代总经理

马永远　党委书记、纪委书记、副总经理（1995.05）

汪仲英　总工程师（1995.05）

章孝萱　总会计师（1995.05 退休）

1995

1996

叶冬松　总经理（1996.12 免职）

郑起宇　总经理（1996.12）、党委副书记（1997.01）

马永远　党委书记、纪委书记

郝静野　副总经理（1996.12）

李宗武　副总经理

宗国英　副总经理

田　潮　副总经理

1998

1999

郑起宇　董事长

马永远　副董事长

万金之　副董事长

叶绿章　副董事长

郝静野　董事

宗国英　董事

田　潮　董事

黄小林　董事

2000

郑起宇　董事长

马永远　副董事长

万金之　副董事长

叶绿章　副董事长

郝静野　董事

宗国英　董事

田　潮　董事、总经理

黄小林　董事、副总经理

索书和　副总经理

纪为民　副总经理

2001.06

李宝和 党委书记、总经理

郑起宇 党委副书记、副总经理

万金之 党委副书记、纪委书记

马永远 副总经理

叶绿章 副总经理

郝静野 副总经理

宗国英 副总经理

田　潮 副总经理

黄小林 副总经理

2002.07

2002.07

郑起宇 总经理，兼任任中国新时代控股（集团）公司副总经理

李宝和 党委书记、副总经理

万金之 党委副书记、纪委书记

马永远 副总经理（2004.11 退休）

叶绿章 副总经理（2006.02 退休）

郝静野 副总经理

2006

2007

郑起宇 总经理，兼任任中国新时代控股（集团）公司副总经理

李宝和 副总经理（2007.04 退休）

万金之 副总经理（正职待遇，2008.09 退休）

郝静野 党委书记、副总经理

王愉吾 副总经理

刘国平 纪委书记、党委副书记、副总经理（2009.01）

胡建新 副总经理（2007.06）

张旺民 副总经理（2010.06 免职）

孙锦红 副总经理（2007.06）

顾小军　总会计师（2007.11）

2010

2011

郑起宇　兼董事长，兼任中国节能环保集团公司党委、副总经理

郝静野　党委书记、总经理、法人代表

王愉吾　副总经理（正职待遇，2012.03）

刘国平　党委副书记、纪委书记、副总经理（2013.07 免职）

胡建新　副总经理

孙锦红　副总经理

刘大军　副总经理

顾小军　总会计师

李　朋　总工程师

2013.07

2013.07

郝静野　董事长、法定代表人（2016.10 退休）

孙锦红　党委副书记、总经理、法定代表人（2016.01）

胡建新　党委书记、副总经理

王愉吾　副总经理

刘大军　副总经理

顾小军　总会计师

李　朋　总工程师（2017.05 退休）

杜阳光　纪委书记（2016.12）

2017.10

2017.10

孙锦红　党委副书记、执行董事、法定代表人、总经理

胡建新　党委书记、副总经理

王愉吾　副总经理（2019.03 退休）

顾小军　副总经理、总会计师（2018.05 免总会计师职务）

王庆祝　党委副书记、纪委书记（2018.04）

夏　勇　总会计师（2018.05）
董继柏　副总经理（2018.06）
秦　勇　副总经理（2018.06）
范　亮　副总经理（2018.06）
侯　辉　总工程师（2020.02）

2020.04

2020.04

孙锦红　党委书记、法定代表人、董事长（2021.07）
胡建新　党委副书记、总经理
王庆祝　党委副书记、纪委书记（2021.09 免纪委书记职务）、副总经理（2021.07）
顾小军　副总经理
夏　勇　总会计师（2020.11 免职）
董继柏　副总经理
秦　勇　副总经理
范　亮　副总经理
翟晓丽　纪委书记（2021.09）
侯　辉　总工程师
刘述之　总会计师（2022.01）

至今

图书在版编目（CIP）数据

青松成林：中国地质四十年 / 李青松，刘慧娟著. -- 北京：作家出版社，2023. 7

ISBN 978-7-5212-2179-4

Ⅰ. ①青… Ⅱ. ①李…②刘… Ⅲ. ①纪实文学—作品集—中国—当代 Ⅳ. ① I25

中国国家版本馆 CIP 数据核字（2023）第 022341 号

青松成林：中国地质四十年

作　　者：李青松　刘慧娟
责任编辑：朱莲莲
封面设计：张子林
出版发行：作家出版社有限公司
社　　址：北京农展馆南里 10 号　　**邮　　编：**100125
电话传真：86-10-65067186（发行中心及邮购部）
86-10-65004079（总编室）
E-mail:zuojia @ zuojia.net.cn
http://www.zuojiachubanshe.com
印　　刷：中煤（北京）印务有限公司
成品尺寸：170 × 240
字　　数：629 千
印　　张：39.75　　**插　　页：**32 页
版　　次：2023 年 7 月第 1 版
印　　次：2023 年 7 月第 1 次印刷
ISBN 978-7-5212-2179-4
定　　价：128.00 元
